BASTEI
LÜBBE

Candace M. Robb

Die Kapelle des Erzbischofs

Roman

Ins Deutsche übertragen
von Hans Freundl

BASTEI
LÜBBE

BASTEI-LÜBBE-TASCHENBUCH
Band 13 654

Erste Auflage:
Juni 1995

Zweite Auflage:
Oktober 1995

Deutsche Lizenzausgabe 1995
Bastei-Verlag Gustav H. Lübbe
GmbH & Co., Bergisch Gladbach
Originaltitel: The Lady Chapel
Lektorat: Iris Schmidt
Titelbild: The Granger
Collection Ltd., New York
Umschlaggestaltung:
Quadro Grafik, Bensberg
Satz: KCS GmbH,
Buchholz/Hamburg
Druck und Verarbeitung:
Brodard & Taupin, La Flèche,
Frankreich
Printed in France

ISBN 3-404-13654-3

Für Thaddeus Wojtaszek

Danksagungen

Ich danke Michael Denney für sein enthusiastisches Feedback, Lynn Drew für ihre Kritik, die mir half, einige Fragen zu klären, Paul Zibton für die Karte von York, Walden Barcus und Karen Wuthrich für ihre aufmerksame Lektüre des Manuskripts, Even Marshall für seine hervorragende Arbeit als Agent, Keith Kahla und John Clark für ihre geduldige Hilfe und Charlie Robb für die Öffentlichkeitsarbeit.

Die Recherchen zu diesem Buch wurden in Yorkshire und in den Bibliotheken der University of York und der University of Washington, King County, Washington, durchgeführt.

Dank gebührt auch allen anderen, die mich unterstützt haben: den Mitgliedern des Book Club, Paula Moreshi mit ihrem Fitneßstudio, meiner Familie, die im ganzen Land verstreut ist, und nicht zuletzt jenem Menschen, der mich nie hängenlassen hat, Charlie Robb.

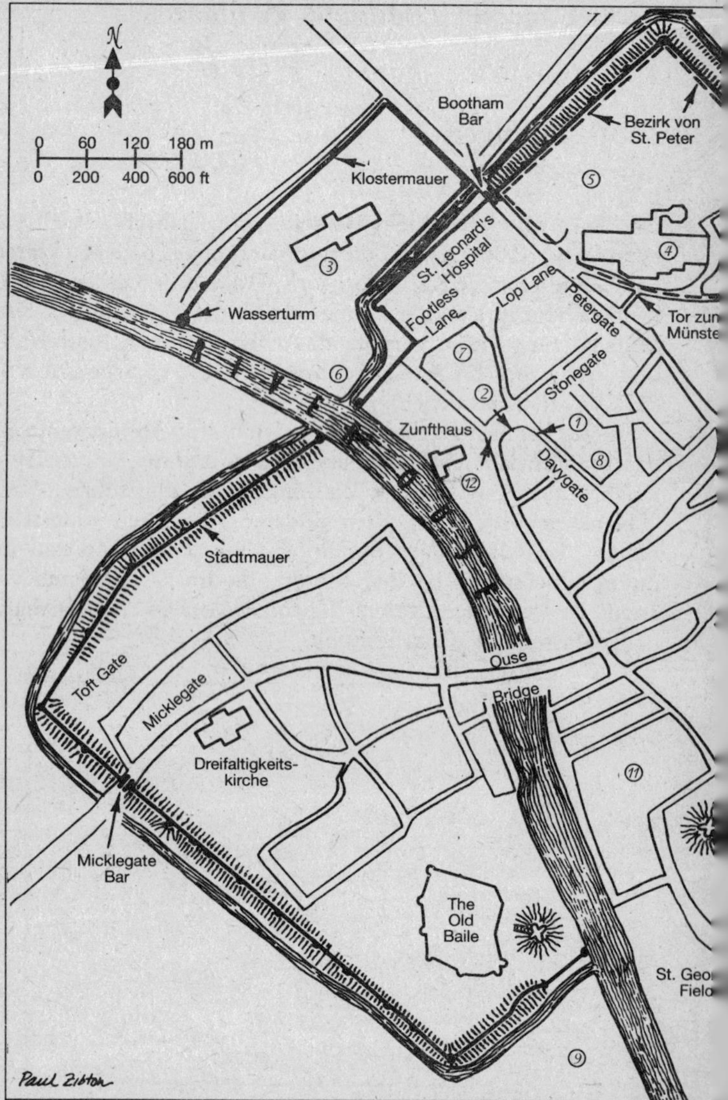
N
0 60 120 180 m
0 200 400 600 ft
Bootham Bar
Bezirk von St. Peter
Klostermauer
St. Leonard's Hospital
Lop Lane
Petergate
Tor zun
Münste
Footless Lane
Wasserturm
RIVER OUSE
Stonegate
Zunfthaus
Davygate
Stadtmauer
Toft Gate
Micklegate
Ouse
Bridge
Dreifaltigkeitskirche
Micklegate Bar
The Old Baile
St. Geo
Field
Paul Zibton

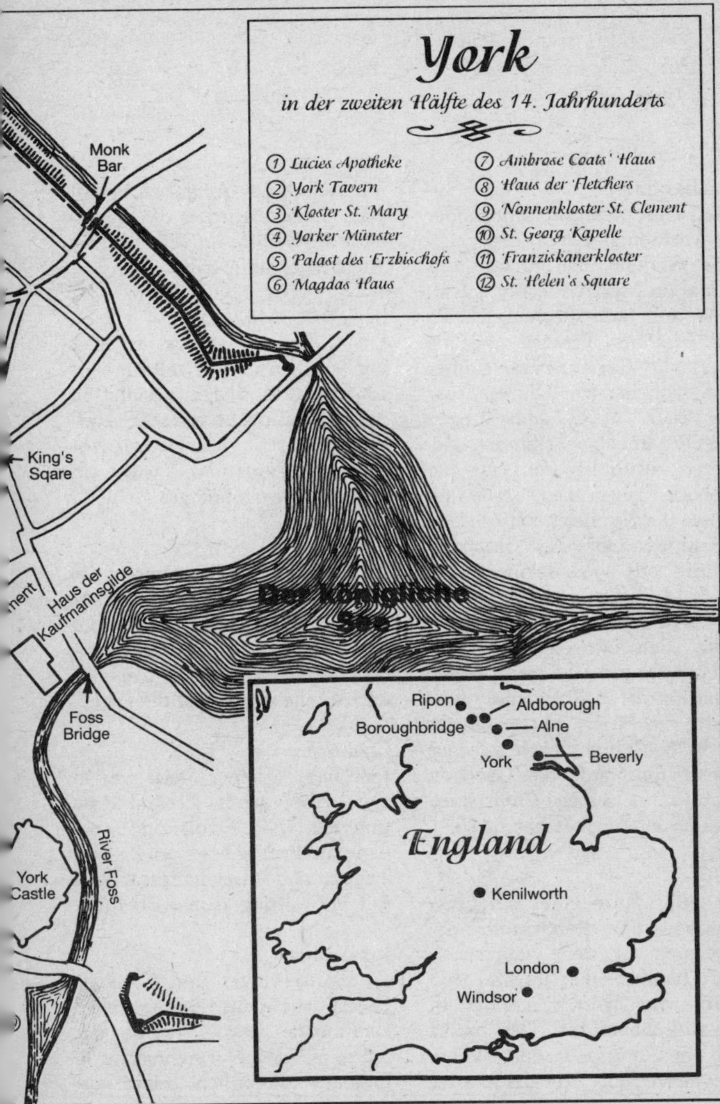
York
in der zweiten Hälfte des 14. Jahrhunderts
① Lucies Apotheke
② York Tavern
③ Kloster St. Mary
④ Yorker Münster
⑤ Palast des Erzbischofs
⑥ Magdas Haus
⑦ Ambrose Coats' Haus
⑧ Haus der Fletchers
⑨ Nonnenkloster St. Clement
⑩ St. Georg Kapelle
⑪ Franziskanerkloster
⑫ St. Helen's Square
Monk Bar
King's Sqare
Haus der Kaufmannsgilde
Der königliche See
Foss Bridge
River Foss
York Castle
Ripon
Aldborough
Boroughbridge
Alne
York
Beverly
England
Kenilworth
London
Windsor

Glossar

Ablaßkrämer
Ein Gehilfe des Erzbischofs, der die Vorladungen vor das geistliche Gericht überbrachte, das einmal im Monat zusammentrat. Diese mit den Rechtsgelehrten des Bischofs besetzte Instanz besaß die Gerichtsbarkeit über die Geistlichen der Diözese, war aber auch für Eheschließungen und Testamentsbeurkunden der Bürger zuständig und trat bei Verstößen gegen die moralischen Gebote der Kirche in Aktion. Das Einkommen eines Ablaßkrämers bestand aus »Provisionen« auf die Geldstrafen, die das Gericht verhängte. Durch kleine Gaunereien, Schiebungen und Einschüchterungen konnte der Ablaßkrämer also seine Einkünfte verbessern. Dieser Diener der Kirche taucht auch in jener Pilgergruppe auf, die Geoffrey Chaucer in seinen *Canterbury Tales* so meisterhaft beschrieb.

Bailiff
Die frühe Form eines bezahlten Beamten. Die Bezeichnung ist abgeleitet von dem lateinischen Wort *baiulus* (»Lastträger«) und wurde von den Normannen in England eingeführt. Der Bailiff war ein Funktionär der lokalen Verwaltung, ein Amtsdiener, der mit vielfältigen Aufgaben befaßt war. Später wurden die Befugnisse des Bailiffs auf verschiedene Amtsträger aufgeteilt.

Bezirk des Münsters
Ein reichsfreier Bezirk, welcher der königlichen Verwaltung entzogen war und der Jurisdiktion des Erzbischofs unterstand. Auch das Kloster St. Mary, dem Abt Campian vorstand, war ein rechtlich eigenständiges Gebiet.

Crotta
Ein altes, aus Wales stammendes Streichinstrument. Vier seiner sechs Saiten spielte man mit einem Bogen, zwei wurden mit dem Daumen gezupft. Aus ihr entwickelte sich später die Fiedel.

Erzdiakon
Jede Diözese einer Stadt war in zwei oder mehr Erzdiakonate unterteilt. Die Erzdiakone wurden vom Erzbischof oder Bischof ernannt und waren hauptsächlich mit Verwaltungsarbeiten befaßt.

Jongleur
Ein Bänkelsänger und Gaukler. Dieser aus dem Französischen stammende Begriff wurde damals, als das Normannische in England allmählich seine vor-

herrschende Stellung verlor, noch weithin verwendet.

Leman
Eine Mätresse. Ebenfalls ein normannisches Wort, das im mittelalterlichen England sehr geläufig war.

Marienkapelle
Eine Kapelle, die der Heiligen Jungfrau Maria geweiht war und üblicherweise an der Ostseite einer Kirche errichtet wurde.

Münster
Eine Kathedrale, die ursprünglich ein Kloster war. Auch heute noch bezeichnet man die St.-Peter-Kathedrale von York als Münster.

Pranger
Ein hölzernes Gestell, das durch einen Pfahl gestützt wurde und mit Löchern für den Kopf und die Hände versehen war. An diesem Schandpfahl, wie man den Pranger auch bezeichnete, wurden im Mittelalter Verbrecher für die Öffentlichkeit zur Schau gestellt.

Rebec
Ein mittelalterliches Instrument, das wie eine Mandoline aussah und in der Regel eine bis drei Saiten hatte. Das Rebec war eine Vorläuferin der Geige.

Wittum
Eine Gabe des Mannes bei der Eheschließung, aus der später, falls der Mann vor seiner Frau starb, eine Witwenversorgung hervorging.

Kapitel 1

Das Letzte Gericht

Der Fronleichnamstag dämmerte herauf. Es versprach, ein schöner, sonniger Tag zu werden, worum die Mitglieder der Zünfte von York gebetet hatten und auch alle anderen, die den Fronleichnamsumzügen mit freudiger Erwartung entgegensahen. Viele Bewohner der Stadt waren schon bei Tagesanbruch auf den Beinen, denn unmittelbar nach Sonnenaufgang sollten die Darsteller in der Vorhalle der Dreifaltigkeitskirche in Micklegate gesegnet werden, und gleich im Anschluß daran sollte der erste Umzug beginnen. Am Vorabend waren zwölf Plätze mit Bannern beflaggt worden, die das Wappen der Stadt zeigten. Hier sollten sich die Zuschauer versammeln. Die Umzugswagen, mehr als vierzig an der Zahl, würden durch die Straßen ziehen und an den bezeichneten Plätzen haltmachen, um vor dem Publikum zu spielen. Es würde ein lager Tag werden für die Mitglieder der Zünfte und Gilden und die übrigen Darsteller, ein Tag, der erst weit nach Mitternacht zu Ende gehen würde – aber ein glorreicher Tag, an dem die Geschichte der Erlösung der Menschheit durch das Opfer von Jesu Christi lebendig nachgestellt werden würde, von der Vertreibung aus dem Paradies bis zum Letzten Gericht.

Der Wagen der Wollhändlergilde hatte gerade den Aufführungsplatz auf der Ouse Bridge verlassen und machte sich auf den Weg zu den Ständen auf dem St. Helen's Square. Es war der letzte Umzugswagen, auf ihm wurde das Letzte Gericht dargestellt. Der junge Jasper de Melton trottete mit seinem mit Tran gefüllten Horn neben dem Wagen her und versuchte, soviel wie möglich von den Gerüchen und Geräuschen dieses Tages in sich aufzunehmen, während er auf das Knirschen und Quietschen der Räder des Karrens lauschte, um die Radlager rechtzeitig nachschmieren zu können. Es war eine wichtige Aufgabe. Die großen Holzräder konnten auf den engen, holperigen Straßen leicht ins Stocken geraten, wenn man nicht ständig aufpaßte. Jasper war stolz darauf, daß man ihm diese Verantwortung übertragen hatte. Und nicht weniger stolz war er auf das Spiel, das die Wollhändlergilde aufführte, die reichste Gilde der Stadt York. Dies war ein wichtiger Schritt auf seinem Weg, der zu seiner Aufnahme als Lehrling in die Gilde führen sollte, eine Ehre, die ihn in freudige Erregung versetzte und seine Mutter mit Stolz erfüllte und mit der Hoffnung, daß ihr Sohn später einmal ein besseres Leben haben würde, als sie als Witwe es ihm ermöglichen konnte. Kristine de Melton hatte Jasper eigens für diesen wichtigen Tag ein neues Lederwams genäht.

Jasper würde gleich auf seine Mutter treffen. Sie hatte versprochen, ihn auf dem St. Helen's Square zu erwarten, vor der York Tavern.

Als der Karren auf den Platz rumpelte, sah Jasper, wie ein rotgesichtiger Mann näher trat und nach Master Crounce rief. Das Zelt der Darsteller flog auf, der große, schlaksige Will Crounce sprang vom Wagen herunter, wobei er Jasper fast zu Boden gestoßen hätte, eilte auf den dickleibigen Mann zu und klopfte ihm auf die Schulter.

»Warum seid Ihr nicht auf dem Umzug von Beverley, mein Freund?« fragte Crounce.

»Ich?« Der Mann lachte. »Ich lege keinen großen Wert darauf, mir ein Dutzend Mal am Tag die Seele aus dem Leib zu brüllen.«

Die beiden wandten sich um und gingen weg, die Köpfe zusammengesteckt. Jasper war überrascht und besorgt. Wenn nun Master Crounce die Zeit vergaß und seinen Einsatz verpaßte? Er spielte den Jesus. Sein Fehlen würde zweifellos bemerkt werden. Jasper wurde nervös, als er daran dachte, denn es war Master Crounce gewesen, der ihm diese Aufgabe heute verschafft und ihm in Aussicht gestellt hatte, daß er in einigen Wochen als Lehrling aufgenommen werden würde. Wenn Master Crounce Schwierigkeiten bekam, bedeutete das auch für Jasper nichts Gutes.

»He, Kleiner!« rief einer der älteren Schauspieler. »Das Rad kreischt wie ein Schwein, das gerade abgestochen wird!«

Jasper errötete und beeilte sich, seiner Aufgabe nachzukommen. Er mußte auf die Räder achtgeben. Er würde nur in Schwierigkeiten geraten, wenn er sich über andere Leute Sorgen machte.

Als Jasper von einer Seite des Wagens auf die andere sprang, sah er, daß die Wollhändler als nächste an der Reihe waren. Er kniff die Augen zusammen wegen der Sonne und suchte die Menschenmenge ab, die vor der Schenke stand. Zuerst konnte er seine Mutter nicht entdecken. Doch dann sah er sie. Sie winkte ihm zu und rief seinen Namen. Er winkte zurück, froh darüber, daß er gerade bei der Arbeit gewesen war, als sie ihn gesehen hatte. Er wollte sie auf keinen Fall enttäuschen.

Mit einem Knirschen kam der lange, schwere Karren zum Stehen. Eine kleine Gruppe von Stadtmusikanten spielte einen Tusch, und die Schauspieler kamen aus dem Zelt. Alle bis auf Master Crounce. Jasper biß sich auf die Fingernägel. Master Crounce mußte doch den Tusch auch gehört haben. Aber wo steckte er bloß? Die Schauspieler namen ihre Plätze ein. Ganz zum Schluß, als die anderen sich schon zuflüsterten, daß er fehlte, sprang Master Crounce von hinten auf den Wagen und kletterte auf seinen Hochsitz, ein klappriges Podest, von dem aus er nach seiner ersten Ansprache vom Himmel auf die Erde herabgesenkt werden würde.

Die Menge verstummte, als Gottvater zu sprechen anhob. Für diese Rolle wählte man immer einen Schauspieler mit Baßstimme.

Zu Anbeginn, als ich diese Welt erschuf –
War die Erde noch wüst und leer.
Und ich erschuf das Getier und die Menschen.
Und ich sah alles an, und siehe, es war gut . . .

Die Stimme des Darstellers klang wie Donnergrollen. Gott würde sich bestimmt so anhören, dachte Jasper.

Ihr himmlischen Heerscharen,
stoßet in eure Posaunen,
Um es allen Geschöpfen
zu verkünden . . .

Die Engel bliesen in ihre Hörner.

Es schauderte Jasper, als er daran dachte, daß ihnen hier ein Vorgeschmack auf den Tag des Letzten Gerichts geboten wurde. Er gelobte sich, ein rechtschaffenes Leben zu führen, damit er an jenem Tage nicht vor Furcht würde erzittern müssen wie die Seelen der Verfluchten.

Unserer Sünden wegen versagt bleiben wird uns
Die Gnade der Erlösung,
In die Hölle verdammt werden wir sein,
Zu leben dort unter finsteren Dämonen.

Während der dritte Engel sprach, blickte Jasper zu Jesus, dessen Part jetzt gleich folgen würde.

Hoch vom Himmel herab sprach dann Jesus: »Diese verworfene Welt, nun bricht es an, ihr Ende . . .«

Jemand in der Zuschauermenge kicherte. Jasper blickte umher und sah eine hübsche junge Frau, die sich in Gesellschaft von zwei Männern befand, des dickleibigen Mannes, mit dem Master Crounce gesprochen hatte, und eines anderen Mannes. Die Frau hatte gekichert. Der Dicke starrte sie an, der andere furchte die Stirn und beugte sich zu ihr, um ihr etwas zu sagen.

Jasper wunderte sich über das gotteslästerliche Verhalten der Frau. Zwar spielte Master Crounce diese Rolle, ein gewöhnlicher Sterblicher, der mit der Sünde behaftet war, wie alle anderen auch, doch an diesem Tage war er Jesus.

Aber bald vergaß Jasper den Vorfall, denn während Jesus sagte: »Auf daß die gesamte Menschheit es erkenne«, begann das Podest sich knarrend durch den Rauch nach unten zu bewegen. Dieser Teil gefiel Jasper am besten. Als der Rauch sich verzog, stand Master Crounce als Jesus unten auf der Bühne, die Kapuze nach hinten geworfen. Und dann konnte Jasper seine

Augen sehen, die feierlich glänzten. Diese Rolle verwandelte Master Crounce. »Meine Apostel und alle, die ihr mir nahesteht . . .«

Jasper war fasziniert von seinem Meister. Er genoß es, ihm zuzuhören. Doch leider mußte Jasper, während Jesus zum letzten Teil seiner Ansprache kam, bereits wieder damit beginnen, die Räder für die bevorstehende Abfahrt zu schmieren. Er beeilte sich, um wenigstens den letzten Teil noch mitzubekommen:

All jene, die sündigen hinfort nun,
Werden leiden und klagen ohn' Unterlaß.
Aber jene, die umkehren und Buße tun,
Werden leben und sich erfreuen meiner Gnade.

Als Jasper zum letzten Rad kam, warf er noch einmal einen Blick zu der Stelle, an der seine Mutter gestanden hatte. Sie war nicht mehr da. Jasper war verblüfft. Wie konnte sie weggehen, während Master Crounce sprach? Dann sah er, daß sie weggeführt wurde, gestützt von zwei Männern. Ihre Beine schleiften über den Boden, und ihr Kopf hing zur Seite. Heilige Maria Muttergottes! Was war nur geschehen? Dieser Anblick verfolgte Jasper den ganzen Tag. Auch die leuchtenden Augen von Master Crounce vermochten seine Angst nicht zu verscheuchen.

Jasper kehrte erst in der Morgendämmerung des folgenden Tages nach Hause zurück. Seine Mutter schlief. Mistress Fletcher, eine Nachbarin, wachte bei ihr. In dem kleinen, fensterlosen Raum roch es nach Blut und Schweiß. Dieser Geruch erschreckte Jasper.

»Was ist denn passiert?« fragte er.

Mistress Fletchers große Augen blickten Jasper traurig an. »Es ist ihr zuviel geworden in der Menge. In ihrem Zustand hätte sie dort eigentlich nichts zu suchen gehabt.«

Wird sie wieder gesund werden? fragte sich der Junge, aber er brachte es nicht über sich, diese Frage auszusprechen.

Mistress Fletcher seufzte und stand auf. »Ich werde ein bißchen schlafen. Sei ein braver Junge und leg dich neben sie, damit du gleich aufwachst, wenn sie wach wird.« Sie zauste ihm das Haar. »Ich komm' wieder vorbei, wenn ich am Vormittag meinen eigenen Haushalt versorgt habe.«

Jasper zog ein neues Lederwams aus; er würde es säubern müssen, bevor er zu seinem Vorstellungsgespräch beim Gildenmeister der Wollhändler ging. Er legte das Wams in eine Truhe, in der sich die wenigen kostbaren Dinge befanden, die seine Mutter besaß: ein geschnitzter Holzbecher und ein bunt bemalter Langbogen, der Jaspers Vater gehört hatte. Todmüde kletterte der Junge auf die strohbelegte Pritsche neben seiner im Fieber liegenden Mutter und schlief sofort ein.

Obwohl der Raum keine Fenster besaß, weckten die Geräusche der Stadt Jasper. Die Wände waren dünn, ließen im Winter die Wärme hinaus und im Sommer die Hitze herein. Glocken läuteten, Fensterläden wurden aufgerissen, Menschen riefen sich ihre Guten-Morgen-Grüße zu, und ein Hund winselte so erbärmlich, als würde ihn gerade jemand schlagen. Jaspers Mutter schlief noch, die Decke bis zum Kinn hochgezogen. Jasper erleichterte sich über dem Nachttopf in der Ecke, dann trug er den Topf nach draußen und entleerte ihn in den Rinnstein neben der Straße. Er würde bestraft werden, wenn man ihn dabei erwischte, aber für ihn war es wichtiger, so schnell wie möglich wieder zu seiner Mutter zurückzukehren. Mit dem Wasserholen wollte er warten, bis Mistress Fletcher wieder zurück war.

Kurz vor Mittag öffnete Mistress de Melton ihre Augen. »Ich habe dich in deinem Wams gesehen«, sagte sie, wobei sich ihr Mund kaum bewegte, so daß man ihre Worte mehr erraten mußte, als man sie hören konnte. Sie brachte ein trauriges Lächeln zustande. »Ich bin stolz auf dich, mein Junge.«

Jasper biß sich auf die Unterlippe; er hatte einen Kloß im Hals. Seine Mutter lag im Sterben. Mit seinen acht Jahren hatte er schon oft genug miterlebt, wie jemand starb, um das zu erkennen. »Ich wollte eigentlich auf Mistress Fletcher warten, bevor ich zum Wasserholen gehe«, sagte er. »Hast du jetzt

Durst? Kann ich dich eine Weile allein lassen, um Wasser zu holen?«

»Ich werde hier liegenbleiben.« Wieder dieses matte Lächeln.

Jasper nahm den Wasserkrug und ging nach draußen, während er sich mit dem Ärmel über das Gesicht fuhr, um die Tränen abzuwischen. Erleichtert sah er, daß ihm Mistress Fletcher auf der Treppe entgegenkam.

»Meine Mutter ist wach«, sagte er. »Ich hole Wasser.«

»Guter Junge. Ich geh' gleich hinauf, um zu sehen, ob sie etwas braucht.«

Am Abend begann Mistress de Melton, sich zu schütteln und zu stöhnen. Ihr Fieber stieg.

»Jasper«, flüsterte sie ihrem Sohn zu, »geh zur York Tavern. Suche Will. Er hat dort einen Freund. Bei ihm wirst du ihn finden.«

Jasper blickte zu Mistress Fletcher. Sie nickte. »Ich werde so lange bei deiner Mutter wachen. Hole Will Crounce. Er sollte auch hier sein.«

Es war nicht weit bis zur Schenke. Jasper ließ am Eingang seine Blicke umherschweifen und sah Master Crounce mit dem dicken Mann zusammensitzen, der ihn gestern beim Umzug begrüßte hatte. Sie schienen sich zu streiten. Da Jasper dies für einen ungünstigen Zeitpunkt hielt, die beiden zu stören, zog er sich wieder zurück. Er wollte eine Weile warten und dann noch einmal nachsehen, ob sich die Wogen wieder geglättet hätten. Als er hinausging, streifte er eine Gestalt, die eine Kapuze trug und genau unterhalb der Laterne vor der Tür stand. Dem Geruch nach vermutete Jasper, daß es eine Frau war. Er trat zur Seite und setzte sich in den Schatten.

Kurze Zeit später erschien Master Crounce in der Tür, leicht schwankend und mit wutverzerrtem Gesicht. Jasper hatte ihn noch nie so gesehen. Der große Mann stolperte durch die Tür. Jasper zögerte zu lange, und dann war die Gelegenheit vertan. Die Frau mit der Kapuze griff mit einer weißen, zarten Hand nach Master Crounce. Dieser drehte sich um, gab einen kurzen freudigen Ausruf von sich und verschwand dann mit der Frau in der Dunkelheit.

Jasper verstand nicht ganz, in welcher Beziehung seine Mutter zu Master Crounce stand, aber er hatte eine Vermutung. Und wenn er sich nicht irrte, dann hatte offenbar diese geheimnisvolle Frau den Platz ihrer Mutter eingenommen. Sollte er ihnen unter diesen Umständen überhaupt noch weiter folgen? Wie würde wohl Master Crounce reagieren? Und was konnte Jasper überhaupt sagen angesichts der neuen Gespielin seines Meisters?

Er entschied sich, ihnen doch zu folgen. Vielleicht würden sie sich ja bald wieder trennen, und dann konnte Jasper mit Master Crounce alleine sprechen, ohne ihn in Verlegenheit zu bringen.

Das Pärchen durchschritt das Tor zum Münster. Offenbar lebte die Frau innerhalb des erzbischöflichen Bezirks. Vielleicht arbeitete sie für den Erzbischof oder einen der Erzdiakone. Auch Jasper gelangte ohne Schwierigkeiten hinein. Er half häufig bei den Steinmetzen und Zimmerern aus. Sein Vater hatte der Zimmererzunft angehört. Diese bezahlte auch die Kammer, in der Jasper und seine Mutter lebten, und gab ihm ab und zu eine Arbeit. Den Wachen war Jasper daher nicht unbekannt.

»Der kleine Jasper. Noch so spät unterwegs heute?«

»Meine Mutter ist krank geworden«, erklärte Jasper. »Ich suche jemanden, der uns hilft.«

»Ah. Davon habe ich gehört. Während des Umzugs, stimmt's?«

Jasper nickte.

Der Wachposten winkte ihn vorbei.

Jasper blieb im Schatten des großen Doms stehen und lauschte auf die Schritte des Paares. Die beiden hatten sich nach links gewandt und strebten dem westlichen Eingang zu. Seltsam. Dort lagen der Garten des Münsters, das Gefängnis, der Palast des Erzbischofs und die Kapelle. Vielleicht gehörte die Frau zu den Dienstmägden im Palast. Jasper beeilte sich, ihnen zu folgen. In diesem Teil kannte er sich nicht besonders gut aus. Und bei Nacht wirkte dieser Ort unheimlich. Rechts von ihm ragte das hohe Münster auf, ein schwarzer Klotz in der Dunkelheit, den die Vögel der Nacht mit leisem Flügelschlag umschwirrten. Die beiden passierten die große Westfront des

Münsters. Jasper eilte an den Türmen vorüber und stolperte dabei. Er hatte Angst, allein an diesem Ort verweilen zu müssen, den man nach Einbruch der Dunkelheit am besten Gott und den Heiligen überließ.

Als das Pärchen um die nordwestliche Ecke bog und in den Garten des Münsters trat, erklang ein Lachen, das unheimlich widerhallte. Jasper blieb stehen und bekreuzigte sich. Das Lachen kam weder von Master Crounce noch von der Dame, und es klang auch gar nicht freundlich. Master Crounce stolperte. Zu Jaspers Verblüffung entfernte sich die Frau daraufhin von ihm und begann, in Jaspers Richtung zu laufen. Er flüchtete sich rasch in den Schatten des Münsters, damit sie ihn nicht entdecken konnte.

Das Lachen wiederholte sich.

»Wer ist da?« fragte Crounce, doch seine Stimme klang unsicher und schwach, weil er offensichtlich zuviel getrunken hatte.

Da sprangen zwei Männer aus der Dunkelheit auf Crounce zu und schlugen ihn nieder. Einer von ihnen beugte sich über den zu Boden Geworfenen. Crounce stieß einen Schrei aus, der jedoch sogleich in einem Gurgeln und Stöhnen erstarb. Der andere Mann schwang ein Schwert über dem Kopf und ließ es mit voller Wucht niedersausen. Dann bückte er sich, hob etwas auf, und daraufhin flohen die beiden.

Jasper eilte zu dem Freund seiner Mutter. »Master Crounce?« Der Mann reagierte nicht. Jasper kniete sich nieder und befühlte sein Gesicht. Die Augen standen offen. Jasper stieg der Geruch von Blut in die Nase. »Master Crounce?« Der Junge griff nach der Hand des Mannes. Aber da war keine Hand mehr, nur noch etwas Heißes und Feuchtes. Sprachlos vor Entsetzen rannte Jasper zum Wachposten.

»Was ist denn los, Junge? Hast du einen Geist gesehen?«

Jasper keuchte, dann krümmte er sich und erbrach sich.

Jetzt wurde der Wachmann unruhig. »Was ist denn?«

Jasper wischte sich den Mund mit einer Handvoll Gras ab und holte dann tief Luft. »Master Crounce! Sie haben ihn ermordet! Sie haben seine Hand abgehackt!«

Als die ersten Strahlen der Sonne sein Bett in der York Tavern berührten, fluchte Gilbert Ridley und drehte sich auf die andere Seite. In seinem Kopf hämmerte es. Er hatte zuviel Bier getrunken, und die harschen Worte, die er für Will Crounce gefunden hatte, taten ihm jetzt leid. Wenn er diesen Morgen überstanden hatte, dann würde er zum Münster gehen und für sein sündhaftes Tun Abbitte leisten. Ridley wälzte sich im Bett umher und hielt den Atem an, als Blitze vor seinen Augen zuckten. Draußen rumpelten Karren vorbei, und Glocken begannen zu läuten. Diese verdammte Stadt! Dieses verdammte Bier von Tom Merchet, das so verteufelt gut schmeckte!

Ein eigenartiger Geruch lenkte Ridleys Aufmerksamkeit in die Mitte der Kammer. Da lag etwas, bereit, ihm ein Bein zu stellen. Er konnte sich nicht erinnern, daß er dort etwas hingelegt hatte. Fleisch? Vielleicht hatte er die Tür offenstehen lassen. Wie betrunken war er gewesen, daß er sich hingelegt hatte, ohne die Tür zu schließen? Ridley schloß die Augen, er fühlte sich hundeelend. Es war der Druck auf der Blase, der ihn schmerzte. Er setzte sich auf, schlug sich auf den Kopf und den Bauch und wartete, bis alles um ihn herum sich beruhigt hatte. Dieses Ding auf dem Fußboden. Es sah aus wie – mein Gott, es war eine Hand! Eine abgetrennte Hand. Ridley sprang zum Nachttopf und übergab sich.

Kapitel 2

Die unheilverkündende Hand

Vater Gideon hatte Mistress de Milton die letzte Ölung verabreicht. Jetzt kniete Jasper neben seiner Mutter und betete darum, der Tod möge ihn statt ihrer zu sich holen.

Jasper hatte Angst. Am Donnerstag morgen war er noch überglücklich gewesen und hatte gemeint, sein Herz würde vor Freude zerspringen. Jetzt, am Samstag morgen, war all das nur noch Erinnerung. Seine Mutter lag im Sterben, und sein Gönner, der ihm zur Aufnahme in die Gilde verhelfen wollte, war ermordet worden. Wenn seine Mutter aufwachte, würde er ihr die schreckliche Nachricht überbringen müssen, was ihrem geliebten Will widerfahren war.

Was hatte Jasper getan, daß er von Gott dem Allmächtigen so fürchterlich bestraft wurde?

»Jasper?« Die Hand, die nach der seinen griff, war eiskalt. Wie konnte sie vor Fieber brennen und gleichzeitig solch kalte Hände haben?

»Mutter, ich bringe dir etwas Wasser.«

Kristine des Meltons Lippen waren aufgesprungen.

»Will? Ist er da?«

Jasper brachte es nicht übers Herz, es ihr zu sagen. Er wollte nicht, daß sie sich in ihren letzten Tagen noch seinetwegen Sorgen machte. »Master Crounce konnte nicht gleich kommen. Aber er schickt seine Liebe.«

»Er ist ein guter Mensch, Jasper. Er wird für dich sorgen.«

Jasper nickte. Er konnte nicht sprechen, weil es ihm die Kehle zuschnürte.

Mistress de Milton lächelte, strich ihrem Sohn über die Wange und schloß die Augen. »Ich bin so müde.«

Jasper bat Gott, er möge ihm seine kleine Lüge verzeihen.

Bess stand gerade am Backofen, als sie von dem Toten hörte. Ein Wollhändler aus Boroughbridge.

»Wie war sein Name?« fragte sie Agnes Tanner.

Agnes warf einen nachdenklichen Blick auf das kleine Kind, das sich an ihre Rockschöße klammerte. »Will. Genau wie mein Kleiner.«

Bess dachte darüber nach. Will, ein Kaufmann aus Boroughbridge. »Crounce? Hat er vielleicht so geheißen?«

»Könnte sein. So ähnlich. Habt Ihr ihn gekannt?«

»War ein Kunde«, sagte Bess. »Schien ganz in Ordnung zu sein.«

»Ein Junge hat ihn gefunden. Armer Kerl.«

»Schrecklich. War es Raubmord?«

»Sah ganz so aus. Warum hätten sie ihm sonst die Hand abgehackt?« Agnes nahm ihr Kind auf den Arm und befahl ihrem Ältesten bellend, den Brotkorb geradezuhalten. »Ich muß gehen. Grüße an Tom.«

Das Klopfen an der Ladentür weckte Lucie, doch Owen lag mit einem Arm und einem Bein über ihr und drückte sie auf das Bett. Lucie schloß ihre Augen und hoffte, der Besucher, wer immer es sein mochte, würde wieder gehen. Sie wollte Owen nicht aus dem Schlaf reißen und hatte auch selbst keine Lust, hinunterzugehen.

Doch das Klopfen wiederholte sich. Lucie spürte, wie Owens Muskeln sich zusammenzogen, und dann setzte er sich mit einem Ruck auf. »Wer ist da?« rief er, doch die Person vor der Tür konnte ihn natürlich nicht hören.

»Warum gehst du nicht hinunter und siehst nach?« schlug Lucie vor.

»Es wird für dich sein. Wahrscheinlich ein Notfall, da wollen sie die Apothekermeisterin sprechen, nicht ihren Lehrling.« Er legte sich mit einem zufriedenen Seufzen wieder zurück.

»Aber es ist die Aufgabe des Lehrlings, festzustellen, wer es ist und was er will.«

»Ich bin nackt.«

»Ich auch.«

»Ja, du auch.« Owen grinste und streckte eine Hand nach seiner Ehefrau aus, aber es klopfte abermals, jetzt heftiger und lauter, als habe nun ein Stiefel die Hand abgelöst. »Verdammt!« Owen warf sich ein Nachthemd über, streifte die Klappe über sein entstelltes linkes Auge und stapfte die Treppe hinunter.

Bruder Michaelo zog den Knaben zur Seite, doch Owen sah gerade noch, daß der Fuß des Jungen schon wieder ausholte, um gegen die Tür zu treten.

»Was wollt Ihr?« knurrte Owen.

Bruder Michaelo lächelte Owen gewinnend an und verbeugte sich. »Verzeiht diese frühe Störung, Hauptmann Archer. Aber Seine Gnaden der Erzbischof schickt mich. Es ist äußerst dringend. Ihr sollt in seinen Palast kommen, sobald Ihr fertig angezogen seid.«

»Liegt der Erzbischof etwa auf dem Sterbebett?«

»O nein, Gott behüte«, erwiderte Bruder Michaelo und bekreuzigte sich. »Aber es ist ein Mord geschehen. Im Garten des Münsters.«

»Nun, ich war es nicht.« Owen wollte die Tür schließen.

Michaelo streckte einen Arm nach vorne. »Bitte, Hauptmann Archer. Seine Gnaden möchte nicht Euch beschuldigen, sondern sich mit Euch über die Angelegenheit unterhalten.«

Wieder diese alte Schuld. Verdammt. »Und deswegen muß er mich zu nachtschlafender Zeit aus dem Bett holen?«

»Er ist höchst beunruhigt wegen des Vorfalls.«

»Ist der Tote jemand, den ich kenne?«

Bruder Michaelos Nasenflügel bebten überrascht. »Das glaube ich nicht. Will Crounce, ein Wollhändler aus Boroughbridge.«

Gott sei Dank war es kein Bekannter von Owen. »Ich komme gleich.« Er ließ die Tür zukrachen. Bruder Michaelo war kein Freund des Hauses, und Owen hielt es daher für überflüssig, ihm besonders höflich zu begegnen.

Lucie berührte Owens Hand. Er hatte nicht gehört, wie sie hinter ihm heruntergekommen war. »Du mußt gehen, das weißt du«, sagte sie ruhig. Owen vernahm das Bedauern in ihrer Stimme.

Er drückte ihre Hand. »Ja.«

Bess Merchet eilte zurück zur York Tavern und dort sogleich hinauf zu Gilbert Ridleys Kammer. In der Tür blieb sie erschrocken stehen. Auf dem Boden lag, wie ein weggeworfenes Spielzeug, eine menschliche Hand, deren Finger nach innen gebogen waren. Man hätte sie für eine kunstvoll gefertigte Puppenhand halten können, wäre nicht das entsetzlich zugerichtete Handgelenk gewesen, wo die Hand gewaltsam vom Arm abgetrennt worden war. »Heilige Maria Muttergottes und alle Heiligen, was hat uns Gilbert Ridley da ins Haus gebracht?« Mit Befremden stellte sie fest, daß Ridleys Habseligkeiten verschwunden waren. Es sah aus, als hätte der Mann Hals über Kopf das Weite gesucht. Sie schob das grauenerregende Ding auf ein Tuch und wickelte es ein, damit Kit, die Magd es nicht sah, hob das Bündel auf und schloß sorgfältig die Tür der Kammer hinter sich. Diesen Mann sollte der Teufel holen. Bess stampfte nach unten, um Tom, ihren Ehemann, zu befragen.

Tom blickte von dem Dübel auf, den er gerade zurechtschnitzte, um einen Schemel zu reparieren. »Master Ridley hat gezahlt und ist gegangen. Er sah nicht aus, als ob er es besonders eilig gehabt hätte«, antwortete er. »Warum fragst du, Bess? Was ist los?«

»Dieser Will Crounce, mit dem er sich gestern abend gestritten hat, wurde heute morgen tot aufgefunden, das ist los. Man hat ihm die Kehle aufgeschlitzt und eine Hand abgehackt.«

»Die rechte Hand? Waren sie hinter dem Ring her?«

»Was hältst du davon?« Bess warf das Bündel auf den Tisch, so daß die Hand herausrutschte.

Tom ließ seinen Dübel fallen und schlug ein Kreuzzeichen. »Gott steh mir bei. Wo hast du das gefunden, Bess? Ist das etwa . . .?«

»Ich glaube kaum, daß heute morgen auch noch jemand

anderem in dieser Stadt eine Hand abgehackt worden ist, du vielleicht?«

»Nun, nein . . .«

»Ich habe sie in Gilbert Ridleys Kammer gefunden.«

»In Ridleys Kammer?« Tom furchte die Stirn und kratzte sich am Kinn.

»Also, wo steckt er?« fragte Bess.

»Glaubst du, er selbst hat sie dort hingelegt?«

»Ob er es war oder jemand anderer, das kann ich nicht sagen, Tom Merchet. Ich weiß nur, daß er sich mit dem Mann gestritten hat, der später ermordet wurde, daß Ridley jetzt verschwunden ist und die Hand des Ermordeten in seiner Kammer lag. Wenn du mich fragst, dann würde ich sagen, es sieht nicht besonders gut für Ridley aus.«

Tom schüttelte den Kopf. »Wenn er abhauen wollte, hätte er sich dann überhaupt noch die Mühe gemacht, zu bezahlen? Und wäre er denn so dumm gewesen, hier einen Beweis zurückzulassen? Und warum hätte er die Hand eigentlich mitnehmen sollen? Er hätte sie doch einfach neben dem Toten liegen lassen können. Das wirkt schon furchterregend genug, meine ich.«

Diese Einwände waren zwar alle bedenkenswert, aber dennoch überzeugten sie Bess nicht davon, daß Ridley mit dem Mord nichts zu tun hatte. »Er wird noch einiges erklären müssen, da bin ich sicher.« Bess wickelte die Hand wieder ein. »Gib du darauf acht, bis ich mich fertiggemacht habe.«

»Fertiggemacht? Wo willst du hin, Frau?«

Es überraschte sie immer wieder, wie einfältig ihr Mann manchmal sein konnte. »Zum Münster, Tom. Ich muß dieses Beweisstück zu Erzbischof Thoresby bringen.«

»Warum zu ihm?«

»Der Mord ist im Bezirk des Münsters geschehen, hat Agnes Tanner erzählt. Also wird er dem Erzbischof Kopfzerbrechen bereiten.«

»Warum bringst du es nicht nach nebenan zu Owen Archer? Er ist doch der Mann des Erzbischofs.«

»Nein, jetzt nicht mehr. Jetzt ist er Lucies Lehrling.«

Tom schnaubte. »Da täuschst du dich. Das wirst du schon noch merken.«

Er grinste selbstgefällig, während er sich wieder seiner Arbeit zuwendete. Schon oft hatte Tom abends mit Owen bei einem Humpen Bier zusammengesessen, und dabei hatte er erfahren, daß Owen sich dem Erzbischof verpflichtet hatte.

Letzten September war ein Sendbote von John of Gaunt, dem Herzog von Lancaster, gekommen, der Owen aufgefordert hatte, wieder in seine Dienste zu treten. Eine Unverschämtheit, denn Owen war nicht bei Gaunt, sondern bei dessen Schwiegervater, dem alten Herzog von Lancaster, Hauptmann der Bogenschützen gewesen. In dessen Diensten hatte er auch das Augenlicht auf seinem linken Auge verloren. Als er den alten Herzog bat, ihn von seinem Posten zu entbinden, weil er sich im Feld seiner selbst nicht mehr sicher sein könne, hatte der Herzog ihm eine neue Aufgabe übertragen. Owen hatte schreiben und lesen gelernt, war ein kleiner Grundbesitzer und Spion des alten Herzogs geworden. Doch kurze Zeit später war der Herzog gestorben, und da er keine Söhne hinterlassen hatte, war das Herzogtum an den Ehemann seiner Tochter Blanche gefallen, an John of Gaunt, den dritten Sohn von König Edward. Da Owen überzeugt gewesen war, daß der neue Herzog wohl keinen großen Wert auf die Dienste eines einäugigen Bogenschützen und Spions legen würde, hatte er versucht, sich in Italien als Söldner zu verdingen. Doch John Thoresby, Lordkanzler von England und Erzbischof von York, hatte sich verpflichtet gefühlt, der Bitte des alten Herzogs nachzukommen, der ihn ersucht hatte, sich um Owen zu kümmern. Thoresby hatte Owen vor die Wahl gestellt, entweder in seine oder in die Dienste des neuen Herzogs von Lancaster zu treten. Da es ihm nicht sonderlich gefallen hatte, was ihm über John of Gaunt zugetragen worden war, hatte Owen sich für den Erzbischof entschieden.

Gaunts plötzliches Interesse hatte mit Owens Fertigkeiten als Bogenschütze und als Ausbilder von Bogenschützen zu tun. Die Pest, die 1361 wiedergekehrt war, hatte unter den Bogenschützen wie auch in allen anderen Bevölkerungsschichten ihren Tribut gefordert. König Edward, der in einen langwierigen Krieg mit Frankreich verstrickt war, wußte, daß die Langbogenschützen seine wichtigste Waffe darstellten. Er war sogar soweit gegangen, bis auf das Bogenschießen alle anderen Sportarten zu verbieten. Und dann hatte er es für alle Männer, die dazu körperlich in der Lage waren, zur Pflicht gemacht, an den Sonn- und Feiertagen Bogenschießen zu üben.

Zweifellos hatte Bertold, Owens alter Freund, der beim Herzog von Lancaster seine Nachfolge als Hauptmann der Bogenschützen angetreten hatte, mit seinem neuen Herrn über Owen gesprochen, denn er glaubte offenbar, Owen wäre mit seinem neuen Leben nicht glücklich. Und es stimmte auch, nichts vermißte Owen mehr als die Abende, die er nach einem harten Übungstag im Kreise seiner Männer beim Bier verbracht hatte. Zwar sagte ihm das Apothekerhandwerk durchaus zu, und er fand auch Ruhe und Frieden bei der Arbeit im Kräutergarten, doch sein Körper sehnte sich nach mehr Aktivität.

Andererseits wünschte er sich nichts sehnlicher, als mit Lucie zusammenzusein, und die Aufforderung von Gaunt hatte ihn kaum zwei Monate vor ihrer geplanten Hochzeit erreicht. Owen war daraufhin zu Thoresby gegangen, um ihm sein Problem zu schildern, denn er wußte, daß der Erzbischof ihm noch etwas schuldig war.

Thoresby half gern. Er war gerade von Windsor Castle, wo er seinen Pflichten als Lordkanzler nachgegangen war, nach York zurückgekehrt, um einen Streit zwischen einem seiner Erzdiakone und einem einflußreichen Abt zu schlichten, in dem es um eine bestimmte Reliquie ging. Archer reiste im Auftrag des Erzbischofs nach Norden, um sich der Sache anzunehmen. Indessen kehrte Thoresby an den Hof zurück, wo er den König davon überzeugen wollte, daß man Owen Archers Talent am besten darauf verwandte, an den Sonn- und Feiertagen die Bogenschützen auf dem St. George's Field für den Ernstfall vorzubereiten. York könnte auf diese Weise auf eine gut ausgebildete Truppe von Bogenschützen zurückgreifen. König Edward versprach, seinen Sohn von seinem Plan abzubringen.

Owen stand also in der Schuld Thoresbys, und eine Vorladung von ihm konnte er schwerlich ignorieren, ganz gleich, wie Bess darüber dachte. Tom betrachtete den glatten Dübel wohlgefällig und legte das Messer weg.

Michaelo, der nun nicht mehr lächelte, führte Owen in die Privatgemächer des Erzbischofs. Thoresby saß im Licht eines Flügelfensters und studierte ein Pergament. Er blickte auf, als Owen eintrat, und bedeutete diesem, zu ihm an den Tisch heranzutreten.

»Die Nachricht von dem Mord hat sich wahrscheinlich schon in der ganzen Stadt verbreitet, Archer.«

»Das glaube ich auch.«

»Wir müssen den Fall aufklären, bevor ich wieder nach Windsor abreise.«

»Ich soll also Nachforschungen anstellen?«

»Mir bleibt keine andere Wahl. Ich bin umgeben von Unfähigkeit. Ich habe den Wachposten gefragt, weshalb er denn nichts gehört habe. Woraufhin er mir ausführlich erklärte, daß der Mord sich auf der anderen Seite des Münsters ereignet habe und ich es folglich eher hätte hören müssen als er. Es ist ein Wunder, daß man mir in meiner Abwesenheit noch nicht mein Tafelsilber gestohlen hat.«

»Im Bezirk des Münsters geschieht nur sehr selten ein Mord, Euer Gnaden. Der Wachmann hätte die Geräusche vielleicht gar nicht richtig gedeutet.«

»Hm.« Thoresby blickte wieder auf sein Pergament hinunter. Owen sah, daß es sich um eine Landkarte handelte.

»Ihr brecht in Kürze auf?« fragte Owen.

»In drei Wochen findet die Hochzeit von Prinzessin Isabella statt. Als Lordkanzler bin ich dafür zuständig, die Einzelheiten des Heiratsabkommens auszuhandeln.«

»Aber diese Verhandlungen müßten doch schon längst abgeschlossen sein?«

»Der Bräutigam hat noch einige außergewöhnliche Probleme aufgeworfen.«

»Enguerrand de Coucy? Er war doch eine Zeitlang Kriegsgefangener des Königs. Dort am Hof, wo Ihr ihn ständig unter Beobachtung hattet. Welche Probleme kann er denn noch aufwerfen?«

»Er schuldet dem König noch Lösegeld. Dieses muß getrennt werden von dem Wittum, das de Coucy Prinzessin Isabella überträgt. Außerdem müssen wir sicher sein können, daß de Coucy uns die Wahrheit sagt über seine Besitztümer. Ich habe überall in Frankreich und in der Bretagne meine Spione alarmiert. Und Spione, die die Spione überwachen. Nichts ist gewiß bis zum Tag der Hochzeit.«

»Wenn Ihr mit solch wichtigen Staatsangelegenheiten befaßt seid, weshalb kümmert Ihr Euch dann um die Ermordung eines Wollhändlers? Laßt doch Johannes diese Arbeit erledigen. Er ist Erzdiakon von York.«

»Will Crounce war Mitglied der Wollhändlergilde. Diese Gilde ist sehr wichtig für mich. Ihr verdanke ich den Großteil der Spenden für das Münster.«

»Die Spenden für das Münster. Dann verstehe ich auch, warum Ihr Bruder Michaelo als Sekretär angestellt habt – seine Familie hat Euch eine größere Summe offeriert.«

Thoresby stieß die Landkarte verärgert zur Seite. Er blickte Owen scharf an. »Ich schulde Euch keine Erklärung, Archer.«

»Nein, natürlich nicht.« Owen setzte sich.

»Ich möchte, daß Ihr soviel wie möglich über den Ermordeten herausfindet.«

Owen lehnte sich zurück und streckte seine langen Beine aus. »Es wäre hilfreich, wenn ich mehr Einzelheiten über den Mord erfahren könnte.«

Thoresby blickte auf Owens ausgestreckte Beine, als wolle er ihn deswegen zurechtweisen, dann schaute er Owen ins Gesicht und schüttelte den Kopf. »Da gibt es nicht viel zu erzählen. Zwei oder drei Männer haben Crounce überfallen, als er gestern abend mit einer Dame den Garten des Münsters durchquerte. Die Männer haben Crounce die Kehle aufgeschlitzt und ihm die rechte Hand abgehackt.«

Owen nickte. »Und die Dame?«

»Sie ist geflohen.«

»Kann sie etwas über die Männer sagen?«
»Wir wissen nicht, wer sie ist.«
Owen runzelte die Stirn. »Woher wißt Ihr dann, daß . . .«
»Ein Junge ist den beiden gefolgt.«
»Weshalb?«
»Die Mutter des Knaben ist schwer krank. Sie hatte nach Crounce verlangt.«
»Und der Junge kennt die Frau nicht, die Crounce begleitete?«
»Er sagt, sie trug einen Umhang mit Kapuze.«
»Jetzt, im Juni?«
Thoresby zuckte mit den Schultern. »Die Hand ist übrigens verschwunden.«

Bess Merchet eilte an Bruder Michaelo vorbei und stürmte in die Kammer des Erzbischofs.
Thoresby sprang auf und rief irritiert: »Wo ist Michaelo?«
»Er wird gleich durch diese Tür hereinkommen und sich darüber beschweren, daß ich an ihm vorübergelaufen bin«, antwortete Bess. Sie legte ihr Bündel auf den polierten Holztisch und deutete mit einem Kopfnicken darauf, wobei die Schleifchen auf ihrer Haube aufgeregt flatterten. »Seht Euch das an, Euer Gnaden. Habe es in einer meiner Gästekammern gefunden.« Überrascht blickte sie Owen an. »Dann hatte Tom also recht. Du bist immer noch der Mann des Erzbischofs.«
Bruder Michaelo erschien im Türrahmen. Seine Nasenflügel bebten, und sein schlanker Körper schüttelte sich in rechtschaffener Empörung.
Thoresby blickte zu Bess Merchet und dann zu seinem Sekretär. »Kommt Ihr, um Mistress Merchet anzukündigen?«
»Sie ist in den Vorraum hereingeplatzt, Euer Gnaden. Ich konnte sie nicht aufhalten.«
»Ich bin überzeugt, daß auch schon tüchtigere Männer als Ihr, Michaelo, darüber Klage geführt haben. Bringt Ihr uns etwas Branntwein?«
Michaelo schnaubte, eilte dann aber gehorsam davon.

Thoresby lächelte Bess an. »Da habt Ihr Euch keinen neuen Freund erworben.«

»Ich komme nicht in der arbeitsreichsten Zeit des Tages hierher, um mich mit jemandem anzufreunden, Euer Gnaden. Seht Euch dieses Bündel an, wenn Ihr wollt.« Bess setzte sich unaufgefordert und beugte sich dann erwartungsvoll nach vorn.

Thoresby konnte sich schon vorstellen, was das Bündel enthielt, und wollte deshalb mit dem Auspacken warten, bis der Branntwein gebracht worden war. Solch unangenehme Erlebnisse waren besser zu ertragen, wenn man zuvor einen kräftigen Schluck genommen hatte.

Aber Bess war ungeduldig. »Bitte, öffnet es, Euer Gnaden. Ich habe, wie ich schon sagte, sehr viel zu tun.«

»Ich vermute, darin liegt die Hand des Mannes, den man im Münstergarten ermordet aufgefunden hat?«

Bess richtete sich auf. »In der Tat. Wie habt Ihr das erraten?«

»Es liegt in der Natur eines derartig beunruhigenden Ereignisses, daß alles Unerwartete, das an einem solchen Tage geschieht, damit in Zusammenhang steht. Das Bündel hat genau die richtige Größe für eine abgehackte Hand.«

»Ich habe sie in der Kammer gefunden, die Gilbert Ridley heute morgen geräumt hat. Sie haben sich letzte Nacht gestritten, müßt Ihr wissen.«

Jetzt war es Thoresby, der sich nach vorne lehnte. Er kannte Gilbert Ridley. Er war der Repräsentant von Goldbetter & Co. in London und Calais, ein Kaufmann, der in den Finanzgeschäften des Königs eine bedeutende Rolle spielte. »Wer hat sich gestritten?«

»Gilbert Ridley und der Tote, Will Crounce.«

»Woher wißt Ihr, wie der Tote hieß?«

Bess zuckte mit den Achseln. »Hab' es heute morgen beim Bäcker gehört. Habt Ihr vielleicht gedacht, das würde ein Geheimnis bleiben?«

»Nein, in der Tat nicht.«

Michaelo kam mit dem Wein zurück. Er füllte drei Becher und entfernte sich dann leise.

Thoresby nahm einen Schluck. »Erzählt mir von diesem Streit.«

»Da gibt es nicht viel zu erzählen«, erwiderte Bess. »Sie saßen gestern abend bei uns in der Schenke. Haben sich angebrüllt und hatten rote Köpfe. Ich bin zu ihnen hinübergegangen und habe ihnen gesagt, sie sollen sich nicht so aufführen. Daraufhin ist Will Crounce wutentbrannt hinausgestürzt. Gilbert Ridley hat sich entschuldigt und ist in seine Kammer hochgegangen.«

»Und du hast nicht verstanden, worum es ging?« mischte sich Owen ein.

Bess schaute Owen kurz an und senkte den Blick auf ihren Becher. Sie wollte gegenüber einem Kunden nicht zugeben, daß sie Gespräche belauschte.

»Ich weiß, daß du nicht über andere Leute sprichst, aber in diesem Fall würde es uns sehr helfen, wenn wir wüßten, worüber sie sich gestritten haben.«

»Nun, sie waren sehr laut, wie ich schon sagte. Soviel ich mitbekommen habe, hat Crounce Ridley vorgeworfen, er würde das Leben von zwei anständigen Frauen zerstören.«

»Gilbert Ridley ein Schürzenjäger?« fragte Thoresby. »Dieser feiste, unansehnliche Mann mit dem aufgedunsenen Gesicht? Das hätte ich nie vermutet. Er muß sich die Zuwendung der Damen erkauft haben.«

Bess schnaubte. »Nein, Crounce sprach von Ridleys Gemahlin und von seiner Tochter. Mistress Ridley sieht ihren Mann nicht mehr, und seine Tochter ist mit einem Kerl verheiratet, den Crounce als einen Schläger bezeichnete, während Ridley in ihm einen Mann sieht, der sehr ehrgeizig ist und unbedingt Ritter werden möchte.«

»Wo ist Gilbert Ridley jetzt?«

Bess zuckte mit den Schultern. »Er hat bezahlt und ist gegangen, während ich beim Bäcker war. Mein Mann hat ihn gehen lassen, ohne ihm irgendwelche Fragen zu stellen. Tom hatte noch nicht von dem Verbrechen erfahren.«

»Und dann habt Ihr diese Hand in Ridleys Kammer gefunden?«

»Ja, sie lag mitten im Raum. Hätte Kit sie beim Saubermachen entdeckt, hätte das eine hübsche Szene gegeben, das kann ich Euch sagen. Dann wäre das Mädchen mindestens für vierzehn Tage zu nichts mehr zu gebrauchen gewesen.«

»Dieser Streit«, mischte sich Owen ein, »würdest du sagen, er war so ernsthaft, daß er in einem Mord münden konnte?«

Bess lächelte den Ehemann ihrer besten Freundin an und ließ ihre Schleifchen absichtlich erzittern. »Nein. Es war eher so, wie wenn zwei Freunde, die zu tief in die Becher geschaut haben, sich in die Haare geraten, was Ridley mir danach auch bestätigt hat.«

»Ridley ging in seine Kammer, nachdem Crounce die Schenke verlassen hatte, und er blieb auch dort?« fragte Owen.

»Was er getan hat, nachdem wir alle zu Bett gegangen waren, kann ich nicht sagen. Die Hand kann nicht von selbst da hinaufgekommen sein.« Bess schaute den beiden in die Augen. »Und dann ist noch etwas.« Bevor Thoresby Bess zurückhalten konnte, beugte sie sich nach vorn und packte das widerwärtige Bündel aus. »Crounce trug einen Siegelring an seiner rechten Hand, an der Hand, mit der er den Krug hob. Dieser Ring ist nicht mehr da. Wenn man den Ring findet, hat man auch den Mörder, würde ich meinen.«

Thoresby klappte unter Zuhilfenahme eines Federkiels das eine Ende des Tuches wieder über die Hand. »Ich kann doch darauf vertrauen, daß Ihr niemandem von Eurem Fund erzählen werdet, Mistress Merchet? Wir möchten Gilbert Ridleys guten Ruf nicht schädigen.« Ridley hatte einmal angedeutet, er könnte sich unter Umständen bereitfinden, dem Münster eine größere Summe Geldes zukommen zu lassen.

Bess schnaufte. »Natürlich, einen guten Ruf dürfen wir nicht ruinieren. Aber keine Angst, Ihr könnt auf mich bauen, Euer Gnaden. Und ich vertraue darauf, daß Ihr es nicht an die große Glocke hängt, daß man so etwas in meiner Herberge gefunden hat.«

»Hauptmann Archer und ich werden diese Information nur soweit verwenden, wie es nötig ist.«

Bess nickte zufrieden und nahm einen Schluck von ihrem

Branntwein. »Ich habe gehört, ein Junge hat den Toten gefunden.«

Thoresby gefiel es nicht, wie Bess sich hier auf eine längere Unterhaltung einzustellen schien. Er erhob sich. »Ich möchte Euch nicht länger aufhalten, Mistress Merchet. Schließlich habt Ihr gesagt, Ihr seid eine vielbeschäftigte Frau.«

Bess trank ihren Becher aus, stand auf und strich sich ihre Röcke glatt. »Euer Gnaden«, sagte sie und machte einen leichten Knicks.

»Danke für Eure Hilfe, Mistress Merchet.«

»Gern geschehen, Euer Gnaden.« Sie schwebte würdevoll und erhaben aus dem Raum.

Owen wartete, bis er die Außentür ins Schloß fallen hörte. Dann sagte er: »Glaubt Ihr, Ridley hat Crounce nach dem Streit von gestern abend ermordet?«

Thoresby schüttelte den Kopf. »Das wäre zu simpel. Meine Wachen sind dumm genug, um von dem Vorfall nichts zu bemerken, aber Ridley ist seit Jahren einer der wichtigsten Agenten von Goldbetters Handelsgesellschaft in London und Calais, und um sich so lange in dieser Position halten zu können, muß man klug und geschickt sein. Und man muß seine Spuren verwischen können.«

»Arbeitete Crounce für Ridley?«

»Laut Johannes, ja. Er war Ridleys Mann hier in York und in Hull.«

»Hat jemand Crounce vielleicht deswegen die rechte Hand abgehackt, um ihn des Diebstahls zu bezichtigen? Und dann Ridley die Schuld zugeschoben?«

Thoresby zuckte mit den Schultern. »Eben das müssen wir herausfinden.« Er ging zum Kamin hinüber und starrte nachdenklich in das Feuer, die Hände hinter dem Rücken verschränkt. Plötzlich drehte er sich um. »Ich möchte, daß Ihr Euch an Ridley hängt. Er kann noch nicht weit gekommen sein. Vermutlich ist er unterwegs nach Hause. Nach Riddlethorpe, seinem Herrensitz in der Nähe von Beverley.«

»Soll ich sofort aufbrechen?«

»Ja. Holt ihn ein, solange ihm noch der Schrecken in den

Gliedern sitzt. Findet heraus, was er weiß. Bietet ihm an, ihn nach Hause zu begleiten. Durchsucht auch seine Taschen. Mistress Merchet könnte recht haben mit dem Siegelring, aber vielleicht hat Ridley ihn auch nur zur Sicherheit in Verwahrung genommen. Ich möchte, wie ich schon sagte, daß diese Angelegenheit so schnell wie möglich aufgeklärt wird. Nicht daß ich mir darüber auch in Windsor noch Sorgen machen muß.«

»Ich möchte Euch keinesfalls Euren Aufenthalt am Hof vergällen«, sagte Owen, der sich keine Mühe gab, seine Irritation über Thoresbys Prioritäten zu verbergen.

»So angenehm wird mein Aufenthalt dort nicht werden, Archer. Ich werde von früh bis spät mit offiziellen Aufgaben befaßt sein.«

Owen zuckte mit den Achseln. »Was ist mit dem Jungen, der den Mord beobachtet hat?«

»Jasper de Melton?« Thoresby schüttelte den Kopf. »Seine Mutter liegt im Sterben. Jasper hat uns erzählt, was er gesehen hat. Laßt den Jungen vorerst in Ruhe.«

»Vielleicht weiß er noch mehr.«

»Nicht jetzt.«

»Möglicherweise ist er in Gefahr?«

»Es war dunkel. Er konnte die Gesichter nicht erkennen, also konnten sie ihn auch nicht erkennen.«

»Ihr seid Euch dessen bewußt, daß bald die ganze Stadt wissen wird, daß dieser Jasper Zeuge des Mordes gewesen ist?«

Thoresby tat diese Bemerkung durch ein Kopfschütteln ab. »Ridley ist wichtiger für uns. Michaelo wird Euch ein Schreiben mit meinem Siegel aushändigen, das Euch gegenüber Gilbert Ridley legitimiert.«

»Euer Gnaden erweist mir nicht die Ehre, mich um meine Mithilfe zu bitten?«

Thoresby hob eine Augenbraue. »Ich bitte nie.«

Owen verließ zornig den Palast des Erzbischofs. Unter seiner Klappe schossen schmerzhafte Nadelstiche durch sein unbrauchbar gewordenes Auge. Owen erbitterte nicht nur, daß Thoresby Macht über ihn besaß, sondern vor allem, daß der Erzbischof sich dem Jungen gegenüber so kalt und herzlos zeigte. Jasper de Melton war bedeutungslos, denn er war weder ein Mitglied der Gilde, noch war er reich. Owen haßte Thoresby dafür, wie er geringschätzig den Kopf geschüttelt hatte.

Doch Owen mußte sich auch eingestehen, daß ihn die Aussicht, die Stadt verlassen zu können, um einen Auftrag zu erledigen, mit erwartungsvoller Spannung erfüllte.

Lucie verrührte mit einem hölzernen Spatel langsam Ringelblumenöl mit einem Löffel voll Rahm. »Nach Beverley?« fragte sie, ohne von ihrer Arbeit aufzublicken. »Das Münster dort soll großartig sein.« Sie stellte wieder etwas von der Salbe her, die dafür sorgte, daß Owens Narbe nicht zu ziehen und zu brennen begann. Die Verletzung lag schon mehr als vier Jahre zurück, aber das Auge schmerzte noch immer.

»Ich mache keine Pilgerfahrt«, erwiderte Owen.

Lucie reichte Owen den Topf. »Paß gut darauf auf. Und benutze sie. Ich will nicht, daß mich in der Nacht eine rauhe Wange kratzt.« Sie küßte seine Narbe. »Du wirst mir fehlen, aber du sehnst dich ja schon länger danach, wieder einmal aus der Stadt herauszukommen. Bist einfach zu lange Soldat gewesen. Dir fällt es schwer, seßhaft zu sein.«

Owen schüttelte verblüfft den Kopf. Er hatte gedacht, es wäre ihm gelungen, seine Begeisterung über diesen Auftrag zu verbergen. »Wie kommt es, daß du meine Gedanken lesen kannst, während du mir weiterhin ein Rätsel bleibst?« Enttäuscht hatte er zur Kenntnis genommen, daß sie gar nicht dagegen protestiert hatte, daß er wegwollte. »Werde ich dir wirklich fehlen?«

Ihre blauen Augen weiteten sich. »Natürlich wirst du mir fehlen. Das habe ich doch schon gesagt.«

Owen grinste.

»Es ist schwierig, die Apotheke ohne einen Gehilfen zu betreiben.«

Das Grinsen gefror auf Owens Gesicht.

Lucie lachte, als sie sah, wie bestürzt er war. »Du dummer

Narr. Ich werde vor lauter Sehnsucht nach dir nicht schlafen können.«

Während Owen sich reisefertig machte, ging Lucie in der Bettkammer auf und ab. »Ich frage mich, ob Gilbert Ridley ahnt, wessen Hand er in seiner Kammer gefunden hat?«

»Wie sollte er das?«

»Wie willst du ihm diese schlechte Nachricht überbringen? Ridley hat Bess gegenüber Crounce als seinen besten Freund bezeichnet.«

»Das ist immer noch einfacher, als die Nachricht Crounces Frau zu überbringen. Möchte gern wissen, wer das übernimmt.«

»Darüber muß du dir keine Sorgen machen. Joan Crounce ist vor vier Jahren an der Pest gestorben.«

»Woher weißt du das denn?«

»Der Fremde, den ich nach York gebracht habe, hat es mir erzählt. Er sagte, er interessiere sich besonders für die Aufführung der Wollhändler, denn Crounce würde vollkommen in seiner Schauspielerei aufgehen, seit er seine Frau durch die Pest verloren hat.«

Owen schaute Lucie an. Ihre wunderschönen blauen Augen ruhten auf ihm und warteten auf eine Antwort. Sie hatten sich wegen des Fremden gestritten, und einige Abende lang, nachdem Lucie von ihrem Besuch bei ihrer Tante Phillippa zurückgekehrt war, hatte eine Mißstimmung zwischen ihnen geherrscht. Owen hatte ihr eingeschärft, sich unterwegs nicht mit Fremden abzugeben. Sie war doch so liebreizend. O Gott, er wußte ganz genau, worauf der Fremde ausgewesen war. »Hast du ihn inzwischen vielleicht wiedergesehen?«

Lucie seufzte. »Das tut jetzt nichts zur Sache.«

»Hast du ihn wieder getroffen?«

»Nein, ich habe ihn nicht wiedergesehen, Owen Archer. Und selbst wenn, was wäre daran schlecht? Ich kann immer nur einem Mann dienen, und im Augenblick habe ich genug damit zu tun, dich zufriedenzustellen.« Lucie griff nach Owens Arm, legte ihn um ihre zarten Hüften und zog Owens Kopf zu sich herunter, um ihn zu küssen.

Er entschloß sich, den Fremden zu vergessen. »Du könntest noch etwas für mich tun.«

»Ich habe mit dem Laden schon genug am Hals.«

»Frage einfach nur die Kunden nach dem Jungen, nach Jasper de Melton. Finde heraus, wie es seiner Mutter geht und was mit Jasper geschehen wird, wenn seine Mutter gestorben ist. Ich vermute, er hat keinen Vater.«

»Du glaubst, Will Crounce war ihr Geliebter?«

»Ich halte es für wahrscheinlich. Könntest du dich auch nach ihm erkundigen?«

Lucie gab Owen einen weiteren Kuß. »Natürlich.«

»Befrage aber nur die Kunden in der Apotheke. Ich möchte nicht, daß du durch die Straßen läufst.«

»Ich werde keine Zeit haben, mich in Schwierigkeiten zu bringen, Owen.«

»Gott sei Dank.«

Kapitel 3

Ridleys Stolz

Ridley rutschte auf der niedrigen Steinmauer umher, auf die er sich gesetzt hatte, nachdem er sich davon überzeugt hatte, daß Owen wirklich vom Erzbischof geschickt worden war. Das Gesicht des Kaufmanns rötete sich in der Sonne. Er schirmte seine Augen mit der rechten Hand ab, während er zu Owen aufblickte. Die Edelsteine an seinen Ringen funkelten im Sonnenlicht. »Ich weiß, weshalb Ihr gekommen seid. Bess Merchet hat die . . .« Ridley schluckte. »Weshalb nur könnte mir jemand diese Hand in die Kammer gelegt haben?«

Owen musterte die Ringe. Schon für weitaus weniger Kostbares wurden Reisende auf den Straßen überfallen. Ridley setzte sein eigenes Leben und das seiner beiden Diener, die ihn begleiteten, leichtfertig aufs Spiel. Zweifellos waren die Diener für ihn nichts weiter als eine Art Packpferde. Was für ein arroganter Schwachkopf mußte dieser Mann sein, daß er seinen Reichtum hier so protzig zur Schau stellte?

Owen öffnete seinen Mund, um ihn jedoch gleich wieder zu schließen. Zum Teil rührte sein Unbehagen auch daher, daß er mit seinem gesunden Auge gegen das Funkeln der Steine anblinzeln mußte. Es mißfiel ihm, daß er auf diese Weise geblendet wurde. Aber er mußte seine Zunge im Zaum halten und endlich zur Sache kommen. »Einer Eurer Mitarbeiter wurde gestern abend ermordet. In der Nähe des Münsters.«

»Einer meiner . . .« Ridley legte beide Hände schattensuchend über die Augen und blickte Owen an. »Doch nicht Will Crounce?«

Owen, dem das gleißende Licht nun unerträglich wurde, schlug vor, sich in den Schatten zurückzuziehen. »Euer Gesicht ist schon bedenklich rot geworden.«

Ridley folgte ihm und wiederholte dann seine Frage. »War es Will Crounce?«

»Ja. Habt Ihr nicht erkannt, daß es seine Hand war?«

»Wills Hand?« Ridley würgte es. »Ich . . . Gütiger Herr, nein. Ich habe sie mir nicht so genau angesehen. Aber selbst wenn ich das getan hätte, wie hätte ich . . .« Ridley begann zu zittern.

»Warum seid Ihr abgereist, ohne jemandem ein Wort von der Hand zu sagen? Oder es zumindest den Merchets mitzuteilen?«

Ridley beugte seinen Kopf und wandte verlegen den Blick ab. »Es war feige und gedankenlos, und dabei waren sie so gut zu mir. Aber ich wußte in jenem Augenblick nicht, was ich tun sollte. Ich wollte einfach nur möglichst schnell möglichst weit weg kommen.«

»Habt Ihr denn darüber nachgedacht, was die Hand bedeuten könnte?«

»Ich habe mich gefragt, wer ein solch furchtbares Spiel mit mir treiben könnte.« Ridley bekreuzigte sich mit zitternden Händen.

Owen starrte über die sommerlichen Wiesen. Diese Straße verlief parallel zur Ouse, aber sie befanden sich schon so weit im Norden, daß der Fluß nicht mehr zu sehen war. Doch sie bewegten sich noch immer auf fruchtbarem Schwemmlandboden, der sich deutlich unterschied von dem der Moore und Täler weiter im Norden und im Westen. Eine schöne Landschaft. Außer Owen, Ridley und dessen beiden Dienern war weit und breit kein Mensch zu sehen, doch Owen konnte bestellte Felder ausmachen. Es mußte um die Mittagszeit sein, und die Bauern saßen wahrscheinlich an einem schattigen Plätzchen und verzehrten ihr Mahl. Eine leichte Brise versetzte die Wildblumen in Bewegung. Es war so ruhig, daß Owen das Summen der Bienen hören konnte. Ab und zu wieherte eines der Pferde oder sang ein Vogel in den Lüften. Welch eine unpassende Szenerie für eine Unterhaltung über Mord.

»Ihr habt also gedacht, jemand hätte sich hier einen bösen Scherz mit Euch erlaubt?« fragte Owen.

»Das war das einzige, was ich mir vorstellen konnte. Und außerdem war ich noch ziemlich benebelt, weil ich am Abend zuvor ein bißchen viel Bier getrunken hatte. Will und ich ...« Ridley schüttelte den Kopf. »Das heißt also, er wurde ermordet.«

»So scheint es.«

Ridley holte tief Luft. Er zitterte. »Bess Merchet hat Euch gewiß erzählt, daß ich am Abend mit Will in der Schenke zusammengesessen habe und er dann wutentbrannt davongestürmt ist.« Ridley stand auf, ging zu seinem Pferd und zog eine lederne Flasche aus einer der Satteltaschen. »Heilige Maria Muttergottes«, stöhnte er und nahm einen Schluck und blickte Owen an. »Glaubt Erzbischof Thoresby vielleicht, ich hätte ihn ermordet?«

»Und dann den Beweis dafür in Eurer Kammer zurückgelassen? Nein, Seine Gnaden weiß, daß Ihr kein Narr seid. Aber er hofft, Ihr könnt uns dabei helfen, den Mörder zu finden. Vielleicht könnt Ihr uns sagen, warum jemand ein Interesse daran gehabt haben könnte, Crounce umzubringen. Und wer das sein könnte.«

Ridley wischte sich mit einer runzeligen Hand über die Stirn. Sein Filzhut, der sich mit Schweiß vollgesaugt hatte, war schon ganz schwarz. Er trank noch einmal aus der Flasche. »Wer Grund gehabt haben könnte, Will umzubringen?« fragte er zurück. Dann schüttelte er den Kopf und blickte auf seine Stiefel hinunter. »Das weiß ich nicht. Will ging es sehr gut, aber man sah es ihm nicht an. Er kleidete sich stets bescheiden. Allerdings trug er immer eine Geldbörse bei sich, der alte Will. Um auf unerwartete Geschäfte vorbereitet zu sein, wie er sagte.« Ridley lächelte traurig und trank.

»Vielleicht solltet Ihr ein wenig sparsamer umgehen mit Eurer Wegzehrung. Ihr habt noch einen weiten Weg vor Euch bis nach Beverley.«

Ridley straffte sich und schob die Flasche wieder in die Satteltasche zurück.

»Euer Freund hatte keine Geldbörse mehr bei sich, als man ihn fand«, sagte Owen.

»Dann wurde er also wegen Geld umgebracht. Aus Habgier. Das ist die schlimmste Sünde in meinen Augen, das Hab und Gut des Nachbarn zu begehren.«

Owen unterdrückte ein Lächeln bei diesen Worten, die aus dem Munde eines Mannes kamen, der selbst alles tat, um Diebe und Räuber anzulocken. »Crounce traf vor der Schenke eine Frau. Hatte er eine Geliebte?«

»Er hat nichts davon gesagt, daß er sich mit einer Frau treffen wollte«, erwiderte Ridley.

»Ich habe gehört, Crounce war Witwer . . .«

Ridley nickte. »Und die Damen mochten ihn, den stattlichen Will.«

»Eine vielleicht ganz besonders?«

Ridley nahm seinen Hut ab und fuhr sich mit einer Hand über die Augenbrauen. »Gestern abend haben wir uns zum ersten Mal seit langer Zeit wieder ausführlicher unterhalten können. Ich glaube, seine gegenwärtige Favoritin war Kristine de Melton, eine Witwe, die einen aufgeweckten kleinen Sohn hat, dem Will zur Aufnahme in die Gilde verhelfen wollte. Einen solchen Dienst erweist man nicht einer Frau, die nur eine Bekannte ist.«

Dieser Zusammenhang begann Owen zu interessieren. »Der Junge heißt Jasper?«

Ridley blinzelte Owen an, während er sich den Hut wieder aufsetzte. »Woher wißt Ihr seinen Namen?«

»Jasper de Melton war Zeuge des Mordes. Und es war auch Jasper, der dem Erzbischof von der vermummten Frau erzählt hat, die Crounce vor der Schenke erwartete.«

»Dann handelte es sich vielleicht um Mistress de Melton.«

»Unwahrscheinlich. Erzbischof Thoresby sagte, der Junge sei geschickt worden, um Crounce ans Krankenlager von Mistress de Melton zu holen.«

Ridley seufzte. »Die große Unbekannte also.« Er schüttelte den Kopf und blickte Owen dann scharf an. »Wie wurde Will umgebracht? Haben sie ihm nur die Hand abgehackt? Oder haben sie ihn auch noch anderweitig verstümmelt?«

»Sie haben ihm die Kehle aufgeschlitzt.«

Ridley bekreuzigte sich und senkte den Kopf, um ein leises Gebet zu murmeln. Owen wartete schweigend. Er wußte, wie bitter es für einen Mann war, wenn er Einzelheiten darüber erfuhr, wie sein Freund zu Tode gekommen war. Ridleys Augen waren feucht, als er wieder aufblickte. »Diesen Tod hat er nicht verdient. Will war ein guter Mensch. Gewiß kein Heiliger, aber ein guter Mensch.«

»Die Hand haben sie ihm erst hinterher abgehackt«, sagte Owen. »Könnt Ihr Euch vorstellen, weshalb sie das getan haben?«

Ridley schüttelte den Kopf.

»Jemandem war aufgefallen, daß er einen Siegelring an dieser Hand trug. Steckte der noch am Finger, als Ihr die Hand gefunden habt?«

Ridley zuckte zusammen, dann dachte er an die Hand auf dem Fußboden. »Gott lasse ihn ruhen in Frieden.« Er schüttelte langsam den Kopf. »Ich glaube, wenn der Ring noch am Finger gesteckt hätte, wäre er mir aufgefallen. Vielleicht hätte ich dann auch erkannt, daß es sich um Wills Hand . . .« Er ließ den Kopf nach unten fallen und bedeckte die Augen mit seinen juwelenbesetzten Fingern.

»Dieben hackt man die rechte Hand ab«, sagte Owen. »Hatte jemand Grund zu der Annahme, Crounce könnte ihn bestohlen oder übervorteilt haben?«

Ridley gab nicht zu erkennen, ob er die Frage gehört hatte. Owen wiederholte sie.

Ridley schüttelte sich. »Tut mir leid«, sagte er. Er trocknete sich verlegen die Augen. »Ich habe nie gehört, daß jemand Will einen Dieb genannt hätte.«

»Ihr kennt also niemanden, der Grund hatte, anzunehmen, Crounce könnte ihn übers Ohr gehauen haben? Kein geschäftliches Unternehmen, das schiefgegangen ist? Niemand, dem – oder der – von Crounce übel mitgespielt worden ist?«

Ridley zuckte mit den Schultern. »Ich habe viele Jahre in London und Calais gearbeitet. Will war dort mein Mann. Solange er meine Wünsche und die von Goldbetter's ausführte, habe ich nicht nach seinen Methoden gefragt.«

»Worüber habt Ihr Euch gestern abend gestritten?«

Ridley zuckte mit einer Wimper. »Das war nichts Wichtiges.«

»Aber vielleicht stellt es sich im nachhinein doch als wichtig heraus.«

»Es war eine private Angelegenheit. Das Bier hat uns redselig gemacht, und wir sind uns in die Haare geraten. Das hat mit Wills Tod nichts zu tun.«

»Ich weiß, daß es um Eure Ehefrau und Eure Tochter ging.« Owen sah, wie Ridleys Gesicht vor Verlegenheit rot anlief. Er wußte, daß es grausam war, dieses Thema zur Sprache zu bringen, aber er mußte alles herausbekommen. Er konnte nicht hinnehmen, daß Ridley behauptete, dies oder jenes hätte mit dem Mord an seinem Freund nichts zu tun – er mußte die volle Wahrheit erfahren.

»Jemand muß es aufgeschnappt haben. Das wundert mich nicht, wir waren ja ziemlich laut. Als Wiedergutmachung wollte ich Will heute zu einem großen Essen einladen.«

»Erzählt mir von dem Streit.«

»Ich bin ein abwesender Ehemann, ein abwesender Vater. Meine Geschäfte erlauben mir immer nur kurze Besuche zu Hause auf Riddlethorpe. Will hat mehr Zeit mit meiner Familie verbracht als ich. Er meinte, ich verhielte mich rücksichtslos gegenüber meiner Frau Cäcilia. Und ich dachte, er würde sich vielleicht ein wenig zu sehr für meine Gemahlin interessieren. So kamen wir in Fahrt. Und dann begann er, über den Ehemann meiner Tochter herzuziehen. Ich habe diesen jungen Mann für sie ausgewählt, müßt Ihr wissen, und es hat sich herausgestellt, daß er, nun ja, daß er ein wenig ungeduldig ist mit meiner Tochter. Cäcilia ist unglücklich, weil Anna – so heißt meine Tochter – unglücklich ist. Und Will hat mich für all das verantwortlich gemacht.«

»Das ist ein schwerer Vorwurf.«

Ridley nickte. »Aber er ist nicht ganz unberechtigt.«

»War der Ehemann Eurer Tochter einer Eurer Geschäftspartner?«

»Paul Scorby aus Ripon. Eine wohlhabende Familie. Vor langer Zeit unterhielt ich mit ihnen einmal geschäftliche Verbindungen. Jetzt nicht mehr. Eine Familie von edlem Geblüt. Mein Sohn Matthew lebte eine Zeitlang in ihrem Haushalt, wo er lernte, wie man mit solchen Leuten verkehrt. Paul Scorby ist eher ein Träumer als jemand, der die Dinge entschlossen anpackt. Das habe ich damals allerdings noch nicht erkannt. Ich dachte, er wäre eine gute Partie für Anna.«

»Hatte Crounce Auseinandersetzungen mit Scorby?«

Ridley schüttelte den Kopf. »Er hätte sich nicht in dieser Weise eingemischt. Nein. Ich kann mir nicht vorstellen, daß unser Streit irgend etwas mit Wills Tod zu tun gehabt haben könnte.«

Owen zuckte mit den Achseln.

»Ich bedauere sehr, daß ich Euch so wenig helfen kann«, sagte Ridley.

Owen beschattete seine Augen und blickte in die Ferne. »Vielleicht fällt Euch noch etwas ein, bis wir nach Riddlethorpe kommen.«

Ridley zuckte leicht zusammen. »Ihr wollt mich nach Riddlethorpe begleiten?«

Owen nickte. »Ich biete Euch meinen Schutz an.«

Ridley legte die Stirn in Falten. »Weshalb muß ich beschützt werden?«

»Ein guter Freund und Mitarbeiter von Euch ist ermordet worden, Master Ridley. Wir wissen nicht, aus welchem Grund. Vielleicht ist Will Crounce nur zufällig Opfer dieses Raubüberfalls geworden. Aber es wäre auch möglich, daß er von Leuten ermordet worden ist, die er kannte. Und es wäre außerdem denkbar, daß die Mörder Euch kennen und nun ebenso hinter Euch her sind.«

Ridley nahm seinen Hut ab und wischte sich über die Stirn. Sein Haar war schweißverklebt. »Heilige Muttergottes!«

»Ihr müßt Euch vorsehen.«

Ridley musterte Owen nun eingehender, als er es bisher getan hatte. »Ihr seht eher wie ein Bandit aus denn wie ein Beschützer.«

Owen berührte seine Augenklappe. »Ihr seid nicht der erste, der das sagt.«

»Wodurch habt Ihr Euer Auge verloren?«

»Ich stand in den Diensten des alten Herzogs von Lancaster.

Es geschah auf einem Feldzug nach Frankreich. Dort habe ich mich mit jemandem angelegt, der unsere Geiseln umbringen wollte.«

»Und jetzt arbeitet Ihr für John Thoresby?«

»Von Zeit zu Zeit.«

»Owen Archer, sagtet Ihr, ist Euer Name?« Owen nickte. »Dann wart Ihr Hauptmann der Bogenschützen?«

»Gut geraten.«

»Ehrlich gesagt, ich habe gehört, wie man Euch als Hauptmann anredete. Und dann dieser walisische Akzent.« Ridley zuckte mit den Schultern. »Ihr habt die Witwe von Nicholas Wilton geheiratet, nicht wahr?«

»Richtig.«

»Mistress Archer ist von guter Herkunft, zumindest väterlicherseits.«

»Mistress Wilton, nicht Archer.«

Ridley legte die Stirn in Falten. »Wieso?«

»Der Gilde wegen. Der Erzbischof hat sie dazu gebracht, Lucie die Erlaubnis zu erteilen, die Apotheke weiterzuführen und mich zu heiraten. Aber sie bestanden darauf, daß sie ihren alten Namen behielt, um mich immer daran zu erinnern, daß ich keine Ansprüche anmelden kann, falls sie vor mir sterben sollte.«

»Schade, daß sie ihren Familiennamen nicht weiter tragen konnte. Ich kenne Sir Robert d'Arby. Ein ehrenwerter Herr. Falls Ihr mich auf meine Glaubwürdigkeit hin überprüfen wollt, dann kann der Vater Eurer Gemahlin für mich bürgen«, sagte Ridley stolz.

»Der Vater meiner Frau?«

Ridley nickte. »Ich habe für Sir Robert während der Belagerung von Calais ein paar Pferde besorgt. Er kann für mich Zeugnis ablegen, das versichere ich Euch.«

»Wie habt Ihr Sir Robert kennengelernt?«

»Ihr wißt doch, wie Kriege geführt werden. Die Adeligen treffen Absprachen untereinander. Sie treffen auch Absprachen mit ortsansässigen Kaufleuten und umgekehrt. Wir wußten, es würde Schwierigkeiten geben, die insbesondere uns, die wir dort drüben Handel trieben, behindern würden. Ich wußte, daß es wichtig war, einen guten Eindruck zu hinterlassen bei dem Mann, der bald Gouverneur von Calais werden würde, und zu dieser Zeit sah es so aus, als würde Sir Robert diesen Posten erhalten. Wie sollte ich wissen, was ihn zu Hause erwartete? Was muß sie für eine dumme Frau gewesen sein.«

Owen schnaubte. »Es war dumm von ihm, sie hierher zu bringen, wo sie niemanden kannte. Auch Sir Roberts eigene Schwester war der Meinung, daß er Lady d'Arby ziemlich rücksichtslos behandelte und daß er sich das ganze Unglück selbst zuzuschreiben hatte.«

»Verzeiht mir. Ich habe mich vergessen.«

»Angesichts des unerfreulichen Gegenstands, den man in Eurer Kammer gefunden hat, halte ich es für angebracht, Eure Satteltaschen zu durchsuchen.«

»Was, glaubt Ihr, werdet Ihr dabei finden?«

»Etwas ähnlich Unerfreuliches. Oder etwas, das Euch Schwierigkeiten bereiten könnte.«

Ridley erbleichte. »Ich wüßte nicht, was das sein könnte.«

»Darf ich nun Eure Satteltaschen durchsuchen?«

»Bitte, wenn Ihr meint.«

Ridley beobachtete Owen bei seiner Suchaktion von seinem Sitzplatz aus. Owen spürte, daß dem Mann unbehaglich zumute war, aber er wußte nicht, ob Ridley fürchtete, Owen könnte etwas finden, oder ob er etwas wußte, das er vor ihm geheimhalten wollte. Wahrscheinlich handelte es sich um letzteres, denn in den Satteltaschen fand sich nichts Verdächtiges.

Ridley wirkte erleichtert. »Vielleicht handelte es sich bei der Hand in meiner Kammer um den Scherz eines Verrückten.«

Owen nickte. »Wir sollten weiterreiten, wenn wir Beverley noch vor Einbruch der Dämmerung erreichen wollen. Seid Ihr damit einverstanden, daß ich Euch begleite?«

Ridley blickte hinüber zu seinen Bediensteten, die sich neben den Packpferden im Gras lümmelten. Einer von ihnen war noch jung, der andere war schon grauhaarig und hatte nur noch wenige Zähne. Keiner der beiden machte einen sonderlich kampferprobten Eindruck. Ridley ließ seinen Blick zurück zu

Owen wandern, dem großen, breitschultrigen, furchteinflößenden Mann. »Oh, nein, ich habe nichts dagegen. Ich freue mich, daß Ihr Euch uns anschließen wollt, Hauptmann Archer.«

Die Straße nach Beverley wand sich durch eine ebene, gleichförmige Landschaft, in der sich die Reisenden nur durch ihre Unterhaltung ein wenig Abwechslung verschaffen konnten. Ridley ritt nahe bei Owen und erzählte von seinem Freund Crounce. Owen begriff, daß es Ridley drängte, von seinem Freund zu sprechen, daß ihm dies in seiner Trauer half.

»Ich hatte mich schon darauf gefreut, künftig mehr Zeit mit Will verbringen zu können, da ich jetzt mein Geschäft bei Goldbetter an meinen Sohn Matthew übergeben habe.«

»Dann seid Ihr sehr großzügig gegenüber Eurem Sohn, wenn Ihr ihm Euer Geschäft übergebt.«

»Es handelt sich nur um einen Teil meines Geschäfts.«

»Warum gerade diesen Teil?«

Ridley schwieg eine Weile. Dann antwortete er mit einer leisen Stimme, die fast vom Getrappel der Pferde übertönt wurde. »Ich spüre, daß meine Knochen alt werden. Ich habe ein großes Haus gebaut, und nun möchte ich es noch eine Zeitlang genießen.«

Owen glaubte ihm, aber er bezweifelte, daß dies der einzige Grund war.

Bess klopfte Lucie auf die Schulter. »Du hast doch noch nicht zu Abend gegessen, oder?«

Lucie richtete sich auf und rieb sich die Augen. Sie hatte über ihrem Hauptbuch gesessen, nachdem sie den Laden geschlossen hatte, und sie hatte gehofft, die Liste der Kräuter, Wurzeln, Pulver und der übrigen Ingredienzen in der Apotheke fertigzustellen, an der sie seit der Rückkehr von ihrem Besuch bei Tante Phillippa gearbeitet hatte. »Diese Liste hätte schon vor Wochen fertig werden sollen, Bess. Wenn ich sie vernachlässige, dann kann es passieren, daß ich in einem Notfall das entsprechende Mittel nicht zur Hand habe. Das Leben der Menschen hängt von meinen Listen ab.«

»Warum hat Owen sich denn nicht um diese Liste gekümmert, während du weg warst?«

Lucie seufzte. »Er hat noch nicht ausgelernt, Bess. Er hatte schon genug damit zu tun, den Laden zu hüten. Und das hat er auch gut gemacht. Ich kann mich nicht beklagen.«

Bess rümpfte mißbilligend die Nase. »Dann kann er ja jetzt wieder für den Erzbischof in ein Abenteuer ziehen.«

»Das war nicht Owens Entscheidung.«

»Nun gut, lassen wir das.« Bess schob Lucie ein Schneidbrett mit hartem Brot und eine Schüssel mit Eintopf zu, dann goß sie einen großen Becher mit Bier voll. »Jetzt iß erst einmal etwas.«

Bess goß sich auch selbst einen Becher ein und setzte sich dann Lucie gegenüber, um sicherzugehen, daß sie auch wirklich aß. Lucie lachte und tauchte einen Löffel in die Schüssel.

»Heute war aber ziemlich viel los bei dir in der Apotheke«, sagte Bess und stützte ihre kräftigen Arme auf den Tisch, die Ärmel immer noch hochgekrempelt nach der Koch- und Putzarbeit des Tages.

Lucie nickte. »Die Leute kommen mit den unmöglichsten Vorwänden hierher, um sich nach dem Mord zu erkundigen. Sie wissen, daß Owen zum Palast des Erzbischofs gerufen wurde. Aber das hat auch gute Seiten. Owen wollte, daß ich mehr über den Jungen herausfinde, der Zeuge des Überfalls war.«

»Und was weißt du bis jetzt?«

»Ich weiß, daß seine Mutter, Kristine de Melton, heute gestorben ist. Und daß Jasper de Melton verschwunden ist.«

»Weshalb das?«

»Ich vermute, der Junge glaubt, die Mörder könnten jetzt auch hinter ihm her sein. Weil sie vielleicht annehmen, er hätte sie erkannt.«

»In der Dunkelheit?«

»Wenn du jemanden ermordet hättest, Bess, würdest du dann nicht auch alles versuchen, um deine Spuren zu verwischen?«

Bess seufzte. »Der arme Kerl.«

Lucie schwieg eine Weile, während sie das Essen verzehrte, das ihre Freundin ihr gebracht hatte. »Ich hasse es, Fragen zu stellen. In der ganzen Zeit im Konvent ist uns immer und immer wieder gesagt worden, daß es eine Sünde sei, über andere zu tratschen. Ich kann es nicht mit reinem Gewissen tun.«

Bess schnaufte. »Ich verstehe nicht, warum es eine Sünde sein soll, über andere zu klatschen. Wie soll man sonst erfahren, was passiert?«

Lucie lächelte.

»Hatte jemand eine Ahnung, wo der arme Junge sich versteckt haben könnte?« wollte Bess wissen.

Lucie schüttelte den Kopf. »Aber der Mann von der Straße – du weißt, der Mann, der mir geholfen hat, den Karren wieder aus dem Schlamm freizubekommen, als ich von Freythorpe Hadden zurückkehrte –, er hat sich angeboten, nach dem Jungen an all den Plätzen Ausschau zu halten, wo sich solche Waisenkinder gewöhnlich verstecken.«

»Der Mann, wegen dem Owen sich so fürchterlich aufgeregt hat? Der mit der schönen Stimme?«

Lucie lachte darüber, daß Bess sich ausgerechnet daran erinnerte. »Dieser Mann hat damals Will Crounce erwähnt. Er hat mir gesagt, ich solle bei der Aufführung der Wollhändler auf Crounce achten. Er zumindest hatte einen triftigen Grund, sich wegen dessen Tod zu erkundigen. Anscheinend war er ein Freund von Crounce.«

»Hast du ihn nicht danach gefragt?«

»Ja, schon, aber er hat nur geantwortet: ›Boroughbridge ist eine kleine Stadt‹.«

»Er ist Ausländer?«

»Ja, er hat einen eigenartigen Akzent, nicht ganz so wie meine Mutter, nicht wie normannisches Französisch, aber ihrem Akzent kommt er noch am nächsten.«

»Vielleicht ein Flame? Wie diese Weber, die sich hier unter dem Schutz des Königs niedergelassen haben?«

»Ich habe noch nie mit ihnen gesprochen, also kann ich das nicht sagen.«

»Wie heißt er?«

»Martin.«

Bess zuckte zusammen. »Ein Unglücksname.«

Lucie schüttelte den Kopf. »Es ist ein schöner Name, Bess. Ich kann nicht ständig um mein Kind trauern.« Das Kind von Lucie und ihrem ersten Ehemann war an der Pest gestorben.

»Owen und du, *ihr* solltet ein Kind in die Welt setzen«, meinte Bess.«

»Daß wir noch nicht damit gesegnet sind, liegt nicht daran, daß wir es nicht versucht hätten«, antwortete Lucie.

Bess zuckte mit den Schultern. »Dann weißt du also nicht, woher dieser Martin kommt?«

»Ich habe ihn nicht danach gefragt.«

Bess gefiel es nicht, daß hier noch so vieles rätselhaft war. »Hast du ihn zu euch nach Hause eingeladen?«

»Er ist in den Laden gekommen, Bess, nicht ins Haus.«

»Wie war das mit der Fahrt im Karren?«

Lucie musterte ihre Freundin eingehend. »Was soll das, Bess? Warum all diese Fragen? Weshalb wollten all diese Leute heute etwas über Will Crounce wissen?«

»Dieser Martin kannte Crounce schon vorher. Ein rätselhafter Fremder. Er könnte der Mörder sein.«

»Bess, das ist doch Unsinn. Weshalb sollte er das Risiko auf sich nehmen, hierherzukommen, wenn er ihn ermordet hätte?«

»Wie eine Motte, die es zum Licht zieht, Lucie, mein Kind. Er will hören, was sich die Leute über seine Tat erzählen.«

»Warum sollte er sich dann erbieten, nach Jasper de Melton zu suchen?«

»Ich weiß es nicht. Was hat er genau gesagt?«

»Daß er in diesem Alter auch kein Dach über dem Kopf hatte.« Lucie schob das Schneidbrett zur Seite und zog ihr Hauptbuch wieder heran. »Ich habe noch zu tun, Bess. Ich habe jetzt keine Zeit mehr zum Tratschen.«

Bess schüttelte den Kopf. »Du arbeitest dich noch zu Tode, Lucie.«

Lucie blickte lächelnd auf. »Du auch, Bess.«

Bess schnaubte. »Gut, gut. Ich muß auch wieder zurück, um zu sehen, was Tom macht.«

Nachdem Bess gegangen war, fiel es Lucie schwer, sich wieder auf ihre Liste zu konzentrieren. Es stimmte, sie hatte das

Gefühl, daß Martin etwas vor ihr verbarg. Warum also vertraute sie ihm? Diese Frage drehte sich in ihrem Kopf hin und her und machte es ihr unmöglich, wieder zu ihrer Arbeit zurückzufinden.

»Vielleicht ist es an der Zeit, schlafenzugehen«, sagte sie zu Melisende, die neben dem Kamin ein Nickerchen machte, um sich für ihre nächtliche Jagd auszuruhen. Lucie schloß das Hauptbuch und scheuchte die Katze auf, die protestierte.

»Es wird recht kalt dort oben sein ohne Owen«, sagte Lucie zu Melisende, während sie die kreischende Königin von Jerusalem entschlossen die Treppe hinauftrug.

Es war schon dunkel, als Owen und Ridley unter einem steinernen Tor hindurch in den Hof von Riddlethorpe ritten. Nach der Größe des Hauses und danach zu urteilen, wie lange sie noch zu reiten gehabt hatten, nachdem Ridley verkündet hatte, sie befänden sich jetzt auf seinem Land, mußte er sich durch seine Arbeit bei Goldbetter & Co. ein beträchtliches Vermögen erworben haben. Das Haus bestand unten aus Stein, oben aus Holz. Vor dem Hauseingang erwartete sie eine hochgewachsene Frau im Schein einer Laterne, die von einem Dienstmädchen gehalten wurde. Andere Bedienstete halfen Owen und Ridley beim Absteigen und brachten dann die Pferde weg.

»Meine Frau Cäcilia«, sagte Ridley, als sie auf die Frau zugingen. »Cäcilia, das ist Hauptmann Archer. Einer der Männer des Erzbischofs.«

Cäcilia Ridley ignorierte Owen und fragte ihren Mann: »Hat es Schwierigkeiten gegeben, Gilbert?« Mit ihren großen, dunklen Augen in dem schmalen Gesicht sah sie aus wie ein verschrecktes Reh. Sie trug einen weißen Schleier und ein schlichtes rostbraunes Wollkleid und hatte nichts von der Großspurigkeit ihres Ehemannes an sich. In ihrem Auftreten lag eher eine stille Erhabenheit.

»So könnte man es nennen«, erwiderte ihr Mann. »Will Crounce ist ermordet worden.«

Cäcilia blickte ihn fragend an, als habe sie das nicht verstanden. »Ist Will nicht mit dir gekommen?«

»Hast du denn nicht gehört, Frau? Will ist tot! Ermordet!«

Der Schock veränderte ihr Gesicht, ließ ihre Augen noch größer werden und zog die Haut an den Wangenknochen straffer. »Will? Gütiger Gott!« Sie bekreuzigte sich.

»Am besten, wir gehen ins Haus und setzen uns«, schlug Owen vor.

Cäcilia Ridley preßte die Hände auf den Bauch und nickte, während sich ihre Augen auf eine Stelle hinter ihrem Mann und dem Gast richteten. »Ich kann es nicht glauben – er ist doch noch vor vier Tagen hiergewesen.«

»Cäcilia!« rief Ridley scharf.

Die Frau zuckte zusammen, blickte zu Owen, dann zu ihrem Ehemann und trat schließlich zur Seite, um sie in die Halle gehen zu lassen. »Verzeiht mir. Ihr benötigt gewiß eine Stärkung nach Eurem beschwerlichen Ritt.« Es klang wie eine tonlos hingemurmelte Höflichkeitsfloskel. Als ihr Mann an ihr vorüberging, packte sie ihn am Arm. »Warst du dort, als es passiert ist?«

Ridley nickte, schob sich an ihr vorüber und trat ein wenig irritiert in die Halle. Er ließ sich auf eine Bank neben dem Kamin sinken, und ein junger Diener half ihm aus seinen staubigen Reitstiefeln. »Will wurde ermordet, nachdem er mit mir den Abend verbracht hatte. Man hat ihm die Kehle aufgeschlitzt.« Der Junge, der jetzt Owen aus den Stiefeln half, prallte entsetzt zurück.

»Johnnie ist ein guter Junge«, sagte Cäcilie Ridley, nachdem sie den Diener hinausgeschickt hatte. Sie schüttelte den Kopf. »Du bringst es noch soweit, daß uns alle Diener davonlaufen, wenn du vor ihnen über so etwas sprichst.«

Ridley zuckte mit den Schultern. »Das war noch nicht das Schlimmste. Jemand hat Will eine Hand abgehackt und mir diese in die Kammer gelegt, während ich geschlafen habe.«

Owen behielt Cäcilia Ridley im Auge und machte sich darauf gefaßt, sie aufzufangen, falls sie ohnmächtig werden sollte. Doch Ridleys Ausführungen schien sie aus ihrem Schockzustand zu reißen. »Wie unangenehm für dich, Gilbert.« Sie sagte es sanft, aber es klang dennoch scharf. Sie schaute zu Owen, dann zu ihrem Mann. »Hat Hauptmann Archer dich begleitet, weil er dich als Mörder verdächtigt?«

»Herr im Himmel, nein, Frau!« Ridley warf Owen einen gequälten Blick zu. »Sie vermutet immer gleich das Schlimmste. Eine richtige Schwarzseherin.« Er blickte wieder zu seiner Frau. »Bring uns etwas zu essen, und dann laß uns allein.«

Cäcilia Ridley zog sich zurück, nachdem sie den beiden Männern Wein eingeschenkt hatte. Das Mädchen, das die Laterne gehalten hatte, brachte ihnen kalten Braten, Brot und Käse.

Ridley bemerkte, daß Owen seine Umgebung aufmerksam musterte. Da er nur ein Auge hatte, mußte er den Kopf drehen, um alles um sich herum sehen zu können. »Ihr wundert Euch über die schlichte Einrichtung, da das Herrenhaus von außen doch so großartig wirkt«, meinte Ridley.

Angesichts der juwelenbesetzten Ringe Ridleys hatte Owen damit gerechnet, im Haus Wandteppiche und bestickte Kissen vorzufinden und all jene Gegenstände, mit denen sich eine Familie umgab, die ihren Reichtum zur Schau stellen wollte. Doch die Halle war nahezu leer. Der Holzfußboden war geschrubbt, und die wenigen Stühle und Bänke hatte man an die Wände geschoben, bis auf die beiden Stühle an dem Tisch, an dem der Herr des Hauses und sein Gast jetzt saßen. Die paar kleinen Wandteppiche, die so aufgehängt waren, daß sie Zugluft vom Kamin fernhielten, fielen kaum auf. Von Ridleys Vorlieben kündeten nur ein paar Regale am hinteren Ende der Halle, auf denen polierte silberne Tablette und Becher standen, die, wie Owen vermutete, noch nie benutzt worden waren. Das Essen hatte man ihnen auf Holzbrettern und den Wein in Zinnbechern serviert. Owen kam zu dem Schluß, daß Ridleys Frau sich gegen die Prahlerei ihres Ehemannes sträubte. Das gefiel ihm. »Das Haus ist noch ziemlich neu«, sagte er. »Habt Ihr einen Keller unter der Halle?«

Ridley strahlte vor Stolz. »Wein, getrocknetes Fleisch und Obst. Ich habe viel gelernt auf meinen Reisen. Ich werde es Euch morgen zeigen. Eine andere Frau würde das alles zur

Schau stellen, aber Cäcilia haßt so etwas. Und gestern abend habe ich mich auch Will gegenüber beklagt über sie. Er hat sie verteidigt, hat gesagt, es sei sehr tugendhaft von ihr, die Einfachheit zu bevorzugen. Ist es denn eine Sünde, das zu genießen, was Gott einem gegeben hat? All die Kleider, die ich ihr gekauft habe, den Schmuck, das Silber – Ihr seht ja, wie sie das Silber hier hergerichtet hat, so als ob es zum Verkauf stünde und nicht dazu da wäre, um darauf zu essen.« Ridley schüttelte den Kopf. »Ich weiß, Ihr denkt, sie müsse niederer Herkunft sein. Ganz und gar nicht! Sie ist die Nichte eines Bischofs. Und ihr Vater war ein Ritter.«

Owen wollte seine Meinung dazu nicht äußern. »Hättet Ihr etwas dagegen, wenn ich Euch noch ein paar Fragen stelle?«

»Hängt davon ab.«

»Über Eure Geschäfte, nichts Persönliches.«

Ridley zuckte mit den Achseln.

»Wie war Eure geschäftliche Beziehung zu Will Crounce? Gibt es noch andere Geschäftspartner, die etwas über ihn wissen könnten?«

Ridley schien gegen diese Fragen nichts einzuwenden zu haben. »Als John Goldbetter entschied, daß ich in London und Calais, statt wie bisher in York und Hull, für ihn arbeiten sollte, hielt ich nach einem jüngeren Mann Ausschau, der sich mit dem Wollgeschäft auskannte, und stieß auf Will Crounce. Der Vater seiner Frau, Jake Stephenson, war Mitglied der Wollhändlergilde in York und hatte Will mit dem Wollhandel vertraut gemacht, aber er hatte in letzter Zeit einige Rückschläge erlitten und war froh, mir seinen Schwiegersohn empfehlen zu können.«

»Seid Ihr sicher, daß Stephenson mit diesem Wechsel einverstanden war?«

Ridley wirkte überrascht. »Ich verstehe, Ihr überlegt, ob Jake Stephenson irgend etwas mit dem Tod seines Schwiegersohns zu tun haben könnte? Das ist unmöglich. Er lebt nicht mehr. Fast die gesamte Familie ist der Pest zum Opfer gefallen. Es handelt sich um eine dieser Familien, die mit einem Fluch beladen zu sein scheinen. Aber als er noch lebte, sind wir immer gut miteinander ausgekommen.«

»Dann hat Crounce sich also um Eure Interessen in York und Hull gekümmert?«

»Um Goldbetters Interessen, besser gesagt. Wir arbeiten alle für Goldbetter.«

Owen machte eine ausladende Handbewegung. »Ihr habt es wirklich zu etwas gebracht.«

Ridley nickte. »Ich war stets ein loyaler Mitarbeiter, in guten wie in schlechten Zeiten. Goldbetter vertraut mir.«

»Was hielt er von Crounce?«

Ridley dachte über diese Frage nach. »Ich bin mir nicht sicher, ob er Will jemals kennengelernt hat. John Goldbetter genügte es, daß ich mit Will zufrieden war.«

»Hat Crounce selbst noch andere Leute beschäftigt?«

»Ab und zu hatte er ein paar Gehilfen. Sie kamen und gingen.«

»Wie habt Ihr untereinander Kontakt gehalten?«

»Durch Boten.«

»Wurden einige von ihnen regelmäßig eingesetzt?«

Ridley ließ den Wein in seinem Becher kreisen. Owen hatte das sichere Gefühl, daß Ridley nicht deswegen mit der Antwort zögerte, weil er erst nachdenken mußte, sondern weil ihm diese Frage unangenehm war und er überlegte, wie er darauf antworten sollte. Owen beobachtete ihn. Diesen Teil der Befragung meisterte Owen sehr gut. Als Bogenschütze hatte er gelernt, zu warten und zu beobachten, bewegungslos, aber jederzeit bereit, zuzuschlagen. Er hatte es sich zu eigen gemacht, eine Person schweigend anzusehen, während er auf ihre Antwort wartete, und die Frage auch nicht zu wiederholen, wenn es länger dauerte. Das zeigte dem Betreffenden, daß Owen wußte, daß er die Frage gleich beim ersten Mal verstanden hatte – eine Taktik, die Owen Bess Merchet abgeschaut hatte. Auf diese Weise konnte er auch seine alten erlernten Fähigkeiten wieder zum Tragen bringen.

»Er ist ein etwas zwielichtiger Charakter, deshalb habe ich gezögert«, sagte Ridley schließlich. »Aber er hatte keinen Grund, Will umzubringen.«

»Ich werde mit ihm reden. Vielleicht weiß er etwas.«

Ridley rieb sich sein Doppelkinn und runzelte die Stirn. »Das dürfte schwierig werden. Ich habe keine Ahnung, wo er steckt.«

»Das ist doch nicht Euer Ernst?«

Ridly zuckte mit den Schultern. »Er ist immer in regelmäßigen Abständen bei uns aufgetaucht, um seine Aufträge entgegenzunehmen. Und jetzt, da ich mein Geschäft meinem Sohn übergeben habe und Will tot ist, bezweifle ich, daß ich den Mann jemals wiedersehen werde.«

»Das überrascht mich.«

Ridley seufzte und warf die Hände in die Luft. »Ihr müßt das verstehen. Da wir mit Frankreich in diesen langwierigen Krieg verstrickt sind, ist es kaum möglich, jemanden zu finden, der sowohl ehrlich als auch in der Lage ist, Botschaften über den Kanal zu transportieren. Wirthir war bereit dazu und auch außerordentlich zuverlässig, gegen gute Bezahlung, versteht sich, und deshalb habe ich keine weiteren Fragen gestellt. Aber ich vermute, er hat sich nebenbei auch noch hier und da als Pirat und Schmuggler betätigt.«

»Wirthir?«

»Martin Wirthir. Ein Flame. Er muß sich bei jemandem in York aufgehalten haben, während Will seine Antwortschreiben vorbereitete, wobei es manchmal nötig war, zuvor noch bestimmte geschäftliche Transaktionen abzuschließen. Aber ich weiß, wo Wirthir in dieser Zeit Unterschlupf gefunden hat.«

»Euer Sohn beschäftigt ihn nicht weiter?«

Ridley schüttelte den Kopf. »Mein Matthew ist ein Unschuldsengel. Das kommt daher, daß ich ihn zu lange allein der Obhut seiner Mutter überlassen habe. Ich hätte ihn schon früher zu den Scorbys schicken sollen. Aber er wird es schon noch lernen. Seine Habgier wird es ihm beibringen. Bis jetzt glaubt Matthew immer noch, man könne ein erfolgreicher Geschäftsmann werden und dabei vollkommen ehrlich bleiben. Wirthir hat er nie gemocht.«

»Euer Sohn befindet sich jetzt in Calais?«

Ridley nickte. »Er wird wie ich zwischen London und Calais hin und her pendeln.«

»Und wie kam es, daß Ihr Euch so sicher fühlen konntet bei Euren Geschäftsreisen über den Kanal?«

»John Goldbetter hatte alle möglichen Verbindungen.«

»Aha.«

Als die beiden Männer ihren Imbiß beendet hatten, erschien Cäcilia Ridley wieder und führte Owen hinauf zu einer kleinen Kammer. »Das ist die Kammer meines Sohnes, wenn er zu Hause ist. Ich hoffe, Ihr fühlt Euch wohl hier. Ich danke Euch dafür, daß Ihr Gilbert begleitet habt.« Cäcilias Gesicht hatte inzwischen etwas mehr Farbe bekommen. »Bitte.« Sie berührte Owen am Arm. »Könnt Ihr mir etwas über Wills Tod erzählen?«

»Vielleicht war es ein Raubüberfall, wenngleich die Täter dafür ein wenig zu brutal vorgingen. Ein Ring, den er an seiner rechten Hand trug, ist verschwunden. Ihr habt ihn doch gut gekannt. Könnt Ihr mir vielleicht diesen Ring beschreiben?«

»Es war ein Siegelring. Er hat damit seine Briefe versiegelt. Kein außergewöhnlicher Ring. Nicht so wie Gilberts Ringe.«

»Ihr wart gut befreundet?«

Cäcilia Ridley legte eine Hand auf ihren Hals. »Will war sehr gut zu mir. Er half mir bei der Buchführung. Er hat uns einen neuen Verwalter besorgt, nachdem der alte an der Pest gestorben war. Und immer hat er den Kindern zu den Namenstagen Geschenke mitgebracht.«

»Die folgende Frage mag Euch sehr unangenehm sein, bitte verzeiht es mir, aber ich muß sie stellen. Fällt Euch irgend jemand ein, der einen Grund gehabt haben könnte, Will Crounce umzubringen?«

Cäcilia schüttelte den Kopf. »Er war ein guter Mann, Hauptmann Archer. Ich kann mir nicht vorstellen, daß ihn irgend jemand so sehr gehaßt haben könnte.«

Am nächsten Morgen zeigte Ridley Owen das Kellergewölbe, in dem sich sein Weinlager befand und ein kleiner, mit Steinplatten ausgelegter Raum, in dem er alle Geschäftsbücher des Anwesens aufbewahrte. Owen war besonders beeindruckt von der Vorratskammer, in der Nahrungsmittel zum Trocknen, Räuchern oder Pökeln aufgehängt waren. Ein kleiner Herd und ein großes steinernes Becken mit einem Abfluß vervollständigten die Einrichtung. Owen hatte dergleichen noch nie gesehen. Ridley freute sich. Und Owen, der bemerkte, wie der Mann von aufrichtigem Stolz über sein Haus erfüllt war, mußte sich eingestehen, daß er für den Mann nun doch ein wenig mehr Sympathie empfand.

Dennoch war Owen froh, Riddlethorpe wieder verlassen zu können. Zwischen Ridley und seiner Frau herrschte eine Spannung, die Owen unangenehm berührt hatte. Und gewiß hatten die beiden nun viel miteinander zu bereden, nachdem ihr Freund und Mitarbeiter ermordet worden war.

Beim Abendessen sagte Owen zu Lucie: »Am seltsamsten war, wie sich Cäcilia Ridleys Gesicht verändert hat, wenn ihr Mann zugegen war. Es verdunkelte sich, wurde fast steinern. Das, meine Liebe, ist keine glückliche Ehe.«

Lucie dachte über all das nach, was er ihr erzählt hatte. Über das prächtige Haus, Cäcilia Ridleys Bescheidenheit, den Gegenstand des Streits am Abend des Mordes und darüber, was Cäcilia Ridley über Crounce gesagt hatte. »Mir kommt es so vor, als hätte Cäcilia viel mehr Zuneigung für Will Crounce empfunden als für ihren Ehemann.«

Owen blickte sie mit seinem gesunden Auge an. »Das habe ich mir auch schon gedacht.«

Lucie biß sich auf die Unterlippe und überlegte. »Das ist auch keineswegs überraschend. Gilbert Ridley war doch die meiste Zeit nicht zu Hause, und wenn das schon für uns so klar auf der Hand liegt, wie muß es dann erst Ridley empfunden haben?«

»Du meinst, er könnte Crounce umgebracht haben, weil dieser seiner Frau den Kopf verdreht hat?«

Lucie wollte schon nicken, doch dann seufzte sie und schüttelte den Kopf. »Nein. Das paßt nicht zu deiner Beschreibung von Gilbert Ridley. Er interessiert sich nur für seinen Reichtum, nicht für seine Frau.«

»Was hast du über Jasper de Melton herausgefunden?«

»Er ist verschwunden. Seine Mutter ist gestorben, und daraufhin hat Jasper Reißaus genommen.«

»Das habe ich befürchtet. Der Junge hat Angst, die Mörder könnten versuchen, auch ihn umzubringen.«

»Wenn sie es nicht schon getan haben.« Lucie widerstrebte es, diesen Gedanken auszusprechen.

Owen rieb sich seine Narbe.

Lucie holte tief Luft. »Der Fremde, der mir auf dem Rückweg von Freythorpe Hadden behilflich war, hat angeboten, nach dem Jungen zu suchen.«

Owens Faust fiel krachend auf den Tisch. »Was tut der denn noch hier?«

»Hast du mich nicht verstanden? Er hat uns seine Hilfe angeboten.«

»Wir brauchen seine Hilfe nicht!«

Lucies Augen funkelten. Sie sprang auf und stieß dabei ihren Stuhl um. »Oh, wirklich nicht? Ich demütige mich und setze mein Seelenheil aufs Spiel, indem ich die Leute für dich ausfrage, und du weist die Unterstützung zurück, die ich gefunden habe. Wirklich sehr liebenswürdig!« Sie stürmte aus der Kammer.

Owen kam sich vor wie ein Heuchler, als er daran dachte, wie abfällig er sich über die Ehe der Ridleys ausgelassen hatte.

Kapitel 4

Eine impertinente Hofdame und ein Mann voller Demut

Martinstag. Einer jener Feiertage, die Thoresby am wenigsten mochte. Je älter der Erzbischof wurde, desto mehr wuchs seine Abneigung gegen den Monat November, den Beginn der langen, dunklen Jahreszeit. Eine ganz besondere Abneigung hegte er gegen den November in York. Normalerweise konnte er es so einrichten, daß er sich bis zum Frühling in Windsor aufhielt, doch dieses Jahr hatte er mit mehreren seiner Erzdiakone Schwierigkeiten gehabt, und daher hielt er es für klüger, in ihrer Nähe zu bleiben. Probleme, in die seine Erzdiakone verstrickt waren, konnten sich leicht zu einem Mordfall auswachsen, wie er schon leidvoll hatte erfahren müssen.

Doch die Lage war nicht vollkommen trostlos. Gilbert Ridley hatte ihm eine großzügige Spende für die Marienkapelle des Münsters zukommen lassen, Thoresbys Beitrag zu der großen Kathedrale und zugleich jenes Bauvorhaben, das ihm am meisten am Herzen lag. Angesichts der beträchtlichen Summe kam Thoresby nicht umhin, den Mann zu einem Essen bei sich einzuladen.

Der Erzbischof war in Sorge deswegen, denn es würde sein erstes Zusammentreffen mit Ridley nach dem Mord an Will Crounce sein, und Ridley würde gewiß nicht verborgen geblieben sein, daß Thoresby bis auf die von ihm veranlaßten anfänglichen Nachforschungen von Archer nichts unternommen hatte, um die Mörder zu finden. Gilbert Ridley würde dafür bestimmt eine Erklärung verlangen.

Andererseits konnte Ridley auch nicht allzu verärgert sein, wenn er einen solch großen Betrag für die Kapelle spendete . . .

Und zudem waren Archers Nachforschungen ergebnislos verlaufen. Sogar den Boten, der die Verbindung zwischen Ridley und Crounce aufrechterhalten hatte, Martin Wirthir, hatten Thoresby und Archer nicht zu fassen bekommen. Martin Wirthir schien spurlos verschwunden zu sein.

Thoresby schritt auf und ab. Es half nichts. Er mußte sich selbst eingestehen, wenn er sich schon niemand anderem anvertrauen wollte, daß ihn die Vorgänge in Sheen von dem Mord an Will Crounce abgelenkt hatten.

Als er in Windsor angekommen war, hatte er Befehle des Königs vorgefunden – natürlich als Bitten formuliert –, die besagten, er solle sich unverzüglich im königlichen Palast in Sheen einfinden, um Königin Phillippa zurück nach Windsor zu geleiten. Da er eine tiefe, ehrfurchtsvolle Zuneigung zu der Königin empfand, war Thoresby der Aufforderung gerne nachgekommen.

Doch eine neue Hofdame hatte Thoresby den Aufenthalt im Palast verleidet. Die siebzehnjährige Alice Perrers, der impertinente Sprößling einer Familie, die durch Handel reich geworden war, hatte Thoresby allein schon dadurch gekränkt, daß sie sich stets in der Nähe der Königin aufhielt. Alice Perrers hatte blitzende Augen, eine scharfe Zunge und ein lautes, keckes Lachen, das den Frieden des Palastes störte, und sie war aus irgendeinem unerfindlichen Grunde zur Lieblings-Hofdame der Königin aufgestiegen.

Und als die Reisegesellschaft in Windsor eintraf, entdeckte Thoresby zu seiner Empörung, daß König Edward offenbar Gefallen daran fand, wie Alice Perrers ihn unverblümt und kokett umwarb. Doch all das war noch harmlos im Vergleich zu dem, was dann geschah.

Am zweiten Abend seines Aufenthalts in Windsor Castle wurde Thoresby eingeladen, mit dem König in dessen Privatgemächern zu Abend zu essen. Auch Alice Perrers war eingeladen. Sie trug ein kurzes Kleid aus weicher, dünner Wolle. Und als sie ihren Knicks vor dem König machte, sah Thoresby an der Art, wie sie ihre Hand über ihren Bauch gleiten ließ, daß sie mit einem Kind schwanger ging.

Thoresby war verblüfft. Die junge Frau war doch eigentlich

ein Niemand. Und auch nicht besonders hübsch. Sie sah durchschnittlich aus, wie die Königin, hatte aber nichts von deren einnehmendem Wesen, was diesen Mangel wieder ausglich. An dem zuvorkommenden Verhalten des Königs ihr gegenüber erkannte Thoresby, daß sie seine neue Favoritin war. Eine Bürgerliche, die eingeladen wurde, mit dem König zu speisen, und der man erlaubte, ihren Bastard zur Schau zu stellen – soweit Thoresby wußte, war sie unverheiratet.

Thoresby nahm sich vor, soviel wie möglich über Alice Perrers in Erfahrung zu bringen.

Aber es gab nicht viel herauszufinden.

Sie war ein Pestkind, wie man die Kinder nannte, die zu jener Zeit geboren worden waren, als der Schwarze Tod zum ersten Mal England heimgesucht hatte, und durch die Seuche hatte sie ihre Eltern verloren. Ihre Onkel hatten einer Kaufmannsfamilie Geld gegeben, um sie von ihr aufziehen zu lassen. Vor ein paar Jahren hatten ihre Onkel dann entschieden, sie in den Schoß der Familie zurückzuholen und sie darauf vorzubereiten, eine Hofdame zu werden. Alice besaß ein wenig Geld – genug jedenfalls, um einen respektablen Ehemann zu finden –, mehr Bildung, als gut war für sie – das hatte Thoresby an seiner eigenen Reaktion auf ihre unverschämten Bemerkungen gesehen –, und war von einer Verteidigungshaltung geprägt, die ihre Herkunft aus einer Kaufmannsfamilie verbergen sollte. Thoresby verachtete sie.

Er konnte natürlich nicht einfach die anderen Höflinge fragen, wodurch die Onkel von Alice Perrers die Gunst der Königin erkauft hatten, doch als Lordkanzler hatte er Zugang zu allen juristischen und steuerlichen Akten. Er ließ seinen Hauptschreiber, Bruder Florian, alle Aufzeichnungen nach den Namen Crounce und Perres durchforsten.

Bruder Florian berichtete, daß Crounce tatsächlich ein niederer Mitarbeiter von Goldbetters Handelsgesellschaft gewesen war; er wurde einmal namentlich erwähnt, als Verfasser eines Briefes, den Ridley einem königlichen Gericht in einem Verfahren gegen Goldbetter präsentiert hatte. Der Name Perrers tauchte nirgendwo auf.

»Doch es ist ein offenes Geheimnis in London«, fügte Bruder Florian grinsend hinzu, »daß diese Perrers den Bastard des Königs austrägt.«

»Gütiger Himmel!« Thoresby starrte Florian ungläubig an. »Wie konnte er sich nur solch ein Geschöpf auserwählen? Und die Königin demütigen mit solch einer. Es ist nicht möglich. Seid Ihr sicher?«

»Meine besten Quellen haben es bestätigt.«

Thoresby kam es vor, als habe sich die Welt auf den Kopf gestellt. Während ihn Alice Perrers weiter beschäftigte und nachdem er herausgefunden hatte, daß Crounce in Goldbetters Handelsgesellschaft keine große Rolle gespielt hatte, war sein Interesse an dem Mordfall geschwunden, und er hatte ihn als Raubüberfall zu den Akten gelegt.

Aber würde Ridley sich damit ebenfalls zufriedengeben?

Als Michaelo Gilbert Ridley in die Halle führte, blickte Thoresby den Kaufmann verwirrt an. Er hatte ihn als einen dicken, rundlichen Mann in Erinnerung, aber der Mann, der Thoresby jetzt entgegenkam, sah alles andere als kräftig und wohlgenährt aus. Er wirkte ausgezehrt und hatte die bleiche Gesichtsfarbe eines Menschen, der sich gerade von einer schweren Krankheit erholte.

»Ich wußte gar nicht, daß Ihr krank gewesen seid«, sagte Thoresby.

Ridley schüttelte den Kopf und setzte sich an die Tafel. »Nein, nein, ich war nicht krank. Jedenfalls würde ich es nicht als Krankheit bezeichnen. Ich . . .« Ridley seufzte und strich sich mit seinen beringten Fingern über die Augenbrauen. »Es war schwer für mich, über den Tod meines Freundes hinwegzukommen. Ihr erinnert Euch, Will Crounce. Der ganz hier in der Nähe ermordet wurde, hier im Bezirk des Münsters. Brutal niedergestochen.« Ridley schüttelte den Kopf.

Thoresby nickte. »Natürlich habe ich nicht vergessen, was Will Crounce widerfahren ist.« Da er sah, daß Ridleys Hände zitterten, als er seinen Weinkelch zum Mund führte, entschloß sich Thoresby, Ridley seiner weiteren Unterstützung zu versichern. »Ich bedaure, daß unsere Nachforschungen ergebnislos verlaufen sind. Will Crounce wird in den amtlichen Aufzeichnungen nur ein einziges Mal erwähnt, und offensichtlich hatte er keine Feinde.«

»Ich weiß, Ihr habt Euer Bestes getan. Ich war Owen Archer keine große Hilfe. Ich versichere Euch, daß ich Eure Unterstützung sehr zu schätzen weiß.«

Ridley lächelte den Erzbischof dankbar an. Herr im Himmel, es schien, als hätte dieser Mann durch den Tod seines Freundes zu Gott gefunden, dachte Thoresby. Er hatte Barmherzigkeit und Demut gelernt, zwei Tugenden, die er zuvor schmerzlich hatte vermissen lassen. »Wir haben getan, was in unserer Macht stand«, erwiderte Thoresby.

Ridley nickte. »Will und ich hatten... Ihr wißt, daß wir geschäftlich miteinander zu tun hatten. Wir waren jung und guten Mutes und dachten, alles würde sich für uns zum Besten wenden. Und so kam es auch. Ja, wir hatten Erfolg. Aber dieser Erfolg wäre nicht möglich gewesen ohne Will. Er konnte besser mit Leuten umgehen als ich. Er hatte eine angenehme Stimme und ein einnehmendes Wesen.« Ridley nahm einen großen Schluck Wein. Tränen schimmerten in seinen Augen.

»Es war uns auch nicht möglich, den Flamen aufzutreiben, der als Euer Bote fungierte, Martin Wirthir«, sagte Thoresby. »Wir vermuten, er lebt jetzt unter einem anderen Namen in York.«

»Ich glaube nicht, daß Wirthir nach York zurückgekehrt ist. Er hatte keinen Grund dazu.«

Thoresby nickte. »Und niemand geht freiwillig in den Norden. Nur wenn er von jemandem dorthin geschickt wird.«

Ridley schüttelte den Kopf. »Da bin ich anderer Meinung. Ich habe mich immer darauf gefreut, wieder nach Hause zu kommen, die Moore und die Heide wiederzusehen, die Stille des Winters zu erleben und das Knirschen des Schnees unter den Stiefeln zu hören.«

»Guter Mann, Ihr geratet ja richtig ins Schwärmen, wenn Ihr von diesem öden Land sprecht...«

»Für mich ist es kein ödes Land. Ihr hingegen sprecht wie

jemand, der aus dem Süden kommt. Aber Ihr wurdet doch in den Dales geboren, nicht wahr?«

Thoresby furchte die Stirn. »Ich kann mich nicht erinnern, daß ich Euch jemals etwas über meine Familie erzählt hätte.« Er mochte Leute nicht, die zu zutraulich wurden.

Ridley beugte den Kopf, um sich zu entschuldigen. »Ich beabsichtige, Euch eine größere Summe zu spenden für eine Kapelle, die, wie ich hörte, Euer Grab beherbergen soll. Deshalb wollte ich soviel wie möglich über Euch in Erfahrung bringen, um sicherzugehen, daß dies eine angemessene Möglichkeit ist, dem Herrn für mein gutes Leben zu danken.«

Sie schwiegen, während Maeve, die Köchin, die Speisen auftischte.

Thoresby sah, wie Ridley einen kleinen Beutel aus einer Tasche zog, die er mitgebracht hatte, und ein Pulver in seinen Wein mischte. Maeve roch neugierig daran, als sie vorüberging, und rümpfte die Nase.

»Was ist denn das für ein Mittel, das Ihr in Euren Wein mischt?« wollte Thoresby wissen.

Ridley trank aus, schüttelte sich und wischte sich dann den Mund ab. »Ein Tonikum, das meine Gemahlin für mich zubereitet hat. Sie gibt es mir seit der Sommersonnenwende. Es schmeckt scheußlich, aber sie hofft, daß es meine Nerven beruhigt und meinen Magen wieder in Ordnung bringt. Kürzlich hat sie den Geschmack ein wenig gemildert. Trotzdem würgt es mich immer noch. Aber ich lasse ihr ihren Willen. Ich muß gestehen, es hat mich schon ein wenig beunruhigt, als ich feststellte, daß meine Gewänder immer weiter und weiter wurden.«

Maeve stellte einen zweiten Krug Wein neben Ridley und blickte auf seine Hüften hinunter, wo sein Gewand durch einen geschmückten Gürtel straff zusammengehalten wurde.

Thoresby folgte ihrem Blick und nickte. »Derartige Beschwerden muß man ernst nehmen. Vielleicht solltet Ihr in der Apotheke neben Eurer Herberge Rat suchen. Lucie Wilton verfügt über große Kenntnisse.«

Ridley schüttelte den Kopf. »Das wäre meiner Frau nicht recht.«

»Auch nicht, wenn es Euch helfen würde?«

»Dafür gibt es keine Garantie.«

Maeve zog sich zurück.

»Nun, greift tüchtig zu«, forderte Thoresby seinen Gast auf. »Ihr braucht mehr Fleisch auf den Rippen für die Wintermonate.«

Ridley kicherte und nahm einen Schluck Wein. »Sogar mein Goldschmied hat schon daran verdient – er mußte alle meine Ringe enger machen.«

Thoresby blickte auf Ridleys beringte Finger und erinnerte sich daran, was ihm Archer über Ridleys unbekümmertes Auftreten auf der Straße erzählt hatte. »Ich nehme an, Ihr stellt Eure Juwelen nicht so auffällig zur Schau, wenn Ihr Euch in einer fremden Stadt aufhaltet oder unterwegs seid?«

Ridley hob seine linke Hand und wedelte mit den Fingern. Die große Perle und der Mondstein schimmerten auf den schweren Goldringen. »Hauptmann Archer hielt mich für einen gedankenlosen, einfältigen Pfau, weil ich mich so auf der Straße zeigte. Seitdem bin ich ein wenig vorsichtiger. Doch hier in der Stadt ist es wichtig, daß man wohlhabend aussieht. Gut fürs Geschäft.«

»Aber man muß es nicht unbedingt auf den Straßen zeigen, möchte ich meinen.«

Ridley zuckte mit den Achseln.

Sie aßen eine Weile schweigend, dann begann Ridley den Erzbischof nach dem neuesten Hofklatsch auszufragen. »Es heißt, es gebe eine neue Hofdame, die das Herz des Königs im Sturm erobert hat.«

Thoresby zuckte mit den Wimpern. Sogar hier gelang es diesem Flittchen Perrers, seine Stimmung zu trüben. »Ich habe mich bei meinem letzten Aufenthalt am Hof weitgehend zurückgezogen«, sagte Thoresby, »habe mich nur um meine Pflichten als Kanzler gekümmert.«

Ridley gab es auf.

Nach dem Mahl setzten sie sich mit einem Branntwein vor den Kamin. Thoresby eröffnete die geschäftliche Besprechung. »Das ist eine beträchtliche Summe, die Ihr der Marienkapelle des Münsters zukommen lassen wollt, Ridley. Mit soviel Geld könnte man sich ein wunderschönes, bemaltes Glasfenster kaufen. Oder sogar zwei. Das ist die übliche Vorgehensweise, wenn es sich um eine solch große Spende handelt. Man könnte auf dem Fenster eine Heiligengeschichte darstellen und einer der Figuren Euer Gesicht geben, vielleicht auch Eure Gemahlin noch mit einbeziehen und in einer Ecke Euer Familienwappen anbringen oder Euren Namen oder auf Eure Verbundenheit mit der Gilde hinweisen oder etwas dergleichen.«

Ridley schüttelte den Kopf. »Ich möchte mit dieser Spende nicht die Aufmerksamkeit auf mich lenken. Ich möchte, daß der Herr erkennt, daß sie aus meinem Herzen kommt und nicht dazu dient, mir irgend etwas zu erkaufen.«

Thoresby lehnte sich zurück und musterte den Mann, der sich so stark verändert hatte. »Weshalb seid Ihr so großzügig, Ridley?« fragte er ruhig.

Ridley errötete. »Wollt Ihr meine Spende nicht annehmen?«

»Das wollte ich damit nicht sagen. Aber eine derart große Summe! Und außerdem habe ich bemerkt – verzeiht mir, daß ich das erwähne, aber Ihr wirkt so vollkommen verändert –, daß Ihr anscheinend unter irgend etwas leidet. Es handelt sich bei der Spende doch nicht etwa um eine Buße? Für etwas, das Euch Sorgen bereitet?«

»Gütiger Himmel, Euer Gnaden!« rief Ridley und sprang auf. »Wenn ich gewußt hätte, daß Euch mein Geld so verdächtig vorkommt, dann hätte ich es Euch niemals angeboten!«

»Bitte, mein Freund, setzt Euch wieder. Verzeiht mir. Aber diese Kapelle liegt mir sehr am Herzen. Ich werde dort begraben werden. Und deswegen möchte ich verhindern, daß der Schatten irgendeines Zweifels darauf fallen kann. Ich will nicht, daß sie mit blutigem Geld erbaut wird.«

»Das ist kein blutiges Geld. Wenn Ihr so wollt, dann nehmt es als ein Symbol meiner Ergebenheit, denn durch Wills Tod habe ich erkannt, welch ein gesegnetes Leben mir beschieden war und daß es allzu schnell enden kann. Ich will dieses gute Werk noch tun, bevor auch mich vielleicht völlig unerwartet der Tod ereilt.«

Thoresby konnte das verstehen. »Bitte, verzeiht mir.« Er bot Ridley weiteren Branntwein an, den dieser gerne akzeptierte.

»Ich bereue vieles, was ich in meinem Leben getan habe, Euer Gnaden, aber ich weiß auch, daß eine Geldspende für die Kirche es nicht ungeschehen macht.«

»Was bereut Ihr denn?«

Ridley schwieg eine Weile. Dann seufzte er und sagte: »Ich gab meine Tochter einem Mann zur Frau, der, wie ich mittlerweile erkannt habe, der Teufel in Person ist. Ich wünschte, ich könnte das rückgängig machen.«

Thoresby lächelte. »Väter hegen häufig solche Gedanken über die Ehemänner ihrer Töchter.«

Ridley wurde rot im Gesicht. »Macht Euch nicht lustig über mein Elend.«

»Ich bitte Euch erneut um Verzeihung«, sagte Thoresby. »Besteht Anlaß zu der Hoffnung, daß die Ehe annulliert werden könnte?«

»Nein. Die Ehe wurde eindeutig schon vollzogen.« Ridley wischte sich in einer müden Geste mit der Hand über die Augen. »Außerdem ist mein Schwiegersohn ein fürchterlicher Prahlhans. Er erzählt überall herum, daß er bald in den Ritterstand erhoben werde. Aber der Einfaltspinsel hat noch rein nichts geleistet, was ihn dazu berechtigen würde, zum Ritter aufzusteigen. Er war weder Diplomat noch Soldat. Die einzigen Kämpfe, die er ausgefochten hat, waren die mit meiner Tochter.«

»Das tut mir leid.« Thoresby betrachtete Ridleys zitternde Hand und bemerkte, daß dem Mann die Augen weh taten. »Nein, das ist zu schwach ausgedrückt. Ich empfinde tiefstes Mitgefühl mit Euch und Eurer Familie.«

Ridley nippte an seinem Branntwein und holte tief Luft. »Dann wird Euer Grab sich also in der Marienkapelle befinden«, sagte er, um ein anderes Thema anzuschneiden. »Weshalb habt Ihr Euch dafür entschieden?«

Thoresby antwortete nicht gleich, denn der abrupte Themenwechsel hatte ihn ein wenig durcheinandergebracht. »Weshalb ich mich dafür entschieden habe? Nun, nach einem Gebet zur

Muttergottes erhielt ich einen Fingerzeig Gottes, der mich zur Kirche hinführte.«

»Ihr wart kein Zweitgeborener?«

Thoresby lächelte. »Doch, aber ich hatte mich bei Hofe schon ganz gut hochgearbeitet. Eine feste Position am Hof wäre mir sicher gewesen.« Thoresby starrte in das Feuer. »Heutzutage allerdings ist es keine besondere Ehre mehr, wenn man am Hof als aufgehender Stern gilt – es ist zu einfach geworden.«

»Dann besteht für meinen Schwiegersohn vielleicht doch ein wenig Hoffnung?« bemerkte Ridley lächelnd. Dann rülpste er ziemlich laut.

Thoresby hob den Kopf.

Ridley war es peinlich. »Entschuldigt, Euer Gnaden.« Er rülpste ein zweites Mal.

»War etwas in der Suppe, das Euch nicht bekam?«

»Nein. So geht es mir jeden Abend. Schon seit Monaten.«

»Trotz des Tonikums Eurer Gemahlin?«

Ridley nickte. »Manchmal kommt es mir sogar so vor, als hätten sich die Symptome verschlimmert, seit ich ihr Mittel nehme. Doch wir haben in letzter Zeit zu einem recht entspannten Verhältnis gefunden, und ich möchte nichts tun, was sie verärgern könnte.«

»Der Branntwein könnte bei der Verdauung Eurer Mahlzeit gewiß gute Dienste leisten.«

»Er wirkt sehr beruhigend. Wirklich sehr beruhigend.« Ridley verzog ein wenig das Gesicht, als er einen weiteren Rülpser unterdrückte. Dann erhob er sich. »Euer Gnaden, ich glaube, es wird Zeit, daß ich in mein Quartier in der York Tavern zurückkehre. Ich habe morgen einen weiten Weg vor mir, und wie Ihr seht, befinde ich mich nicht in bester Verfassung.«

Thoresby geleitete Ridley zur Tür. Maeve brachte ihm seinen Umhang.

»Möchtet Ihr, daß Euch mein Sekretär, Bruder Michaelo, bis zur Schenke begleitet?« bot ihm Thoresby an.

Ridley wirkte verlegen. »O nein, das ist nicht nötig. Ich komme schon zurecht. Und die Schenke ist ja auch nicht weit entfernt.«

Thoresby bereute es bitter, daß er so schnell nachgegeben hatte, denn am nächsten Morgen stolperte Erzdiakon Johannes im Garten des Münsters über Ridleys Leiche. »Jemand hat einmal eine aufgeschlitzte Kehle als das grauenhafte Grinsen des Todes bezeichnet«, sagte Johannes mit aschfahlem Gesicht, »und genau das ist mir bei diesem Anblick wieder eingefallen. Die Augen starrten mich an, die Lippen waren blau, und...« er schüttelte sich, »und da, wo seine rechte Hand gewesen war, befand sich nur noch ein blutiger Stumpen.«

Thoresby geleitete Johannes zu einem Stuhl. »Setzt Euch. Michaelo bringt Euch gleich etwas Branntwein. Verzeiht mir, daß ich weiter nachfrage. Aber an Ridleys linker Hand – steckten daran noch die beiden Ringe?«

Johannes nickte.

Später am Vormittag fanden Steinmetze, die an der Marienkapelle arbeiteten, einen blutigen Lumpen, aber keine Hand und auch keine juwelenbesetzten Ringe.

Thoresby machte sich Gedanken. Es konnte sich unmöglich um einen Zufall handeln. Daß man Crounces Hand im Sommer in Ridleys Kammer gelegt hatte, sollte bestimmt eine Warnung sein. Und wem wurde jetzt Ridleys Hand geschickt? Thoresby ließ den Bürgermeister rufen. Alle Gerichtsdiener und alle Wachen der Stadt mußten informiert werden. Sie sollten sofort Bericht erstatten, wenn ihnen etwas von einer abgetrennten Hand zu Ohren kam. Er wollte nicht den Fehler begehen, die Mörder ein zweites Mal entwischen zu lassen.

Und dann schickte der Erzbischof nach Owen Archer.

Kapitel 5

Ridleys Frauen

Als Bruder Michaelo diesmal wieder zur Apotheke kam, erwachte Owen von selbst durch das Klopfen. Er überlegte, weshalb Lucie schon so früh aufgestanden sein mochte, aber sein Verstand war noch vom Schlaf umnebelt. Owen ging nach unten und schickte Michaelo mit dem Versprechen weg, er werde gleich nachkommen. Dann begab er sich auf die Suche nach seiner Ehefrau. Dabei stieß er auf Tildy, die Magd, die gerade das Feuer in der Küche anfachte.

»Hast du deine Herrin heute morgen schon gesehen, Tildy?«

»Draußen hinterm Haus«, antwortete das Mädchen kurz, ohne aufzublicken.

Aus Tildys Verhalten schloß Owen, daß sie nicht mehr sagen wollte, daß sogar diese Antwort schon mehr war, als sie glaubte sagen zu dürfen. Owen wußte, was das zu bedeuten hatte.

Draußen fiel der Schnee in dicken, nassen Flocken. Owen sah, wie tief seine Stiefel auf dem Gehweg einsanken, und überlegte, daß es schon seit einigen Stunden schneien mußte. Er konnte keine anderen Fußspuren im Schnee entdecken. Und dann sah er Lucie, deren rostfarbener Umhang im Wind flatterte, während sie vor dem Grab ihres ersten Ehemannes kniete. Der Erzbischof höchstpersönlich hatte diesen kleinen Fleck im hinteren Teil des Gartens geweiht. Nicholas Wilton war Apothekermeister gewesen, und dieser Kräutergarten hatte sowohl sein Meisterwerk als auch seine große Leidenschaft dargestellt. An jenem Tag vor zwei Jahren, als es zum ersten Mal geschneit hatte, war er von einer Lähmung befallen worden, von der er sich nicht mehr erholt hatte. Lucie hatte erst neulich von Wilton gesprochen und gesagt, jetzt würde wieder diese unglückselige

Zeit des Jahres anbrechen. Owen hatte sich bemüht, Geduld aufzubringen. Er hatte sich mit der Forderung der Gilde einverstanden erklärt, daß Lucie den Familiennamen ihres verstorbenen Mannes beibehielt, solange sie als Apothekerin tätig war. Er hatte bereitwillig die Papiere unterzeichnet, die sie ihm vorgelegt hatten und in denen festgelegt wurde, daß er keinerlei Ansprüche auf die Apotheke würde anmelden können, falls Lucie vor ihm sterben sollte. Dieser ganze Papierkram hatte nichts zu tun mit seiner Liebe zu Lucie oder mit ihrer Liebe zu ihm. Doch ihre immer noch andauernde Trauer um Nicholas stellte seine Geduld auf eine harte Probe. Es war doch unsinnig, hier stundenlang draußen im Schnee zu knien.

»Lucie, um Himmels willen, was tust du denn da?«

Sie blickte ihn mit verweinten Augen an. »Ich konnte nicht schlafen.«

»Hast du nicht bemerkt, daß es zu schneien angefangen hat?«

»Natürlich habe ich das bemerkt.« Ihre Augen schauten ihn herausfordernd an.

Er wußte es besser, deshalb wechselte er das Thema. »Man hat mich in den Palast des Erzbischofs bestellt. Wieder ein Mord im Garten des Münsters.«

»Dann solltest du dich gleich auf den Weg machen.« In Lucies Stimme lag kein Bedauern, keine Enttäuschung darüber, daß er schon so früh aus dem Haus gehen mußte, zu einer Unterredung, die ohne Zweifel dazu führen würde, daß er wieder für eine Weile die Stadt würde verlassen müssen.

Owen hatte keine guten Erinnerungen an Lucies ersten Ehemann. Er konnte nicht verstehen, daß Lucie immer noch an ihm hing. Nicholas hatte sie eigentlich nicht verdient gehabt.

Nicht daß Owen sich ihrer Liebe für würdig befunden hätte, nein, aber er war überzeugt, daß er sie jedenfalls mehr verdiente als Nicholas.

»Kommst du herein und trinkst noch einen Glühwein mit mir, bevor ich gehe?«

Lucie nickte, schlug ein Kreuzzeichen und stand auf, um Owen zurück ins Haus zu folgen. Als sie über den Gartenweg gingen, nahm Lucie Owens Arm. »Ich wollte dich nicht verletzen.«

Owen zog sie an sich und umarmte sie stürmisch. Es genügte ihm zu wissen, daß sie auf seine Gefühle Rücksicht nahm.

Erzbischof Thoresby saß an einem polierten Tisch und fuhr mit den Händen über eine Rolle Pergament. »Eine großzügige Spende für meine Marienkapelle. Aber der Wohltäter wurde gestern abend ermordet, Archer. Ich benötige abermals Eure Hilfe.«

»Ich möchte Lucie zu dieser Zeit des Jahres ungern allein lassen, Euer Gnaden«, sagte Owen. »Heute morgen kniete sie im Schnee vor Wiltons Grab. Ich verfluche den Tag, an dem Ihr eingewilligt habt, dieses Fleckchen Erde im Garten zu weihen. Es ruft ständig böse Erinnerungen wach.«

Thoresby zuckte mit den Achseln. »Wiltons Grab interessiert mich im Augenblick weniger. Bei dem Ermordeten handelt es sich um Ridley. Er war gestern abend bei mir zu Gast. Als er aufbrach, fühlte er sich schlecht, aber dennoch ließ ich ihn allein zurück zur Schenke gehen. Er wurde auf dieselbe Weise umgebracht wie Crounce. Das war ein geplanter Mord. Und diesmal müssen wir den Mörder finden!«

»Habt Ihr irgendwelche neuen Informationen? Letztes Mal sind wir ja nicht weit gediehen.«

»Eines hat mich verwundert: Ridley hatte sich stark verändert seit dem Tod von Crounce. Sein Leib war nicht mehr kugelrund, sondern völlig ausgezehrt, sein Auftreten nicht mehr hochfahrend, sondern demütig.«

Owen dachte darüber nach. »Die Angst kann einem den Schlaf rauben und das Essen verleiden.«

Thoresby schüttelte den Kopf. »Gift hat die gleiche Wirkung.«

Owen nickte.

»Vielleicht kann Cäcilia Ridley uns ein wenig weiterhelfen«, meinte Thoresby. »Sie hat ihn mit einer Medizin versorgt. Ich möchte, daß Ihr ihr die Nachricht vom Tod ihres Mannes überbringt. Und zwar, bevor sie es von jemand anderem erfährt. Fragt sie, wer als Mörder in Frage kommen könnte.«

»Es wäre besser, wenn ihr ein Mann der Kirche diese Nachricht überbringen würde, nicht ein Soldat.«

»Ihr seid schon lange kein Soldat mehr.«

»Ich sehe aber noch wie einer aus. Mit dieser Augenklappe und der Narbe ...« Owen schüttelte den Kopf. »Ich bin nicht der richtige Mann für diese Aufgabe.«

»Ich würde gern Erzdiakon Johannes zu ihr schicken, aber ich kann ihn im Augenblick nicht entbehren. Und außerdem kennt Cäcilia Ridley Euch ja schon.«

»Ja, und damals habe ich ihr auch schlechte Nachrichten gebracht. Sie wird mich für einen Boten des Todes halten.«

»Bereitet Euch das Kummer?«

»Das eigentlich weniger.«

»Was dann?«

»Daß ich Lucie gerade jetzt allein lassen muß.«

Thoresby wischte diese Bemerkung schroff beiseite. »Vielleicht möchte Eure Ehefrau ja gerade allein sein, um über Nicholas Wilton zu trauern.«

Das tat weh. »Sie kann so oft allein sein, wie sie will.«

»Die Ehe ist keineswegs das Paradies, als das Ihr es Euch vielleicht vorgestellt habt.«

»Ich kann mich nicht beklagen, Euer Gnaden«, erwiderte Owen.

Thoresbys Augenbrauen hoben sich. »Wirklich? Dann dürft Ihr Euch glücklich preisen. Wie auch immer, ich möchte, daß Ihr nach Beverley reitet. Cäcilia Ridley hat Euch schon kennengelernt, und Ihr habt anscheinend keinen schlechten Eindruck auf sie gemacht, also könnt Ihr durchaus auch diese Aufgabe übernehmen. Ich gebe Euch ein Kondolenzschreiben für Cäcilia Ridley mit. Michaelo wird es Euch aushändigen. Zwei meiner Männer werden Euch begleiten.«

»Zwei Männer? Sehr großzügig, Euer Gnaden!«

»Ihr werdet unverschämt, Owen Archer.«

»Mich beginnt das alles allmählich zu langweilen.«

Owen brauchte zwei Tage, bis er in Riddlethorpe ankam. Er hätte den Ritt lieber in einem Tag hinter sich gebracht, aber das schlechte Wetter und der frühe Einbruch der Dämmerung hinderten ihn daran. Er war froh, als endlich das Torhaus des Anwesens in Sicht kam, denn seine beiden Begleiter und ihr unablässiges Geschwätz gingen ihm ziemlich auf die Nerven. Er fragte sich, ob er und seine Kameraden sich früher auch so aufgeführt hatten oder ob Alfred und Colin ganz besonders ungehobelte Kerle waren. Sie brannten drauf, sich mit jemandem zu schlagen, schwadronierten über ihre Narben, die sie sich schon geholt und die Knochen, die sie sich schon gebrochen hatten, und rissen ständig zotige Witze über Frauen. Wenn Owen auch so aufgetreten war, als er zum ersten Mal nach York gekommen war, dann, so schien es ihm, war es wirklich ein Wunder gewesen, daß Lucie überhaupt mit ihm geredet hatte. Er begann zu verstehen, weshalb sie eine solch ausgeprägte Abneigung gegen Soldaten hegte.

Nachdem der alte Wachmann am Tor sie in den Hof gewinkt hatte, stieg Owen ab und überließ Alfred und Colin die Pferde. »Geht danach in die Küche und bleibt dort«, befahl er ihnen. Er wollte Cäcilia Ridley nicht noch zusätzlich beunruhigen. Die Nachricht, die er ihr zu überbringen hatte, war schon schrecklich genug.

Cäcilia Ridley stand neben dem Kamin, und ihre Augen blickten ängstlich, als Owen durch die Halle auf sie zuging. »Hauptmann Archer.« Sie schaute ihn fragend an, als sie sah, daß er allein kam. »Ist etwas mit Gilbert?«

»Bitte, Mistress Ridley, setzt Euch.« Owen bedeutete einem Bediensteten durch eine Handbewegung, er solle Wein bringen.

Cäcilia Ridley, der diese Geste nicht entgangen war, ließ ihre hochgewachsene Gestalt mit der Willenlosigkeit eines Menschen, der ganz plötzlich aus dem Gleichgewicht geraten ist, auf einen Stuhl sinken. Sie faltete die weißen Hände im Schoß und blickte dann mit ängstlichen Augen zu Owen auf. »Gilbert ist etwas zugestoßen«, sagte sie.

»Euer Ehemann ist tot.«

Cäcilia zuckte zusammen, als hätte Owen sie geschlagen.

Dann bekreuzigte sie sich und senkte den Kopf. »Er war krank«, sagte sie leise. Wortlos drückte die Magd ihr einen Becher Wein in die Hand.

»Er ist nicht an einer Krankheit gestorben, Mistress Ridley. Er wurde ermordet.«

Sie blickte auf und schüttelte den Kopf. »Nein. Er war krank.«

»Er wurde auf dieselbe Weise umgebracht wie Will Crounce. Die Kehle aufgeschlitzt, die Hand abgehackt.«

Cäcilia riß die Augen auf. »Genauso wie Will? Er ist nicht an der Krankheit gestorben?« Sie führte den Becher an die Lippen und hielt dann inne. »Seid Ihr sicher?«

»Ziemlich sicher.«

Sie nahm einen Schluck. »Aber er war doch wirklich krank.«

Owen wußte aus seiner Zeit als Soldat, was ein Schock war. Daß Cäcilia Ridley so hartnäckig auf die Krankheit ihres Mannes hinwies, war ein Anzeichen dafür. Der Erzbischof hatte ihm ja erzählt, daß Ridley krank gewesen war und seine Frau ihn mit einer Medizin versorgt hatte. Vielleicht war Cäcilia mit der Reise ihres Mannes nach York nicht einverstanden gewesen.

»Er hat mit dem Erzbischof gespeist«, sagte Owen. »Danach hat ihn jemand im Garten des Münsters ermordet.«

Cäcilia Ridley runzelte die Stirn. »Aber dort gibt es doch Wachen.«

»Die Tore zum Bezirk des Münsters werden bewacht, wie auch damals, als Crounce überfallen wurde. Aber innerhalb der Mauern des Münsters leben viele Menschen. Andere kommen und gehen regelmäßig, so daß die Wachen sie ohne weiteres passieren lassen.«

»Gilbert hatte eine große Summe Geldes bei sich.«

»Die hatte er schon dem Erzbischof übergeben.«

Cäcilia Ridley studierte Owens Gesicht. »Dann glaubt Ihr also, jemand hatte geplant, Will und Gilbert zu ermorden?«

»Ja.«

Sie blickte auf ihre Hände hinunter und schwieg eine Weile. »Daß man Gilbert Wills Hand in die Kammer gelegt hat, muß also als Warnung gedacht gewesen sein.«

»Oder als Drohung.«

»Wer . . .« Sie schluckte. »Wer hat Gilberts Hand gefunden?«

»Bis jetzt noch niemand.«

Sie nickte, die Augen immer noch niedergeschlagen. »Wo ist sein Leichnam?«

»Erzbischof Thoresby hat angeordnet, daß er hierhergebracht wird.«

Sie nickte.

»Mistress Ridley, diese Krankheit Eures Mannes, wann und wie hat sie sich zum ersten Mal gezeigt?«

Ihre tief in den Höhlen liegenden Augen weiteten sich, und ihre Hände spielten mit ihren Schlüsseln. »Wann? Nun, ich . . .« Sie zuckte mit den Achseln. »Das kann ich nicht sagen.«

»Der Erzbischof hat gesagt, Euer Mann nahm eine Medizin, die Ihr ihm gegeben habt?«

Eine ihrer Hände fuhr nervös zu ihrem Hals. »Hat Gilbert Seiner Eminenz das erzählt?«

»Wann hat er angefangen, die Medizin zu nehmen?«

Sie legte die Stirn in Falten. »Ich kann mich nicht mehr erinnern.«

»Er hat seine Krankheit mit dem Mord an Will Crounce in Verbindung gebracht.«

Cäcilia Ridley starrte Owen eine Zeitlang gedankenverloren an. Owen wollte gerade seine Frage wiederholen, als sie sagte: »Ja. Wills Tod war ein schwerer Schock für Gilbert. Ich vermute, er hat seine Krankheit ausgelöst.«

»Was habt Ihr ihm gegeben?«

»Ich weiß es nicht genau. Meine Mutter hat es mir gegeben. Irgend etwas, um seine Nerven zu beruhigen. Er konnte nicht mehr schlafen.« Sie ließ ihren Kopf sinken, als wolle sie eine Gefühlsregung verbergen.

»Mistress Ridley?«

Sie hob die Augen, in denen Tränen standen. »Was soll ich denn ohne ihn tun, Hauptmann Archer?«

Was nun? Owen war kein guter Tröster. Und außerdem: Welchen Trost konnte er ihr denn bieten? Ihr Mann war tot. Nichts konnte das ändern. »Gibt es irgendwelche Familienangehörigen, die ich verständigen kann?«

»Nein.« Sie wischte sich ihre Tränen ab. »Nein. Das hätte keinen Sinn.«

Owen erhob sich. »Ich glaube, es ist besser, wenn ich Euch eine Weile allein lasse. Ich werde auf den Hof hinausgehen, um nach meinem Pferd zu sehen.«

Cäcilia zog ein Tuch aus ihrem Ärmel, tupfte sich die Augen ab und blickte dann zu ihm auf. Ihre Augen waren gerötet, aber es standen nun keine Tränen mehr in ihnen. »Ihr solltet nicht in die Kälte hinausgehen. Ich muß nach meiner Tochter sehen. Dann werde ich veranlassen, daß wir etwas zu essen bekommen.«

Owen schaute Cäcilia nach, als sie den Raum verließ. Sie hielt sich aufrecht, wirkte aber stark angespannt. Eine bewundernswerte Frau.

»Noch Wein, Hauptmann Archer?« fragte die Magd.

Owen nickte und hielt ihr seinen Becher entgegen. »Gibt es in diesem Haus irgend jemanden, der krank ist?«

Die junge Frau schlug die Augen auf und errötete, als sie sah, wie Owen sie anschaute. »Ja, werter Herr. Mistress Anna. Sie wird hier von ihrer Mutter gepflegt.« Sie schenkte ihm den Wein ein und eilte dann davon.

Während Owen über seinen schwierigen Auftrag nachsann, hörte er, wie sich draußen im Hof Stimmen erhoben, Leute umherliefen und Hunde zu kläffen begannen. Auch der Jagdhund, der am Kamin schlief, schreckte auf und bellte. Owen, der froh war über diese Ablenkung, stand auf, um nachzusehen, was los war. Er ging den Korridor entlang und an der Speisekammer vorbei zur Küche, wo er Alfred und Colin aufscheuchte, die sich grummelnd von ihrem warmen Platz am Feuer erhoben.

»Ihr beide wart doch schon die ganze Zeit scharf darauf, etwas zu erleben. Nun, jetzt erhaltet ihr die Gelegenheit dazu!«

»Gibt es einen Kampf?« fragte Alfred, die schläfrigen Augen mit einemmal weit aufgerissen.

Ein kalter Nebel hatte sich über das Land gelegt, als es zu

dämmern begonnen hatte. Owen spähte über den Hof und sah am Torhaus ein kleines Licht auf und ab tanzen. Vorsichtig führte er seine Männer darauf zu. Als sie näher kamen, hörten sie jemanden wütend rufen: »Der Teufel soll Euch holen! Wie könnt Ihr mir den Einlaß verweigern? Ich bin ihr Ehemann! Wenn sie irgendein Leid erlitten hat, dann ist es meine Aufgabe und mein Recht, sie zu trösten. Welches Recht hattet Ihr, sie hierherzubringen?«

»Ruhig Blut, mein Sohn.« Die zweite Stimme kam von der inneren Seite des Tores und stammte von einem Priester. Ein Diener hielt eine Laterne hoch, die den Rücken des Priesters beleuchtete.

Owen überlegte, ob es vielleicht ein Fehler war, daß er ohne seine Waffe hier herausgekommen war. Er ging auf den Priester zu. Im Torbogen sah er einen verärgert dreinblickenden Mann stehen, dem ein Diener mit zwei riesigen Hunden, die an ihren Leinen zerrten, den Weg verstellte. Owen bedeutete Alfred und Colin, hinter dem Priester stehenzubleiben, dann stieg er die Treppe hinauf, um durch das obere Fenster hinunterzuschauen und festzustellen, ob der Mann Begleiter bei sich hatte. Er sah zwei Bewaffnete, die auf ihren Pferden saßen und ziemlich nervös wirkten. Owen beruhigte sich. Es würde ihnen keine Schwierigkeiten bereiten, das Torhaus gegen diesen kleinen Trupp zu verteidigen. Er kehrte zu dem Priester zurück.

»Ich führe nur die Anweisungen ihrer Mutter aus«, sagte der Gottesmann. »Niemand soll hereingelassen werden, solange Mistress Scorby sich in diesem schlechten Zustand befindet.«

»Unsinn!« Der Besucher befahl dem Bediensteten, der die Lampe hielt: »Jed, sag meinem Schwiegervater, daß ich da bin!«

»Ich fürchte, das wird ihm nicht möglich sein«, erwiderte der Priester.

»Dann tut Ihr es, Vater. Holt Ridley aus dem Haus.«

»Er ist nicht da, Master Scorby.«

Es handelte sich also um den ungeliebten Schwiegersohn. Owen musterte ihn interessiert. Scorby war offenbar schon in der Erwartung angereist, daß es Schwierigkeiten geben würde, da unter seinem Umhang ein Kettenhemd hervorblitzte. Sein Gesicht, soviel konnte man sogar hier im Dämmerlicht sehen, war angespannt und verkrampft.

»Was ist denn das für ein Kerl, der da hinter Euch steht?« fragte Scorby, als er bemerkte, daß Owen ihn aufmerksam betrachtete. »Habt Ihr einen Raufbold angeheuert, um mich fernzuhalten?«

Der Priester blickte sich überrascht um, um zu sehen, wer sich hinter ihn gestellt hatte. »Das ist ein Sendbote des Erzbischofs von York«, sagte er dann. »Er ist kein Raufbold, aber er hat zwei Bewaffnete bei sich, die sich gerne für uns in die Bresche werfen werden, sollte es nötig sein.«

Owen sah in Scorbys Gesicht, daß der Priester etwas Verkehrtes gesagt hatte.

»Dann seid Ihr also auf einen Kampf aus, wie? Männer, kommt her!«

Unter metallischem Klappern traten Scorbys Männer hinter ihn, die Messer kampfbereit in den Händen.

Scorby schob Jed zur Seite. Der Priester sträubte sich. »Tretet zur Seite, Pater!« rief Scorby drohend.

Owen stellte sich vor den Priester. »Geht ins Haus, Pater«, sagte er ruhig. »Versichert Mistress Ridley, daß wir alles im Griff haben.« Alfred und Colin gesellten sich zu Owen.

Scorby zog seinen Dolch.

»Weshalb kommt der Ehemann von Ridleys Tochter Anna hierher in der Absicht, den Frieden dieses Hauses zu stören?« fragte Owen und versuchte dabei, seine Stimme so sachlich und unaufgeregt wie möglich klingen zu lassen.

»Weil dieser verdammte Priester sie ohne meine Einwilligung hierhergebracht hat.«

Owen warf einen Blick zurück zu dem sich entfernenden Priester, einem kleinen, schmächtigen Mann, dann blickte er wieder zu Scorby. »Der Priester hat Euch doch gewiß nicht in Eurem Hause überwältigt?«

Scorby schnaubte. »Das hätte er gern versuchen können. Nein, der Feigling hat gewartet, bis ich weg war.«

»Dann habt Ihr seine Handlungsweise vielleicht mißverstanden. Ich werde mit Mistress Ridley sprechen, um herauszufinden, worum es hier eigentlich geht. Ich schlage vor, Ihr sucht Euch in der Zwischenzeit eine Bleibe in Beverley.«

Scorby hob seinen Dolch. Owen packte sein Handgelenk und verdrehte es. Scorby fluchte und ließ den Dolch fallen. Dann packte Owen auch noch seine andere Hand. Der Mann war nicht schwach, aber er konnte sich Owens festem Griff nicht entwinden, obwohl er sich so stark anstrengte, daß sein Gesicht feuerrot anlief. Ein Mann, der mit dem Kopf durch die Wand wollte und unfähig war, seinen Gegner richtig einzuschätzen und sich beizeiten zurückzuziehen. Mit dieser Sorte von Männern hatte Owen schon des öfteren zu tun gehabt. Scorby konnte gefährlich werden. Owen ließ ihn frei. Während er ihn scharf im Auge behielt, sagte er: »Alfred, händige diesem Gentleman seinen Dolch aus. Dann werden wir die drei zu ihren Pferden geleiten.«

Als Alfred auf Scorby zuging, stürzte sich einer von dessen Männern mit dem Messer auf ihn. Colin warnte Alfred durch einen lauten Schrei. Alfred drehte sich um, rammte dem Angreifer seinen helmbesetzten Kopf in den Magen und stieß ihn zu Boden. Scorbys rechte Faust schoß auf Owens blinde Gesichtsseite zu, doch Owen, der die Bewegung aus dem Augenwinkel wahrgenommen hatte, fing den emporschnellenden Arm mit seiner linken Hand ab und versetzte Scorby mit seiner rechten Faust einen Magenschwinger.

»Ich sagte doch, wir werden Euch zu Euren Pferden geleiten.«

Das taten sie dann auch.

Als Scorby sein Pferd wendete, brüllte er: »Ich komme zurück! Sagt dieser Dirne, ich komme zurück!«

Owen wendete sich zu Alfred und Colin. »Danke, Burschen.«

Colin grinste. »War uns ein Vergnügen.«

»Ein Vergnügen?« schnaubte Alfred. »Die haben für meinen Geschmack ein bißchen zu früh Fersengeld gegeben.«

Owen nickte. »Vielleicht kommen sie mit Verstärkung zurück. Bleibt diese Nacht hier draußen. Oben im Torhäuschen. Dürfte nicht allzu unbequem sein. Ich lasse euch Bier herausbringen, aber seht zu, daß ihr wachbleibt!«

Er kehrte in die Halle zurück und überlegte, was den Priester dazu gebracht haben konnte, zuzugeben, daß der Herr des Hauses abwesend war.

Cäcilia Ridley stand hinter der Tür. »*Deus juva me*. Ich hatte nicht erwartet, daß er so schnell hier auftauchen würde.«

»Scorbys Frau liegt oben im Bett?«

»Ja.«

»Ein unübliches Arrangement.«

»Ich hoffe für alle Mütter und Töchter, daß es unüblich ist.«

»Nun, meine Männer werden die Nacht über das Tor bewachen.«

»Ich danke Euch.«

»Was geht hier vor, Mistress Ridley?«

Die dunklen Augen blickten beleidigt ob dieser unverblümten Frage. »Ich bin überzeugt, das alles hat nichts mit dem Tod meines Mannes zu tun.«

»Und woher wißt Ihr das?«

»Gilbert hält sehr viel ...« Cäcilia schüttelte den Kopf. »Gilbert hielt sehr viel von Paul Scorby. Er hat Paul für Anna ausgesucht. Ich wollte diese Verbindung nicht.«

»Weshalb hat er Scorby ausgewählt?«

»Unser Sohn Matthew lebte einige Jahre bei dessen Familie. Als er wieder zurückkam, schlug die Familie vor, Paul solle Anna heiraten. Gilbert hielt das für eine ideale Verbindung, der Wohlstand auf unserer Seite, die geschäftlichen Kontakte auf ihrer, und dazu der ehrgeizige, hart arbeitende junge Mann.«

»Wie kommt es, daß Eure Tochter ohne ihren Ehemann hierhergekommen ist?«

»Anna ist geschlagen worden. Sie ging zu Pater Cuthbert und bat ihn, sie zu uns zu bringen. Paul war gerade nicht zu Hause.«

»Von wem ist sie geschlagen worden?«

Cäcilia Ridley warf einen Blick zu den Bediensteten. Als sie sah, wie sie neben dem Kamin standen, die Köpfe zusammensteckten und offenkundig über den Tumult am Tor tuschelten, bat sie Owen, sich mit ihr auf eine Bank neben der Tür zu setzen.

»Wir haben den Dienern gesagt, Einbrecher hätten versucht,

in das Haus einzudringen.« Sie faltete ihre Hände fest und hielt den Blick auf den Boden gesenkt.

»Ist Eure Tochter schwer verletzt worden?«

Cäcilia nickte, blickte aber nicht auf.

»Deshalb also mögt Ihr Euren Schwiegersohn nicht. Weil er Eure Tochter schlägt.«

Owen hörte, wie Cäcilia tief Luft holte. Sie hob ihre dunklen Augen, die sich mit Tränen gefüllt hatten. »Ich halte Paul eigentlich nicht für einen schlechten Menschen, Hauptmann Archer. Aber er ist einfach nicht der Richtige für Anna. Meine Tochter wollte in einen religiösen Haushalt einheiraten. Ein anderer Mann, einer, der mehr Geduld aufgebracht hätte, hätte sie vielleicht davon überzeugen können, daß die Ehe auch ihre schönen Seiten haben kann. Er hätte sie für sich gewinnen können. Aber Paul . . .« Cäcilia schüttelte den Kopf. »Er ärgert sich über Annas Verweigerung. Und je mehr sie sich zurückzieht, desto wütender wird er. Ich habe sein ungeduldiges Wesen schon frühzeitig erkannt, und ich habe Gilbert gewarnt.«

Von draußen hörte man erneut Rufe und Schreie.

Cäcilia blickte Owen mit angsterfüllten Augen an. »Wie lange, glaubt Ihr, können Eure Männer das Tor gegen ihn halten?«

»Scorby und seine Männer sind keine solch geübten Kämpfer wie wir. Aber wir können hier nicht bis in alle Ewigkeit die Stellung halten.«

»Vielleicht sollte ich hinausgehen und mit Paul reden.«

»Wie wäre es denn, wenn er mit eigenen Augen sehen würde, in welchem Zustand sie sich befindet?«

Sie schaute ihn überrascht an. »Er war es doch, der ihr das angetan hat. Also dürfte er wohl wissen, in welchem Zustand sie sich befindet.« Sie sprach mit leiser, leicht zitternder Stimme, in der sich die Anstrengung ausdrückte, die es ihr bereitete, ihre Gefühle unter Kontrolle zu halten.

»Was gedenkt Ihr zu unternehmen?«

Cäcilia Ridley zuckte mit den Achseln. »Haltet ihn von ihr fern.«

»Kann ich sie sehen?«

Cäcilia warf Owen einen forschenden, auch ein wenig argwöhnischen Blick zu. »Warum?«

»Ich bin Apothekerlehrling. Vielleicht kann ich helfen.«

»Ich dachte, Ihr wärt ein Mann, den der Erzbischof für besondere Aufgaben einsetzt?«

»Das auch.«

»Euer Leben ist ziemlich kompliziert, Hauptmann Archer.«

Owen grinste. »Ihr kennt noch nicht einmal die Hälfte, Mistress Ridley.«

»Was bringt einen Hauptmann der Bogenschützen dazu, sich als Lehrling in einer Apotheke zu verdingen?«

Owen tippte auf seine Augenklappe. »Der Gedanke daran, wie schnell uns der Tod ereilen kann.«

Cäcilia starrte Owen einen Augenblick lang an, dann, als sie anscheinend zu einer Entscheidung gelangt war, stand sie auf und bedeutete ihm, ihr nach oben zu folgen.

Die Kammer lag neben jener, in der Owen bei seinem Besuch im Sommer übernachtet hatte. Ein Kohlenbecken sorgte für Wärme. Im Bett lag eine junge Frau mit einer bandagierten Hand. Ihr Gesicht war geschwollen und mit Blutergüssen übersät, an einem Mundwinkel hatte sie Schnittwunden. Sie blickte ihnen mit einem Auge entgegen, die Lider des anderen waren zu geschwollen, um sie öffnen zu können.

»Mamma?« Die Stimme der jungen Frau klang verschüchtert.

Mistress Ridley eilte schnell an das Bett. »Alles in Ordnung, Anna. Das ist Hauptmann Archer. Er ist Apotheker, obwohl er nicht so aussieht. Er meint, er könne dir vielleicht helfen.«

Owen wunderte sich, daß Cäcilia Ridley es fertigbrachte, so gelassen zu klingen, nachdem ihre Tochter so übel zugerichtet und ihr Ehemann ermordet worden war und ihr Schwiegersohn nun draußen vor dem Tor umhertobte. Aber es war gut, daß es ihr gelang, ruhig zu bleiben, denn ihre Tochter schien sich schon jetzt zu Tode zu ängstigen, obwohl sie noch gar nicht wußte, was alles geschehen war. Owen kniete sich neben das Bett und fragte: »Ist die Hand gebrochen?«

»Ein Finger ist gebrochen«, antwortete Cäcilia. »Wir haben ihn geschient und verbunden.«

»Habt Ihr eine Beifuß-Salbe aufgetragen?«

Cäcilia nickte.

»Ist sonst noch etwas gebrochen?«

»Nein. Sonst hat sie nur Blutergüsse, im Gesicht und auf dem Bauch. Und die Schnittwunden am Mund.« Cäcilia erzählte Owen, wie sie ihre Tochter versorgt hatte.

Owen gab ihr durch ein Kopfnicken zu verstehen, sie solle mit ihm vor die Tür treten. Sie gingen hinaus auf die Galerie und blickten auf die Halle hinunter.

»Etwas Baldrian in Wein würde sie beruhigen«, sagte Owen. »Ihr habt gesagt, daß sie auf den Bauch geschlagen wurde. Hat sie dort geblutet?«

»Ja, aber es hat von selbst wieder aufgehört.«

»Glaubt Ihr, sie würde Wein mit Baldrian bei sich behalten können?«

»Ja, sie hat schon einmal Wein getrunken, ohne sich danach zu übergeben.«

»Sorgt dafür, daß sie sich beruhigt. Das ist im Augenblick das wichtigste.« Owen rieb sich die Narbe auf seiner linken Wange. »Herr Jesus, was muß das für ein Mann sein, der seiner Frau so etwas antut!«

»Er sagt, er habe eben seine Bedürfnisse und sie würde sich ihm verweigern. Das würde ihn zum Wahnsinn treiben.«

»Wenn ich sonst noch etwas für Euch tun kann, Mistress Ridley . . .«

Cäcilia ergriff seine Hand und drückte sie. »Ihr seid ein guter Mann, Hauptmann Archer.« Ihre Blicke glitten über sein Gesicht und verweilten dann auf seinem Mund.

Sie war so nahe, schien offensichtlich darauf zu warten, daß er etwas tat. Owen widerstand der Versuchung, einen Schritt näher an sie heranzutreten.

Cäcilia lächelte, strich sich ihre Röcke glatt und seufzte. »Jetzt muß ich nach unten gehen und mich mit meinem Schwiegersohn auseinandersetzen.«

Owen lag in der Kammer neben derjenigen von Anna. Bei jedem Geräusch im Haus schreckte er auf. Cäcilia Ridley glaubte zwar, Scorby würde sie die Nacht über in Ruhe lassen, weil sie ihn überredet hatte, in einer Herberge in der Stadt zu übernachten – Beverley war ziemlich groß und verfügte daher über mehrere komfortable Herbergen –, aber dennoch konnte Owen nicht schlafen. Er wälzte sich in seinem Bett umher, während er darauf lauschte, wie Cäcilia in der Kammer ihrer Tochter nervös auf und ab ging.

Plötzlich veränderte sich das Geräusch der Schritte im Nachbarraum, sie bewegten sich zur Tür hin und dann hinaus. Es klopfte an Owens Tür.

»Herein.«

Cäcilia Ridley trug eine Öllampe vor sich her, die sie auf einem kleinen Tisch abstellte, und dann begann sie, am Fußende von Owens Bett hin und her zu gehen, die Hände hinter dem Rücken verschränkt.

»Was ist los?« fragte Owen.

»Ihr müßt uns helfen. Anna darf nicht hierbleiben.«

Herr im Himmel, jetzt bekam die Frau es mit der Angst zu tun. »Ich helfe Euch gern, Mistress Ridley. Ich kann nicht einschlafen, weil ich ständig an Eure arme Tochter denken muß. Aber sie darf nicht bewegt werden. Nicht mit diesen Verletzungen.«

»Das Bluten hat aufgehört.«

»Aber wenn sie auf einem Pferd sitzt, könnte es wieder anfangen.«

Cäcilia wirbelte herum und setzte sich neben Owen auf das Bett. »Wenn Anna nicht von hier wegkommt, dann wird ihr noch etwas viel Schlimmeres passieren. Das müßt Ihr doch verstehen.« Ihre Augen wirkten im flackernden Licht groß, dunkel und wild.

Owen begriff, wovor sie Angst hatte. Lag er nicht aus demselben Grunde wach und lauschte darauf, ob der Hitzkopf vielleicht versuchen würde, gewaltsam in das Haus einzudringen? Aber Anna war nicht reisefähig. »Ich verstehe nicht, wie Anna den Ritt hierher überstanden hat«, sagte Owen. »Und jetzt soll sie schon wieder reiten ...« Er schüttelte den Kopf. »Nein, das kann nicht Euer Ernst sein.«

»Gütiger Himmel, es bleibt uns doch keine andere Wahl!« Cäcilia beugte sich über Owen, als wolle sie ihn mit dieser Vertraulichkeit davon überzeugen, wie ernst es ihr war. »Ihr habt gesagt, sie brauche Ruhe. Wie aber soll sie Ruhe finden, wenn sie ständig in der Furcht leben muß, daß er kommt und sie wieder mit in sein Haus nimmt? Im ganzen Land gibt es nicht soviel Baldrian, wie nötig wäre, um ihr diese Angst zu nehmen.«

Das stimmte, Anna brauchte dringend Ruhe, um wieder gesund zu werden. Stechende Schmerzen, die durch sein erblindetes Auge schossen, warnten Owen, daß er im Begriff war, sich zu sehr in die Probleme der Ridleys hineinziehen zu lassen. Er befühlte mit einer Hand seine Narbe und stellte fest, daß er die Klappe nicht angelegt hatte. Natürlich nicht, denn er hatte sich ja zum Schlafen niedergelegt. Erstaunlich, daß Cäcilia Ridley ihn so eindringlich anschauen konnte, ohne zurückzuzucken beim Anblick des häßlichen, verrunzelten Lids, das sich nicht mehr ganz schließen ließ über dem erblindeten Auge. In der Kammer war es nicht so dunkel, daß man es nicht hätte erkennen können. Owen griff zu seiner Augenklappe, die auf dem Nachttisch lag.

Cäcilia Ridley verstand dies als ein Zeichen dafür, daß er sich ankleiden wollte und sich entschieden hatte, ihr zu helfen. Sie stand auf. »Gut. Ich werde sie reisefertig machen.«

»Um Himmels willen, nein, ich habe nicht gesagt, daß ich Euch bei Eurem Vorhaben helfen will. Ich möchte Euch nur den Anblick meines Auges ersparen.«

Cäcilia setzte sich wieder. »Aber genau dies, Eure Narbe, das Leid, das Ihr erfahren habt, haben mich zu der Überzeugung gebracht, daß Ihr uns helfen werdet. Könntet Ihr denn weiter in der Nähe eines Menschen leben, der Euch etwas derart Schreckliches angetan hat?«

»Ich habe den Mann getötet, der mir diese Verletzung beigebracht hat.«

Diese Bemerkung ließ sie zögern. Sie faltete ihre Hände im Schoß und blickte eine Weile auf sie hinunter.

Ihre Selbstbeherrschung, die Art, wie sie sich zwang, ihre Hände ruhig zu halten, erinnerte Owen an Lucie. »Ihr erinnert mich an meine Frau.«

»Oh? Und was würde Mistress Archer an meiner Stelle tun?«

Owen berichtigte den Namen nicht. Er hielt es für besser, wenn Cäcilia nichts von seinem komplizierten Arrangement mit Lucie erfuhr. Aber in der Tat, was würde Lucie tun? Owen dachte zurück an jene Nacht, in der Thoresby, der Erzbischof von York und Lordkanzler von England, Lucie eine Anweisung erteilt hatte und sie sich geweigert hatte, sie zu befolgen. Sie hatte entschieden, was für ihren Nicholas das beste war, und weder Himmel noch Hölle hatten sie dazu bewegen können, ihre Meinung zu ändern. Cäcilia Ridley machte einen ähnlich sturen Eindruck auf ihn.

»Lucie würde Scorby damit konfrontieren, was er angerichtet hat«, sagte Owen. »Bringt ihn hier herauf und zeigt ihm, was er Anna angetan hat. Zweifellos hat er sich gleich aus dem Staub gemacht, nachdem er Anna verprügelt hatte. Er weiß wahrscheinlich gar nicht, wie schlimm er sie zugerichtet hat.«

Cäcilia riß ungläubig die Augen auf. »Seid Ihr verrückt? Anna hat eine Todesangst. Und was wäre, wenn er gleich wieder über sie herfiele?«

»Ich werde auch in der Kammer sein. Ich werde ihn genau beobachten und sofort eingreifen, um sie zu schützen, falls nötig. Aber ich vermute, Paul Scorby wird schnell das Weite suchen, wenn er gesehen hat, in welchem Zustand sich seine Frau befindet. Er kann nichts gewinnen dadurch, daß er sie zwingt, zu ihm zurückzukehren.«

Cäcilia schüttelte den Kopf. »Nein. Das kann ich Anna nicht zumuten.«

»Aber einen weiteren beschwerlichen Ritt, glaubt Ihr, könnt Ihr ihr schon zumuten?«

»Nur bis zum Kloster von St. Clement, vor den Toren von York.«

»Sie ist nicht reisefähig.«

»Ich kann sie nicht hier in seiner Nähe lassen.«

»Ganz gleich, was Ihr dabei empfindet, aber Anna ist immer

noch mit Paul Scorby verheiratet. Er hat ein Recht, sie zu sehen.« Owen registrierte beklommen den Schmerz, der im Gesicht der Frau stand. Er wollte sie nicht enttäuschen. Aber es blieb ihm keine andere Wahl. Anna Scorby auf einem Pferd durch den Schnee zu transportieren würde sie möglicherweise umbringen. Aber Cäcilia Ridley schien immer noch nicht nachgeben zu wollen. »Habt Ihr Grund zu der Annahme, Paul Scorby könnte ihr mehr antun, als sie zu verprügeln?«

»Ist das nicht genug?«

»Ihr versteht mich falsch. Ich möchte wissen, ob Ihr Grund habt, anzunehmen, er könnte sie umbringen?«

Cäcilia wirkte unsicher. »Darüber habe ich noch nie nachgedacht. Aber seht Euch doch an, was er aus ihr gemacht hat. Ich glaube, er hat sich selbst nicht in der Gewalt.«

»Laßt es uns doch einmal versuchen. Laßt uns feststellen, ob er nicht zur Besinnung kommt, wenn er in Gegenwart von anderen sieht, was er getan hat.«

»Nun gut, vielleicht . . .«

»Ich bin neugierig. Wie kam der Priester ins Spiel?«

»Anna hat ihn gebeten, sie hierherzubringen, denn sie hoffte, ihr Vater würde . . .« Cäcilia blickte bestürzt drein. »O Gott, Gilbert hatte ich ganz vergessen. Wie konnte ich nur?«

Owen nahm ihre Hände. »Ihr habt im Augenblick viel Leid zu ertragen. Eure Stärke ist bewundernswert.«

Cäcilia lächelte Owen schwach an.

»Ihr müßt wissen«, fuhr Owen fort, »es ehrt mich, daß Ihr mir die Rolle des Helden antragt, aber ich kann dieses Risiko nicht eingehen. Ihr dürft nicht vergessen, daß ich hier bin im Auftrag von John Thoresby, dem Erzbischof von York und Lordkanzlers von England. Er würde es mir gewiß verübeln, wenn ich um Euretwillen, Mistress Ridley, das Gesetz bräche. Und auch meine Ehefrau würde es nicht gern sehen.«

Cäcilia Ridley errötete und zog ihre Hände zurück. »Ich habe nicht geglaubt . . . Nein, Ihr dürft natürlich nicht das Gesetz brechen.«

Owen nickte. »Also, wenn Euer Schwiegersohn am Morgen

zurückkehrt, dann laßt ihn herein. Ich werde Euch dann nach oben begleiten.«

Cäcilia erhob sich und griff zu ihrer Lampe. »Das werde ich tun.« Sie ging langsam zur Tür, drehte sich aber noch einmal um, bevor sie sie erreichte. Ihre Augen glänzten dunkel im Licht der Lampe. »Ich bete zu Gott, daß Ihr recht behaltet, Hauptmann Archer.«

Damit ließ sie Owen allein, der sich noch eine Weile hin und her wälzte, bis er schließlich im Morgengrauen in einen unruhigen Schlaf fiel.

Kapitel 6

Goldbetter & Co.

Owen träumte von Cäcilia. Sie stand in der Tür seines Elternhauses, eine Schüssel unter dem Arm und einen Holzlöffel in der Hand, und fragte Owen, ob er noch vor Einbruch der Dunkelheit zurückkommen würde. Er ging zu ihr zurück und küßte sie auf die Stirn, dann löste er sich von ihr, aber es tat ihm weh, sie zu verlassen.

Owen wachte verwirrt auf. Warum erschien ihm Cäcilia im Traum als seine Frau? Begehrte er sie? Hatte sie ihm in irgendeiner Weise zu verstehen gegeben, daß sie ihn begehrte? Die Zärtlichkeit, die er in jenem Augenblick empfunden hatte, in dem er ihr in die Augen geblickt und ihre Stirn geküßt hatte, hielt ihn noch eine Weile gefangen. Er mußte sich eingestehen, daß Cäcilia Ridleys Augen ihn verfolgten, daß ihre Stärke ihn beeindruckte. Aber das erklärte noch nicht, weshalb sie ihm im Traum als seine Gattin erschienen war.

Owen zog sich an und rieb noch etwas Salbe über die Narbe, bevor er seine Augenklappe anlegte. Er sagte sich, es werde wohl daran liegen, daß er einfach übermüdet und erschöpft war, und sein Traum bedeute in Wirklichkeit, daß Lucie ihm fehle.

Dennoch wünschte Owen, er könnte sich davonmachen, ohne ein weiteres Mal in diese dunklen Augen blicken zu müssen.

Aber das war nicht möglich. Er mußte Cäcilia dabei helfen, mit ihrem Schwiegersohn zurechtzukommen, und dann hatte er ihr noch einige Fragen zu stellen, bevor er nach York zurückkehren konnte. Owen verließ widerstrebend seine Kammer.

Die Halle unten war dunkel bis auf einen hellen Lichtkranz

am Kamin. Zwei Öllampen standen auf einem kleinen Tisch. Das Feuer war wieder geschürt worden und brannte munter. Eine junge Frau rührte etwas in einem Topf um.

Cäcilia saß an einem Tisch, der zum Kamin geschoben worden war. Ihr schneeweißer Wimpel und ihr dunkler Schleier lagen auf dem Tisch. Ihr Haar fiel in einem dicken Zopf ihren Rücken hinunter. Sie blickte auf, begrüßte Owen mit einem matten Lächeln und winkte ihn zu sich herüber. Dann legte sie eine Hand auf den Tisch. »Sarah! Mein Kopfputz!« Cäcilia berührte ihr bares Haupt. »Verzeiht, Hauptmann Archer.«

Die Magd stellte den Topf weg, und nachdem sie Owen verlegen zugenickt hatte, machte sie sich daran, den Zopf ihrer Herrin zu entflechten und das schwere Haar hochzutürmen, so daß zu beiden Seiten von Cäcilias Gesicht nur noch jeweils eine Strähne herunterbaumelte.

Owen ließ sich gegenüber von Cäcilia auf einer Bank nieder. Sie brachte es fertig, den Krug hochzuheben und ihm einen Becher Bier einzuschenken, ohne den Kopf zu rühren. Bald befanden sich Wimpel und Schleier dort, wo sie hingehörten.

»Ah«, seufzte Owen, nachdem er einen Schluck genommen hatte, »das kann ich brauchen heute morgen.« Er war froh, daß das lange schwarze Haar nun endlich verhüllt war. Er durfte sich nicht ablenken lassen.

»Ihr werdet nicht viel geschlafen haben«, sagte Cäcilia. »Das tut mir leid, nachdem Ihr eine so lange Reise hattet.«

Gut. Das war ein unverfängliches Gesprächsthema. »Meine Gelenke sind immer noch steif von meinem gestrigen Ritt. Es gab eine Zeit, da hätte mir das alles nichts ausgemacht.«

Ihre dunklen Augen musterten ihn mit Sympathie. »Trauert Ihr Eurer Soldatenzeit nach? Ich könnte mir vorstellen, daß Ihr Eure Kameraden vermißt. Mein Vater sprach von seinen Kameraden immer so liebevoll, als würden sie ihm näherstehen als seine Brüder.«

»O ja. Wenn man Seite an Seite um sein Leben gekämpft hat...« Owen hielt inne. Wenn er anfing, Cäcilia von seinen alten Kameraden zu erzählen, und sie ihm so interessiert zuhörte, dann geriet er in Gefahr. Lucie haßte alles, was mit

Soldaten zu tun hatte. Cäcilias Interesse daran war so verführerisch wie ihr Haar. Der Traum, das erkannte Owen jetzt, war ein Warnsignal, das ihm der Himmel geschickt hatte. »Es ist am besten, die Vergangenheit ruhen zu lassen.«

Cäcilia legte irritiert die Stirn in Falten. Aber dann wechselte sie von sich aus das Thema. »Woher stammt Ihr? Eure Aussprache ist anders. Weicher als unsere.«

»Aus Wales.«

»Natürlich. Ein Hauptmann der Bogenschützen muß ja ein Waliser sein.«

»Nein, das ist nicht der Grund. Es hat vielmehr mit der Menschenkenntnis des alten Herzogs von Lancaster zu tun, die ihn dazu befähigte, auch einem Waliser soviel Vertrauen entgegenzubringen, daß er ihm eine solch wichtige Position geben konnte.«

»Ich vertraue Euch auch. Und Anna, glaube ich, ebenfalls. Sie hat gesagt, Ihr habt warme, trockene Hände und ein Auge, das Eure Gedanken nicht verheimlicht.«

Owen wollte nicht über sich reden. Er wollte keine Komplimente hören. »Ist Paul Scorby schon wieder aufgetaucht?«

Cäcilia schüttelte den Kopf. »Die Männer am Tor wissen, daß sie ihn hereinführen sollen, wenn er kommt.« Sie seufzte. »Ich wünschte, Anna wäre schon lange von hier fort, aber heute morgen hat sie hohes Fieber, und es hat auch wieder angefangen zu bluten. Ihr hattet also recht. Sie jetzt auf eine Reise zu schicken wäre gefährlich für sie.«

Pater Cuthbert gesellte sich zu ihnen. »Darf ich Euch begleiten, wenn Ihr Master Scorby zu Eurer Tochter hinaufführt? Ich fühle mich dafür verantwortlich, daß Mistress Scorby hier ist. Vielleicht hätte ich mich nicht von ihr überreden lassen sollen. Sie hätte auch zu Hause bleiben können. Aber sie wußte, daß sie allein nicht mit ihm fertig werden würde.«

»Ihr braucht Euch keine Vorwürfe zu machen«, sagte Cäcilia. »Es ist schon besser, daß sie hier ist. Die Diener haben Angst vor Paul. Sie wären ihr keine große Hilfe gewesen.«

Sie mußten nicht lange auf Paul Scorby warten. Er kam in die Halle hereinmarschiert, stapfte geradewegs zu Cäcilia hinauf und fragte, weshalb sie ihn gestern abend nicht hereingelassen hatte.

Cäcilia stand auf, um ihrem Schwiegersohn ins Gesicht zusehen. Da sie genauso groß war wie er, war dies sehr geschickt von ihr. Paul Scorby konnte nicht auf Cäcilia hinunterstarren, sondern mußte einen Schritt zurücktreten, um ihr in die Augen zu blicken. Owen applaudierte Cäcilia im stillen für ihren Mut.

»Meine Tochter benötigt Ruhe, Paul. Das wirst du verstehen, wenn du sie siehst. Sie hat sehr schwere Verletzungen erlitten.« Paul Scorby warf einen Blick zu Owen und dann zu dem Geistlichen. »Verletzungen?«

Cäcilia nahm eine Lampe. »Ich werde dich zu ihr führen.«

Owen und Pater Cuthbert erhoben sich.

Paul Scorby furchte die Stirn. »Ich möchte sie allein sehen.«

»Nein, Paul«, erwiderte Cäcilia entschlossen. »Ich werde dich nicht allein zu ihr lassen.« Dann begann sie, die Treppe hinaufzusteigen.

Scorby folgte ihr, dahinter Owen und der Geistliche.

Als sie in die Schlafkammer traten, beugte sich gerade ein Dienstmädchen über Anna und wischte ihr die Stirn ab.

»Danke, Lisa«, sagte Cäcilia. »Laß uns jetzt allein und hol dir etwas zu essen, während wir uns mit Mistress Scorby unterhalten.«

Die junge Frau eilte hinaus.

Owen beobachtete Paul Scorbys Gesicht, als der Mann an das Bett seiner Frau herantrat. Annas verletztes Auge war immer noch zugeschwollen. Als Paul näherkam, steckte Anna die verbundene Hand unter die Decke und zog diese bis zum Gesicht hoch, um den Bluterguß an ihrem Mund zu verbergen. Paul Scorbys Gesicht lief dunkelrot an. Seine Blicke glitten zu seiner Schwiegermutter, dann wieder zu seiner Frau.

»Anna hat auch noch innere Verletzungen. Es ist also nicht nur das, was du siehst«, sagte Cäcilia streng. »Ihr Bauch ist ganz schwarz, weil sie innere Blutungen hat.«

Scorby wandte sich an Pater Cuthbert. »Wie konntet Ihr sie in diesem Zustand reiten lassen?« fragte er.

Der Geistliche, jung und unerfahren in weltlichen Dingen, wie er war, wurde durch das Verhalten und die Frage des Mannes so überrascht, daß er den Mund aufriß, aber keinen Ton herausbrachte.

»Gott vergebe dir, mein Gemahl«, sagte Anna.

Scorby wirbelte überrascht herum. »Mir vergeben?« Er kniete sich neben sie. »Was sagst du da, Anna?«

Sie wendete sich von ihm ab.

Scorby blickte auf zu Cäcilia. »Hat sie Fieber?«

»Ja«, antwortete Cäcilia, wobei sie es vermied, ihrem Schwiegersohn in die Augen zu schauen.

Paul Scorby streckte eine Hand aus, um Annas Kinn zu berühren.

»Rühr mich nicht an!« kreischte die junge Frau und versuchte, sich noch weiter von ihm wegzudrehen.

»Was soll ich denn tun, Anna?« fragte er mit einer Stimme, die vor Aufregung vibrierte.

Ein guter Schauspieler, dachte Owen.

»Laß mich allein«, flüsterte Anna.

Scorby stand auf. »Nun, ich kann nicht hierbleiben, und du kannst nicht reisen.« Er schaute seine Schwiegermutter an. »Behältst du Anna hier bei dir, bis sie wieder gesund ist?«

»Sie möchte sich ins Kloster von St. Clement begeben, wenn sie sich wieder soweit erholt hat, daß sie reisefähig ist«, sagte Cäcilia.

Scorbys Maske fiel in sich zusammen. Er rollte mit den Augen. »Das schon wieder.«

Pater Cuthbert hatte inzwischen seine Sprache wiedergefunden. »Es wäre für Euch beide hilfreich, wenn Mistress Scorby ihren Frieden mit dem Schöpfer gefunden hätte, bevor sie zu Euch zurückkehrt.«

Scorby grinste den Geistlichen an. »O ja, der Ratschlag des frommen Gottesmannes. Darauf habe ich gewartet. Ich konnte es schon riechen.«

»Paul!« rief Cäcilia. »Ich lasse nicht zu, daß du in meinem Haus einen Geistlichen beleidigst!«

Paul Scorby drehte sich um und stampfte aus der Kammer.

Cäcilia kniete sich neben ihre Tochter, strich ihr das schweißnasse Haar aus dem Gesicht und küßte sie auf die Stirn. »Schlaf jetzt, mein Liebes. Er wird deinen Wunsch respektieren, dafür werde ich schon sorgen.«

Als sie hinunterkam, stand Paul Scorby am Kamin und trank Bier. Er war ein stattlicher Mann, wenn man sich seine Gesichtszüge ohne den verdrießlichen Ausdruck in den Augen und die schmollenden Mundwinkel vorstellte. Sogar seine Schultern drückten ein übertriebenes Selbstmitleid aus. Solch ein Mann konnte gefährlich werden. Owen fragte sich, was Gilbert Ridley dazu gebracht haben mochte, seine Tochter mit diesem Mann zu vermählen.

Cäcilia griff nach dem Krug mit Bier und bot Paul Scorby an, ihm nachzuschenken. Er ließ es zu. Dann legte Cäcilia eine Hand auf die von Paul, so daß er den Becher nicht gleich zum Mund führen konnte. »Wirst du ihren Wunsch respektieren, Paul?«

Seine Oberlippe verzog sich. »Natürlich. Es wäre ja eine Todsünde, wenn ich mich weigern würde, davon bin ich überzeugt. Vielleicht hat sich auch der Papst schon hierher auf den Weg gemacht, um zu Füßen meiner Ehefrau für sie zu beten.« Scorby leerte den Becher in einem Zug und stürmte aus der Halle.

Pater Cuthbert holte tief Luft. »Gott hat uns beigestanden.«

Cäcilia und Owen tauschten einen Blick.

»Ich gehe am besten zu Mistress Scorby hinauf und spreche ein Morgengebet mit ihr«, sagte Cuthbert.

»Das wird sie gewiß beruhigen«, meinte Cäcilia.

Cäcilia forderte Owen auf, sich zu setzen. Sie schenkte zwei Becher Bier ein, stellte einen vor Owen und nahm selbst einen Schluck aus dem anderen. »Mein Schwiegersohn führt sich auf wie ein verzogenes kleines Kind.«

»Aber er ist kein Kind mehr. Er ist ein heißblütiger junger Mann.«

»Ich weiß. Ich bin nicht dumm.«

»Das wollte ich damit auch nicht sagen. Ich möchte nur, daß Ihr erkennt, wie gefährlich er werden könnte.«

Cäcilia seufzte. »Ihr werdet erleichtert sein, wenn Ihr dieses Haus verlassen könnt. Es ist kein sehr fröhlicher Ort.« Sie strich sich über den Hals.

»Ihr seid müde.«

»Ja, sehr. Ich habe fast die ganze Nacht bei Anna gewacht. Aber es war nicht vergeblich. Während ich dasaß und das übel zugerichtete Gesicht meiner Tochter anstarrte, ist mir etwas eingefallen – ich kann nicht genau sagen, inwiefern, weil ich viel zu wenig über das Ganze weiß –, das irgendwie mit den Morden zu tun haben könnte.«

Owen beugte sich nach vorne. »Alles kann für uns hilfreich sein.«

»Gilbert sprach mir gegenüber wenig von seinen Geschäften, aber an diesen einen Vorfall erinnere ich mich noch. Es war vor dreizehn Jahren. Eine lange Zeit für jemanden, der auf Rache sinnt. Aber wenn sie im Kerker waren . . .« Sie schaute Owen fragend an, als wolle sie seine Meinung hören.

»Gewiß. Im Kerker hat ein Mann viel Zeit, Bitterkeit und Haß in sich aufzustauen.«

»Wart Ihr auch schon einmal eingesperrt?«

»Nein. Aber einige der Männer, die ich damals befehligte, hatten schon einige Zeit im Gefängnis verbracht. Der Kerker kann einem Mann so stark zusetzen, daß er seine Seele verliert und am Ende mehr einem Tier gleicht als einem Menschen.«

Cäcilias dunkle Augen, die in dem bleichen, dünnen Gesicht hell leuchteten, blickten Owen unverwandt an. »Am besten, ich erzähle Euch von diesem Vorfall.«

»Warum habt Ihr letzte Nacht bei Anna gesessen? Ihr sagtet doch, daß es ihr schon ein wenig besserginge?«

Cäcilia zuckte mit den Achseln. »Ich konnte nicht schlafen.«

»Es ist wie ein Fluch, diese Ruhelosigkeit, die einen gerade dann überkommt, wenn man das Vergessen, das der Schlaf einem schenkt, am meisten braucht, habe ich recht? Meine Frau hat mir etwas mitgegeben, das Euch beruhigen wird. Sie ist vor ein paar Jahren Witwe geworden und hat am eigenen Leib erfahren, wie schwierig es ist, unter solchen Umständen Ruhe zu finden.«

»Ich werde das Mittel gerne einnehmen, sobald ich weiß, daß Anna sich auf dem Wege der Besserung befindet und Paul wieder nach Ripon zurückgekehrt ist.«

Owen nickte. »Möchtet Ihr, daß ich draußen nachsehe, ob er inzwischen verschwunden ist?«

»Ja, bitte.«

Owen war froh, daß er eine Gelegenheit bekam, sich die Beine zu vertreten und seine Blase zu entleeren. Der kräftige Wind trug ihm den Geruch des Meeres zu. Von der Nordsee her näherte sich ein weiterer Sturm.

Der Wachmann am Tor versicherte Owen, daß Paul Scorby weggeritten war.

»Wann, glaubt Ihr, wird der Sturm über uns hereinbrechen?«

»Bald, ich kann ihn schon riechen. Aber bis Mittag wird alles wieder vorbei sein.«

Owen hoffte, daß der Mann mit seiner Voraussage recht behielt, denn er wollte sich möglichst noch vor dem Mittag auf den Weg machen. Der Wind peitschte Owens Umhang, als er ins Haus zurückkehrte.

Cäcilia Ridley ging vor dem Kamin auf und ab.

Owen setzte sich und goß sich einen Becher Bier ein. »Jetzt erzählt mir, was damals vor dreizehn Jahren geschehen ist.«

Cäcilia setzte sich wieder. »Ihr wißt, daß Gilbert und Will für John Goldbetters Handelsgesellschaft arbeiteten?«

»Ja.«

»Die Wollhändler haben König Edwards Krieg mit Frankreich finanziert, wußtet Ihr das auch?«

»Ich kann nicht sagen, daß es mich überrascht.«

»Chiriton hat es in die Wege geleitet, und Goldbetters Gesellschaft hat ihm damals vor zwanzig Jahren Geld geliehen für den König. Sie hofften natürlich alle, sie würden am Ende durch den Krieg reich werde. Doch der König gewann durch den Krieg nicht soviel, wie er sich davon versprochen hatte. Er versuchte, die Kaufleute loszuwerden, sie durch Zollprivilegien zu besänftigen. Und dann, als diese Privilegien sich gerade auszuzahlen begannen, hat der König sie ihnen wieder weggenommen und den Kaufleuten der Hanse eingeräumt, einem Handelszusammenschluß deutscher Städte, der sehr mächtig ist. Der König hat sich gegenüber den Kaufleuten seines Landes als kein sehr verläßlicher Freund erwiesen.«

»Ich kann mir nicht vorstellen, daß der König so unklug handelt. Leute zu verraten, wenn es um deren Geld geht, ist gefährlich.«

»Mehr dumm als gefährlich, wie es scheint. Die Kaufleute haben einen Weg gefunden, auch ohne die Unterstützung des Königs an ihr Geld zu gelangen. Chiriton und seine Partner entschlossen sich dazu, ihre Verluste durch Schmuggel wieder hereinzuholen. Aber sie wurden dabei erwischt. Die Krone versprach ihnen, über dieses Vergehen hinwegzusehen, wenn sie ihr eine Liste all jener Kaufleute übergäben, die ihnen Geld schuldeten. So hätte das Krongericht diese Darlehen zurückfordern und dadurch dem König einen Gewinn verschaffen können.«

»Chiriton sollte also seine Geschäftspartner verraten?«

Cäcilia lächelte. »Ich verstehe, weshalb Gilbert, Gott lasse ihn ruhen in Frieden, einmal gesagt hat, Soldaten gäben schlechte Kaufleute ab. Ihr habt ein starkes Ehrgefühl. Gilbert hat niemals Soldaten für sich arbeiten lassen, mit Ausnahme von einem Mann namens Martin Wirthir. Aber Wirthir hatte wenig zu tun mit geschäftlichen Angelegenheiten.«

Wieder wurde dieser Name erwähnt. »Habt Ihr Martin Wirthir einmal gesehen?«

»Nein.«

Owen ließ diesen Punkt fürs erste fallen. »Dann hat Chiriton also getan, was man von ihm verlangte?«

»Ja, aber die Bücher der Handelsgesellschaft waren so stark verschlüsselt, daß es schwierig war, sie richtig zu lesen, und das Krongericht hat deshalb einige Geschäftspartner irrtümlicherweise vorgeladen. John Goldbetter gehörte auch dazu. Man hielt ihm vor, er besäße noch Kreditbriefe von Chiriton. Mit Gilberts Hilfe gelang es ihm, zu beweisen, daß er seine Schulden schon vor Jahren zurückgezahlt hatte. Goldbetter erhob dann Gegenklage und verlangte von Chiriton dreitausend Pfund. Sie einigten sich schließlich außergerichtlich. Gilbert war damals an meinem Namenstag noch großzügiger als sonst. Ich kenne die Einzelheiten ihrer Vereinbarung nicht, aber offensichtlich ist Geld geflossen.«

Owen dachte darüber nach. »Haltet Ihr es für möglich, daß Chiriton Eurem Mann auch noch etwas anderes außer Geld angeboten haben könnte? Vielleicht Namen?«

Cäcilia zuckte mit den Schultern. »Das ist mir auch schon durch den Kopf gegangen. Und noch viele andere Möglichkeiten. Gewiß waren Gilberts geschäftliche Unternehmungen manchmal auch mit kleinen Betrügereien verbunden.«

»Könnte er jemanden so sehr gegen sich aufgebracht haben, daß dieser sich in den Kopf setzte, ihn zu ermorden?«

»Die Habgier kann sich bei manchen durchaus zu einer Leidenschaft entwickeln. Aber da ist noch etwas. Vor drei Jahren wurde John Goldbetter abermals vor das Krongericht zitiert und verurteilt. Ein Jahr später begnadigte ihn der König auf Ersuchen des Grafen von Flandern. Ich vermute, Goldbetter hatte irgendeine Absprache mit dem Grafen getroffen, vielleicht auch mit dem Krongericht. Aber irgend etwas daran beunruhigte Gilbert. Er übergab sein Geschäft unserem Sohn Matthew und kam nach Hause zurück.«

»Kurz vor der Ermordung von Crounce.«

»Ja.«

»Hat Euer Ehemann persönlich ausgesagt?«

Cäcilia nickte. »Er war stolz darauf, vor einer solch ehrenwerten Versammlung aufzutreten. Er hat sich dessen sogar gerühmt.«

»Hat er auch den König gesprochen?«

»Nein, sehr zu seinem Bedauern. Gilbert wurde dem Schwarzen Prinzen vorgestellt, und das hat ihn ein wenig entschädigt.«

»Der Graf von Flandern hat also um die Begnadigung von Goldbetter ersucht?«

»Der Wollhandel ist die Lebensader von Flandern.«

»Das stimmt. Kannte Euer Ehemann den Grafen schon vorher?«

Cäcilia zuckte mit den Achseln. »Er war sehr verschwiegen, was die Angelegenheiten jenseits des Kanals betraf, also hätte er es gewiß nicht an die große Glocke gehängt, wenn er ihn gekannt hätte.«

»Und Ihr glaubt, das alles könnte etwas mit dem Tod von Eurem Mann und Will Crounce zu tun haben?«

Cäcilia blickte auf ihren Becher hinunter, den sie zwischen ihren Händen hin und her drehte. »Als ich mit Gilbert verlobt wurde, war ich wütend. Ich fühlte mich gedemütigt. Er war ein Kaufmann. Im Wollgeschäft. Und ich war die Tochter eines Ritters und die Nichte eines Bischofs. Mein Großvater hatte an der Seite von Edward dem Bekenner gekämpft.«

Owen gefiel die Richtung nicht, in die sich die Unterhaltung entwickelte. Er war auch ein Bürgerlicher, der die Tochter eines Ritters geheiratet hatte. »Was hat das mit dem Tod Eures Gatten zu tun?«

Cäcilia blickte auf und sah Owens Gesichtsausdruck. »Verzeiht mir, es hat den Anschein, als würde ich abschweifen, aber es ist wichtig. Ihr müßt verstehen, mir gefiel die Vorstellung nicht, mit einem Mann verheiratet zu sein, dessen einziges Sinnen und Trachten dem Anhäufen von Geld galt. Mit einem habgierigen Mann.« Sie strich sich müde über den Nasenrücken. »Ich war damals noch ziemlich einfältig. Nicht nur Kaufleute sind habgierig. Gilbert war nicht besser und nicht schlimmer als all die anderen, die etwas mit diesem Krieg gegen Frankreich zu tun hatten. Auch dem König geht es nur um die Reichtümer, die ihm die Doppelkrone von England und Frankreich einbringen würde, sollte er sie erringen. Sie alle hüten ihren Reichtum eifersüchtiger als ihre Frauen.«

»Was wollt Ihr damit sagen?«

Da erblaßte Cäcilia Ridley mit einem Mal. Sie fuhr sich mit der Hand zum Mund. »Nichts. Ich ... Ich will nur sagen, daß Gilbert und Will möglicherweise von einem Geschäftspartner ermordet worden sein könnten. Habgier ist der häufigste Grund für einen Mord.«

Owen musterte sie eingehend. Durch ihre Antwort hatte sie sich geschickt aus der Affäre gezogen, aber er hatte gesehen, daß sie fast ... Was? Sich verraten hätte? Zuviel gesagt hätte? »Nur das wolltet Ihr mir sagen?«

Sie wandte den Blick ab. »Es tut mir leid, daß ich Eure Zeit so lang in Anspruch genommen habe. Ich bin müde.«

Nun, dagegen ließ sich nichts einwenden. Aber Owen war doch beunruhigt, als er nach oben ging, um zu packen.

Kapitel 7

Ein blutiger Schatz

Regen schlug gegen das Münster. Er trommelte auf das Pflaster und prasselte an den Stellen, wo das Dach noch nicht fertig war, gegen die stützenden Säulen. Der Wind spielte mit den Öffnungen und Löchern im Mauerwerk, heulte, kreischte, jammerte und dröhnte. Doch diese Geräusche erschreckten Jasper nicht. Sie trösteten ihn. Er lag zusammengekauert in einer kleinen Nische in der Mauer der Marienkapelle, wo ihn die Gerüste der Steinmetze vor dem Regen schützten. Die Steinmetze und Zimmerleute, Mitglieder der Zunft seines Vaters, ließen es zu, daß er sich hier aufhielt; sie versuchten, ihn zu beschützen. Aber er konnte nicht lange bleiben. Er durfte nirgends zu lange bleiben, denn sonst würde es bald wieder zu Unfällen kommen. Sogar hier.

Jasper war zunächst ziemlich verwirrt und verunsichert gewesen, nachdem er erlebt hatte, wie seine Mutter gestorben war, und er mit ansehen mußte, wie Master Crounce ermordet worden war, und er mußte die ganze Zeit an seine Mutter denken. Doch die Flußfrau hatte ihm gesagt, daß es gefährlich sei, wenn er sich selbst dafür verantwortlich machte, und daß er sich in acht nehmen sollte.

»Du bist der einzige, der mit dem Finger auf jene Männer zeigen kann, die den guten Master Crounce umgebracht haben. Du sagst, es war dunkel, du konntest ihre Gesichter nicht erkennen, doch ihre Angst wird sie zu der Überzeugung bringen, daß du sie doch gesehen hast, und sie werden fürchten, du könntest sie verraten. Sie werden versuchen, dich zu töten, Jasper. Magda möchte nicht den Anblick erleben müssen, wie du in ein Leichentuch eingewickelt auf dem Boden liegst, so wie der liebe Potter. Nimm dich in acht und komme zu Magda, so oft es dir möglich ist, um ihr zu zeigen, daß du noch am Leben bist.«

Die Flußfrau wirkte angsteinflößend, mit ihren durchdringenden Augen, ihren knochigen, aber kräftigen Händen, ihren buntscheckigen Gewändern, die aus unterschiedlichsten Lumpen zusammengenäht worden waren, ihren ruckartigen Bewegungen, die man einer Frau in ihrem Alter gar nicht mehr zutraute, ihrem seltsamen Haus mit dem umgedrehten Wikingerboot auf dem Dach, der Seeschlange, die vom Dach herunterhing und den Besucher mit heimtückischem Grinsen empfing, und mit ihrem Geruch – sie roch nach Rauch, nach Wurzelwerk, das tief in die Erde hinabreichte, nach Flußwasser, nach Blut. Doch Jasper vertraute der Flußfrau wie keinem anderen Menschen. Seine Mutter hatte ihm erzählt, Magda Digby sei die einzige Person in York, die niemandem verpflichtet war, und deshalb könne man ihr vertrauen; niemand könne ihr ein Geheimnis entlocken, das man ihr anvertraut hatte. Also war Jasper zu ihr gegangen, nachdem er sich den Arm gebrochen hatte, als er von einem Dach heruntergefallen war, das mit Stroh zuzudecken er geholfen hatte, und auch nachdem er in einen Stall gestürzt war und sich dabei die Haut an einem Pflug aufgeschürft hatte, der halb unter dem Heu verborgen gewesen war.

Nach dem Vorfall im Stall entschied Jasper sich, die Warnungen der Flußfrau zu beherzigen. Und seine Vorsicht zahlte sich aus. Sobald die Leute, denen er bei der Arbeit half, ihm wegen dem Mord an Master Crounce Fragen zu stellen begannen, machte Jasper sich aus dem Staub. Und dann hörten diese Vorkommnisse auch auf. Hin und wieder kehrte er zu den Steinmetzen und Zimmerern am Münster zurück, aber auch hier konnte er sich nicht allzu lange sicher fühlen.

Sein Unterschlupf im Münster war nur eine vorübergehende Bleibe, die er aber besonders dann zu schätzen wußte, wenn der Sturm gegen das Gemäuer peitschte. Er rollte sich noch fester zusammen und schlief wieder ein. Doch dann weckte ihn etwas. Schritte, das Gefühl, daß jemand ganz in der Nähe war. Jasper kroch nach vorne und spähte durch eine Ritze. Er überlegte, ob er vielleicht zu weit nach hinten in die dunkle Nische gekrochen war, so daß er gar nicht mitbekommen hatte, wie der Tag angebrochen war. Er versuchte stets, schon in der Morgendämmerung aufzustehen, damit er sein Geschäft verrichten konnte, bevor die Handwerker kamen.

Zuerst konnte Jasper nichts erkennen. Es war immer noch dunkel, bis auf einen schwachen grauen Schimmer über der Dachkante, der die Dämmerung ankündigte. Aber er hörte etwas. Es klang, als würde der Saum eines Umhangs über die Pflastersteine schleifen. Und dann empfand er den Geruch. Lavendelwasser. Seine Mutter hatte immer Lavendelwasser verwendet, wenn Master Crounce zu Besuch kam. Jasper fragte sich, ob ihn vielleicht der Geist seiner Mutter hier aufsuchte. Sie wäre gewiß gekommen, um ihn zu trösten, wenn es ihr noch möglich gewesen wäre. Das wünschte er sich. Er wünschte sich, daß seine Mutter ihn in die Arme nahm, über sein Haar streichelte und ihm Geschichten über seinen Vater erzählte.

Doch nachdem Jasper nun schon einige Monate ganz auf sich allein gestellt verbracht hatte, hatte er gelernt, auf der Hut zu sein. Wenn er sich irrte, wenn es nicht seine Mutter war, sondern jemand anderes, der ihn in Sicherheit wiegen wollte, damit er sich aus seinem Versteck wagte, dann würde man ihn vielleicht töten. Also hielt Jasper den Atem an und lauschte.

»Heiliger Peter, wo ist denn der Stein?« murmelte jemand. Eine Frauenstimme. »Fünf Handbreit von der Ecke entfernt, der sechste Stein von unten, haben sie gesagt.«

Sie war nun nahe genug, daß Jasper sie atmen hören konnte. Ein kratzendes Geräusch war zu vernehmen. Dann schien etwas zu brechen. Jasper zuckte zusammen.

»So ein verdammtes, billiges Messer«, murmelte die Frau. »Was ist sie bloß für ein Geizhals. Schärft die Messer so lange, bis sie dünn wie Pergament werden. – Aha!«

Das Geräusch von Stein, der an Stein schabte.

Jasper konnte jetzt den Schatten der Frau ausmachen, denn der graue Schimmer am Himmel verstärkte sich. Sie stand genau unterhalb von Jaspers Versteck vor der Mauer, kauerte sich nieder und begann, an etwas zu ziehen. Dem Geräusch nach mußte es sich um einen Stein handeln. Offenbar hatte sie irgend etwas unter einem lockeren Stein versteckt.

Jasper fröstelte. Er wollte nicht wieder etwas mit ansehen müssen, was ihm später nur Schwierigkeiten einbrachte. Er schob sich vorsichtig nach hinten zurück. Sein Magen knurrte, und Jasper stockte der Atem, denn er war sicher, daß dieses Knurren im ganzen Gebäude widerhallte. Aber sie stand nicht auf, um nachzusehen. Jasper entspannte sich und rollte sich so zusammen, daß sein helles Haar nicht mehr zu sehen war, das ihn hätte verraten können. Die Lumpen, die er am Leib trug, konnte man dann leicht für ein Bündel von Stoffetzen halten, das die Steinmetze zurückgelassen hatten. Doch als Jasper sich bewegte, wirbelte er Staub auf, und er mußte kräftig niesen, was ihn so überraschte, daß er sich auch mit dem Kopf anstieß.

»Wer ist da?« rief die Frau. Sie griff in das Loch, zog Jasper heraus, schleifte ihn über die Steine und ließ ihn drei Fuß tief nach unten auf den Boden fallen. Sie war erstaunlich kräftig. Jasper landete auf der rechten Seite, der Arm und das Bein knickten um. Es tat höllisch weh.

Die Frau trat nach ihm. »Was treibst du denn hier, Kleiner?«

»Ich habe geschlafen«, rief Jasper verängstigt. Er dachte, sein Arm und sein Bein wären gebrochen. Er konnte sich weder verteidigen noch davonlaufen.

Sie packte ihn am Kragen und schleifte ihn ins Licht. Dann nahm sie sein Gesicht in ihre Hände und musterte es aufmerksam. »Bist du nicht Jasper de Melton? Nun, heute bist du mir das letzte Mal gefolgt. Er ist hinter dir her, weißt du das? Er spielt mit dir und prahlt damit. Aber jetzt hat er deine Spur verloren. Du bist ein schlaues Bürschchen.«

Dunkle Augen, ein großer Mund, große Hände. Mehr konnte er nicht erkennen. Jasper hatte das Gefühl, die Frau schon einmal gesehen zu haben, aber er konnte sich nicht mehr erinnern, wo es gewesen war. »Woher wißt Ihr, wie ich heiße?« fragte er.

»Jedermann in York kennt dich. Und auch jenseits der Stadttore bist du schon berühmt.« Sie lachte.

Jasper entwand sich ihrem Griff. Sie stürzte auf ihn zu und

ließ den Gegenstand fallen, den sie in ihrer anderen Hand gehalten hatte. Es war ein blutiges Bündel. Jasper stieß es mit dem Fuß weg und hoffte, sie würde ihm nachsetzen. Es rollte hinaus in den Regen, das Tuch ging auf, und eine menschliche Hand kam zum Vorschein.

Jasper kreischte.

Die Frau zog ein Messer aus ihrem Umhang und hielt es über seinen Kopf.

Jasper riß die Hände hoch, um sich zu schützen.

Sie lachte. »Keine Angst, Jasper. Die Spitze ist an der Mauer abgebrochen, und ich habe keine Lust, dich mit einem stumpfen Messer zu erstechen.« Sie packte ihn wieder am Kragen. »Aber künftig werde ich immer ein Messer mit einer sehr scharfen Spitze bei mir haben. Und wenn du irgend jemandem auch nur ein Sterbenswörtchen davon erzählst, was du gesehen hast, oder wenn du jemandem beschreibst, wie ich aussehe, dann bringe ich dich um. Oder er wird es tun.« Sie lachte abermals.

Jasper wußte jetzt, wer sie war. Er erinnerte sich an dieses Lachen am Fronleichnamstag. Die Frau, die über Master Crounce gelacht hatte.

Sie ließ ihn los, hob die Hand auf und stopfte das Bündel unter ihren Umhang. »Vergiß nicht, was ich dir gesagt habe«, raunte sie mit einem Glitzern in den Augen, das Jasper so vorkam, als würde sie sich schon richtig darauf freuen, ihn zu erstechen. Dann eilte sie davon.

Jasper rappelte sich auf und sprach ein Dankgebet dafür, daß er noch einmal heil davongekommen war. Als er aufzustehen versuchte, schoß ein scharfer Schmerz durch sein rechtes Bein. Er biß die Zähne zusammen und richtete sich gerade auf. Sein rechter Arm hing schlaff herunter, hämmernde Schmerzen breiteten sich darin aus. Ihm war zum Heulen zumute. Er wollte bei seiner Mutter sein. Er wollte, daß alles wieder so war wie früher, daß seine Mutter auf ihn wartete, daß Mistress Fletcher ihn anbrüllte, er solle nicht die Treppe hinaufstürmen, weil ihr das Poltern Kopfschmerzen verursache. Heiße Tränen flossen ihm über die Wangen.

Aber es würde nie mehr so sein wie früher. Jasper war allein.

Die Flußfrau hatte recht gehabt. Er hatte Feinde. Die Mörder von Master Crounce. Er verließ humpelnd das Münster.

Der Bailiff, der städtische Amtsdiener, kam in den Laden gestampft, fluchte über das Wetter, entschuldigte sich aber gleich, als er Lucie hinter dem Ladentisch entdeckte. »Verzeiht, Mistress Wilton, aber bei diesem Wetter kann man wirklich nicht einmal einen Hund hinter dem Ofen hervorlocken, den ganzen Tag schon regnet und stürmt es!« Er schüttelte sich und legte eine feuchte Tasche auf den Tisch. »Ich habe mir erlaubt, in der York Tavern haltzumachen und Mistress Merchet zu fragen, ob sie mit hierherkommen möchte.«

Lucie musterte das Lederbündel neugierig. »Was ist das, Geoffrey?«

Bess platzte herein. »Ihr habt also unter der Foss Bridge etwas gefunden und wollt, daß ich es identifiziere, wie?«

Geoffrey nahm seine Mütze ab. »Mistress Merchet, ich bitte Euch, mir zu sagen, ob Ihr diese Tasche erkennt, und dann muß ich Mistress Wilton ersuchen, sich den Inhalt eines kleinen Lederbeutels anzusehen, der sich darin befindet.« Geoffrey deutete mit einem Kopfnicken auf die fleckige Satteltasche auf dem Tisch. »Man hat sie in einem Steinhaufen in der Nähe der Foss Bridge gefunden.«

Bess berührte das feuchte Leder. »Darf ich einen Blick hineinwerfen?«

Der Bailiff nickte.

Bess öffnete die Klappe. In der Tasche befanden sich ein lederner Weinschlauch, der leer war, einige Kleidungsstücke, mehrere Kordeln, ein Geschäftsbuch, Messer und Gabel sowie ein Paar weicher, hellroter Schuhe. »Das sind die Sachen von Gilbert Ridley, kein Zweifel«, stellte Bess fest. »Seht Ihr den Stein im Griff der Gabel? Diese Schuhe. Die Farbe des Wamses.« Sie nickte. »Das sind die Sachen von Gilbert Ridley.«

Der Bailiff wirkte zufrieden.

»Und was soll ich mir ansehen?« fragte Lucie.

Der Bailiff reichte ihr einen kleinen, abgegriffenen Lederbeutel. »Paßt auf, wenn Ihr ihn öffnet. Es ist ein Pulver.«

Lucie machte den Beutel vorsichtig auf, roch daran und tauchte einen Finger in das Pulver, das feucht geworden war, weil es offenbar längere Zeit unter der Brücke gelegen hatte. Dann kostete sie das Pulver vorsichtig mit der Zungenspitze, schloß für einen Moment die Auge, probierte es erneut, roch noch einmal daran, befühlte es und studierte seine Farbzusammensetzung. »Nun«, sagte sie, als sie schließlich wieder die anderen beiden ins Auge faßte, die gespannt auf ihr Urteil warteten, »das ist ein ziemlich gefährliches Pulver. Eine Mischung aus verschiedenen Kräutern, von denen die meisten durchaus heilsam sind. Aber es ist auch Arsen darunter. Nicht genug, um einen Menschen sofort oder in Kürze zu töten, aber es bringt ihn allmählich um, im Lauf der Zeit.« Sie wog den Beutel in der Hand. »Ich schätze, Ridley hätte mehr als vierzehn Tage benötigt, um diese Menge aufzubrauchen. Oder Ridleys Opfer. Aber der Beutel ist nicht mehr ganz voll. Mindestens die Hälfte ist schon entnommen worden. Also würde ich sagen, Ridley hat das Pulver selbst genommen, und zwar ungefähr seit der Zeit, als er in York war.«

Bess bekreuzigte sich. »Herr im Himmel, wer könnte Gilbert Ridley so etwas angetan haben? Sicher, er war ein herrischer Mann. Aber er hat doch niemandem etwas getan.«

Dem Bailiff schien es unbehaglich zu werden. »Dieses Pulver tötet langsam, sagt Ihr, Mistress Wilton?«

Lucie nickte. »Das würde jemand verabreichen, der einen anderen langsam, qualvoll umbringen will, aber nicht so, wie Ridley schließlich gestorben ist. Bess, du hast gesagt, er war krank?«

»Ja«, antwortete Bess. »Magenkrank. So schlimm, daß er am Ende nur noch ein Schatten seiner selbst war.«

Lucie nickte abermals. »Dieses ›Mittel‹ kann so etwas im Lauf der Zeit bewirken.«

»Dann werde ich all dies Hauptmann Archer übergeben«, sagte der Bailiff, »denn der Mord an Master Ridley ereignete sich im Bezirk des Münsters.«

Lucie nahm die Satteltasche und legte sie hinter dem Ladentisch auf den Boden.

»Und dann gibt es noch etwas, was den Hauptmann interessieren wird«, sagte der Bailiff.

»Noch etwas?« fragte Lucie. »Eure Männer haben gute Arbeit geleistet.«

»Das haben nicht wir entdeckt, Mistress Wilton, sondern die Handwerker am Münster. Sie sagen, Jasper de Melton, der Junge, der den ersten Mord beobachtet hat, ist heute morgen ohne seinen Umhang verschwunden. Es gab Blutspuren und Anzeichen eines Kampfes. Sie haben Angst um ihn.«

»Das verstehe ich nicht«, meinte Lucie. »Ich dachte, der Junge wäre vermißt?«

Der Bailiff nickte. »Das dachten wir auch. Aber die Handwerker haben uns erzählt, daß er sich hin und wieder an der Baustelle aufgehalten hat, und aus alter Verpflichtung seinem Vater gegenüber, der Zimmermann war, haben sie ihm dort Unterschlupf gewährt. Aber heute morgen ist der Junge weggelaufen. Hinaus in den Sturm. Ohne seinen Umhang. Ich glaube, auch das sollte der Hauptmann erfahren, Mistress Wilton.«

Nachdem der Bailiff gegangen war, starrte Lucie auf den Beutel mit der vergifteten Medizin hinunter, den sie in ihren Händen hin und her drehte. Ihre Augen blickten traurig.

»Woran denkst du, Lucie?« fragte Bess und berührte ihre Hand, um sie zu beruhigen. »Machst du dir Sorgen wegen des Jungen? Oder denkst du darüber nach, daß Ridley offenbar zwei Feinde hatte?«

Lucie legte den Beutel auf den Tisch, ließ ihn aber nicht aus den Augen. »Beides. Zuerst hielt ich es für einen einfachen Raubüberfall. Dann dachte ich, es könnte sich um die Rache eines Geschäftspartners handeln, der hereingelegt worden war. Aber Gilbert Ridley wurde auch noch vergiftet. Und zwar langsam. Ridley hat Seiner Gnaden erzählt, daß seine Magenbeschwerden nach dem Tod von Crounce angefangen haben. Er hat gesagt, seine Frau habe ihm die Medizin zubereitet. Irgendein Tonikum, das ihm nicht besonders gut schmeckte. Er hat auch gesagt, manchmal käme es ihm so vor, als hätten sich seine Beschwerden verschlimmert, seitdem er das Mittel nahm. Aber er nahm es weiterhin, weil er wußte, daß seine Frau nur sein Bestes wollte.«

Bess musterte das Gesicht ihrer Freundin. »Und du glaubst, bei dem Pulver mit dem beigemischten Arsen handelt es sich um dieses Mittel?«

»Es ist eine furchtbare Vorstellung, daß eine Frau ihren Ehemann langsam vergiftet, ganz gleich, welchen Grund sie dafür haben mag. Sogar Owen hat mich damals einer solchen Tat verdächtigt.«

Bess schnaubte. »Ich kann nicht glauben, daß Owen dir so etwas zutrauen könnte. Er hat vielleicht gedacht, du könntest Montaigne vergiftet haben und danach aus Versehen auch noch Fitzwilliam, aber doch nicht Nicholas, oder?«

»Doch, Bess«, erwiderte Lucie fast flüsternd.

»Nun, am Ende hat sich ja herausgestellt, wie es wirklich war«, sagte Bess zögerlich.

Lucie lächelte ihre Freundin an. »Ja, ich glaube, es hat sich herausgestellt, wie es wirklich war. Aber jetzt muß ich alles aufschreiben für Owen. Er wird wütend werden wegen des Jungen. Er hat dem Erzbischof gesagt, daß der Kleine in Gefahr schwebt. Ich muß einen Boten mit diesem Päckchen und mit meinem Brief nach Beverley schicken.«

»Mein Stallbursche kann das übernehmen«, schlug Bess vor.

Lucie war froh über dieses Angebot. »Danke. Ich bin überzeugt, John wird alles zuverlässig dort abliefern.«

Während Owen seine Habseligkeiten in seine Satteltaschen stopfte, ging Cäcilia Ridley in der Kammer auf und ab.

Als er ihre Unruhe nicht länger übersehen konnte, fragte Owen: »Was bedrückt Euch denn so sehr?«

Sie vermied es, ihn anzusehen. »Könntet Ihr mit Euren Männern vielleicht noch eine weitere Nacht bleiben?« Sie blickte auf, schaute dann aber gleich verlegen wieder weg. »Vielleicht ändert Paul seine Meinung und kommt heute oder morgen abend wieder zurück. Wenn Ihr also noch so lange bleiben könntet, für den Fall, daß ich Eure Hilfe benötige...«

Owen wollte nicht länger bleiben. Er sehnte sich nach Lucie und dachte besorgt daran, daß sie vielleicht wieder draußen im Regen stand und vor Nicholas Wiltons Grab betete. »Was ist denn mit Euren Männern? Sie sind doch auch noch da. Euer Verwalter müßte doch verstehen, was Euch Sorgen bereitet?«

Cäcilia schüttelte den Kopf. »Jack Cooper? Er taugt nicht zum Kampf. Auch die anderen nicht. Ich bitte Euch nur um eine Nacht. Es widerstrebt mir, Euch darum zu bitten, aber es würde für mich eine große Erleichterung bedeuten.«

Owen mußte zugeben, daß er seine Aufgabe hier sehr schnell erledigt hatte, und außerdem war es schon Mittag. Zu dieser Jahreszeit bedeutete das, daß er nicht mehr recht weit kommen würde bis zum Einbruch der Dämmerung.

»Also gut, noch eine Nacht. Wir reisen dann morgen früh ab.«

»Danke. Das werde ich Euch nie vergessen.«

»Aber dann will ich diese Zeit auch nutzen«, fuhr Owen fort. »Ich möchte mich mit Eurem Verwalter unterhalten.«

»Weshalb?«

»Vielleicht weiß er etwas über die Geschäfte Eures Ehemannes, von denen Ihr nicht wißt.«

Cäcilia schnaubte. »Ja, vielleicht.«

»Verzeiht. Ich wollte Euch nicht beleidigen.«

»Ich weiß. Und vielleicht habt Ihr sogar recht. Jack Coopers Haus liegt hinter der Halle. Beim Fluß. Es gibt einen Weg dorthin hinter dem Stall. Ihr könnt ihn nicht verfehlen. Aber Cooper ist um diese Tageszeit wahrscheinlich irgendwo auf dem Anwesen unterwegs.«

»Ich werde ihn schon finden.«

Owen verließ das Haus durch den Hinterausgang, ging an den Backöfen und an der Küche vorüber. Er schaute sich im Stall um. Sein Pferd war versorgt worden und ruhte sich aus. Drei Kinder knieten neben einem schlafenden Hund.

Owen fand den Weg und erreichte das Häuschen nach rund fünfzig Schritten. Im Sommer lag es im Schatten der Bäume, die es jetzt wie skelettartige Wachen umstanden. Owen klopfte. Das schmucke Häuschen hatte zwei Fenster mit hölzernen Läden zu beiden Seiten einer Tür, die den Türrahmen wuchtig ausfüllte und aus schwerem Eichenholz gezimmert war. Ridley hatte sich, was die Quartiere seiner Untergebenen betraf, als recht großzügig erwiesen. Owen klopfte ein zweites Mal und wollte sich schon abwenden, um wieder zu gehen, als die Tür doch noch geöffnet wurde.

Ein zerzaust aussehender Mann mit einem pockennarbigen Gesicht und grauen Haaren stand im Türrahmen und kniff die Augen zu, weil das Tageslicht ihn offenbar blendete. »Ah, Ihr seid der Sendbote des Erzbischofs, der gestern abend hier angekommen ist. Ich bin Jack Cooper.« Er streckte Owen eine Hand entgegen.

Owen schüttelte sie. »Ich freue mich, Euch hier anzutreffen. Ich wollte mich gerade aufmachen, auf dem Anwesen nach Euch zu suchen.«

Der Mann runzelte die Stirn. »Weshalb wolltet Ihr nach mir suchen?«

»Habt Ihr schon von dem Mord an Master Ridley erfahren?«

»Oh, ja. Fürchterlich. Ich möchte wetten, es waren Highlander. Niemand haßte Master Ridley so sehr, daß er ihm so etwas angetan hätte.«

»Darf ich hereinkommen?«

Cooper überlegte kurz und zuckte dann mit den Schultern. »Ihr seid gewiß Besseres gewöhnt, da Ihr soeben aus der Halle kommt, aber natürlich seid Ihr mir hier willkommen. Ich habe gerade geschlafen, habe letzte Nacht am Tor Wache gestanden.«

»Aber meine Männer waren doch dort.«

Cooper nickte. »Ich dachte mir, es wäre besser, wenn auch noch einige Männer des Anwesens dort Wache stehen. Master Ridley hätte es so gewollt.«

Im Haus war es rauchig und warm, in der Mitte des Raumes brannte ein munteres Feuer. Eine Pritsche war zum Feuer gezogen worden. Daneben stand ein Becher.

Cooper sah, wie Owen seinen Blick umherwandern ließ, und beeilte sich, ihm die Situation zu erläutern. »War eine fürchterliche Nacht, Hauptmann Archer. Ich war durchnäßt bis auf die Knochen. Dachte, ich würde überhaupt nicht mehr zu zittern aufhören. Habe deshalb das Feuer angezündet, die nassen Sachen ausgezogen, mir gewürzten Wein mit einem Schürhaken heißgemacht und mich so nah ans Feuer gelegt, wie es nur ging.«

Owen schaute sich in dem großen Raum um. Die Wände waren weißgekalkt, um ihn aufzuhellen; auf dem Boden lagen frische Schilfmatten. Das ließ auf die Anwesenheit einer Frau schließen. »Ehefrauen wissen immer, was man gegen eine Erkältung tun kann, stimmt's?« sagte Owen.

»O ja, aber Kate ist nicht da«, erwiderte Jack. »Kümmert sich um ihre kranke Mutter«, fügte er nervös hinzu.

»Habt Ihr Euch wieder soweit erholt, daß Ihr in der Lage seid, mit mir zu reden?« fragte Owen. »Mir ein paar Fragen über Euren verstorbenen Herrn zu beantworten?«

»Ja, ich habe mich schon wieder einigermaßen aufgewärmt. Kommt.« Jack zog eine kleine Bank von der Wand in den Lichtschein des Feuers. »Wollt Ihr Bier?«

»Gerne, Master Cooper.«

»Oh, nennt mich Jack, Hauptmann Archer.«

Owen nickte. »Dann bin ich Owen für Euch.«

Sie setzten sich, nachdem Jack zwei Humpen Bier gebracht hatte. Es schmeckte zwar nicht so gut wie das von Tom Merchet, aber man konnte es trinken. Jack Cooper streckte seine bestrumpften Beine dem Feuer entgegen und wärmte sich die Zehen. Im Haus war alles ruhig.

»Sind Eure Kinder bei Eurer Frau?« fragte Owen, der eine lockere Unterhaltung in Gang bringen wollte, bevor er mit seinen Fragen begann.

»Nein. Sie sind draußen im Stall und kümmern sich um einen kranken Hund. So stehen sie mir nicht im Weg herum und haben etwas zu tun.« Jack nahm einen Schluck. »Also, was wollt Ihr über meinen Herrn wissen?«

»Habt Ihr jemals einen von seinen Mitarbeitern oder Geschäftspartnern kennengelernt?«

»Ja. Master Crounce, Gott lasse ihn ruhen in Frieden.« Jack bekreuzigte sich.

»Auch noch andere?«

Jack dachte angestrengt nach. »Nein.« Er schüttelte den Kopf. »Kann mich nicht erinnern.«

»Wie seid Ihr mit Master Crounce ausgekommen?«

Ein seltsamer Ausdruck huschte über das Gesicht des alten Mannes. »Er war ein große Hilfe für Mistress Ridley. Und er hat sich uns gegenüber, die wir auf dem Anwesen arbeiten, stets anständig verhalten.« Jack zuckte mit den Achseln. »Mehr kann ich nicht über ihn sagen. Stimmt es, daß Ihr Euer Auge im Kampf gegen die Sarazenen verloren habt?«

Owen grinste. »Ich wünschte, es wäre ein Sarazene gewesen. Wenn ich ihn getötet hätte, wären mir dadurch alle meine Sünden vergeben worden. Aber nicht auf einem Kreuzzug, sondern im Krieg des Königs habe ich mein Auge verloren.« Owen nahm einen weiteren Schluck aus seinem Krug. Das Bier schmeckte allmählich besser. »Was hat Euch nicht gefallen an Master Crounce?«

Jack wirkte überrascht. »Ich habe nicht gesagt, daß mir an ihm etwas nicht gefallen hätte.«

»Was mochtet Ihr nicht an ihm?« wiederholte Owen seine Frage leise.

Jack blickte hinunter zu seinen dampfenden Zehen. »Deswegen bin ich noch lange nicht der Mörder von Master Crounce und meines Herrn.«

»Daran habe ich auch nicht im entferntesten gedacht.«

Jack nahm nachdenklich einen Schluck aus seinem Humpen. »Master Crounce hätte sich wieder verheiraten sollen.«

Owen ließ sich diese Antwort durch den Kopf gehen. »Ihr meint, er brauchte eine Frau?«

Jack nickte, während er in das Feuer starrte.

»Hat er sich zu sehr mit Mistress Ridley angefreundet?«

Jack schloß die Augen. »Ich habe sie nie dabei erwischt, aber ein Mann weiß, was gespielt wird.«

»Habt Ihr mit ihm darüber gesprochen?«

Jack schaute Owen an. Sein Blick besagte, daß er diese Frage für ziemlich töricht hielt. »Er war hier der Herr, wenn Master Ridley unterwegs war. Ich konnte ihm nicht irgendwelche Vorwürfe machen. Und außerdem hat Master Crounce mich Master Ridley empfohlen. Ich durfte mich nicht als undankbar erweisen.«

»Hat er sich hier auch mit anderen Frauen eingelassen?«

Jack warf einen Blick zur Tür, als wolle er sich vergewissern, daß sie allein waren. »Ich will keine Gerüchte in die Welt setzen, aber, ehrlich gesagt, es war mir nicht geheuer, wie er und Mistress Ridley miteinander umgegangen sind. Die Art, wie sie sich immer angeschaut haben. Es hatte den Anschein, als würden sie sich wie ein Ehepaar fühlen.«

»Etwas ähnliches habe ich mir auch schon gedacht«, sagte Owen. »Ihr seid also Eurer Herrin nicht in den Rücken gefallen, Jack. Ich danke Euch, daß Ihr so aufrichtig wart.«

Jack nickte und blinzelte Owen zu. »Ich bin kein Narr. Man kann es nicht bis zum Verwalter bringen, wenn man auf den Kopf gefallen ist.«

»Deshalb wollte ich ja auch mit Euch reden. Ein Verwalter hat Einblick in das Herz eines Anwesens.«

Jack lächelte. »Das hätte ich nicht besser sagen können.« Er schwieg eine Weile. »Also, wie habt Ihr Euer Auge verloren?«

Owen war es leid, daß man ihn immer wieder drängte, diese Geschichte zu erzählen. Außerdem wollte er hinaus in die frische Luft. Der Rauch brannte in seinem Auge und machte es wäßrig, und wenn auch noch das Sehvermögen auf seinem gesunden Auge beeinträchtigt wurde, empfand er Unbehagen. Er war so gut wie blind, wenn ihn auch noch sein rechtes Auge im Stich ließ. Doch er schuldete Jack Cooper etwas für dessen Gastfreundschaft und Aufrichtigkeit.

Also erzählte Owen dem Verwalter von dem bretonischen Jongleur, den er vor den Nachstellungen seiner Kameraden gerettet hatte, nur um ihn einige Nächte später dabei zu ertappen, wie er durch das Lager schlich und Gefangenen die Kehle durchschnitt, für deren Freilassung man ein hohes Lösegeld zu erhalten hoffte, was für König Edward von sehr großer Bedeutung war. Als Owen auf den Jongleur losging, stürzte sich dessen Leman, seine Geliebte, auf Owen. Er tötete beide, aber zuvor gelang es der Dirne noch, ihm einen Stich ins Auge zu versetzen.

Jack lauschte mit einem Gesichtsausdruck, der zwischen Bewunderung und Bedauern wechselte. »Ich glaube, das Soldatenleben hätte mir gefallen.«

»Ja, vielleicht. Aber dann hättet Ihr inzwischen mehr Wundnarben auf Eurem Leib, als Ihr zählen könnt, falls Ihr überhaupt noch am Leben wärt. Und auch ein oder zwei Gliedmaßen dürften Euch abhanden gekommen sein.«

»Aber ich hätte etwas geleistet, wovon ich meinem Sohn erzählen könnte.«

Owen zuckte mit den Schultern. »Falls Ihr überhaupt einen Sohn hättet.«

»Habt Ihr keine Kinder?« fragte Jack.

»Nein. Aber ich bin auch erst seit einem Jahr verheiratet.«

»Nun«, meinte Jack, »die Kinder werden schon noch kommen.« Er nickte. »Und Ihr werdet Ihnen dann später schöne Geschichten erzählen können.«

Owen stand auf und streckte sich. Dann rieb er sich das Auge. »Danke für die Gastfreundschaft. Gott schütze Euch, Jack.« Owen streckte ihm eine Hand entgegen.

Jack sprang auf und schüttelte sie kräftig. »Ich glaube nicht, daß ein eifersüchtiger Ehemann der Mörder sein könnte. Crounce war hinter den Frauen her. Aber Master Ridley nicht. Jedenfalls nicht, soweit ich weiß. Was also war das Motiv?«

»Das ist eben die Frage, Jack.«

»Ihr habt doch nach weiteren Geschäftspartnern gefragt. Da gab es noch John Goldbetter. Er ist einmal hergekommen, und sie haben ein fürchterliches Theater veranstaltet wegen ihm. Ein beeindruckender Mann, sehr gut gekleidet. Aber keine Ringe, die denen meines Herrn gleichgekommen wären.«

Die Ringe. Owen hatte sie schon beinahe vergessen. Er fragte sich, wie viele von Ridleys Ringen wohl zusammen mit der Hand verschwunden sein mochten.

»Wie hat Goldbetter sich gegenüber dem Hausherrn und der Herrin verhalten?« wollte Owen wissen.

»Oh, es war ein schöner Besuch«, antwortete Jack. »Seine Witze haben den Damen die Schamesröte ins Gesicht getrieben.

Er hat alles gelobt, was man ihm zum Essen auftischte. Ein leutseliger und umgänglicher Mann.«

»Danke, Jack. Ich muß jetzt aufbrechen. Gott sei mit Euch.«

Owen ging gedankenversunken zum Herrenhaus zurück.

Dort erwartete ihn Cäcilia mit bleichem, verweintem Gesicht. »Gilberts Leichnam ist gebracht worden«, sagte sie, wobei sie eine Hand auf ihre Mitte drückte und die andere vor den Mund hielt. »Es ist frevlerisch, was man mit ihm gemacht hat.« Sie blickte Owen tief in die Augen, als suche sie bei ihm Trost.

Owen blieb wie angewurzelt stehen und unterdrückte den Wunsch, Cäcilia in die Arme zu nehmen. Er sah das Verlangen in ihren Augen, hielt sich nicht für gefestigt genug, ihm zu widerstehen. Er mußte etwas tun, um sie zu beruhigen. In seiner Gürteltasche befand sich noch die zerriebene Baldrianwurzel, die Lucie ihm mitgegeben hatte für den Fall, daß die Witwe Schwierigkeiten haben würde, einzuschlafen. Er ließ sich Wein bringen, schüttete etwas von dem Pulver hinein und beobachtete dann schweigend, wie Cäcilia Ridley die Medizin trank. Dann wartete er, bis ihr Gesicht wieder ein wenig Farbe bekommen hatte. Cäcilia hatte der Anblick der Verletzungen, die man ihrem Gemahl zugefügt hatte, einen Schock versetzt, obwohl Ridleys Leichnam gewaschen und in ein nach Kräutern duftendes Tuch eingeschlagen worden war.

»Es war nicht nötig, ihn anzuschauen«, sagte Owen.

»Natürlich war es nicht notwendig. Aber ich wollte sicher sein, daß er ordnungsgemäß für das Begräbnis vorbereitet worden ist.« Cäcilia nippte an dem Wein.

»Könnt Ihr mir die Ringe beschreiben, die Euer Ehemann bei seiner Abreise trug?«

»Die Ringe? Weshalb sollte ich mich um seine Ringe kümmern?« rief Cäcilia.

»Wenn einige davon fehlen, dann können wir den Mörder Eures Mannes finden, indem wir nach diesen Ringen suchen.«

»Oh!« Cäcilia warf ihm einen entschuldigenden Blick zu. »Natürlich.« Sie rieb sich die Augen. »Ich müßte eigentlich in der Lage sein, Euch zu beschreiben, was Gilbert an dem Tag trug, an dem er ...« Sie legte ihren Kopf in die Hände und dachte nach.

Owen hoffte, daß er nicht zuviel von dem Pulver in den Wein getan hatte. Er wollte nicht, daß seine Wirkung zu früh einsetze.

Doch schließlich hob Cäcilia ihren Kopf wieder und blickte Owen an. »An diesem Tag trug Gilbert die Ringe, die er üblicherweise anlegte, wenn er jemanden beeindrucken wollte. Er hat gesagt, Erzbischof Thoresby sei ein stolzer Mann. Und da seine Spende für die Kapelle bestimmt war, in welcher der Erzbischof einmal seine letzte Ruhe finden sollte, wollte Gilbert, daß der Erzbischof stolz darauf war, auch unser Geld zu erhalten. Er trug vier Ringe. Einen mit einer Perle, einen mit einem Rubin, einen mit einem Mondstein und einen goldgehämmerten Ring ohne Stein.«

Owen erinnerte sich daran, wie Ridleys Ringe damals in der Sonne geblinkt hatten. »Ziemlich gewagt, sich mit solch einem Vermögen auf die Straße zu begeben.«

Cäcilia schüttelte den Kopf. »Gilbert war außerordentlich stolz auf seinen Erfolg. Aber ich glaube, er zog Handschuhe an, bevor er losritt.«

Owen winkte die Küchenmagd Sarah herbei, die in der Nähe wartete. »Ihr solltet jetzt schlafengehen«, sagte er zu Cäcilia. Er nahm sich vor, an Ridleys verbliebener Hand und in der Satteltasche, die Ridley in der York Tavern zurückgelassen hatte, nach den Ringen zu suchen.

Cäcilia stand auf und stolperte. Sarah fing sie auf und stützte sie mit ihrer Schulter. Cäcilia sagte zu ihr: »Ich bin mit einemmal so benommen. Danke, daß ich mich bei dir anlehnen kann.« Zu Owen gewandt, fuhr sie fort: »Gilbert trug immer einen kleinen Beutel bei sich. Für Geld und andere wichtige Dinge. Ich habe ihn nicht gesehen unter den Sachen, die sie gebracht haben.« Sie rieb sich über die Stirn. »Was habt Ihr in den Wein getan?«

»Baldrianwurzel«, sagte Owen. »Ihr werdet jetzt eine Weile schlafen. Es ist wichtig, daß Ihr Ruhe bekommt.«

»Mir wäre es lieber gewesen, wenn ich das selbst hätte entscheiden können«, murmelte Cäcilia noch, als sie sich von Sarah die Treppe hinaufführen ließ.

Owen wartete, bis die beiden verschwunden waren, dann begann er mit seiner Suche. In Ridleys Tasche befand sich nicht viel. Ein Paar robuste Stiefel, ein pelzbesetzter Hut mit einem langen Nackentuch, das als Halsschutz diente, ein Etui mit einem Fadenknäuel, einer Nadel und einer kleinen Schere, ein weiteres Etui mit einem Kamm, einem Stück geschliffenem Stahl, einer kleinen Flasche Öl, das nach Rosen duftete, einem Rasierer und einem Zahnstocher aus Elfenbein. Die Reiseausrüstung eines wohlhabenden Mannes, zweifellos. Ein frisches Paar Beinkleider und ein schmutziges Hemd vervollständigten den Inhalt. Von Juwelen und Ringen keine Spur.

Owen wandte sich dem Toten zu. Cäcilia hatte ihren Mann nicht wieder mit dem Leichentuch umwickelt, sondern es nur lose über ihn gelegt. Er brauchte es also nur anzuheben. Deshalb erschien ihm sein Verhalten weniger respektlos, wenngleich er nicht wußte, wer sich dadurch eigentlich verletzt fühlen könnte, der Tote oder Gott.

Die linke Hand lag mit der geöffneten Handfläche nach oben auf dem Tuch. Owen versuchte, die Ringe an den Fingern zu drehen, doch waren diese dafür zu stark geschwollen. Deshalb kniete er sich nieder und hob die Hand an. Eine Perle und ein Mondstein. Dann mußten sich der Ring mit dem Rubin und der goldene Ring ohne Stein mit großer Wahrscheinlichkeit an der abgetrennten Hand befunden haben. Owen bezweifelte, daß sie immer noch daran stecken würden, sollte die Hand eines Tages gefunden werden.

Kapitel 8

Unten am Fluß

Der Wachposten bei Bootham Bar achtete nicht auf den Jungen, der neben dem Mistkarren entlanghumpelte. Jasper hatte sich in der Nähe des erzbischöflichen Palastes im Gebüsch versteckt, bis er wieder zu Atem gekommen war und sich überlegt hatte, wohin er nun gehen sollte. Jetzt, außerhalb der Stadtmauern, sprach er flüsternd ein Dankgebet dafür, daß niemand ihm aufgelauert hatte. Er mußte nur den Mauern des Klosters bis zum Turm von St. Mary folgen und dann am Fluß entlang weitergehen. Das Haus der Flußfrau war leicht zu finden. Jasper wußte, daß er es bis dahin schaffen konnte.

Aber seinen rechten Arm durchzuckten Schmerzen, und bei jedem Schritt tat ihm sein rechtes Bein weh. Der Regen hatte inzwischen zwar nachgelassen, doch Jasper war schon völlig durchnäßt. In der Aufregung hatte er seinen Umhang im Münster zurückgelassen. Er erreichte den Turm von St. Mary, bog um die Ecke der Klostermauern und schlug den Weg zum Fluß hinunter ein. Je näher er zum Fluß kam, desto mehr fror ihn. Sein Kopf schmerzte, und in seinem Magen rumorte es. Er hatte seit ein oder zwei Tagen nichts mehr gegessen, konnte sich gar nicht genau erinnern, wie lange es schon her war. Daß er vergessen hatte, wann er zum letzten Mal eine Mahlzeit zu sich genommen hatte, erschreckte Jasper. Sonst erinnerte er sich immer daran, was er gegessen hatte.

Der Boden wurde uneben, als Jasper sich den wackeligen Hütten der Stadt des Ungeziefers näherte. Außerdem rutschte er mehrmals im Schlamm aus. Kleine Kinder schrien, Strohfeuer brannten qualmend in der feuchten Kühle, Hunde bellten unablässig und beschnüffelten Jasper, als er an ihnen vorüberging. Eisiges Regenwasser bildete überall kleine Pfützen. Jasper achtete nicht auf seine Umgebung, sondern konzentrierte sich darauf, nicht zu stolpern. Er war schon naß genug und wollte nicht stürzen und dadurch noch nasser werden. Der Wind hatte aufgefrischt, und der Fluß begann anzusteigen. Oben im Moor mußte es heftig regnen oder schneien. Jasper stöhnte auf, denn das bedeutete, daß er möglicherweise zu Magdas Hütte würde hinauswaten müssen, da diese auf einem schlammigen Felsen am Rande des Flußbetts stand.

Und wirklich, als er sich bis zum Ende der Hütten vorangekämpft hatte, sah er, wie sich die Behausung der Flußfrau aus der steigenden Flut emporhob. Das Wasser, das sie umspülte, schien noch nicht allzu tief zu sein, doch er wußte, wenn er es durchquerte, würden seine Schuhe sich vollsaugen. Er zögerte und fragte sich, was geschehen würde, sollte Magda nicht zu Hause sein. Doch das Wasser stieg unaufhörlich weiter an. Jasper mußte jetzt gleich hinübergehen oder sich einen anderen Unterschlupf suchen, und er wußte nicht, wo er einen solchen finden sollte.

Er machte die ersten Schritte. Das Wasser war tiefer, als er vermutet hatte. Es reichte ihm bis zur Wade, und mit seinem verletzten Bein war es schwierig, in der Strömung das Gleichgewicht zu halten. Als Jasper schließlich den Hang hinaufkroch und den Kopf der Schlange über der Tür erblickte, klapperten seine Zähne. Das Seeungeheuer grinste ihn heimtückisch an, und Jasper meinte, seinen Schwanz hinter der Hütte umherschlagen zu sehen. Er schloß die Augen, trat dann auf die Tür zu und klopfte so laut, daß die Flußfrau ihn auch beim Pfeifen des Windes hören mußte. Nichts rührte sich. Jasper machte einen Schritt zurück und schaute zum Dach hinauf. Es stieg Rauch daraus empor, also mußte innen ein Feuer brennen. Er klopfte abermals. Wieder blieb alles still. Er stieß die Tür auf, denn die Aussicht auf ein wärmendes Feuer ließ ihn alle Anstandsregeln vergessen.

In der verrauchten Hütte war es dunkel bis auf das Feuer, das in der Mitte brannte. Jasper schloß die Tür hinter sich und machte ein paar Schritte in den Raum hinein. Irgend etwas streifte seine Stirn und gab einen staubigen Geruch von sich. Er blieb stehen und wartete, bis sich seine Augen an die Dunkelheit gewöhnt hatten. Rings herum an den Dachsparren baumelten Kräuterbündel, die zum Trocknen aufgehängt waren. Ein paar Tische und Bänke standen im Raum, und in zwei Ecken, die durch Vorhänge abgetrennt waren, mußten Magda Digbys Betten stehen. Jasper schaute hinter die Vorhänge. Hier war niemand. Die Betten wirkten einladend. Er zog eine der Bänke zum Feuer und legte sein Gewand darauf, um es zu trocknen. Das war alles an Kleidung, was er besaß.

Als er seine Schuhe vor das Feuer stellte, bemerkte er einen Topf mit einer Brühe, die auf einem Stein köchelte. Er griff hinüber und steckte einen Finger hinein. Die Brühe war grün und schmeckte bitter. Kein Fleisch oder Fett oder dergleichen. Irgendein Kräutertrank. Nicht so sehr verlockend. Aber sie war heiß, und ihn fröstelte. Jasper nahm eine kleine Schale von einem Regal, schöpfte ein wenig Brühe aus dem Topf und trank sie schnell. Er schüttelte sich, als sich auf seinem Gaumen der bittere Geschmack ausbreitete. Aber die Brühe wärmte ihn innerlich, und dafür war er dankbar. Er ließ sich auf eines der Betten fallen und war im Nu eingeschlafen.

Heftige Magenkrämpfe weckten ihn. Jasper preßte die Hände auf seinen Bauch und sprang aus dem Bett, weil er es nicht beschmutzen wollte. Er war benommen und konnte sein Gleichgewicht nicht finden. Er plumpste auf die Schilfmatten und erbrach sich zweimal. Dann kroch er ein Stück weit weg, aber es kam ihm vor, als würden Flammen und scharfe Messer in seinem Magen wüten. Jasper rollte sich auf der Seite zusammen und begann zu wimmern, als sein Magen sich erneut verkrampfte. Angst überkam ihn. Er wußte, manchmal starben Leute, wenn sie solche Schmerzen hatten. Er versuchte zu beten, aber er konnte seine Gedanken nicht auf das Gebet konzentrieren. Dadurch wuchs seine Angst noch. Wenn er nicht mehr beten konnte, wie sollte er dann in Würde sterben können? Ein Traum verfolgte ihn, in dem er zu einer kleinen Maus geschrumpft war, die in einer Schale mit einer bitteren grünen Brühe ertrank. In einem weiteren Traum führte ein Mönch in einer braunen Kutte Jaspers Mutter zu einem der Betten in Magdas Hütte und sagte Magda, sie solle sich zuerst um den Jungen kümmern. »Nein!« schrie Jasper. »Rettet meine Mutter. Laßt sie nicht wieder sterben!«

Dann beugte sich jemand über ihn, jemand, der nach Fluß, Erde und Feuer roch. »Jasper, öffne deine Augen. Was hast du gegessen oder getrunken, Jasper? Magda muß es wissen. War es die grüne Brühe?«

Er nickte schwach und schloß seine Augen, weil ihn das Licht der Öllampe blendete, die Magda über sein Gesicht hielt.

»Dummer kleiner Junge. Die war nicht für dich bestimmt. Die ist für ein Mädchen, das ihren Bankert loswerden muß. Wieviel hast du getrunken, Jasper?«

»Eine kleine Schale voll.« Er zeigte dorthin, wo er das Feuer vermutete. »Ist dort meine Mutter?«

»Nein, nicht deine Mutter, dummer Kerl. Das Mädchen, deren Medizin du probiert hast«, sagte Magda.

Jasper schloß seine Augen wieder, um die Tränen zu verbergen, die seine Enttäuschung zum Ausdruck brachten.

Magda legte ihn sachte auf das Bett, ging hinüber zum Feuer und hob die kleine Schale auf, die auf dem Boden lag. Sie roch daran und schaute sich an, wie groß sie war. Er hatte zwar nicht gierig getrunken, aber es war dennoch viel mehr, als sie jemals verabreicht hätte. »Oh, Jasper, mein Liebling. Du hättest dich umbringen können. Magda muß hoffen, daß dein Bauch sich selbst gereinigt hat, bevor das Gift sich darin festkrallen konnte. Und jetzt muß Magda dir Schmerzen zufügen, wenn sie den Arm behandelt und das Bein umwickelt. Du hast Glück gehabt, daß dein Bein nicht gebrochen ist.«

Jasper wimmerte, als sich der Mann in der braunen Kutte, von dem er geträumt hatte, über ihn beugte und ihn nach unten drückte.

»Bruder Dunstan hat das Mädchen hergebracht, deren Medizin du getrunken hast, Jasper. Er wird helfen, dich ruhig zu halten, während Magda deinen Arm wieder gerade richtet.«

Als Magda an seinem Arm zog, verlor Jasper vor Schmerzen das Bewußtsein.

Magda war froh darüber. Der Junge hatte schon genug Leid

erfahren müssen für seine acht Jahre, und sie wollte ihm nicht auch noch weh tun. Nachdem sie seinen Arm geschient und seine verletzte Hüfte und das Knie mit Wickeln versehen und verbunden hatte, machte Magda für Jasper eine Pritsche zurecht, so nah am Feuer, wie sie es verantworten konnte, und häufte dann Decken und Felle über ihm auf, um ihn zum Schwitzen zu bringen. Nun mußte sie abwarten, um zu sehen, ob das Gift schon so lange in seinem Körper war, daß es sich hatte einnisten können.

Während Jasper schlief, kümmerte Magda sich um die junge Frau, doch in Gedanken war sie bei dem Kleinen, der so bleich und ruhig dort neben dem Feuer lag. Sie wollte nicht schuld sein am Tod des Jungen. Sie mochte ihn sehr. Er hatte einen scharfen Verstand und ein gutes Herz. Magda hatte erwogen, ihn bei sich aufzunehmen, nachdem seine Mutter gestorben war, hatte es sich dann aber doch anders überlegt. Wenn er sich auf den Straßen von York durchschlagen konnte, dann würde er eine bessere Zukunft vor sich haben. Wer mit der Stadt des Ungeziefers, wie die feinen Bewohner von York die Ansammlung von Hütten unten am Fluß nannten, etwas zu tun hatte, der war für den Rest seines Lebens zu einer Existenz als Bettler oder Dieb verurteilt.

Der Junge schrie auf, Magda eilte hinüber zu ihm und nahm seinen schmächtigen Leib in ihre Arme. Sein Atem ging schwer, aber es war kein Todesröcheln. Vielleicht schwebte er schon nicht mehr in Lebensgefahr. Er war nicht in die tiefe Bewußtlosigkeit gefallen, die schließlich zum Tode führte. Magda wiegte Jasper in ihren Armen und summte eine leise Melodie, bis der Junge wieder einschlief.

Bald war auch die junge Frau eingeschlafen. Magda wandte sich an den Mönch. »Und wie wollt Ihr Magda bezahlen, Dunstan, he?«

»Ich dachte daran, mich vor meinem Bruder zu erniedrigen und ihn um Geld zu bitten«, sagte der Mönch. »Falls Ihr nicht meine Gebete als Bezahlung akzeptiert, die ich jeden Tag bis zum Ende meines Lebens für Eure Seele sprechen würde.«

Magda schnaubte. »Die Gebete eines sündhaften Mönchs?

Auch wenn Magda Euren Glauben teilte, würde sie auf Eure Gebete nicht allzuviel geben. Und was das Geld Eures Bruders betrifft . . .« Sie rollte mit den Augen. »Magda möchte, daß Ihr eine Aufgabe für sie erledigt. Ihr sollt zur Apothekerin gehen, zu Mistress Lucie Wilton, und sie fragen, ob sie bereit wäre, diesen Jungen in ihrem Haus aufzunehmen, so lange bis er außer Lebensgefahr ist. Bis *alle* Gefahren vorüber sind, in denen er im Augenblick schwebt. Merkt Euch das gut, Dunstan. Sie wird es verstehen.«

Ambrose Coats, einer von Yorks Stadtmusikanten, eilte die Footless Lane entlang. Seine Instrumente hatte er in einen Umhang eingewickelt, den er dicht an die Brust preßte, obwohl die überhängenden oberen Stockwerke der Gebäude ihm schon genügend Schutz vor dem Regen boten. Er summte das neue Stück vor sich hin, das er mit seinen Kameraden gerade geprobt hatte, und bemerkte daher das Bündel, das vor der Tür seines Hauses lag, erst, als er mit dem Fuß dagegen stieß. Er hob es auf und beeilte sich, in das Haus zu kommen, denn er freute sich schon auf das wärmende Feuer. Drinnen warf er das Bündel neben dem Kohlenbecken auf den Boden, packte sein Rebec, seine Crotta und seine zwei Bogen aus und hängte sie auf Haken, die weit genug vom Feuer entfernt waren, damit die Instrumente nicht durch einen zu großen Temperaturwechsel in Mitleidenschaft gezogen werden konnten. Danach bückte er sich, um das Bündel aufzuheben, das unangenehm roch.

Ambrose entschied sich, seine Handschuhe anzubehalten, während er das feuchte Päckchen auswickelte. Er war sehr darauf bedacht, seine Hände vor der Kälte zu schützen, die seine Finger steif machen würde, denn er hatte schon so viele gute Musiker kennengelernt, die ihre Instrumente nicht mehr richtig beherrschten, nachdem ihre Finger starr und ungelenk geworden waren. Er setzte sich auf einen Stuhl, beugte sich nach vorne und begann, die Stofflappen zurückzuschlagen.

»Deus juva me!« flüsterte Ambrose, als sein Blick auf eine abgetrennte menschliche Hand fiel.

Zuerst dachte er daran, das Schwein seines Nachbarn könnte sie zutage gefördert haben, als es im Boden gewühlt hatte. Doch die Hand war ja eingewickelt gewesen. Nein, hier konnte kein Schwein am Werk gewesen sein. Diese verabscheuungswürdige Kreatur hätte sicher den Stoff beschädigt. Woher also stammte dieses grauenhafte Ding? Gütiger Gott, was hatte er denn damit zu tun? Ambrose wickelte die Hand vorsichtig wieder ein. Wenn es kein Schwein gewesen war, dann mußte...

Die Hand. Natürlich – die beiden Morde! Hatte man die Hände eigentlich schon gefunden? Und, was noch wichtiger war, hatte man die Mörder inzwischen gefaßt? Wenn nicht, dann war noch jedermann verdächtig, und Ambrose wollte um keinen Preis auffallen. Jedenfalls nicht angesichts der zweifelhaften Beziehungen seines Freundes.

Aber was sollte er mit dem Ding anstellen? Wenn er die Hand im Garten vergrub, dann kam vielleicht tatsächlich dieses verdammte Schwein, schnüffelte umher und buddelte sie wieder aus. Dieses Schwein lief immer frei herum, was in der Stadt eigentlich verboten war. Er sollte vielleicht seine Nachbarn beim Bailiff anzeigen. Das hätte er schon viel früher tun sollen. Aber er hatte immer davor zurückgeschreckt aus Angst davor, daß sein Nachbar dann aus Rache Gerüchte über ihn und seinen Freund in die Welt setzen würde. Besonders über seinen Freund. Die Leute in der Stadt mochten keine Fremden.

Ambrose saß neben dem Kohlenbecken, zerbrach sich den Kopf über seine mißliche Lage, und alle Freude über seinen vorangegangenen Auftritt war verflogen.

Am späten Abend hörte Magda, wie ein Boot polternd den Felsen heraufgezogen wurde. Sie legte Jasper behutsam auf das Bett und holte ihr Messer. Sie hoffte, es würde Bruder Dunstan sein, der die Antwort von Lucie Wilton überbrachte, aber es war am besten, wenn man immer auf Schwierigkeiten vorbereitet war. Magda hatte sich nicht so viel Mühe gegeben, Jasper wieder auf die Beine zu bringen, um dann zuzusehen, wie er ermordet wurde. Sie kauerte sich hinter die Tür und wartete mit angehaltenem Atem.

Langsam öffnete sich die Tür. Magda umklammerte den Griff ihres Messers.

»Mistress Digby? Hier ist Bruder Dunstan mit der Apothekerin und ihrer Dienstmagd.«

Magda erhob sich. »Sie sind auch hergekommen?« Sie steckte das Messer in ihren Gürtel und entzündete eine Öllampe.

Lucie legte ihren nassen Umhang ab und ging neben dem Bett in die Knie, um nach dem Jungen zu sehen. »Ihr habt ihm Abführmittel gegeben?«

Magda war verärgert über diese Frage, beruhigte sich aber schnell wieder. Die Apothekerin hatte den Mut aufgebracht, sich in der Nacht und bei einem Sturm zu einem ihr unbekannten Ort aufzumachen, um ein krankes Kind zu retten. »Magda hat alles getan, was man im Augenblick tun konnte. Kommt? Setzt Euch ans Feuer und wärmt Euch auf!«

Magda hielt die Lampe in Höhe von Lucies Gesicht, als die Apothekerin sich ihr zuwandte. »Ihr habt sehr viel Ähnlichkeit mit Eurer Mutter, aber Euer Geist ist stärker.« Magda grinste. »Magda dankt Euch dafür, daß Ihr gekommen seid.«

Lucie bedeutete Tildy, sich neben sie zu setzen. »Ich verstehe das nicht. Warum bittet Ihr mich, den Jungen bei mir aufzunehmen, da Ihr doch selbst in der Lage seid, ihn gesund zu pflegen, Mistress Digby?«

»Ich kann es Euch nicht verdenken, daß Ihr diese Frage stellt«, erwiderte Magda und nickte. »Doch kommt, setzt Euch. Trinkt etwas von Magdas gutem Branntwein. Ihr müßt durchgefroren sein, nachdem Ihr den weiten Weg durch den Sturm zurückgelegt habt, Magda weiß es.«

Dankbar nahm Lucie den dargebotenen Becher entgegen.

»Ihr habt mehr Vertrauen als Euer Ehemann. Vogelauge würde nicht mit Magda trinken.«

Lucie lachte. »Er mag es nicht, wenn Ihr ihn so nennt. Und was das Vertrauen betrifft, ich weiß, daß Ihr Tante Phillippa geholfen habt, als ich auf die Welt kam. Ich habe von Euch nichts zu befürchten.«

Magda mochte die Frau von Vogelauge. »Ihr seid genau die Richtige für diese Aufgabe. Magda möchte, daß Ihr den kleinen Jasper in Eurem Haus aufnehmt, für ihn sorgt und ihn beschützt. Wollt Ihr das tun?«

Lucie warf ihrem Dienstmädchen einen Blick zu. »Tildy hat gesagt, sie ist bereit, ihn zu pflegen und sich um ihn zu kümmern.«

»Dieses junge Küken?« fragte Magda, während sie Tildy kritisch beäugte.

Das Mädchen hatte Jasper die ganze Zeit mit einem wehmütigen Gesichtsausdruck angeschaut. Jetzt hellte sich ihr Gesicht auf. »Ich habe schon oft meine Brüder und Schwestern gepflegt. Und er erinnert mich an meinen Bruder Alf, der draußen im Moor getötet wurde. Ich würde mich gern um ihn kümmern.«

»Ich weiß, daß Owen sich Sorgen macht um den Jungen«, sagte Lucie, »deshalb bin ich einverstanden. Aber warum kann er eigentlich nicht hierbleiben? Bruder Dunstan hat gesagt, daß Jasper aus freien Stücken zu Euch gekommen ist. Hier muß er sich sicher fühlen.«

Magda blickte hinunter auf den Knaben. »Magda wünschte, sie könnte den Kleinen hier bei sich behalten. Aber er braucht Schutz, jemanden, der immer in seiner Nähe ist. Magda lebt allein. Wie könnte sie ihn beschützen?«

»Wenn ich ihn zu mir nehmen soll, dann muß ich erfahren, was Ihr über ihn wißt«, sagte Lucie.

Magda nickte. »Da habt Ihr recht. Nun denn, was weiß Magda? Sein Vater war Zimmermann, ähnlich wie Euer heiliger Joseph. Er starb, als Jasper sechs war. Seine Mutter arbeitete als Stickerin. Die Wollhändlergilde hatte sie beauftragt, ihre Festtagskostüme zu verzieren und für sie ein neues Gildenbanner zu machen. Will Crounce war dafür zuständig, ihre Arbeit zu prüfen. Eines gab das andere, und so kam es, daß er den Entschluß faßte, sie zu heiraten. Um seinen guten Willen unter Beweis zu stellen, versprach er, darauf hinzuwirken, daß Jasper in die Gilde aufgenommen wurde. Der erste Schritt dazu war die Aufgabe, die man Jasper beim Fronleichnamsumzug übertrug: Er schmierte die Räder des Festwagens.«

»Und an diesem Tag wurde auch seine Mutter krank?« fragte Lucie.

Magda nickte. »Es war Wills Kind, mit dem Kristine de Melton schwanger ging. Aber die Götter nahmen das Kind zu sich, als es noch im Bauch der Mutter war. Kommt häufig vor, daß eine Mutter durch einen solchen Vorgang vergiftet wird.« Magda zuckte mit den Achseln. »Viel mehr gibt es nicht zu erzählen. Ihr wißt, daß der Junge die Ermordung von Crounce miterlebt und sich danach versteckt hat. Er hat einige Anschläge überlebt und ist zuvor schon einmal zu Magda gekommen, um sich behandeln zu lassen. Jetzt hat er sich schon zum zweitenmal denselben Arm gebrochen. Der arme Kleine. Magda kann nur wenig tun, um ihn zu beschützen.«

Lucie blickte hinunter auf den schlafenden Jungen. »Wie alt ist er?«

»Fast neun.«

»Habt Ihr irgendeine Vorstellung, vor wem er sich versteckt?«

Magda schüttelte den Kopf. »Der Junge glaubt, er kann Magda schützen, wenn er nichts sagt. Könnt Ihr Euch das vorstellen?« Ihr Lachen klang eher wie ein Bellen.

»Glaubt Ihr, es ist dieselbe Person, die nach ihm sucht?«

Magda dachte über diese Frage nach. Dann zuckte sie mit den Schultern. »Magda glaubt, Jasper hat jetzt zum ersten Mal gesehen, wer hinter ihm her ist. Etwas ist anders geworden. Vielleicht hat seinen Verfolger die Verzweiflung gepackt. Das ist nicht gut.«

»Sollen wir ihn jetzt gleich mitnehmen?« fragte Lucie.

Magda nickte. »Das wäre das beste.«

Magda und Lucie weckten den Jungen und erklärten ihm, wohin sie ihn bringen wollten, aber er schien nicht zu begreifen. Er wimmerte, als sie ihn in Decken einwickelten, und klammerte sich an Lucie, als Dunstan versuchte, ihn hochzuheben.

»Ich werde ihn selbst zum Boot hinuntertragen«, sagte Lucie. »Es ist ja nicht weit.«

Lucie und Tildy hatten den Jungen auf ihren Schoß gebettet, während Bruder Dunstan die kurze Strecke zurückruderte. Lucie beugte sich hinunter und nahm Jasper in die Arme, um ihn vor dem scharfen und kalten Wind zu schützen. Bruder Dunstan trug den Knaben dann trotz seiner Proteste die schlammige Uferbank hinauf. Oben wartete schon einer von Tildys Brüdern mit dem Eselskarren von Bess.

Die Stadttore waren schon geschlossen, aber der Wachposten bei Bootham Bar hatte sich bereit erklärt, sie durchzulassen. Jasper stöhnte und wimmerte auf dem Karren, und Lucie kam es wie eine kleine Ewigkeit vor, bis der Wachposten endlich auf ihr Klopfen hin das Tor öffnete. Es war schon sehr spät, als sie die Apotheke erreichten.

»Braucht Ihr eine Unterkunft für die Nacht?« fragte Lucie den Mönch.

»Gott danke es Euch, aber es ist nicht weit bis zum Kloster«, erwiderte er.

»Das war eine schwere Arbeit heute nacht«, sagte Lucie. »Warum habt Ihr uns geholfen? Kennt Ihr den Jungen?«

Dunstan senkte das Haupt. »Nein. Ich habe es getan, um Mistress Digby für ihre Dienste gestern abend zu bezahlen.«

Lucie runzelte die Stirn. »Ihre Dienste gestern abend . . .? Meint Ihr die junge Frau in dem Bett hinter dem Vorhang?«

Der Mönch nickte.

»Es war Euer Kind, das sie im Leib trug?«

»Der gütige Herr möge sich dieses armen Sünders erbarmen«, murmelte Dunstan, während er seine Brust straffte. »Ich verlasse Euch jetzt. Gottes Segen sei mit Euch.« Er ging durch die Küchentür.

Lucie schmunzelte darüber, daß Magda Digby dem Mönch, anstatt eine Bezahlung von ihm zu verlangen, eine Buße aufgegeben hatte. Die Flußfrau handelte weise und wohlüberlegt, und das gefiel Lucie.

Kapitel 9

Medikamente und Musikanten

Owen war gerade nach unten zu dem warmen Feuer gegangen und noch ein wenig schlaftrunken, als Alfred und Colin in die Halle hereingestampft kamen, eine vermummte Gestalt vor sich herschiebend. Verdammt, dachte Owen, Paul Scorby ist der letzte, den ich heute morgen sehen möchte. Anna Scorby hatte nachts im Fieber geschrien, und Owen hatte sein möglichstes getan, um ihre Temperatur ein wenig zu senken. Cäcilia war in der Nacht von dem Baldriantrank noch zu benommen gewesen, um aufstehen zu können. Jetzt saß sie bei ihrer Tochter, nachdem sie am frühen Morgen, als die Wirkung der Baldrianwurzel nachgelassen hatte, aufgestanden war, um nach Anna zu sehen. Es mußte mit dem Teufel zugehen, daß Paul Scorby gerade jetzt erschien.

»Hauptmann Archer, dieser Bursche sagt, er bringe Nachrichten von Eurer Frau«, sagte Alfred, während er die Kapuze des Gefangenen zurückschlug.

»John!« rief Owen.

»Ja, Hauptmann Archer. Ich bin's nur, kein Highlander.«

»Ihr kennt ihn?« fragte Alfred.

Owen setzte seinen Becher polternd auf den Tisch. »Wo hat der Erzbischof euch denn aufgetrieben? Fallt ihr immer gleich über jeden her, der am Tor erscheint?«

»Es ist noch zu früh am Tag für einen harmlosen Reisenden«, verteidigte sich Colin mit einer weinerlichen Stimme, die Owen unangenehm auffiel.

»Noch zu früh am Tag?« fragte Owen verärgert. »Gibt es für Reisende Vorschriften, zu welchen Tageszeiten sie anzukommen haben?«

Colin zuckte mit den Schultern.

»Ich habe einen anstrengenden Ritt hinter mir, Hauptmann Archer«, sagte John. Und so sah er auch aus, die Kleidung durchnäßt und mit Schlamm bespritzt, die Nase gerötet und die Augen blutunterlaufen.

»Bist du die ganze Nacht durchgeritten?«

»Nein, dafür kenne ich die Gegend zu wenig. Ich habe eine leere Hütte gefunden.«

»Hat dir denn Mistress Wilton nicht ein paar Münzen mitgegeben, um in einer Schenke übernachten zu können?«

»O doch, Hauptmann, aber ich wollte lieber allein sein.«

Owen wußte wenig über diesen Stallburschen, aber es war ihm bekannt, daß John nicht gern über sich redete, und so akzeptierte er seine seltsame Antwort, ohne genauer nachzufragen. »Guter Junge. Wenn du mir die Nachricht übergeben hast, werden diese beiden Kerle dich in die Küche führen, wo man dich reichlich bewirten wird.«

John überreichte Owen die Satteltasche und den Brief. »Diese Tasche hat Master Ridley gehört, möge er ruhen in Frieden. Mistress Wilton hat gesagt, Ihr sollt zuerst den Brief lesen.«

»Geht es ihr gut?«

»O ja, Hauptmann. Im Geschäft ist alles in Ordnung. Das alles hat-nichts zu tun mit der Apotheke.«

»Gut. Ich werde mir das anschauen. Und jetzt ab in die Küche mit dir.« Nachdem die drei abgezogen waren, nahm Owen sich sogleich den Brief vor.

Was er darin las, beunruhigte ihn. Eine vergiftete Medizin. Und Cäcilia hatte so unbestimmt über das Mittel gesprochen, welches Ridley eingenommen hatte. Das behagte ihm nicht. Konnte er sich in Cäcilia Ridley so sehr getäuscht haben? Oder gab es in diesem Haus noch jemanden, der seinen Herrn gehaßt hatte?

Gütiger Himmel, was sollte er jetzt tun? Mistress Ridley, habt Ihr Euren Gemahl aus irgendeinem bestimmten Grunde vergiftet? Verdammt. Johannes würde mit dieser Situation besser umgehen können als Owen.

Owen las weiter, erfuhr, daß Jasper aus dem Münster verschwunden war und daß man dort Anzeichen eines Kampfes gefunden hatte. Dieser verdammte Thoresby. Owen hatte ihm doch gesagt, daß der Junge in Gefahr schwebte.

»Ist irgend etwas nicht in Ordnung?« fragte Cäcilia.

Owen zuckte zusammen. Er hatte sie nicht hereinkommen hören. Sie trug ein Kopftuch und hatte die Ärmel hochgekrempelt.

»Wie geht es Eurer Tochter jetzt?« fragte Owen.

»Das Fieber ist gesunken. Sie hat ein wenig verdünnten Wein getrunken, und ich bin heruntergekommen, um nachzusehen, was Gwen für sie zubereiten könnte.« Cäcilia setzte sich neben Owen. »Ich habe hier Stimmen gehört.«

Owen nickte. »Ein Bote aus York mit dem weiteren Gepäck Eures Mannes – wahrscheinlich die Tasche, die Ihr bisher vermißt habt. Wir werden sie uns später ansehen, nachdem Ihr Anna versorgt habt.«

»Das weitere Gepäck?« Ihre Stimme klang nervös.

»Kein Grund zur Sorge«, log Owen.

»Ist der Bote in die Küche gegangen?«

»Jawohl. Soll ich hingehen und der Köchin auftragen, für Anna eine Fleischbrühe zu kochen, während Ihr hier einen Becher heißen Wein trinkt?«

Cäcilia blickte ängstlich zum hinteren Ausgang der Halle, dann seufzte sie und nickte. »Ich könnte etwas Warmes vertragen.«

Owen ging weg. Den Brief nahm er mit, die Tasche aber ließ er bei ihr liegen. Als er einen Augenblick später zurückkehrte, gefolgt von der Magd Sarah mit der dampfenden Fleischbrühe, bemerkte Owen eine leichte Röte in Cäcilias Gesicht. Die Tasche lag nicht mehr an derselben Stelle. Also hatte sie sie durchsucht. Das mußte nicht notwendigerweise bedeuten, daß sie fürchtete, es könnte sich etwas darin befinden, das sie belastete, aber es war immerhin möglich. Owen gefiel es nicht, daß er sich immer mehr in die Probleme dieser Familie verstrickte.

Am Morgen schien Jasper außer Gefahr zu sein. Er verstand, was Lucie zu ihm sagte, und nahm auch schon ein wenig von der Fleischbrühe zu sich. Lucie und Tildy machten für ihn in Tildys kleiner Kammer hinter der Küche ein Bett zurecht. Dort hatte er es warm, denn die Kammer teilte den Kamin mit der Küche, und keinem der Kunden kam Jasper zu Gesicht. Melisende umstrich das Bett des Jungen, beschnupperte es, überlegte, was sie tun sollte, und sprang dann auf seine Brust und starrte ihn eine Zeitlang an. Als Jasper eine Hand vorstreckte und die Katze zwischen den Ohren zu kraulen begann, bekundete sie ihm auf ihre Weise ihr Einverständnis, dann drehte sie sich dreimal im Kreis und kauerte sich schließlich schnurrend auf den Bauch des Jungen. Jasper fiel in einen erholsamen Schlaf. Lucie und Tildy setzten sich an den Küchentisch und aßen etwas Brot und Käse, bis die Glocke der Ladentür erklang.

»Gütiger Himmel, wer mag das wohl sein?« murmelte Lucie, als sie zur Tür ging.

Draußen stand ein junger Mann, der die farbenprächtige Livree der Stadtmusikanten trug. »Ambrose Coats«, sagte er und verbeugte sich. »Seid Ihr Mistress Wilton?«

»Die bin ich.« Als Lucie zur Seite trat, um ihn hereinzulassen, bemerkte sie, daß er ein kleines Päckchen bei sich trug. Sie entzündete eine Lampe am Ladentisch und musterte ihren Besucher. Seine grünen Augen wirkten sehr groß in seinem schmalen, knochigen, aber nicht krank aussehenden Gesicht. Er machte einen besorgten und verängstigten Eindruck. »Womit kann ich Euch dienen, Master Coats? Es ist noch außergewöhnlich früh für . . .«

»Verzeiht, aber ich konnte nicht mehr länger warten. Ein Freund hat mir geraten, mich mit meinen Sorgen an Euch zu wenden.« Ambrose Coats lächelte schüchtern und nahm seine Filzmütze ab. Dunkelblonde Locken fielen ihm in die Augen, aber er schob sie mit seiner behandschuhten Hand zurück.

»Mit welchen Sorgen?«

Ambrose legte das Päckchen auf den Ladentisch. »Es ist dieses ... Ich bitte Euch um Verzeihung, daß ich so etwas Grauenerregendes hierher in Eure Apotheke bringe, aber ich wußte nicht, wo ich sonst damit hätte hingehen können. Ich habe gehört, daß Hauptmann Archer den Erzbischof bei der Suche nach den Mördern der zwei Wollhändler unterstützt. Ich ... O Gott, wenn ich nur ...« Er begann, das Päckchen auszuwickeln.

Lucie schlug ein Kreuzzeichen und sprach flüsternd ein Gebet. »Die Hand von Gilbert Ridley?«

»Das befürchte ich, Mistress Wilton. Sie lag gestern abend vor meiner Haustür. Zuerst dachte ich, das Schwein meines Nachbarn hätte sie ausgegraben.«

»Lag sie denn so da, nicht eingewickelt?«

»Doch.«

Lucie fiel auf, daß sich die Stimme des Mannes bei dieser Antwort leicht veränderte. Ambrose Coats log. Aber warum?

»Warum bringt Ihr sie nicht zum Bailiff?«

Ambrose blickte hinunter zu seinen Stiefeln. »Ich ... Ich möchte nicht, daß jemand davon erfährt. Ich bin bei der Stadt beschäftigt. Ich kann mir nicht erlauben, in einen Skandal verwickelt zu sein.« Er schüttelte den Kopf.

»Weshalb vermutet Ihr, daß es sich um die Hand von Gilbert Ridley handelt? Schweine dürfen doch in der Stadt gar nicht gehalten werden, weil sie immer auf den Gräbern herumwühlen. Die Hand könnte auch von irgend jemand anderem stammen, von irgendeinem Leichnam heruntergerissen worden sein.«

Ambrose verzog das Gesicht. »Aber seht Euch das Handgelenk an. Die Hand muß mit einem Schwert oder einer Axt sauber abgetrennt worden sein. Wenn ein Schwein sie abgebissen hätte, würde sie anders aussehen.« Er trat jetzt von einem Bein auf das andere, und seine Stimme klang ein wenig heiser, als ob ...

»Seid Ihr krank, Master Coats?«

»O Gott«, rief er und fuhr sich mit einer Hand über die Stirn, »ich hoffe nicht. Aber es ist nicht einfach, über all das zu sprechen.«

»Es könnte sich auch um die Hand eines Diebes handeln, die abgeschlagen worden und irgendwo draußen vor den Toren der Stadt verscharrt worden ist.«

Ambrose schüttelte energisch den Kopf. »So weit hätte sie ein Schwein nicht mitschleppen können.«

»Ihr seid also davon abgekommen, daß das Schwein etwas damit zu tun gehabt haben könnte.«

»Vielleicht habe ich mich geirrt.«

»Habt Ihr Will Crounce oder Gilbert Ridley gekannt?«

»Master Ridley kannte ich nur vom Sehen. Will kannte ich ein wenig besser. Wegen des Festumzugs. Wir haben zusammen geprobt. Ja, ich kannte Will. Ein feiner, talentierter Mann.«

»Wäre es möglich, daß Euch das jemand vor die Tür gelegt hat, um Euch zu warnen?«

Die grünen Augen weiteten sich erschreckt. »Als eine Warnung? Wieso denn? Ich kannte Will, ja, aber ich hatte doch nichts mit Master Ridley zu tun.«

Lucie schloß aus seiner Antwort, daß auch er daran gedacht hatte. Und wieder kam es ihr so vor, als würde er, falls er nicht log, zumindest nicht alles sagen, was er wußte. Sie hatte eine Idee.

»Lebt Ihr allein?«

»Ich – ja. Ich lebe allein.« Ambrose nickte bereitwillig, als wolle er sich selbst davon überzeugen.

»Bitte, Master Coats«, sagte Lucie, deren Verstimmung allmählich wuchs, »wenn Ihr mir gegenüber nicht aufrichtig sein wollt, weshalb habt Ihr Euch dann an mich gewandt?«

»Was hätte ich denn tun sollen?«

»Ihr hättet die Hand wieder vergraben können.«

»Aber da ist doch das Schwein.«

»Weshalb macht Ihr Euch überhaupt Sorgen darüber, was mit der Hand geschieht, Master Coats?«

»Ich dachte, es würde Hauptmann Archer helfen, wenn er die Hand sieht. Wenn er erfährt, daß sie hier in der Stadt gefunden wurde.«

Ambrose schüttelte den Kopf. »Ich weiß nicht mehr, was ich

gedacht habe. Ich wollte sie nur einfach aus meinem Haus haben.«

Das klang glaubhaft – wer wollte ihm das auch verübeln? Lucie entspannte sich ein wenig. »Wer hat Euch geraten, die Hand hierherzubringen?«

»Ein Freund.«

»Kenne ich ihn?«

»Ihr seid die Apothekerin. Jedermann kennt Euch.«

»Das ist keine Antwort auf meine Frage. Wie heißt Euer Freund?«

Ambrose schaute hinunter zu seiner Mütze, die er in der Hand hielt. »Das kann ich nicht sagen, Mistress Wilton.«

Lucie seufzte. »Ich habe kein Verständnis dafür, Master Coats, daß Ihr mir nur die halbe Wahrheit sagt. Ich frage mich, was Ihr verheimlicht. Habt Ihr einen Grund dafür, die Hand nicht zum Bailiff zu bringen?«

»Es tut mir leid, daß ich Euch damit belästigt habe. Soll ich sie wieder mitnehmen?«

»Nein, natürlich nicht. Aber Ihr könntet mir mehr darüber sagen. Habt Ihr mir denn nichts mehr zu erzählen?«

Ambrose schüttelte den Kopf.

»Dann werde ich sehen, daß das hier so schnell wie möglich aus meinem Laden verschwindet und ich wieder zu meinem Frühstück zurückkehren kann.« Lucie ging um den Ladentisch herum und öffnete die Tür.

»Gott sei mit Euch, Mistress Wilton.« Ambrose Coats schlüpfte an ihr vorbei und verschwand im Morgennebel. Lucie wickelte die Hand wieder ein und trug sie hinaus in den Schuppen. Dann schrubbte sie den Ladentisch ab, wusch sich die Hände und setzte sich wieder an den Frühstückstisch in der Küche. Sie entschied sich, das Bündel in einen großen Steinkrug zu stecken und im hinteren Teil des Gartens zu vergraben, bevor Owen zurückkam. Ihr Garten hatte wenigstens Mauern. Hier würde kein Schwein hereinkommen, um die Hand auszubuddeln und einem nichtsahnenden Nachbarn vor die Haustür zu legen.

Aber was hatte Ambrose Coats zu verbergen? Er verschwieg

ihr etwas, und doch hatte er ihr die Hand gebracht. Der Mörder hätte das gewiß nicht getan. Und falls Ambrose das Gefühl gehabt hätte, er könnte das nächste Opfer sein, hätte er das dann ihr gegenüber nicht zugegeben?

Lucie wünschte, Owen wäre schon zurück.

Kapitel 10

Vorboten

Der Nachmittag war kalt und grau, aber trocken. Owen hielt sich auf einer Wiese hinter dem Herrenhaus auf und übte das Schießen auf ein behelfsmäßiges Ziel. So konnte er sich am besten entspannen, und alle überflüssigen Gedanken verschwanden aus seinem Kopf, wenn er sich auf den Bogen, den Pfeil, das Ziel, seine Arme und sein Auge konzentrierte.

Am Vormittag hatte er Cäcilia dabei geholfen, Anna zur Ader zu lassen, um sie von den Körpersäften zu befreien, die das Fieber in ihr hervorriefen. Jetzt schlief die junge Frau, und auch Cäcilia hatte sich für eine Weile niedergelegt. John hatte sich schon am Morgen mit einem Brief Owens für Lucie zurück nach York auf den Weg gemacht. Owen hatte Lucie geschrieben, daß er sie sehr vermisse. Und er hatte ihr dafür gedankt, daß sie John so schnell mit den neuen Informationen zu ihm geschickt hatte. Das bedeutete natürlich, daß er jetzt doch länger bleiben mußte. Er hatte Lucie auch erklärt, wie es zwischen Paul und Anna Scorby stand.

Es hatte Owen gutgetan, seine Gedanken niederzuschreiben, doch er hatte nicht auf alles eingehen können, für den Fall, daß der Brief in falsche Hände geraten sollte. Und als er sich gegen einen Baum lehnte, fragte sich Owen, ob es richtig gewesen war, Paul Scorby überhaupt in dem Brief zu erwähnen. Dieser Mann bereitete Owen Unbehagen. Draußen im Feld konnte einem ein solcher Mann gefährlich werden, denn er war unberechenbar und reagierte plötzlich wütend auf Dinge, die er am Tag zuvor noch stillschweigend hingenommen hatte. Da er Scorby erst seit kurzen kannte, konnte Owen sich noch nicht denken, worauf der Mann hinauswollte. Vielleicht beobachtete er das Haus. Und wenn dem so war, konnte Scorby dann nicht

John auflauern und ihn durchsuchen, um herauszufinden, welche Botschaften er mit sich führte?

Kleinigkeiten wie diese verleideten Owen die Arbeit für den Erzbischof. Wenn man vor dem Handeln immer warten mußte, bis man sicher sein konnte, alles gründlich durchdacht zu haben, dann kam man nie zum Handeln. Und doch waren es diese Kleinigkeiten, die helfen konnten, eine Katastrophe zu vermeiden. Wie einfach war doch das Leben als Soldat gewesen! Man wurde von jemandem angegriffen, und man schoß zurück. Ganz einfach.

Owen verscheuchte diese Gedanken und fuhr mit seinen Übungen fort. Heute abend, wenn Anna Scorby immer noch ruhig schief, wollte er Cäcilia wegen der vergifteten Medizin zur Rede stellen. Dafür brauchte er einen klaren Kopf.

Pater Cuthbert saß bei Anna und betete mit ihr, während Alfred und Colin vor dem Torhaus Wache standen. Owen und Cäcilia mußten also allein zu Mittag essen. Cäcilia trug einen hoch aufgetürmten Kopfputz und darüber einen einfachen schwarzen Schleier, der sich sanft über ihren dunklen Haaren ausbreitete und zu beiden Seiten ihres Gesichts herunterfiel. Ihr schlanker weißer Hals war unbedeckt. Owen fragte sich, wieso Ridley seine Ehefrau so lange hatte allein lassen können. Sie kleidete sich bescheiden, aber es stand ihr. Es stand ihr sogar ausgesprochen gut.

Owen sagte sich, daß er alle derartigen Gedanken verdrängen und sich auf seine Aufgabe konzentrieren mußte, die es ihm verbot, sich allzusehr von Cäcilia Ridleys Wesen einnehmen zu lassen. Während der Mahlzeit sprach er daher nur über unverfängliche Themen.

Als sie fertig waren, legte er Ridleys Satteltasche auf den Tisch. »Diese Tasche hat man, wie ich Euch schon sagte, Mistress Ridley, unter der Foss Bridge gefunden. Wir glauben, sie gehörte Gilbert. Ich bitte Euch, Euch den Inhalt anzusehen und mir zu sagen, ob wir richtig vermutet haben. Und vielleicht könnt Ihr mir auch noch sagen, ob irgend etwas fehlt.« Owen schob Cäcilia die Satteltasche zu.

Sie berührte sie vorsichtig, als habe sie Angst, sie zu öffnen. Konnte es sein, daß sie sie gestern nur weggeschoben, aber nicht durchsucht hatte? Fürchtete sie sich vor etwas, das sie darin finden würde? Oder hatte sie Angst, durch die Art, wie sie auf die Tasche reagieren würde, etwas preiszugeben? »Ich habe schon hineingeschaut«, versicherte er ihr. »Die Hand ist nicht darin, falls Ihr davor Angst haben solltet.«

»Das Leder ist feucht.« Ihre Stimme klang angespannt. Sie blickte nicht auf zu Owen, sondern hielt die Augen unverwandt auf die Tasche gerichtet.

»Das war auch nicht anders zu erwarten.«

Cäcilia öffnete die Tasche. Als sie die Schuhe herauszog, schossen ihr Tränen in die Augen. »Das sind Gilberts Schuhe.« Sie drückte die Schuhe an sich.

Owen dachte schaudernd daran, wie er sich fühlen würde, wenn es sich um Lucies Schuhe handeln und sie tot in der Kapelle liegen würde. Besonders die alltäglichen Dinge würden ihn an sie erinnern, ihr Umhang, ihre Kämme. »Laßt Euch ruhig Zeit«, sagte Owen mitfühlend. »Versucht, Euch zu erinnern, was Gilbert sonst noch in dieser Tasche verstaut hatte.«

Cäcilia stellte die Schuhe auf den Tisch. »Ich glaube nicht, daß ich Euch dabei weiterhelfen kann. Gilbert hat seine Sachen immer selbst gepackt.« Sie nahm eines der Lederbeutelchen heraus und öffnete es. Es war leer. »Hier drinnen hatte er, glaube ich, das Geld. Dann haben sie ihn also auch ausgeraubt.«

»Hatte er viel Geld bei sich? Hatte er noch etwas anderes vor, außer dem Erzbischof seine Spende zu überbringen?«

Cäcilia schüttelte den Kopf. »Ich glaube nicht. Er hatte ... er hatte sein Geschäft ja zum größten Teil schon unserem Sohn Matthew übergeben. Wahrscheinlich wollte er an diesem Abend nur dem Erzbischof seine Aufwartung machen, um ihm die Spende für das Münster zu übergeben.«

»Warum hat er eigentlich sein Geschäft seinem Sohn übertragen?« Owen hatte Ridleys Erklärung nie ganz eingeleuchtet.

Cäcilia spielte mit der Kordel des leeren Geldsäckchens. »Wollt Ihr den Grund hören, den Gilbert mir genannt hat, oder wollt Ihr wissen, was ich darüber denke?« Jetzt schaute sie Owen in die Augen.

Da er mit Ridleys Erklärung unzufrieden war, sagte Owen: »Ich möchte erfahren, was Ihr denkt.«

»Ich glaube, Gilbert hat sich mit John Goldbetter überworfen. Er hatte das Gefühl, Goldbetter würde sich dem König gegenüber als zu nachgiebig erweisen. Matthew verehrt den König und Prinz Edward. Er wird viel besser mit ihm auskommen.«

»Habt Ihr mit Gilbert darüber gesprochen?«

Cäcilia schüttelte den Kopf. »Will hat es mir gesagt«, antwortete sie leise. Sie legte den Geldbeutel weg und griff nach einem anderen Gegenstand. Nacheinander hob sie alle kleinen Lederbeutelchen in die Höhe, öffnete sie, schaute hinein und legte sie wieder zur Seite. Ihre Hände zitterten. Als sie alle durchgesehen hatte, faltete sie ihre Hände vor dem Tisch.

»Dieser Löffel«, sagte Owen und hob ihn auf, »ist der Stein in diesem Löffel wertvoll?«

Cäcilia warf einen kurzen Blick darauf. »Nein, nicht besonders. Gilbert hat er gut gefallen. Er hat ihn von einem Londoner Silberschmied in den Griff des Löffels einsetzen lassen. Damals, als er bei Prinz Edward zum Abendessen eingeladen war.«

Owen nickte. »Jetzt habt Ihr alles gesehen. Fehlt Eurer Meinung nach etwas? Irgend etwas, das Gilbert damals bei sich hatte und das sich weder in der Satteltasche befand, die zusammen mit dem Leichnam gebracht wurde, noch in dieser?«

Cäcilia schüttelte den Kopf.

Owen gestand sich ein, daß ihm recht geschah. Er hatte versucht, sie aufs Glatteis zu führen, und es hatte nicht funktioniert. Er mußte endlich zur Sache kommen. »Mistress Ridley, es gab noch einen weiteren Beutel in der Tasche, der allerdings entfernt wurde. Er war zur Hälfte gefüllt mit einem Pulver, das aussah wie eine Medizin.«

Cäcilia blickte überrascht auf. »Eine Medizin?«

»Vermutlich handelte es sich um jene Medizin, die er einnahm, als er mit dem Erzbischof speiste. Jene Medizin, die Ihr für ihn zubereitet habt.«

Cäcilia schüttelte den Kopf. »Ich habe Euch doch schon gesagt, daß ich aufgehört habe, ihm diese Medizin zu verabreichen, nachdem sich herausgestellt hatte, daß sie ihm nicht bekam. Gilberts Gesundheitszustand verschlechterte sich.«

»Und was enthielt diese Medizin? Ihr habt gesagt, sie hätte es ihm erleichtert, Schlaf zu finden?«

»Ja. Und sie sollte seinen Magen beruhigen. Verschiedene Minzearten sowie Anis, Himbeerblätter, ein wenig Schwarzwurz, Rinde, die meine Mutter schon vor langer Zeit gesammelt hatte ... Enthielt das Medikament, das Ihr in der Tasche gefunden habt, etwas davon?«

Wenn sie ihn anlog, dann tat sie es sehr geschickt, denn sie beschrieb ein Mittel, das mit dem Pulver in dem Beutel überhaupt nichts zu tun hatte. »Nein«, antwortete Owen. »Was wir gefunden haben, war eine Medizin, die das Blut dicker machen und den Geist schärfen sollte. Kein Magenmittel.«

Cäcilia zuckte mit den Achseln. »So etwas habe ich für ihn nicht zubereitet.«

»Von wem hätte er diese Medizin sonst noch bekommen können?« fragte Owen.

»Das weiß ich nicht. Aber Gilbert fühlte sich schlecht, und es ging ihm immer elender. Ich kann schon verstehen, daß er unter diesen Umständen bereit war, auch noch jemand anderen zu Rate zu ziehen.« Cäcilia blickte stirnrunzelnd hinunter auf die Tasche, dann schaute sie wieder Owen an. »Ihr habt gesagt, das Pulver wurde entfernt. Weshalb?« Sie musterte Owens Gesicht, sprang dann aber plötzlich auf und griff sich mit einer Hand an den Hals. »Treibt Ihr hier ein Spiel mit mir? Worauf wollt Ihr hinaus?«

»Es handelte sich um ein vollkommen harmloses Pulver, bis auf einen Bestandteil.« Owen machte eine Pause und beobachtete, wie Cäcilia reagierte. Sie wirkte angespannt, so als würde sie ihm etwas vorspielen. Und sie mied seinen Blick. »Dieser Bestandteil war Arsen«, fuhr er fort.

»Arsen«, flüsterte sie, den Blick auf ihre Hände geheftet. »Gütiger Himmel.« Die langen, schlanken Hände preßten sich gegen den Tisch.

»Es war nur eine kleine Dosis. Euer Gemahl starb langsam. Das Gift hätte ihm keine allzu großen Schmerzen bereitet, er wäre aber lange Zeit dahingesiecht.«

»Gilbert!« flüsterte Cäcilia.

»Ich muß Euch die Frage stellen: Habt Ihr diese Medizin, von der ich gesprochen habe, für Euren Ehemann zusammengestellt?«

Sie hob ihre Augen und starrte Owen lange an, ohne zu blinzeln. »Hauptmann Archer, ich habe Euch doch schon gesagt, daß ich mit dem Minzetrank aufgehört habe, als ich sah, daß er keine Besserung bewirkte.« Sie holte tief Luft. »Ich verstehe das alles nicht. Ihr habt gesagt, Gilbert wurde die Kehle durchgeschnitten. Wie bei Will. Habt Ihr mich belogen? Warum hätte ihn außerdem noch jemand vergiften sollen?«

»Euer Ehemann starb so, wie ich es gesagt habe. Ich glaube nicht, daß derjenige, der ihm die Kehle durchgeschnitten hat, ihn auch vergiftet hat. Das hätte keinen Sinn ergeben.«

Cäcilia Ridley sagte nichts, schaute Owen nur an.

Owen wünschte sich nichts sehnlicher, als dem Blick aus diesen großen, dunklen, schmerzerfüllten Augen zu entrinnen, aber er mußte hierbleiben. Es würde alles nur noch schlimmer werden, sollte er später noch einmal davon anfangen müssen. »Dann habt Ihr also nicht dieses Pulver, das Euer Mann bei sich trug, für ihn zubereitet?«

»Ich wüßte nicht, wie ich das hätte tun können«, erwiderte Cäcilia ruhig und gefaßt. Sie blickte ihn weiterhin mit ihren unruhigen Augen an.

Diese Antwort ärgerte Owen. Lag es daran, daß er ihr nicht glaubte, oder daran, daß er immer noch das Gefühl hatte, sie weiche ihm aus? Er wußte es nicht. Es gelang ihm, ihrem Blick eine Weile standzuhalten, und er wünschte sich, er besäße mehr Menschenkenntnis. Konnte jemand einen so anschauen wie sie und dabei lügen? Oder war ein Lügner dazu besser imstande als jemand, der unvorbereitet war und aus heiterem Himmel mit irgendeinem schrecklichen Verdacht konfrontiert wurde? Owen konnte sich nicht denken, weshalb der Erzbischof soviel Vertrauen in ihn setzte. Er war nicht sonderlich geübt darin, die Leute zu durchschauen.

Cäcilia stand auf. »Ich muß Lisa sagen, sie soll Anna etwas zu essen bereiten.«

»Verzeiht, daß ich Euch derartige Fragen stelle«, sagte Owen. »Aber ich wußte nicht, wie ich sie vorbringen sollte, ohne Euch weh zu tun, und ich mußte sie einfach stellen.«

»Das verstehe ich«, erwiderte Cäcilia teilnahmslos. »Ich habe nicht einen Augenblick vergessen, aus welchem Grund Ihr hier seid.« Dann ließ sie ihn allein.

Owens Rücken und seine Beine schmerzten. Er streckte die Beine aus und goß sich einen weiteren Becher Wein ein. Er glaubte Cäcilia nicht, jedenfalls nicht das, was sie über diese Medizin gesagt hatte. Aber warum? Die Tränen, die sie vergossen hatte, als sie die Schuhe ihres toten Mannes in Händen gehalten hatte, waren ihm durchaus echt erschienen. Aber da gab es noch etwas, das ihm Unbehagen bereitete. Als er zum ersten Mal in Riddlethorpe gewesen war, hatte er gespürt, daß Cäcilia sehr unglücklich war. Damals war sie ihm nicht wie eine Frau vorgekommen, der es leichtfiel, ihre Gefühle zu verbergen. Aber jetzt war sie anders, raffinierter. Sie wog ihre Antworten sorgfältig ab. Sie vergoß im richtigen Augenblick Tränen. Und sie setzte ihre geheimnisvollen Augen und ihr seidiges Haar ein, um ihn abzulenken. Aber, verdammt, wovon wollte sie ihn eigentlich ablenken?

Er führte seinen Becher zum Mund, leerte ihn und ließ ihn dann, ohne es zu wollen, auf den Boden fallen. Diese Aufgabe hier bekam seinen Muskeln nicht. Sie verkrampften und verhärteten sich. Er sehnte sich nach körperlicher Betätigung, wollte jemanden packen und mit dem Kopf gegen eine Wand rammen.

Aber nicht Cäcilia. Er konnte sich nicht vorstellen, daß er ihr etwas antun könnte.

Und das wußte sie auch. Sie hatte ihn soweit gebracht.

Bess hatte Lucie zu sich zum Abendessen eingeladen, nachdem Lucie die Apotheke geschlossen hatte. Tildy unterstützte diese Idee begeistert. »Ihr müßt einfach hingehen, Mistress Lucie. Mistress Merchet bringt Euch doch immer zum Lachen.«

Nachdem sie die unheimliche Hand hinten im Garten vergraben hatte, aber in Gedanken immer noch bei der Unterhaltung mit Ambrose Coats war, konnte Lucie ein wenig Aufheiterung durchaus vertragen. Also ging sie hinüber zu Bess.

Sie saßen in der Nähe des Kamins, Bess, Tom und Lucie, und aßen schweigend. Danach, als Tom sein vorzügliches Bier aufgetischt hatte, erzählte Lucie den beiden von ihrem seltsamen Besucher.

»Heilige Maria Muttergottes«, meinte Bess, »wie konnte er dieses gräßliche Ding zu dir bringen!«

»Darüber mache ich mir weniger Sorgen«, erwiderte Lucie. »Ich glaube, Coats hat mir etwas verheimlicht, aber ich kann mir nicht denken, was. Was weißt du über ihn?«

Bess zuckte mit den Schultern. »Er ist ein begabter Musikant und ein anständiger Mann. Er trinkt nie zuviel, wenn er in der Schenke ist, und er wird niemals ausfallend oder laut.« Bess schaute zu ihrem Ehemann. »Recht viel mehr kann man über ihn nicht erzählen, oder?«

Tom überlegte. »Nein. Außer, daß er sehr verschlossen ist. Nicht unfreundlich, das nicht. Ein guter Zuhörer. Und die Leute sagen auch, als Freund soll er sehr großzügig sein. Er scheint mit sich selbst zufrieden zu sein.«

»Was hat er für Freunde?« wollte Lucie wissen.

»Nun, das ist es ja, das ist es ja«, antwortete Tom. »Ich kann nicht sagen, was er für Freunde hat. Ich vermute, die anderen Musikanten, mit denen er zusammen spielt. Er scheint ganz gut mit ihnen auszukommen, aber vielleicht wissen die genausowenig über ihn wie wir.«

»Da wir gerade von jemandem reden, der nicht viel über sich verlauten läßt: Unser Stallbursche John zeigt plötzlich Interesse für Frauen«, sagte Bess.

Tom und Lucie schauten sich überrascht an.

»Was hat das mit Coats zu tun?« fragte Tom.

»Nichts. Aber es hat etwas mit John und Tildy zu tun.«

Lucie beugte sich nach vorne. »Mit Tildy?«

»Dem Mädchen wird immer ganz heiß, wenn John auftaucht, falls du das noch nicht bemerkt haben solltest. Und er tut alles, um das Feuer am Lodern zu halten. Dieser abgefeimte Bursche. Wird wohl nicht mehr lange dauern, bis sie ihre Jungfräulichkeit verliert.«

Tom verschluckte sich fast an seinem Bier. »Woher weißt du das denn? Spionierst du dem Jungen nach?«

Bess rollte mit den Augen. »Das brauche ich gar nicht. Er hat so einen Geruch an sich. Und er stolziert in einer Weise daher, die besagt, daß es eine Frau gibt, die sich etwas aus ihm macht. Er fühlt sich wie ein richtiger Mann.«

Lucie stand auf. »Die arme Tildy.«

Bess nickte. »Deshalb habe ich es erwähnt. Du wirst alle Hände voll zu tun haben, sollte er ihre Gefühle nicht erwidern.«

Nachdem Lucie ihre Freunde verlassen hatte, entschloß sie sich, mit Tildy zu reden. Doch in der Küche stieß sie auf John und Tildy, beide einen Becher Bier vor sich. Jaspers Bett war vom Feuer weggezogen worden. Der Junge schlürfte ein wenig von seiner Fleischbrühe und lauschte ihnen schläfrig.

»Er war ein berühmtes Schlachtroß«, erzählte John gerade, als Lucie hereinkam, »und man hatte mich gewarnt, er würde nur Sir Thomas an sich heranlassen. Aber als ich ihn gestreichelt habe, da war er lammfromm.« Als der Luftzug ihn streifte, der durch die geöffnete Tür hereinwehte, schnellte John herum. Er erkannte Lucie und beugte seinen Kopf. »Gott sei mit Euch, Mistress Wilton.«

Lucie nickte ihm zu. »Es scheint, daß Jasper eure Gesellschaft ein bißchen aufgemuntert hat. Ich danke euch.«

John nickte und schaute Lucie überraschend direkt an. Er hatte sich eindeutig verändert, seit er letzten Sommer mit Lucie unterwegs gewesen war.

Tildy nahm Lucies Umhang und hängte ihn an einen Haken an der Wand. »Jasper scheint es heute abend schon besserzugehen, nicht wahr?« Ihre Wangen waren gerötet, und sie sah sehr hübsch aus.

Lucie schrieb das nicht Jaspers Zustand zu. Wahrscheinlich hatte Bess recht. Lucie hatte bemerkt, wie hingebungsvoll Tildy Johns Worten gelauscht hatte. Heilige Maria Muttergottes, Bess hatte nicht erkannt, daß Tildy ihr Herz an John verloren hatte.

Lucie konnte sich nicht vorstellen, daß Tildy allzuviel über den Burschen wußte. John war immer sehr verschlossen gewesen. Sogar die neugierige Bess hatte nicht viel aus ihm herausbekommen können darüber, was er getan hatte, bevor er in der Schenke aufgetaucht war, mit fieberheißem Kopf und einer entstellten Hand. Drei Finger seiner rechten Hand waren amputiert worden, so daß ihm nur noch der Daumen und der kleine Finger geblieben waren. Aber unter Bess' geduldiger Pflege war er bald wieder gesund geworden, und dann hatte er sich als ehrlicher, fleißiger und geschickter junger Mann erwiesen. Aber auch nach vier Jahren wußten Tom und Bess noch nicht, wodurch und wann John seine Finger verloren hatte. Lucie wünschte, Tildy hätte sich jemanden auserwählt, der durchschaubarer und berechenbarer war.

Owen wurde zeitig wach und ging leise an Annas Tür vorbei, froh darüber, daß sie schlief. Unten in der Halle war das Feuer, das gerade erst angefacht worden war, noch zu schwach, um den Raum zu erwärmen. Owen trat hinaus in den beißend kalten Wind, der Schnee ankündigte. Schnell zog er sich wieder in die Küche zurück.

Die Küche bestand aus einem einzigen, mit Steinmauern versehenen Raum mit einem großen Herd und zwei Backöfen. Angharad, die rotbackige Köchin, hatte die Ärmel hochgekrempelt und beträufelte gerade ein Stück Rehfleisch mit Fett, während sie mit einem jungen Mädchen sprach, das neben dem Feuer auf einer Bank saß. Neben der jungen Frau lag ein nasser, verschmutzter Reiseumhang. Sie hielt ihre Arme und Beine so nahe wie möglich ans Feuer, und Owen bemerkte, daß auch ihre Stiefel von Schlamm überzogen waren. Sie schien vollkommen hingerissen zu sein von der Geschichte, die die Köchin ihr erzählte. Owen blieb im Türrahmen stehen und hörte zu. Freudig überrascht stellte er fest, daß es sich um eine Geschichte handelte, die man auch ihm als Kind erzählt hatte. Und außerdem hatte Angharads Stimme den weichen walisischen Tonfall.

Die Geschichte stammte aus der Sage um Branwen, die Tochter des Llyr, und drehte sich um Evnissyen, der die Pferde von Mallolwch, dem König von Irland, zuschanden geritten hatte. »Als König Bran davon erfuhr«, sagte Angharad, »war er genauso erzürnt wie Mallolwch, denn für meine Landsleute ist das Pferd ein edles Tier, das man ebenso sorgfältig behandeln soll wie die eigenen Kinder.«

»Wirklich?« Die Augen der jungen Frau folgten den Bewegungen der Köchin.

»Darin steckt mehr als ein Körnchen Wahrheit«, sagte Owen lachend.

Die beiden Frauen drehten sich überrascht um. Die Reisende hatte ein interessantes Gesicht – einen kräftigen Kiefer, weit auseinanderliegende braune Augen und einen üppigen Mund. Als die braunen Augen Owen musterten, lag in ihnen einen Augenblick lang Interesse, das aber bald Beunruhigung wich. Owens Stimmung trübte sich. Die Narbe und die Augenklappe. Man würde ihm nie erlauben, sie zu vergessen. Die junge Frau stand so abrupt auf, daß ihr Umhang auf den Boden rutschte. Sie war außergewöhnlich groß und hatte einen kräftigen Knochenbau. Stark, aber nicht plump.

Die Köchin begrüßte Owen. »Ich habe Kate gerade die Geschichte erzählt, die ich auch ihrem kleinen Winthrop erzählt habe, damit er sich gewissenhaft um Euer Pferd kümmert, Hauptmann Archer.«

»Es tut gut, wieder einmal die alten Geschichten zu hören«, meinte Owen. Dann wandte er sich der jungen Frau zu. »Wie ich sehe, seid Ihr gerade angekommen. Wie ist es Euch gelungen, am Tor an meinen Männern vorbeizuschlüpfen?«

»Oh, das ist Kate Cooper«, sagte Angharad. »Die Frau des Verwalters. Sie ist über die Wiesen hereingekommen.«

»Ja. Ich bin über die Wiesen gekommen.« Kate Cooper hielt ihre Augen auf den Boden gerichtet. »Ich muß jetzt gehen. Die Kinder wollen etwas zu essen haben.« Sie drehte sich um, griff nach ihrem Umhang und schien leicht verwirrt zu sein, als sie ihn nicht mehr auf der Bank vorfand.

Owen hob ihn vom Boden auf und reichte ihn ihr.

»Danke.« Sie schaute ihn immer noch nicht an, was eine

Unhöflichkeit darstellte, da sie sich jetzt dicht gegenüberstanden. »Ich ... ich muß ihn hinuntergestoßen haben.« Die junge Frau war ziemlich durcheinander, als sie den Umhang entgegennahm und ihn dabei fast wieder fallen gelassen hätte. Owen redete sich nicht ein, daß es sein Charme war, der sie in solche Verwirrung gestürzt hatte. Sie hatte ihn ja kaum angeschaut.

Vielleicht wäre es besser, ihr freundlicher zu begegnen. »Eurer Mutter geht es wieder besser?«

Kate Cooper furchte die Stirn, dann nickte sie. »Ja, Gott hat ihr einen Aufschub gewährt.« Sie warf ihm einen flüchtigen Blick zu, während sie ihren Umhang anlegte, schaute aber schnell wieder weg, als Owen es bemerkte.

»Du willst schon gehen?« An der Überraschung, die in der Stimme der Köchin mitschwang, erkannte Owen, daß Kates Aufbruch unerwartet kam.

»Ich muß mich um die Kinder kümmern, Angharad.« Kate Cooper eilte aus der Tür.

»Nun ja, so ist sie eben, unsere Kate, Und sie weiß, was sie mit ihren Blicken bewirken kann. Ich habe mich schon gewundert, daß sie sich Euch gegenüber so zurückhaltend benommen hat. Hat Euch Eure Ehefrau mit irgendeinem Zauber ausgestattet, der Euch solche Frauen vom Leib hält?«

»Vielleicht gefällt ihr meine Augenklappe nicht.«

»Nein, ich glaube nicht, daß es daran liegt.« Angharad stellte einen Humpen Bier vor Owen hin und ließ sich ihm gegenüber auf der Bank nieder. »Wer hat Euch erzählt, daß ihre Mutter krank war?«

»Jack Cooper.«

Sie nickte. »Wäre auch seltsam gewesen, wenn Euch die Mistress selbst davon erzählt hätte.«

»Warum?«

»Die Mistress hat sie nie besonders gemocht. Sie wußte von Anfang an, was Kate Cooper für eine ist, und beinahe hätte sie deswegen auch Jack nicht als Verwalter genommen.«

»Kate ist eine untreue, herumhurende Ehefrau?« Owen wollte sich vergewissern, daß er richtig verstanden hatte, was die Köchin angedeutet hatte.

Band 13 647

P.C. Doherty

König der Bettler

Deutsche Erstveröffentlichung

Sie pilgern von London nach Canterbury zum Grab des heiligen Thomas, ein Reisegrüppchen, wie es versprengter nicht sein könnte. In den blühenden Obstgärten und satten Wiesen von Kent ist nach dem Ritter nun der Rechtsanwalt an der Reihe: Er soll die Pilger mit einer Geschichte unterhalten, die so schaurig und so wahr ist, daß den Zuhörern das Blut in den Adern gefriert.

Seine Erzählung setzt ein im Jahre 1358, als die Königinwitwe Isabella in einer dunklen Burg dem Tod entgegendämmert. Der Sohn hat ihre Intrigen und Liebeshändel aufgedeckt, die zur Ermordung seine Vaters führten. Nur ein Schildknappe ist Isabella noch treu ergeben. Als er in London ermordet wird, kommen Gerüchte auf, er habe eine Schriftrolle bei sich getragen, die ungeheuerliche Geheimnisse berge. Die Männer, die diesen Gerüchten nachspüren sollen, müssen ebenfalls bald ihr Leben lassen. Schließlich erhält Nicholas Chirke, ein junger Advokat, den Auftrag, dem blutigen Treiben auf den Grund zu gehen – und trappt in ein ganzes Nest aus Verrat, Habgier und Lüge.

BASTEI LÜBBE

Sie erhalten diesen Band im Buchhandel, bei Ihrem Zeitschriftenhändler sowie im Bahnhofsbuchhandel.

»Ja, und die Mistress hätte es Kate nie zugetraut, daß sie sich einmal um ihre kranke Mutter kümmern würde.«

»Dann dürfte Jack Cooper einen schweren Stand haben.«

»Er spricht gegenüber der Herrin nie von seiner Frau. Er sagt immer: »Wieso soll man sie an den Stachel erinnern, wenn die Wunde, die dieser verursacht hat, nun allmählich zu schmerzen aufhört?«

»Welche Wunde, Angharad?«

»Ich sollte besser nicht darüber reden. Es genügt, wenn ich sage, daß die Mistress recht hatte, was Kate betrifft. Und deshalb überrascht es mich auch, daß Ihr jetzt hier bei mir sitzt, anstatt Euch mit Ihr draußen im Stall zu vergnügen.«

Sarah, die Magd, kam aus der Halle hereingeeilt. »Mistress Ridley ist heruntergekommen. Angharad.«

Die Köchin seufzte und rappelte sich auf. »Nun, Owen, ich habe zu arbeiten, und sie möchte bestimmt, daß Ihr Euch zu ihr in die Halle begebt. Ich werde Euch etwas zu essen hineinschicken, damit Ihr Euch stärken könnt, falls Kate es sich doch noch anders überlegt.« Sie blinzelte Owen zu und machte sich wieder an die Arbeit.

Cäcilia Ridley hatte die Hände in die Hüften gestemmt und funkelte Owen zornig an, als dieser quer durch die Halle auf sie zukam.

»Wie ich höre, habt Ihr Euch in der Küche mit dieser Metze unterhalten.«

Die Gehässigkeit in Cäcilias Stimme verblüffte Owen, obwohl Angharad ihn schon vorgewarnt hatte.

»Was hat sie über mich gesagt?«

»Über Euch? Nichts. Sie hat überhaupt nur sehr wenig mit mir geredet. Hat vor mir Reißaus genommen, als hätte ich die Pest. Was hätte sie denn über Euch sagen sollen?«

»Sie geht mir aus dem Weg, seit ich sie einmal mit Will Crounce gesehen habe. Im Stall.«

An der Glut, die in ihren Augen stand, erkannte Owen, bei welcher Beschäftigung sie die beiden gesehen haben mußte.

Dies also war jener Dorn, über den Angharad nicht hatte sprechen wollen. Er entschloß sich, darauf einzugehen. »Das muß sehr schmerzlich für Euch gewesen sein, in Anbetracht der freundschaftlichen Gefühle, die Ihr Will entgegengebracht habt.«

Cäcilia riß den Mund auf, machte ihn wieder zu und wandte sich ab. »In Anbetracht meiner freundschaftlichen Gefühle?« Ihre Stimme klang gepreßt. »Wie habt Ihr ... ich meine ...« Ihre Augen begannen erneut zu funkeln. »Was hat diese Metze Euch erzählt?«

»Nichts. Niemand mußte es mir erzählen. Ich habe es schon bei meinem ersten Besuch hier vermutet, als ich die Nachricht von Wills Ermordung überbracht habe.«

»Herr Jesus.« Cäcilia schlug ein Kreuzzeichen und setzte sich, das Gesicht leichenblaß. »War es so offensichtlich? Meint Ihr, Gilbert hat gewußt, zu welch einer Maria Magdalena ich geworden war?«

»Ich glaube nicht, daß eine kleine Affäre gleich eine Maria Magdalena aus Euch macht. Außerdem scheint Euer Gemahl nicht gerade sehr feinfühlig gewesen zu sein, Mistress Ridley. Das habe ich wohl bemerkt, denn zu meiner Arbeit, die ich für den Erzbischof leiste, gehört es auch, die Menschen genau zu studieren.«

Cäcilia ließ den Kopf sinken und begann umständlich, ihre Röcke glattzustreichen. Owen vermutete, daß sie mit den Tränen kämpfte. Als sie weitersprach, bestätigte ihre Stimme Owens Vermutung. »Will Crounce war ein freundlicher, liebenswürdiger Mann.« Sie holte tief Luft, hielt den Kopf aber weiter gesenkt. »Wir fühlten uns sehr stark zueinander hingezogen. Er war höflich. Stets hilfsbereit. Er war so, wie ich es auch von Gilbert erwartet hätte. Eigentlich war er eher mein Ehemann als Gilbert.«

»Ich bin nicht hier, um über Euch zu richten.«

Jetzt blickte sie auf. Im Feuerschein schimmerten die Tränen, die in ihren dunklen Augen standen. »Doch in den letzten Monaten, nachdem Will gestorben war, wurde Gilbert wirklich mein Ehemann. Der Tod von Will traf ihn schwer. Er veränderte

ihn, so als ob Gottes Gnade irgendwie von Will auf Gilbert übergegangen sei. Hätte ich gewußt, daß Gilbert so gutherzig sein konnte . . .« Cäcilia schüttelte den Kopf. »Ich habe ihn nie richtig gekannt. Ich war zwanzig Jahre mit ihm verheiratet, aber ich habe ihn nie gekannt. Es tut mir so furchtbar leid.« Sie vergrub ihren Kopf in den Händen und begann zu schluchzen, als der Schmerz sie übermannte.

Owen blieb ruhig sitzen.

»Bitte«, sagte Cäcilia dann plötzlich, stand auf und wischte sich über die Augen. »Bitte, verzeiht mir.« Sie lief die Treppe hinauf, und Sarah, die gerade mit einem Frühstückstablett hereingekommen war, blickte ihr verwirrt nach.

Owen fühlte sich elend, weil er Cäcilia gezwungen hatte, ihre tiefsten Empfindungen preiszugeben. Aber dies erklärte, weshalb sie so vorsichtig und argwöhnisch gewesen war. Sie litt darunter, daß sie ihren Mann mit dessen bestem Freund betrogen hatte, ein Vergehen, das sie nie wieder gutmachen konnte. Owen hielt es jetzt für ausgeschlossen, daß Cäcilia die todbringende Medizin zubereitet haben könnte.

Er aß und ging dann hinaus zum Haus des Verwalters, um herauszufinden, weshalb er Kate Cooper so nervös gemacht hatte.

Als er klopfte, kam keine Antwort. Er trat in das Haus ein, in dem nichts darauf hindeutete, daß gerade jemand angekommen war. Vielleicht hatte Kate Cooper inzwischen schon alles aufgeräumt. Owen verließ das Haus wieder und begab sich zum Stall. Dabei lief ihm der Verwalter über den Weg. Der Mann schien verärgert zu sein.

»Ihr wart also schon in meinem Haus? Habt Ihr Kate dort gesehen? Ist sie wirklich schon zurück?«

»Ich habe sie heute morgen in der Küche getroffen. Ich bin zu Euren Haus gegangen, weil ich hoffte, dort mit ihr sprechen zu können, aber sie war nicht da.«

»Kate war nicht da?« Jack begann, schnellen Schrittes auf sein Haus zuzugehen, und er stieß die Tür mit einer Wucht auf, als gehe es darum, jemanden zu fangen, der sich gerade aus dem Staub machen wollte. Dann machte er auf dem Absatz

kehrt und funkelte Owen zornig an. »Ich möchte wissen, wo sie steckt.«

Das wollte Owen auch wissen. Und er wollte herausfinden, warum Jack so aufgebracht war. »Als sie heute morgen die Küche verließ, hat sie gesagt, sie müsse sich um die Kinder kümmern.«

Jack schüttelte den Kopf. »Ich habe die Kinder gerade in die Küche gebracht, wo sie etwas zu essen bekommen. Angharad hat mich gefragt, wie viele Mahlzeiten sie heute für die Kinder zubereiten soll. Sie dachte, Kate wäre in unser Haus zurückgekehrt, um für die Kinder Essen zuzubereiten, genau wie Ihr gesagt habt. Aber Kate war nicht da. Es deutet doch überhaupt nichts darauf hin, daß sie schon hier war, oder?«

Owen blickte sich um. Ein breites Bett, das in der Ecke stand, sah aus, als wäre gerade jemand davon aufgestanden, überall zerknüllte Decken und Laken, alles schien noch so zu sein, wie die Kinder und ihr Vater es am Morgen verlassen hatten. Nirgendwo sah man Reisegepäck. Auch Kates Umhang hing nicht an der Wand. »Ich würde sagen, Ihr habt recht, Jack. Keine Spur von ihr weit und breit. Wo ist sie denn gewesen?«

»Bei ihrer Mutter.«

»Wo lebt die?«

»In York. Genau wie Ihr.«

»Eure Frau war also in York? Ist sie zur selben Zeit wie Gilbert Ridley dorthin aufgebrochen?«

»O ja, die beiden sind sogar zusammen gereist.«

»Das könnte vielleicht wichtig sein.« Owen war aufgeregt. »Ich möchte zu gern wissen, warum mir Mistress Ridley das nicht erzählt hat?«

»Das ist leicht zu beantworten. Wir haben es ihr nicht gesagt. Ich habe gelernt, daß es am besten ist, wenn man Kate der Herrin gegenüber überhaupt nicht erwähnt.«

»Aber Eure Frau saß doch in York fest, nachdem Ridley ermordet worden war. Ihr werdet Euch doch gewiß Sorgen gemacht haben. Warum habt Ihr mir nichts davon gesagt?«

»Nein, sie saß nicht fest.«

»Was heißt das?«

»Kate hatte nicht vor, mit Ridley auch wieder zurückzureisen. Sie dachte, sie würde länger dort bleiben müssen – ihre Mutter war krank geworden, müßt Ihr wissen. Kate hätte schon irgendeine Möglichkeit gefunden, wieder zurückzukommen. Und sie hat ja auch eine gefunden, wie Ihr gesehen habt. Aber wo kann dieses Frauenzimmer jetzt bloß stecken?« Jack schloß die Haustür. Dann blickte er in der Gegend umher, als überlege er, wohin er als nächstes gehen solle.

Owen versuchte, aus den Einzelheiten ein Gesamtbild zu formen. Cäcilia hatte Kate mit Crounce erwischt, den Cäcilia liebte. Kate reiste zusammen mit Ridley nach York. Ridley und Crounce wurden ermordet. Jemand hatte Ridley vergiftet. Es paßte noch nicht alles zusammen. Aber irgend etwas an Kate Cooper störte ihn.

»Wie oft reist Eure Frau nach York?« fragte Owen.

Jack Cooper zuckte mit den Achseln. »Ich glaube, ich habe keinen Grund, mich zu beklagen. Ihre Mutter ist allein. Sie hat nur noch Kate.«

»Wie oft, Jack?«

»Nun, laßt mich überlegen. In diesem Jahr am Martinstag. Und während des letzten Fronleichnams . . .«

»Sie war beim Fronleichnamsumzug in der Stadt?« Owen fiel Crounces geheimnisvolle, unter der Kapuze verborgene Begleitung wieder ein.

»O ja. Und ich war auch dort. Aber damals sind wir eigentlich nicht unbedingt wegen ihrer Mutter hingereist. Wir mußten zu einer Hochzeit nach Boroughbridge. Zuvor haben wir aber noch ihre Mutter besucht.«

Owen versuchte, seine Aufgeregtheit nicht zu zeigen. »Wie lange seid Ihr damals in York geblieben?«

»Nun, da muß ich überlegen. Wir haben den Tag vor Fronleichnam und den Tag danach in York verbracht.«

»Dann seid Ihr also an jenem Abend abgereist, an dem Crounce ermordet wurde?«

»Nun, ja. Das heißt, nein, erst am nächsten Morgen. Aber wir haben erst bei der Hochzeit davon erfahren. Er stammte ja aus Boroughbridge, müßt Ihr wissen, und deshalb hat sich die

Nachricht dort rasch verbreitet.« Jack runzelte die Stirn. »Was sollen all diese Fragen?«

»Ich versuche nur Klarheit zu gewinnen darüber, wer sich am Tag des Mordes wo aufgehalten hat, Jack.«

»Ihr wollt uns doch nicht beschuldigen?«

»Nicht, solange Ihr nicht versucht, mir etwas zu verheimlichen.«

Jack zuckte mit den Achseln. »Diese Fragen sind mir eben komisch vorgekommen.«

»Was habt Ihr und Eure Frau bei der Nachricht über den Tod von Will Crounce empfunden?«

»Wir waren natürlich sehr erschüttert, das dürft Ihr mir glauben. Fürchterlich, daß dieser gute Mann auf diese Weise enden mußte. Nun, er war gewiß kein Heiliger, wie ich Euch schon sagte – jedenfalls was ihn und die Herrin betraf.«

»Habt Ihr bei diesem Aufenthalt in York Eure Frau einmal eine Zeitlang allein gelassen?«

»Nein«, erwiderte Jack, dann zuckte er mit den Schultern. »Gut, an dem Abend, als Kate krank war, da bin ich in eine Schenke gegangen. Nachdem ich nun schon einmal in York war. Ich konnte es nicht mehr mit ansehen, wie sie die ganze Zeit nur dasaß und ihre Mutter anschaute.«

»Welcher Abend war das, Jack?«

Der Verwalter blickte Owen scharf an. »Weshalb wollt Ihr das wissen?«

Owen reagierte schnell. »Crounce hielt sich auch in einer Schenke auf, in der York Tavern, und zwar kurz bevor er ermordet wurde. Falls Ihr auch dort wart, dann habt Ihr vielleicht etwas gehört. Oder jemanden gesehen, der zu ihm an den Tisch kam?«

»Nun ja, es war am selben Abend, aber ich bin nicht in die York Tavern gegangen. Hauptmann Archer, wollt Ihr mir zusammen mit Euren Männern helfen, Kate zu suchen?«

Sie suchten den ganzen Tag, fanden aber keine Spur von Kate Cooper.

Owen reiste am nächsten Morgen ab. Anna Scorby bat er, es ihn wissen zu lassen, wenn sie im Kloster von St. Clement angekommen war. Vielleicht würde er ihr etwas mitzuteilen haben.

Bevor er aufbrach, stattete er Jack Cooper noch einen weiteren Besuch ab, weil er hoffte, Kate könnte im Verlauf der Nacht zurückgekommen sein. Der Mann kleidete finster dreinblickend seine drei Kinder an.

»Wie heißt Kates Mutter, Jack?«

»Felice. Seltsamer Name für eine Stickerin, nicht wahr?«

»Eine Stickerin? In York?«

»Jawohl. Hauptsächlich Priestergewänder, Altartücher und dergleichen.«

»Lebt sie im Bezirk des Münsters?«

»Ja. Felice ist sehr bescheiden, trotz ihres hochtrabenden Namens.«

Owen hatte in der Nacht wenig geschlafen, weil er sich bemüht hatte, sich aufgrund der Tatsachen, die er über Kate Cooper erfahren hatte, ein Bild zu machen. Und jetzt das. Jemand, der mühelos die Tore des Münsters passieren konnte. Doch Owen konnte sich nicht vorstellen, weshalb Kate Cooper diese beiden Männer hätte ermorden sollen. Er packte eilig seine Habseligkeiten zusammen, weil er so schnell wie möglich nach York zurückkehren wollte, um mit Lucie über all das zu reden. Oft erkannte sie Zusammenhänge, die ihm verborgen geblieben waren.

Cäcilia trat aus dem Haus, als Owen sein Pferd bepackte. Sie bot ihm einen letzten Abschiedstrunk an. »Habt Ihr erfahren, was Ihr wissen wolltet?« fragte sie, als er den Becher entgegennahm.

»Noch nicht.«

»Und die vergiftete Medizin?«

»Verzeiht mir, daß ich Euch gestern abend deswegen befragen mußte, Mistress Ridley.«

»Es war Eure Aufgabe.«

»Aber es tut mir leid.«

Cäcilia lächelte, streckte eine Hand aus, zog Owens Kopf zu

sich herunter und küßte ihn auf den Mund. »Ich vergebe Euch aus ganzem Herzen, Owen«, flüsterte Cäcilia in sein Ohr.

Gott sei Dank war er dabei, aufzubrechen. Als Owen sich wieder aufrichtete, bemerkte er, daß Alfred und Colin grinsten. Er war entschlossen, den Abschied ein wenig förmlicher zu gestalten. »Dieser Martin Wirthir, der für Euren Mann arbeitete. Er war Soldat, habt Ihr gesagt?«

Cäcilia blickte ihn fragend an. »Martin Wirthir? Ja. Gilbert wollte nicht, daß ich etwas mit ihm zu tun hatte. Er sagte, Wirthir würde sich immer noch wie ein Soldat aufführen. Ich weiß nicht genau, was er damit eigentlich meinte.«

Owen warf einen Blick zu Alfred und Colin. »Ich glaube, ich verstehe, was er meinte. Hat Euer Mann sonst noch etwas über ihn gesagt?«

»Er glaubte, daß Wirthir den Auftrag hatte, eine Verbindung herzustellen zwischen französischen Kriegsgefangenen in England und deren Familien in Frankreich. Eine gefährliche Arbeit.«

»Ihr seid ihm nie begegnet?«

Cäcilia schüttelte den Kopf. »Ich wollte es. Gilbert und auch Matthew haben gesagt, Martin Wirthir würde eine gefährliche Wirkung auf Frauen ausüben, aber man hat mir nie die Gelegenheit gegeben, mir selbst ein Bild zu machen.«

»Seid Ihr fertig, Hauptmann?« rief Alfred.

»Jawohl.« Owen stieg auf sein Pferd.

»Gott sei mit Euch.« Cäcilia drückte seine behandschuhte Hand.

Owen spürte, wie Cäcilia ihn mit den Augen verfolgte, als er aus dem Hof ritt. Er betete, daß ihn der Erzbischof nicht noch einmal nach Riddlethorpe schicken möge.

Lucie schrie auf, als sie Owen in seinem froststarrenden und mit einer Schneekruste überzogenen Umhang sah. Sie bestand darauf, daß er sofort diesen Umhang auszog und sich am Feuer aufwärmte. Bald hatte er sich wieder einigermaßen erholt, seine klammen Finger und Zehen waren wieder gelenkiger

geworden, und nun saß er auf der Bank und streckte behaglich seine Beine dem Feuer entgegen, einen Becher von Tom Merchets Bier in den Händen.

Als Lucie ihm den Eintopf auftischte, den sie für Owen warm gehalten hatte, erzählte sie ihm von Jasper und freute sich, daß sie ihm damit eine wirklich große Überraschung bereiten konnte.

»Gott sei Dank ist der Junge in Sicherheit«, sagte Owen. »Wo ist er? Ich muß ihm ein paar Fragen stellen!«

Lucie lächelte. »Im Augenblick schläft er. Du mußt dich bis zum Morgen gedulden.«

Aber Owen hatte schon seine Stirn in Falten gelegt. »Wer hat ihn von Magda Digbys Hütte hierhergebracht?« Seine Stimme hatte jenen Tonfall, der üblicherweise einen Wutausbruch ankündigte.

Lucie wollte jetzt keine Auseinandersetzung. Sie deutete mit einem Kopfnicken auf den Eintopf. »Iß erst einmal. Du bist zwei Tage geritten. Ich bin überzeugt, daß du in dieser Zeit nicht allzuviel zu essen bekommen hast.«

Owen ließ sich nicht beirren. »Bist du vielleicht selbst zu Magda Digby gegangen, um Jasper zu holen?«

Lucie seufzte. »Ich wünschte, du würdest zuerst essen, bevor wir uns über diese Angelegenheit unterhalten. Du weißt doch, wie unbeherrscht du sein kannst, wenn du hungrig bist.«

»Bist du selbst hingegangen, Lucie?«

»Ich bin nicht allein gegangen, Owen. Behandele mich nicht wie ein kleines Kind.«

»Es ist gefährlich dort unten. Und nachdem es so lange geregnet und geschneit hat, muß auch die Flut gestiegen sein.«

»Ich habe gesagt, daß ich nicht so dumm war, allein hinunterzugehen. Ein Mönch, Tildy und einer von Tildys Brüdern haben mich begleitet. Wir hatten einen Kahn und Bess' Eselskarren zur Vergnügung. Wir waren also gut vorbereitet.«

»Hast du dafür gesorgt, daß niemand Jasper entdecken kann?«

»Natürlich.« Lucie packte der Zorn.

»Du bist in der Nacht hingegangen, habe ich recht?«

»Ja, Owen. Und jetzt wirst du mir gleich sagen, wie dumm das war.«

Owen schlug mit der Faust auf den Tisch. »Weißt du denn nicht, wie gefährlich es ist, nachts über den Fluß zu rudern, wenn er Hochwasser führt?«

»Herrgott, was hätte ich denn tun sollen, Owen? Hätte ich den Kleinen dort lassen sollen? Schließlich hast du doch über John Thoresby geflucht, weil er nichts unternommen hat, um Jasper zu beschützen.«

»Und jetzt beschützt du ihn? Immer wenn ich nicht da bin, gehst du irgendwelche Risiken ein. Das letzte Mal, als du unterwegs warst, hast du einen Fremden angeschleppt. Jetzt hast du dein Leben riskiert, um in der Nacht über den Fluß zu rudern. Was soll ich denn mit dir machen?«

Lucie starrte Owen an. »Wovon redest du eigentlich? Du hast dir doch Sorgen gemacht um den Jungen. Er erschien bei Magda Digby, und die hat einen Mönch zu mir geschickt, um mich zu fragen, ob ich den Kleinen bei uns aufnehmen könnte. Ich habe ihn in Sicherheit gebracht. Jetzt erholt er sich langsam. Ich habe es für dich getan. Und jetzt machst du mir Vorhaltungen, anstatt mir zu danken. Ich verstehe dich nicht.«

»Du hättest nicht selbst hingehen sollen.«

»Ich wollte aber.«

Einen langen, stillen Augenblick starrten sich beide wütend an.

Dann schloß Owen sein Auge und schüttelte den Kopf. »Verzeih mir, Lucie. Ich bin müde und enttäuscht über das Ergebnis meiner Reise, der Rücken tut mir weh vom Reiten, und im Magen ist mir übel wegen des schmierigen Fraßes, den ich unterwegs zu essen bekommen habe.« Er griff nach Lucies Hand. »Verdammt, immer zerstören wir unsere Wiedersehensfreude durch einen solchen unsinnigen Streit.«

»Du hast sie zerstört, nicht ich. Ich wollte dir nur eine gute Nachricht mitteilen.« Sie entzog ihm ihre Hand und stand auf. »Ich gehe jetzt zu Bett. Ich will dich nicht weiter beim Essen stören.«

Owen stieß die Bank, auf der er saß, nach hinten und zog Lucie auf seinen Schoß.

Sie hielt den Kopf von ihm abgewandt und blickte in das Feuer.

»Ich habe die ganze Zeit an dich gedacht, Lucie.« Owen streichelte ihr Haar. »Ich habe dich nur ungern verlassen, als du so traurig warst. Bitte verzeih mir. Vergib mir meine Undankbarkeit.«

Lucie mußte zugeben, daß sich das wie eine Entschuldigung anhörte. »Ich kann nicht leugnen, daß ich durchaus Bedenken hatte, dort hinzugehen, Owen. Aber ich habe Vorkehrungen getroffen. Du tust so, als wäre ich noch ein Kind.«

»Wie kann ich das also wieder gutmachen?«

»Indem du fertig ißt und dann ins Bett kommst.« Lucie versuchte, sich Owens Griff zu entwinden, doch er hielt sie fest.

»Gott gibt sogar den größten Sündern eine Möglichkeit, für ihre Schuld zu büßen. Willst du mir das versagen?«

Lucie konnte nicht mehr dagegen ankämpfen, ihr Körper verriet sie. Sie spürte, wie ihre Mundwinkel zuckten, und wandte sich ab, um ihr Lächeln zu verbergen.

»Mea culpa, mea culpa, mea maxima culpa.« Owen drückte seinen Kopf an ihre Brust.

Dieser durchtriebene Schurke. Es gelang ihm einfach immer wieder, sie versöhnlich zu stimmen. »Du weißt, ich werde dir verzeihen. Ich verzeihe dir immer.«

Owen umarmte Lucie. Sie drehte sich um, schlang ihre Arme um ihn und vergrub ihr Gesicht in seinen struppigen Haaren.

»Ich bin gar nicht so hungrig, wie ich gedacht habe«, sagte er und schob seine Hände unter ihr Gewand.

Lucie hob den Kopf. »Dann geh nach oben. Ich räume hier noch ein bißchen auf und komme gleich nach.«

Owen ließ Lucie aufstehen. »*Wir* räumen auf. Was soll ich da oben allein in dem kalten Bett?«

»Vielleicht deine Sünden bereuen?«

Owen schnaubte.

Lucie lachte und gab ihm einen Kuß. »Ich habe dich vermißt, du Schuft.«

Er drückte sie an sich, und sie konnte sein Herz schlagen hören. »Daran habe ich auf dem Heimweg die ganze Zeit

gedacht.« Owens Stimme hatte sich verändert, sie klang jetzt weich und liebevoll. »Warum brauchen wir immer so lang, bis wir soweit kommen?«

Lucie sagte nichts. Sie fragte sich das auch. Es schien, als widersprächen sie sich von ihrem Wesen her, so daß die einfachste Unterhaltung immer gleich in einen Streit ausartete. Das bereitete ihr Sorgen.

Kapitel 11

Der Wollkrieg

Als Owen zum Palast des Erzbischofs gelangte, war es schon Mittag. Bruder Michaelo rümpfte die Nase, weil Owen so spät kam, besann sich aber gleich wieder und überbrachte ihm Thoresbys Einladung zum Essen.

Owen wurde in den Saal geführt, einen hohen, mit Wandteppichen geschmückten Raum, die fast so hübsch waren wie die in Thoresbys Gemächern in London. Der Boden war mit Fliesen ausgelegt. Ein riesiger Kamin verbreitete Wärme; davor befand sich ein mit einem Tischtuch versehener Tisch, der zum Essen gedeckt war. Ein Bediensteter brachte noch einen Stuhl und legte einen weiteren Teller, Becher und Löffel auf.

Thoresby trug eine schlichte Soutane, hielt die Hände auf dem Rücken verschränkt und starrte ins Feuer. Owen ging über den Fliesenboden auf ihn zu, hielt aber auf halbem Weg inne, verwirrt durch den ungewohnten Anblick des großen Mannes. Keine Amtskette, kein scharlachrotes, pelzverbrämtes Gewand. Owen stellte erstaunt fest, daß Thoresby für sein Alter und seinen hohen Rang ungewöhnlich schlank war. John Thoresby wandte sich um und fing Owens Blick auf, der auf ihn gerichtet war. Er bedeutete Owen mit einem Wink, näher zu treten.

»Ihr wundert Euch über meine Kleidung?«

Owen nickte.

Thoresby blickte an sich herunter. »Nun, sie ist ungewohnt, und ich weiß nicht, wie ich es erklären soll. Heute morgen ging ich zur Kirche von St. Mary, um bei der Speisung der Armen mitzuhelfen. Könnt Ihr Euch das vorstellen? Ich wachte am Morgen mit dem Wunsch auf, etwas Uneigennütziges zu tun, etwas Mildtätiges, Gott Wohlgefälliges.« Thoresby lächelte. »Euch müßte das gefallen, denn Ihr habt ja einmal den Ver-

dacht geäußert, ich hätte meine Pflichten als Mann der Kirche aus den Augen verloren.«

»Ja, das stimmt.« Owen wußte nicht, ob er schmunzeln oder sich gegen Ärger wappnen sollte. Das Verhalten des Erzbischofs war so eigentümlich.

Thoresby begab sich zum Tisch. »Nehmt Platz. Nach diesem Erlebnis brauche ich etwas zu essen und zu trinken.«

»Gern.«

Sie füllten ihre Becher. Maeve brachte eine Fischsuppe und Brot herein. Owen polierte sein Messer mit der Serviette.

Thoresby kostete die Suppe. »Maeve, deine Kochkunst ist ein Geschenk des Himmels.«

Die grobknochige Frau wurde rot und eilte hinaus, um den nächsten Gang aufzutragen.

Thoresby löffelte weiter seine Suppe. »Für die Armen von heute morgen wären allein diese Suppe und das Brot ein Festmahl. Und der Wein dazu eine unvorstellbare Köstlichkeit.« Thoresby wirkte nicht so entspannt wie sonst.

»Haltet mich nicht für ungehörig, Euer Gnaden, aber Ihr seid heute so anders als sonst. Seid Ihr wohlauf?«

Thoresby furchte für einen Moment die Stirn und brach dann in Lachen aus. »Das gefällt mir so an Euch, Archer. Ihr versinkt nicht in Ehrfurcht vor meinem Ring und meiner Amtskette.«

»Heute tragt Ihr keine Kette«, erinnerte ihn Owen.

»Tatsächlich. Aber die Kette hat Euch noch nie gehindert, mir Eure Meinung zu sagen. Mein Erlebnis heute hat mich demütig gemacht, ein Zustand, in dem Ihr mich noch nie erlebt habt.«

Owen befürchtete, es könnte gefährlich sein, dem Erzbischof gegenüber zu dreist aufzutreten. »Ich wollte damit ausdrücken, daß Ihr Euch unbehaglich zu fühlen scheint und ziemlich blaß seid, Euer Gnaden.«

Thoresby schien darüber bestürzt zu sein. »Blaß?« Er dachte darüber nach, zuckte dann mit den Schultern. »Vielleicht möchte mich Gott warnen, daß mein Erdendasein bald vorüber sein wird.«

»Welch trübselige Gedanken, Euer Gnaden.«

»Ich bin sündhaft selbstsüchtig, das ist das Problem meiner späten Jahre.«

Thoresby leerte seinen Becher und füllte ihn erneut. »Und was habt Ihr in Beverly erfahren?«

Owen, der merkte, daß Thoresby nicht weiter über seine Gemütsverfassung reden wollte, beschrieb die dramatischen Verhältnisse in Riddlethorpe. Sie waren inzwischen beim Braten angelangt, als Owen von der Information berichtete, die Mistress Ridley über Goldbetter und die anderen geliefert hatte.

»Ah, es überrascht mich keineswegs, daß die Krone erneut damit konfrontiert wird«, bemerkte Thoresby.

Owen war überrascht, daß der Name Goldbetter dem Erzbischof so vertraut war, daß er ihn nicht einmal wiederholte. »Stimmt es?« fragte Owen. »Wird der Krieg wirklich durch die Wollhändler finanziert?«

Thoresby seufzte schwer. »Ja und nein. Laßt uns in Ruhe das köstliche Mahl beenden, dann kläre ich Euch über König Edwards Kriegsfinanzierung auf. Während des Essens kann ich nicht daran denken, sonst bleibt es mir im Hals stecken, und es wäre doch schade darum.«

Eine Weile aßen sie schweigend weiter, aber Thoresby war nicht in der Stimmung, dies lange durchzuhalten.

»Und die Tochter, Mistress Scorby, was haltet Ihr von ihrer Geschichte?«

Owen trank einen Schluck Wein und überlegte, wie er es ausdrücken sollte. »Anna Scorbys Liebe gehört Gott, nicht ihrem Gatten. Ich denke, sie empfindet eine echte Berufung. Aber sie ist die einzige Tochter, und Gilbert Ridley wollte unbedingt eine Verbindung mit den Scorbys – er schien wohl von ihrer Erblinie beeindruckt zu sein. Laut Mistress Ridley brachte ihr Schwiegersohn soviel Geduld auf, wie es sein Charakter zuließ, der sich nicht gerade durch große Langmut auszeichnete. Sie glaubt, Paul Scorby ist für ihre Tochter nicht der Richtige. Ein Mann mit einem sanfteren Wesen hätte es wohl geschafft, Anna von ihrem religiösen Hang abzubringen.«

»Vielleicht erkennt sie, wenn sie sich eine Zeitlang im Non-

nenkloster von St. Clement aufhält, daß ihr Leben zuvor doch nicht ganz so schrecklich war.«

Owen zuckte mit den Schultern. »Das sind Benediktinerinnen. Ich glaube nicht, daß die so weltabgeschieden leben.«

»Um so besser. So wird sie erfahren, daß man sich selbst im Kloster nicht immer gegen die Welt abschotten kann.« Thoresby amüsierte sich über seinen eigenen Witz. Das Essen und der Wein hatten aus ihm wieder ganz den alten gemacht. Owen war erleichtert. Er wollte nicht, daß ihm der Erzbischof allzu sympathisch wurde.

Als Maeve einen Hartkäse, Brot und einen weiteren Krug Wein brachte, stieß Thoresby den Stuhl zurück und seufzte genußvoll. »Nun kann ich mich wieder meinen Aufgaben bei Hofe zuwenden. Aber zuerst muß ich Michaelo noch einen Auftrag erteilen.«

Er erhob sich und schritt über den Fliesenboden. Owen nutzte die Gelegenheit, um die Hintertür ausfindig zu machen und einen Abort aufzusuchen. Er kehrte durch die Küche zurück, einen warmen Ort voll köstlicher Gerüche. Maeve lächelte ihm zu.

»Es ist ein Vergnügen, Euch zu bedienen, Hauptmann Archer. Ihr habt einen gesunden Appetit, wie es sich für einen Soldaten gehört.«

»Glaubt mir, das Vergnügen lag ganz auf meiner Seite.«

»Wenn Ihr geht, gebe ich Euch etwas *wastel* mit, für Euch und Mistress Wilton. Sie hat meine Gliederschmerzen gelindert mit der Salbe, die sie für mich zubereitete. Gott ist mein Zeuge, es gibt in London keine bessere Apothekerin.«

Owen wußte, daß Lucie das Weißbrot mochte, das Maeve backte. Eigentlich war *wastel* eine eher minderwertige Brotsorte, aber Maeve machte daraus eine Köstlichkeit. »Sie wird sich darüber sehr freuen, Maeve, und ich ebenfalls.«

Owen nahm wieder am Tisch Platz und schenkte sich noch einen Becher Wein ein, bis der Erzbischof zurückkehrte. Er wunderte sich, daß Thoresby durch die Küche kam. »So, jetzt werden wir nicht mehr gestört werden. Ich würde Euch gern in meine Gemächer führen, aber dort wurde erst vor kurzem

Feuer gemacht, deshalb ist es noch nicht besonders warm. Und ich habe heute morgen schon genug gefroren.«

»Glaubt Ihr, Goldbetters geschäftliche Unternehmungen könnten mit den Morden zusammenhängen?«

Thoresby nippte an seinem Wein, neigte den Kopf nach hinten und betrachtete die Dachbalken. Endlich wandte er sich wieder Owen zu und nickte. »Doch, sie könnten etwas damit zu tun haben, auch wenn ich im Augenblick nicht sagen kann, was. Als Edward anfing, mit den Wollhändlern seine Spiele zu treiben, warnte ich ihn: Ihr spielt sie gegeneinander aus und vernichtet jede Art von Loyalität, den ganzen Respekt, der aus dem Handel ein zivilisiertes Geschäft macht. Und unzivilisierte Kaufleute sind gefährlicher als eine Armee von Söldnern. Vor allem wenn es sich um Wollhändler handelt, um Männer, die ein Handelsgut unter ihrer Kontrolle haben, das für alle Länder, die in Edwards Krieg verwickelt sind, von entscheidender Bedeutung ist.«

»Redet Ihr so offen mit dem König?«

»Das habe ich immer so gehalten. Aber inzwischen bin ich nicht mehr sicher, ob das klug ist.« Thoresby betrachtete seine Hände, mit denen er die Lehnen des thronähnlichen Stuhls umfaßte. Er hob den Finger, an dem er den Ring des Erzbischofs trug, und ließ drin das Licht spielen. Er war vollkommen in die Betrachtung versunken, sein Gesicht wirkte bekümmert.

»Kennt Ihr diesen John Goldbetter?« fragte Owen und holte den Erzbischof in die Gegenwart zurück.

Thoresby schüttelte den Kopf, als wolle er seine Gedanken ordnen. »Auch wenn wir uns nie begegnet sind, weiß ich doch einiges über ihn. Er ähnelt stark William de la Pole in seiner Achtung für das Gesetz, und ich kenne de la Pole. Er war es auch, aus dessen Mund ich zum ersten Mal den Namen Goldbetter hörte. Er deutete an, daß Goldbetter etwas Ähnliches getan hatte wie er, aber trotzdem nicht vor das Krongericht zitiert wurde. Ich versicherte de la Pole, daß viele schuldig waren, aber daß ihre Fälle bei weitem weniger schwerwiegend waren als seiner und daß wir dafür keine Zeit hatten.«

»Ihr genießt Eure Macht als Lordkanzler.«

Thoresby schüttelte den Kopf. »Nicht oft. Die Macht ist wie ein berauschender Wein, aber ein Wein von minderer Qualität. Er hat Übelkeit und Kopfweh zur Folge, wenn er im Magen Säure bildet.«

»Würdet Ihr Euch gern vom Hof fernhalten?«

»Wenn das möglich wäre.«

»Wegen des Krieges?«

»Nein, wegen des Königs.« Thoresby fixierte Owen mit seinen tiefliegenden Augen. »Deshalb habe ich dafür gesorgt, daß uns niemand belauscht, vor allem nicht Michaelo. Wenn jemand seinen König kritisiert, wittert er gleich Verrat. Ich traue Euch zu, daß Ihr den Unterschied begreift zwischen jener Verdrossenheit, die möglicherweise zum Umsturz führen kann, und jener, die nur ein Ausdruck von Enttäuschung ist. Michaelo aber traue ich nicht über den Weg.«

Owen gefiel die Richtung nicht, in die sich das Gespräch entwickelte, aber es war nicht anzunehmen, daß Thoresby ihn von der Aufgabe, die er ihm zugedacht hatte, entbinden würde. »Ihr könnt mir vertrauen, Euer Gnaden.«

Thoresby nickte. »Es gibt nur ganz wenige, denen ich trauen kann.«

»Weshalb behaltet Ihr Michaelo dann als Euren Sekretär?«

»Welcher arglosen Seele sollte ich ihn aufhalsen? Ich habe mich daran gewöhnt, ihn als mein härenes Hemd zu betrachten.«

Der Vergleich des eleganten Bruders Michaelo mit einem härenen Hemd amüsierte Owen. Er lachte.

Thoresby nickte, als er nach dem Weinkrug griff. »Ihr habt allen Grund, Euch über meine Narretei zu amüsieren«, brummelte er, aber in seinen Augen blitzte es. Er goß sich Wein ein, schnitt ein Stück Käse ab und steckte es sich in den Mund. Dann nahm er einen Schluck. »Dies ist der Lohn des Ranges, nicht der Macht, die damit verbunden ist. Mit der Macht Hand in Hand geht die Gefahr.« Der Erzbischof schüttelte den Kopf, war jetzt wieder ganz ernst. »Nun zum Geschäft. Als der König beschloß, gegenüber der Krone Frankreichs sein Geburtsrecht

geltend zu machen, benötigte er eine Menge Geld, um dieses Ziel zu erreichen. Er hörte auf einige schlaue Ratgeber, die ihm erklärten, wie er durch Wolle höhere Einkünfte erzielen könnte, indem er den Handel manipulierte und die Abgaben erhöhte. Die Kaufleute und Anwälte, die dies vorschlugen, waren ohne Zweifel von den Grafen gekauft worden, die Angst hatten, sie würden allein für die Kriegskosten aufkommen müssen.«

»Oder von der Kirche?« deutete Owen an.

»Nein, es ist nicht der Stil der Kirche, sich um die Steuern zu drücken.« Thoresby nippte an seinem Wein. »Zu jener Zeit waren die Wollhändler jene Bevölkerungsgruppe des Reiches, die über die größten Geldquellen verfügte. Und Wolle war«, fuhr er achselzuckend fort, »ist es vielleicht immer noch, das wertvollste Erzeugnis unserer schönen Insel. Und sie ist von so ungeheurer Bedeutung für die Flamen, die sich durch eine sehr wechselhafte Loyalität auszeichnen. Das heißt, manchmal sind sie uns treu ergeben, dann wieder dem französischen König.« Thoresby seufzte und schüttelte betrübt den Kopf. »Der Goldene Edward. Hochgewachsen, majestätisch und dickköpfig. Ich war nicht der einzige Berater, der Edward darauf aufmerksam machte, daß der König von Frankreich dem Herzog von Flandern genauso großzügige Geschenke macht und ihm gegenüber genauso gefährliche Drohungen aussprechen konnte wie wir.«

»Der König mag keine Kritik?«

»Jedenfalls nicht dann, wenn er einen seiner Meinung nach glänzenden Plan ausgeheckt hat. Im neunten Jahr seiner Regentschaft traf er sich mit den Kaufleuten und verhängte ein Embargo über den Export von Wolle. Damit wollte er zum einen die Kaufleute überzeugen, erhöhte Zollabgaben hinzunehmen, und zum anderen Flandern zwingen, sich auf seine Seite zu stellen. Dies führte zu einem Überangebot an Wolle und niedrigen Preisen hier, zu einem Mangel an Wolle und hohen Preisen in Flandern. Die Flamen waren beunruhigt, unsere Wollhändler erfreut. Sie stimmten erhöhten Abgaben zu und billigten eine Liste, auf der Höchstpreise festgelegt wurden, die von Wollherstellern verlangt werden durften. Dadurch

konnten sich die Kaufleute trotz erhöhter Zollgebühren ihre Gewinne sichern.«

Thoresby zerbröckelte geistesabwesend den Käse auf seinem Brot und goß sich dann einen weiteren Becher Wein ein. »Ein ziemliches Durcheinander. Wie alles bei diesem Plan veränderte sich auch die Funktion der Preisliste im Lauf der Jahre. Manchmal profitierten die Hersteller und andere Male die Kaufleute davon. Keiner hat mehr das Gefühl, daß der König wirklich auf seiner Seite steht. Ich hielt das Ganze von Anfang an für verkehrt, aber wie sich dieses Vorhaben entwickeln würde, war damals noch schwer abzusehen, und deshalb wußte ich nicht, ob meine bösen Vorahnungen berechtigt waren.«

»Der König hält es nicht für einen Fehlschlag?«

Thoresby bildete mit seinen Fingerspitzen eine Pyramide und starrte ins Feuer. »Es ist schmerzlich, mitzuerleben, wie ein Krieger in die Jahre kommt.« Seine Stimme klang ernst. »Edward war hochgewachsen und stattlich, ein Löwe von einem Mann. Ihr habt ihn doch auch vor dem Kampf erlebt, wenn er die Front entlangritt und gewöhnliche Sterbliche zu Heldentaten anspornte. Ihr habt gehört, wie seine Männer ihm zujubelten, nicht wahr, Archer?«

Owen nickte. »Viele Male, wenn ich meine Pfeile in den Boden gepflanzt hatte, dasaß und darauf wartete, daß die Franzosen endlich auftauchten.«

»Edward war prächtig, strahlend. Aber außerhalb des Schlachtfelds« – der Erzbischof schüttelte den Kopf – »verhielt er sich nicht immer sehr klug. Nehmen wir zum Beispiel diesen Krieg. Sicher, es gibt einen vorrangigen Grund dafür, er hat einen Anspruch auf die französische Krone, der fundierter ist als jener der Valois, aber der Hauptgrund für den Krieg liegt doch wohl in der Befriedigung der königlichen Eitelkeit.«

Owens Narbe begann zu brennen. »Ich will das nicht hören, Euer Gnaden. Ich will nicht hören, daß ich mein Auge und so viele tapfere Männer wegen einer Marotte des Königs verloren habe.«

»Ah.« Thoresby wandte seinen Blick vom Feuer ab und rich-

tete ihn auf Owen. »Ich sollte nicht abschweifen. Wahrscheinlich habe ich schon zuviel von dem Wein getrunken. Wißt Ihr, Archer, ich glaube, ich fange allmählich an, meine Sterblichkeit zu spüren.« Thoresby starrte auf das Stück Brot vor sich auf dem Tisch und schob es dann zur Seite.

Owen sagte kein Wort, und aufgrund der eigenartigen Stimmung des Erzbischofs fühlte er sich zunehmend unbehaglicher.

Thoresby nickte. »Ich gehe Euch auf die Nerven, und ich gehe mir zur Zeit auch selbst auf die Nerven.« Er rieb sich die Augen. »Wo war ich stehengeblieben? O ja, die Kaufleute konnten also nicht unbedingt mit der Unterstützung des Königs rechnen. Er überhörte ihre drängenden Mahnungen. Im zehnten Jahr von Edwards Regierung erklärten sich die Kaufleute bereit, der Krone zweihunderttausend Pfund zu leihen, und verpflichteten sich, dem König die Hälfte des Gewinns aus dem Verkauf von dreißigtausend Säcken Wolle abzugeben. Dafür sollte den Kaufleuten ein Monopol eingeräumt werden. Aber nur noch jene Händler, die mit diesen Bedingungen einverstanden wären, sollten Wolle exportieren dürfen. Es wurde ihnen versprochen, sie bekämen ihre Anleihe durch die Teilung der Zolleinnahmen mit der Krone zurück. Außerdem sollten die Zollgebüren auf vierzig Shilling pro Sack erhöht werden. Die Wolle sollte in drei Ladungen nach Dordrecht geschickt werden und der König die Auszahlung des Kredits in drei Raten erhalten. Eine beträchtliche Zahl dieser frischgebackenen Monopolisten waren Mitglieder der Englischen Wollgesellschaft, die von einer kleinen Gruppe von Männern geleitet wurde, darunter Reginald Conduit, William de la Pole und John Goldbetter.«

Owen beugte sich vor und lauschte aufmerksam. Das hörte sich ja ganz ähnlich an wie das, was ihm Cäcilia Ridley berichtet hatte. »Ich kann nicht verstehen, warum einige Wollhändler damit nicht einverstanden waren. Schließlich eröffnete ihnen dieses Abkommen die Möglichkeit, unbehindert Handel zu treiben.«

»Viele mißtrauten dem König inzwischen. Es stimmten vor allem jene zu, die genug Einfluß und Geld hatten, um aus der neuen Regelung höchstmöglichen Profit schlagen zu können,

nicht die kleineren Kaufleute. Diese hofften, weiter am Handel teilhaben zu können, indem sie ihre Ladungen versteckt transportierten, und zwar mit der Hilfe inoffizieller Schiffsführer.«

»Also Schmuggler?«

Thoresby nickte. »Auch die einflußreichen Kaufleute versteckten ihre Ladungen. Einen Teil über Deck, einen Teil unter Deck. Das Ergebnis war für den König daher enttäuschend. Der Handel entwickelte sich nur langsam, und der Gewinn war dürftig. Edward beauftragte deshalb die Regierung, die wenige Wolle, die noch zum Zoll gelangte, insgesamt elftausendfünfhundert Säcke, zu konfiszieren und zu verkaufen. Die Kaufleute erhielten dafür Schuldverschreibungen. Diese konnten sie entweder direkt bei der Staatskasse einlösen oder sie künftig dafür verwenden, ihre Wolle zollfrei zu verschicken. Aber da die Krone so finanzschwach war, rechnete kaum jemand damit, daß diese Papiere irgendwann eingelöst werden würden. Und die Kaufleute hatten mittlerweile natürlich einen anderen Weg gefunden, ihre Wolle zollfrei zu verschicken. Der Plan des Königs scheiterte, und die Wollbeschaffung kam zum Stillstand.«

»Die Kaufleute verhielten sich also der Krone gegenüber nicht loyal?«

»Um ehrlich zu sein, hatten sie auch wenig Grund dazu.«

»Aber er ist schließlich ihr König.«

Thoresby schenkte Owen ein Lächeln. »Ihr habt Eure Unschuld immer noch nicht ganz verloren, Archer. Das freut mich.«

»Ihr versteht es, mir das Gefühl zu vermitteln, daß ich trotz meiner langen Dienstjahre als Soldat ein ziemlicher Tor bin.«

»Dienstjahre«, wiederholte Thoresby in seltsam traurigem Ton. Dann schüttelte er den Kopf. »Ich schweife schon wieder ab. Der König war also enttäuscht. Und doch ging er, entgegen aller Vernunft, im darauffolgenden Jahr auf dieselbe Weise vor. Wieder wurden zwanzigtausend Säcke beschlagnahmt, und die Hersteller erhielten dafür königliche Schuldverschreibungen, worin man ihnen die Bezahlung aus Steuereinnahmen zusagte. In diesem Jahr wurde aber noch weniger Wolle konfis-

ziert. Immer mehr Säcke wurden versteck, über den Kanal geschmuggelt und dort verkauft. Zugegeben, die Produktion war inzwischen gesunken, aber sie konnte nicht so gering sein, wie die Zollbehörden es in ihren Büchern registrierten – dafür war der Handel in Flandern zu blühend. Ich vermute, der Ärger, den Goldbetter mit der Krone hatte, stand damit in Zusammenhang.«

»Ich wußte gar nicht, daß die Beschäftigung mit den Finanzen so verwirrend sein kann.«

Thoresby seufzte. »Das ist eines der schöpferischsten Betätigungsfelder einer Regierung.«

»Warum laßt Ihr als Lordkanzler eine solche Unredlichkeit zu?«

»Es ist schwierig und teuer, Dieben und Betrügern dieses Kalibers das Handwerk zu legen, Archer.«

Owen rieb sich den Nacken. »Der König scheint seine Regierung auf Treibsand gebaut zu haben.«

»Unser ganzes irdisches Leben lang bewegen wir uns am Rande des Sumpfs, Archer. Je höher wir sitzen, desto tiefer sinken wir, wenn wir den Boden unter uns verlieren.«

Thoresby beugte sich in seinem Stuhl vor, die Hände auf den Knien gefaltet. »Leider muß ich mich nach Windsor begeben, um Weihnachten mit dem König zu verbringen. In Kürze breche ich auf. Aber ich werde nicht untätig sein. Während meines Aufenthalts am Hof muß ich für ein paar Tage geschäftlich nach London fahren, und dabei werde ich sehen, was ich über Goldbetter herausfinden kann.«

»Und meine Aufgabe?« Owen hoffte, er würde bis zur Rückkehr des Erzbischofs vielleicht seiner Pflichten entbunden werden.

»Fahrt fort, Fragen zu stellen. Meine Marienkapelle wird mir von Tag zu Tag wichtiger. Ich würde gern Ridleys Geld dafür verwenden.«

Owen seufzte. »Die Aufgabe gefällt mir gar nicht.«

»Ich weiß. Aber Ihr werdet sie erfüllen.«

Owen verabschiedete sich bedrückt vom Erzbischof. Eine Zeitlang, als Thoresby von der Torheit des Königs berichtet hatte, schien er wieder ganz so gewesen zu sein, wie Owen ihn kannte, süffisant und anmaßend. Aber seine düstere Stimmung kehrte schnell wieder zurück. In dieser trübseligen Verfassung gefiel ihm Thoresby gar nicht, denn er befürchtete, der Erzbischof könnte sich ihm anvertrauen. Und je mehr Owen von Thoresby und seinesgleichen erfuhr, desto weniger wollte er wissen.

Dabei waren die Kaufleute auch nicht angenehmer. Goldbetter und seine Verbündeten dienten dem König nur dann, wenn sie sich einen Nutzen davon versprachen. Waren Soldaten eigentlich die einzigen Dummköpfe, die bedingungslos dienten? Genug davon. Er mußte sich jetzt mit dem beschäftigen, was er von Thoresby erfahren hatte. Während die Wollhändler nach außen hin mit der Krone zusammenarbeiteten, hielten sie einen großen Teil ihrer Ware versteckt und ließen sie durch Schmuggler nach Flandern transportieren. Gilbert Ridley hatte vermutlich in Calais eine gefährliche Doppelrolle gespielt. Und Martin Wirthir, ein ehemaliger Soldat, der sorgfältig darauf bedacht war, nicht aufzufallen – war er auch ein Schmuggler? Cäcilia hatte gesagt, Ridley verdächtigte ihn, als Vermittler zwischen Kriegsgefangenen in England und deren Familien in Frankreich zu fungieren – aber hatte Ridley vielleicht diesen Verdacht nur erfunden, um die Neugier seiner Frau zu befriedigen und sich selbst nicht zu belasten?

Und worin bestand das Abkommen, das Goldbetter mit Chiriton ausgehandelt hatte und das soviel Gewinn einbrachte? Cäcilia hatte vermutet, bei Gilbert Ridleys Geschäften seien oft auch Betrügereien und Verrat mit im Spiel gewesen. Daran bestand kein Zweifel mehr. Owen war jetzt davon überzeugt, daß Thoresbys Erkundigungen über Goldbetter & Co. etwas in dieser Richtung ergeben würden.

Kapitel 12

Ein hilfsbereiter Verschwörer

Owen hing seinen trüben Gedanken nach, als er die Petergate hinuntereilte, vorbei am King's Square zur Merchant's Hall, dem Haus der Kaufmannsgilde. Ein Mann, den man an den Pranger gestellt hatte, wurde von zwei kleinen, dreckigen Jungen mit Schmutz beworfen. Dies erinnerte Owen an den Jungen in seinem Haus. Wann wohl würde Jasper wieder unbeschwert durch die Stadt streifen können?

Der Schnee, der während der Nacht gefallen war, war noch kaum geschmolzen, und als die Sonne durch die Wolken drang, glitzerten die eisbedeckten Dächer, was den düsteren Eindruck der Stadt aufhellte. Schon als er zum ersten Mal nach York gekommen war, hatte Owen die Atmosphäre dieser Stadt als bedrückend empfunden. Die Gebäude standen eng zusammengepreßt nebeneinander, die oberen Stockwerke überragten die unteren. Selten drang Tageslicht in die engen Gassen. Da Owen nur ein Auge hatte, haßte er Schatten. Sie konnten täuschend tief oder flach sein. Für einen Einäugigen waren sie nur schwer auszumachen. Nun, auch die Bewohner, die im Besitz ihres vollen Augenlichts waren, mochten die dunklen Gassen nicht mehr als er. Sie bevorzugten die Plätze und Kirchhöfe, um etwas vom Himmel zu ergattern.

Die Merchant's Hall war von einem gepflegten Rasen gesäumt, der im Augenblick mit einer schimmernden weißen Decke überzogen war. Owen versuchte zu verdrängen, welch undurchsichtige Geschäfte zur Gründung dieses Gebäudes geführt haben mochten, als er hinaufging und an die schwere Tür klopfte. Ein Schreiber öffnete. »Ah, Hauptmann Archer. Was können wir für Euch tun?«

Es überraschte Owen, wie bekannt er mittlerweile war, nur

weil er die Übungen der Bürger auf dem Schießplatz überwachte. »Ich bin im Auftrag des Erzbischofs unterwegs, Master Schreiber. Könnt Ihr etwas Zeit für mich erübrigen?«

Der Mann nickte und geleitete Owen die Treppe hinauf. Im Erdgeschoß war ein Hospital für die älteren Mitglieder der Gilde und deren Frauen eingerichtet worden. Oben befand sich die große Diele mit Holztrennwänden, die seitlich einige kleine Räume abgrenzten. Der Schreiber führte Owen zu einem der winzigen Nebenräume, der durch ein Flügelfenster Licht bekam. Es stand offen, damit mehr Helligkeit Einlaß fand, als das teure grünliche Fensterglas zuließ. An den Wänden reihten sich Regale für Dokumente, und davor stand ein Schreibpult, das überladen war mit Tintenfässern und Federhaltern. Ein winziges Kohlenfeuer verbreitete ein wenig Wärme im Raum, aber es gelang ihm nur teilweise, die dumpfe, feuchte Luft zu vertreiben, die durch das offene Fenster hereindrang.

»Ich wette, Ihr kommt wegen Master Ridley und Master Crounce«, sagte der Schreiber und schaute beflissen drein.

»Gewissermaßen, Master Schreiber. Ich bitte Euch, mir den Namen und den Aufenthaltsort der Schauspieler zu nennen, die beim letzten Fronleichnamsumzug mit Crounce auftraten, und mir zu sagen, wo ich Martin Wirthir finden kann, den Flamen, der für Ridley arbeitete.«

»Wirthir? Martin Wirthir?« Der Schreiber schüttelte den Kopf. »Das ist kein Gildenmitglied. Ich kenne alle Namen.«

»Habt Ihr den Namen schon gehört?«

Der Schreiber schüttelte erneut den Kopf. »Aber dazu bestand ja kein Anlaß, wenn er nichts mit der Gilde zu tun hatte«, sagte er und zuckte mit den Achseln. Er war ein kleiner Mann, schmal und seltsam verschrumpelt für sein Alter, das Owen auf ungefähr fünfundzwanzig schätzte.

»Und die Schauspieler, Master Schreiber?«

Der Schreiber nickte eifrig. »Dabei kann ich Euch helfen. Könnt Ihr lesen?«

»Ich bin Apothekerlehrling. Der Himmel erbarme sich meiner Kunden, wenn ich es nicht könnte.«

Der Schreiber errötete. »Verzeiht, Hauptmann Archer. Ich

sehe Euch immer vor mir auf dem St. George's Field, wie Ihr uns das Schießen beibringt. Ich vergaß, daß dies nicht Euer täglich Brot ist.«

»So schreibt Ihr also die Namen und Adressen für mich auf?«

»Ja, das werde ich tun, Hauptmann. Obwohl – nun, ich müßte wissen, weshalb?« Er wirkte verlegen, als er dies sagte.

Owen hielt diese Frage für durchaus berechtigt. »Da Crounce einen Tag nach seinem Auftritt beim Fronleichnamszug ermordet wurde, dachte ich – wenn ich großes Glück habe –, daß vielleicht jemand etwas Verdächtiges bemerkt haben könnte.«

Der Schreiber strahlte bei dieser Erklärung. »Oh, ja, eine ausgezeichnete Idee.« Er verzog sein bereits faltiges Gesicht. »Aber ich brauche etwas Zeit dafür. Habt Ihr Euch schon in unserer prächtigen Halle umgesehen? Würdet Ihr dort warten, während ich das erledige?«

Owen nutzte die Gelegenheit, sich die Beine zu vertreten. »Wo bewahren Eure Mitglieder Ihre Bogen auf? Ich könnte sie mir, wenn ich schon hier bin, einmal ansehen.« Owen mußte ab und zu die Langbogen der Bürger überprüfen, um festzustellen, ob sie einwandfrei gefertigt waren. Er hatte nicht viel Zeit, sich damit zu beschäftigen, und war froh, daß sich jetzt eine Gelegenheit dazu ergab.

Der Schreiber deutete auf die Tür. »Die Bogen befinden sich in einem Schrank dort drüben auf der anderen Seite der Halle. Ihr seid herzlich eingeladen, sie Euch anzusehen, Hauptmann.«

Owen verließ die winzige Kammer und betrat wieder die helle Halle mit der hohen Decke. Mit ihren riesigen Eichenbalken und dem weißem Verputz kündete sie vom Wohlstand der Gildenmitglieder. Der Boden bestand aus frischem Holz und war offenbar erst vor kurzem gelegt worden. Von unten drang der schale Geruch von Essen und menschlichen Ausdünstungen nach oben; durch die Fenster stahl sich der faulige Geruch des Flusses und des nahegelegenen königlichen Fischteiches. Aber hier war es sauber und hell, und man ertrug die Gerüche gelassen aus Freude über echte Fenster aus hellgrünem Glas.

Owen fand den Schrank und schaute sich die Bogen an. Lediglich einer war zu kurz, und das Holz war nicht fachge-

recht bearbeitet, so daß er jederzeit entzweibrechen konnte. Als der Schreiber mit seiner Liste herbeigeeilt kam, zeigte Owen ihm diesen Bogen.

Der Schreiber nickte. »Ich melde es dem Gildenwart. Er wird dann mit dem Besitzer reden.« Dann reichte er Owen die Liste. »Eine schreckliche Geschichte mit Ridley und Crounce. Einige unserer Mitglieder befürchten, daß es sich um ein Komplott gegen die Gilde handelt.«

»Das glaube ich nicht. Crounce und Ridley haben eng zusammengearbeitet und waren befreundet.«

»Dann besteht also kein Grund zu der Hoffnung, daß es reiner Zufall war?«

»Was meint Ihr, Master Schreiber? Glaubt Ihr denn, das wäre möglich?«

Der Schreiber schüttelte den Kopf. »Dieser Wirthir, nach dem Ihr gefragt habt. Glaubt Ihr, er könnte der Schuldige sein? Oder vielleicht das nächste Opfer?«

»Der Schuldige?« Owen schüttelte den Kopf. »Natürlich weiß ich es nicht genau, aber ich würde sagen, er könnte eher das nächste Opfer werden. Falls er nicht schon auf Nimmerwiedersehen aus diesem Teil des Reichs verschwunden ist, wäre es doch ausgesprochen dumm von ihm gewesen, zwei Männer zu ermorden, die ihm so nahestanden, findet Ihr nicht?«

»Haß treibt die Menschen zu den unsinnigsten Taten«, erwiderte der Schreiber tiefsinnig.

Owen nickte. »Ich werd's mir merken, Master Schreiber. Und nun zu der Liste. Wen würdet Ihr als ersten befragen?«

Der Schreiber überlegte. »Stanton«, sagte er. »Er kannte Crounce am besten.«

Owen dankte ihm.

Stanton wohnte in einem solide gebauten Haus an der Stonegate. Owen hatte Glück, denn der Mann war gerade damit beschäftigt, im Keller unterhalb des Erdgeschosses eine Bestandsaufnahme seines Lagers vorzunehmen. Bei diesem Keller handelte es sich um einen gewölbten Raum aus Stein, der so

lang war wie das Haus selbst. Der Mann schüttelte sich den Staub von den Haaren und dem Wams. »Kommt nach oben in die Halle«, forderte er Owen auf und geleitete ihn über die Außentreppe hoch. »Ich will die Gelegenheit nutzen, um den Staub mit Wein hinunterzuspülen. Leistet Ihr mir Gesellschaft?«

Owen nahm die Einladung an.

»Es wird uns niemand stören«, sagte Stanton. »Meine Frau ist in der Küche und stellt Kerzen her.«

In der Halle standen ein schwerer Tisch und zwei Stühle mit hohen Lehnen. An den Wänden waren Bänke aufgestellt. An der Wand, die dem Kamin gegenüberlag, hing ein schlichter Wandteppich. Stanton bat Owen, sich an den Tisch zu setzen, der unter einem der beiden Fenster stand. Dann schenkte er ihnen aus einem interessant aussehenden Krug Wein ein.

Owen bewunderte diesen Krug.

»Ich habe ihn aus Italien mitgebracht, von meiner einzigen weiten Reise, die ich bisher gemacht habe. Er ist mein ganzer Stolz«, sagte Stanton vergnügt. »Nun, Ihr untersucht also den Mord an Will Crounce? Eine schreckliche Geschichte. Er war ein guter Mensch, Hauptmann Archer, eine mildtätige Seele. Und unser bester Darsteller. Hätte er eine tiefere Stimme gehabt, dann hätte er in unserem Stück zweifellos Gottvater darstellen können. Er wußte immer seinen Text, verhaspelte sich nie, drängelte nie.« Stanton spielte mit dem Krug, drehte ihn nach allen Seiten, um ihn zu bewundern, während er redete. »Die Familie seiner Frau war sehr dagegen, müßt Ihr wissen.«

»Gegen was?«

»Daß er an den Aufführungen teilnahm. Daß er Schauspieler war.« Stanton schüttelte den Kopf. »So ein Gezeter um etwas, das er nur einmal im Jahr tat, und zudem zur höheren Ehre Gottes.« Er schüttelte erneut den Kopf.

»Gab es irgend etwas Ungewöhnliches bei Crounces Auftritt in diesem Jahr? Irgendwelche Anzeichen, daß er aufgeregt oder zerstreut war?«

Stanton ließ den Krug los und lehnte sich zurück, den Becher

in der Hand. »Nein. Er war gut, er war wirklich Will. Die Rolle verwandelte ihn. Ich glaube, der Herr Jesus inspirierte ihn, ja genau, das muß es gewesen sein. Wir erhielten immer viel Lob für seine Jesusdarstellung. Ich kann mir niemanden vorstellen, der seine Rolle übernehmen könnte.« Stanton blickte bekümmert drein.

»Ihr habt also an diesem Tag nichts Ungewöhnliches bemerkt?«

»Nein. Die anderen auch nicht. Wir haben uns lang und breit darüber unterhalten, das dürft Ihr mir glauben.« Stanton nippte an seinem Wein, runzelte die Stirn und bedachte Owen mit einem nachdenklichen Blick. »Aber da fällt mir doch etwas ein: John de Burgh hat etwas bemerkt, was mir entgangen war. Als Will seine letzten Zeilen aufsagte, wurde Mistress de Melton weggeführt. Sie war Witwe, die Mutter des Jungen, für den Will bei der Gilde gebürgt hat. Wir alle nahmen an, Will wolle wieder heiraten. Als sich der Prozessionswagen in Bewegung setzte, sprang Will herunter, um herauszufinden, was mit ihr geschehen war, aber man wußte lediglich, daß sie einen Anfall bekommen hatte.«

»Und dieses Vorkommnis hatte keine Auswirkungen auf seine übrigen Auftritte?«

»Ihr scheint nicht zu verstehen. Diese Aufführung ist eine Art Gottesdienst. Welch bessere Möglichkeit hätte es für Will gegeben, bei Gott Fürbitte für Mistress de Melton einzulegen, als seinen Christus überzeugender denn je zu spielen? Was ihm an jenem Tag auch gelang, das muß ich sagen.«

Sie leerten ihre Becher. Owen erhob sich. »Ich möchte Euch nicht von der Arbeit abhalten. Nur noch eine letzte Frage, Master Stanton. Hatte Crounce irgendwelche Feinde, von denen Ihr wußtet?«

»Ihr wollt damit sagen, jemand, der vorhatte, ihn zu töten?« Stanton schüttelte den Kopf. »Wie ich schon sagte, war er ein liebenswürdiger Mensch. Ich könnte Euch auf Anhieb ein Dutzend andere Männer nennen, deren Mörder sich leichter finden ließen.«

»Oder Feinde, die ihn nicht unbedingt gleich töten wollten?«

Stanton blickte sich um, obwohl niemand sie gestört hatte in der Halle. Dann rückte er seinen Stuhl näher an den von Owen heran und beugte sich verschwörerisch vor. »Im allgemeinen gebe ich nicht viel auf Gerede, Hauptmann Archer, aber wir alle haben uns gewundert über die Beziehung zwischen Will und Mistress Ridley. Gilbert Ridley war ein leicht reizbarer Mann, und ich begreife nicht, daß er und Will nie um Mistress Ridley gekämpft haben. Ich kann nur vermuten, daß sie so gute Freunde waren, daß Will Ridley mehr bedeutete als seine Frau.«

»Wollt Ihr damit sagen, daß Crounce und Mistress Ridley ein Liebespaar waren?«

Stanton hob die Augenbrauen und zuckte mit den Achseln, als wolle er sagen, er wisse es nicht.

»Aber Ihr vermutet es.«

»Ich nicht, die anderen.«

»Wurde öffentlich darüber geredet?«

»Nur unter den Gildenmitgliedern, soviel steht fest. Wir pflegen unsere Probleme nicht mit allen anderen Bürgern der Stadt zu erörtern.«

»Verbieten das irgendwelche Vorschriften der Gilde?«

»Nicht direkt, es ist eher eine ungeschriebene Regel.«

»Und doch hat niemand offiziell mit Will Crounce über sein Verhältnis zu Mistress Ridley, der Frau eines anderen Gildenmitglieds, gesprochen?«

Stanton schien sich unbehaglich zu fühlen. »Will wurde nie auf frischer Tat ertappt. Und dann gab es auch noch Mistress de Melton. Es hatte ganz den Anschein, als ob Will seine Verhältnisse neu regeln wollte.« Stanton zuckte mit den Schultern. »Nun, vielleicht war das alles nur Gerede. Und ich habe den Toten beleidigt.« Er bekreuzigte sich.

Owen bemerkte das Unbehagen des Mannes und ließ das Thema fallen. »Habt Ihr jemals einen Mitarbeiter oder Geschäftspartner von Crounce namens Martin Wirthir kennengelernt?«

Stanton verzog das Gesicht, dachte nach und schüttelte dann den Kopf. »Der Name sagt mir nichts.« Er musterte Owen auf-

merksam. »Könnte dieser Mann vielleicht der Mörder sein? Dieser Martin Wirthir?«

Owen schüttelte den Kopf. »Wenn er es wäre, dann wäre er ein ziemlicher Schwachkopf und leicht aufzufinden. Was wißt Ihr über Ridley? Hatte er irgendwelche Feinde?«

Stanton lehnte sich zurück und kicherte. »Er war ein barscher Mann, Hauptmann Archer. Und sehr von sich selbst eingenommen. Gott helfe mir, aber so manches Mal habe ich den Wunsch verspürt, Ridley einen Fausthieb zu versetzen.«

»Hättet Ihr ihn auch getötet?«

»Nein!« Der Kaufmann straffte sich und zupfte an seinen Ärmeln: »Ich würde nie jemanden töten, höchstens um meine Familie zu schützen. Auch wenn ich bei der Aufführung einen bösen Mann spiele, bin ich kein aufbrausender Mensch.«

Owen überlegte, ob Stanton sich eigentlich bewußt war, welches Glück er hatte, die Gewaltlosigkeit wählen zu können. Stanton hatte noch nie in die Schlacht ziehen müssen. »Glaubt Ihr, eines der hitzigeren Gildenmitglieder hätte dazu verleitet werden können, Ridley zu töten?«

Stanton schüttelte den Kopf.

»Dann war Ridley also ein aufgeblasener und nervtötender Mensch, aber nicht so verabscheuenswert, daß man ihn hätte töten wollen?«

»Genau«, erwiderte Stanton. »Und zudem war er so viel unterwegs, daß man nie für längere Zeit mit ihm zu tun hatte.«

»Oh!« Der Gildenschreiber hob einen tintenverschmierten Finger und riß die Augen auf, als ihm plötzlich ein Gedanke kam, der ihn in seiner Schreibarbeit innehalten ließ. Sollte er dem Hauptmann hinterhergehen und es ihm sagen. Es schien nur ein kleiner Anhaltspunkt zu sein, aber vielleicht half er weiter. Er konnte ja auf dem Heimweg bei der Apotheke vorbeigehen. Er brauchte sowieso ein beruhigendes Augenwasser. In letzter Zeit brannten seine Augen oft und ermüdeten schnell.

Owen war gerade nach Hause zurückgekehrt und hielt seine eiskalten Zehen über das Feuer. »War deine Herrin den ganzen Tag über beschäftigt?« fragte er Tildy.

»Oh, ja.«

»Ich werde morgen im Laden arbeiten, damit sie sich auf andere Dinge konzentrieren kann.«

»Das wäre fein, Hauptmann. Die Meerrettichwurzel ist jetzt trocken, und wir sollten uns darum kümmern.«

Der Perlenvorhang klirrte, als Lucie hindurchschritt.

»Da möchte dich ein Mann sprechen, Owen.«

Owen stöhnte. »Wer ist es?«

»Wenn man sich seine Tintenfinger ansieht, ein Schreiber. Er sagt, er hätte heute nachmittag mit dir gesprochen.«

»Oh, der Schreiber.« Owen stand auf, streckte sich und spürte, wie seine Schultermuskeln knirschten. Leute auszufragen war keine richtige Arbeit für einen Mann. Das lähmte den Körper. Er ging hinaus in den Laden.

»Hauptmann Archer.« Der Schreiber lächelte. Er trug einen Umhang aus erstklassiger Wolle, der aber schon recht abgenutzt war. Owen vermutete, daß er wohl von einem der Gildenmitglieder abgelegt worden war. »Nachdem Ihr gegangen wart, ist mir etwas eingefallen«, bemerkte der Schreiber, »vielleicht hat es keinen Bedeutung, aber da mein Augenwasser ausgegangen ist, dachte ich, ich komme vorbei und rede mit Euch.«

»Was ist mit Euren Augen?«

»Abends sehe ich nicht mehr so gut.«

»Ihr strengt Eure Augen durch das Schreiben an, habt zudem den ganzen Tag über schlechtes Licht, Master Schreiber. Alle, die Eure Tätigkeit ausüben, leiden unter demselben Übel. Mistress Wilton hat ein beruhigendes Augenwasser. Eine Flasche kostet einen halben Penny.«

Der Schreiber nickte. »Ich will es gern versuchen und Euch berichten, was mir eingefallen ist, nachdem Ihr weg wart. Es gab einen Mann, der manchmal geschäftlich Master Crounce oder Ridley aufsuchte. Seine Sprache erinnerte an die der flämischen Weber. Er kam nicht oft und in letzter Zeit gar nicht mehr. Aber da ist noch etwas. Ich mußte ihm einmal etwas

zukommen lassen, und er ließ es zur Unterkunft von Ambrose Coats, einem der Stadtmusikanten, bringen. Ich sollte sagen, es sei für ›den Fremden‹.«

Coats. Lucie hatte Owen vom Besuch des Musikanten erzählt. Und auch davon, was jetzt bei ihnen hinten im Garten vergraben war. »Zu Ambrose Coats? Seid Ihr sicher?«

Der Schreiber nickte. »Er spielt das Rebec und die Crotta. Man könnte sagen, er ist gewissermaßen auch ein Bogenschütze.« Der Schreiber amüsierte sich über seinen eigenen Witz.

»Ist er ein Freund von Martin Wirthir?«

Der Schreiber wurde wieder ernst. »Ein Freund? Das kann ich nicht sagen. Ich weiß nicht einmal, ob Coats sich überhaupt an den Fremden erinnern kann – vielleicht war er nur das eine Mal dort gewesen –, aber es dürfte einen Besuch wert sein.«

»Ich danke Euch.« Owen reichte dem Schreiber eine kleine Flasche aus Ton. »Ich muß Euren Namen ins Hauptbuch eintragen, Master Schreiber. Mistress Wilton legt großen Wert auf ordnungsgemäße Eintragungen.«

»Ich heiße John Fortescue«, sagte der Schreiber und buchstabierte seinen Namen. »Ihr denkt wahrscheinlich, der Name paßt nicht zu mir?« sagte er grinsend.

Owen setzte eine reumütige Miene auf. »Ihr hört Euch durch und durch wie ein Bürger aus Yorkshire an.«

»Oh, das bin ich auch mit jeder Faser meines Leibes. Seit vielen Generationen ist meine Familie hier ansässig. Sie kam vor langer Zeit mit William dem Bastard. Wenn wir auch keine Güter besitzen, tragen wir dennoch unseren Namen mit Stolz.«

»Dann haben also Eure Vorfahren die Schlösser von York gebaut?«

»Ja, das stimmt, Hauptmann.«

Owen bedankte sich noch einmal bei Fortescue, und der Schreiber ging, jetzt mit stolzgeschwellter Brust, was ihn gleich ein wenig größer erscheinen ließ.

»Ein komischer Kauz«, bemerkte Lucie, als sie wieder hereinkam, um Owen dabei zu helfen, die Apotheke zu schließen.

Owen war nachdenklich. »Er erinnert mich an Potter Digby.«

»O nein, nie und nimmer!« Lucie hatte den Ablaßkrämer nie gemocht, auch wenn er sich gegenüber Owen noch so diensteifrig gezeigt hatte. »Dieser Mann war sauber und sah vertrauenswürdig aus. Worin siehst du eine Ähnlichkeit mit Digby?«

Owen zuckte mit den Achseln. »Ich kann es nicht genau sagen. Es ist einfach seine Ausstrahlung. Er hat etwas von einem Verschwörer, machte aber durchaus einen hilfsbereiten Eindruck.«

Lucie runzelte die Stirn. »Ich bin mir nicht sicher, ob ich das allzu angenehm finden würde.«

»Er ist ein angenehmer Mensch, ich drücke es nur ungeschickt aus, wie üblich.«

»Du hast eine honigsüße Zunge«, sagte Lucie. »Das Problem ist nur mein Mangel an Humor.«

»Weißt du, was er mir erzählt hat? Daß ein Fremder, der für Crounce und Ridley arbeitete – vermutlich handelte es sich um Martin Wirthir –, mindestens einmal einen Stadtmusikanten namens Ambrose Coats aufsuchte.«

»Herr Jesus. Dann sollte die Hand also Martin Wirthir als Warnung dienen, genau wie bei Gilbert Ridley?«

»Möglich. Aber vielleicht handelte es sich bei dem Freund des Musikanten gar nicht um Wirthir. Es gibt noch andere Fremde in York. Morgen früh, bevor ich den Laden aufmache, werde ich Coats aufsuchen und mit ihm reden.«

»Du willst dich um den Laden kümmern? Und was meint Seine Gnaden dazu?«

»Thoresby ist über Weihnachten in Windsor. Im übrigen glaube ich, daß ich es dir schuldig bin, einige Zeit im Laden zu verbringen. Schließlich bin ich ja dein Lehrling.«

Durch Lucies Umarmung und ihr Lächeln fühlte sich Owen reichlich belohnt.

Er stand auf. »Ich gehe jetzt zu Jasper.«

Lucie legte ihm die Hand auf den Arm und hielt ihn zurück. »Bist du so lieb und begrüßt Jasper erst einmal, heißt ihn willkommen, verschonst ihn ein bis zwei Tage mit deinen Fragen? Er hat so viel durchgemacht, ich möchte, daß er sich hier willkommen und geborgen fühlt.«

Es fiel ihm schwer, ihr diese Bitte zu erfüllen, da er darauf brannte, dem Jungen Kate Cooper zu beschreiben und herauszufinden, ob sie die Frau mit dem Umhang war, aber Owen bemerkte die Besorgnis in Lucies Blick. »Gut, wenn du das unbedingt willst. Ich werde warten, bis du mir erlaubst, ihn zu befragen.«

Als Lucie Owen küßte, war er froh, daß er sich dazu bereit gefunden hatte, sich in Geduld zu üben. Er würde sogar warten, bis die Hölle gefror, sollte dies zur Folge haben, daß Lucie sich ihm gegenüber auch künftig so zärtlich verhielt.

Kapitel 13

Liaisons

Ambrose Coats wohnte in der Footless Lane, gegenüber vom St. Leonard's Hospital. Nicht gerade eine noble Adresse. Nachdem Owen sich mit etwas Bier und Brot gestärkt hatte, machte er sich auf den Weg. Er wollte herausfinden, ob sich Ambrose Coats an Martin Wirthir erinnerte.

»Du weißt ja nicht, ob er so früh schon ansprechbar ist«, warnte ihn Lucie. »Ein Musikant schläft vielleicht ein wenig länger, wenn er am Abend vorher einen Auftritt hatte.«

»Hoffen wir, daß er sich einigermaßen wie ein normaler Bürger verhält, so daß ich mein Versprechen, die Apotheke aufzumachen, auch halten kann.«

Das Haus war in eine Häuserzeile eingebettet, hob sich von den anderen Gebäuden aber durch eine große, getigerte Katze ab, die jämmerlich vor der Tür miaute. Ein schlanker Mann mit dunkelblonden Locken öffnete die Tür gerade in dem Moment, als Owen die Hand hob, um zu klopfen. Der Mann lächelte zu der Katze hinunter, ließ sie ins Haus schlüpfen und richtete dann seinen Blick auf Owen. »Übt Nachsicht mit Merlin, werter Herr. Er wird immer gleich hysterisch, wenn er nicht bekommt, was er will. Heute habe ich ihn wohl zu spät hereingelassen.« Der Mann lächelte entschuldigend, aber als er Owens Gesicht musterte, änderte sich seine Miene. »Hauptmann Archer?« In seinem Gesicht und seiner Stimme lag plötzlich eine Anspannung, die zuvor noch nicht zu bemerken gewesen war.

Insgeheim verfluchte Owen sein Narbengesicht, das die Menschen immer gleich mißtrauisch werden ließ. »Ihr müßt Ambrose Coats sein, der Stadtmusikant?«

Der Mann nickte. »Der bin ich.« Er trat zur Seite. »Bitte, Hauptmann, tretet ein. Das mindeste, was ich tun kann, ist,

Euch meine Gastfreundschaft anzubieten, nachdem ich Eurer Gattin, Mistress Wilton, diesen schrecklichen Gegenstand ins Haus gebracht habe.«

»Ich bin überrascht, daß Ihr mich kennt, da Ihr am Sonntag noch nie beim Übungsplatz unten wart«, sagte Owen, als er in das kleine Haus eintrat. Als Stadtmusikant brauchte Ambrose den Langbogen nicht zu beherrschen, er mußte seine Hände vielmehr für seine Musik schonen.

»Ihr seid ein Mann, der nicht leicht zu übersehen ist«, meinte Ambrose.

Owen faßte sich an die Augenklappe. »Ja, das kann man wohl sagen.«

Ambrose lächelte. »Diese Klappe verleiht einem faszinierenden Gesicht einen leichten Hauch von Verwegenheit.«

Owen wußte nicht, was er darauf erwidern sollte. Wären diese Worte von einer Frau geäußert worden, hätte er seinen Charme spielen lassen können. Aber was wollte Ambrose Coats mit dieser Bemerkung bezwecken?

Ambrose Coats' große, dunkelgrüne Augen beobachteten Owen nervös. »Bitte, nehmt Platz.« Ambrose schob den einzigen Stuhl, den es in dem Raum gab, vor die Feuerstelle. »Wollt Ihr mein morgendliches Bier mit mir teilen?«

»Gerne.« Owen setzte sich.

Ambrose schenkte zwei Humpen Bier ein und holte sich einen Hocker. »Ich habe Mistress Wilton über die Hand alles erzählt, was ich wußte. Ich weiß nicht, was ich Euch sonst noch berichten könnte.«

»Das Schwein eines Nachbarn hätte sie auf Eure Türschwelle gelegt, habt Ihr vermutet?«

»Ich konnte mir jedenfalls nicht vorstellen, wie sie sonst dahin gekommen sein könnte.«

»Ich schon. Man sagte mir, Ihr könntet mir vielleicht helfen, jemanden zu finden. Aber ich glaube, mittlerweile hat auch noch jemand anderer entdeckt, daß dieser Mann mit Euch befreundet ist.«

»Jemanden zu finden? Einen Musikanten? Geht es um einen Auftritt?«

»Nein. Ich muß dieser Person sagen, daß sie eventuell in Gefahr schwebt.«

Ambrose saß jetzt stocksteif da. »Und wer soll diese Person sein?«

»Martin Wirthir.«

Ambrose hatte das Kinn angespannt, das dadurch noch markanter wirkte als sonst.

»Kennt Ihr ihn?« Der Gesichtsausdruck des Mannes ließ darauf schließen, daß dies der Fall war.

Der Musikant dachte nach, dann zuckte er mit den Schultern. »Ich kenne Wirthir, aber ich habe ihn schon lange nicht mehr gesehen. Vielleicht kommt er nicht mehr, weil er in Gefahr ist?«

Ambrose Coats war durchtrieben und reagierte flink. »Ich glaube nicht, daß Wirthir von der Gefahr weiß, in der er schwebt, wenn er in letzter Zeit nicht mehr in York gewesen ist«, sagte Owen. »Aber es ist wichtig, daß man ihm diese Nachricht übermittelt.«

»Er gehört nicht zu den Leuten, die ihren Besuch ankündigen. Vielleicht könnt Ihr mir sagen, worum es sich handelt, damit ich, wenn er auftaucht . . .«

»Euer Freund arbeitete für Will Crounce und für Gilbert Ridley, habt Ihr das gewußt?«

»Ich weiß nichts über seine Geschäfte.«

»Aber Ihr kennt diese Namen, und Ihr wußtet, daß Gilbert Ridleys Hand immer noch nicht gefunden worden war. Wußtet Ihr auch, daß man die Hand von Will Crounce Ridley geschickt hat? Wohl als Warnung, daß er der nächste sein würde. Und dann ließ man Gilbert Ridleys Hand Martin Wirthir zukommen.«

Ambrose konnte nicht stillsitzen auf seinem Hocker. »Das hier ist nicht Martins Zuhause.«

Owen zuckte mit den Schultern. »Die Hand von Crounce wurde auch nicht in Ridleys Haus, sondern in seiner Kammer in der York Tavern abgelegt. Ich nehme an, daß Martin Wirthir hier gewohnt hat . . .«

»Was wollt Ihr eigentlich?«

»Mit Wirthir reden. Ihn auf die Gefahr aufmerksam machen. Ihn fragen, welche Geschäfte wohl solche schauerlichen Todesfälle nach sich gezogen haben mögen.«

»Für wen arbeitet Ihr?«

»Für den Erzbischof.«

Die grünen Augen weiteten sich vor Überraschung. »Tatsächlich?«

»Die Morde ereigneten sich im Bezirk des Münsters.«

»Das stimmt. Und Ihr glaubt, jemand wußte, daß Martin einmal hiergewesen ist, und hat deshalb die Hand auf meine Türschwelle gelegt, um ihn zu warnen?«

»Sieht ganz danach aus. Oder habt Ihr eine bessere Erklärung für den seltsamen Zufall, daß alle drei in demselben Geschäft tätig waren?«

»Wie ich bereits gesagt habe, wußte ich nicht, daß Martin mit diesen beiden Männern zusammenarbeitete. Wie kann ich wissen, daß der Erzbischof nicht Martin die Morde in die Schuhe schieben möchte?«

»Ein Mörder müßte schon ziemlich töricht sein, wenn er eine Hand zurückläßt und dadurch riskiert, entdeckt zu werden«, bemerkte Owen. »Und nach allem, was ich von Wirthir hörte, ist er kein Dummkopf.«

Ambrose spielte mit seinem Becher. »Da gibt es doch einen Jungen, der den Mörder gesehen hat? Was ist aus ihm geworden?« Er hielt den Blick gesenkt, und seine Stimme klang ruhig. Aber Owen war davon überzeugt, daß dies keine rhetorische Frage war, sondern daß Ambrose auf eine Antwort brannte.

»Ihr meint wohl Jasper de Melton. Er ist verschwunden. Der arme Junge. Ich bin überzeugt davon, daß er in Gefahr ist. Weshalb fragt Ihr?«

Ambrose nahm einen Schluck. »Ich habe mir so meine Gedanken gemacht. Er ist verschwunden, sagt Ihr? Es hätte jemand auf den Jungen achtgeben müssen.« Die grünen Augen blickten bekümmert.

»Ich habe Seine Gnaden bestürmt, etwas zum Schutz dieses Jungen zu unternehmen, aber er hielt es nicht für nötig.« Owen trank seinen Becher aus. »Nun, ich will Euch nicht länger auf-

halten. Bitte, unterrichtet mich, wenn Euer Freund wieder auftaucht.« Er begab sich zur Tür, drehte sich aber noch einmal um. »Ihr könntet mir noch einen Gefallen tun.«

»Und was für einen?«

»Ihr könntet mir Martin Wirthir beschreiben.«

Ambrose zuckte mit den Achseln. »Gut, warum nicht. Hochgewachsen, aufrechter Gang, ein teuflisches Funkeln in den Augen.« Er legte den Kopf zur Seite und musterte Owen. »Dunkles Haar, wie Eures, aber glatt.« Er schüttelte den Kopf. »Nein, die Haare sind ein wenig heller als Eure. Eine angenehme, tiefe Stimme. Ihr werdet ihn nicht finden, wenn er sich nicht finden lassen will.«

»Ich kann es wenigstens versuchen.« Owen öffnete die Tür und blieb stehen. »Eines bleibt mir ein Rätsel. Wenn Euch das Schwein Eures Nachbarn so stört, weshalb habt Ihr dann keine Klage beim Rat eingebracht?«

Ambrose begegnete Owens Blick mit Festigkeit. Er schaute ihn herausfordernd an. »Es besteht kein Anlaß, mit einem Nachbarn wegen so etwas gleich Streit anzufangen.«

Owen musterte den Mann. Lucie hatte recht, Ambrose verschwieg etwas, und doch hatte Owen das Gefühl, daß das, was er gesagt hatte, der Wahrheit entsprach. »In welcher Beziehung steht Ihr zu Wirthir? Wie habt Ihr diesen Fremden kennengelernt?«

Ambrose errötete. »Bei meiner Arbeit lerne ich alle möglichen Leute kennen, Hauptmann Archer. Martin ist ein liebenswürdiger Mann, er brauchte eine Bleibe...« antwortete der Musikant achselzuckend.

Owen glaubte ihm dies zwar aufs Wort, war aber überzeugt, daß noch mehr dahintersteckte.

Auf dem Rückweg zur Apotheke zerbrach er sich darüber den Kopf. Coats schützte einen Bekannten und sorgte sich um ihn, so wie seine Soldatenkameraden es damals auch füreinander getan hatten. Aber Wirthir war ein Schmuggler, Coats ein Stadtmusikant. Was verband die beiden?

Lucie säuberte die Meerrettichwurzeln und reichte sie Tildy, damit diese sie zerrieb. Der beißende Geruch der Wurzel trieb Lucie die Tränen in die Augen, so daß sie sie sich alle paar Minuten auswischen mußte. Aber Tildy schien kaum Notiz davon zu nehmen. Sie war über ihre Arbeit gebeugt und murmelte vor sich hin.

»Was quält dich denn?« fragte Lucie, die Tildys seltsames Verhalten nicht mehr länger übersehen konnte.

Tildy zog die Schultern hoch. »Es ist nichts, Mistress Lucie.«

»Wie geht es Jasper heute morgen?«

»Es geht ihm von Tag zu Tag besser. Gut, daß er hier ist.«

»Ich sehe, du hast heute morgen Fischkuchen gemacht.«

Tildy nickte.

»Kann Jasper schon so etwas essen?«

»Nein, das ist für Euch und Hauptmann Archer. Weil Ihr so gut zu Jasper seid. Nicht jeder hätte ihn bei sich aufgenommen.«

»Was beunruhigt dich dann?«

Das Mädchen kaute an der Unterlippe und blickte dann auf zu Lucie. »Ist es eine Sünde, wenn man einen Eid ablegt, der nichts mit Gott zu tun hat?«

Lucie wußte nicht auf Anhieb, was sie darauf antworten sollte. Sie hoffte, daß Tildy und John sich nicht ewige Treue geschworen hatten.

»Was für einen Eid, Tildy?«

»Ein Geheimnis. Ihr versteht, etwas, das man niemandem sagen darf.«

»Du meinst, ein Geheimnis, das dir ein Freund anvertraut hat? Oder einen geheimen Eid?«

Tildy runzelte die Stirn. »Ich weiß nicht genau.«

»Hat dir jemand etwas über sich erzählt, und du hast versprochen, es niemandem zu sagen? Oder hat dich jemand gebeten, einen Eid zu leisten – vielleicht, daß du nie wieder Fischkuchen ißt – und zu schwören, daß du es niemandem sagen würdest?«

»Es war das erste.«

Lucie war erleichtert. »Ein solches Geheimnis ist in Ordnung, Tildy, solange es niemandem schadet.«

Tildy schwieg, nagte aber immer noch an ihrer Unterlippe. Sie fing an zu schniefen, als sich die Meerrettichwurzel unter dem Hobel anhäufte.

Lucie öffnete die Küchentür, damit frische Luft hereinkam. »Ich glaube, du magst John recht gern. Habe ich recht, Tildy?«

Tildy wurde feuerrot und senkte den Kopf.

»Ich will mich ja nicht in deine Angelegenheiten einmischen, aber ich frage mich einfach, ob deine bedrückte Stimmung heute morgen etwas mit deinen Gefühlen für John zu tun hat.«

»O nein. Es macht Spaß, mit John zu reden, und er ist so nett zu Jasper. Nein, ich – ich habe einfach so großes Mitleid mit Jasper. Er hat so viel Schreckliches durchgemacht.«

»Nun, ich freue mich zu hören, daß John dir nicht das Herz gebrochen hat.«

Tildy lächelte unter Tränen. »Das würde er mir nie antun.«

Lucie hustete. »Ich ersticke noch an diesem ätzenden Geruch.«

»Eure Augen sind ganz rot, Mistress Lucie.«

»Deine auch. Weshalb stehen wir eigentlich wie die Tölpel hier herum?«

Sie lachten und eilten zur Tür hinaus, husteten sich die Seele aus dem Leib und fingen dann an zu kichern. Lucie erkannte, wie sehr sie Tildy mochte, und sie hoffte, daß Bess in bezug auf John unrecht hatte. Andernfalls gab es keine Möglichkeit, Tildy vor einem gebrochenem Herzen zu bewahren. Tildy aber schien sich ihrer Gefühle sicher zu sein.

Kapitel 14

Die Geliebte des Königs

Schneeregen sammelte sich in der Kapuze von Thoresbys Umhang, als er den Weg zum Flußufer hinuntereilte. Er spürte bereits, wie Eiswasser durch die Kapuze drang, unangenehme Nässe sich über seinem Kopf ausbreitete. Zwei Bedienstete folgten ihm, balancierten eine Truhe mit Papieren und Geschenken auf den Schultern. Ned, Thoresbys Schildknappe, trug einen Korb mit Essen und Wein für die Reise bei sich. Die Flußfahrt von London nach Windsor dauerte nicht lang, aber Thoresby hatte nach einem sehr zeitigen Frühstück nichts mehr zu sich genommen, da er zu beschäftigt gewesen war, und jetzt war es bereits mitten am Nachmittag. Er fluchte, weil er mit seinen neuen Stiefeln am Flußufer im Morast versank. Der Kahnführer blickte erstaunt drein, denn es verwunderte ihn, daß der Erzbischof von York derartige Worte gebrauchte.

»Die traurige Wahrheit ist doch, daß ich mehr Lordkanzler bin als Erzbischof«, bemerkte Thoresby.

»Euer Gnaden?« stammelte der Kahnführer verständnislos.

»Ist schon gut.« Thoresby trat zur Seite, um die Bediensteten mit der Truhe vorbeizulassen. »Ich bin gespannt, ob Ihr mich nach Windsor bringt, bevor ich zu einem Eisklotz erstarrt bin.«

»Ja, Euer Gnaden.«

Thoresby tröstete sich mit dem Gedanken, daß Schneeregen hier in London in York meistens Schnee bedeutete. So hatte er es hier immer noch besser getroffen, auch wenn er durchnäßt war und fröstelte. Er suchte Schutz unter dem Vordach. Ned legte ein Kissen auf den thronähnlichen Stuhl, und Thoresby setzte sich und hüllte sich fest in seinen Umhang, um es so warm wie möglich zu haben.

»Dürfte ich Euch etwas Wein servieren, Euer Gnaden?« fragte Ned.

»Später. Versuch erst, die Stiefel von dem Morast zu befreien, Ned.«

Während der Junge die Stiefel mit einem Stecken und einem Lappen bearbeitete, lehnte sich Thoresby zurück und ließ noch einmal in Gedanken seinen Aufenthalt in London Revue passieren. Er hatte sich mit dem zweitältesten Sohn eines alten Freundes getroffen und ihm geraten, wenn er so weit wie möglich den Versuchungen des Fleisches aus dem Weg gehen wolle – er war mit zwei Kusinen im Bett erwischt worden, beide verheiratete Frauen –, solle sein Vater an den Abt von Rievaulx schreiben, eine Zisterzienserabtei oben im Moor. Dort würde er wohl sein Leben lang keine Frau mehr zu Gesicht bekommen.

Thoresby hatte auch seinen tüchtigsten und vertrauenswürdigsten Mann, Bruder Florian, damit beauftragt, nach Unterlagen über Goldbetter & Co. zu forschen. Florian war fasziniert davon, daß er dazu beitragen sollte, einen Mörder zu entlarven. Dazwischen hatte Thoresby auch noch die Zeit gefunden, drei Fässer Wein zu bestellen, die er in seinen Kellern in York und London einlagern wollte, und die Stiefel zu erwerben, die jetzt wieder blitzblank waren, wenn auch noch naß.

»Gott segne dich, Ned«, sagte Thoresby und musterte seine Stiefel. »Sie haben mich soviel gekostet wie dich deine gesamte Garderobe. Jetzt kann ich meinen Wein richtig genießen.«

Als sie sich in Windsor dem Kai näherten, fiel immer noch Schneeregen. Thoresby tauchte widerstrebend unter dem Vordach auf, um den Kahn zu verlassen. Zumindest waren die Holzbretter, auf die er trat, frei von Morast. Oben auf dem Hügel erhob sich das Schloß. Thoresby konnte erkennen, daß Wykeham immer noch mit dem Ausbau beschäftigt war. William de Wykehams architektonischen Pläne hatten beim König viel Beifall gefunden. Wykeham war jetzt Träger des Geheimsiegels und hatte damit eine Position inne, die früher oder später zwangsläufig zu der des Lordkanzlers führte. Thoresby war ebenfalls Träger des Geheimsiegels gewesen. Er überlegte, wann ihm Edward wohl die Kanzlerkette abnehmen würde, um sie

Wykeham umzuhängen. Keine besonders erbauliche Aussicht.

In der Halle verscheuchten die Höflinge die Kälte, indem sie sich am prasselnden Feuer wärmten und große Mengen purpurfarbenen Weins in sich hineingossen. Hunderte von Kerzen ließen den Schneeregen draußen in Vergessenheit geraten. Brillanten funkelten, Seidenstoffe raschelten. Thoresby hatte Geschichten gehört darüber, wie bescheiden und schlicht die ersten Weihnachtsempfänge Edwards kurz nach seiner Thronbesteigung noch gewesen waren – eine notwendige Sparmaßnahme, da Edwards Eltern, König Edward II. und Königin Isabella sowie John Mortimer, Isabellas Liebhaber, die königlichen Schatztruhen weitgehend geleert hatten. Aber jetzt, nach den Siegen in Frankreich, die Beute und Lösegeld eingebracht hatten, ließ Edward den Hof prunkvoll erglänzen.

Als Thoresby wieder von Kopf bis Fuß trocken war, suchte er Königin Phillippa auf. Mit Bedauern stellte er fest, daß ihr Gesundheitszustand sich noch weiter verschlechtert hatte. Ihr Gesicht, das stets voll und gut durchblutet gewesen war, wirkte jetzt aschfahl, schlaff. Sie stützte sich auf einen Stock, um in ihrer Kammer umherzugehen. Auch wenn der Stock mit Juwelen besetzt war, war es eben doch ein Stock. Seit dem Reitunfall vor acht Jahren war die Königin nicht mehr gut zu Fuß, aber bis jetzt war es ihr gelungen, ihr Hinken zu kaschieren. Nur ihre Eleganz hatte sie nicht eingebüßt.

Thoresby hing mit ganzem Herzen an der Königin. Er hatte sie stets bewundert. Sie war Edward eine vorzügliche Gefährtin gewesen, ein Ausbund all jener Tugenden, die dem König fehlten oder die er nur in geringem Maße besaß. Phillippa wußte, was ihre Untertanen von einer Königin erwarteten. Sie erfüllte ihre Wünsche, und die Menschen liebten sie dafür. Während Edward oft aufbrausend reagierte, handelte Phillippa mit kühlem Kopf. Edward war nachtragend, Phillippa dagegen fand sich schnell bereit zu vergeben. Sie hatte Edward zwölf Kinder geboren. Einige waren schon in jungen Jahren gestorben, doch es waren noch genug am Leben, um die Nachfolge zu sichern und durch sorgfältig arrangierte Heiraten wertvolle Verbündete zu gewinnen. Thoresby hatte das Gefühl, Königin Phillippa

schon sein Leben lang zu kennen. Sie begrüßte ihn jedesmal mit aufrichtiger Freude, wie es schien, und ihre Geschenke für ihn waren stets sorgfältig ausgewählt und auf seinen persönlichen Geschmack abgestimmt.

Heute nachmittag war er nicht allein mit der Königin. An einem Fenster saß Alice Perrers, die sich mit einer Näharbeit beschäftigte. Sie trug ein hellbraunes Seidengewand, das zu ihren Augen paßte. Zu ihren Füßen lag ein Säugling in einem Korb. Sie hatte also das Kind bekommen, und es befand sich immer noch am Hof. Thoresby hatte vermutet, das Kind würde kurz nach der Geburt in die Obhut einer gut bezahlten Amme gegeben werden.

Königin Phillippa gab Thoresby ein Zeichen, sich zu ihr zu setzen. »Ich freue mich, daß Ihr gekommen seid. Wie ich hörte, haben die Arbeiten an Eurer Marienkapelle begonnen. Ich hoffe, es geht gut voran?«

»Ich bin mit talentierten und fleißigen Steinmetzen gesegnet. Ich hoffe, Ihr findet eines Tages die Zeit, Euch selbst von den Fortschritten zu überzeugen, die wir seit Eurer Hochzeitsmesse im Münster gemacht haben.«

Königin Phillippas Augen wirkten betrübt, als sie den Kopf schüttelte. »Ich glaube nicht, mein lieber Freund, daß Gott es mir erlauben wird, noch einmal eine solch weite Reise zu machen.«

Was für tapfere, traurige Worte. Thoresby flüchtete sich nicht in leere Höflichkeitsfloskeln, die bei einer Frau vom Format der Königin sowieso keine Wirkung gehabt hätten. Alles in allem war es ein trauriger Besuch, und als Thoresby Phillippa verließ, verfiel er in eine düstere Stimmung. Zum Glück hatte Alice Perrers nicht mit ihm gesprochen. Er war sich nicht sicher, ob er es fertiggebracht hätte, ihr gegenüber höflich zu bleiben.

Ihren Bankert so zur Schau zu stellen. Wie konnte die Königin das zulassen? Wie konnte sie dem König erlauben, sich mit Alice Perrers zum Narren zu machen?

Und Edward sah heute wirklich aus wie ein alter Narr, der einstmals ruhmreiche Krieger war jetzt leicht gebeugt, sein frü-

her goldenes Haar war nun stumpf und glatt, seine Augen waren eingebettet in eine rotgeäderte, faltige Haut, seine Wangen waren aufgedunsen von zu üppigem Essen und zuviel Wein.

So bekam Thoresby Edward zu Gesicht, als er die Große Kammer des Königs betrat, um mit ihm zu speisen. Der König, der bereits am Tisch Platz genommen hatte, Phillippa zur Rechten und Alice zur Linken, begrüßte Thoresby herzlich. Die Königin lächelte liebenswürdig, war aber recht einsilbig. Neben Alice Perrers sah das königliche Paar alt aus. Die Frau trug jetzt ein karmesinrotes Gewand, Perlen schmückten ihr Haar und ihren Hals. Ihr gewagter Ausschnitt enthüllte einen schlanken weißen Hals, sanft gerundete Schultern und einen jugendlichen, wohlgerundeten Busen.

Als Thoresby seinen Platz am Tisch einnahm, versuchte er, nicht auf diese Brüste zu starren. Vielleicht war Alice nicht gerade eine Schönheit, aber sie verstand es, ihren jugendlichen Körper richtig zur Geltung zu bringen.

»Euer Gnaden«, wandte Alice sich an Thoresby, »wie ich hörte, erweitert Ihr die große Kathedrale von York um eine Marienkapelle?«

Das karmesinrote Gewand betonte die durchsichtige Blässe von Alice Perrers Haut, hatte aber eine verblüffende Wirkung auf ihre Augenbrauen, denen es einen roten Schimmer verlieh. Ein Sukkubus mochte wohl solche Augen haben, überlegte Thoresby.

»Ja, ich habe mit der Marienkapelle begonnen«, bestätigte Thoresby.

Eine schmale Augenbraue hob sich, die Winkel ihres üppigen Mundes umspielte ein Lächeln. »Wie erklärt Ihr Euch die neuerwachte Verehrung der Heiligen Mutter Maria in jüngster Zeit?«

Thoresby wußte nicht, was er von dieser Frage halten sollte. Hatte sie sie einstudiert, hatte sie ihr der König eingeflüstert, oder war sie vielleicht gar von selbst darauf gekommen? Er beschloß, sich des sichersten Konversationstricks zu bedienen, der immer funktionierte, nämlich die Frage zurückzugeben. »Da Euch diese Frage so sehr zu beschäftigen scheint, würde ich

gern Eure Meinung dazu hören.« Er trug seine Worte freundlich vor und mit einer höflichen Verbeugung.

Der König lächelte und nickte, freute sich über Thoresbys Reaktion.

Alice Perrers lehnte sich in ihrem Stuhl zurück, den Blick auf den Becher in ihrer Hand gerichtet. Thoresby bemerkte farbige Flecken auf ihren Wangen und ihrem Schlüsselbein. Empfand die Frau seine Antwort als Affront? Wenn ja, dann war sie wirklich alles andere als dumm.

Während Thoresby sie beobachtete, stellte Alice ihren Becher auf den Tisch und wandte ihm den Blick zu. »Meine Meinung ist wahrscheinlich nur unzureichend begründet, Euer Gnaden, denn ich hatte nicht das Privileg, eine gute Erziehung zu genießen. Aber ich glaube, die Menschen sehnen sich in schrecklichen Zeiten immer nach einem Fürsprecher, jemandem, der von Gottvater geliebt wird, der bei ihm ein gutes Wort für sie einlegt und ihn daran erinnert, daß die Menschen nur sündige Kinder sind und sich bemühen, wenngleich sie stets unvollkommen bleiben werden. Maria, die Muttergottes, ist die ideale Fürsprecherin.« Alice senkte erneut den Blick, aber Thoresby war das herausfordernde Funkeln darin nicht entgangen.

Oder war es ihr Bravourstück? Bildete er sich nur ein, daß diese Frau über ein hohes geistiges Niveau verfügte, oder war dies wirklich der Fall?

»Leben wir denn in schrecklichen Zeiten?« fragte Thoresby.

Alice blickte erstaunt drein. »Verzeiht mir, Euer Gnaden, aber Ihr wißt genau, daß die Zeiten schrecklich sind. Ich habe als Kind noch die Jahre der Pest miterlebt. Seit damals fürchte ich die Rückkehr der Pest. Und sie kommt immer wieder. Man sagt uns, die Heimsuchung durch die Pest sei die Strafe für unsere Sünden. Vor zwei Jahren und auch dieses Jahr hatten wir eine Mißernte. Und außerdem gibt es diesen Krieg, der zum Glück in Frankreich und nicht bei uns wütet.«

»Die Argumente von Mistress Alice sind gut durchdacht, nicht wahr?« bemerkte Königin Phillippa mit nachsichtigem Lächeln.

Der König strahlte.

Thoresby hatte nun genug von dieser altklugen jungen Dame. »Ja, wirklich, das sind sie, und sie stehen auch jemandem gut zu Gesicht, der durch diese furchtbare Seuche zur Waise geworden ist.«

Alice versuchte nicht, ihre Verblüffung zu verbergen. »Ihr habt Euch über mich erkundigt, Euer Gnaden?«

»Nicht absichtlich, Mistress Alice. Aber man hörte einiges ...« Er schenkte ihr sein wohlwollendstes Lächeln. »Es wird allgemein behauptet, daß Kinder, die in den Pestjahren geboren wurden, viel robuster seien als andere und sich als echte Überlebenskünstler erweisen, wußtet Ihr das? Manche meinen auch, Gott verleihe ihnen diese Stärke, um zu beweisen, daß er die Menschheit nicht im Stich gelassen hat und daß der Tod für uns nur eine Warnung sein soll.«

»Sehr bemerkenswert«, sagte der König und stand auf. »Aber nun müssen wir den Damen erlauben, sich zu erholen, während wir uns den Geschäften zuwenden, John.«

Thoresby beobachtete, wie sich Alice anmutig erhob und hoch aufgerichteten Hauptes die Kammer verließ und dabei Königin Phillippa stützte. Alice strahlte ein Selbstbewußtsein aus, das Thoresbys Gefühl für Anstand verletzte. Sie kannte ihren Platz nicht. Sie spielte die Königin, eine Rolle, die ihr nicht zustand. Eine Bürgerliche wie sie konnte niemals Königin werden – eine Bürgerliche, die nichts dazu würde beisteuern können, die Interessen des Königreichs zu fördern. Aber Alice Perrers trug eine königliche Miene zur Schau und gab sich hochmütig. Sie stellte eine Gefahr dar.

Als der König und sein Kanzler allein waren, abgesehen von einigen wenigen vertrauenswürdigen Dienern, die dafür sorgten, daß die Becher mit Wein gefüllt wurden und das Feuer nicht ausging, sagte Edward zu Thoresby: »Ihr habt Mistress Alices Kind gesehen, nicht wahr, John? Mistress Alice ist eine außergewöhnliche Frau. Sie trug diesen Knaben unter dem Herzen und versäumte doch kaum einen Tag ihren Dienst bei Phillippa. Als Anerkennung für ihre Pflichterfüllung und als Weihnachtsgeschenk möchte ich ihr gern einige meiner Londoner Liegenschaften überschreiben.«

»Einige Eurer Londoner Liegenschaften?« Thoresby unterdrückte ein Stöhnen. »Aber ihre jährliche Apanage und die Kleider, die Juwelen und die Ehre, am Hof leben zu dürfen – all das ist doch schon mehr als großzügig.«

»Und ich will noch großzügiger sein, John. Ihr wißt, daß Alice mir sehr nahesteht, nur Phillippa, meine heißgeliebte Königin, steht mir näher. Ihr wißt, daß das Kind von mir ist. Ich hoffe, dies schockiert Euch nicht. Als meinem illegitimen Sohn soll es ihm an nichts fehlen – wenn ich ihn schon niemals offiziell als mein Fleisch und Blut anerkennen kann.«

Thoresby dankte dem Himmel dafür, aber das Ganze war immer noch schlimm genug. Er hätte den König am liebsten geschüttelt, ihn gefragt, wie er die kranke Königin mit einem solch gewöhnlichen, intriganten Geschöpf betrügen konnte. Aber der Kanzler kannte die Grenzen der Zuneigung seines Herrschers. Ein derartiger Ausbruch konnte ihn das Leben kosten.

»Ich bin keineswegs schockiert über diesen erneuten Beweis der bemerkenswerten Fruchtbarkeit von Euer Gnaden«, sagte Thoresby in einem, wie er hoffte, liebevoll spöttischen Ton.

Edward lehnte sich zurück, und brüllte vor Lachen.

Der Himmel sei gepriesen, Thoresby konnte sich immer noch überzeugend verstellen.

»Ihr enttäuscht mich nie, John, denn Ihr versucht nicht, mir Moralpredigten zu halten.« Dann fuhr der König nüchtern fort: »Hat Mistress Alice Euch den Namen des Kindes verraten?«

»Nein.«

Edward verzog das Gesicht zu einem breiten Grinsen. »Wir haben ihn auf den Namen John getauft. Benannt nach Euch, aus Dank für Eure Freundschaft.«

Lieber Gott, das durfte doch nicht wahr sein. Gewiß war der Junge nach Edwards Sohn John of Gaunt, dem Herzog von Lancaster, benannt worden. Ja, Thoresby war davon überzeugt, daß es sich so verhielt. Das war nur ein Trick, um Thoresby gegenüber dem Kind gewogen zu stimmen.

»Ich verlange keine Belohnung, nur Eure Freundschaft, mein

König.« Thoresby erhob das Glas. »Trinken wir auf das Wohl des kleinen John.«

Edward strahlte. »Ich wußte, Ihr würdet Euch freuen.«

Thoresby nahm einen langen Schluck. »Was die Schenkung in London anbetrifft, so würde ich Euch raten, falls Ihr wirklich dazu entschlossen seid, dies im geheimen zu vollziehen.« Thoresby wählte seine Worte mit Bedacht. »Eure Zuneigung für Mistress Alice ist bereits bei Hof bekannt. Noch mehr Aufmerksamkeit auf ihren besonderen Status zu lenken könnte sie in Schwierigkeiten bringen. Und das Kind hätte dies später auszutragen.«

Der König blickte stirnrunzelnd in seinen Becher. »Mistress Alice ist eine bemerkenswerte junge Frau. Was könnte man gegen sie ins Feld führen?«

Diese Frage konnte Thoresby nicht wahrheitsgemäß beantworten, auch wenn er es gern getan hätte.

»Das wäre bei jedem so, dem eine besondere Begünstigung zuteil wird. Eure Höflinge sind eifersüchtig auf Eure Zuneigung. Dahinter steckt ihre große Verehrung für Euch.«

Edward trank seinen Wein aus und verscheuchte den Diener, der ihm nachschenken wollte. »Es ist spät, und ich bin müde.« Eine Weile lang studierte er Thoresbys Gesicht. »Ihr seid mir ein guter Freund, John, und ich danke Euch dafür. Aber Ihr braucht mich nicht zu schonen. Ich weiß, daß Mistress Alice mit ihrem scharfen Verstand und ihrem schlauen Geschäftssinn die Menschen vor den Kopf stößt. Meine Königin besitzt ebenfalls diese Eigenschaften, doch bei ihr sind sie gemildert durch ihre angeborene *gentilesse*, die ihr die Liebe ihres Volkes sichert.«

Edward war also doch nicht so blind. Thoresby war erleichtert. »Und Königin Phillippa ist adliger Abstammung, mein König. Das ist wichtig für das Volk. Mistress Alice ist eine Bürgerliche.«

Der König nickte. »Was sie noch bewundernswerter macht, John.«

»Ihr seid ein kluger Mann, der dies erkennt, Euer Gnaden. Das Volk ist nicht so klug.«

»Ihr habt recht.« Der König erhob sich. »Wir werden auf die Schenkung zurückkommen. Eine Bestandsaufnahme der Liegenschaften wird Euch überbracht werden.« Edward schickte sich an aufzubrechen, wandte sich aber nochmals um und sagte mit einem weichen Gesichtsausdruck: »Phillippa und ich sind hocherfreut, Euch hier bei uns zu sehen, John. Meine Königin ist krank, wie Ihr wißt. Wir brauchen den Trost guter Freunde.«

»Es ist eine große Ehre für mich, hier als Euer Gast weilen zu dürfen, Euer Gnaden.« Thoresby zog sich nach dem König zurück, erschöpft von der Reise und von seinen Bemühungen, Alice Perrers gegenüber die Form zu wahren. Es würde ein langer Dezember werden.

Am dritten Nachmittag von Thoresbys Aufenthalt traf Bruder Florian in Windsor ein. Er war von Kopf bis Fuß durchnäßt, da er mit einer Gruppe von Jongleuren einen Kahn benutzt hatte. Diese hatten mit ihrem Zubehör den ganzen überdachten Bereich belegt, so daß ihm nichts anderes übrig blieb, als die Fahrt genauso ungeschützt wie der Kahnführer zurückzulegen. Zum Glück war der Schneeregen der vorherigen Tage einem kühlen Nebel und gelegentlichem Sprühregen gewichen, doch es war immer noch so feucht, daß Bruder Florians Umhang sich vollgesogen hatte und er entsprechend gedrückter Stimmung war.

»Dürfte ich fragen, Euer Gnaden, weshalb diese Papiere nicht Bruder Michaelo, Eurem Sekretär, anvertraut werden konnten, der es sich in Euren Gemächern in London gemütlich macht? Hat er wirklich so viel mit dem Bestellen und Verladen von Vorratslieferungen nach York zu tun, daß er für diese Reise unabkömmlich war?« Der weißhaarige Bruder Florian, den die Erfahrung selbstsicher gemacht hatte, nahm kein Blatt vor den Mund.

»Ihr habt berechtigte Fragen gestellt, Bruder Florian, und ich antworte Euch gern.« Thoresby lächelte. »Ich vertraue die Papiere deshalb nicht Bruder Michaelo an, weil ich nicht sicher sein kann, ob er nicht vielleicht ihren Inhalt gegen einige der

Luxusgegenstände eintauscht, die er so unwiderstehlich findet. Aber Michaelo eignet sich sehr gut für die Aufgaben, die ich ihm übertragen habe, denn er weiß, daß er in den Genuß eben dieser begehrten Dinge kommen wird, sobald sie in meine Häuser in Yorkshire gelangt sind. Auf diese Weise ist alles gut geregelt. Behagt es Euch denn nicht, daß Ihr unentbehrlich seid?«

Bruder Florian schnaubte ärgerlich. »Wäre ich wirklich unentbehrlich, hättet Ihr mich nicht übergangen, als Ihr einen Nachfolger für Euren Sekretär Johannes gesucht habt, Euer Gnaden. Ganz ohne Zweifel ist es Bruder Michaelos normannischer Reichtum, der wirklich unentbehrlich ist.« Florian hob den Becher an die Lippen, sah, daß er leer war, und stellte ihn brummend auf den Tisch zurück.

»Die kalte Flußfahrt hat offensichtlich Euer Herz gefrieren lassen, eine Buße, die in keinem Verhältnis steht zu Euren läßlichen Sünden.« Thoresby schob dem Mönch den Weinkrug zu. »Wir werden heute abend gut speisen. Das sollte Euch ein wenig besänftigen.«

Nachdem Bruder Florian sich zurückgezogen hatte, um durch Gebet und einen Mittagsschlaf wieder in eine bessere Stimmung zu kommen, öffnete Thoresby das Bündel mit den Aufzeichnungen und Dokumenten und lehnte sich zurück, um zu lesen. Erfreut stellte er fest, daß Florian wie immer ganze Arbeit geleistet hatte.

Gemäß den Unterlagen des Hofes hatte Goldbetter Geschäftspartner angezeigt, die Wolle nach Flandern geschmuggelt hatten, um die Zollgebühren zu umgehen, ebenso wie Chiriton und Konsorten Goldbetter deswegen denunziert hatten. Mehrere Agenten von Goldbetter & Co. hatten eine Schmugglerliste vorgelegt, um zu erreichen, daß man bei ihren eigenen weniger kriminellen, aber trotzdem nicht ganz legalen Geschäften ein Auge zudrückt. Ridley und Crounce hatten zu jenen Agenten gehört, die Namen angegeben hatten, aber es wurde nicht berichtet, wer wen denunziert hatte.

Florian hatte eine Liste der Schmuggler beigefügt, die daraufhin ins Fleet-Gefängnis gewandert waren, ergänzt durch Informationen aus dem Gefängnis selbst. Der tüchtige Florian, er

hatte sich sogar die Zeit genommen, das Gefängnis aufzusuchen. Die meisten dieser Schmuggler waren nach einem kurzen Kerkeraufenthalt wieder freigelassen worden, zwei befanden sich aufgrund neuerer, nachträglicher Informationen, die zu einer Verschärfung der Strafe geführt hatten, immer noch dort, und einer war im Kerker gestorben. Hierbei handelte es sich um einen gewissen Alan of Aldborough.

Diese Notiz erregte Thoresbys Aufmerksamkeit. Aldborough lag in der Nähe von Boroughbridge, wo Will Crounce gelebt hatte. Vielleicht hatte Crounce gerüchteweise von Aldboroughs Geschäften erfahren. Es war natürlich auch möglich, daß jemand aus Alans Familie den Tod des Mannes rächen wollte.

Bruder Florian hatte aber noch etwas Interessantes über den Toten herausgefunden. Nach zwei Bechern Branntwein, so schrieb er, habe der Kerkermeister zugegeben, er sei höchst überrascht gewesen, als Alan of Aldborough krank wurde und nach zwei Tagen starb, denn bis dahin habe er sich bester Gesundheit erfreut und sei sehr zuversichtlich gewesen.

Am nächsten Tag stieß Thoresby auf einen Höfling, der einen Boten in den Norden schickte, und gab diesem einen Brief an Owen Archer mit.

Kapitel 15

Alpträume

Der Wind rüttelte an den Fensterläden und stahl sich durch die Ritzen ins Haus. Lucie wachte von einem Geräusch auf, stellte aber fest, daß es nur der Wind war, und kuschelte sich wieder an Owens warmen Rücken. Und dann hörte sie den Schrei. Und noch einmal. Beim zweiten Schrei wachte auch Owen auf.

»Was zum Teufel war das?« brummte er, setzte sich auf und rieb sich das vernarbte Auge.

»Es ist wieder Jasper. Ich schaue mal, ob Tildy mich braucht.« Lucie schlüpfte in ihr Hemd und legte sich ein Halstuch um.

Owen griff nach Lucies Arm. »Bleib hier. Tildy kann ihn schon allein wieder beruhigen. Du brauchst Schlaf. Du bist so blaß. Wenn du jede Nacht wegen Jaspers Fieberträumen aufschreckst, wirst du krank, und dann muß ich ihn weggeben.«

Lucie saß auf der Bettkante. »Owen, bitte. Er ist doch noch so klein. Nach dem Tod meiner Mutter hatte ich Alpträume. Ich weiß, welche Ängste ihn quälen, ich weiß es aus eigener Erfahrung.«

»Du hast ihn aufgenommen, das ist doch nicht selbstverständlich. Und Tildy ist jetzt bestimmt bei ihm, wiegt ihn in ihren Armen und singt ihn in den Schlaf, das weißt du genau. Sie hat richtige Wunder bei dem Jungen vollbracht.« Owen griff nach Lucies Hemd, und zog sie an sich und hielt sie fest.

»Er ist immer noch verstört, Owen. Wir müssen ihm das Gefühl geben, daß er hier willkommen ist, zur Familie gehört. Dann fühlt er sich sicherer. Er entschuldigt sich ständig dafür, daß er hier ist.«

»Ich werde morgen früh mit ihm reden. Ich will aber nicht, daß du wegen des Jungen auf deinen Schlaf verzichtest. Dazu besteht kein Anlaß.«

Als Owen am Morgen hinunter in die Küche ging, saß Jasper neben dem Fenster und umklammerte einen Becher mit einer dampfenden Flüssigkeit. Er war ein hübscher Junge mit ausdrucksvollen Augen und goldenem Haar. Owen rückte einen Hocker heran und setzte sich neben Jasper. »Ich freue mich, daß du auf dem Weg der Besserung bist, Junge. Wir sind alle froh, daß der Herr dich noch nicht zu sich geholt hat.«

»Vielen Dank, Hauptmann Archer.« Jasper blickte argwöhnisch drein.

Owen goß sich etwas Bier ein. »Wie alt bist du, Jasper?«

»Im Winter werde ich neun.«

»Neun.« Owen nickte und nahm einen Schluck. »Scheint mir das richtige Alter zu sein, um sich mit dem Langbogen anzufreunden. Was meinst du dazu, Jasper?«

Der Junge zuckte mit den Achseln und wandte den Blick ab, aber Owen entging nicht, daß eine Träne auf seiner Wange glitzerte. »Mein Arm ist immer noch in der Schlinge.« Der Knabe deutete auf seinen rechten Arm.

»Wie ich hörte, heilt er ganz gut. Am Anfang können wir ja diesen Arm noch in Ruhe lassen. Einem kräftigen Burschen wie dir fällt es gewiß schwer, immer ans Haus gefesselt zu sein. Wenn du mit deinem Frühstück fertig bist, können wir dann anfangen, die Muskeln in deinem linken Arm zu kräftigen?«

Jasper wandte sich Owen zu, diesmal mit freundlicherem Blick. Doch dann runzelte er die Stirn. »Man darf mich nicht sehen.«

»Wie gut, daß wir einen ummauerten Garten haben. Mistress Merchet von der York Tavern hat zur Zeit keine Gäste in der Kammer mit dem Fenster zum Garten, und keines der anderen Gebäude um uns herum ist hoch genug, daß man daraus unseren Garten einsehen könnte. Dazu müßte man schon aufs Dach klettern. Und wenn jemand das versuchen würde, dann würden wir es ja wohl merken, nicht wahr, mein Junge? Also kannst du dich unbesorgt draußen im Garten bewegen.«

Das Gesicht des Jungen hellte sich ein wenig auf, aber er wirkte immer noch unsicher. »Weshalb seid Ihr so gut zu mir?«

Owen grinste. »Nun, das ist eine gute Frage, Jasper. Du weißt doch, daß Mistress Wilton eine Apothekermeisterin ist?«

Der Junge nickte.

»Wir besitzen also hier die Erfahrung, um dich wieder gesund zu machen. Auch die Flußfrau könnte dies, aber sie verfügt nicht über so einen versteckten Platz wie wir. Wir lassen keine Fremden in unsere hinteren Räume hineinschauen. Deshalb schien uns das ein geeigneter Ort für dich zu sein.«

»Aber warum helft Ihr mir?«

»Weil es eine Christenpflicht ist?« Owen grinste, als Jasper den Kopf schüttelte. »Du hast recht, wenn du einer solchen Antwort mißtraust, Jasper. Die ganze Stadt weiß, in welche Schwierigkeiten du geraten bist, und es gibt zweifellos ein paar finstere Gestalten, die nach dir suchen.«

Jasper betrachtete den Becher, den er zwischen den Händen hielt. »Ihr wißt, daß ich beobachtet habe, wie Master Crounce ermordet wurde?«

»Grauenhaft, wenn man mit ansehen muß, wie ein Freund überfallen und umgebracht wird.«

»Ich habe ihm nicht geholfen«, flüsterte Jasper.

Das also bedrückte den Jungen. Er hatte Schuldgefühle. »Du solltest dir deswegen keine Gewissensbisse machen, Jasper. Was hättest du denn gegen bewaffnete Männer ausrichten können? Ein Soldat ist dann klug, wenn er weiß, wann es angebracht ist, sich ruhig zu verhalten, um am Leben zu bleiben und Hilfe holen zu können. Was du ja auch getan hast.«

Der Junge blickte zu Owen hoch. »Wirklich?«

Owen nickte. »Ich habe auch erfahren, daß deine Mutter kurz danach gestorben ist. Das weiß ebenfalls die ganze Stadt.«

»Hat Mistress Digby Euch sonst noch etwas berichtet?«

Owen überlegte, was der Kleine mit der Frage bezweckte. Er wollte Jasper gegenüber so aufrichtig wie möglich sein, ohne ihm zu sagen, wie sehr er in die Suche nach den Mördern eingebunden war. Das würde den Jungen sicherlich nervös machen.

»Würde es dich stören, wenn Mistress Digby mit uns über dich geredet hätte?«

Jasper zuckte mit den Schultern. »Ich habe mich nur gefragt, was sie gesagt haben könnte, das ist alles.«

»Wir wissen, was Mistress Digby weiß.«

Jasper versuchte ein Lächeln. »Wenn die Flußfrau Euch vertraut, tu ich es auch.«

»Danke.« Owen erhob sich. »Du trinkst deinen Becher aus und nimmst noch etwas Brot und Käse mit, denn es ist kalt draußen, dann gehen wir hinaus in den Garten und schauen, wie stark du schon bist.«

Tildy griff dieses Stichwort auf und drängte den Jungen, alles aufzuessen, was sie für ihn hergerichtet hatte. Er schlang es hinunter und sagte dann, er sei bereit.

Graue, tiefliegende Wolken kündigten Schnee an, aber bis jetzt war es noch trocken. Der Sturm der letzten Nacht hatte einige Zweige von den Bäumen gerissen, die nun quer im Garten verstreut lagen.

»Vielleicht kannst du sie später auflesen und in den hinteren Teil des Gartens bringen«, schlug Owen vor.

»Gern, Hauptmann Archer.« Jasper schien sich zu freuen, daß er eine Aufgabe erhalten hatte.

Owen hatte sich einen Bogen über die Schulter gelegt. Als er mit Jasper beim Holzstoß angelangt war, streifte Owen den Langbogen ab und hielt ihn dem Jungen hin. Der sieben Fuß lange Bogen war um einiges höher als der Junge, obwohl dieser für sein Alter schon recht groß war.

»Der Bogen meines Vaters war verziert«, sagte Jasper und betrachtete das schlichte Holz.

»Die Bogen sind wunderbar, wenn sie bemalt sind, nicht wahr?« sagte Owen, auch wenn er seinen einfachen Bogen bevorzugte. Er mochte sauberes, glattes Holz. »Hast du den Bogen deines Vaters irgendwo versteckt?«

Jasper ließ den Kopf hängen. »Ich mußte ihn zurücklassen, als ich weggelaufen bin.«

»Das muß schwer für dich gewesen sein. Du warst sehr tapfer. Ich glaube nicht, daß ich mich in deinem Alter so gut hätte durchschlagen können.«

»Tildy sagt, Ihr seid aus Wales.«

»Ja, Tildy hat recht. Ich bin weit weg von zu Hause.« Owen streckte dem Jungen den Bogen hin. »Weißt du, wie man ihn hält?«

»Ich habe auf dem Übungsplatz beobachtet, wie man es macht.«

»Zeig es mir.« Owen schob dem Jungen ein breites Holzbrett zu. »Stütze den unteren Teil des Bogens darauf, so daß er sich nicht in den Morast eingräbt. Denn dann würde ich die Sehne nicht mehr benutzen können.«

Jasper nahm den Bogen, der für ihn ziemlich unhandlich war, und schaffte es, mit der linken Hand die Mitte zu fassen. Mit der rechten berührte er die Sehne. Er blickte zu Owen hoch, wartete auf sein Lob.

»Ausgezeichnet. Nun spann ihn mit der rechten Hand.«

Jasper warf einen Blick auf seinen bandagierten Arm. »Das kann ich nicht.«

»Versuch es ruhig einmal. Wir müssen markieren, wo wir angefangen haben. Dann kannst du deine Fortschritte verfolgen.«

Der Junge atmete tief durch, biß die Zähne zusammen und spannte den Bogen. Es war nur eine winzige Bewegung, und doch trieb sie ihm den Schweiß auf die Stirn und die Oberlippe, obwohl es ein kühler Tag war.

»Genug!« befahl Owen.

Der Junge keuchte heftig, als er die Sehne losließ. Owen nahm den Bogen hoch und legte ihn sich wieder über die Schulter.

»Jetzt werden wir ein wenig mit dem linken Arm üben. Du mußt den Bogen mit der linken Hand festhalten, und dazu braucht man einen starken, ausdauernden Arm. Also«, sagte Owen, nahm einen runden, weichen Stock, den er mitgebracht hatte, in die Hand und gab ihn dem Jungen, »halt ihn mit der linken Hand vor dich hin, den Arm ausgestreckt und gerade, und beweg dich nicht.«

»Wie lange?« fragte Jasper und hob den Arm.

»Bis du merkst, daß es nicht mehr geht. In deinem Arm wirst du ein Gefühl haben, als wäre der Stock eine Bleikugel oder ein Felsstück. Genau das ist beabsichtigt, es macht dich stark.«

Jasper holte tief Luft und hielt den Stock umklammert, den Arm gestreckt und gerade.

Owen lächelte. »Du darfst nicht reden oder dich bewegen, Junge, aber du mußt atmen. Es hat keinen Sinn, wenn dir dabei schwindlig wird.«

Nach kurzer Zeit begann der Junge zu schwanken.

»Fang noch mal an, und dieses Mal halt die Beine leicht gespreizt.« Owen zeigte es ihm. »Das gibt dir einen festen Stand.«

Der Knabe schüttelte seinen Arm, schob seine Füße ungefähr einen Fußbreit auseinander und hob den Arm mit dem Ausdruck eiserner Entschlossenheit im Gesicht.

Owen ging um Jasper herum, rückte seinen Arm zurecht, achtete darauf, daß er den Rücken gerade hielt, und drehte seinen Kopf so, daß er kerzengerade war. Owen wußte, welche Schmerzen eine falsche Haltung verursachen konnte.

Jasper hielt den Stock fest, ohne sich zu bewegen. Er hielt es länger aus, als Owen in Anbetracht der geschwächten Kondition des Jungen erwartet hatte.

»Ausgezeichnet, Jasper. Das reicht für heute. Morgen versuchen wir es noch einmal.«

»Vielen Dank, Hauptmann Archer.« Jasper machte zum ersten Mal einen glücklichen Eindruck.

Owen nickte. »Es ist schön, wenn man jemanden von Anfang an unterrichten kann. So kann man dafür sorgen, daß sich keine Fehler einschleichen.«

»Tildy sagt, die Waliser wissen schon von Geburt an, wie man einen Bogen bedient.«

Owen lachte. »Das stimmt nicht ganz, Jasper. Wir müssen es auch lernen und üben. Ein guter Bogenschütze zu werden ist harte Arbeit.«

»Ich werde hart daran arbeiten, Hauptmann Archer.«

Owen blickte in das ernste Gesicht des Jungen. Seine Wangen waren von der Luft und der Anstrengung gerötet. »Das hast du mir ja gerade gezeigt. War dein Vater auch Bogenschütze?«

»Er war Zimmermann. Er hat das Bogenschießen nur als Sport betrieben, aber er soll recht gut gewesen sein.«

»Zimmermann war er? Ich dachte, du wolltest als Lehrling bei der Kaufmannsgilde anfangen?«

Der Junge nickte.

»Hattest du keine Lust, das Zimmerhandwerk zu erlernen?«

Jasper kaute an seiner Unterlippe und zuckte mit den Achseln. »Als mein Vater einmal im Schloß arbeitete, fiel er vom Gerüst.«

»Ah. Da dachte wohl deine Mutter, der Beruf des Kaufmanns ist ungefährlicher.« Owen nickte. »Das leuchtet mir ein.« Andererseits, wenn man an das Schicksal von Crounce und Ridley dachte . . .

Jasper legte den Kopf zur Seite und blickte zu Owen hoch. »Darf ich es noch einmal probieren?«

Owen grinste und gab Jasper den Stock.

Der Junge straffte die Schultern, als er seine Haltung einnahm, hob den Arm, brachte ihn in Position und hielt die Schulter so, wie Owen es ihm gezeigt hatte.

Owen wußte, der Junge würde sich gut machen.

Er entfernte sich ein paar Schritte von Jasper, blickte sich um, warf einen prüfenden Blick auf die umliegenden Dächer. Als Owen sich wieder Jasper zuwandte, stand dieser immer noch unbeweglich da. Owen setzte sich und wartete. Der Arm des Jungen zitterte leicht, aber fast unmerklich. Schweiß perlte auf Jaspers Oberlippe und Stirn und ließ das Haar, das ihm in die Stirn fiel, dunkler erscheinen. Schließlich ließ der Knabe mit einem tiefen Seufzer den Arm fallen. Er hatte fast dreimal so lange ausgehalten wie beim vorherigen Versuch.

»Sehr gut. Wenn du deine Schulter spürst, beweg sie so wie ich.« Owen zeigte Jasper, wie er die Schulter nach vorn, nach oben, nach hinten und kreisend bewegen sollte. Jasper versuchte es. »Gut. Das hilft, daß die Schulter nicht zu steif wird und du morgen weiterüben kannst. Das heißt, wenn du weitermachen willst.« Owen warf dem Jungen einen fragenden Blick zu.

»O ja, Hauptmann. Das möchte ich gern.« Jasper lächelte.

»Du bist recht kräftig für dein Alter. Ich glaube, man braucht ganz schön viel Kraft, um die Räder eines Umzugswagens in

Schwung zu halten, nicht wahr? Warst du nach einem solchen Tag nicht recht müde?«

»Sie haben mir am Tag zuvor gezeigt, wie man es macht. Als sie den Wagen nach Toft Green brachten.«

»Haben sie dich ausgewählt, weil du so kräftig bist?«

Jasper schüttelte den Kopf. »Master Crounce hat mir nur gesagt, daß ich es machen soll. Ich weiß nicht, ob sie überhaupt wußten, wer ich bin.«

Inzwischen hatte es leicht zu schneien begonnen. Owen stand auf. »Du solltest jetzt vielleicht die Zweige auflesen, die heute nacht abgebrochen sind, bevor sie unter dem Schnee begraben werden. Dann geh ins Haus und laß dir von Tildy etwas zum Aufwärmen geben. Ich will nicht, daß du eine Erkältung bekommst.« Owen versetzte Jasper einen Klaps auf den Rücken. »Heute nacht schläfst du bestimmt ruhiger.«

Jasper errötete, weil Owen seinen unruhigen Schlaf erwähnte. »Ich bitte um Entschuldigung, wenn ich Euch und Mistress Wilton aufgeweckt habe.«

»Es tut mir leid, daß du immer noch böse Träume hast. Du bist sicher bei uns, das darfst du nicht vergessen.«

Jasper bückte sich, um einige trockene Zweige aufzusammeln.

»Wovon träumst du denn, Jasper?«

Der Junge blickte Owen wieder argwöhnisch an. »Von nichts.«

Owen erkannte, daß er die sorgfältig gesteckten Grenzen des Jungen überschritten hatte. Er entschloß sich, zu warten und es zu einem späteren Zeitpunkt noch einmal zu versuchen.

Schneeregen prasselte gegen den Fensterflügel neben dem Tisch, den der König für Thoresby hatte bereitstellen lassen, damit dieser arbeiten konnte. Thoresby hatte den linken Ellbogen auf den Tisch gestützt und den Kopf in der Hand vergraben, während er zuschaute, wie der Eisregen die Scheibe hinunterrann, an Unebenheiten vorbei in Richtung Fensterbank, wo er sich zweifellos sammeln und überfließen würde.

Obwohl er den Regen beobachtete, waren seine Gedanken bei Alice Perrers. Er dachte daran, wie raffiniert sie sich den Zugang in den königlichen Haushalt erschlichen hatte, wie sie es geschafft hatte, den König immer mehr von sich einzunehmen, bis er nach ihrer Pfeife tanzte. Thoresby hatte beobachtet, wie sie sich ganz den Stimmungen des Königs angepaßt hatte, sich überschlagen hatte, um ihre Ursachen herauszufinden, und sich dann ungeachtet dessen, was der König wünschte oder worüber er sich beklagte, auf seine Seite stellte – meistens jedenfalls. Wenn sie einen anderen Weg vorschlug, horchte der König auf, denn es war so ungewöhnlich für sie, eine andere Meinung zu äußern, daß es wichtig sein mußte, wenn sie es einmal tat. Hatte es je eine raffiniertere Drahtzieherin gegeben als Alice Perrers?

Vor Thoresby auf dem Tisch lagen mehrere Dokumente, welche Liegenschaften des Königs in London betrafen. Nach Thoresbys Ansicht sollten diese besser an die Kinder des Königs gehen als an Alice Perrers. Was fand der König nur an ihr? Thoresby erinnerte sich an ihre feuersprühenden Augen während seines ersten Abends in Windsor. Vielleicht stand sie mit dem Teufel im Bunde? Das war durchaus möglich. Wenn er es recht bedachte, mußte es so sein, denn wie sonst hätte eine solch einfache, scharfzüngige, unmoralische Frau solche Macht über den König erlangen können?

Eine Frau. Thoresby schnaubte. Mit ihren siebzehn Jahren war sie eher noch ein Mädchen.

Und doch hatte sie bereits so großen Einfluß und wußte diesen auch zu nutzen. Ihre Onkel hatten wohl erkannt, über welchen scharfen Verstand sie verfügte, und sie hatten ihre Chance wahrgenommen. Aber wie hatten sie sie am Hof eingeschleust? Thoresby witterte Unrat, aber er brauchte Beweise. Die erdrückendsten Beweise gegen sie bestanden darin, daß es sie nicht gab. Eine Familie, die in so kurzer Zeit so weit nach oben geklettert war, hatte dies wohl nur durch zwielichtige Geschäfte und mit Hilfe von Gerichtsverfahren geschafft und dabei bestimmt eine große Menge Papier und Pergament hinterlassen. Aber er konnte keine Spur entdecken. Den Perrers war es

gelungen, alle Spuren zu verwischen. Der Teufel sollte sie holen. Er mußte eindeutiges Beweismaterial in Händen haben, bevor er auf den verliebten König zugehen konnte.

Thoresby warf einen Blick auf die Papiere auf dem Tisch und schob sie zur Seite. Er griff nach dem Weinkrug, den ihm eine hübsche Magd gebracht hatte. Weshalb konnte der König seine Lust nicht mit einem Mädchen wie diesem befriedigen, das anspruchslos war, glücklich, die Aufmerksamkeit seines Herrn und Meisters zu finden? Wenn sie ein Kind des Königs zur Welt brächte, würde sie gewiß keine Liegenschaften in London verlangen. Sie würde sich damit zufriedengeben, weggeschickt und mit einem Mann ihres Standes verheiratet zu werden.

Wegschicken. Thoresby kam ein Gedanke. Wie wäre es denn, wenn er eine solche Lösung auch für Mistress Alice vorschlug, so daß der König nicht ablehnen konnte? Es mußte allerdings schon ein wohlhabender Mann sein, der dem König zudem wichtig war.

Sollte dies nicht klappen, dann könnte sie vielleicht ein plötzlicher Tod ereilen? Unter mysteriösen Umständen?

Heilige Maria Muttergottes, er war Erzbischof von York und Lordkanzler von England. Er durfte nicht seine Zeit damit vergeuden, Pläne zur Ermordung der Geliebten des Königs auszuhecken. Sie war belanglos. Unwichtig.

Nein, dabei konnte er es nicht belassen. Der König hatte Alice Perrers zu einer wichtigen Person gemacht. Ihre Onkel hatten sie vielleicht am Hof untergebracht, aber der König war es, der sie dort hielt. Thoresby wollte allzugern wissen, weshalb der König sie erwählt hatte. Vielleicht war sie wirklich die Handlangerin des Teufels.

Thoresby straffte sich, als er vor der Tür Geräusche vernahm – das Klirren von Waffen, polternde Schritte. Vermutlich war der König im Anmarsch, der ungehalten war, weil Thoresby seinen Auftrag noch nicht erfüllt hatte. Er ordnete die Papiere auf dem Tisch. Als der König eintrat, war der Kanzler in die Dokumente vertieft. Thoresby heuchelte Überraschung und Verwirrung, als er aufblickte, und erhob sich dann schnell. »Mein König.« Er verneigte sich aufgeregt.

Die hochroten Wangen des Königs und seine dunklen Augen bestätigten Thoresbys Vermutung, daß der König verärgert war.

»Weshalb zieht mein Lordkanzler Erkundigungen über die Wollschmuggler ein, die ich ins Fleet-Gefängnis werfen ließ?« wollte Edward wissen.

Thoresby fühlte sich so überrumpelt, daß ihm nicht gleich eine Antwort einfiel. Wer hatte dem König das zugetragen?

»Erlaubt Ihr Euch etwa, dies zu mißbilligen?« fragte der König weiter.

»Mißbilligen? Nein, Euer Gnaden. Keineswegs.«

»Mir braucht niemand zu sagen, wie dieser Krieg zu finanzieren ist.« Edward hieb mit der Faust auf den Tisch.

Thoresby griff nach seinem Weinbecher, als dieser zu schwanken anfing. Es gelang ihm, ihn aufzufangen. »Euer Gnaden, bitte laßt es mich erklären. Ich habe meine Sekretäre beauftragt, Hintergrundinformationen über zwei Morde in York zu sammeln. Ich denke nicht im entferntesten daran, Eure Entscheidungen zu kritisieren, mein König.«

Edward nahm gegenüber Thoresby Platz. »Was für Morde?«

»Zwei Mitglieder der Kaufmannsgilde. Beide wurden innerhalb des Bezirks von St. Peter ermordet. Beide auf die gleiche Weise: Man schlitzte ihnen die Kehle auf und hackte ihnen die rechte Hand ab.«

Edward griff nach dem Weinbecher und trank. »Dann hat sie wohl jemand für Diebe gehalten. Wahrscheinlich ist irgendein Geschäft schiefgelaufen. Diese Kaufleute sind es gewohnt, einander zu betrügen.«

Thoresby zuckte die Schultern. »Vielleicht, Euer Gnaden. Aber ich brauche Beweise. Und da sie Agenten von John Goldbetter waren, dachte ich, aus den Aufzeichnungen könnte sich ein Motiv ergeben und vielleicht sogar der Name des Mörders.«

»Weshalb kümmert Ihr Euch so sehr um die Leute im Norden, John? Habt Ihr als mein Kanzler nicht genug Arbeit? Daß Ihr zum Erzbischof von York ernannt wurdet, hieß nicht, daß Ihr deswegen Eure Pflichten als Kanzler vernachlässigen sollt.«

»Verzeiht mir, wenn ich Euch gekränkt habe. Vielleicht ver-

wende ich zuviel Aufmerksamkeit auf diese Angelegenheit. Aber Ihr müßt wissen, eines der Opfer, Gilbert Ridley, hatte mir gerade eine große Geldsumme für meine Marienkapelle gespendet. Ich möchte dieses Geld nicht für den Bau der Kapelle verwenden, wenn es sich um gestohlenes Geld handelt.«

Der König warf den Kopf in den Nacken und lachte. »Du lieber Himmel, John, wenn das Geld aus Handelsgeschäften stammt, ist es höchstwahrscheinlich jemandem gestohlen worden.«

»Bitte, Euer Gnaden, ich möchte diese Kapelle zum Wohlgefallen unseres himmlischen Vaters und der heiligen Jungfrau Maria errichten.«

»Wollt Ihr Euch damit einen Heiligenschein erkaufen? Ihr seid kein Heiliger, John. Ihr könnt niemanden täuschen.«

»Ich meine es wirklich ernst, Euer Gnaden. Ich möchte für meine Sünden büßen.«

Der König bedachte seinen Kanzler mit einem langen, prüfenden Blick. »Wißt Ihr, John, Ihr fangt allmählich an, Euer Amt in York zu ernst zu nehmen. Habt Ihr denn keinen Dekan, keine Erzdiakone?«

»Doch, natürlich, aber . . .«

»Nun, dann ist doch alles in Ordnung. Sie sollen die Arbeit für Euch erledigen. Die Erzdiakone verlassen sich darauf, daß Ihr die meiste Zeit anwesend seid. Das macht sie faul.«

Vielleicht, dachte Thoresby, sollte er, bevor er Alice Perrers ermordete, noch ihre Verhaltensweisen genauer studieren. Er verhielt sich gegenüber dem König viel zu ungeschickt.

Edward zog einen juwelenbesetzten Dolch aus einem Gürtel und stach damit nach etwas, das sich auf seiner Handfläche befand. Dann steckte er ihn in den Papierstapel vor Thoresby.

»Weshalb braucht Ihr so lange, John? Ich habe Euch lediglich gebeten, ein Haus auszusuchen, das sich am besten für Mistress Alice eignet.«

Thoresby preßte die Daumen auf die Stelle zwischen den Augenbrauen. Der Schmerz beruhigte ihn. Dann wandte er sich dem König zu. »Das hängt davon ab, was Ihr mit Mistress Alice

vorhabt. Wollt Ihr, daß sie unauffällig bleibt? Dann solltet Ihr eine Liegenschaft weit entfernt von London wählen. Wollt Ihr, daß sie in Eurer Nähe ist? Dann wäre es am besten, sie diente weiterhin Eurer Königin als Hofdame. Ein Haus in London hält sie von Euch fern. Wollt Ihr ein gemütliches Heim für den Jungen? Auch in diesem Fall solltet Ihr ein Haus weit entfernt vom Hof wählen.« Thoresby rang verzweifelt die Hände. »Seht Ihr nicht das Dilemma, in dem ich mich befinde? Ich halte es nicht für ratsam, ihr ein solches Geschenk zu machen.«

»*Merde.* Nur Einwände, aber ohne Substanz. Ihr klingt immer mehr wie ein Kleriker. Ihr enttäuscht mich, John.«

Vielleicht bedeuteten diese Worte schon den Todesstoß für Thoresbys Karriere. Aber er empfand eigentlich keine Angst, sondern war seltsam erleichtert. Es kam ihm vor, als wäre er nicht ganz bei sich selbst. Er war wohl unpäßlich.

Unpäßlich. Das konnte von Nutzen sein. »Euer Gnaden, ich gestehe, daß ich mich in letzter Zeit selbst nicht mehr kenne.« Thoresby bemühte sich, seine Stimme so aufrichtig und demütig wie möglich klingen zu lassen. »Die morbide Faszination, die diese Morde auf mich ausüben, die Obsession, die mich hinsichtlich der Marienkapelle befallen hat, meine spätere Grabstätte. Vielleicht sollte ich für den Rest der feierlichen Zeit den Hof verlassen, mich nach York zurückziehen. Ich bin keine sonderlich erbauliche Gesellschaft . . .«

»Nein!« widersprach der König mit Donnergrollen in der Stimme. Dann fuhr er in ruhigerem Ton fort: »Ich erlaube es nicht.« An seinen großen Händen traten die Adern hervor, ein deutliches Zeichen dafür, daß er erzürnt war. »Ich brauche Euch hier, um diese vertrauliche Angelegenheit für Mistress Alice zu regeln. Ich lasse nicht zu, daß Ihr Euch in den Norden zurückzieht, um mit Euren Morden und Gräbern zu spielen. Das Moor hat Euch anscheinend trübsinnig werden lassen, John. Das ist das Problem. Das Schlimmste, was Euch widerfahren könnte, wäre wohl, wenn Ihr die Sonnenwende da oben auch noch in dieser gedrückten Stimmung erleben müßtet.«

»Aber wenn ich einfach nicht die richtige Entscheidung treffen kann, Euer Gnaden . . .« Thoresby streckte die Hände aus,

die Handflächen flehentlich nach oben gestreckt. »Ihr braucht mich doch gar nicht für diese Angelegenheit. Jeder Anwalt kann dies für Euch erledigen.«

Der König spielte mit dem Dolch, drehte ihn nach allen Seiten. Eine gefährliche Stille hatte sich über den Raum gesenkt. Nur das knisternde Feuer und der Schneeregen, der gegen das Fenster prasselte, durchbrachen das gespannte Schweigen.

Dann seufzte der König tief auf. »Man könnte fast annehmen, daß Ihr Mistress Alice ablehnt, John. Aber wir sind alte Freunde. Ihr habt mir stets gut und loyal gedient. Ich will keinen derartigen Argwohn gegen Euch hegen.« Der König erhob sich.

Thoresby stand ebenfalls auf.

»Wir reden morgen weiter.« Die Stimme des Königs klang immer noch ruhig und beherrscht. »Bis dahin seid Ihr zu einer Entscheidung gekommen.« Edward machte auf dem Absatz kehrt und verließ den Raum.

Thoresby lief es kalt den Rücken hinunter. Er hatte eine schlechte Figur abgegeben, eine sehr schlechte sogar. Vielleicht hatte ihn Mistress Alice mit einem Fluch belegt.

Kapitel 16

Unangenehme Begegnungen

Der Wind schlug Thoresby ins Gesicht, als er auf den Zinnen von Windsor Castle stand und die rauchenden Überreste eines Feuers betrachtete, das am frühen Abend vor den Toren der Stadt ausgebrochen war und für große Aufregung gesorgt hatte. Einer der gefrorenen Hauptäste eines Baumes war auf eine Holzfällerhütte gefallen, während die Familie sich um das Feuer gekauert hatte, um ihr bescheidenes Abendessen einzunehmen. Die Hütte war in Brand geraten, und das Feuer hatte auf einen Holzstapel vor der Tür übergegriffen. Zwei der Kinder hatten den Brand überlebt, da sie schneller vor der Gefahr fliehen konnten als ihre Eltern.

Es schien tatsächlich ein Unfall gewesen zu sein, kein Akt Gottes. Was konnte man daraus lernen? Nicht am Rande des Waldes zu leben? Kein Feuer in der Hütte zu machen? Würden die Kinder, die den Brand überlebt hatten, bessere Christen werden, da nicht nur ihre Eltern auf diese Weise umgekommen waren, sondern auch ihr Geschwisterchen, das noch im Säuglingsalter gewesen war? Oder war jeder Tod sinnlos? War Thoresbys besessenes Bemühen, herauszufinden, was hinter der Ermordung von Crounce und Ridley steckte, lediglich die Suche nach einem Gegenmittel gegen seine Todesangst?

Thoresby warf einen letzten Blick auf die verloschene Glut in der Ferne, schritt vorsichtig über die eisglatten Steine und stieg zum Schloß hinunter, in die Wärme und die Helligkeit. Er verharrte vor seiner Kammer, überlegte, daß er lieber in die Kapelle gehen und für die Seelen des Holzfällers, seiner Frau und des Säuglings beten sollte. Aber seine Zehen waren wie abgestorben und seine Hände starr vor Kälte. Er mußte sich erst einmal am Feuer und mit Branntwein aufwärmen.

Doch seine Selbstsüchtigkeit wurde auf der Stelle bestraft. Als er den Raum betrat, sah er Alice Perrers vor dem Feuer sitzen und an ihrem juwelenbesetzten Becher nippen. Ned zuckte die Achseln, als er Thoresbys fragenden Blick sah.

Als Thoresby auf Alice zuging, erhob sie sich höflich. »Euer Gnaden«, hauchte sie, machte einen artigen Knicks und blickte zu ihm hoch. Durch den Feuerschein wirkten ihre hellbraunen Augen wie Katzenaugen. Thoresby merkte, daß sein Herz heftig schlug.

»Bitte.« Er bedeutete Alice, ihren Platz wieder einzunehmen. »Ihr scheint Euch hier wohl zu fühlen.« Er wollte ihr nicht zeigen, wie wenig er sie ausstehen konnte. »Das ist ja ein höchst unerwartetes Vergnügen, Mistress Alice.«

Ned brachte einen Stuhl für den Kanzler und goß ihm dann etwas Branntwein ein. Thoresby nickte. »Sehr zuvorkommend, Ned. Der Herr segne Euch.«

Alice beobachtete, wie Thoresby sich setzte.

Er ließ sich Zeit, ließ Ned seinen Becher Branntwein halten, während er sich die Hände über dem Feuer wärmte. Er wartete, bis sie wieder gut durchblutet waren, damit er den Becher richtig halten konnte. Dann nahm Thoresby einen Schluck von seinem Branntwein und bat Ned, ihm die feuchten Stiefel auszuziehen und ihm trockene Schuhe zu bringen.

Die ganze Zeit über starrten ihn die Katzenaugen an. Als es sich Thoresby schließlich gemütlich gemacht hatte und Ned sich diskret in den Schatten zurückgezogen hatte, lächelte Mistress Alice. »Bitte, verzeiht, daß ich hier eingedrungen bin, Euer Gnaden, aber ich wollte nicht bis morgen warten. Heute abend bei Tisch erzählte der König davon, daß Ihr Euch Sorgen macht wegen einiger Morde, die sich in Eurem Bezirk ereignet haben.«

Thoresby nippte an seinem Becher und beobachtete über den Rand das ovale blasse Gesicht. Er schwieg.

Mistress Alice begegnete seinem Blick, ohne mit der Wimper zu zucken, schien sich sogar darin zu sonnen. Die Katzenaugen funkelten im Feuerschein. »Ich sagte, Eure Sorge sei bewunderungswürdig und Eure Pflichten als Erzbischof bei weitem wichtiger als mein Weihnachtsgeschenk.«

Was nur machte diese Frau so selbstsicher, erlaubte ihr, dem Lordkanzler von England gegenüber solch kühne Worte zu gebrauchen, überlegte Thoresby. »Hat der König Näheres über diese Morde erzählt?« Er versuchte, sich auf ihre Worte zu konzentrieren und nicht ihren schlanken Hals anzustarren, den man wahrscheinlich mühelos würde brechen können, oder ihre weißen Brüste, die ihn auf ganz andere Gedanken brachten.

»Einmal habe ich den Fronleichnamsspielen in Eurer Stadt beigewohnt.« Alice lächelte. »Der König sagt, eines der Opfer sei jener Mann, der den Christus im Jüngsten Gericht dargestellt hat. Ich erinnere mich an ihn. Vielleicht weil es die letzte Aufführung des Tages war oder weil er seine Rolle so glänzend spielte. Damals habe ich mir gedacht, er müsse wohl wirklich ein guter Mensch sein, um in dieser Rolle so überzeugend zu wirken. Ihr müßt seinen Mörder finden.«

Ihr müßt. Du lieber Heiland, wie sollte er das nur ertragen? Thoresby wich ihrem Blick aus, weil er wußte, seine Augen würden seinen Zorn verraten. Aber er konnte die Angespanntheit in seiner Stimme nicht verbergen. »Es freut mich, von Euch solche Worte zu hören.«

Schweigen. Es prasselte im Kamin, als ein Holzscheit zur Seite fiel. Thoresby vernahm, wie der Wind hoch oben auf dem Kamin heulte. Er richtete den Blick auf Mistress Alice. Die Katzenaugen starrten ihn an. Die bleichen Wangen waren mit einer leichten Röte überzogen.

»Verzeiht mir«, sagte Alice. »Ich bin zu weit gegangen. Bitte, Euer Gnaden, ich wollte Euch nicht zu nahetreten. Ich hoffte . . .« Sie zog ein Spitzentaschentuch aus dem Ärmel und betupfte sich damit die Lippen. »Der König sieht in Euch seinen vertrauenswürdigen Beamten. Ich wäre gern Eure Freundin, aber ich habe mich ungeschickt angestellt.«

Thoresby glaubte ihr keinen Augenblick, daß sie seine Freundschaft suchte. Aber es war nichts gewonnen, wenn er die Frau vor den Kopf stieß. »Fangen wir noch einmal von vorne an, Mistress Alice. Ihr versteht meine Sorge. Ihr erinnert Euch an Will Crounce. Ihr spürt, daß dies viel wichtiger ist als Euer Weihnachtsgeschenk. Wolltet Ihr mir das sagen?«

Sie war doch keine so begabte Schauspielerin, denn sie konnte nicht verhindern, daß sich bei seiner kurzen Zusammenfassung ihre bleichen Wangen röteten. Aber ihre Stimme klang sanft und demütig. »Das ist lediglich der Hintergrund, Euer Gnaden. Ich wollte Euch eigentlich mitteilen, daß ich den König bewogen habe, Euch zu erlauben, nach York zurückzukehren. Und ich hoffe, Ihr nehmt als Gegenleistung für meine Vermittlung einen Brief für meinen Vetter in Ripon mit. Diese kleine Gefälligkeit, um die ich Euch bitte, werdet Ihr mir doch nicht abschlagen?«

Thoresby konnte nichts dagegen einwenden. Er bekam die Möglichkeit, den Hof zu verlassen, dieser unmöglichen Situation zu entfliehen. Und die Beförderung eines Briefes für diese Frau entband ihn jeglicher zukünftigen Dankesschuld ihr gegenüber. Doch es war ihm zuwider, ihr einen Gefallen zu erweisen. »Nach Ripon, sagtet Ihr? Das liegt etwas nördlich von York.«

»Aber gewiß habt Ihr einen Boten, den Ihr von der Stadt aus dorthin senden könntet?«

»Ebenso wie Ihr Boten habt, die Ihr von Windsor aus entsenden könntet.«

Die Katzenaugen hielten seinen Blick fest. Zwischen ihnen fand eine Kraftprobe statt, die jeden schwachen Willen gebrochen hätte. Thoresby stellte entsetzt fest, daß er sexuell erregt war.

Unvermittelt wandte sie den Blick ab und lächelte in sich hinein, als sie ihr Gewand glättete. »Euer Gnaden, ich bat Euch in gutem Glauben um diesen Gefallen, da ich von Eurer Freundlichkeit gegenüber einer früheren Favoritin des Königs – Marguerite – weiß.« Sie blickte erneut zu ihm hoch.

Thoresby hoffte, sein Blick würde nicht verraten, wie schockiert er war. Marguerite. Wie um alles in der Welt war diese Schlampe auf Marguerite gestoßen? Sie waren doch so vorsichtig gewesen, so ängstlich, daß der König sie entdecken könnte. Marguerite. Wenn er es leugnete, würde diese Frau, die die Welt mit ihren eiskalten Augen betrachtete, einen Weg finden, ihn und den König zu ruinieren. Sie war eine Spielerin. Er

mußte nachgeben. Dies war wohl die Strafe für jene wundervollen Nächte, in denen Thoresby den köstlichsten Busen in Gottes Schöpfung hatte liebkosen dürfen. Er mußte Alice Perrers nachgeben.

Thoresby nickte. »Ich werde das Schreiben an meinen Bischof in Ripon weiterleiten, so daß keine Probleme auftreten werden. Wer ist dieser Vetter?«

Die Katzenaugen blitzten frohlockend. »Paul Scorby.«

Scorby. Der Name kam ihm bekannt vor, aber er konnte ihn nicht einordnen. »Ist er ein Gildenmitglied in York? Ihr sagtet, Ihr habt den Fronleichnamsumzug mitverfolgt?«

»Ich war nicht als Pauls Gast dort. Einer meiner Onkel hatte geschäftlich in York zu tun und nahm mich mit, damit ich ihm als Gastgeberin fungierte.«

»Ah. Nun, der Name kommt mir bekannt vor, aber ich kann ihn nicht einordnen.«

»Ihr werdet also den Brief mitnehmen?« Thoresby bekundete durch ein leichtes Nicken seine Zustimmung, wobei sich ihm der Magen verkrampfte. »Eine solch winzige Bitte kann ich kaum abschlagen, da Ihr mir doch geholfen habt, einen Fall, der mir schwer auf der Seele lastet, weiterzuverfolgen.«

Als Mistress Alice gegangen war, widerstand Thoresby nur mit Mühe dem Drang, seinen Becher gegen die Tür zu schmettern. Wie konnte sie es wagen, sich beim König für ihn zu verwenden? Wie konnte sie annehmen, daß ihr Einfluß auf den König stärker war als der seine? Wie konnte sie es wagen, ihn zu bitten, als Bote für sie zu fungieren? Wie konnte sie es wagen, Marguerites Namen in den Mund zu nehmen? Wutschnaubend stampfte Thoresby durch den Raum, um sich zu beruhigen. Als er sich wieder einigermaßen unter Kontrolle hatte, begab er sich zur Kapelle.

Dort, in der Stille, gestand sich Thoresby ein, daß Alice Perrers ihm letztlich doch einen Gefallen getan hatte. Und sich selber auch. Thoresby würde, wenn er Windsor hinter sich gelassen hatte, solchen Begegnungen künftig aus dem Weg gehen können. Seine Reaktion auf die Perrers verwirrte ihn. Sie erregte ihn, aber auf eine brutale Weise. Am liebsten hätte er

sie auf den Boden geworfen und vergewaltigt, seine Zähne in ihren weißen Brüsten vergraben. Sie mit Haut und Haar verschlungen. Vielleicht hatte er zu lange keine Frau mehr gehabt. Oder vielleicht war sie eine Hexe. Wie sonst konnte sie wieder eine solch heftige Begierde in ihm wachrufen? Als Marguerite im Kindbett gestorben war, hatte Thoresby angenommen, daß seine fleischlichen Gelüste nun für immer abgestorben seien. Alice Perrers hatte ihn vom Gegenteil überzeugt. Lediglich seine Zärtlichkeit war mit Marguerite begraben worden.

Jasper, der nichts anderes mehr im Kopf hatte als seine Bogenschießübungen, bat Owen, ihn zu einer der Sonntagsübungen auf dem St. George's Field begleiten zu dürfen. Owen hielt ihm zwar entgegen, daß es gefährlich sei, sich in der Öffentlichkeit zu zeigen, doch der Junge ließ ihm keine Ruhe. Schließlich bekam Owen Mitleid mit dem Kleinen und gab nach – unter der Bedingung, daß Jasper verkleidet ging.

An dem vereinbarten Morgen hielt Tildy einen glänzenden Stahlspiegel vor Jaspers Gesicht, in dem er seine ehemals blonden Haare nun hellrot leuchten sehen konnte. Lucie hatte sein Haar und seine Augenbrauen mit Henna gefärbt. Tildy hatte Owens altes Lederwams und seine Gamaschen für Jasper umgearbeitet. Mit einer leichten Polsterung, die seine Figur veränderte, und einem kurzen Umhang mit einer Kapuze, durch die sein Gesicht verdeckt wurde, sah Jasper tatsächlich völlig anders aus. Der Junge war in Hochstimmung. Er hatte seinen linken Arm allmählich gekräftigt, konnte ihn jetzt ruhig halten. Sein rechter Arm war verheilt, und er war gerade dabei, einen kleinen Bogen zu schnitzen. Er hatte ihn noch nicht vollendet, aber bei dem heutigen Ausflug ging es auch nicht um praktisches Üben, sondern darum, zu beobachten, Hauptmann Archer bei der Unterweisung der Männer zuzuhören und sich auf den Tag vorzubereiten, der bald kommen würde, an dem er seinen eigenen Bogen bedienen würde.

Lucie beobachtete Jasper stirnrunzelnd.

»Ich passe schon auf«, versicherte ihr Jasper.

Lucie lächelte. »Ich habe keine Angst, daß du leichtsinnig bist, Jasper. Ich mache mir nur Sorgen, ob du schon so weit bist. Fühlst du dich schon stark genug, so lange draußen im Freien zu bleiben? Unten am Fluß ist es viel kühler als hier im Garten.«

»Ich fühle mich prima«, versicherte ihr Jasper.

Owen lachte, als er in die Küche herunterkam und Jaspers roten Haarschopf erblickte. »Wer ist denn dieser Feuerkopf hier?« spottete er und klopfte Jasper auf die Schulter.

Jasper bewunderte Owen. Er war das Musterbild eines Soldaten, mit seinem hohen Wuchs, dem Langbogen und dem Köcher über seinen breiten Schultern, der Klappe über dem linken Auge mit der darunter verlaufenden Narbe. Und mit dem Ohrring. Er hatte noch einen anderen Freund, der einen Ohrring mit einem kostbaren Stein trug, den Jasper bewunderte.

Als sie an dem Kloster vorbeikamen, riß der Himmel über ihnen auf, und Jasper freute sich, weil die Sonne schien. Er wußte, daß bei Regen keine Übungen stattfanden, da die Sehnen der Bogen nicht naß werden durften. »Seht nur, Hauptmann, die Sonne. Das ist ein guter Morgen für die Übungen.«

»Nicht immer ist die Sonne der Freund eines Bogenschützen, Jasper«, erwiderte Owen und ging forschen Schrittes weiter. »Während der Übungen können wir die Zielscheiben so plazieren, daß uns beim Schießen nicht die Sonne ins Auge sticht. Aber im Kampf ist das nicht möglich. Du kannst nur hoffen, daß dein Befehlshaber die Kampfaufstellung im Griff hat und die Sonne nicht dir ins Gesicht scheint, sondern deinen Feind blendet. In Crécy konnten wir uns das zunutze machen.«

Sie gingen am Schloß vorbei, an der Kapelle von St. George, gelangten dann zum St. George's Field, einem dreieckigen Stück Land zwischen der Ouse und der Foss, und begaben sich zu der Stelle, wo die Flüsse zusammenliefen. Die Sonne schien nun schon wärmer, aber der Wind verfing sich in Jaspers kurzem Umhang, blies ihn hoch und fegte ihm die Kapuze vom Kopf. Jasper befestigte die Kapuze, als seine Ohren von dem feuchten Wind schmerzten.

»Dieser Wind heute bedeutet eine zusätzliche Herausforderung«, meinte Owen.

Jasper blickte sich um. Die unterschiedlichsten Männer waren hier versammelt und spannten ihre Bogen.

Owen legte dem Jungen die Hand auf die Schulter, um ihn durch die Menge zu geleiten. »Es geht nichts über eine geübte Kompanie von Bogenschützen in der Uniform des Königs. Das ist ein erhebender Anblick. Eine ordentliche, disziplinierte Kompanie, nicht so ein eitler Haufen wie die hier. Siehst du zum Beispiel die Augen jenes Mannes? Er ist jetzt schon völlig aus der Fassung, obwohl er noch nicht ein einziges Mal geschossen hat. Keiner hat ihn im Bogenschießen unterwiesen, so wie ich es mit dir tue. Er hat keine Ahnung, was er tut, und er weiß es auch.« Owen schüttelte den Kopf. »Ich weiß nicht, was sich der König davon verspricht. Kaum einer dieser Männer könnte ihm helfen, eine Schlacht zu gewinnen.«

Als die Männer auf Owen aufmerksam wurden, versammelten sie sich stillschweigend in Gruppen, die jeweils vor einer der Zielscheiben Aufstellung nahmen. Jede Gruppe hatte einen Leiter, der bestimmte, in welcher Reihenfolge die Männer schießen sollten. Die Übung begann.

Owen mischte sich unter die Männer, wandte sich mit Vorschlägen an die jeweiligen Gruppenleiter. Jasper war angewiesen worden, sich eng an Owen zu halten, aber ab und zu blieb er zurück, um den Männern beim Schießen zuzusehen. Einmal, als er merkte, daß Owen schon weitergegangen war und er sich herauszufinden bemühte, in welcher Richtung er gegangen war, bemerkte er am anderen Ende der Menge ein vertrautes Gesicht. Es war Jaspers Freund Martin, der ihm schon bei so vielen Gelegenheiten geholfen hatte, indem er ihm Nahrung und Verstecke beschafft hatte. Der Mann entdeckte Jasper im selben Augenblick und eilte auf ihn zu.

»Jasper? Bist du's wirklich?« rief Martin und strahlte übers ganze Gesicht.

Jasper blickte sich um, um sich zu vergewissern, daß niemand mithörte. »Du dürftest mich eigentlich nicht erkennen, denn ich bin verkleidet.«

»Nicht gut genug. Jedenfalls nicht für jemanden, der dich sucht. Du hast Glück, daß ich derjenige bin, der dich hier erkannt hat, und nicht deine Feinde?«

»Hauptmann Archer meinte, meine Verkleidung wäre ganz gut.«

»Archer?« Martin hob den Kopf und blickte sich um. Als er sich wieder Jasper zuwandte, funkelte sein Ohrring in der Sonne. »Was hat Archer damit zu tun?«

»Er hat mich heute hierhergebracht.«

»Bist du bei ihm untergeschlüpft? Versteckt er dich?«

Jasper nickte.

»Fein. Ich bin froh, daß du bei ihm in Sicherheit bist. Aber du mußt dicht bei ihm bleiben. Ich weiß auch nicht, was er sich dabei gedacht hat, dich auf diesen öffentlichen Platz mitzunehmen, wo er dich leicht aus den Augen verlieren kann.«

Jasper blickte sich nervös um. »Du machst mir angst, Martin.«

»Vielleicht kenne ich dich besser als die Männer, vor denen du dich versteckst, aber du darfst dich nicht in Sicherheit wiegen. Du mußt vorsichtiger sein.« Martins dunkle Augen wanderten über die Menge. Er deutete auf eine Gruppe von Männern. »Da ist ja dein Hauptmann. Komm.« Er griff nach Jaspers Hand und führte ihn durch die Menge. Als sie sich in unmittelbarer Nähe von Owen befanden, flüsterte Martin: »Gott beschütze dich.« Dann verschwand er in der Menge.

Für den Rest des Tages heftete Jasper sich an Owens Fersen. Als sie sich auf dem Heimweg befanden, berichtete Jasper Owen von der Begegnung mit seinem Freund.

»Da hat er dir einen guten Ratschlag gegeben. Aber er muß dich ziemlich gut kennen, daß er dich in der Menge entdeckt hat, denn bei meiner Ehre, deine Verkleidung ist wirklich gut.«

Jasper zuckte mit den Schultern. »Martin ist es gewohnt, nach mir Ausschau zu halten. Vielleicht hat er mich deswegen gleich erkannt.«

»Weshalb hat er dich nicht selbst zu mir gebracht? Ich würde ihn gerne kennenlernen.«

»Er versteckt sich ebenfalls. Ich vermute, er wollte nicht, daß Ihr ihn seht.«

Owen ging in die Hocke, um Jasper in die Augen sehen zu können. »Martin ist auch untergetaucht? Warum?«

»Ich weiß es nicht.« Jasper erschreckte Owens plötzliche Ernsthaftigkeit. »Er hat mir erzählt, daß er von der anderen Seite des Kanals kommt und daß die Leute hier keine Fremden mögen. Er ist kein schlechter Mensch, Hauptmann. Er ist gut zu mir gewesen.«

»Du sagst, er heißt Martin und ist ein Fremder?«

Jasper nickte.

»Wie sieht er aus?«

»Dunkle Augen und Haare, so groß wie Ihr, aber nicht so stark. Und er trägt auch einen Ohrring.« Jasper biß sich auf die Unterlippe. »Warum?«

»Kommt er aus Flandern, Jasper?«

»Ich weiß nicht. Was ist denn los, Hauptmann? Kennt Ihr Martin?«

»Vielleicht ist er jemand, den ich suche. Es ist möglich, daß er in Gefahr ist, und er weiß es nicht.«

Das war etwas anderes. »Welche Art von Gefahr?«

»Weißt du, wo er wohnt, Jasper?«

»Ich glaube nicht, daß er irgendwo wohnt. Er versteckt sich überall in der Stadt, so wie ich es getan habe. In welcher Gefahr steckt er denn, Hauptmann?«

»Es ist möglich, daß einige Leute nach ihm suchen.« Owen blickte sich um.

»Vielleicht weiß er das schon und versteckt sich aus diesem Grund.«

»Das wäre möglich, Jasper. Hoffen wir's. Hat er je den Namen Wirthir benutzt? Hat er sich je Martin Wirthir genannt?«

»Nicht mir gegenüber. Vielleicht ist er auch nicht der, den Ihr sucht?«

»Vielleicht nicht.« Aber Owen blickte skeptisch drein, als er die Schultern straffte und den Blick über die Menge schweifen ließ.

Owen hatte den Vorfall gegenüber Jasper verharmlost, aber er beunruhigte ihn. War es bloßer Zufall, daß jemand, bei dem so vieles auf Martin Wirthir deutete, sich hier versteckte? Aber in welcher Beziehung stand er zu dem Jungen?

Er erzählte Lucie davon, als sie im Bett lagen.

Lucie setzte sich auf und blickte auf Owen hinunter. »Weißt du, nach wem sich das anhört?«

»Erzähl mir nicht, du kennst diesen Mann.«

»Die Beschreibung paßt genau auf den Mann, der John und mir auf unserer Fahrt von Freythorpe Hadden nach York geholfen hat, den Karren aus dem Graben zu ziehen.«

Jetzt richtete sich Owen im Bett auf und starrte Lucie im gedämpften Licht der Öllampe an. »Willst du damit sagen, daß du Martin Wirthir schon die ganze Zeit über kennst?«

»Ich kannte ihn nur als Martin. Und das war jetzt auch das erste Mal, daß du ihn beschrieben hast. Es hört sich ganz nach ihm an, Owen. Und er kannte Will Crounce, erinnerst du dich? Er hat gesagt, ich sollte bei der Aufführung des Letzten Gerichts besonders auf ihn achten.«

»Wenn das stimmt, dann hält er sich seit dem ersten Mord in York auf.«

»Das verstehe ich nicht.«

Owen schüttelte den Kopf. »Ich auch nicht.«

Für lange Zeit fanden sie keinen Schlaf.

Kapitel 17

Jaspers Suche

»Hör doch endlich auf zu zappeln«, rief Tildy und grub den Holzkamm tief in Jaspers Kopfhaut, damit er den Kopf ruhig hielt.

Jasper seufzte und schloß die Augen. Sein Kopf hämmerte, weil Tildy versuchte, nach dem Waschen sein Haar durchzukämmen. »Warum haßt du mich so?«

»Ich hasse dich nicht, du Dummkopf. Ich will dir damit helfen.«

Jasper rollte die Augen, wobei er erneut den Kopf bewegte und Tildy zwang, den Kamm wieder fester in die Kopfhaut zu drücken. »Au! Ich kriege ja den Kopf voller Splitter. Meine Mutter hatte einen Hornkamm, der hatte keine Splitter. Und er war weicher und verfing sich nicht in meinen Haaren.«

»Nun, das ist der beste, den ich habe.«

»Wenn du meine Haare nicht so kräftig mit dem Handtuch gerubbelt hättest, wären sie feuchter und könnten leichter durchgekämmt werden, sogar mit diesem Kamm.«

Tildy schnaubte wütend. »Du erinnerst mich an meinen Bruder William. Der hat auch immer bei Dingen mitzureden versucht, von denen er nichts verstand.« Und dabei machte sie sich erneut an Jaspers Haaren zu schaffen.

Jasper gab sich geschlagen. »Wie viele Geschwister hast du?«

»Die noch leben? Vier Brüder und drei Schwestern.«

»Wie ist das, Geschwister zu haben?«

»Laut ist es. Und es gibt nie genug zu essen. Die Jungen essen alles auf.«

»Aber ich wette, du warst nie einsam.«

Tildy lachte. »Das stimmt allerdings. Hauptmann Archer hatte auch jede Menge Brüder und Schwestern. Er sagt, einer

seiner Brüder hätte sich entschlossen, Mönch zu werden, weil er gehört hatte, daß in einem Kloster jeder Mönch seine eigene Zelle hat. Er dachte, er könnte die ganze Zeit in seiner Zelle bleiben und in Ruhe nachdenken. Als er herausfand, daß er die meiste Zeit in der Kirche verbringen und mit den anderen Mönchen beten müßte, rannte er davon, ohne sein Gelübde abgelegt zu haben.«

Jasper war fasziniert. »Hauptmann Archer hat dir von seiner Familie erzählt?«

Tildy glättete den letzten Haarfilz. »So«, brummte sie zufrieden und nahm neben Jasper Platz. »Ja, Hauptmann Archer erzählt mir viel, als ob ich zur Familie gehören würde. Er ist ein guter Mann.«

Jasper nickte. »Ich wünschte, ich wäre sein Sohn.«

»Es könnte dir nichts Besseres passieren, als ihn zum Vater zu haben, das steht fest.«

Hinter ihnen öffnete sich die Gartentür. Jasper bemerkte, wie Tildy errötete, als sie sich der Tür zuwandte. Noch bevor er sich umdrehte, wußte er, daß es John sein mußte.

»Nun, ihr seid ja ein schmuckes Paar.« John wischte sich ein paar Schneeflocken von der Schulter und rückte einen Schemel dicht ans Feuer. »Ich habe den Hauptmann und die Mistress in der Schenke beim Essen gesehen und gedacht, ich schaue mal vorbei.« Er lächelte und zeigte seine Zahnlücken. Er betrachtete Jaspers nasse Haare und den Kamm in Tildys Schoß. »Du machst ihn also hübsch, nicht wahr, Tildy?«

Jasper machte die Bemerkung seines neuen Freundes verlegen.

Tildy kicherte. »Nein, John, du Unruhestifter. Mistress Lucie hat Jaspers Haare mit Henna gefärbt, um sein Aussehen zu verändern. Damit er gestern ausgehen konnte. Aber er hat einen Ausschlag bekommen, und deswegen hat sie mir aufgetragen, seine Haare mit Rosmarinwasser zu waschen, um den Ausschlag zu beruhigen. Schau dir nur sein Gesicht an, dann siehst du, daß ihm das gar nicht gefällt.«

John blinzelte Jasper zu und nickte. »Armer Kerl. Und das alles für nichts und wieder nichts, wie ich meine. Ich habe dir

ja gesagt, du sollst niemandem trauen. Hauptmann Archer ist ein guter Mann, aber er steht auch und vor allem im Dienst des Erzbischofs. Ich glaube, er benutzt dich, um die Mörder anzulocken. Er wußte, sie würden dich trotz deiner gefärbten Haare erkennen. Das sollte dich nur beruhigen. Und jetzt wissen sie, daß du dich beim Hauptmann aufhältst.«

»Was meinst du damit?« fragte Jasper verwirrt. »Ich habe den Hauptmann gebeten, mich aufzunehmen.«

John nickte. »Und du hast ihn auf diese Idee gebracht, verstehst du?«

»Worauf willst du hinaus, John?« fragte Tildy. »Was wirfst du Hauptmann Archer vor?«

John grinste über Tildys Tonfall. Seine Augen blitzten, als er sich ihr zuwandte. »Du hast also dein Herz an den Hauptmann verloren, nicht wahr, Tildy?«

»Nein.«

John zuckte mit den Schultern. »Du weißt, der Erzbischof hat Hauptmann Archer aufgetragen, herauszufinden, wer die beiden Kaufleute Will Crounce und Gilbert Ridley umgebracht hat. Deshalb haben sie Jasper hier aufgenommen. Um ihn vor den Mördern zu schützen. Aber vielleicht auch, um sie anzulocken.«

Du lieber Himmel. Jasper hatte nie gedacht ... Wäre der Hauptmann imstande, ihn zu verraten?

Tildy warf John einen bösen Blick zu. »Hauptmann Archer würde nicht zulassen, daß Jasper etwas geschieht.«

»Nein«, stimmte Jasper mit zaghafter Stimme zu. »Er ist gut zu mir gewesen.«

»Und außerdem würde Mistress Lucie nicht zulassen, daß der Hauptmann Jasper in Gefahr bringt.« Tildy tätschelte Jaspers Schulter, um ihn zu beruhigen.

John streckte seine langen Beine zum Feuer hin. Er roch nach Stall. »Ich würde mich gern irren. Aber ich habe dir gesagt, du sollst niemand trauen, Jasper. Das ist die einzige sichere Methode, Gefahren aus dem Weg zu gehen.«

Plötzlich kam Jasper ein schrecklicher Gedanke. »Du hast ihnen doch nicht mein Geheimnis verraten, Tildy, oder?«

Tildy blickte Jasper fragend an. »Natürlich nicht. Mistress Lucie hat mir gesagt, man kann ein Geheimnis solange bewahren, so lange es niemandem schadet.« Sie warf John einen Blick zu, um herauszufinden, ob er es ihr zutraute, Jasper zu verraten. John hatte seine Augen auf einen Krug Bier gerichtet, der sich in seiner Nähe befand.

»Los«, forderte ihn Tildy auf, »bedien dich.«

John stand auf, um sich einen Becher zu holen.

»Ich bin froh, daß du es nicht gesagt hast, Tildy«, sagte Jasper leise.

»Ich habe es dir ja versprochen, nicht wahr? Obwohl ich immer noch meine, es wäre besser, dem Hauptmann alles zu erzählen.«

»Wenn John recht hat, bin ich froh, daß ich es nicht getan habe.«

Tildy nahm Jasper in den Arm. »Der Hauptmann würde dir nie weh tun. Ich verstehe nicht, weshalb John dich aufhetzt.« Sie sagte es so laut, daß John es hören konnte.

John nahm wieder Platz und schenkte sich einen Becher Bier ein. »Ich habe es nicht böse gemeint, Tildy. Ich wollte Jasper nur klarmachen, daß er vorsichtig sein muß. Und daß sein Ausflug gestern leichtsinnig war.« John beugte sich zu Jasper vor. »Aber da du ja schon draußen warst, erzähl mir davon.«

Jasper blickte skeptisch zu John hoch; er war sich nicht mehr so sicher, daß er wirklich ein so guter Freund war. »Warum begleitest du uns nicht das nächste Mal? Ich habe dich am Sonntag noch nie üben sehen. Du bist alt genug. Älter als ich.«

John hielt seine rechte Hand hoch und zeigte die Stümpfe seiner drei mittleren Finger. »Ich kann damit den Bogen nicht gerade halten, sonst würde ich auch dort üben. Ich würde gern Bogen schießen.« Sein Gesicht war jetzt todernst.

Jasper wußte nicht, was er erwidern sollte. Er hatte John die Stirn bieten wollen. Aber es lag ihm fern, seine Gefühle zu verletzen; er hatte Johns Hand vergessen. »Es tut mir leid, ich war gedankenlos.«

John zuckte mit den Schultern. »Kein Problem. Der Herrgott hat mir die Möglichkeit gegeben, meinen Lebensunterhalt

durch ehrliche Arbeit zu verdienen. Ich habe keinen Grund zu klagen.« Er nahm einen Schluck. »So, aber jetzt erzähl mir vom St. George's Field.«

Jasper überlegte einen Augenblick, wußte nicht, wo er anfangen sollte. »Sie holen die Zielscheiben aus einem Schuppen neben der Kapelle und bringen sie so an, daß einem die Sonne nicht ins Gesicht scheint. Das ist wichtig. Und Hauptmann Archer geht herum und erklärt ihnen, was sie falsch machen. Es sagt, das liegt daran, daß die Männer bisher nie richtig unterrichtet worden sind. Aber sie versuchen es, und niemand widerspricht seinen Anweisungen. Jeder achtet ihn. Er ist ein großer Mann.«

»Das brauchst du mir nicht zu sagen, Jasper«, meinte John. »Ich mag Hauptmann Archer sehr. Ich will dich nur warnen. Erzbischof Thoresby ist ein mächtiger Mann. Er ist nicht nur Erzbischof, sondern auch Lordkanzler von ganz England. Und wenn er den Hauptmann beauftragt, einige Mörder zu finden, bleibt diesem gar nichts anderes übrig, als die Sache in Angriff zu nehmen. Und wenn die einzige Möglichkeit darin besteht, die Mörder durch dich anzulocken, da du der einzige bist, der sie gesehen hat, dann . . .« John schloß die Augen und warf den Kopf zurück, um seinen Becher zu leeren.

Jasper sagte nichts. Er wollte nicht glauben, daß der Hauptmann ihn dieser Gefahr aussetzen könnte.

John setzte den Becher ab und beugte sich zu Jasper hinüber. »Ich habe gerade daran gedacht, daß du den Bogen deines Vaters hast zurücklassen müssen, der ja etwas ganz Besonderes war, da dein Vater ihn bemalt hatte.«

Jasper zuckte mit den Achseln. »Ich bin sowieso noch zu klein dafür.«

John brummte. »Nun, du wirst nicht für immer so klein bleiben, Jasper de Melton. Du wirst jeden Tag größer. Ich dachte mir, wir gehen irgendwann frühmorgens dorthin und schauen, ob er noch da ist.«

Jasper runzelte die Stirn. »Aber du hast mir doch gerade erklärt, wie dumm es von mir war, daß ich gestern zum Übungsplatz gegangen bin.«

John nickte. »Sicher, weil du dich so zur Schau gestellt hast. Aber in diesem Fall wäre es anders. Wir schleichen uns durch die Gassen. Wer soll uns da schon sehen? Und hättest du nicht gern den Bogen deines Vaters wieder, wenn das möglich wäre?«

Jasper kreuzte seine Arme und betrachtete stirnrunzelnd seine Strümpfe, als er darüber nachdachte. »Ich weiß nicht, ob ich das tun soll. Aber du könntest ja Mistress Fletcher fragen. Es ist ihr Haus. Bestimmt hat sie die Truhe noch, in der er aufbewahrt wurde. Und nach dir sucht ja niemand, John.«

Tildy nickte. »Das hört sich schon besser an. Ich könnte ja auch hingehen.«

John rollte die Augen. »Weshalb sollte Mistress Fletcher mir, einem Fremden, deine Sachen aushändigen, Jasper?«

»Du könntest ihm eine Nachricht für Mistress Fletcher mitgeben«, schlug Tildy vor.

»Mistress Fletcher kann nicht lesen. Die ganze Familie kann es nicht«, sagte Jasper. Auch Jasper, Tildy und John waren des Lesens nicht mächtig.

»Gut«, sagte John. »Wir werden also schauen, was los ist. Selbst wenn jemand nach dir Ausschau hält, wer wird schon so früh am Morgen auf der Lauer liegen, Jasper? Und wenn wir den Bogen nicht dort finden, wo du ihn zurückgelassen hast, dann kann Tildy vielleicht Mistress Fletcher danach fragen. Ihr würde sie wahrscheinlich vertrauen.«

Jasper studierte Johns Gesicht. Seine Augen glühten erwartungsvoll.

»Warum willst du, daß ich das tue?« fragte Jasper.

»Weil ich an deiner Stelle mir wünschen würde, ich wäre zurückgegangen, hätte mich um die Dinge gekümmert. Das ist alles.«

»Das ist kein besonders einleuchtender Grund«, bemerkte Tildy.

John brummte. »Mädchen verstehen so etwas nicht. Du hast davon keine Ahnung. Du weißt nicht, wie das ist.«

Tildy öffnete den Mund, als wolle sie etwas sagen. Dann aber überlegte sie es sich anders. Ihre Wangen waren hochrot, und Tränen der Wut glitzerten in ihren Augen. »Du hast

unrecht, John«, sagte sie schließlich. »Du wirst Jasper in Schwierigkeiten bringen, nur weil du ein Abenteuer erleben willst. Und das ist etwas, was du nicht verstehst.« Sie schleuderte den Kamm auf den Boden und stapfte aus dem Raum.

»Mädchen«, seufzte John.

Jasper begriff gar nichts, aber das war nichts Neues. Er verstand nicht viel von dem, was zwischen Tildy und John vor sich ging. Sie verband eine ganz besondere Freundschaft. Sie lächelten, während sie sich mit unfreundlichen Namen beschimpften und einander hänselten. Aber jetzt schien es etwas Ernsteres zu sein. »Vielleicht solltest du Tildy nachgehen. Du hast ihre Gefühle verletzt.«

John grinste. »Ich werde mit ihr reden. Sie wird sich im Laden zu schaffen machen und so tun, als wäre sie beschäftigt. Aber was meinst du eigentlich dazu? Sollen wir uns morgen früh hinausschleichen und versuchen, den Bogen deines Vaters zu finden?«

Jasper zuckte mit den Schultern. Er wollte nicht als Feigling dastehen. Und er wollte liebend gern wissen, ob seine Sachen noch dort waren. Aber was war, wenn Tildy recht behielt?

»Also, was meinst du?« John blinzelte Jasper zu.

Jasper betrachtete Johns rechte Hand, die Fingerstummel, die ihn gelehrt hatten, wie gefährlich die Welt war. John war kein Dummkopf. John war da draußen gewesen und hatte überlebt. Jasper nickte. »Wir tun es. Morgen früh. Aber jetzt entschuldige dich bei Tildy.«

Jasper fand John schlafend im Stall der York Tavern, eingehüllt in mehrere Decken und tief eingegraben ins Heu. Schon vor einiger Zeit hatte es zur Morgenandacht geläutet, und Jasper, der nicht schlafen konnte, hielt die Morgendämmerung für den geeigneten Zeitpunkt für ihr Abenteuer.

Es war schwierig, John wach zu bekommen. Und als Jasper ihm hochhalf und ihm erklärte, daß es bereits vor einer Stunde zur Morgenandacht geläutet hatte, erklärte er Jasper für verrückt. »Was würden die Fletchers wohl denken, wenn wir mit-

ten in der Nacht die Treppe hochpoltern? Sie würden uns bestimmt für Diebe halten und mit Keulen auf uns losgehen.«

»Aber wir sind doch eine Art Diebe. Sogar bei Tageslicht würden wir uns wie Diebe hinauf in die Kammer stehlen.«

»Warten wir noch eine Weile.« John öffnete einladend seine Decken. »Los, mach's dir gemütlich und schlaf noch ein bißchen.«

»Du willst einfach weiterschlafen. Du hast nie wirklich vorgehabt, mit mir dort hinzugehen.«

»Das stimmt nicht. Aber ich versichere dir, ich weiß, wovon ich rede. Wir müssen unbedingt noch ein bißchen warten.«

»Dann gehe ich eben alleine los.«

John griff nach Jasper, als dieser sich zum Gehen wendete. »Nein, du gehst nicht allein.« Er setzte sich auf und rieb sich die Augen. »Schneit es noch?«

»Nein, im Augenblick nicht.«

»Nun, wenigstens etwas. Warum willst du denn mitten in der Nacht losziehen?«

»Falls jemand das Haus beobachtet. Oder die Apotheke.«

John gähnte und räkelte sich. »Wahrscheinlich hast du recht.« Er stand auf. »Also. Wir bleiben dicht beieinander, bleib im Schatten und verhalte dich so ruhig wie möglich. Wir schleichen uns die Treppe hoch . . . Knarrt die Tür?«

Jasper schloß die Augen und versuchte, sich zu erinnern, wie die Tür funktionierte. Es schien eine Ewigkeit her zu sein, seit er dort gewohnt hatte. »Nein, sie knarrt nicht, aber sie hängt schief, schleift auf dem Boden.«

»Dann öffnest du sie . . . du weißt, wie sie hochzuheben ist.«

Jasper nickte. Er hatte ein flaues Gefühl im Magen, weil es nun ernst wurde. »Was ist, wenn jemand dort drin schläft?«

»Das werden wir früh genug erfahren, und dann ziehen wir uns so schnell und leise wie möglich wieder zurück.« John hielt den Umhang hoch, den er umlegen wollte. »Vielleicht sollten wir ohne das da gehen, ist sicherer.«

Jasper fröstelte es bereits. »Ohne Umhang klappern mir die Zähne.«

»Ich werde schon dafür sorgen, daß du in Bewegung bleibst. Das tut gut.«

Jasper mißfiel die Erregung in Johns Stimme, aber jetzt schien es zu spät zu sein, das Ganze aufzugeben – nur wegen eines flauen Gefühls. Widerstrebend schälte er sich aus dem Umhang.

Sie hielten sich eng an die Häuserwände, schlichen an der Schenke und der Apotheke vorbei, überquerten die Straße an der Stelle, wo es am dunkelsten war, gingen um die Ecke. Der Neuschnee erschwerte das Gehen, da die eisigen Stellen nicht zu sehen waren. Einmal rutschte John aus und landete auf dem Hinterteil, was ihn zu einem unmutigen Ausruf veranlaßte. Als ein Nachtwächter vorbeikam, drückten sie sich in einen Toreingang. Jasper hatte recht gehabt, seine Zähne klapperten so laut, daß John es hören konnte. Er versetzte ihm einen Stoß mit dem Ellbogen. Als der Wächter außer Sicht war, gab John Jasper ein Zeichen, weiterzugehen. Jasper mußte vorausgehen, denn er kannte den Weg.

Mistress Fletchers Haus lag im Dunkeln. Sie schlichen sich zu der Steintreppe und kletterten hinauf. Elf Stufen, schmal und hoch.

»O Gott«, flüsterte John, »das gleicht ja mehr einer Leiter als einer Treppe. Im Dunkeln können wir da keine Truhe heruntertragen.«

»Wir holen nur den Bogen. Und vielleicht mein Wams«, flüsterte ihm Jasper zu.

Er hantierte an der Tür. Sie bewegte sich. War nicht verriegelt. Sehr gut. Er hob sie leicht hoch und zog sie nach außen, gerade weit genug, daß sie hineinschlüpfen konnten. Jasper klappte die Schutzklappe an der kleinen Laterne hoch, die er bei sich trug. Das Licht war schwach, aber hell genug, damit er erkennen konnte, daß die Truhe noch an der alten Stelle stand. Er kniete sich davor nieder und öffnete sie. Sein Herz flatterte. Die Truhe war leer. Er atmete den Lavendelduft ein, den seine Mutter immer um sich verbreitet hatte, aber in der Truhe befand sich nichts.

Hinter ihm gab John ein komisches Geräusch von sich, als ob er gegen etwas gestoßen wäre.

»Pst«, flüsterte Jasper, als er sich umwandte, um John zu

berichten, was er gefunden hatte. Heilige Muttergottes, er sah eine Messerklinge vor sich, die direkt auf ihn gerichtet war!

»Also hatte ich doch recht. Du bist zurückgekommen, um deine Sachen zu holen.« Es war die Stimme der Frau, die in der Kathedrale die Hand hatte verstecken wollen.

Jasper konnte Johns Füße neben der Tür erkennen. Er lag auf dem Boden. Es war kein Blut zu sehen, aber das spielte keine Rolle. Sein Freund lag mucksmäuschenstill da, während eine Frau Jasper mit dem Messer bedrohte. Das bedeutete, daß John außer Gefecht gesetzt worden war.

Die Frau, die nach wie vor mit dem Messer auf Jasper zielte, bückte sich, nahm die Laterne hoch und beleuchtete damit Jaspers Gesicht. Er wich dem Licht aus, aber das Messer dirigierte sein Kinn wieder zur Mitte, so daß Jasper der Frau in die Augen blicken mußte.

»Nun, mein Kleiner«, sagte sie sanft, »was soll ich denn mit dir machen, he? Er will nämlich, daß du endlich aus dem Weg geräumt wirst, weißt du. Du warst so dumm, aller Welt zu erzählen, was du gesehen hast. Wärst du in jener Nacht einfach davongerannt, hättest niemandem etwas gesagt, hättest du dein Leben nicht verwirkt.«

»Ich habe keine Gesichter gesehen.« Das Messer hatte Jasper unter dem Kinn geritzt, und der Schnitt brannte. Seine Knie zitterten, wie er da auf dem rauhen Holzfußboden kniete. Er spürte, wie sich ein Splitter in die Haut grub.

Das Licht flackerte über das Gesicht der Frau. Sie musterte Jasper.

»Ich wußte, daß du uns in jener Nacht gefolgt bist, wußtest du das?« Ihre Stimme klang ruhig, als ob es sich hier um eine gewöhnliche Unterhaltung handelte. »Ich sah, wie du mit mir vor der Schenke gewartet hast. Ich wußte, du würdest uns nachgehen. Solch ein gewissenhafter Junge.« Sie strich mit der Messerklinge über seine Wange. »Später habe ich gehört, daß deine Mutter im Sterben lag. Die schöne Kristine. Will Crounce wollte sie ja heiraten, weißt du. Ich habe nur mit ihm gespielt, so daß ich ihn im richtigen Augenblick in den Hinterhalt locken

konnte. So wie ich John benutzt habe, um an dich heranzukommen.«

Jasper holte tief Luft.

»Ja, dein Freund und ich arbeiten zusammen. Er dachte, er bringt dich her, damit du in unsere Gruppe eingeführt wirst. Aber ich hatte andere Pläne.«

Jasper unterdrückte seine Tränen, um zu seinem Freund zu blicken. Dann war John also doch nicht so raffiniert, wie er gedacht hatte. »Ist er tot?«

Die Frau kicherte. »Ich werde doch nicht meinen Schatz umbringen, was denkst du denn? Ich glaube, du könntest auch mein Liebling werden.« Sie strich ihm erneut mit der Klinge über die Wange. »Du hättest dich ruhig verhalten sollen, Junge. Ich habe ihm nicht erzählt, was du alles gesehen hast. Was ging es mich an? Ich habe den armen Will Crounce nicht umgebracht. Seine eigene Gier hat ihn getötet. Er war nicht so tapfer wie du, Jasper. Nicht halb so tapfer.«

Sie hielt die Laterne so nah an Jaspers Gesicht, daß er die Hitze spüren konnte. Als er zurückzuckte, lachte sie und hielt sie zur Seite.

»So hübsche blonde Locken.« Mit der Messerspitze rollte sie eine Locke auf. »So ein reizender Junge.« Sie runzelte die Stirn, und das Lachen erstarb ihr auf den Lippen. »Wie könnte ich so einem süßen Kind weh tun?« flüsterte sie, als sie mit der Messerspitze Jaspers Wange anritzte. Er spürte den Stich und die Feuchtigkeit. »Ich habe dir doch gesagt, das nächste Mal würde ich ein geschärftes Messer mit einer guten Spitze dabei haben, nicht wahr?«

Jasper faßte an seine Wange. Es war kein tiefer Schnitt, aber er blutete stark. »Werdet Ihr mich töten?« fragte er.

»Was glaubst du, soll ich tun, mein Herz? Ich bin genauso schuldig wie er. Keiner von uns hat gegen sie die Hand erhoben, um sie zu töten, aber wir sind verantwortlich für ihren Tod.« Sie musterte Jasper von Kopf bis Fuß, zeichnete mit dem Messer seine Umrisse nach, verharrte in der Leistengegend und berührte leicht den Stoff. »Als wir das planten, hatten wir einen Riesenspaß. Er ist ein großer Mann. Ich frage mich, ob du eines Tages genauso ein großer Mann sein wirst wie er?«

Jasper spürte plötzlich, daß es feucht seine Beine hinablief. Das war kein Blut, sondern Urin. Entweder sah sie den dunklen Fleck oder roch ihn, denn sie lachte. »Angst ist so demütigend. Wir hätten Will vor seinem Tod fragen sollen, ob Jesus am Kreuz uriniert hat. Ich bin davon überzeugt, daß Will es gewußt hätte, nachdem er so viele Jahre den Jesus gespielt hatte. Würdest du das nicht auch gern wissen?«

Jasper schüttelte den Kopf. »Es ist Gotteslästerung, so zu reden.«

Sie kniete sich vor Jasper hin, nachdem sie die Laterne auf die Truhe hinter ihm gestellt hatte. Sie umfaßte seine Schultern, wobei sie ihm das Messer gefährlich nahe ans Ohr hielt, und schaute ihm in die Augen. »Ich mache dir angst, nicht wahr, Jasper? Aber sag mir eines: Haßt du uns nicht, weil wir Will Crounce umgebracht haben?«

Jasper nickte.

»Stell dir vor, wie der Haß über Jahre hinweg in dir brodelt. Während du andere Jungen beobachtest, die das Leben haben, das du auch haben könntest, erfüllt dich der Neid, zehrt wie Gift an dir, brennt dich innerlich aus. So stark habe ich Will Crounce und Gilbert Ridley gehaßt. Ich betete darum, daß sie leiden müssen. Sie haben meinen Vater auf dem Gewissen. Und Gott hat meine Gebete in bezug auf Ridley auf solch mysteriöse Weise erhört. Aus Ridley, dem Eber, wurde Ridley, der ängstliche, schwache, kleine Mann.«

Sie berührte Jaspers Ohr mit der Messerspitze und lachte, als er zusammenzuckte. »Dein Blut ist so rot, mein Junge, so gesund.«

Aus dem Augenwinkel sah Jasper, wie sich einer von Johns Füßen bewegte. *Lieber Gott, bitte, laß ihn aufwachen.* Jasper wußte nicht, was John tun konnte. Er glaubte nicht, daß John eine Waffe bei sich hatte. Aber vielleicht, wenn John ihr einfach einen Schrecken einjagte ...

Die Frau umklammerte Jaspers Schulter mit der Hand, die das Messer hielt, beugte sich vor und ließ die Klappe der Laterne herunterfallen.

Jetzt war es stockfinster. Sie preßte Jasper ungestüm an

sich, bohrte ihre Finger in sein Kreuz und seine Schulter. »Ich will dich nicht umbringen, mein süßer Junge«, flüsterte sie in der Dunkelheit, »aber ich muß es tun. Oder ich muß damit rechnen, daß er mich umbringt.« Die Hand mit dem Messer ließ Jaspers Schulter los. Sie trat zurück, um mit dem Messer zuzustoßen. Jasper hielt den Atem an, wartete auf den Todesstoß.

Aber dann kippte sie plötzlich zur Seite und riß Jasper mit sich.

Das Messer schnitt in sein Gesicht und dann in seine Seite, als er auf den Boden stürzte.

»Lauf weg, Jasper!« zischte John in die Dunkelheit. »Lauf!«

Jasper schlüpfte unter der Frau hervor, die herumzappelte. Er rappelte sich hoch und stolperte zur Tür. Er kannte den Raum so gut, daß er auch ohne Licht den Ausgang fand. Auf halber Treppe aber hatte er Mühe, das Gleichgewicht zu halten. Er mußte husten, was ihm Schmerzen in der Seite verursachte. Er stolperte, fiel die Treppe hinunter und landete nach einem Salto am Fuß der Treppe. Er kroch in den Schatten; das Herz schlug ihm bis zum Hals. Er wimmerte vor Schmerz. Er mußte Hauptmann Archer holen, damit dieser John helfen konnte. Aber die Stufen, das Gebäude und der Schnee verschwammen vor Jaspers Augen. Wenn er für einen Moment die Augen schließen würde, dachte er, würde alles gut werden.

Jasper schloß die Augen.

Als er sie wieder öffnete, fiel dichter, schwerer Schnee. Er zitterte am ganzen Körper. Seine Seite brannte wie Feuer, die Wunde auf seiner Wange klaffte, und sein Kopf glühte. Durch den Mauervorsprung des zweiten Stockwerks war er vor dem Sturm geschützt, aber seine Füße waren vom Schnee durchnäßt. Er zog sie unter sich und griff nach seinem Umhang, um sich darin einzuhüllen. Doch da gab es keinen Umhang. Er erinnerte sich. John. Er mußte John helfen.

Jemand kam die Stufen herunter, ein kräftiges, schweres Geräusch. »Allmächtiger!« rief Miss Fletcher. »Was wollte der junge Mann nur da oben? Wer ist da oben auf ihn losgegangen, während wir schliefen? Gott hat uns verlassen. Seit der Pest

stirbt keiner mehr von uns in Frieden. Keiner von uns Söndern. Du liebe Muttergottes, er ist so schwer.«

»Deshalb spricht man ja von einer schweren Last«, flüsterte Master Fletcher. »Wir hätten den Coroner und den Bailiff holen sollen, bevor wir ihn anrührten.«

»Das kann ja eine Ewigkeit dauern. Wir müssen ihn nach unten bringen, für den Fall, daß er noch lebt. Los, tragen wir ihn zum Feuer.«

»Ich erkenne eine Leiche auf den ersten Blick, Joanna«, sagte Master Fletcher.

Jasper begriff sofort. John war tot. Und es war Jaspers Schuld. Er hatte John mit der Frau da oben zurückgelassen, und sie hatte ihn getötet. Niemand würde Jasper das jemals vergeben können. Und die Frau würde nun entschlossener denn je darauf aus sein, ihn zu töten. Sie würde ihn überall finden. Er mußte verschwinden. Er durfte niemandem trauen. Er hatte John vertraut, und John hatte ihn zu ihr geführt. Hatte John gewußt, wer sie war? *Oh, John, ist das der Grund, warum du mich gedrängt hast, wegzurennen – und du bist geblieben?* In Jaspers Kopf wirbelte es, und er spürte Brechreiz, aber er zwang sich, sich ruhig zu verhalten, bis die Fletchers wieder im Haus waren. Dann gelang es ihm, sich gegen die Mauer zu stützen. Er erbrach sich, und der Schmerz in der Seite, den seine krampfhaften Bewegungen ausgelöst hatten, wurde so stark, daß er sich an die Mauer klammerte. Aber er mußte in das Haus. In die Dunkelheit. Wo keine Augen waren. Wo es keinen Schnee gab. Der Himmel war hell durch den Schnee, und bald würde es anfangen zu dämmern. Er mußte sich verstecken.

Kapitel 18

Tildys Geheimnis

Als Tildy Jasper wecken wollte, war er nicht mehr da. Nur Melisende lag auf den geschickt zusammengebauschten Decken.

Tildy suchte ihn im verschneiten Garten. Auch da war Jasper nicht. Es hatte keinen Sinn, nach Fußspuren Ausschau zu halten, denn es schneite ziemlich stark. Sie lief wieder zurück ins Haus und ging in den Laden, weil sie hoffte, er könnte sich hier aufhalten und für Mistress Lucie saubermachen, was er schon manchmal getan hatte.

Aber Jasper war nirgends zu sehen. Wahrscheinlich waren Jasper und John zu Mistress Fletcher gegangen. Jasper hatte einmal mit John darüber geredet.

Als Lucie die Treppe herunterkam, legte Tildy gerade ihren Umhang ab.

»Wo warst du denn schon so früh?« fragte Lucie. Dann bemerkte sie Tildys Gesichtsausdruck. »Was ist denn los? Was ist passiert?«

»Oh, Mistress Lucie, Jasper ist verschwunden. Er ist nicht in seinem Bett und auch nicht im Garten oder im Laden. Und John ist auch nicht mehr im Stall. Und Jaspers Umhang . . .« Tildy hielt ihn Lucie entgegen und begann zu schluchzen.

»Wo hast du seinen Umhang gefunden, Tildy?« fragte Owen, der gerade aus der Küche kam.

Tildy kämpfte mit den Tränen. »John ist schuld. Er hat ihn ganz verrückt gemacht mit seinen Geschichten über den Langbogen seines Vaters.«

»Wo war Jaspers Umhang, Tildy?« fragte Lucie.

»Im Stall, wo John schläft.«

Lucie nahm Tildy bei der Schulter und führte sie zu einem Stuhl. »Setz dich und beruhige dich erst mal.«

Tildy holte tief Luft und fuhr sich mit einer Ecke ihres Halstuches über die Augen. Als das Mädchen sich wieder einigermaßen gefaßt hatte, fragte Lucie: »Was ist denn das für eine Geschichte mit Jasper und John und dem Langbogen?«

Tildy erzählte ihnen von der Truhe, die Jasper bei Mistress Fletcher zurückgelassen hatte, und von Johns Idee, zusammen mit Jasper dorthin zurückzugehen, um herauszufinden, ob der Bogen noch da war.

»Ich war schon einmal dort, als ich nach dem Jungen gesucht habe«, sagte Owen. »Es ist nicht weit. Ich gehe hin und sehe mich um.«

»Bestimmt ist es schon zu spät!« heulte Tildy. »Sie hat ihn geschnappt. Sie hat beide geschnappt. Oh, heilige Maria Muttergottes, warum hat Jasper nur auf ihn gehört?«

Owen drehte sich an der Tür um. »Wovon redest du denn, Tildy? Wen meinst du mit ›sie‹?«

Tildy riß die Augen auf. Dann schüttelte sie den Kopf.

»Tildy, du mußt es uns sagen!« rief Lucie.

»Ich kann es Euch nicht sagen, Mistress. Ich habe es geschworen.«

Geschworen. Lucie erinnerte sich an ihre Unterhaltung, während sie den Meerrettich zubereitet hatten. »Tildy, ich habe dir gesagt, es ist in Ordnung, einen Schwur abzulegen, wenn das Geheimnis niemandem schadet. Aber du weißt etwas über die Gefahr, in der Jasper schwebt. Etwas, das Hauptmann Archer erfahren muß, bevor er dort hingeht.«

Owen kniete sich vor Tildy hin und nahm ihre Hände. »Jasper ist der einzige, der gesehen hat, was mit Will Crounce passiert ist, Tildy, und die Mörder wissen das wahrscheinlich – die ganze Stadt weiß es. Wäre ich ein Mörder, würde ich versuchen, jeden zum Schweigen zu bringen, der mich bei der Tat beobachtet hat und mich verraten könnte. Würdest du denn nicht auch alles tun, um dein Leben zu retten, Tildy?«

»Aber er hat ja nicht gesehen, wer es war.« Tildy wollte einfach nicht glauben, daß Jasper in solch großer Gefahr schwebte. Und John. Der geliebte John.

»Ich weiß, Jasper hat gesagt, er hat die Männer nicht

erkannt«, meinte Lucie, »aber vielleicht wollen sie dieses Risiko nicht eingehen.«

»Ich hab's versprochen«, sagte Tildy mit schwacher, unsicherer Stimme.

»Aber wenn du dieses Geheimnis für dich behältst, kann Jasper etwas zustoßen«, sagte Lucie sanft, »wenn die Männer ihn vor uns finden.«

Tildy haßte das alles. Sie war ziemlich durcheinander. Sie hatte gedacht, wenn sie Jaspers Geheimnis für sich behielte, würde sie ihm helfen. Aber Mistress Lucie und der Hauptmann sagten genau das Gegenteil. Sie waren kluge und vernünftige Leute. Sie wußte, sie würden Jasper kein Leid zufügen. Es war vielmehr Jasper, der ihnen nicht vertraute, auch wenn er sich wünschte, den Hauptmann zum Vater zu haben.

»Werdet Ihr ihm sagen, warum ich Euch es erzählt habe, Hauptmann Archer?«

»Ich verspreche es, Tildy. Sag mir nur, was du weißt, schnell!«

»Es geht um eine Frau, die er am Fronleichnamstag gesehen hat. Sie unterhielt sich mit dem zweiten Mann, der umgekommen ist. Jasper hat sie wiedergesehen, als er im Münster übernachtete. Sie hatte ein blutiges Bündel bei sich. Es fiel zu Boden, und es war eine Hand darin.« Tildy bekreuzigte sich. »Und dann hat sie Jasper gedroht, sie würde ihn umbringen, wenn er jemandem davon erzählte. Und sie hat auch noch von jemand anderem gesprochen, dem Mörder, wie Jasper vermutete, der ihn aus dem Weg räumen möchte. Jasper glaubt, diese Frau ist dieselbe, die Master Crounce an dem Abend begleitet hat, an dem er ermordet worden ist. Ihr versteht also, sie ist hinter ihm her.«

»Hat er sie beschrieben?« wollte Owen wissen.

Tildy dachte nach. »Er hat gesagt, sie war hübsch. Und kräftig. Sie hat ihn umhergezerrt.«

Owen und Lucie tauschten einen besorgten Blick aus, dann machte Owen sich auf den Weg.

Der Bailiff und der Coroner waren bereits im Haus der Fletchers. Owen, der sich schon darauf gefaßt gemacht hatte, Jasper tot oder verletzt hier vorzufinden, blickte überrascht hinunter auf John.

»Was hatte denn der Stallbursche von der York Tavern hier oben zu suchen?« fragte der Bailiff.

Owen ging zu der Familie hinüber, die sich um das Feuer versammelt hatte. Sie wirkten alle benommen. »War noch ein zweiter Junge hier?« fragte Owen. »Ein kleinerer? Mit blonden, nein, roten Haaren?«

Joanna Fletcher schüttelte den Kopf. »Wir haben jemand die Gasse hinunterlaufen sehen. Es war ein ziemlicher Tumult. Davon sind wir wach geworden. Und als ich gemerkt habe, daß der Lärm von oben kam, aus der leeren Kammer, sind Matt und ich hinaufgegangen. Mit Stöcken. Und da lag dieser Bursche neben der umgestürzten Laterne. Herr im Himmel, das ganze Haus wäre wahrscheinlich abgebrannt, hätten wir es nicht gehört und wären wir nicht hinaufgegangen, um nach dem Rechten zu sehen. Das Gesicht des Jungen war verbrannt, wie Ihr ja selbst gesehen habt, und überall war Blut . . .« Sie brach den Satz ab und starrte hinunter auf Johns blutigen Körper.

»Aber Jasper de Melton habt Ihr hier nirgends gesehen?« fragte Owen.

Joanna Fletcher blickte überrascht auf. »Jasper? Ging es um ihn? War dieser Bursche da hinter ihm her? Ist er der Mörder?«

»Nein, Mistress Fletcher. Er war ein Freund von Jasper.«

»Und was wollten die beiden mitten in der Nacht hier oben?«

»Sie hatten die verrückte Idee, nach dem Langbogen zu suchen, den Jaspers Mutter in der Truhe aufgehoben hatte, die hier steht.«

»Sie steht doch jetzt unten. Jasper hätte sie nur holen brauchen«, rief Joanna. »Warum ist er denn nicht zu mir gekommen?«

»Das weiß ich nicht, Mistress Fletcher«, erwiderte Owen. »Ich wünschte, ich wüßte es.«

»Der arme Junge. Wo kann er nur stecken?«

»Die Gestalt, die Ihr die Gasse hinunterlaufen gesehen habt«, sagte Owen, »könnte es sich dabei um Jasper gehandelt haben?«

Joanna Fletcher schaute über Owen hinweg und überlegte. »Nein. Diese Person war größer als Jasper. Und ist auch nicht wie ein Junge gelaufen.«

»Weil es eine Frau war, deswegen«, warf Matt ein.

Joanna schnaubte. »Eine Frau kann einem kräftigen jungen Mann nie und nimmer so etwas antun.«

»Ich schwöre es Euch, Hauptmann Archer, ich habe es gesehen. Es war eine Frau, die davongelaufen ist.« Matt nickte zur Bekräftigung mit dem Kopf.

Wieder diese Frau. Was hätte Owen dafür gegeben, endlich diese Frau ausfindig zu machen, die sich an Jaspers Fersen geheftet hatte. Und die vielleicht auch John getötet hatte. »Ich danke Euch für diese Information. Wenn Ihr Euch noch an etwas erinnert oder Ihr etwas Verdächtiges bemerkt, bitte laßt es entweder mich oder den Bailiff wissen.«

Feierlich versprachen die Fletchers, dies zu tun.

Owen ging zum Bailiff zurück. »Man sollte den Leichnam zu den Merchets schaffen. Sie werden sich um Johns Beerdigung kümmern.«

»Was wollt Ihr jetzt tun?« fragte der Bailiff.

»Ich muß herausfinden, ob es irgendwelche Spuren von Jasper gibt. Der Junge könnte verletzt sein. Und er hat bestimmt Angst. Ich möchte hinaufgehen und mich in der Kammer umsehen.«

Der Bailiff nickte. »Einverstanden, aber gebt mir Bescheid, wenn Ihr dort etwas entdeckt.«

»Das werde ich.« Owen blieb eine Weile vor Johns Leichnam stehen und sprach ein stilles Gebet. In den beiden Häusern würde heute große Trauer herrschen.

Da es immer noch schneite, rechnete Owen nicht damit, draußen allzu viele Anhaltspunkte zu finden, aber er mußte es versuchen. Mit Hilfe einer kleinen Laterne suchte er den Boden

unterhalb der Treppe ab und entdeckte dabei einen blutigen Handabdruck an der Mauer, der die Größe einer Kinderhand hatte. Auf dem Boden fand er Blut und Erbrochenes. Er konnte die Blutspur ein paar Fuß weit verfolgen, dann stieß er in der Gasse noch ein paarmal auf sie, bald aber verlor er sie ganz, als die Gasse in einen kleinen Platz einmündete, auf den der Schnee ungehindert herunterfallen konnte. Das war zwar enttäuschend, aber dennoch ein hoffnungsvolles Zeichen. Jasper lebte noch, wenngleich er offenbar verletzt war.

Er ging wieder zurück und stieg zu der Kammer hinauf, in der Jasper und Kristine de Melton gewohnt hatten. Neben einer alten Truhe war der Boden verkohlt, weil hier die Laterne umgefallen war. Der Boden vor der Truhe war blutverschmiert. In der Nähe der Tür fand er ebenfalls einen Blutfleck. Von Jasper aber keine Spur.

Wenn der Junge schwer verletzt war, dann hatte er sich möglicherweise irgendwo in der Nähe in einem Versteck verkrochen. Falls Jasper in der Lage gewesen war, eine längere Strecke zurückzulegen, dann, so vermutete Owen, war er vielleicht zu Magda Digby gegangen, bei der er zuvor schon Unterschlupf gesucht hatte, als er in Schwierigkeiten gewesen war. Owen erwog, nach Hause zurückzukehren, um Tildy und Lucie zu berichten, was geschehen war, aber dann entschloß er sich, zuerst Magda Digby aufzusuchen. Die Flußfrau hatte überall in der Stadt Augen und Ohren. Sie würde ihre Leute bewegen, nach Jasper Ausschau zu halten.

Und wenn Owen großes Glück hatte, dann saß Jasper vielleicht bei Magda am Feuer.

Owen ging durch die ruhigen Straßen. Er fluchte über die Schneeflocken, die er sich aus dem Gesicht wischen mußte, und über seine Einäugigkeit, die ihn zwang, den Kopf stets hin und her zu drehen, um den Boden vor sich im Blick zu behalten. Und wenn er seine Kapuze so weit über sein Gesicht zog, daß keine Flocken mehr darauf fallen konnten, wurde seine Sicht noch weiter eingeschränkt. Deshalb kam er nur langsam voran.

Magda zog den Vorhang vor einem Patienten zu, der auf einem der Betten in der Ecke lag, und bot Owen einen Becher Bier an.

»Hat ein Kunde gestern abend Magda gebracht. Vogelauge wird es schmecken.«

»Ich wünschte, Ihr hättet Jasper de Melton dort hinten in der Ecke versteckt«, sagte Owen. Er hatte seine Stiefel ausgezogen, saß mit verschränkten Beinen vor dem Feuer und streckte seine Hände der Wärme entgegen. »Wenn Jasper bei diesem Wetter draußen herumirrt und verletzt ist, dann besteht nicht mehr viel Hoffnung für ihn.«

»Jasper? Nein, das ist nicht der Junge, der da hinten liegt. Was ist jetzt schon wieder los mit dem Kleinen?«

Owen erzählte Magda, was passiert war. »Da er schon einmal, als er in Not war, zu Euch gekommen ist, hoffte ich, er würde es vielleicht wieder tun.«

Magda blickte stirnrunzelnd in ihren Becher. Ihre Augen lagen tief in den Höhlen.

»Ihr seht müde aus. Ist der Patient sehr krank?«

»Eine Nacht voller Fieberträume. Magda ist alt genug. Sie braucht nicht mehr viel Schlaf, aber ein bißchen Ruhe kann nicht schaden, und sie hat schon zwei Tage und Nächte kein Auge mehr zugetan.«

»Es war selbstsüchtig von mir, mit meinen Problemen hierher zu Euch zu kommen. Ich habe vergessen, daß auch Ihr viel am Hals habt.«

Magda lächelte. »Ihr seid nicht mit Euren eigenen Problemen gekommen, Vogelauge. Ihr seid ein guter Mensch. Und Ihr dürft jetzt nicht verzweifeln.«

Owen widersprach.

»Nein, Magda sieht die Dunkelheit, die sich über Euer Auge senkt. Verletzte Glieder bewegen sich langsam. Jasper kann immer noch kommen.«

»Würdet Ihr all jene, denen Ihr vertraut, davon in Kenntnis setzen? Und sagt ihnen auch, daß Jasper im Moment rote Haare hat. Gefärbt mit Henna.« Magdas müde Augen öffneten sich weit. »Mit Henna?« Sie schnaubte. »Habt Ihr gedacht, Ihr

könntet ihn besser verstecken, wenn er aussieht wie ein bunter Hund?«

»Wenn ich nach einem blonden Jungen suche, werde ich einen rothaarigen vielleicht gar nicht beachten.« Owen beschlichen aber allmählich doch leichte Zweifel – vielleicht auch mit gutem Grund. Damals war es ihm vollkommen einleuchtend erschienen, jetzt aber, da Magda ihren scharfen Kommentar dazu abgegeben hatte, kam ihm diese Maßnahme eher töricht vor.

Magda trank ihr Bier aus und wischte sich den Mund ruckartig mit dem Ärmel ab. »Was geschehen ist, ist geschehen. Magda wird die Kunde verbreiten, und Ihr werdet so schnell wie möglich von ihr hören. Was wißt Ihr bis jetzt alles, Vogelauge?«

Owen erzählte ihr von Jasper und der Frau und berichtete ihr auch von seiner Vermutung, daß es sich bei Jaspers Freund Martin und bei jenem Fremden, den Lucie kennengelernt hatte, beide Male um Martin Wirthir handelte, der sich manchmal bei dem Stadtmusikanten Ambrose Coats aufhielt. Er sagte Magda auch, daß Coats Lucie die Hand gebracht hatte.

»Der arme Ambrose lebt in der Furcht, daß seine Finger steif werden, so daß er keine Musik mehr machen kann. War das nicht ein grausamer Witz?« Magda lachte, wurde aber gleich wieder ernst. »Der flämische Freund von Ambrose ist dieser Martin Wirthir? Magda kennt ihn vielleicht.«

Owen war verblüfft. »Ihr kennt Martin Wirthir?«

Magda rieb sich die Augen und schüttelte den Kopf, als müsse sie sich wachhalten. »Magda muß heute nacht schlafen. Es geht nicht mehr. Ja, Magda glaubt, sie kennt diesen Mann. Einen Piraten nennt sie diese Sorte von Leuten. Das sieht ihm ähnlich. Er kümmert sich um Jasper, obwohl er darin gar nicht besonders gut ist und sich selber verstecken muß.«

»Vor wem versteckt er sich?«

Magda zuckte mit den Schultern und gähnte. »Er ist zu Magda gekommen, weil sie keine solchen Fragen stellt. Es ist gut, daß es der Pirat ist. Er sorgt sich um den Kleinen. Die Kunde wird ihn erreichen. Nicht so schnell, wie Ihr es wünscht,

aber es gibt keine andere Möglichkeit. Er schützt Ambrose Coats, indem er dem armen Mann nie sagt, wo man ihn finden kann.«

»Weshalb nennt Ihr ihn einen Piraten?« Magda zuckte mit den Achseln. »Es ist irgend etwas an ihm. Wie er redet. Flämisch. Magda hat es erraten, bevor Ihr es gesagt habt. So wie die Weber, die unter dem Schutz des Königs stehen. Was also tut ein solcher Mann, der kein Weber ist, in York? hat Magda sich gefragt. Und warum versteckt er sich? Ah, denkt sie, vielleicht schmuggelt er die Wolle, die der König den Kaufleuten stehlen will, weil er Geld braucht für seinen Krieg.«

Owen war erstaunt. Magda sollte für den Erzbischof arbeiten, nicht Owen. Sie wußte sogar Bescheid über die Kriegsfinanzierung des Königs. Owen trank den Rest seines Biers aus. »Hat dieser Pirat irgendwann einmal den Namen Martin Wirthir erwähnt?«

Magda legte ihr Gesicht in Falten, während sie nachdachte. »Nein. Aber das ist ein Name, der zu ihm passen würde.« Sie nickte. »Ihr seid nicht auf den Kopf gefallen, Vogelauge. Ihr habt schon viel selbst zusammengereimt.«

Owen fühlte sich geschmeichelt durch ihr Lob. »Allmählich glaube ich, es wäre angebracht, das Haus von Ambrose Coats zu beobachten.«

»Wie Magda sagte, der Pirat sorgt sich um Ambrose. Sie halten ihre Freundschaft geheim.«

»Warum? Weil Wirthir Flame ist?«

Magda zuckte mit den Schultern.

»Wie kommt es, daß Ihr Wirthir kennt? Hat er seine Leman zu Euch gebracht? Ein ungewolltes Kind?«

Magda kicherte. »Nein, Vogelauge. Der Pirat gehört nicht zu jener Sorte von Männern, die eine Dame in Magdas Hütte bringen.«

»Er ist ein loyaler Freund, sorgt sich wegen Jasper und bringt keine kompromittierten Frauen zu Euch. Ein Ausbund an Tugendhaftigkeit. Also, warum hat er sich an Euch gewandt?«

Magda brach in bellendes Gelächter aus. »Magda hört, was Ihr über sie denkt. Nun, laßt Euch dies zu Eurer Überraschung

sagen, Vogelauge. Martin Wirthir ist ein Freund von Magda Digby, ganz einfach. Er mag es, mit ihr zu reden.«

Owen ging langsam nach Hause zurück. Es schneite noch immer.

Er hatte Angst davor, Lucie und Tildy die Nachricht vom Tod Johns zu überbringen. Wie konnte er ihnen dann noch glaubhaft versichern, daß Jasper wahrscheinlich irgendwo versteckt war, verletzt zwar, aber in Sicherheit? Er wußte nicht, ob er selbst daran glauben sollte.

Owen machte beim Münster halt, um für Jaspers Errettung zu beten. Dann suchte er die Handwerker auf, um sie zu fragen, ob sie den Jungen gesehen hätten. Er befragte insbesondere die Zimmerleute, zu denen auch Jaspers Vater gehört hatte und die einem der Ihren zweifellos helfen würden. Doch seit jenem stürmischen Morgen, an dem sie Jaspers Umhang in der halbfertigen Marienkapelle gefunden hatten, hatte keiner mehr den Jungen gesehen. Sie versprachen Owen aber, nach dem Jungen Ausschau zu halten und ihn zu informieren, sobald sich etwas ergab.

Am Bauplatz der Kapelle lief Owen Erzdiakon Johannes über den Weg.

»Weshalb seid Ihr so düsterer Stimmung, mein Freund?« fragte Johannes.

Owen sagte es ihm.

»Möge Gott ihn zu einem sicheren Hafen geleiten.« Johannes machte das Kreuzzeichen. »Der Junge lebt unter einem schlechten Stern. Ich habe ihm ab und zu etwas zu essen gebracht, als er noch hier in der Kapelle untergeschlüpft war. Ich habe herausgefunden, daß er immer gleich wieder verschwindet, wenn er den Eindruck bekommt, daß jemand Mitleid mit ihm hat. Ich konnte ihm also nicht sehr oft etwas vorbeibringen, weil ich ihn nicht verschrecken wollte.«

»Ich hatte gehofft, er würde uns soweit vertrauen, daß er wieder zu uns zurückkehren würde, wenn er in Gefahr ist.«

Johannes schüttelte den Kopf. »Der Junge hat gelernt, daß es für ihn am besten ist, wenn er niemandem vertraut. Auch wenn Ihr noch so gut zu ihm seid, Ihr könnt ihm das nicht austreiben.

Er wird sein Mißtrauen erst ablegen, wenn die Gefahr nicht mehr existiert.«

»Kennt Ihr eine Stickerin namens Felice? Eine Witwe, die im Bezirk des Münsters lebt?«

Johannes überlegte. »Nein. Aber ich habe nicht allzuviel zu tun mit Stickerinnen. Soll ich mich nach ihr erkundigen?«

»Nein. Sie darf nicht erfahren, daß jemand sich für sie interessiert. Ich dachte nur, Ihr könntet darüber Bescheid wissen, ob sie eine Tochter hat, die sie besucht.«

»Ich werde mich umhören. Hat das etwas mit den Morden zu tun?«

»Vielleicht. Was die Suche nach den Mördern betrifft, bin ich jetzt immer noch genauso weit wie am Anfang. Ich bin nicht der richtige Mann für diese Aufgabe.«

Johannes klopfte Owen auf den Rücken. »Das habt Ihr bei jeder Aufgabe gesagt, mit der Seine Gnaden Euch betraut hat, und doch habt Ihr ihn stets zufriedengestellt. Ihr werde auch diese Sünder ausfindig machen, Owen, und sie der Gerechtigkeit zuführen. Vielleicht fehlt Euch nur noch ein kleines Quentchen an Informationen, um das Rätsel zu lösen.«

»Ihr verfügt über außerordentlich viel Glaubensstärke, Johannes.«

Der Erzdiakon lachte. »Ein Priester kann nie zuviel Glaubensstärke besitzen.« Er wurde wieder ernst. »Ihr dürft nicht denken, daß ich mich nicht um den Jungen sorge. Ich könnte es im Domkapitel erwähnen, aber ich weiß nicht, ob das richtig wäre, denn wer immer diesen Mord begangen hat, den Jasper beobachtete, hat eine Verbindung zum Münsterbezirk. Ich mag nicht daran denken, daß jemand aus unserem Domkapitel der Schuldige sein könnte. Ein Wort in falsche Ohren könnte dann tödlich sein für den Jungen.«

Owen war derselben Meinung.

»Fast hätte ich etwas vergessen. Heute morgen kam ein gewisser Pater Cuthbert aus Ripon in unsere Messe. Er fragte mich, ob ich Euch eine Nachricht zukommen lassen könnte. Mistress Scorby befindet sich im Nonnenkloster St. Clement. Er hat gesagt, das würde Euch interessieren.«

»Ich danke Euch, Johannes. Ich werde sie dort besuchen, sobald ich kann. Aber jetzt muß ich die Nachricht vom Tod Johns jenen überbringen, die ihn geliebt haben.«

»Gott gebe Euch Kraft für diese schwere Aufgabe.«

Kapitel 19

Trauer

Als Bess die Küchentür öffnete, brach ein Alptraum über sie herein. Ihr John, der ihr stets so lieb und teuer gewesen war wie ihre eigenen Kinder, hing leblos zwischen zwei Gehilfen des Bailiffs. Sein Kittel und seine Hosen waren blutdurchtränkt. Ein großer Brandfleck entstellte die rechte Hälfte seines hübschen Gesichts.

»Gütiger Herr, was für ein schrecklicher Tag!« Bess fuhr mit der Hand zärtlich über Johns linke Wange. »Gott vergelte es Euch, daß Ihr ihn nach Hause gebracht habt. Tragt ihn hinein.« Sie ging hinter den Männern her. »Erzählt mir, was geschehen ist.«

»Euer Nachbar, Hauptmann Archer, kann Euch mehr sagen, Mistress. Er wird bald kommen.« Der Bailiff berichtete in knappen Worten, was sich zugetragen hatte.

»Dann sucht Owen jetzt also nach Jasper?« Bess blickte hinaus in das Schneetreiben. »Schlechtes Wetter für diese Aufgabe.«

Sie bat den Bailiff in die Küche. »Setzt Euch, Geoffrey. Ihr müßt Euch stärken. Und auch Eure beiden Jungen, die diese grausige Last getragen haben.«

Sie schenkte den Männern gewürzten Wein ein, den sie, da es noch früh am Morgen war, mit Wasser verdünnt hatte.

Der Bailiff nahm einen Schluck und reichte dann Bess seinen Hut.

»Wir glauben, daß der junge Mann bereits an den Verletzungen gestorben ist, nicht erst, als sein Gesicht verbrannt ist, Mistress. Wir hoffen es jedenfalls.«

Bess bekreuzigte sich und wischte sich mit einem Schürzenzipfel über die Augen.

Der Bailiff räusperte sich und fragte, ohne Bess anzublicken: »Dieser Junge, der, wie Hauptmann Archer sagte, John begleitet haben soll, hat er auch hier gewohnt?«

Bess schüttelte den Kopf. »Er stand unter dem Schutz von Hauptmann Archer. Und Lucie hat sich um ihn gekümmert. Der Junge hat schon viel Schreckliches durchgemacht.«

»Waren John und dieser Jasper de Melton befreundet?«

»John hat Anteil genommen am Schicksal des armen Jasper. Ich bin sicher, das Unglück, das Jasper widerfahren ist, erinnerte John an die schweren Zeiten, die er selbst durchstehen mußte.«

»Habt Ihr je erfahren, wie John seine Finger verloren hat?«

»Nein, wir wissen nicht, wie und warum er sie verlor. Die Finger waren zerquetscht und sahen fürchterlich aus, als wir John schlafend im Stall fanden. Er hatte hohes Fieber. Master Wilton, Gott habe ihn selig, schickte nach dem Barbier, der die Fingerreste entfernte. Dann behandelte Master Wilton die Wunden und gab John etwas gegen das Fieber. Wir haben John keine Fragen gestellt, außer, ob er Verwandte habe, die benachrichtigt werden sollten. Er sagte, er hätte niemanden mehr. Das war alles. Wenn er gewollt hätte, daß wir mehr erfahren, dann hätte er es von sich aus erzählt. Er schien froh und dankbar zu sein, daß wir ihn nicht weiter ausgefragt haben.«

Der Bailiff nickte. »Könnte der Überfall gestern nacht John gegolten haben, was glaubt Ihr?«

Bess blickte hinunter auf Johns verstümmelten Körper. »Es hatte höchstwahrscheinlich mit Jaspers Problemen zu tun. Was hat er eigentlich für Verletzungen?«

»Man hat ihm mit einem Messer den Bauch aufgeschlitzt. Er muß ziemlich stark geblutet haben. Außerdem hat er Blutergüße und eine Schnittwunde am Kopf, die ihn anscheinend zu Boden gestreckt hat. Er scheint sich jedenfalls wacker gewehrt zu haben.«

»Der Angreifer muß sehr stark gewesen sein«, meinte Bess.

»Ja, das ist seltsam, Mistress. Matt Fletcher glaubt, es sei eine Frau gewesen, die durch die Gasse geflüchtet ist. Könnt Ihr

Euch vorstellen, daß eine Frau derartige Kraft aufbringen kann?«

Bess rollte mit den Augen. »Daß wir Kinder gebären und treusorgende Ehefrauen sind, bedeutet noch lange nicht, daß wir nicht auch stark und rücksichtslos sein können. Nun«, fuhr sie fort und stand auf, »am besten, ich bringe den Leichnam gleich weg, bevor Tildy, Mistress Wiltons Dienstmagd, ihn zu Gesicht bekommt und dann der ganzen Stadt York zeigt, wie stark und rücksichtslos eine Frau sein kann, wenn sie einen Grund dazu hat.« Sie ging hinüber zu John. »Eine Frau, sagt Ihr? Die müssen wir finden, nicht wahr, Geoffrey?«

»Jawohl. Wir werden unser Bestes tun.«

»Das gilt für uns alle«, murmelte Bess, als sie Wasser aus einem schweren Kessel in eine flache Schüssel goß.

Lucie schluckte schwer, als sie Owens Gesicht sah. »Um Gottes willen, was ist denn? Ist Jasper tot? Ist er verletzt?«

Owen ließ sich im Laden auf einen Stuhl fallen. »Kann Tildy uns nicht hören?«

Lucie schlich auf Zehenspitzen zu dem Perlenvorhang und lauschte, dann kehrte sie zu ihrem Ehemann zurück und schüttelte den Kopf. »Sie macht genug Lärm mit dem Wasserkessel am Herd. Sie kann uns also nicht hören, wenn wir nicht allzu laut reden.«

»John ist tot.«

Lucie setzte sich und schlug ein Kreuzzeichen. »Und Jasper?«

»Jasper ist verletzt, glaube ich, aber er ist schon wieder verschwunden.« Owen nahm seine Klappe ab und rieb sich die Narbe. »Ich weiß nicht, wie ich es dem Mädchen beibringen soll, oder auch Bess und Tom – aber vielleicht hat der Bailiff es ihnen inzwischen schon mitgeteilt, weil er Johns Leichnam zur York Tavern schaffen wollte.«

»Wer hat das getan?«

»Ich glaube, es war die Frau, von der Jasper Tildy erzählt hat. Sie muß das Haus beobachtet haben, in dem er früher

gewohnt hat, und sie hoffte offenbar, ihn hier irgendwann zu erwischen, wenn er zurückkam.«

»Diese dummen Jungen. Es war so unnötig.«

»Ich habe einen Verdacht, Lucie. Du hast gesagt, Bess dachte daran, daß John etwas mit einer Frau hatte?«

Lucie nickte.

»Das geht mir die ganze Zeit im Kopf um.« Owen fuhr sich mit den Fingern durch die Haare. »Kate Cooper, die Frau von Ridleys Verwalter, treibt sich gern mit Männern herum. Sie ist hochgewachsen, knochig, und sie wäre auch kräftig genug, glaube ich, um John zu überwältigen. Vielleicht hat sie herausgefunden, daß er Jasper kennt, und John dann dazu gebracht, Jasper zu ihr zu bringen. Als John merkte, daß sie Jasper etwas antun wollte, ist er auf sie losgegangen, aber sie war zu stark für ihn. Und Jasper ist davongelaufen.«

»Das paßt alles gut zusammen, aber warum hätte Kate Cooper so etwas tun sollen?«

Owen seufzte. »Das ist es eben. Ich weiß es nicht. Vielleicht ein Freundschaftsdienst für einen Geliebten?«

»Unwahrscheinlich. Nur weil Kate eine Frau mit zweifelhafter Moral ist, heißt das noch nicht, daß sie auch keinen Verstand besitzt – oder daß sie nicht weiß, was sie tut. Nein. Wenn sie es war, dann muß sie selbst irgendwie darin verwickelt sein.«

Owen spielte mit seiner Augenklappe. »Ich weiß zu wenig über sie. Ich kann mir nicht vorstellen, inwiefern sie etwas mit dieser Angelegenheit zu tun haben könnte.« Er lehnte sich zurück und schloß sein Auge. »Ich kann noch immer nicht glauben, daß John tot ist.«

Lucie saß still da und wartete darauf, daß Owen fortfuhr.

Schließlich blickte er wieder auf und nahm Lucies Hände in die seinen.

»Wir haben getan, was wir konnten, um Jasper zu schützen«, sagte Lucie.

Owen nickte.

Er wirkte so niedergeschlagen, daß Lucie ihn am liebsten fest in die Arme genommen hätte.

Aber jetzt war nicht die Zeit dafür.

Owen legte seine Klappe wieder an und straffte sich. »Johannes hat mir ausgerichtet, daß Anna Scorby inzwischen im Nonnenkloster eingetroffen ist. Ich werde hingehen und mit ihr reden. Sie danach fragen, was sie über Kate Cooper weiß. Diese Frau hat Gilbert Ridley an Fronleichnam und am Martinstag nach York begleitet.«

»Hoffst du wirklich, daß sich Johns Mörder so leicht finden läßt?«

»Leicht? Nein. Falls es sich bei Kate Cooper um jene Frau handelt, die einen jungen Mann getötet und einen Knaben verletzt hat und die darüber hinaus zwei erwachsene Männer umgebracht hat, dann muß sie einerseits sehr verzweifelt, andererseits aber auch sehr verschlagen sein. Sie wird sich nicht so leicht überführen lassen.«

»Wäre es möglich, daß sie Jasper mitgenommen hat?«

»Das weiß ich nicht. Die Fletchers sagen, die Frau wäre alleine geflüchtet. Ich hoffe, das stimmt. Ich konnte nicht früher zurückkommen, weil ich noch zu Magda Digby gegangen bin, um ihr zu erzählen, was passiert ist. Ich habe sie gebeten, Augen und Ohren offenzuhalten. Ich muß gestehen, ich habe auch gehofft, Jasper könnte wieder bei ihr Unterschlupf gesucht haben.«

»Vielleicht kommt er noch zu ihr.«

»Das hat Magda auch gesagt.«

»Owen, ich habe über Martin Wirthir nachgedacht.«

»Ich auch.« Owen berichtete ihr, was Magda Digby ihm über den Mann erzählt hatte.

Lucie versuchte, ihn aufzumuntern. »Das könnte uns doch schon ein bißchen weiterhelfen, oder? Ich glaube, ich sollte zu Ambrose Coats gehen und ihm von Jasper erzählen.« Lucie blickte Owen herausfordernd an.

Zu ihrer Überraschung nickte er. »Ja, vielleicht solltest du das tun.«

Lucie starrte ihn an. »Du hast nichts dagegen?«

»Nein. Jasper ist irgendwo da draußen, wahrscheinlich ist er verletzt, vielleicht auch schon tot. Ich muß ihn so schnell wie

möglich finden. Da kann ich es mir nicht leisten, eine Hilfe, die mir angeboten wird, zurückzuweisen.«

Lucie strich Owen sanft über die Wange. »Du brauchst dir keine Vorwürfe zu machen. Die Jungen sind aus eigenem Entschluß dort hingegangen. Das hat Tildy klipp und klar ausgesagt.«

Owen zuckte mit den Schultern und blickte hinunter auf seine Hände.

»Es ist eine Nachricht vom Erzbischof gekommen«, sagte Lucie in der Hoffnung, ihn ein wenig abzulenken. Sie reichte ihm den Brief. »Ich habe mir erlaubt, ihn zu lesen, während ich auf dich gewartet habe.«

»Steht irgend etwas drin, was uns weiterhilft?«

»Ja, vielleicht. Wenn wir die einzelnen Steinchen des Mosaiks richtig zusammensetzen.«

Owen überflog das Schreiben. »Alan of Aldborough. Das ist in der Nähe von Boroughbridge. Eine mögliche Verbindung zu Will Crounce. Wir haben bis jetzt schon viele verschiedene Informationen. Aber sie passen einfach nicht zusammen.«

»Ich werde Ambrose Coats aufsuchen, wenn du von St. Clement wieder zurück bist«, sagte Lucie.

Owen nickte, dann schlug er mit den Fäusten auf seine Knie und stand auf. »Und jetzt muß ich es Tildy sagen.«

»Ja, wir können es ihr nicht verheimlichen. Sie wird es in unseren Gesichtern lesen.«

»Wie kann ich es ihr möglichst schonend beibringen?«

»Sag ihr, daß er wahrscheinlich dabei umgekommen ist, als er Jasper verteidigen wollte. Tildy ist in einem Alter, in dem einem Heldenmut imponiert. Es wird ihr helfen, wenn sie weiß, daß er tapfer gestorben ist. Ich gehe inzwischen hinüber zu Bess.«

Tom Merchet saß auf einem Hocker neben dem Tisch, auf den Bess Johns Leichnam gelegt hatte, um ihn sauberzumachen. Tom starrte auf die verkrustete Wunde, die sich in einer Linie von Johns linker Brust bis zu seinem Nabel hinunterzog.

Bess blickte von ihrer Arbeit auf. Als sie das Gesicht ihrer besten Freundin vor sich sah, verlor sie ihre mühsam aufrechterhaltene Fassung. »Oh, Lucie, schau dir nur an, was sie mit John gemacht haben!« rief sie, stolperte zu Lucie hinüber und vergrub ihr Gesicht an deren Schulter. Lucie umarmte Bess, während sie selbst mit den Tränen kämpfte. Sie wußte, daß sie irgend etwas Tröstendes sagen sollte. Aber welche Worte paßten in dieser Situation? Sie ließ ihren Tränen freien Lauf und hielt Bess fest umklammert, die zu schluchzen begann.

Tildy schaute auf ihren nassen Kleidersaum hinunter, hob dann den Blick wieder zu Owen. »Warum nur konnte jemand John umbringen?« Ihre Stimme, die zu einem Flüstern geworden war, zitterte.

»Wahrscheinlich wollte John Jasper schützen«, sagte Owen.

»Ich muß ihn sehen.«

»Er würde wollen, daß du ihn als lebenden Menschen in Erinnerung behältst, Tildy.«

Tildy hob den Eimer mit schmutzigem Wasser auf, zog ihn an sich und schleuderte ihn dann plötzlich in den Kamin. Das Wasser verdampfte zischend.

Owen sprang auf und zog den Eimer aus dem Feuer, bevor die wenigen verbliebenen Flammen sich darüber hermachen konnten.

Tildy blickte um sich, die Fäuste geballt, und suchte nach weiteren Gegenständen, die sie ins Feuer werfen konnte.

Owen packte sie an den Schultern und führte sie zu einem Stuhl. Er zwang sie, sich zu setzen und befahl ihr, zu warten, bis er ihr einen Becher Wein gebracht habe.

»Ich will keinen Wein, ich will meinen John«, sagte Tildy matt, die Hände immer noch zu Fäusten geballt. Sie starrte den Gang entlang.

»John ist tot, Tildy. Der Herr hat ihn zu sich gerufen. Jetzt mußt du dich zusammenreißen wegen Jasper. Sobald wir ihn gefunden haben, mußt du dich um ihn kümmern.«

»Wer war es, Hauptmann Archer? Wer hat John umgebracht?«

»Wir wissen es noch nicht, Tildy«, antwortete Owen.

»Es war dieses Weib. Sie hat ihn zu sich ins Bett gezerrt. Deswegen war er plötzlich so großspurig.«

»Vielleicht, Tildy, aber wir wissen es noch nicht.«

»Wenn ich sie finde, bringe ich sie um. Und das wird mir verdammt viel Spaß machen.«

Owen reichte Tildy den Becher mit Wein und befahl ihr zu trinken.

Als der Wein seine Wirkung zu entfalten begann, röteten sich Tildys Nase und Wangen, und sie fing an zu weinen. Owen kniete sich vor sie hin und hielt sie in den Armen, während sie immer wieder schluchzend Johns Namen hervorstieß und die Mörderin mit einem Vokabular verfluchte, das Owen in Erstaunen versetzte.

Die Glocke von St. Clement läutete gerade zur Vormittagsandacht, als Owen sich dem Kloster näherte. Er verlangsamte seine Schritte, denn er wußte, er würde jetzt eine halbe Stunde warten müssen, bis die Nonnen wieder aus der Kirche kamen. Es hatte zu schneien aufgehört. Die Sonnenstrahlen brachten den Neuschnee zum Glitzern, so daß er funkelte wie der Sternenhimmel in einer klaren Nacht. Owen begab sich in einen der kleinen Obstgärten, die vor den Klostermauern lagen. Die kahlen Zweige bogen sich leicht unter ihrer weißen Last. Eine Reihe von leichten Vertiefungen auf dem Boden deutete darauf hin, daß hier eine Katze entlanggegangen sein mußte. Hinter ihm rief ein Fährmann einem Kollegen auf der anderen Seite des Flusses etwas zu. Owen drehte sich um und blickte zu dem schmutzigen Wasser hinunter, das nach der letzten Flut etwas gesunken war, aber sogleich wieder zu steigen beginnen würde, wenn oben in den Mooren die Schneeschmelze einsetzte. Er dachte an Potter Digby, der in den Fluten der Ouse ertrunken war, auch ein Opfer, das sinnlos gestorben war. Doch diesmal zumindest trug Owen nicht die

Last der Verantwortung. Lucie hatte recht, aber Owen tröstete dies nur wenig.

Während er ziellos im Obstgarten umherschlenderte, beschlich Owen ein unangenehmes Gefühl, das ihn mehrmals dazu brachte, sich argwöhnisch umzudrehen. Zusammen mit den Nadelstichen, die durch sein erblindetes Auge schossen, war dies ein Gefahrensignal. Jemand beobachtete ihn, und er machte das so gut, daß Owen nicht die geringste Spur von ihm – oder ihr – entdecken konnte.

Aber als er das nächste Mal seinen Kopf drehte, gelang es ihm, die Ursache seines Unbehagens auszumachen. Plötzlich erschienen zwei Männer unten am Fluß und begannen am Ufer entlangzulaufen, wobei sie hin und wieder im eisigen Schlamm ausglitten. Aufgrund seines eingeschränkten Sehvermögens war Owen noch schlechter auf den Beinen als sie, und bald verlor er sie. Nun, er hatte ihnen einen kleinen Schrecken eingejagt, das war immerhin schon etwas. Er durchschritt die Pforten des Klosters.

Angetan mit der Tracht der Benediktinerinnen, betrat Anna Scorby den Empfangsraum. Sie hielt den Kopf gebeugt und hatte die Hände in die Ärmel geschoben.

»Ihr scheint Euch hier schon wie zu Hause zu fühlen, Mistress Scorby«, sagte Owen.

Sie blickte zu ihm auf, und ein scheues Lächeln trat auf ihr Gesicht. Die Schwellungen waren verschwunden; in ihrem Gesicht deuteten nur noch blasse Flecken auf die Blutergüsse hin. »Ich bin froh, daß Ihr gekommen seid, Hauptmann Archer. Ich möchte Euch dafür danken, daß Ihr es mir ermöglicht habt, so lang in Riddlethorpe zu bleiben, bis ich wieder erholt genug war, um mich hierherzubegeben. Gott segne Euch. Ich bete jeden Tag für Euch.«

»Hat Euch Euer Gatte noch Schwierigkeiten bereitet?«

Anna schüttelte den Kopf. »Aber ich weiß, daß er mit mir noch nicht fertig ist. Er gehört nicht zu jenen Menschen, die schnell vergeben. Ich bezweifle sogar, daß er mich überhaupt liebt.«

»Warum bezweifelt Ihr das?«

Sie errötete und senkte den Kopf. »Er hat eine andere Frau. Vielleicht auch mehrere.« Ihre Stimme bebte.

»Dann habt Ihr ihn also schon geliebt?« Owen war überrascht.

»O ja, am Anfang habe ich ihn geliebt.« Anna hob den Kopf. »Obwohl ich wußte, daß unsere Ehe nur aus geschäftlichen Gründen zustandegekommen war. Ich freute mich, daß er ein stattlicher Mann war. Und daß er klug war. Aber er tötete meine Liebe durch seine Gehässigkeit. Wißt Ihr, was ich Fürchterliches verbrochen habe, daß ich es verdiente, derartig geschlagen zu werden? Ich habe einen Brief angefaßt, der für ihn gekommen war. Er überraschte mich dabei, wie ich diesen Brief in der Hand hielt. Ich habe ihn nicht gelesen, nur in der Hand gehalten.«

»Er ist jähzornig und neigt zu Gewaltausbrüchen, die in keinem Verhältnis zum Anlaß stehen. Vielleicht war es ein Brief, von dem er wollte, daß niemand ihn sah. War das Siegel schon erbrochen?«

»Nein. Er hat gesagt, ich würde schon noch lernen, solche Dinge nicht anzurühren.« Anna blickte Owen nun direkt ins Gesicht. Ihre dunklen Augen ähnelten denen ihrer Mutter, wirkten jedoch traurig. »Ihr müßt wissen, Hauptmann, ich bin keine unnatürliche Frau. Ich hätte ihn gerne geliebt. Aber er hat meine Liebe in Haß verwandelt. Und um meine Seele von dieser unverzeihlichen Sünde reinzuwaschen, habe ich mich dem Gebet zugewandt.«

»Hat er Euch auch zuvor schon einmal geschlagen?«

Sie blickte zur Seite. »Ja, aber noch nie so schlimm. Ein Hieb auf den Kopf, wenn das Essen einmal ein wenig später fertig wurde oder wenn ich Geschirr fallen ließ. Ich hatte schon Angst um die Kinder, die wir vielleicht einmal haben würden, fürchtete, sie würden bei dem geringsten Fehler, den sie machten, verprügelt werden.«

»Wißt Ihr noch, von wem der Brief kam?«

Anna schüttelte den Kopf. »Aber ich vermute es. Irgend etwas an dem Siegel hat mich auf den Gedanken gebracht, er könnte von einer Frau kommen. Und deshalb glaube ich auch,

daß Paul mehr als eine Geliebte hat. Ich bezweifle, daß die Frau des Verwalters lesen und schreiben kann, deshalb wird sie auch kein eigenes Siegel haben. Pauls Geliebte muß also einem höheren Stand angehören. Vielleicht würde es einen Skandal auslösen, wenn die Liebschaft bekannt werden würde. Ich weiß es nicht.«

»Die Frau des Verwalters? Des Verwalters Eurer Mutter?« fragte Owen.

»Ja.«

Ein weiterer Anhaltspunkt. »Kate Cooper ist die Geliebte Eures Mannes? Seid Ihr sicher?« Kate mußte wirklich ein unersättliches Weibsbild sein.

»Ja, ich weiß es. Meine Mutter hat sie mit Will entdeckt, und ich habe sie mit Paul gesehen. Vor unserer Ehe, aber auch noch danach. Als ich sie im Stall sah, bevor wir verheiratet waren, habe ich ihm vergeben, dachte mir, ein junger Mann muß sich eben irgendwo seine Befriedigung verschaffen, solange er noch keine Ehefrau hat. Aber danach . . .« Ihre Augen füllten sich mit Tränen.

»Natürlich habe ich nichts gesagt. Ich hätte es nie gewagt, ihm Vorhaltungen zu machen.« Sie drückte sich einen Ärmel vor die Augen.

»War Jack Cooper schon mit Kate verheiratet, als er nach Riddlethorpe kam?«

»O ja. Sie ging gerade mit ihrem ersten Kind schwanger, als sie bei uns anfingen.«

»Wißt Ihr etwas über ihre Vergangenheit?«

Anna schüttelte den Kopf. »Nein, und es interessiert mich auch nicht.«

»Glaubt Ihr, Eure Mutter könnte Näheres über Kate Cooper wissen?«

»Da müßt Ihr sie selber fragen. Sie will mich an Weihnachten besuchen.«

»Ich werde kommen.« Owen stand auf, um sich zu verabschieden. Dann hielt er inne. »Wenn Ihr schon für mich betet, Mistress Scorby, könntet Ihr auch noch Jasper de Melton in Eure Gebete einschließen, den Jungen, der den Mord an Will

Crounce beobachtet hat. Er ist verschwunden, wahrscheinlich verletzt, aber hoffentlich noch nicht tot. Und außerdem wurde ein junger Mann ermordet, nur weil er ein Freund von Jasper war.«

Anna bekreuzigte sich. »Ich werde für Euch alle beten.«

Während Ambrose Coats sich Lucies Bericht anhörte, polierte er das Holz seines Rebec mit einem öligen Lappen. Dies ermöglichte es ihm, den Kopf gesenkt zu halten und mit Hilfe seiner Haare seinen Gesichtsausdruck zu verbergen.

»Ich weiß, daß Euer Freund Martin Wirthir sich versteckt halten will«, schloß Lucie, »aber Magda Digby hat gesagt, er hätte versucht, Jasper zu schützen. Deshalb dachte ich, er sollte erfahren, was passiert ist, damit er nach ihm Ausschau halten kann. Der Junge ist wahrscheinlich geschwächt und hat Fieber. In diesem Zustand kann er nicht mehr selbst auf sich aufpassen.«

Jetzt hob Ambrose den Blick. »Wenn ich wüßte, wo Martin sich aufhält, würde ich hingehen und es ihm ausrichten. Aber ich weiß wirklich nicht, wo er steckt, auch nicht, ob er überhaupt noch in York ist. Was Ihr mir erzählt habt, würde ihn bestimmt interessieren. Ich bete darum, daß er bald entweder hierher kommt oder Magda aufsucht. Er macht sich Sorgen um den Jungen. Er hat gesagt, der Junge ist ein unschuldiges Opfer.«

»Als Martin mir damals auf der Straße half, hatte ich das Gefühl, daß ihn ein großes Leid bedrückt«, sagte Lucie. »Er war sehr hilfsbereit mir gegenüber.«

Ambrose nickte. »Martin hat seine eigenen Ehrbegriffe, die zu verstehen mir ziemlich schwerfällt. Er ist einer der freundlichsten, freigebigsten Männer, die ich kenne, aber auch einer der gierigsten und rücksichtslosesten. Es hängt davon ab, mit wem er es zu tun hat.« Ambrose zuckte mit den Achseln. »Ich finde seine Eigenartigkeit unwiderstehlich.« Ihre Augen trafen sich, und plötzlich begriff Lucie, was Martin für Ambrose bedeutete.

»Unsere Herzen entscheiden selten klug, wenn es darum geht, wen wir lieben sollen, nicht wahr?«

Ambrose lachte. »Gott sei Dank. Worüber sollten wir denn sonst unsere Lieder singen?«

Kapitel 20

Verzweifelte Maßnahmen

Eine Ratte huschte über seine verletzte Seite. Es war nur eine durchschnittlich große Ratte, und doch erwachte Jasper durch die Schmerzen, die ihm dies bereitete. In seiner rechten Seite und seiner rechten Wange hämmerte und brannte es. Er hatte versucht, sich selbst einen Verband anzulegen, aber es war ihm nicht gelungen, die Wange so zu verbinden, daß er noch atmen konnte. Fieberträume schüttelten ihn. Eine Frau, so groß wie ein Haus und mit einem blitzenden Messer in der Hand, beugte sich über ihn. Unzählige Hände, die aus ihren Hüften herauswuchsen, strichen über Jaspers Gesicht. Als die Hände ihn berührten, erwachten sie zum Leben, krallten sich in ihn, gruben sich in seine rechte Wange.

Wenn er zwischendurch immer wieder einmal aufwachte, versuchte er, sich aufzusetzen. Er wußte, er befand sich in einer Gasse, die zu schmal war für Pferde oder Fuhrwerke. Doch wenn das Fieber wieder stieg, dann erschien ihm die gegenüberliegende Mauer fürchterlich weit entfernt und viel höher als alle Häuser, die er jemals gesehen hatte. Er erinnerte sich daran, wie er früher fiebernd im Bett gelegen hatte und seine Mutter in der Tür gestanden hatte, so weit weg, daß ihn die Furcht befallen hatte, Gott würde sie ihm entreißen. Doch dann war sie zu ihm ans Bett gekommen, über viele Meilen hinweg, und hatte ihn in die Arme geschlossen. Und dann war wieder alles in Ordnung gewesen. In der Kammer war wieder alles so, wie er es gekannt hatte.

Jetzt war seine Mutter nicht mehr da, um die Dinge wieder in Ordnung zu bringen.

Aber hier würde er einigermaßen sicher sein. Von seiner früheren Suche nach Verstecken wußte er, daß er in einer solchen Gasse weitgehend unbehelligt bleiben würde. Die Leute, die an ihm vorübereilten, würden sich nicht um ihn kümmern, und wenn er ihnen vor die Füße rollte, dann würden sie ihn durch einen Tritt beiseite stoßen. Er bemerkte, daß er nach Mist und Urin stank, aber er war zu schwach, um dagegen etwas zu unternehmen.

Aber er mußte etwas tun. Er mußte essen. Er mußte versuchen, sich daran zu erinnern, was geschehen war. Irgend jemand war in Schwierigkeiten. Er konnte sich nicht mehr entsinnen, wer das gewesen war. Sein Kopf schmerzte. Er hatte das Gefühl, irgendwo heruntergefallen zu sein, aber die Verletzungen in seiner Seite stammten von Messerstichen, davon war er überzeugt. Er dachte immer noch an diese Riesenfrau aus seinem Traum. Das konnte doch nicht möglich sein, oder? Er war völlig durcheinander.

Aber er brauchte etwas zu essen. Wenn er seinen Magen gefüllt hatte, konnte er vielleicht auch besser nachdenken. Er wußte noch, daß er zur Bettlerpforte am Kloster gegangen war und dort etwas zu essen bekommen hatte. Jemand hatte ihn dort gefragt, wo er sich verletzt hatte. Daraufhin war er weggelaufen. Er mußte sich verstecken. Niemand durfte wissen, wer er war und was er getan hatte.

Was hatte er eigentlich getan? Jasper versuchte, seine Gedanken zu ordnen. Er war die Treppe heruntergefallen. Eine Frau mit einem Messer. Er hatte sich in die Hosen gemacht. John hatte so ruhig dagelegen. John. Das war es. Er hatte John umgebracht.

Nein, die Frau mit den vielen Händen hatte John getötet. Die Frau mit dem Messer. John hatte Jasper an diese Frau verraten. Warum nur?

Jasper rappelte sich mühsam auf, um sich mit dem Rücken gegen die Mauer zu lehnen. Das tat gut. Er fühlte sich benommen, und ihm war übel, aber das ging wieder vorbei. Er lauschte auf die Geräusche in seiner Umgebung, versuchte herauszufinden, wie spät es sein mochte. Es war zu dunkel in der

Gasse, um darüber etwas sagen zu können, und wenn er nach oben schaute, sah er nur das vorspringende obere Stockwerk des Gebäudes, an dessen Mauer er sich lehnte. Pferdefuhrwerke bewegten sich durch die Straßen, aber es war noch ziemlich ruhig. Es mußte früh am Morgen sein, schätzte er. Wenn er wieder auf die Beine kam, würde er es vielleicht bis zum Kloster schaffen, wo man ihm wieder etwas zu essen geben würde. Und dann konnte er darüber nachdenken, was er tun sollte.

Seine Mutter hatte immer gesagt, daß man mit einem leeren Bauch nicht gut denken kann. Jasper war eigentlich nicht hungrig, aber er mußte einen klaren Kopf bekommen. Er wußte nicht einmal mehr, wie lange er sich jetzt schon versteckte. Einige Tage, mindestens. Oder vielleicht schon Wochen?

Er stand auf, lehnte sich aber gleich wieder an die Mauer. Während er sich an den Häuserwänden abstützte, stolperte Jasper auf die Straße am Ende der Gasse zu. Lop Lane. Das war nicht weit entfernt vom Kloster. Gott sei Dank. Aber die Bettlerpforte lag auf der anderen Seite, außerhalb der Stadttore.

Überall dieser Schlamm. Aber als er auf die Straße hinaustrat, die unter freiem Himmel lag, sah er, daß der Boden schneebedeckt war. Kein Wunder, daß ihn die ganze Zeit so gefroren hatte. Warum hatte er eigentlich seinen Umhang nicht an? Er schloß die Augen, lehnte sich gegen ein Haus und versuchte, sich zu erinnern. Es war wichtig, sich an alles zu erinnern. Es machte ihm angst, daß er sich an so vieles offenbar nicht mehr erinnern konnte. Jemand rempelte ihn an, und dann rutschten ihm die Beine weg. Eine Hand half ihm auf, dann schrie eine Frau: »Du hast hier in der Gasse geschlafen! Wie bist du da hineingekommen?«

Jasper machte sich auf in Richtung Bootham Bar. Er hoffte, er würde sich neben einem Karren verstecken können, um so durch die Stadttore zu schlüpfen, und dann fiel ihm ein, daß er es das letzte Mal schon genauso gemacht hatte. Er wollte vermeiden, daß ihn jemand sah. Einige der Wachen kannten ihn. Ihnen würde er auffallen.

Aber es war kein Karren in Sicht, als er am Tor ankam. Der

Wachmann musterte ihn nachdenklich, als überlege er, ob er ihn irgendwo schon einmal gesehen hatte. Vielleicht lag es daran, daß Jasper so schmutzig war. Vielleicht entstellte ihn auch die Schnittwunde auf seiner Wange derart, daß man ihn nicht mehr erkannte. Sein Kopf kam ihm auf der rechten Seite viel größer vor als auf der linken. Vielleicht war das eine ganz gute Tarnung.

Eine Tarnung. Henna. Um mit Hauptmann Archer zum St. George's Field gehen zu können. Jetzt fiel es Jasper wieder ein. Er war so glücklich gewesen. Aber das gehörte alles der Vergangenheit an. Hauptmann Archer würde ihm den Tod von John nicht verzeihen. Und wie konnte er ihn davon überzeugen, daß John es gewesen war, der ihn dort hingeführt hatte?

Jasper eilte durch das Tor. Anstatt zur Bettlerpforte des Klosters zu gehen, überlegte er, könnte er sich auch zu Magda Digby begeben. Nein. Er durfte niemandem vertrauen. Er hatte seine Lektion gelernt.

Vor der Tür an der Nordmauer des Klosters drängte sich bereits eine Gruppe von Bettlern. Jasper kauerte sich unter einem Baum nieder, neben einem einarmigen Mann und einer Frau, die unter ihrem verschlissenen Umhang zwei kleine Kinder an sich gedrückt hielt. Er hatte schon von Zwillingen gehört, einem besonderen Geschenk Gottes. Aber die Frau sah keineswegs so aus, als fühle sie sich besonders beschenkt. Ihre Augen lagen tief in den Höhlen und blickten ausdruckslos, ihr Kiefer hing herunter und enthüllte schwarze Zähne und Zahnlücken. Ihr Gesicht war fleischlos. Wie ein Totenschädel. Sie war kurz vor dem Verhungern. Warum hatte Gott dieser Frau zwei Kinder geschenkt, wenn sie hungern mußte?

Nein. Nein, es war nicht gut, Gottes Ratschluß in Zweifel zu ziehen. Nur Jaspers Schwäche und die Schmerzen, die er erdulden mußte, hatten ihn auf solche Gedanken gebracht.

Jaspers Augenlider zuckten, während er sie geschlossen hielt, und er träumte von seiner Mutter. Als ihre kleinen Kinder an ihr gesaugt hatten, je eines an jeder Brust, da war sie immer dünner und dünner geworden, ihre Haut war immer stärker eingeschrumpft, als würden ihr auch noch die Knochen ausge-

saugt werden, und dann war sie gestorben. Die Kinder hatten geschrien.

Als Jasper seine Augen öffnete, schrien die Kinder noch immer, aber die Frau gab ihnen Schutz unter ihrem Umhang. Jasper blickte auf. Die Riesenfrau stand am Rande einer Gruppe von Leuten und starrte zu ihm herüber. Jasper schloß seine Augen und schüttelte den Kopf, dann schaute er wieder hin. Sie war nicht mehr da.

Natürlich nicht. Sie war ja ein Traum.

Aber die Frau, die ihn angefallen hatte, sie war kein Traum. Vielleicht war sie es doch gewesen.

Jasper dachte daran wegzulaufen, aber die Bettlerpforte war gerade geöffnet worden, und er sah, wie die Wartenden nach Laiben braunen Brotes griffen. Er brauchte auch ein Brot. Vielleicht gehorchten ihm seine Beine besser, wenn er etwas gegessen hatte. Er schob sich zusammen mit den anderen nach vorne.

Die Bettler hatten Becher und Schüsseln bei sich. Er hatte nichts dergleichen. Er mußte etwas vor sich hin gemurmelt haben, denn der Einarmige stieß ihn an und deutete zu einem Mann an der Tür, der gerade seinen Laib erhalten und entzweigerissen hatte. Als er die beiden Hälften nach oben hielt, schüttete einer der Mönche ein wenig Brühe aus einem Topf auf das Brot. Jasper dankte dem Mann. Der Einarmige lächelte und öffnete seinen Mund. Jasper sah, daß er keine Zunge mehr hatte.

Ein Verbrecher. Jaspers Mutter hatte ihm eingeschärft, niemals mit Verbrechern zu reden. Aber das war schon lange her, bevor Jasper selbst hinausgekommen war auf die Straßen. Und dieser Mann hatte ihm freundlicherweise gezeigt, was er tun sollte.

»Gott segne Euch«, sagte Jasper zu ihm. »Möge der Herr sich am Tag des Letzten Gerichts an Eure Güte erinnern.«

Schließlich gelangte Jasper an die Spitze der Gruppe. Noch einmal glaubte er, die Frau zu sehen, aber dann erinnerte ihn der Geruch des Essens daran, daß er doch Hunger verspürte, und er wollte jetzt seinen Platz nicht mehr verlassen. Sie war ja nur ein Traum, sagte er zu sich. Das Brot war hart, und er

mußte sich anstrengen, um es in zwei Hälften zu zerbrechen, aber dann erlebte er, wie zwei Fische, mit Haut und Gräten, in die Brothälften fielen. Er setzte sich ein paar Schritte weit entfernt von der Pforte auf den Boden und aß.

Dann bekam er Durst. Er blickte zum Fluß hinunter, aber er wußte, daß man krank wurde, wenn man das Flußwasser trank. Am anderen Ende der Bettlerpforte stand ein Mönch mit einer Schöpfkelle und einem großen Faß. Vielleicht konnte Jasper etwas mit der Hand auffangen, oder vielleicht genügte es auch, wenn er den Mund nur weit genug aufmachte. Er rappelte sich auf und kämpfte sich durch die Menge zur Tür hin voran.

Und da war sie wieder, die Frau, die ihn angegriffen hatte. Jetzt erkannte er sie. In seinem Traum war sie ihm als eine Riesin erschienen, aber dies hier war die wirkliche Frau. Und sie schaute ihn an.

Jasper drehte sich um und begann zu laufen. Er wußte nicht, wie er es schaffte, aber er lief, stolpernd und immer wieder ausgleitend, und er fürchtete schon, er würde irgendwann wehrlos auf dem Boden liegenbleiben. Aber er kam jedesmal wieder auf die Beine. Sie war nicht hinter ihm, er konnte sie jedenfalls nicht sehen, aber er wußte, daß sie ihn bemerkt hatte. Er durfte nicht stehenbleiben.

Als er sich dem Stadttor näherte, betete er darum, daß ein Fuhrwerk vorbeikam, hinter dem er sich verstecken konnte, aber der Wachmann, der inzwischen Zeit zum Nachdenken gehabt hatte, brüllte: »Jasper? Bist du es? Die Flußfrau sucht nach dir, Junge. Seit zwei Wochen schon.«

Aber Jasper rannte an ihm vorüber und durch das Tor hindurch. Er wunderte sich, daß der Mann ihn in diesem Zustand erkannt hatte. Er bekam Seitenstechen, und sein Atem ging stoßweise, aber er lief weiter die Petergate hinunter. Nur schnell weg. Als Jasper die Goodramgate erreichte, vernahm er das Knarren und Ächzen eines Fuhrwerks, das hinter ihm um die Ecke bog. Die Straße war zu schmal für ihn und den Karren. Jasper warf seinen Kopf nach links und nach rechts, er suchte eine Gasse oder einen Hauseingang,

wohin er ausweichen konnte. Und dann tauchte Martin vor ihm auf. Martin winkte ihm zu und rief etwas, aber der lärmende Karren war schon zu nahe herangekommen und übertönte seine Stimme. Der Karren kam immer näher. Jasper drehte sich um und sah, daß er ihn gleich überrollen würde. Er stolperte und schrie auf. Plötzlich packte ihn jemand und zog ihn aus dem Weg.

Jasper drückte sein heißes Gesicht in die Schulter seines Retters, während das Fuhrwerk vorüberrumpelte. Schon das zweite Mal hatte Gott ihn wie durch ein Wunder gerettet.

»Ruhig, Jasper. Ich bin es, Martin. Bleib einen Moment hier sitzen, ich frage die Leute, ob jemand den Mann in dem Karren erkannt hat.«

Jasper klammerte sich an Martin. »Es war die Frau. Sie will mich umbringen.«

»Nein, Jasper. Ich habe gesehen, daß es ein Mann war.«

Immer noch klammerte sich Jasper an ihn. Er hatte Angst davor, allein gelassen zu werden.

»Ich bin gleich wieder zurück. Sie sollen nicht sehen, daß du bei mir bist.« Mit seinen kräftigen Händen setzte Martin den Jungen auf den Boden.

Aber niemand konnte Martin sagen, wer den Karren gefahren hatte.

»Er hätte das Pferd am Zügel führen müssen«, meinte eine Frau. »Dafür haben wir doch diese Anordnung. Es sind schon so viele Kinder auf diese Weise umgekommen.« Sie schüttelte den Kopf.

An Heiligabend wurde der Apotheke mitgeteilt, daß Cäcilia Ridley im Nonnenkloster eingetroffen war.

»Ich werde ein andermal hingehen«, sagte Owen. »Sie wird bestimmt eine Weile bleiben.«

Lucie wußte, daß er enttäuscht war. Sie war es auch. Als der Bote gekommen war, hatten beide gedacht, er würde Neuigkeiten über Jasper bringen. Seit zwei Wochen wurde er jetzt schon vermißt. Er schien spurlos verschwunden zu sein. Aber es war

wichtig, weiter nach den Mördern von Crounce und Ridley zu suchen. Und nach der Mörderin von John.

»Vielleicht weiß Cäcilia Ridley etwas, das uns zu Jasper führt. Falls Kate Cooper ihn irgendwo versteckt hält.«

»Wenn sie ihn sich geschnappt hat, dann ist er wahrscheinlich schon tot«, erwiderte Owen.

»Du wirst doch nicht aufgeben wollen?«

»Nein. Du weißt, ich kann nicht aufgeben.« Owen bedachte Lucie mit einem nachdenklichen Blick. »Würdest du statt meiner hingehen und mit Cäcilia reden?«

»Ich? Warum?«

»Ich habe ihr schon so viele Fragen gestellt. Sie verbirgt etwas vor mir. Ich konnte bis jetzt nicht herausfinden, was es ist. Vielleicht kommst du besser mit ihr zurecht. Von Frau zu Frau.« Owen zuckte mit den Schultern. »Ich weiß nicht.«

Lucie stieg eine Leiter hinauf und stellte den Topf, aus dem sie gerade etwas entnommen hatte, zurück ins Regal. Dann stieg sie wieder herunter, wischte sich die Hände ab und nahm ihre Schürze ab. »Wenn du dich so lange um den Laden kümmerst, gehe ich sofort hin zu ihr.«

»Das muß nicht sein.«

»Warum denn nicht? Warum sollen wir es hinausschieben?« Lucie nahm Owens Hände in die ihren. »Ich muß etwas tun. Dann geht es mir wieder besser.«

Owen küßte sie auf die Stirn. »Du hast ein schlechtes Geschäft gemacht, als du mich geheiratet hast.«

»Warum sagst du das?«

»Ich ziehe dich immer hinein in diese widerwärtigen Aufträge, die ich für den Erzbischof erledige. Wenn er nicht wäre, könnten wir jetzt fröhliche Weihnachten feiern.«

»Woher weißt du denn, daß es wirklich fröhliche Weihnachten sein würden?« Sie schlang ihre Arme um Owen und legte ihren Kopf an seine Brust. »Ohne dich, glaube ich, würde ich nicht besonders fröhlich sein. Ohne das Eingreifen des Erzbischofs hätte die Gilde mir wahrscheinlich nicht erlaubt, dich zu heiraten. Und du würdest für John of Gaunt deinen Kopf hinhalten.«

Owen streifte ihren Schleier ab und streichelte über ihr weiches Haar. »Dann hast du es also noch nicht bereut?«

»Nicht einen Augenblick, Owen.« Sie hob den Kopf, und sie küßten sich.

Lucie zögerte, als sie am Tor des Nonnenklosters St. Clement ankam. Es war ein seltsames Gefühl, nach all den Jahren wieder dort zu sein. Sie war erst einmal dorthin zurückgekehrt, zur Beerdigung von Schwester Doltrice, der einzigen Schwester, die zu ihr gehalten hatte in der harten Zeit, die Lucie nach dem Tod ihrer Mutter in diesem Konvent durchgemacht hatte. Ihr Vater hatte es für das beste gehalten, Lucie ins Kloster zu schicken. Er konnte sich überhaupt nicht vorstellen, was das für sie bedeutet hatte. Für die Schwestern war Lucies Mutter eine französische Hure gewesen, und sie hatten Lucie argwöhnisch beobachtet, weil sie fürchteten, sie würde denselben Weg einschlagen. Nicholas hatte sie schließlich aus diesem Kloster herausgeholt.

Nicholas. Deshalb war sie gekommen. Lucie hatte im Hinblick auf Cäcilia Ridley eine Vermutung, die aus ihren eigenen Empfindungen für Nicholas gespeist wurde. Sie mußte es tun. Es würde Owen helfen. Vielleicht würde es dazu beitragen, Jasper zu finden. Und die Mörderin von John. Lucie hob ihre Hand und klopfte.

Eine junge Nonne öffnete das Tor. »Gott sei mit Euch, Mistress Wilton. Mutter Isabel wird erfreut sein, Euch zu sehen.«

Lucie, die Isabel gut kannte, bezweifelte das. »Ich bin gekommen, um Mistress Ridley zu besuchen. Wäre das möglich?«

»Ich werde fragen. Bitte, kommt herein.«

Die Nonne führte Lucie in den Empfangsraum. Nach kurzer Zeit trat eine hochgewachsene, dunkel gekleidete Frau ein. Dunkle Augen musterten Lucie so eindringlich, daß sie spürte, wie sie rot wurde. Das hätte nicht passieren dürfen. Sie mußte sich selbst in der Gewalt haben, wollte sie ihren Plan ausführen.

»Ich bin Lucie Wilton, Owens Frau.« Lucie hoffte, daß ihr Lächeln einigermaßen entspannt und freundlich wirkte. »Ich

habe ihn gebeten, Euch aufsuchen zu dürfen, um mit Euch zu sprechen.«

Cäcilia Ridley blieb vor Lucie stehen. »Ihr habt ihn gebeten, mich besuchen zu dürfen? Weshalb?« Ihre Augen waren ein wenig zu weit geöffnet. Lucie erkannte, daß Cäcilia Ridley Angst hatte. »Und warum nennt Ihr Euch Wilton und nicht Archer?«

»Ich wurde Apothekermeisterin, nachdem mein erster Mann gestorben war. Die Gilde bestand darauf, daß ich meinen alten Namen beibehielt.«

»Aber Ihr seid richtig mit Owen verheiratet?«

Lucie kam diese Frage seltsam vor. »Viele Ehefrauen tragen nicht den Namen ihres Mannes.«

»Ja, aber dieser Brauch kommt allmählich aus der Mode. In Frankreich tragen heute die meisten Frauen den Namen ihres Gatten.« Cäcilia blickte herunter auf Lucie; die Angst war jetzt aus ihren Augen verschwunden. Sie war ersetzt worden durch ein frostiges Starren.

»Bitte«, sagte Lucie und bat Cäcilia, sich zu setzen. »Ich bin gekommen, um mich mit Euch über die Morde an Eurem Ehemann und Eurem Freund Will Crounce zu unterhalten. Es muß uns gelingen, die Mörder zu finden, bevor noch mehr Menschen sterben. Ein Kind wird vermißt, ein Junge, der den Mord an Will Crounce beobachtet hat. Er wird von einer Frau bedroht, bei der es sich möglicherweise um Kate Cooper handeln könnte.«

»Kate Cooper. Ich habe schon immer gewußt, daß sie nur Unglück bringt.«

»Was könnt Ihr mir über sie erzählen?«

»Warum seid Ihr gekommen? Warum nicht Owen?«

Lucie bemerkte, wie warm Cäcilia Owens Namen aussprach. Sie beschloß, es nicht weiter zu beachten. »Ich mache mir Sorgen um den Jungen. Jasper heißt er. Ich möchte diese Leute finden, bevor sie ihm etwas antun können.«

»Wie edelmütig.«

Lucie hatte nicht erwartet, daß Cäcilia ihr feindselig gegenübertreten würde, sondern vielleicht verschlossen und wort-

karg. War sie verstimmt, weil Lucie anstelle von Owen gekommen war? Das war kein gutes Omen. »Verzeiht mir, daß ich Euch während Eures Besuches bei Eurer Tochter störe. Ich will versuchen, mich kurz zu fassen. Bitte, erzählt mir nur, was Ihr über Kate Cooper wißt.«

Cäcilia saß angespannt auf der Bank, als bereite sie sich darauf vor, jeden Augenblick ohne Vorankündigung wieder zu verschwinden. »Kate Cooper. Ich weiß nicht viel über sie. Es hat mich auch nie interessiert. In dieser Frau liegt eine Bitterkeit, ein Haß, demgegenüber Männer blind sind. Sie halten sie für leidenschaftlich, aber sie nutzt sie nur aus. Sie erobert sie, weil sie sie haßt.«

»Könnt Ihr sie mir beschreiben?«

»Groß, lange Arme und Beine. Hellbraunes Haar, braune Augen, ein eckiges Kinn, ein großer Mund – wie ein Blutsauger.«

»Die Frau, die Jasper angegriffen hat, war ziemlich stark.«

»Sie ist auch recht kräftig. Ihre Hände sind sehr groß für eine Frau. Deshalb ist mir auch aufgefallen, wie sie sie benutzt. Sie hat den Löffel immer in die linke Hand genommen. Ein Zeichen des Teufels.«

»Sie ist Linkshänderin?« Lucie dachte an Jaspers Verletzungen, seinen gebrochenen Arm, sein Bein. Alle Verletzungen waren rechts, wo jemand, der linkshändig war, ihn wahrscheinlich gepackt hätte, wenn er – oder sie – ihm gegenüberstand. »Seid Ihr sicher?«

Die dunklen Augen musterten sie kalt. »Warum würde ich es sonst sagen? Warum, glaubt Ihr, hat sie etwas mit diesen Morden zu tun?«

»Es ist Owens Theorie.«

»Ah.« Die Augen wurden ein wenig freundlicher. »Er ist viel scharfsinniger als andere Männer.«

»Das ist mir nicht aufgefallen, als ich ihm das erste Mal begegnet bin.«

»Wirklich?« Cäcilias Stimme drückte Interesse aus. »Wie habt Ihr ihn kennengelernt?«

Das war es. Lucie erkannte, daß dies genau in die Richtung

führen konnte, in die sie wollte. »Owen kam nach York, um die Morde im Kloster St. Mary zu untersuchen. Die Giftanschläge. Zuerst hat er mir Komplimente gemacht, dann aber gelangte er zu der Ansicht, ich könnte die Giftmörderin sein. Eine Zeitlang hat er sogar gedacht, ich könnte auch meinen Ehemann vergiftet haben, um ihn zum Schweigen zu bringen. So wie er auch Euch verdächtigt, Euren Mann vergiftet zu haben.« Lucie beobachtete genüßlich, wie Cäcilia erbleichte. »Ist Owen also wirklich so viel scharfsinniger als andere Männer?«

Cäcilia legte eine Hand auf ihr Herz. »Er hat mich im Verdacht, Gilbert ermordet zu haben?«

»Ihm gefällt dieser Gedanke nicht, aber er hat das Gefühl, daß Ihr etwas verheimlicht.«

»Er glaubt, ich wäre zu solch einer Tat imstande?« flüsterte Cäcilia.

»Ich weiß, wie Euch zumute ist. Ich erinnere mich noch lebhaft daran, wie sehr auch mich damals Owens Verdacht getroffen hat.« Lucie machte eine Pause. Es war nicht leicht, darüber zu reden. Sie dachte wieder an Jasper. »Ich fühlte mich schuldig, müßt Ihr wissen. Und ich wußte, ich würde Owen meine Gefühle niemals erklären können.«

Cäcilia wischte ein nicht vorhandenes Staubkörnchen von ihrem Rock. »Was meint Ihr damit?«

»Mein Ehemann Nicholas hatte jemanden vergiftet. Als ich dahinterkam, begann ich ihn deswegen zu hassen. Und auch wegen verschiedener Dinge, die ich über unsere Heirat herausfand. Ich wollte ihm weh tun. Ich habe ihm Schmerz zugefügt, aber nicht in der Weise, wie Owen es vermutete.«

Cäcilia Ridley beobachtete Lucie aufmerksam. »Was habt Ihr ihm angetan?«

Lucie beugte den Kopf, um ihre Tränen zu verbergen. Sie durfte gegenüber dieser Frau keine Schwäche zeigen. Aber dies auszusprechen kostete sie am meisten Selbstüberwindung. »Ich habe Nicholas das Allerschlimmste angetan. Als er im Sterben lag, bat er mich um Verzeihung. Ich habe sie ihm verweigert.«

Im Raum wurde es allmählich dunkel. Die junge Nonne kam

herein, entzündete ein paar Lampen und zog sich wieder zurück.

Cäcilia Ridley stand auf, ging zu einem kleinen Fenster und blickte hinaus in den Garten, über den sich die Abenddämmerung herabsenkte. Immer noch Lucie den Rücken zukehrend, sagte sie dann: »Ich verstehe nicht, warum Ihr mir das alles erzählt. Hat Owen sich das ausgedacht, um mir eine Falle zu stellen?«

»Nein. Ich habe von selbst damit angefangen. Es hat keinen Sinn, es zu bekennen. Ich habe es versucht. Ich kann es nicht erklären. Ich will, daß Ihr wißt, daß ich den Mann gehaßt habe, den ich liebte und der so gut zu mir gewesen war. Und in jenem Moment, als mich dieser Haß überkam, habe ich ihn bestraft. Ich bereue es zutiefst. Aber ich kann es nicht mehr ungeschehen machen. Nie mehr. Ich knie vor seinem Grab und bitte ihn um Verzeihung.«

Cäcilia hatte sich wieder Lucie zugewendet.

»Owen würde das nicht verstehen«, sagte Lucie.

»Wie sollte er auch?« Cäcilia setzte sich wieder Lucie gegenüber auf die Bank. »Aber jetzt liebt Ihr Owen?«

Lucie nickte. »Ich kann mir ein Leben ohne ihn nicht mehr vorstellen.«

»Ist es jetzt anders als in Eurer ersten Ehe?«

»Ja, ziemlich anders.«

»Wie?«

Lucie wand sich unter Cäcilias forschendem Blick. Aber sie mußte zu Ende führen, was sie angefangen hatte. »Nicholas habe ich auf eine andere Art geliebt. Er war für mich ein Mann, der mir Trost spendete. Meine Liebe zu Owen ist tiefer. Unverzichtbarer. Beunruhigender.«

Cäcilia blickte hinunter auf ihre Hände, die sie im Schoß fest gefaltet hatte. Lucie befürchtete schon, sie könnte zuviel gesagt haben. Dann wanderten die dunklen Augen wieder zurück zu Lucie.

»So wie Ihr Owen liebt, so habe ich auch Will Crounce geliebt«, sagte Cäcilia mit gepreßter Stimme. »Ich hätte alles getan, um mir seine Liebe zu erhalten. Als ich von seinem

Tod erfuhr, dachte ich, mein Leben wäre zu Ende. Ich wollte jedermann bestrafen, der noch am Leben war. Und dann wollte ich sterben. Ich habe Gilbert beobachtet. Er wurde immer verschlossener. Nervös. Hat angefangen, sich um mich und die Kinder zu sorgen. Und ich begann, mir meine Gedanken zu machen. Kurz bevor Gilbert am Fronleichnamstag nach York reiste, haben wir uns gestritten. Er wußte, was zwischen Will und mir war. Er wußte es schon seit geraumer Zeit. Er hat gesagt, er würde jetzt zu Hause bleiben und das müsse aufhören. Schließlich sei ich mit ihm verheiratet und nicht mit Will. Als ich an diese Auseinandersetzung zurückdachte, sagte ich mir, daß Gilbert Will getötet haben mußte, daß er mit dieser Absicht nach York gereist war. Ich wollte ihm Leid zufügen. Ich wollte, daß er meinen Schmerz und meine Trauer um Will zu spüren bekam.« Sie berührte Lucies Hand. »Ich hatte nie vor, Gilbert umzubringen. Ich wollte ihm nur Leid zufügen.«

Der Glanz in Cäcilias Augen erschreckte Lucie. Dann stimmte es also, sie hatte Gilbert eine solch lange Leidenszeit bereitet, hatte ihn auf so fürchterliche Weise ihren eigenen Schmerz spüren lassen. Lucie fröstelte.

Die dunklen Augen füllten sich mit Tränen. »Ich würde es gerne ungeschehen machen, wenn ich nur könnte. Gilbert veränderte sich. Er wurde so wie Will, nachdenklich, fürsorglich. Ich redete mir ein, die Krankheit habe ihn gereinigt.« Ein Schluchzen erschütterte Cäcilias Körper. »Ich bin eine Teufelin. Gilbert war unschuldig. Ich sollte für alle Zeit in die Hölle verdammt werden.« Sie legte ihren Kopf in die Hände und weinte leise.

Lucie trat neben Cäcilia und legte ihre Arme um ihre Schultern. »Wie elend müßt Ihr Euch gefühlt haben, als Owen Euch die Nachricht von Gilberts Tod überbrachte.«

»Ich glaubte, Gott hätte ihn mir genommen, um mich zu bestrafen.«

»Um Euch zu bestrafen?«

Cäcilia blickte auf und wischte sich die Augen aus. »Ich werde Gilbert niemals um Verzeihung bitten können.«

Lucie kam es vor, als spiegele sich in diesen Augen ihr eigener Schmerz.

Sie saßen lange schweigend nebeneinander. Dann erschien die Priorin und brachte Wein. Mutter Isabel schien einen Augenblick verblüfft zu sein, als sie die verweinten Gesichter der beiden sah. »Es ist nun fast Zeit für unser Abendbrot. Wollt Ihr Euch uns anschließen, Mistress Wilton?«

Lucie blickte Cäcilia an.

Cäcilia reichte ihr die Hand und nickte.

Kapitel 21

Martin Wirthir

Martin hielt sich noch eine Weile in der Gasse versteckt, um zu beobachten, ob jemand von den Verfolgern zurückkehrte. Wer hier gerade versucht hatte, den Jungen umzubringen, würde vielleicht nachprüfen wollen, ob der Anschlag gelungen war. Am vorhergehenden Abend hatte Ambrose Martin von Jaspers neuen Problemen erzählt. Seit zwei Wochen trieb sich der Junge mit schwärenden Wunden auf der Straße herum. Er mußte ziemlich robust sein. Doch inzwischen hatte sich ein Fieberbrand des schmächtigen Körpers bemächtigt. Martin hielt es für das beste, zunächst herauszufinden, mit wem er es zu tun hatte, und konnte nur mühsam dem Wunsch widerstehen, den Jungen so schnell wie möglich in Sicherheit zu bringen.

Martins Warten wurde bald belohnt, aber nicht der Mann, der das Fuhrwerk gesteuert hatte, kam zurück. Er vernahm vielmehr eine Frauenstimme, die sich bei den Leuten auf der Straße erkundigte: »Hier soll gerade ein Junge von einem Karren angefahren worden sein«, hörte er sie sagen. »Ich möchte gern wissen – mein Sohn ist verschwunden. Schon seit einer Woche. Er ist verletzt – sein Vater – es war ein fürchterlicher Streit. So wie man mir den Jungen beschrieben hat – es könnte mein Sohn gewesen sein. Könnt Ihr mir etwas darüber sagen? Wurde hier ein Junge angefahren? Wißt Ihr, wo er ist?«

Martin spähte aus seinem Versteck hinaus, um sich diese ausgezeichnete Schauspielerin genauer anzusehen. Sie war groß und saß in einer königlichen Kutsche. Er konnte das Gesicht nicht sehen, da es unter einer Kapuze verborgen war, aber irgend etwas an ihr kam ihm bekannt vor.

Die Leute konnten der Frau keine Auskünfte geben. Ja, es war

hier ein rücksichtsloser Fuhrmann durchgekommen. Und einige glaubten auch, einen Knaben umherlaufen gesehen zu haben. Aber keiner konnte bestätigen, daß hier ein Junge angefahren worden sei. Schließlich gab sie es auf und entfernte sich in Richtung des Schlachthofs.

Martin nahm Jasper huckepack und begab sich auf den Weg zur Apotheke.

Owen und Tildy hatten auf Lucies Rückkehr vom Nonnenkloster gewartet, aber als es immer später wurde, hatten sie sich entschlossen, das Eintopfgericht, das Tildy zubereitet hatte, allein zu essen. Danach machte Owen sich bereit, um Lucie entgegenzugehen. Als es an der Ladentür klopfte, zuckten beide vor Schreck zusammen. Lucie würde nicht klopfen, aber wenn jemand sie gefunden hatte . . .

Owen war mit ein paar Sätzen an der Tür. Als er den Körper sah, der über Martins Schultern lag, befürchtete er schon das Schlimmste. »Lucie! Um Gottes willen! Ich hätte dich nicht allein . . .

»Bitte, regt Euch nicht auf!« Martin streckte eine Hand in die Höhe. »Das ist nicht Mistress Wilton. Das ist Jasper. Ich habe ihn gefunden. Gerade noch rechtzeitig. Ein Mann hat ihn mit einem Karren zu überfahren versucht.«

Martin drehte sich um, so daß Owen das zerschundene Gesicht des Jungen sehen und sein Fieber spüren konnte. Owen berührte die heißen Wangen des Knaben. »Ich hoffe, es ist noch nicht zu spät.«

Martin trug Jasper in die Küche.

»Heilige Maria Muttergottes!« schrie Tildy.

Als Owen sah, wie schwer der Junge verletzt war, schüttelte er den Kopf.

»Mit diesen Verletzungen können wir ihn hier gar nicht behandeln. Wir müssen uns an Bruder Wulfstan wenden.«

»Wo ist dieser Wulfstan?« fragte Martin.

»In der Abtei St. Mary. Er ist der Klosterarzt.«

»Gut. Das ist nicht allzu weit. Gehen wir sofort hin.«

Owen drehte seinen Kopf, um sich Martin gründlicher anzuschauen. »Ich nehme an, Ihr seid Martin Wirthir?«

Der Mann nickte, zuckte dann mit den Achseln. »Verzeiht mir. Aus Sorge um den Jungen habe ich ganz vergessen, mich vorzustellen. Ja, ich bin Martin Wirthir. Ich habe gehört, daß Jasper vermißt war und in Gefahr schwebte. Deshalb habe ich nach ihm gesucht.«

»Dafür danke ich Euch.«

»Wir müssen den Jungen sofort in die Abtei bringen.«

Owen nickte. »Ja, gleich. Aber zuerst müssen wir seine Wunden reinigen, ihm trockene Kleider anziehen und versuchen, ihm ein bißchen Wein einzuflößen. Ihr könnt Tildy dabei zur Hand gehen. Ich muß weg. Lucie ist im Nonnenkloster St. Clement, um Cäcilia Ridley zu befragen.«

»Sie ist so spät noch außerhalb der Stadtmauern?«

»Sie ist schon zeitig hingegangen. Ich kann mir nicht denken, warum sie so lange ausbleibt.«

»Ja, jemand muß nach ihr suchen«, stimmte Martin zu. »Das könnte ich übernehmen, während Ihr den Jungen zum Klosterarzt bringt.«

»Nein. Ich suche Lucie.«

»Ich habe Mistress Wilton schon einmal sicher in die Stadt gebracht. Der Junge braucht jetzt Eure Aufmerksamkeit. Außerdem kennt man Euch in der Abtei . . .«

»Ich kümmere mich zuerst um Lucie«, beharrte Owen.

»Seid doch vernünftig, Mann. Ich weiß, wie ich nachts in York zurechtkomme und worauf ich achten muß.«

Owen wurde zornig. »Ich habe Euch nicht um Euer Einverständnis gebeten. Es ist immer noch genug Zeit, Jasper zum Klosterarzt zu bringen, wenn ich Lucie gefunden habe.«

Beide drehten sich um, als die Küchentür aufging und ein kalter Luftzug hereinkam. Und Lucie. Sie blickte Martin leicht verwundert an, dann sah sie den Jungen, der neben dem Kamin auf dem Boden lag. »Gütiger Himmel, Ihr habt ihn gefunden!« Lucie eilte zu Jasper. Dann blickte sie zurück zu den beiden Männern, die sie anstarrten, als wäre sie in ihrem eigenen Haus gar nicht willkommen. »Was ist denn los?«

»Was hat dich denn so lang aufgehalten?« wollte Owen wissen. »Und wie bist du im Dunkeln zurückgekommen?«

»Ich habe mich mit Cäcilia unterhalten und dann noch mit den Schwestern zu Abend gegessen. Der Dekan des Münsters hat mich mitgenommen. Er ist der Bruder von Isabel, der Priorin, und hat auch dort gespeist.« Lucie schaute von einem zum anderen. »Worüber streitet ihr denn?«

»Wir haben darüber gesprochen, wie wir Jasper am besten zur Krankenstation von St. Mary bringen können«, antwortete Owen.

»In die Abtei?« Lucie beugte sich über Jasper, hob das zerrissene Hemd an, um seine Seite zu untersuchen, und berührte seine Wunden an der Wange. Dann schlug sie ein Kreuzzeichen und sprach flüsternd ein Gebet. »Wir müssen ihn sofort zu Bruder Wulfstan bringen. Soll ich Bess fragen, ob sie uns ihren Eselskarren leiht?«

»Es geht schneller, wenn ich ihn trage«, entschied Owen.

»Soll ich mitkommen?« fragte Lucie.

»Nein«, erwiderte Owen mit mehr Nachdruck als notwendig. »Du bleibst am besten hier bei Tildy.«

Martin hob eine Augenbraue und blickte zwischen Lucie und Owen hin und her.

Lucies Gesicht lief rot an. Sie verschränkte ihre Hände hinter dem Rücken. »Dann beeil dich. Gott sei mit dir.«

Tildy war es gelungen, das Gesicht des Knaben sauberzumachen, ohne ihm dabei allzu große Schmerzen zu bereiten, aber das Wasser machte ihn wieder munter. Jasper blickte in Tildys besorgtes Gesicht und flüsterte: »John ist tot. Kannst du mir verzeihen?«

Tildy standen Tränen in den Augen, aber sie riß sich zusammen und sagte: »Da gibt es nichts zu verzeihen, Jasper. Er hat es sich selbst zuzuschreiben.« Sie tupfte seine Stirn ab.

Lucie kniete sich neben ihn. »Owen wird dich zu unserem Freund im Kloster bringen, Jasper. Er wird deine Wunden versorgen und dir ein bequemes Bett geben. Und dort bist du sicher.«

Der Junge drückte ihre Hand.

Wulfstan war aus der Kapelle an Jaspers Bett gerufen worden. Er untersuchte kopfschüttelnd Jaspers Verletzungen.

»Wie betrüblich ist es doch, ausgerechnet in der geheiligten Zeit des Jahres erfahren zu müssen, zu welchen Rohheiten die Menschen fähig sind. Gott erweist mir die Gnade, dies wieder ungeschehen machen zu dürfen.« Er blickte auf zu Owen. »Gott sei mit Euch, Owen. Geht jetzt nach Hause zu Lucie. Henry und ich werden uns um ihn kümmern.«

Martin hatte an der Tür der Krankenstation gewartet, während Owen dem Klosterarzt erklärte, welche Verletzungen er und Lucie bei Jasper festgestellt hatten und wie sein Befinden im Augenblick sei. Jetzt trat Martin nach vorne. »Ihr müßt wissen, daß dieser Junge sich in großer Gefahr befindet. Jemand hat heute versucht, ihn umzubringen. Und diese Messerstiche wären tödlich gewesen, hätte sich nicht ein anderer junger Mann zwischen Jasper und den Angreifer geworfen.«

Wulfstan nickte. »Der Junge ist hier sicher. Dieser andere junge Mann. Wurde auch er schwer verletzt?«

»Er ist tot«, antwortete Martin.

Wulfstan und Henry bekreuzigten sich.

Nachdem sie zur Apotheke zurückgekehrt waren, gesellten sich Owen und Martin zu Lucie an den Kamin. Tildy hatte einen Krug gewürzten Weines erhitzt und begab sich dann zu Bett, damit die drei sich ungestört unterhalten konnten.

Owen erhob seinen Becher und wandte sich an den Gast. »Ihr habt mich ganz schön auf Trab gehalten, Martin Wirthir. Versteht mich nicht falsch, Ihr seid hier sehr willkommen. Aber ich frage mich, warum Ihr Euch mir immer wieder entzogen habt.«

Martin erhob ebenfalls seinen Becher. »Ihr erweist mir die Freundlichkeit, mir etwas zu trinken und einen Platz am warmen Feuer anzubieten. Ich habe durch mein Verhalten wohl keinen guten Eindruck auf Euch gemacht, aber ich wußte nicht, ob ich Euch trauen kann. Ich dachte, Mistress Wilton könnte ich wahrscheinlich schon Vertrauen schenken, aber was Euch

betrifft, Hauptmann Archer, da hatte ich Zweifel. Es handelt sich schließlich um eine sehr komplizierte Angelegenheit.«

Lucie musterte Martin und bemerkte, daß er, obwohl er sich wie ein Kesselflicker in Leder und rauhe Wolle kleidete, doch auch etwas an sich hatte, das, wenn man genauer hinsah, nicht zu seiner Verkleidung paßte – seine Sauberkeit, sein Ohrring, der schwache Duft von parfümiertem Öl, der ihn umwehte. »Ihr wirkt nicht unbedingt wie jemand, der auf der Straße lebt.«

»Nein. Ich arbeite für wohlhabende Kaufleute und Adelige, Mistress Wilton. Aber seit der Ermordung von Will Crounce . . .«

Owen lehnte sich nach vorne und faßte Martin scharf ins Auge. »Wenn Ihr Euch nach Wills Ermordung bedroht gefühlt habt, warum seid Ihr dann weiter in York geblieben?«

Martin rieb sich die Augen und seufzte. »Aus vielerlei Gründen.«

»Und welche wären das?«

Martin blickte von Owen zu Lucie, die ihn genauso erwartungsvoll anschaute, und dann wieder zurück zu Owen. »Ich kann es erklären. Ich kam, wie Ihr wißt, kurz vor Fronleichnam nach York. Am Hof hatte ich erfahren, daß eine skrupellose Familie, die keinen Grund hat, Gilbert und mich besonders zu mögen, sich plötzlich der Gunst des Königs erfreute. Deshalb kam ich hierher, um Gilbert davon in Kenntnis zu setzen. Und um Will zu warnen, daß er durch seine Verbindung mit Gilbert möglicherweise ebenfalls in Gefahr geraten könnte.«

»Dann wußte Will also, daß er in Gefahr schwebte?« fragte Lucie.

»Ja. Wenngleich ihm dieses Wissen nicht allzuviel nutzte.«

»Durch das Abhacken der rechten Hand«, meinte Owen, »werden gewöhnlich Diebe gebrandmarkt.«

Martin senkte seinen Blick auf den Boden. »Wenn man geschäftlich erfolgreich ist, wird es immer jemanden geben, der einen des Diebstahls bezichtigt.«

Lucie warf einen Blick zu Owen. An seiner Mundstellung sah

sie, daß er mit dieser Antwort nicht zufrieden war. Und sie war es auch nicht.

Owen zuckte mit den Schultern. »Ihr vertraut mir immer noch nicht. Ich weiß nicht, wie ich Euch beweisen könnte, daß Ihr uns Vertrauen schenken könnt. Ich habe mich dafür interessiert, was Ihr tut, weil der Erzbischof herausfinden möchte, weshalb Ridley ermordet wurde. Ich habe nicht vor, diese Information zu irgendeinem anderen Zweck zu benutzen, außer natürlich, um Jasper und uns selbst zu schützen. Ich habe nach Euch gesucht, um Euch vor der Gefahr zu warnen.«

Martin riß seinen Kopf hoch. »Daß ich Ausländer bin, macht mich hier zu einem Außenseiter. Und was es sonst noch über mich zu erfahren gäbe, hat mit dieser Angelegenheit nichts zu tun. Und trotzdem habt Ihr nach mir gesucht, um mich zu warnen. Weshalb?«

Owen lehnte sich zurück und lächelte. »Ich gestehe, ich habe gehofft, dadurch auch mehr über Eure Verbindung zu Ridley und Crounce zu erfahren. Irgend etwas, das mir helfen würde zu verstehen, warum beide ermordet wurden und warum es auf diese Art und Weise geschah. Das erschien mir ein vernünftiges Tauschgeschäft zu sein.«

Martin zuckte mit den Achseln. »Ich weiß Eure Aufrichtigkeit zu schätzen.« Er streckte seine Arme und Beine aus und gähnte. »Ich bin jetzt ziemlich müde.«

»Das sind wir alle«, erwiderte Owen. »Seid Ihr nach dem Tod von Crounce nach Riddlethorpe gereist?«

»Ja. Insgeheim. Ich kenne eine Herberge in Beverley, wo ich absteigen und Ridley eine Nachricht zukommen lassen konnte. Er wollte nicht, daß seine Familie oder sein Haushalt mich zu Gesicht bekamen. Zu ihrer eigenen Sicherheit. Angesichts dessen, was alles passiert war, eine berechtigte Vorsichtsmaßnahme.«

»Und habt Ihr bemerkt, wie Ridley immer mehr dahinschwand?«

Martin wirkte überrascht. »Ridley? Der Mann liebte doch das Essen.«

»In letzter Zeit nicht mehr, wenn man Erzbischof Thoresby Glauben schenken darf.«

Martin starrte in seinen Becher und überlegte. »Ich erinnere mich, daß er müde und erschöpft aussah, ja, das schon. Aber an jenem Abend ließ er es sich gut schmecken. Warum? War Gilbert krank?«

»Er wurde langsam vergiftet«, antwortete Owen.

Lucie blickte auf den Boden, denn sie wollte vor Martin nicht preisgeben, was sie im Nonnenkloster erfahren hatte.

»*Merde.*« Martin war sichtlich erschüttert. »Wie war das möglich? Gilbert war doch nach Hause zurückgekehrt. Er muß meistens in Riddlethorpe gegessen haben.«

»Es war ein Mittel, das er für ein Tonikum hielt«, sagte Owen.

»Schrecklich.« Martin bekreuzigte sich. »Nein. Davon habe ich nichts bemerkt.«

»Wie lange lag der Mord an Crounce bei Eurem Besuch bei Ridley schon zurück?«

»Eine Woche vielleicht. Ich habe nicht lange gewartet. Wer hat Gilbert vergiftet?«

Lucie hielt den Atem an.

»Das wissen wir noch nicht«, antwortete Owen. »Wißt Ihr es?«

»Ich habe die Mitglieder seines Haushalts nie kennengelernt, wie ich schon sagte, deshalb weiß ich nicht, welche Feinde er dort gehabt haben könnte.«

Owen nickte. »Ihr habt also Ridley gewarnt, seid nach York zurückgekehrt und dort geblieben. Das scheint mir nicht besonders klug gewesen zu sein.«

»Nach meiner Rückkehr aus Riddlethorpe habe ich Jasper de Melton auf der Straße entdeckt. Am Abend vor Fronleichnam hatte ich mit Will zusammengesessen und war dann mit ihm nach Toft Green gegangen, wo die Umzugswagen zusammengestellt wurden. Voller Stolz zeigte er auf Jasper. ›Ich wünschte, ich wäre sein Vater‹, sagte er dabei. Dem Jungen wurde gerade erklärt, wie er die Wagenräder schmieren sollte, deshalb hat man uns nicht miteinander bekannt gemacht, aber ich habe gesehen, daß er ein lebendiger, aufgeweckter Junge ist. Ich freute mich für Will. Er war ein empfindsamer Mann. Er war

unglücklich ohne Ehefrau, und ich wußte, daß Gilbert wieder nach Hause zurückkehren würde. Will würde also auch Cäcilia Ridley verlieren.«

»Dann wußtet Ihr also von dem Verhältnis der beiden?«

»Ja.«

Owen verschränkte die Arme. »Was könnt Ihr uns sonst noch sagen?«

Martin schüttelte den Kopf. »Da gibt es nicht mehr viel zu erzählen. Ich habe versucht, Jasper nicht aus den Augen zu verlieren und ihm zu zeigen, wo er etwas zu essen bekommen konnte. Er schien ganz gut zurechtzukommen. Dann bin ich für eine Weile weggegangen.« Martin nahm einen Schluck, und plötzlich wurden seine Augen traurig. »Ich weiß noch, als ich von Wills Tod erfuhr, war mein erster Gedanke, Ridley könnte ihn umgebracht und ihm die Hand abgehackt haben, weil er ihm Cäcilia gestohlen hatte. Aber eigentlich konnte ich mir schon damals nicht vorstellen, daß Gilbert das wirklich getan haben könnte, denn Will war in unsere geheimen Unternehmungen viel zu wenig eingebunden.« Martin stellte seinen Becher ab und rieb sich die Augen. »Es war ein sehr kurzlebiger Verdacht. Es war einfach zu fürchterlich. Und jeder, der Will kannte, wußte, daß er ein herzensguter Mann war. Er konnte in einem Freund nicht einen derartigen Haß schüren.«

Owen unterdrückte ein Gähnen. Es war spät geworden. »Will Crounce wurde anscheinend von allen geliebt, die ihn kannten.«

Martin nickte.

»Was meint Ihr mit Euren ›geheimen Unternehmungen‹?« wollte Lucie wissen.

»Wir haben Risiken auf uns genommen, Gilbert und ich.«

»Und eine dieser Unternehmungen hatte mit jener Familie zu tun, die in der Gunst des Königs stand?«

»Dafür bin ich im wesentlichen verantwortlich. Ich habe damit angefangen. Gilbert stieß erst später dazu. Will hatte damit nichts zu tun. Er wußte nichts darüber.«

»Was ist das für eine Familie?« fragte Lucie.

»Es wäre zu gefährlich, Euch das zu sagen.«

Lucie hob eine Augenbraue. »Darauf kommt es jetzt auch nicht mehr an.«

»Ich möchte den Namen noch nicht nennen. Aber jetzt bin ich an der Reihe, Euch eine Frage zu stellen. Habt Ihr herausgefunden, wer diese Morde begangen hat?«

Owen schüttelte den Kopf. »Nein.«

Martin seufzte. Dann stand er auf. »Ihr seid beide müde. Ich auch. Ich muß mich jetzt verabschieden.«

»Werden wir Euch wiedersehen?« fragte Lucie.

»Natürlich. Ich möchte ja erfahren, was Ihr herausbekommt, da ich möglicherweise das nächste Opfer bin.«

Im Bett rollte sich Lucie neben Owen zusammen und schloß die Augen. Owen rüttelte sie an der Schulter. »Glaubst du vielleicht, ich lasse dich schlafen, bevor du mir erzählt hast, was du im Nonnenkloster erfahren hast?«

Lucie blickte schläfrig auf. »Ist dir aufgefallen, daß Jaspers Verletzungen alle auf seiner rechten Seite sind?«

Owen fürchtete schon, sie würde vor lauter Müdigkeit nicht mehr klar denken können. »Was hat denn das mit Cäcilia Ridley zu tun?«

»Cäcilia hat gesagt, daß Kate Cooper Linkshänderin ist. Wenn sie auf Jasper losgegangen wäre, dann hätte sie ihn wahrscheinlich auf der rechten Seite getroffen. Sie muß also diese Frau sein.«

Owen grinste. »Das ist sehr hilfreich. Was hat Cäcilia sonst noch erzählt?«

»Sehr wenig über Kate.«

Das schien keine sonderlich ergiebige Unterhaltung gewesen zu sein. Und er hatte sich schon Sorgen wegen ihr gemacht. »Sie muß dir doch noch mehr erzählt haben, wenn du so lange dort geblieben bist.«

Der verärgerte Unterton in Owens Stimme machte Lucie wieder hellwach. Sie stützte sich auf ihre Ellbogen. »Du hast mich gebeten, mit ihr zu reden. Willst du mir jetzt Vorwürfe machen deswegen?«

»Es hat mich nur geärgert, daß du zum Abendbrot dort geblieben bist, ohne eine Nachricht zu schicken.«

Lucie berührte Owens Wange und zwang ihn, sie anzuschauen. Er funkelte sie an. Sie beugte sich hinüber und küßte ihn. »Es tut mir leid, Liebster. Bitte verzeih mir. Ich war so stolz darauf, von ihr ein Geständnis bekommen zu haben, daß ich übermütig geworden bin.«

Ihr Lächeln wirkte so selbstgefällig. »Ein Geständnis? Warum sagst du mir das erst jetzt?«

»Wir hatten schließlich Besuch, Liebster.«

»Was für ein Geständnis?«

»Cäcilia hat Gilbert vergiftet. Sie dachte, er hätte Will aus Eifersucht getötet. Sie wollte Gilbert nicht umbringen, sondern ihm nur zeigen, wie schmerzlich sie Wills Tod getroffen hatte.«

»Das hat Cäcilia gesagt?«

»Ja.« Lucie hielt die Öllampe nahe an Owens Gesicht. »Fällt es dir schwer, das zu glauben?«

Owen zuckte mit den Schultern. »Ich wußte, daß sie mir etwas verheimlichte. Ich glaube, im Grunde habe ich genau das vermutet.«

»Aber dir gefällt die Vorstellung nicht, daß sie so etwas wirklich getan hat?«

»Ja, es ist so etwas Grausames.« In Wahrheit wußte er nicht genau, welche Gefühle er für Cäcilia empfand, aber er war enttäuscht von ihr.

»Sie hat es aus Leidenschaft getan, Owen. Sie liebte Will Crounce.«

»Und Ihren Ehemann hat sie nicht geliebt?«

Lucie blieb stumm.

»Nun?«

»Es hat eine Zeit gegeben, da hast du dich gefragt, ob ich meinen Mann wirklich liebe.«

Das stimmte. Owen entschloß sich, das Thema zu wechseln. »Glaubst du, Martin sagt uns die Wahrheit?«

Lucie nickte. »Ich glaube schon. Aber vieles verschweigt er uns noch.«

»Das glaube ich auch. Meinst du, wir werden ihn noch einmal sehen?«

Lucie stellte die Lampe zur Seite und legte sich wieder hin. »Wenn der Mörder wieder etwas unternimmt, wird Martin bei uns erscheinen. Hoffen wir, daß er nicht zu lange damit wartet.«

Owen seufzte und legte sich auch zurück. »Dieses Warten ist das schlimmste.«

Lucie rückte näher an ihn heran. »Es ist eine kalte Nacht.«

Er hörte die Einladung aus ihrer Stimme heraus und wandte sich ihr zu. »Als ich die Tür geöffnet und den Körper auf Martins Schultern gesehen habe, da fürchtete ich schon, das wärst du.«

Lucie küßte ihn auf die Nase. »Verzeih mir, daß ich so gedankenlos war. Aber jetzt bin ich hier, im warmen Bett, und sehne mich nach meinem Mann.« Sie umarmte ihn fest.

»Irgend etwas ist anders heute nacht.« Owen hielt die Lampe über Lucies Gesicht. Sie blickte ihn lächelnd an. »Was ist im Kloster geschehen?«

»Ich habe mir selbst vergeben.«

»Wofür?«

Sie berührte seine Narbe. »Dafür, daß ich dich mehr liebe als Nicholas.«

Owen stellte die Lampe weg und zog Lucie über sich.

Kapitel 22

Komplikationen

Bruder Wulfstan brummte innerlich, als der Gast bereits das zweite Mal an diesem Tag vor der Tür der Krankenstation stand. »Er schläft immer noch, mein Sohn. Vielleicht dauert es viele Tage, bis Jasper wieder kräftig genug ist, um Besucher zu empfangen.«

»Verzeiht mir, aber dieses Mal komme ich als Patient.«

»Seid Ihr krank?«

»Verletzt.« Der Mann hielt seine Hand hoch, die keine durch körperliche Arbeit verursachten Schwielen aufwies.

Wulfstan blickte die weiße Hand verständnislos an. »Ich sehe keine . . .«

Der Mann wackelte mit einem Finger und deutete auf die Handfläche.

Wulfstan nahm eine Lampe und beleuchtete damit die Hand. »Ich befürchte, meine Sehkraft läßt erschreckend nach. Ist hier vielleicht eine leichte Rötung?«

»Ich habe mich verbrannt. Eine blöde Sache. Ich wollte eine Kerze anzünden.«

Wulfstan berührte die Stelle auf der Handfläche. Der Mann stöhnte. Wulfstan entdeckte Brandblasen. Aber die Wunden waren geringfügig, und Wulfstan ärgerte sich über die Ungeduld des Mannes. »Das ist nicht schlimm. Bestimmt habt Ihr eine Salbe für solche leichten Fälle bei Euch.«

»Ja, ich hätte eine solche Salbe bei mir, wenn ich eine Frau hätte, die sie für mich einpackte, aber sie verbringt gerade Betwochen in einem Kloster, und ich habe sonst niemanden, der sich während ihrer Abwesenheit um solche Dinge kümmert.« Er klang wie ein verdrießliches Kind.

Wulfstan redete sich ein, daß Höflichkeit diesem Mann

gegenüber als Buße gelten konnte. Er bemühte sich, seine Stimme neutral klingen zu lassen. »Hat Eure Frau ein besonderes Anliegen, für das sie betet?«

»Nein. Sie braucht keinen Vorwand zum Beten. Ich habe ihr gesagt, sie soll darum beten, daß Gott sie von ihrer Unfruchtbarkeit heile.«

Wulfstan überlegte, ob die Frau dieses Mannes vielleicht darum betete, daß Gott ihren Mann in ihrer Abwesenheit zu sich holen möge. Was für Gedanken! Mit seiner Buße war es nicht gerade zum besten bestellt. Aber wie konnte dieser Mann auch so kaltherzig auf die Unfruchtbarkeit seiner Frau reagieren? Ah. Das war seltsam. Heute morgen hatte er behauptet, Jasper erinnere ihn an seinen Sohn.

»Dann stammt Euer Sohn wohl aus einer früheren Ehe?«

Der Mann wirkte verwirrt.

»Der Sohn, der wie Jasper aussieht?«

»Oh. Natürlich. Meine Gedanken sind durcheinander. Meine Hand fängt an zu pochen. Ja, mein Sohn ist das Kind meiner ersten Frau, die im Kindbett starb.« Er schüttelte seine Hand, um zu zeigen, wie heiß sie war. »Vielleicht dürfte ich hereinkommen und mich setzen? Ich fühle mich schwach.«

Wegen einer solch oberflächlichen Wunde? Wulfstan versperrte nach wie vor den Eingang. »Wie heißt Euer Sohn?«

Der Mann wirkte plötzlich verschlossen. »Was spielt das für eine Rolle? Ich bin hergekommen, damit Ihr meine Hand versorgt.«

»Wie heißt Ihr denn überhaupt?«

»John«, knurrte der Mann.

»Wartet hier, John«, sagte Wulfstan und schloß die Tür. Er wollte nicht, daß der Mann die Krankenstation betrat. Es würde dann schwierig werden, ihn wieder hinaus zu bekommen. Der Mann war in den letzten Tagen eine richtige Nervensäge gewesen. Seit Jasper auf der Krankenstation lag. Wulfstan glaubte nicht, daß der Mann wirklich John hieß oder daß dieser »John« einen Sohn hatte, der wie Jasper aussah. Wulfstan tat etwas Brandsalbe in einen Becher und ging damit zu dem Mann. »Reibt dies mehrere Male am Tag auf die Brandstellen.

Geht sparsam mit der Salbe um, sonst verschmiert Ihr alles damit, was Ihr berührt. Ihr könnt die Hand einbinden. Geht in Frieden, mein Sohn.«

Wulfstan neigte den Kopf zum Gruß und machte dem Mann die Tür vor der Nase zu. Er empfand eine sündhafte Genugtuung.

Etwas später kam Bruder Henry vorbei, um Wulfstan für das Abendbrot im Refektorium abzuholen. »Dieser Mann war wieder hier«, berichtete ihm Wulfstan. »Der Gast mit dem schmollenden Gesichtsausdruck.«

Henry lachte. »Ich kann mich nicht erinnern, daß Euch ein Mann jemals so zuwider gewesen ist.«

»Es liegt nicht nur daran, daß ich ihn nicht mag. Der Mann ist zu begierig darauf, mit Jasper zu reden. Behauptet, der Junge erinnere ihn an seinen Sohn, aber ich glaube nicht, daß er überhaupt einen Sohn hat. Wenn dem so wäre und er diesen Sohn so gern haben würde, daß ihn Jaspers Ähnlichkeit mit ihm rührte, wie er behauptet, würde er nicht seine derzeitige Gattin wegen ihrer Unfruchtbarkeit quälen. Und er hat auch gelogen, als er mir seinen Namen nannte.«

Henry ging zurück, um sich davon zu überzeugen, daß die Tür geschlossen war. Dann nahm er neben Wulfstan Platz. »Meint Ihr, er will dem Jungen schaden?«

»Ich spüre es mit jeder Faser, Henry. Gott helfe mir, es gibt keine Beweise, aber der arme Junge hat so viel durchgemacht. Du hast ja gesehen, wie eitrig seine Wunde in der Seite war. Er lag wohl irgendwo in einer Gasse, halb wahnsinnig vor Schmerzen. Und die Schnittwunde an seiner Wange – er wird vielleicht später genauso vernarbt aussehen wie Hauptmann Archer –, und dabei ist er erst neun Jahre alt. Ich kann nicht riskieren, daß ihm noch etwas zustößt.«

»Was sollen wir also tun? Uns an Abt Campian wenden?«

Wulfstan schüttelte den Kopf. »Nein, mit so wenig Beweisen möchte ich nicht vor den Abt treten und den Mann anklagen. Aber wir müssen dafür sorgen, daß immer jemand von uns bei Jasper ist. Er darf keinen Augenblick allein sein.«

Henry nickte. »Ich bleibe bei ihm, während Ihr zum Refekto-

rium geht. Ich werde darum beten, daß der Mann Jasper kein Leid zufügt, und dadurch meinen Hunger verscheuchen.«

Wulfstan tätschelte Henrys Arm. »Du brauchst nicht zu hungern. Ich bringe dir etwas zu essen mit.«

»Soll ich morgen versuchen, mehr über diesen Mann herauszubekommen? Seinen Namen, seinen Wohnsitz?«

Wulfstan schüttelte den Kopf. »Wir wollen ihn durch unsere Sorge nicht aufschrecken. Im Augenblick bin ich nur ein grober, anmaßender Mönch, und das hat nichts mit ihm zu tun. Es ist gut.«

Tildy hielt den Atem an, als Lucie drei Weingläser aus Kristall mit schlanken Stielen, die sie aus einer Truhe geholt hatte, herunterbrachte. »So etwas habe ich noch nie gesehen.«

»Kannst du dich denn nicht an sie erinnern, Tildy? Wir haben sie bei unserer Hochzeit benutzt. Ein Geschenk meines Vaters.«

»An diesem Tag war so viel los, Mistress Lucie. Ich konnte nicht alles mitbekommen.«

»Ich finde, der Weihnachtsabend ist ein würdiger Anlaß, sie zu benutzen.«

»Was wird es heute abend in der York Tavern zu essen geben, wenn die Merchets hierher kommen?«

»Es gibt kalten Braten, Käse, eine Suppe und Brot. Du solltest dir keine Gedanken um die paar Gäste machen, die heute abend dort einkehren, Tildy.« Lucie gab ihr ein Zeichen, sich an die andere Seite des Eichentisches zu begeben. »Wir rücken ihn in die Mitte des Raumes.«

Tildy zögerte. »Sollten wir nicht auf den Hauptmann warten? Er muß bald fertig sein mit dem Kunden.«

»Wir sind doch stark genug dafür, Tildy. Wir können das selbst erledigen. Außerdem hat die Ladenglocke schon wieder geläutet. Also wird er noch eine Weile zu tun haben.«

Aber für Tildy war der Tisch doch zu schwer. Sie schrie auf und ließ den Tisch fallen.

Lucie war verblüfft. Tildy war eine kräftige junge Frau. Lucie

eilte um den Tisch herum auf sie zu, schob sie auf einen Stuhl und befühlte ihre Stirn. Sie war kühl. »Was hast du, Tildy?«

»Ich bin einfach erschöpft, Mistress.«

»Überlaste ich dich mit Arbeit?«

»Nein, das ist es nicht. Aber seit John...« stammelte sie. »Ich kann nicht mehr essen und nicht mehr schlafen, ich muß immer an ihn denken.« Ihre Stimme zitterte.

Lucie hatte die Schatten unter Tildys Augen sehr wohl bemerkt, hätte aber nie für möglich gehalten, daß es so schlimm um sie stand, daß ihre Gesundheit dadurch angegriffen werde. Sie umarmte Tildy und spürte, wie das Mädchen zitterte. Aber es erschienen keine Tränen in ihren Augen. »Du bleibst jetzt hier sitzen, ißt ein paar Äpfel und Käse, während ich alles fertig mache«, befahl ihr Lucie und stand auf, um das Essen zu holen.

»Ihr schickt mich also nicht ins Bett?«

»Am Weihnachtsabend? Für wen hältst du mich denn? Aber ich finde, du solltest uns nicht zur Mitternachtsmette begleiten.«

»Ich wollte heute nacht für John beten.«

»Du kannst hier für ihn beten, Tildy. Gott wird dich hier auch hören.« Lucie setzte sich neben das Mädchen und steckte ihr ein paar widerspenstige Haare zurück unter die Haube. »Möchtest du mit mir über ihn reden?«

»Er hatte es so schwer.«

»Hat er dir erzählt, wie es dazu kam, daß er sich im Stall der Schenke versteckte?«

Tildy nickte und knabberte an einem Stück Käse.

»Möchtest du es mir erzählen?«

Tildy seufzte. »Es tut ihm jetzt ja nicht mehr weh.« Sie putzte sich die Nase. »Seine Familie starb an der Pest. Er kam zum Bruder seines Vaters, der Verwalter in einem großen Haus war. Er bekam nie genug zu essen, auch dann nicht, als die Dame des Hauses ihn als Stallburschen einstellte. Einmal beobachtete er, wie sie einen Teller zur Seite schob, auf dem ein paar Feigen übrig geblieben waren. Als sie nicht hinsah, nahm er sie. Er dachte, sie würde es nicht bemerken. Sie wurde so wütend, daß

sie zu schreien anfing, und dann kam auch ihr Ehemann herbeigeeilt. Er packte sein Schwert und zermalmte mit dem Heft die Finger, die die Feigen stibitzt hatten. Als Johns Onkel seine kaputte Hand sah, sagte er, John wäre zu nichts mehr zu gebrauchen, und warf ihn aus dem Haus.«

»Wie schrecklich.«

»Könnt Ihr Euch so viel Gehässigkeit bei Christenmenschen vorstellen, Mistress?«

Lucie griff nach Tildys Hand. »Er muß dich wohl sehr gern gehabt haben, daß er dir seine Geschichte erzählt hat, Tildy. Er hat sich sonst niemandem in York anvertraut.«

Tildy schniefte.

»Ich werde heute nacht auch für ihn beten.«

»Vielen Dank, Mistress Lucie.«

»Tildy, warum fühlst du dich so schwach? Bekommst du ein Kind von John?«

Tildy schüttelte den Kopf. »Aber ich wäre froh, wenn es so wäre. Dann würde mir wenigstens etwas von ihm bleiben.«

Lucie drehte Tildy zu sich herum. »Ich kann dich gut verstehen, Liebes.«

Die Stadtmusikanten hatten den ganzen Tag für die Weihnachtsfeier im Haus der Gilde geprobt. Es war Spätnachmittag, als Ambrose nach Hause ging, sich auf seinen Kamin und etwas heiße Fleischbrühe freute. Die Footless Lane war in Dunkelheit gehüllt, aber vor einigen Häusern brannten trübe Laternen, die unheimliche Schatten auf Ambrose warfen. Als er sich seinem Haus näherte, blieb er plötzlich stehen. Seine Haustür stand offen. Martin konnte nicht schuld daran sein – dafür war er viel zu vorsichtig. Ambrose verlangsamte seine Schritte und überlegte, was er tun sollte. Von Martin wußte er, daß er Grund zur Beunruhigung hatte – es war kein Zufall, daß Gilbert Ridleys Hand gerade vor seine Tür gelegt worden war. Ambrose machte auf dem Absatz kehrt. Er wollte sich an den Wachtmeister wenden. Aber dann vernahm er das eindeutige Geräusch eines grunzenden Schweins. Das war zuviel. Das

Schwein in seinem Haus. Ambrose rannte ins Haus und erwischte das Tier dabei, wie es in der Glutasche der Feuerstelle herumschnüffelte. Es hatte die Asche so aufgewirbelt, daß das ganze Haus von Aschengeruch durchdrungen war.

»Raus mit dir?« schrie Ambrose.

Das Schwein schenkte ihm keine Beachtung.

Ambrose wurde wütend. Es war gefährlich, ein Schwein anzugreifen. Aber er hatte schon genug durch dieses gräßliche Tier ertragen müssen. Ambrose kletterte die Leiter zu seinem Schlafplatz hinauf. Er wollte zuerst seine Instrumente in Sicherheit bringen und dann das abscheuliche Tier hinausjagen. Aber als er fast am oberen Ende der Leiter angelangt war, bemerkte er beunruhigt, daß der Geruch von verbranntem Holz, den er dem Herumstochern des Schweins in der Asche zugeschrieben hatte, stärker geworden war. Hier oben hatte noch nie etwas anderes als Öllampen und Kerzen gebrannt. Ambrose schwang sich hinauf, legte seine Instrumente behutsam auf sein Bett und zündete eine Lampe an.

Auf den ersten Blick schien nichts zu fehlen. Die Truhen, in denen er seine Instrumente aufbewahrte, waren alle noch vorhanden und unversehrt, ebenso das Bett, das Bettzeug, Martins und Ambroses Kleidertruhe. Und dann stieß er darauf. Es war etwas Pulveriges, das einen Hustenreiz auslöste, so daß er fast die Lampe hätte fallen lassen. An einem der Balken war einer der Metallkörbe befestigt, in denen er sein Brot aufbewahrte, um es vor den Ratten zu schützen. Dieser Korb gehörte nicht hierher, er hätte unten hängen sollen. Er schwang leicht hin und her. Asche sickerte durch die Metallstäbe und fiel als lautloser Regen auf den Boden.

Ambrose bekreuzigte sich. Was auch immer in diesem Korb gewesen sein mochte, jetzt war es verkohlt und unkenntlich geworden. Er schniefte. Zumindest war es kein Tier. Aber es war sicherlich auch kein Zufall. Nichts, was Martin in Ambroses Abwesenheit getan haben konnte.

Mit Schaudern dachte Ambrose daran, daß der Täter ja noch im Haus sein konnte. Sein Herz raste, als er seine kleine Schlafstelle untersuchte. Dann holte er tief Luft, um sich zu beruhi-

gen, griff nach der Lampe und stieg die Leiter hinunter. Da fiel ihm das Schwein wieder ein. Aber er hörte nichts mehr. Er war froh darüber, obwohl das Schwein jetzt nicht mehr sein Hauptproblem war.

Ambrose schloß die Haustür und hielt den Atem an. Er lauschte, während er sich an die Dunkelheit gewöhnte. Als er vage Umrisse erkennen konnte, durchquerte er den Raum und berührte die wenigen Möbelstücke. Kein Mensch weit und breit. Er öffnete die Tür zu seinem Hintergarten. Merlin strich um seine Beine und ging ins Haus. Ein sicheres Zeichen, daß kein Fremder im Garten lauerte.

»Dem Himmel sei Dank«, seufzte Ambrose und schloß die Tür. Er schürte die Glut im Kamin, legte ein paar Holzscheite auf, holte Kohle aus dem Vorratsraum, um das Feuer neu zu schüren. Erst dann kletterte er wieder nach oben und holte den Brotkorb herunter, hielt ihn ans Licht und entdeckte dabei kleine weiße Gegenstände in der Asche. Er öffnete den Korb und nahm einen dieser Gegenstände heraus. Ein Elfenbeinstöpsel. Du lieber Himmel, eines seiner Instrumente. Er untersuchte ihn und gab einen entsetzten Ausruf von sich, als er erkannte, um was es sich handelte. Er eilte wieder hinauf zu seiner Truhe, in der er alte Instrumente aufbewahrte.

Es fehlte seine erste Crotta, genau wie er befürchtet hatte. Er hatte sie von seinem ersten Geliebten, Merlin the Crowder, geschenkt bekommen, dem besten Crotta-Spieler in London. Dabei handelte es sich um dasjenige Instrument, auf dem Ambrose das Saitenspiel erlernt hatte. Er verspürte Übelkeit. Wer kannte ihn so gut, daß er wußte, welche Bedeutung dieses Instrument für ihn hatte?

Wieder unten angekommen, schenkte er sich einen Humpen Bier ein. Er versuchte, sich selbst zu beruhigen, dachte daran, daß die alte Crotta in der Truhe obenauf gelegen hatte. Es konnte niemandem bekannt sein, daß sie sein Lieblingsinstrument war; wohl aber würde der Eindringling gewußt haben, daß ihm von Berufs wegen alle Instrumente am Herzen lagen.

Wie grausam, daß es ausgerechnet Merlins Geschenk sein

mußte, das zerstört worden war. Ambrose schloß die Augen und ließ seinen Tränen freien Lauf.

Bess konnte nicht warten, bis alle Platz genommen hatten, um sich dem Essen zu widmen. Während Tom den Gascogner Wein eingoß, blickte sich Bess um und zog die Aufmerksamkeit aller auf sich, als sie sagte: »Ihr werdet es nicht glauben. Ich habe herausgefunden, wer Kate Cooper vor ihrer Ehe war. Ihre Mutter ist Felice d'Aldbourg.«

Ihre Mitteilung wurde mit verblüfften Blicken aufgenommen. Dann hellte sich Owens Gesicht auf.

»D'Aldbourg. Aldborough?«

Bess grinste. »Felice ist vor ungefähr fünf Jahren zurückgekehrt, um bei ihrer Schwester, einer Stickerin, zu leben. Auch Felice ist Stickerin, aber sie hatte ihren Beruf seit vielen Jahren nicht mehr ausgeübt, da sie mit einem Kaufmann in Aldborough verheiratet war. Und dann passierte etwas mit ihm, worüber niemand Genaueres weiß, und Felice kam nach York, um sich mit Hilfe ihrer Schwester Arbeit zu suchen. Sie erhält regelmäßig Besuch von ihrer Tochter – Kate Cooper.« Bess seufzte, sie war stolz auf das beifällige Nicken ringsum und hob das Glas. »Sollen wir auf Christi Geburt in Bethlehem trinken?«

Alle griffen nach ihrem Glas und tranken darauf.

Als sie am Tisch Platz genommen hatten, fragte Owen: »Hast du mit Felice gesprochen?«

»Bist du wahnsinnig? Wenn Kate Cooper irgendwie in die Morde verwickelt ist, würde ihre Mutter sie mit Sicherheit darüber informieren, daß wir uns für sie interessieren. Ich habe dies nach und nach von allen möglichen Personen erfahren. Es ist mein Weihnachtsgeschenk an euch.«

»Und sie lebt im Bezirk von St. Peter?«

»Ja. Sie ist zur Zeit als Stickerin für mehrere Kapellen des Münsters beschäftigt.«

Lucie, die die ganze Zeit über in ihr Glas gestarrt hatte, blickte hoch und sagte ruhig: »Wir nehmen dein Geschenk

dankbar entgegen, Bess. Aber es ist ein makabres Thema für eine Weihnachtsfeier – über die Identität jener Frau zu sprechen, die John ermordet und Jasper so schwer verletzt hat, daß er heute abend nicht bei uns sein kann.«

Es dauerte eine Weile, bis die Stimmung am Tisch sich wieder entspannt hatte.

Zu dem Zeitpunkt, da Martin Ambroses Haus betrat, hatte der Musiker bereits zwei Humpen Bier geleert, um seinen Kummer zu ertränken. Als Ambrose zu Martin hochblickte, kam ihm wieder in den Sinn, daß dieses Unglück durch etwas, das Martin getan hatte, ausgelöst worden sein mußte. Es war also Martins Schuld. »Du Bastard.« Er hob seinen Krug und schüttete Martin das Bier ins Gesicht. »Zuerst die Hand und jetzt das. Zumindest habe ich ein Recht darauf, zu erfahren, welche Abscheulichkeit du angestellt hast, daß mir so etwas zustößt.«

Martin wischte sich das Gesicht ab. »Was ist denn passiert, Ambrose?«

Ambrose hob den Korb in die Höhe.

Martin starrte ihn an. »Verbranntes Brot? Die ganze Aufregung wegen verbranntem Brot?«

»Nein, nicht wegen des verbrannten Brotes. Wegen der Crotta, die Merlin the Crowder mir geschenkt hatte.«

»Wie? Ambrose, die Crotta hätte doch gar nicht in diesen Korb gepaßt.«

»Anscheinend ist dein Freund einfallsreicher als du, Martin. Er hat das Instrument erst in einzelne Teile auseinandergebrochen, bevor er es in den Korb gelegt und verbrannt hat.«

Martin setzte sich neben Ambrose und legte einen Arm um ihn. Ambrose versuchte, sich ihm zu entziehen, aber Martin hielt ihn fest. »Um Himmels willen, Ambrose, erzähl mir, was passiert ist.«

Ambrose gab sich geschlagen und legte den Kopf an Martins Schulter. »Als ich nach Hause kam, stand die Haustür weit offen, und das hing oben in meinem Dachgeschoß. Verbrannt. Während ich aus war. Jemand beobachtet uns, Martin. Und du

hast Feinde.« Er richtete sich kerzengerade auf, nahm Martins Hand, drehte sie mit der Handfläche nach oben und legte die Elfenbeinstöpsel hinein. »Das ist alles, was mir von meinem schönen Instrument geblieben ist.«

Martin starrte auf die Stöpsel in seiner Hand. »Es tut mir leid, aber mir ist klar, daß das kein Trost für dich sein kann.«

»Ich möchte wissen, was du angestellt hast, Martin. Das schuldest du mir.«

»Ich habe dir nichts gesagt, um dich nicht zu gefährden, ehrlich.«

»Das hat aber nicht funktioniert.«

Martin umklammerte die Stöpsel. »Es wird Zeit, mit Hauptmann Archer zusammenzuarbeiten. Wir müssen den Mörder aufspüren, bevor noch mehr passiert.«

Lucie war gerade damit beschäftigt, die Nachspeise aufzutragen, als sie Tildy bemerkte, die mit geschlossenen Augen an der Wand lehnte. »Das arme Kind. Der Wein war zuviel für sie.«

Lucie und Bess stützten Tildy und brachten sie zu Bett.

Die beiden Paare saßen gemütlich am Kamin, als die Ladenglocke läutete. Tom, der es von der Schenke her gewohnt war, immer gleich aufzuspringen, wollte sich erheben.

»Laß es läuten«, sagte Owen: »Man kann am Weihnachtsabend nicht von uns erwarten, daß wir Arzneimittel verkaufen.«

Die Glocke schrillte von neuem. Und immer wieder. Owen fluchte. Dann hörte er das Knarren des Gartentors. Er war an der Küchentür, noch bevor die Eindringlinge die Hand heben konnten, um zu klopfen.

Owen riß die Tür auf. »Wer ist da?« fragte er in einem Ton, der, wie er hoffte, jedermann bewegen würde, auf der Stelle kehrt zu machen und ihn in Ruhe zu lassen.

Martin Wirthir und Ambrose Coats traten in den Lichtschein des Eingangs. »Verzeiht, daß wir hier eingedrungen sind«, sagte Martin, »aber die Dinge haben sich zugespitzt. Wir müssen mit Euch reden.«

Ambrose hielt einen Weidenkorb hoch, über den ein kunstvoll gearbeitetes Tuch gebreitet war. »Ein Friedensangebot.«

Owen trat zur Seite, um die beiden hereinzulassen.

Ambrose reichte Lucie den Korb. Sie ließ ihren Blick zwischen Martin und Ambrose hin und her wandern und runzelte die Stirn.

»Ich glaube, der Mörder hat sich wieder bemerkbar gemacht«, sagte Martin.

»Du lieber Himmel, was ist passiert?«

»Vielleicht erscheint es Euch unbedeutend«, begann Ambrose und erzählte ihnen von seiner Crotta. »Aber Ihr dürft mir glauben, man hängt an solch einem Instrument. Es ist wie Sterben.«

Lucie forderte die beiden Männer auf, am Tisch Platz zu nehmen. »Das ist keineswegs unbedeutend. Jemand ist in Euer Haus eingebrochen und hat etwas Wertvolles zerstört, an dem Euer Herz hing.«

Tom hatte den Inhalt des Korbes untersucht. Nun holte er eine Flasche heraus und hielt sie Owen hin. »Gascogner Wein, der sogar noch älter ist als der, den wir vorhin getrunken haben – sieh dir diese seltsame Flasche an.« Er strahlte. »Drei Flaschen davon. Und zwei Flaschen Branntwein.«

»Es ist die richtige Nachtzeit für Branntwein, würde ich sagen«, meinte Martin.

Als Tom eine Runde eingeschenkt hatte, nickte Owen Martin zu. »Erzählt uns, was Ihr wißt.«

Martin nahm einen Schluck von dem Branntwein. »Was ich Euch bis jetzt berichtet habe, entspricht alles der Wahrheit. Glaubt mir. Aber der Rest – nun, ich hatte gehofft, ich könnte es mir ersparen.«

»Wir stehen doch auf Eurer Seite«, versicherte ihm Lucie.

Martin prostete ihr zu. »Ich hoffe, das ist immer noch so, wenn ich Euch alles erzählt habe.« Er nahm einen weiteren Schluck. »Als ich hörte, daß Wills Mörder ihm eine Hand abgehackt hatte, dachte ich mir, nun hätten meine alten Probleme mich eingeholt und Will wäre irrtümlich getötet worden. Ihr müßt wissen, seit langem hatte ich befürchtet, John Goldbetter könnte dem König erzählt haben, woher die Information

stammte, die ich ihm beschafft hatte, um es ihm zu ermöglichen, mit Eurem König Frieden zu schließen.«

Owen runzelte die Stirn. »Weshalb sollte er denn seine Quelle preisgeben?«

»Es ist ein unseliger Begleitumstand meines Auftrags, daß ich mir viele Feinde schaffe und meine Auftraggeber sich wenig Mühe geben, mich zu beschützen. Leute wie ich werden oft zu Sündenböcken abgestempelt.«

»Ich glaube, ich verstehe nicht ganz, worin Euer Auftrag besteht«, sagte Lucie.

»Ich sehe mich gern als eine Art Vermittler zwischen dem Kontinent und Eurer schönen Insel. Ein Botschafter, wenn auch ein geheimer – für reiche Kaufleute und begüterte Familien.«

»Magda Digby nennt Euch einen Piraten«, sagte Owen.

Martin lächelte. »Magda hänselt mich mit dieser Bezeichnung. Dabei habe ich nicht direkt mit den Waren zu tun, sondern verhandle nur wegen ihrer Beförderung.«

»Und die abgetrennte Hand – an welche alten Probleme erinnerte sie Euch?« wollte Owen wissen.

»An einen Kaufmann, den ich übers Ohr gehauen hatte. Er wurde ins Fleet-Gefängnis gesteckt. Er erfuhr, welchen Anteil ich an seinem Mißgeschick hatte, und er schwor, daß er mir, wie man es mit Dieben macht, die rechte Hand abhacken würde, wenn er herauskam.«

»Wer war dieser Kaufmann?«

»Alan of Aldborough.«

»Ah«, seufzte Bess.

Martin warf ihr einen Blick zu. »Ihr kanntet ihn?«

»Wir haben gerade heute abend über ihn gesprochen. Oder vielmehr über seine Frau und seine Tochter.«

»Warum hielt Euch dieser Mann für einen Dieb?« wollte Owen wissen.

»Ich hatte von Alan Geld genommen für das Versprechen, Stillschweigen über etwas zu bewahren, was ich über sein Geschäft erfahren hatte. Ich nahm das Geld, ohne mir vollständig dessen bewußt zu sein, was ich eigentlich versprochen hatte. Ich wollte einfach nur einer unangenehmen Lage aus dem Weg gehen.«

»Einer unangenehmen Lage?« fragte Lucie.

Martin warf Ambrose einen kurzen Blick zu, der ihn gedankenverloren betrachtete. »Es ist mir peinlich. Sein Sohn David, ein leidenschaftlicher junger Mann, war mir sehr zugetan.«

Ambrose zuckte zusammen und starrte auf seinen Wein.

»David erzählte mir von den Geschäften seines Vaters mit den Flamen, davon, daß Alan ihnen trotz des Verbots des Königs Wolle verkaufte. Als ich David klarzumachen versuchte, daß er die Frau heiraten solle, die sein Vater für ihn ausgewählt hatte, daß er sein Leben ruinieren und später in Armut leben würde, wenn er sich weiterhin an mich hielt, beichtete er seinem Vater, er habe mir alles erzählt und müsse jetzt mit mir gehen, damit ich mich ruhig verhalte. Natürlich klappte seine List nicht. Er war der einzige Sohn. Alan bot mir eine beträchtliche Summe an, damit ich verschwand und meinen Mund hielt.« Martin zuckte mit den Achseln. »Aber ich war so töricht, Gilbert Ridley eines Nachts, als wir beide betrunken waren, alles zu erzählen. Gilbert gegenüber hatte ich keine Geheimnisse. Er war mein Auftraggeber. Ich lernte, daß ich nicht so vertrauensvoll hätte sein sollen. Als Gilbert Goldbetter helfen wollte, indem er ihm einen Namen gab, wodurch dieser sich freikaufen konnte, wählte er Alans Namen. Als er dann unter Druck gesetzt wurde, gab er mich als Informanten preis. Aber er war immerhin diskret genug, Goldbetter nicht zu verraten, wie ich an diese Information gekommen war.«

»Und doch seid Ihr hierhergekommen, um Ridley vor irgendeiner anderen Gefahr zu warnen?« wunderte sich Lucie. »Man könnte doch eher annehmen, Ihr würdet Groll gegen ihn hegen.«

»Wir hatten lange Zeit zusammengearbeitet. Die meisten Auftraggeber engagieren mich ein- bis zweimal, selten öfter. Gilbert beschäftigte mich ständig. Und in all der Zeit hatte er mich nur dieses eine Mal verraten.« Martin wandte sich an Owen. »Ich glaube, er hat Euch sogar angedeutet, daß eigentlich kein Anlaß für mich bestand, noch länger in York zu bleiben, da Will ja nun tot war.«

Owen nickte.

»Er wußte von Ambrose?« fragte Lucie.

»Genau. Er wußte, ich würde wieder nach York zurückkehren. Aber abgesehen von dieser einen Indiskretion hat sich Gilbert mir gegenüber immer fair verhalten. Ich begab mich also nach Riddlethorpe und berichtete ihm von den neuen Günstlingen Eures Königs, für die ich Seetransporte nach Flandern arrangiert hatte. Später habe ich sie angezeigt, als sie für dieses gefährliche Unternehmen viel weniger zahlten, als vereinbart worden war. Ich befürchtete, sie könnten denken, auch Gilbert müsse zum Schweigen gebracht werden. Außerdem wollte ich Gilbert über Alans Drohung informieren. Ich hatte keine Ahnung, ob Alan noch im Gefängnis war oder nicht, aber es war wahrscheinlich. Dann erfuhr ich, daß jemand Gilbert Wills Hand in die Kammer gelegt hatte. Das war für uns beide rätselhaft.« Martin nippte an seinem Branntwein. »Und dann wurde Gilbert auf die gleiche Weise ermordet wie Will, was meine Theorie zu bestätigen schien. Alan oder ein gedungener Mörder hatte Will Crounce mit mir verwechselt, bei Gilbert aber hatten sie den Richtigen erwischt – er war schließlich derjenige, der Goldbetter den Namen gegeben hatte. Ich reiste nach London, um herauszufinden, ob Alan tatsächlich schon aus dem Gefängnis entlassen worden war. Während ich weg war, verschwand Jasper erneut. Und Gilberts Hand wurde Ambrose vor die Haustür gelegt. Ich aber konnte nicht herausfinden, was aus Alan geworden war.«

»Er ist im Gefängnis gestorben«, klärte ihn Owen auf. »Hätte es vielleicht sein Sohn David sein können?«

Martins Gesichtsausdruck veränderte sich. Er schloß die Augen und schüttelte den Kopf. »Nein«, antwortete er mit einer Stimme, die mehr einem Flüstern glich, »nein, es war nicht David.«

»Wie könnt Ihr da so sicher sein?« fragte Lucie.

»David nahm sich das Leben, als sein Vater ins Gefängnis wanderte.«

»*Deus juva me*«, flüsterte Lucie und bekreuzigte sich.

Im Raum war es so still, daß man das zischende Geräusch eines feuchten Holzscheits im Kamin und das Schnurren von Melisende hören konnte.

»Gab es sonst noch jemanden in Alans Familie?« fragte Lucie.

Martin schüttelte den Kopf. »Ich bin mir nicht ganz sicher. Aber ich glaube, es gab noch eine Tochter.«

»Das müßte Kate Cooper sein«, sagte Bess.

Martin furchte die Stirn. »Cooper? Ich kenne den Namen. Jemand in Riddlethorpe, nehme ich an.«

»Kannte Ambrose jemanden aus der Familie?« fragte Owen.

Ambrose schüttelte den Kopf. »Bis heute abend habe ich diesen Namen noch nie gehört.« Er blickte Martin an und wandte dann schnell den Blick ab.

»Dann hat jemand Euch beide beobachtet, was erklären würde, warum die Hand vor Ambroses Tür lag«, erklärte Owen. »Und doch vermutet Ihr, daß jemand Will Crounce mit Euch verwechselt hat, Martin?«

Martin seufzte. »Wie ich bereits erwähnte, war anzunehmen, daß man Will wegen unserer Partnerschaft für schuldig hielt. Ich weiß es nicht. Ich frage mich nur, wie viele Menschen noch sterben müssen, bevor wir diese Mörder finden. Und da ist noch der Giftmord. Wie paßt der ins Konzept?«

Owen warf Lucie einen Blick zu, aber sie schüttelte leicht den Kopf.

»Der Giftmörder hatte nichts mit diesen Morden zu tun«, sagte Owen.

»Hast du herausgefunden, wer ihn vergiftet hat?« wollte Bess wissen.

»Es ist ohne Bedeutung«, erwiderte Owen.

»Vielleicht doch«, wandte Ambrose ein.

»Nein. Lucie und ich sind uns dessen sicher.«

»Ich habe noch andere Sünden auf dem Kerbholz«, sagte Martin. »Gilberts Tod brachte mich auf den Gedanken, daß noch eine andere Familie hinter mir her sein könnte. Nur, die Hand deutete eben ganz auf Alan.«

»Wie viele Feinde hast du denn eigentlich?« fragte Ambrose. Er hörte sich an, als bedauerte er, seinen Freund dazu angestachelt zu haben, alles zu erzählen.

»Ich habe keine Ahnung, wie viele Leute ich ruiniert habe.

Oder wer mir seinen Ruin zum Vorwurf macht. Ich muß gestehen, daß ich bis zu Wills Ermordung nie darüber nachgedacht habe. Nicht ernsthaft jedenfalls. Ich war gut im Verdrängen. Es war wie ein Spiel. Aufregend. Das leugne ich nicht. Ich entschuldige mich auch nicht dafür. Aber ich bin auch nicht schlimmer als die anderen.«

»Und wer ist diese andere Familie?« fragte Lucie.

Martin goß sich einen weiteren Becher Branntwein ein und füllte auch die übrigen Becher auf, die inzwischen leer waren, mit Ausnahme jener von Lucie und Ambrose.

»Ich möchte keine Namen nennen«, sagte Martin. »Es ist zu gefährlich für Euch. Aber Gilbert und ich waren darin verwickelt, und für sie sah es wohl so aus, als ob Will ebenfalls drinsteckte. Ich hatte arrangiert, daß ihre Wolle nach Flandern geschmuggelt werden konnte und ihnen Geld zurückerstattet wurde. Sie waren eine gierige Bande, und ich begann sie zu verachten, als sie mich betrogen. Ich rechnete mit ihnen ab und verkaufte ihren Namen an Chiriton und Partner.«

»Martin!« Ambrose riß die Augen auf vor Erstaunen. »Wie konntest du das tun?«

»Wenn du sie kennen würdest, würdest du sie auch hassen. Vor ungefähr zwölf oder dreizehn Jahren erwähnten Chiriton und Partner John Goldbetter gegenüber dem König als einen ihrer Schuldner. Goldbetter bewies, daß er die Schuld bezahlt hatte. Ja, er ging sogar noch einen Schritt weiter, indem er behauptete, Chiriton schulde ihm seinerseits Geld. Chiriton beglich die Schuld, indem er Goldbetter die Information weitergab, die ich ihm über diese Familie verkauft hatte. Diese Information ermöglichte es Goldbetter, aus Chiriton beträchtliche Geldbeträge herauszupressen.«

Owen erinnerte sich an Cäcilias Hinweis auf dieses geheimnisvolle Arrangement. *Gilbert war in jenem Jahr an meinem Namenstag noch freigebiger als sonst.* »Dann ist diese Familie also wegen des Geldes, das Ihr sie gekostet habt, hinter Euch her?« fragte Lucie.

»Es ist noch viel schlimmer. Plötzlich, der Himmel mag wissen, weshalb, erfreute sie sich der Gunst Eures Königs. Sie hatte

Einfluß und sorgte dafür, daß Goldbetter ins Exil geschickt wurde. Goldbetter wandte sich an den Grafen von Flandern, der König Edward überredete, ihm zu vergeben. Die Familie tat nichts, um dies zu vereiteln, sie wollte nicht die Aufmerksamkeit des Grafen auf sich ziehen, und sie wußte auch, Goldbetter würde schweigen. Aber Gilbert und ich hatten niemanden, der uns schützte; die Familie konnte sich also ungeniert an uns rächen.«

»Warum glaubt Ihr, daß dies alles mit dieser Familie zu tun hat?« fragte Lucie.

»Sie hatte bei ihren Geschäften einen Partner.«

»Alan of Aldborough?« vermutete Owen.

Martin nickte. »Warum habt Ihr heute abend Alans Witwe und Tochter erwähnt, Mistress Merchet?«

Bess warf Owen einen Blick zu. »Fragt ihn selbst. Ich bin vielleicht zu sehr befangen.«

»Die Tochter, Kate, ist die Ehefrau von Gilbert Ridleys Verwalter. Vor den Morden reiste sie zusammen mit Ridley nach York. Und sie verschwand, nachdem sie mich in Riddlethorpe entdeckt hatte. Wir glauben, daß sie in die Morde verwickelt ist. Vermutlich ist sie die Frau, die Will Crounce zu seinen Mördern lockte. Und da sie Linkshänderin ist, könnte es sich bei ihr auch um jene Frau handeln, die Jasper in seiner ehemaligen Unterkunft überfiel und John, den Stallburschen der Merchets, umbrachte.«

»Heilige Muttergottes, ist es möglich, daß sie Euch alle so gehaßt hat?« fragte Ambrose.

Martin fuhr sich über die Stirn. »Ganz gewiß. Sie und ihre Mutter machten mich verantwortlich für Davids Tod und den Ruin des Vaters. Sie hat von allen am meisten Grund, uns zu hassen.«

Owen schwieg und dachte an den Brief des Erzbischofs, in dem er Alan von Aldborough erwähnt hatte. Sein Tod war für den Gefängniswärter vollkommen überraschend gekommen. War er vergiftet worden? Wollte die plötzlich zu Macht und Einfluß gelangte Familie ihn genauso wie Wirthir und Ridley zum Schweigen bringen?

»*Merde!*« Martin knallte seinen Becher auf den Tisch und riß dadurch Owen aus seinen Gedanken. »Die Frau, die sich in der Goodramgate nach Jasper erkundigte. Ich konnte ihr Gesicht nicht sehen, aber sie kam mir irgendwie bekannt vor. Davids Schwester war genauso groß wie sie. Auch ihre Gesten erinnerten mich an David.«

Owen nickte. »Kate Cooper. Wir müssen jemanden damit beauftragen, Felice d'Aldbourg im Auge zu behalten.«

Kapitel 23

Der Tag des Apostels Johannes

Zwei Tage nach Weihnachten, am Namenstag des Apostels Johannes, bestellte Thoresby Owen zu sich. Eine unangenehme Überraschung. Owen hatte fest damit gerechnet, daß der Erzbischof noch mindestens weitere vierzehn Tage am Hof verbringen würde.

»Johannestag.« Lucie blickte von ihrer Arbeit auf. »Weshalb ist er nicht über die Feiertage am Hof geblieben? Was kann schiefgelaufen sein?«

Als Owen den Erzbischof aufsuchte, starrte dieser trübsinnig ins Feuer. Die dunklen Schatten unter seinen Augen und die Mattigkeit seiner Bewegung, als er die Hand hob, damit Owen seinen Ring küssen konnte, ließen darauf schließen, daß er krank war. Das machte Owen einen Strich durch die Rechnung, denn er hatte sich vorgenommen, herauszubekommen, welche Rolle der Erzbischof bei Jaspers Mißgeschick spielte. Aber wenn der Erzbischof krank war ...

»Ihr seid nicht zum Weihnachtsempfang am Hof geblieben, Euer Gnaden?«

»Nein. Ich hatte meinen eigenen Empfang in Bishopthorpe.« Die tief in den Höhlen liegenden Augen waren unergründlich.

»Ich hoffe, Ihr seid nicht krank.«

»Wenn ich krank wäre, würde ich für meine Genesung wohl kaum Yorkshire der Themse gegenüber bevorzugen, Archer. Weshalb? Seid Ihr nicht weitergekommen?«

»Doch, schon. Aber es liegt immer noch vieles im Dunkeln.«

»Hat Euch die Information über den armen Teufel im Fleet-Gefängnis weitergeholfen?«

»Ja. Und ich danke Euch für Eure Botschaft. Es ist ziemlich sicher, daß die einzige noch lebende Tochter dieses Mannes,

Kate Cooper, die Gattin des Verwalters von Riddlethorpe, in die Morde verwickelt ist. Sie hat Jasper de Melton zweimal angegriffen und den Jungen jedesmal schwer verletzt. Beim zweitenmal hätte sie ihn umgebracht, wenn sie nicht vom Freund des Jungen, dem Stalljungen meines Nachbarn, daran gehindert worden wäre. Er starb, weil er Jasper verteidigte.«

»Ein weiterer Toter? Womit haben wir es hier eigentlich zu tun? Mit Luzifers Brut? Und Ihr sagt, es ist eine Frau?«

»Ich bin davon überzeugt, daß sie nicht allein handelt. Aber sie ist rücksichtslos und zu allem entschlossen.«

»Warum befindet sie sich nicht längst in meinem Gefängnis, im Old Baile?«

»Niemand weiß, wo sie steckt, Euer Gnaden. Sie verschwand, bevor wir herausfanden, daß sie schuldig ist.«

»Ich bin froh, daß Ihr Euch nicht wieder in Eure Verdächtige verliebt habt.«

Owen überlegte, welchen Genuß es ihm bereiten würde, Thoresby mit seiner Kanzlerkette zu erwürgen. »Ich möchte darauf hinweisen, daß der Tod des jungen Mannes und Jaspers Verletzungen hätten verhindert werden können, wenn Ihr von Anfang an einverstanden gewesen wärt, Jasper beschützen zu lassen. Aber, ich wiederhole es, der Junge war Euch zu unbedeutend.«

Thoresby schloß die Augen und lehnte sich in seinem Stuhl zurück. »Es wäre sinnvoller, wenn Ihr Euch hier auf die Tatsachen beschränken und Euch Gefühlsausbrüche für zu Hause aufheben würdet.«

»Könnt Ihr das Leben eines jungen Mannes so leicht abtun?«

Thoresby seufzte. »Ich brauche niemanden, der mir meine Sünden vorhält. Ich bin mir meiner Sünden nur allzu bewußt und meiner Sterblichkeit auch. Ich schlafe zu wenig und schlecht. Habe keinen Appetit. Und ich überlege, ob die Marienkapelle noch rechtzeitig fertig wird. Gefällt Euch das, Archer? Stillt das Euer Verlangen, mich genauso leiden zu sehen, wie ich andere leiden ließ?«

»Ihr seid also doch krank.«

»Vielleicht.«

»Dann will ich mich kurz fassen. Es ist mir gelungen, mit Martin Wirthir Kontakt aufzunehmen.«

»Ausgezeichnet.«

»Er glaubt, die Morde sind die Folge eines Fluches, mit dem ihn Alan von Aldborough belegte, weil er ihn an die Krone verraten hatte. Alan schwor, er würde Wirthirs Hand wie die eines gemeinen Diebes abhacken. Wirthir glaubt, Aldborough könnte vielleicht vermutet haben, Ridley und Crounce seien ebenfalls in diese Angelegenheit verwickelt. Wirthir wird deshalb das nächste und vermutlich auch das letzte Opfer sein.«

»Was ist dieser Wirthir für ein Mann?«

»Er hat uns eine regelrechte Gaunergeschichte erzählt. Ein Gauner, der nicht gerade sehr reumütig wirkt.«

»Und diese Kate Cooper schlitzt Männern die Kehlen auf und hackt ihnen die Hände ab?«

»Kate Cooper scheint mit einem Mann oder einer Gruppe von Männern zusammenzuarbeiten. Vermutlich ist noch eine weitere Familie darin verwickelt, die sich zur Zeit bei Hof besonderer Gunst erfreut und begierig darauf ist, alle Verleumder auszuschalten. Da Mistress Cooper verschwunden ist, kann ich sie nicht befragen. Heute bricht Wirthir nach Aldborough auf, um herauszufinden, wer ursprünglich das Anwesen erben sollte, das nun der Krone zufällt.«

»Diese einflußreiche Familie. Wie heißt sie?«

»Wirthir will es nicht verraten. Er behauptet, es sei zu gefährlich für uns, wenn wir es wüßten.«

»Hm. Er rechnet vermutlich damit, Geld von mir dafür zu erhalten. Woher kamen Ridleys Beschwerden? Das Magenleiden? Die Schwindsucht?«

Owen hatte auf diese Frage eine Antwort parat, die Cäcilia Ridley nicht belasten würde. Owen und Lucie waren der Meinung, Cäcilias Gewissensbisse seien für sie schon Strafe genug. »Ich bezweifle, daß Ridleys Magenleiden etwas mit diesen Morden zu tun hatte, abgesehen vielleicht von seinen eigenen Schuldgefühlen.«

»Warum wurde Will Crounce als erster ermordet?«

»Wirthir glaubt, der Mörder könnte ihn vielleicht mit ihm

verwechselt haben. Aber er kann es nicht genau sagen. Crounce wußte anscheinend nichts von dem Verrat. Er wußte auch nichts über Aldboroughs Geschäfte.«

»Und Ihr sagt, der kleine Melton wurde verletzt?«

Owen berichtete Thoresby von Jaspers zwei Begegnungen mit Kate Cooper.

»Es scheint mir, daß auch Euer Schutz für den Jungen nicht allzu wirksam war, Archer. Was glaubt Ihr, wie effektiv wohl meiner gewesen wäre?«

»Ihr könnt mir glauben, daß Lucie und ich uns unserer Schuld bewußt sind.«

Thoresby stand auf und stellte sich vor den Kamin, die Hände im Rücken verschränkt, den Kopf gesenkt. »Ich kann Euch keinen Vorwurf machen, Archer, und Ihr solltet es auch nicht tun. Ich bin lediglich enttäuscht. Es kommt mir immer mehr so vor, als ob Ridleys Spende ein Versuch gewesen sei, sein Gewissen zu beruhigen. Geld, an dem Blut klebt. Ich kann es für meine Marienkapelle nicht annehmen.«

»Meiner Meinung nach dient alles Geld, das aus Mildtätigkeit gespendet oder der Kirche geschenkt wird, in gewisser Weise dazu, sich ein reineres Gewissen zu verschaffen, Euer Gnaden. Was sonst würde Kaufleute, die so hart dafür arbeiten, Reichtümer anzuhäufen, dazu bewegen, ihr Geld zu verschenken?«

»In dieser Hinsicht stimme ich Euch zu. Aber mir scheint, als sei es Ridley allzu leichtgefallen, sich zu vergeben, daß er auf Kosten eines anderen Geld erworben hat. Oder daß er andere dazu benutzt hat, ihn aus seiner mißlichen Lage zu befreien.«

»Er hat Euch das Geld in redlicher Absicht angeboten. Und Ihr habt es angenommen. Ganz gleich, wie er zu dem Geld gekommen ist, er glaubte jedenfalls, daß er ein gutes Werk tat, indem er das Geld der Kirche spendete, für die Errichtung eines Gotteshauses. Genügt Euch das nicht?«

Thoresby studierte Owen eine lange Weile. Dann sagte er: »Laßt uns dies möglichst schnell zu einem Ende bringen, Archer. Das ist alles, worum ich Euch bitte. Ich verlange nicht Euren Rat, auch wenn er noch so gut gemeint sein mag.« Er

spielte mit seinem Ring und dachte nach. »Was ist mit Ridleys Sohn und Erben? Er heißt doch Matthew, oder?«

»Er ist in Calais und leitet jetzt das Geschäft.«

»Seltsam, daß er nicht hier auftaucht, um mitzuerleben, wie der Mörder seines Vaters gefaßt wird. Würdet Ihr Euch auch so gleichgültig verhalten?«

»Nein.«

»Höchst unnatürlich.«

»Ich muß gestehen, ich habe an Matthew Ridley noch nicht viele Gedanken verschwendet.«

»Vielleicht wäre das aber angebracht.«

Als Owen aufstand, um sich zu verabschieden, hob Thoresby die Hand. »Aldborough. Glaubt Ihr, ich könnte diesen Martin Wirthir mit der Beförderung eines Briefes an den Dekan von Ripon betrauen?«

Owen zuckte mit den Schultern. »Ich werde ihn fragen. Ripon liegt nur einen Katzensprung von Aldborough entfernt.«

»Ausgezeichnet. Michaelo wird den Brief in der nächsten Stunde vorbeibringen.«

Beim Hinausgehen funkelte Owen Michaelo böse an. Seine Unterhaltung mit dem Erzbischof hatte bei ihm einen schalen Geschmack auf der Zunge hinterlassen. Vor seiner Abreise hatte sich der Erzbischof ihm gegenüber fast wohlwollend verhalten. Aber das war jetzt vorbei. Es mußte etwas passiert sein, was Thoresbys vorzeitige Rückkehr bewirkt und seine Stimmung derartig verändert hatte. Etwas, das Thoresby derart in Trübsinn versetzt hatte, daß er über seine Sterblichkeit nachzudenken begonnen hatte. Owen mußte unwillkürlich lächeln.

Nach der kurzen Vormittagsandacht kehrte Bruder Henry zur Krankenstation zurück, damit Bruder Wulfstan ein Nickerchen machen konnte. Es war ein trüber Nachmittag. Es regnete, und in der Krankenstation war es ziemlich dunkel. Henry fühlte sich unbehaglich, als er hineinging. Wulfstan hätte Lampen neben seinen Arbeitstisch stellen müssen oder eine Leselampe neben seinen Stuhl. Der alte Mönch saß neben Jaspers Bett. Er

war eingenickt. Henry zündete hastig eine Lampe an, um dem Jungen ins Gesicht zu leuchten. Zum Glück schlief Jasper. Henry murmelte ein Dankgebet.

Aber er erkannte, daß ihr Plan, Jasper zu schützen, nicht ohne fremde Hilfe funktionieren würde.

»Wir müssen Abt Campian einweihen, Bruder Wulfstan. Wir brauchen Hilfe. Ihr müßt zugeben, daß auch Ihr nicht Tag und Nacht wach bleiben könnt. Vielleicht erlaubt uns der Abt, daß uns ein Novize bei der Wache ablösen kann.«

Wulfstan rieb sich die Augen und blickte schlaftrunken drein. »Du hast recht, Henry. Ich mache mich der Sünde des Hochmuts schuldig. Ich weigere mich, zuzugeben, daß ich den Jungen nicht allein beschützen kann. Aber ich will mich nicht noch stärker in Sünde verstricken, indem ich deinen guten Rat mißachte. Ich gehe jetzt auf der Stelle zum Abt.«

Der Abt saß in ein Buch vertieft vor dem Kamin in der Halle, eine Kerze auf dem Tisch neben sich. Als er Wulfstan bemerkte, klappte er sein Buch zu und legte es zur Seite. »Kommt, setzt Euch zu mir, alter Freund.«

Wulfstan machte es sich vor dem Feuer gemütlich. Auch wenn ihn der Säulengang vor dem Regen geschützt hatte, waren seine Zehen doch eiskalt von dem feuchten Boden. »Gelobt sei Jesus Christus, Bruder Abt.« Wulfstan küßte die Hand des Abts, die ihm dieser darbot.

Abt Campian lächelte und verschränkte seine feingliedrigen Hände im Schoß. »Nun, mein Lieber, wollt Ihr mir jetzt endlich erzählen, was Ihr und Bruder Henry in der Krankenstation für Geheimnisse pflegt?«

Wulfstan war verblüfft. »Wie habt Ihr es erfahren?«

»Seit drei Tagen habe ich immer nur einen von Euch beiden gesehen, nie beide zusammen, in der Kapelle wie im Refektorium. Ich dachte mir, Ihr seid vielleicht mit einem Experiment beschäftigt, das ständig überwacht werden muß.«

»Oh, nein, nichts dergleichen. Es ist der Junge. Jasper de Melton. Kennt Ihr die Geschichte des Jungen? Den Grund, weshalb er hier ist?«

Campian nickte.

»Nun, ich hatte den Eindruck, daß ein bestimmter Gast – er hat gesagt, er heiße John, ich meine den, der sich an Heiligabend die Hand verbrannte – allzu starkes Interesse an dem Jungen bekundete. Er kehrte zur Krankenstation zurück, um ihn zu besuchen. Daher übernahmen Henry und ich die Bewachung des Jungen.«

Abt Campian runzelte die Stirn. »John? Wo hat er sich die Hand verbrannt? Ich weiß nicht recht – Oh, hatte der Mann einen Einband um die Hand geschlungen, einen einfachen Streifen Stoff?«

»Das muß er sein.«

»Nun, zum Glück wendet Ihr Euch endlich an mich. Ihr seid ihn los. Kurz nach dem Mittagsmahl verabschiedete ich ihn und wünschte ihm eine gute Reise. Eine Frau holte ihn ab. Sie ritten auf guten Pferden davon. Auf sehr edlen Pferden. Aber weshalb nennt Ihr ihn John?«

»Diesen Namen nannte er mir gegenüber.«

»Wirklich seltsam. Ich kann mir nicht vorstellen, weshalb er Euch hätte belügen sollen. Oder hat er vielleicht mich angelogen? Mir gegenüber nannte er sich Paul.« Der Abt betrachtete nachdenklich seine weißen Hände. Er haßte es, wenn in St. Mary irgend etwas nicht stimmte. »Ich glaube, wir sollten ein Dankgebet sprechen dafür, daß er das Kloster verlassen hat.«

Martin und Ambrose machten bei einem kleinen bescheidenen Gasthof in Alne halt, um dort zu übernachten. Es war ein kühler, feuchter Ritt gewesen, und sie waren dankbar, sich am Feuer aufwärmen und eine warme Mahlzeit genießen zu können. Auch das ausgezeichnete Bier mundete ihnen. Als Martin die Satteltasche auspackte, wurde er auf den Namen auf dem Brief des Erzbischofs aufmerksam.

»Was für ein Glücksfall, Ambrose. Er ist an Paul Scorby gerichtet, den Ehemann von Anna Ridley. Er wohnt auf dieser Seite von Ripon.«

Ambrose rieb seine Hände mit einer milden Salbe ein und

streifte sich dann wieder die Handschuhe über. Der lange, ungemütliche Ritt und das starre Umklammern der Zügel waren Gift für Musikerhände. »Woher kennst du die Scorbys? Auch ehemalige Auftraggeber von dir?« Sein Ton war sarkastisch.

»Ja. Wirst du mir das für alle Ewigkeit vorhalten?«

»Wäre ich hier bei dir, wenn dem so wäre?«

»Ich höre die Mißbilligung in deiner Stimme.«

»Das wird sich wieder legen. Was hat es mit dem Brief auf sich, der an diesen Scorby adressiert ist?«

»Wenn wir ihn selbst überbringen, anstatt ihn beim Dekan abzugeben, können wir unsere Reise ein wenig abkürzen. Und vielleicht kann Scorby uns auch etwas über die Geschäfte seines Schwiegervaters erzählen, das uns weiterhilft. Was meinst du?«

»Dagegen läßt sich nichts einwenden.«

Kapitel 24

Verbindungen

Bevor Owen sich in die Krankenstation begab, erwies er noch Abt Campian seine Reverenz. Zu Owens Überraschung bot ihm Campian einen heißen Kräutertrank an. »Dieser Trank hat eine außerordentlich beruhigende Wirkung auf den Geist«, versprach Campian.

»Ist das auch eines von Bruder Wulfstans Heilmitteln?«

»Ja, in der Tat. Gott hat Wulfstan die Gabe geschenkt, die Früchte und Kräuter der Erde zur Heilung der Menschen einzusetzen. Aber Ihr werdet niemals hören, wie mein alter Freund sich dessen rühmt. Er ist der bescheidenste Mensch, den ich kenne.«

»Bruder Wulfstan gehört selbst zu den Schätzen von St. Mary.«

Abt Campian lächelte und nickte. »Ich habe erfahren, daß Seine Gnaden bereits wieder vom weihnachtlichen Hof zurückgekehrt ist. Hat Euch das nicht auch verwundert?«

Deshalb also war Campian so freundlich. Er wollte Informationen. »Ich war auch überrascht, ihn so früh schon wieder hier zu sehen.«

»War er guter Dinge, als er zurückkam?«

»Um ehrlich zu sein, war er bei seiner Rückkehr in einer seltsamen Stimmung. Doch es steht mir nicht zu, ihn nach derartigen Dingen zu befragen. Ich habe keine Ahnung, welche Sorgen ihn bedrücken.«

»Schade. Es ist stets hilfreich, wenn den Untergebenen die Ursachen von Verstimmungen ihrer Herrschaft bekannt sind. Doch ich hatte einmal die Gelegenheit, zusammen mit John Thoresby zum Geheimen Rat zu reisen, und ich habe festgestellt, daß er überhaupt ein schwer zugänglicher Mann ist.«

»Zweifellos ist ihm bewußt, daß die Augen des ganzen Königreiches auf ihm ruhen.«

Campian neigte seinen Kopf. »Zweifellos.« Dann setzte er seinen Becher ab und erhob sich. »Jetzt möchte ich Euch aber nicht länger aufhalten. Ich weiß, Ihr seid ein vielbeschäftigter Mann und begierig darauf zu sehen, wie es dem jungen Jasper geht.«

Owen verließ den Abt mit einem Gefühl der Erleichterung. Der Abt war zwar durchaus umgänglich und viel mehr als Thoresby ein Mann der Kirche, aber er verfolgte die politischen Geschehnisse in York mit Argusaugen. Owen fühlte sich stets unbehaglich, wenn er mit Campian sprach, denn er wußte nicht, wohin die Fragen des Abtes führen würden, und er war andererseits auch nicht in der Lage, sich ihnen zu entziehen.

Bruder Wulfstan begrüßte Owen herzlich. »Ihr werdet staunen, welche Fortschritte Jasper inzwischen gemacht hat.« Der alte Mönch führte Owen zu der Pritsche, auf der der Junge lag und an die Decke starrte. Jasper warf einen kurzen Blick zu seinem Besucher herüber, blickte dann wieder an die Decke.

»Jasper! Möchtest du Hauptmann Archer nicht begrüßen?«

Der Junge starrte weiter nach oben.

»Nun, das ist mir unbegreiflich«, sagte Wulfstan und wandte sich Owen zu. »Er war bisher immer recht höflich.«

»Vielleicht sollten wir uns allein unterhalten.«

Wulfstan nickte. »Ich habe eine Erledigung zu machen, die einige Zeit in Anspruch nehmen wird. Ihr könnt Euch so lange zu dem Knaben setzen und Euch mit ihm unterhalten.«

Owen zog einen Stuhl ans Bett und setzte sich. »Als Hauptmann der Bogenschützen hielt ich es immer für angebracht, jemandem den Grund zu nennen, aus dem ich ihn bestrafte. Dadurch zeigte die Strafe mehr Wirkung.«

Jasper starrte immer noch an die Decke.

»Also, warum bestrafst du mich, Jasper?«

Der Knabe legte die Stirn in Falten.

»Es ist eine Bestrafung, wenn du so tust, als wäre ich gar nicht da. Ich hatte gedacht, wir wären Freunde geworden. Waffenbrüder.«

»John hat mir gesagt, warum Ihr so freundlich zu mir gewesen seid.«

»Und dieser Grund gefällt dir nicht? Wenn dem so ist, dann muß John, Gott sei seiner Seele gnädig, das alles falsch verstanden haben. Denn ich habe noch keinen jungen Mann gesehen, dem es zuwider gewesen wäre, daß man ihn mochte. Und aus genau diesem Grund machen wir uns alle so große Sorgen um dich und wünschen uns, daß du bald wieder zu uns zurückkehrst.«

»Ihr mögt mich ja gar nicht wirklich. Ich bin für Euch doch nur ein Lockvogel, damit Ihr die Mörder fangen könnt.« Jasper schaute immer noch stur nach oben.

»Ein Lockvogel – Herrgott, glaubst du wirklich, wir würden so mit dir umgehen, Jasper? Lucie und ich haben versucht, deine Anwesenheit im Haus geheimzuhalten. Die arme Tildy ist ziemlich ausgeschimpft worden, weil sie uns nichts davon gesagt hat, daß John dich dazu überredet hatte, mit ihm zu deinem alten Wohnhaus zu gehen.«

»Ich wollte auch selbst hingehen. Und ich wollte nicht, daß Tildy es ausplaudert.«

»Wenn du nicht hingegangen wärst, wärst du deiner Peinigerin nicht in die Arme gelaufen.«

»Und John würde noch leben«, sagte Jasper mit zitternder Stimme.

»Das stimmt, Jasper. Der arme John. Ich begreife nicht, warum er unbedingt wollte, daß du mitkamst.«

»Sie hat es ihm eingeredet. Er war ihr Schatz.«

Kate Cooper – wie Tildy vermutet hatte. »Woher weißt du das, Jasper?«

»Sie hat es gesagt.«

»Was hat sie noch gesagt?«

Der Junge zuckte mit den Achseln.

»Bitte, Jasper. Ich will diese Leute finden und unschädlich machen, damit du dich nicht mehr verstecken mußt. Verstehst du das denn nicht?«

»Kann ich dann wieder hinaus auf die Straße?«

»Nein. Ich hoffe, du kommst zu uns.«

Der Junge schaute Owen an. »Warum wollt Ihr, daß ich zu Euch zurückkomme?«

»Weil wir dich vermissen. Wir alle drei.«

»Wirklich?«

»Ich habe keinen Grund, dir etwas vorzulügen, Jasper. Es ist einfach so. Je früher wir diesen Knoten entwirren, desto eher kannst du dich wieder sicher fühlen. Und jetzt erzähl mir, was sie noch gesagt hat.«

»Sie hat gesagt, sie haßte sie – Master Crounce und Master Ridley. Und ich sollte auch die Männer hassen, die Master Crounce umgebracht haben, hat sie gesagt. Mehr weiß ich nicht. Ich hatte Angst. Außerdem hat sie noch gesagt, Master Crounce wollte meine Mutter heiraten.« Jasper blinzelte, und dann liefen Tränen seine bloßen Wangen herunter.

»Hat sie irgend etwas über den Mann gesagt, mit dem sie zusammenarbeitet?«

»Nur, daß er möchte, daß ich tot bin. Deswegen wollte sie mich umbringen.«

»Ist sie groß, Jasper?«

Er nickte. »Ja, ziemlich groß für eine Frau. Und sie ist stark.«

»Versuch, dich daran zu erinnern, wie sie das Messer gehalten hat, Jasper. Wie hat sie es gehalten?«

Der Junge hob seine rechte Hand, als halte er darin ein Messer, mit dem er zustoßen wolle, dann schüttelte er den Kopf und nahm das Messer in die andere Hand. »Ungefähr so. Mit der linken Hand.«

Owen beugte sich nach vorn und umarmte den Jungen. »Ausgezeichnet. Genau so, wie ich es mir gedacht habe. Jetzt wissen wir, wer sie ist, Jasper. Wir sind ein großes Stück vorangekommen.«

Wulfstan, der in der Tür stand, räusperte sich. »Ich sehe, daß ihr beide doch noch zueinandergefunden habt. Das freut mich. Es ist so traurig, wenn man einen Freund verliert.« Er sah, daß Jasper sich die Augen rieb. »Du mußt jetzt wieder schlafen, mein Sohn.«

Owen erhob sich. »Ich komme bald wieder, Jasper. Es dauert

nicht mehr lang, und du bist wieder so gesund, daß du zu uns kommen kannst.«

Wulfstan schob eine hölzerne Trennwand vor Jaspers Bett, um es vor dem Licht abzuschirmen.

Die beiden Männer gingen durch den Raum zum Arbeitstisch, der durch das Licht erhellt wurde, das durch ein kleines Fenster hereinfiel. Wulfstan bedeutete Owen, Platz zu nehmen. »Ich möchte nicht, daß der Junge uns hört.«

Owen setzte sich hin.

»Ich muß gestehen, daß ich Euch beinahe hätte enttäuschen müssen, Owen.«

»Ihr hättet Jasper fast verloren? Waren seine Verletzungen so schlimm?«

»Nicht in diesem Sinne verloren. Es war ein Mann, ein Gast in der Abtei. Er wollte mit dem Jungen reden. Henry und ich haben den Knaben abgeschirmt, bis der Mann wieder gegangen war.«

»Wer war er?«

»Nun, das ist das Seltsame. Mir hat er gesagt, er heiße John. Abt Campian gegenüber aber hat er sich Paul genannt.«

»Paul? Beschreibt mir den Mann?«

Wulfstan zuckte mit den Schultern. »Mittelgroß. Braune Haare, braune Augen. Er sah nicht übel aus, aber er hatte eine miesepetrige Art an sich. Er hat so getan, als wäre die ganze Welt ein einziges Jammertal. Sonst war nichts Auffälliges an ihm.«

»Wißt Ihr sonst noch etwas über ihn?«

»Er behauptete, seine Gattin sei ins Nonnenkloster gezogen. Deshalb wollte er eine Brandsalbe von mir, weil er keine bei sich hatte.«

»Er hatte sich verbrannt? Wann?«

»An Heiligabend. Irgendwann im Lauf des Tages. Ist das wichtig?«

Der Tag, an dem es in Ambrose Coats' Haus gebrannt hatte. »Alles ist wichtig, mein Freund. Ich glaube, Ihr sprecht von Paul Scorby. Aber ich weiß inzwischen, was er mit all dem zu tun hat.« Aber da war noch etwas – Cäcilia hatte doch gesagt,

daß Kate Cooper Paul Scorbys Geliebte war. »Ich danke Euch von ganzem Herzen, daß Ihr Jasper beschützt habt.«

»Wie ich schon sagte, beinahe hätte ich ihn verloren. Gott weiß, daß ich keinen Dank verdiene.«

»Hat eine Frau diesen Mann hier besucht?«

Wulfstan nickte. »Ja, es ist eine Frau auf einem Pferd gekommen, um ihn abzuholen.«

»Wann hat er Eure Krankenstation verlassen?«

»Gestern.«

Owen war enttäuscht. »Gab es sonst noch etwas Auffälliges? Hat er gesagt, weshalb er mit Jasper sprechen wollte?«

»Er hat gesagt, Jasper hätte große Ähnlichkeit mit seinem eigenen Sohn. Aber ich glaube nicht, daß er einen Sohn hat.«

»Warum?«

»Ein wenig später erwähnte er, daß seine Frau unfruchtbar sei. Also habe ich ihn gefragt, ob sein Sohn von einer früheren Ehefrau stamme. Das brachte ihn ziemlich durcheinander, anscheinend hatte er seine erste Lüge schon wieder vergessen.«

»Was ist Euch an seiner Art und seinem Auftreten noch aufgefallen, außer daß er von der ganzen Welt enttäuscht war?«

»Er war ungeduldig. Ich erkannte das nicht an seinen Worten, sondern an seinem Atem. Ungeduld, müßt Ihr wissen, kann man daran erkennen, wie jemand atmet.«

»Weiß Abt Campian mehr über diesen Mann?«

Wulfstan schüttelte den Kopf. »Er schien nicht zu wissen, welcher der beiden Namen, die er uns genannt hatte, der richtige war, wenn sich überhaupt der richtige darunter befand.«

Owen stand auf. »Ich danke Euch, Bruder Wulfstan. Sollte der Mann erneut hier auftauchen, was ich bezweifle, laßt es mich bitte gleich wissen.«

Als Owen durch die Pforte des Klosters hinauseilte, dachte er an Ambrose Coats. Er machte bei dem Haus in der Footless Lane halt, um dem Musikanten die beiden Leute zu beschreiben, vor denen er sich in acht nehmen sollte. Aber es war niemand da. Die große getigerte Katze miaute vor der Tür. Owen ging nach Hause, um das, was er erfahren hatte, mit Lucie zu besprechen.

Sie aber hatte noch im Laden zu tun, als Owen ankam. Ungeduldig stapfte er vor der Tür auf und ab. Nachdem der letzte Kunde sich verabschiedet hatte, drehte sich Lucie zu Owen um. Sie hatte die Hände in die Hüften gestemmt. »Willst du alle unsere Kunden vergraulen, indem du so herumrennst und sie nervös machst? Du hättest mir statt dessen helfen können.«

Ja, das hätte er tun können. Aber er war so damit beschäftigt, gewesen, die einzelnen Mosaiksteinchen, die er mittlerweile gesammelt hatte, zu einem Gesamtbild zusammenzufügen, daß er seine Pflichten völlig vergessen hatte. »Verzeih mir. Aber wir müssen miteinander reden. Ich will deine Meinung hören zu all dem, was ich heute erfahren habe.«

»Nun, ein wenig wirst du dich schon noch gedulden müssen. Ich habe eine Bestellung von Camden Thorpe, unserem Gildemeister, wenn du dich erinnerst, und die muß ich erst noch erledigen, bevor wir uns unterhalten können. Einer seiner Söhne wartet hinten. Tildy ist bei ihm.«

»Es ist wichtig, Lucie. Das Leben von Menschen kann davon abhängen.«

»Das Leben von Menschen? Und womit, glaubst du, beschäftige ich mich hier?«

»Ich muß dich noch einmal um Verzeihung bitten. Ich gehe nach hinten und warte, bis du fertig bist.«

»Das tust du nicht. Du gehst nach oben und holst den zermahlenen Smaragd.«

»Den zermahlenen . . . Der Gildemeister kann sich eine Medizin leisten, die aus Smaragden hergestellt wird?«

»Sie ist für Mistress Thorpe bestimmt. Sie hat gerade ein Kind verloren, und mit jedem Atemzug scheinen ihre geistigen Kräfte mehr zu schwinden. Du siehst also, auch hier geht es um ein Menschenleben.«

»Der bedauernswerte Camden. Ich hole das Pulver.«

Nachdem der junge Peter Thorpe mit der Medizin abgezogen war, ließ sich Lucie auf einen Stuhl neben dem Küchenfeuer sinken. Owen bat Tildy, ihnen Bier zu bringen.

»Hast du noch Kraft genug, einen Humpen mit Toms Bier hochzuheben?« fragte Owen.

Sie schaute ihn müde an. »Ein Bier könnte mir nicht schaden, während wir uns über die Mosaiksteinchen unterhalten, die du zu einem Gesamtbild zusammenzufügen versuchst.«

»Du hast mir zugehört, auch als du mit den Gedanken bei Mistress Thorpe warst.«

»Natürlich. Aber jetzt erzähl!«

Tildy eilte mit den gefüllten Krügen herbei. »Darf ich schnell etwas fragen, Hauptmann Archer? Geht es Jasper schon besser?«

»Es geht ihm schon sehr viel besser, Tildy. Und ich habe ihm gesagt, wir warten darauf, daß er zu uns nach Hause kommt.«

Tildy strahlte glücklich. »Darauf freue ich mich schon, Hauptmann.«

Owen prostete Lucie zu. »Auf die beste Apothekerin in Yorkshire.«

Lucies Augen blickten traurig. »Ich hoffe es, Owen.« Aber es klang nicht sehr zuversichtlich. »Erzähl mir, was Jasper und Wulfstan gesagt haben.«

Als Owen seinen Bericht beendet hatte, starrte Lucie eine Weile in das Feuer. »Paul Scorby und Kate Cooper. Beide stehen in Verbindung mit dem Haushalt der Ridleys. Wie ist Kate Cooper nach Riddlethorpe gekommen?«

Owen überlegte, ging in Gedanken die Vielzahl von Informationen durch, die er erhalten hatte. »Durch Crounce. Cäcilia hat gesagt, er hätte ihnen einen neuen Verwalter besorgt.«

»Will Crounce lebte in Boroughbridge, das nicht weit von Aldborough entfernt ist, und diese Orte liegen beide nahe bei Ripon. Das paßt alles zusammen, aber ich kann mir nicht vorstellen, was Paul Scorby eigentlich zu gewinnen hoffte. Er könnte doch Ridleys Geschäft erst übernehmen, wenn Matthew Ridley stirbt.«

»Thoresby hat gestern darauf hingewiesen, daß Matthew sich seltsam ruhig verhält für einen Sohn, dessen Vater ermordet worden ist.«

»Und Cäcilia hat dir gesagt, daß Matthew das Geschäft übernommen hat, weil er mit dem König besser auskommt?«

»Ja, etwas in der Art.«

Lucie seufzte. »Das scheint wichtig zu sein, aber ich weiß nicht, was es mit all dem anderen zu tun haben könnte.«

Owen zuckte mit den Schultern. »Ich glaube, einige wichtige Informationen fehlen uns noch immer.«

Lucie nickte. »Besser, wir essen jetzt, bevor ich einschlafe.«

Sie hatten ihre Mahlzeit beendet und saßen gerade vor dem Kamin, als es an der Küchentür klopfte. Lucie schlug ein Kreuzzeichen. »Bete zu Gott, daß es keine schlechten Nachrichten von Master Thorpe sind.«

Tildy öffnete die Tür. »Werte Frau Digby!«

»Der Hauptmann und die Mistress sind zu Hause?«

Owen stand auf und geleitete Magda zu einem Stuhl. Mit einem Ruck entzog sie ihm ihren Ellbogen. »Magda braucht keine Hilfe, um einen Raum zu durchqueren, Vogelauge. Was hat Euch denn auf diese Idee gebracht?«

»Muß ein krankhafter Zug in meiner Familie sein.« Owen goß Branntwein in einen Becher und reichte ihn ihr. »Damit Ihr Euch ein bißchen aufwärmen könnt. Den Branntwein werdet Ihr doch wohl nicht zurückweisen?«

»Nein, Magda ist weder alt noch dumm.« Sie nahm einen Schluck, nickte zustimmend und blickte dann in die wartenden Gesichter. »Mistress Thorpe wird wieder gesund werden. Sie haben Magda zu ihr in die Stadt geholt. Ihr habt Ihr eine gute Medizin zubereitet, Frau Apothekerin. Es wird ihr bald wieder bessergehen. Aber Magda kommt aus einem anderen Grunde. Der weniger erfreulich ist. Die Tochter von Felice d'Aldbourg, Kate Cooper, ist heute abend mit der Flut angeschwemmt worden.«

»Sie ist ertrunken?« flüsterte Lucie.

»Nein. Nicht so wie Magdas Potter. Aber auch bei ihr war es kein Unfall. Sie wurde mit dem Gesicht nach unten von der Flut hereingetragen. Man hatte ihr die Kehle aufgeschlitzt, und sie hatte schon viel Blut verloren, bevor sie ins Wasser geworfen wurde.«

Am Morgen suchte Owen Erzbischof Thoresby auf, um ihm von Kate Coopers Tod zu berichten.

»Das ist eine üble Sache, Archer. Seid Ihr inzwischen ein wenig weitergekommen? Wißt Ihr, wer ihr Komplize war und damit wahrscheinlich auch Ihr Mörder?«

»Sagt Euch der Name Paul Scorby etwas?«

Thoresby wirkte verblüfft. »Der Name kam mir bekannt vor, als sie mich bat, den Brief mitzunehmen, aber ich konnte ihn nicht einordnen. Hattet Ihr ihn schon einmal erwähnt?«

»Ja. Das ist der Ehemann von Gilbert Ridleys Tochter.«

Thoresby sprang auf. »Gütiger Himmel!«

»Wer bat Euch, einen Brief mitzunehmen? Und an wen war er gerichtet?«

»Die Königin der Hölle, diese Alice Perrers. Er war für ihren Cousin Paul Scorby in Ripon bestimmt. Martin Wirthir bringt den Brief zu meinem Dekan, und der wird ihn an Scorby weiterleiten.«

»Perrers? Bei meiner Hochzeit hat mein Schwiegervater von dieser Familie gesprochen. Sie war bislang völlig unbedeutend, aber mit einemmal erfreute sie sich der Gunst des Königs.«

Thoresby schnaubte. »Sie erfreute sich seiner Gunst? Das ist leicht untertrieben. Aber auch Wirthir hat von einer Familie gesprochen, die . . .«

Owen nickte. »Scorby ist im Wollgeschäft tätig«, sagte er, mehr zu sich selbst als zum Erzbischof. »Wirthir erzählte mir, daß er früher einmal mit einer einflußreichen Familie ein falsches Spiel getrieben hat. Er verschwieg den Namen, weil er meinte, es wäre zu gefährlich für uns, und die Familie hätte im Moment großen Einfluß am Hof. Könnte es sich dabei um jenes letzte Bindeglied handeln, nach dem ich schon die ganze Zeit suche? Die Familie Perrers?«

»Ja, das ist offensichtlich.« Thoresby ging in der Kammer auf und ab.

»Ich glaube nicht, daß Wirthir etwas von Scorbys Verbindung zu den Perrers weiß. Sonst hätte er es einmal erwähnt.«

Thoresby schüttelte den Kopf. »Was bin ich doch für ein Tor! Ich habe diesen Mann in sein Verderben rennen lassen. Wir

müssen sofort nach Ripon reiten. Und dafür sorgen, daß der Dekan Scorby nicht sagt, wer den Brief gebracht hat. Dann müssen wir nach Aldborough, um Wirthir zu warnen.«

Owen starrte den Erzbischof an. »*Wir* müssen hinreiten? Wir beide?«

»Wen könnten wir denn in der kurzen Zeit, die uns noch bleibt, damit beauftragen? Außerdem war es mein Fehler. Ja, verdammt, wir beide.«

»Aber Ihr seid doch krank.«

»Im Geist, Archer, ja, aber nicht im Leib. Ich werde nicht zulassen, daß die Familie Perrers ungeschoren davonkommt. Wir reiten am Nachmittag los!«

Kapitel 25

Martins Verhängnis

Eine strahlende, aber noch nicht wärmende Morgensonne begleitete Martin und Ambrose auf ihrem Weg. »Das ideale Wetter für eine Reise«, sagte Ambrose. »So kann man die Landschaft bewundern und muß das Gesicht nicht unter der Kapuze vergraben.«

»Um diese Jahreszeit wird es immer recht kalt, wenn die Wolken aufreißen und Sonne hervorkommt. Ich mag lieber das Regenwetter.« Martin deutete mit einem Kopfnicken auf Ambroses Handschuhe. »Und ich hasse es, solche Dinger zu tragen.«

»Und auch Hüte, wie ich sehe. Kein Wunder, daß dir kalt ist.«

Martin hielt sein Pferd an; Ambrose tat es ihm gleich. Martin musterte das Gesicht seines Freundes. »Warum reden wir eigentlich übers Wetter?«

»Ich versuche, einfach nur ein bißchen höflich zu sein, nachdem du mich gestern abend für unfreundlich gehalten hast.«

»Oh.«

»Dann bist du heute also derjenige von uns, der niedergeschlagen ist.«

»Ich habe über die Zukunft nachgedacht.«

»Und die sieht düster aus?«

»Wenn ich nicht mit dem Beruf fortfahren kann, für den ich mich entschieden habe – und den ich, nebenbei gesagt, auch sehr gut beherrsche –, was bleiben mir dann noch für Möglichkeiten?«

»Deine Arbeit hat dir also gefallen?«

»Hätte ich sie denn sonst so gut erledigen können? Wenn ein Mann sich mit seiner Arbeit schwertut, dann haßt er sie.«

»Du kannst doch etwas Neues finden. So wie Hauptmann Archer.«

»Ich habe ihn unten auf dem St. Georges's Field beobachtet, wo er die Männer im Bogenschießen unterrichtet. Obwohl er einen ruhigen und geduldigen Eindruck macht, preßt er seine Hände so fest zusammen, daß die Knöchel weiß hervortreten. Und er scheint den Erzbischof zu verachten. Einzig und allein in seiner Ehe findet er Freude.«

»Ah. Die schöne Lucie Wilton. Ich verehre sie. Sie ist begabt, hilfsbereit und hübsch.«

»Ich wette, in diesem Ehebett wird einiges los sein.«

Sie lachten und setzten ihre Pferde wieder in Bewegung.

Die Ländereien der Familie Scorby waren weitläufiger als jene von Ridley. Dazu kam noch ein ganzes Dorf mit einer eigenen Kirche. Das Herrenhaus war älter als Riddlethorpe, hatte einen Wassergraben und eine Zugbrücke, wirkte aber nicht so einladend. Martin war zwar nie auf Riddlethorpe zu Gast gewesen, war aber einmal daran vorübergeritten und hatte sich das Haus von außen angesehen – für den Fall, daß er einmal dringend Kontakt mit Gilbert aufnehmen müßte. Als er das Haus der Scorbys betrachtete, dachte Martin sich, daß man hier wahrscheinlich weniger großzügig mit Geld umging. Vielleicht war auch weniger vorhanden.

Martin und Ambrose ritten zum Torhaus und brachten ihr Anliegen vor.

Der Wächter war ein alter Mann mit einem Narbengesicht, der zwei Dolche an seinen Gürtel geschnallt hatte. Er machte keinen besonders liebenswürdigen Eindruck. »Master Wirthir und Master Coats.« Der Wächter deutete auf Ambrose. »Ihr tragt die Livree der Stadt York. Seid Ihr ein Bailiff? Oder ein Wachtmeister?«

»Weder noch. Ich bin Stadtmusikant.«

»Ein Musikant. Gut. Wir wollen hier keine Schwierigkeiten. Warum gebt Ihr mir nicht den Brief und macht Euch dann gleich wieder auf den Weg?«

»Wir möchten mit Master Scorby sprechen, falls er zu Hause ist«, sagte Martin.

»Ja, er ist da. Tanner wird die Zugbrücke herunterlassen und Euch zum Herrn dieses Hauses bringen.«

Ein jüngerer Mann, der genauso ein Narbengesicht hatte, führte sie ins Haus. In der Halle saßen drei Männer beim Feuer, mit Jagdhunden zu ihren Füßen. Einer dieser Hunde, der riesengroß war und einen schwarzen Kopf hatte, knurrte, als Martin und Ambrose angekündigt wurden. Ein braunhaariger Mann, der seiner Kleidung nach der Hausherr sein mußte, winkte die beiden zu sich. Martin fiel auf, daß Paul Scorbys Kameraden ebensolche ungeschlachte Haudegen waren wie Tanner und der Wachmann am Tor. Er fragte sich, ob es wirklich eine gute Idee gewesen war, hierherzukommen. Einer der Männer stellte eine Bank neben Scorby. Martin und Ambrose setzten sich.

»Ihr bringt mir also einen Brief«, sagte Scorby. Er war ein gutaussehender Mann, mit ebenmäßigen Gesichtszügen, aber in seinen Augen lag eine gewisse Wildheit, die einen unwillkürlich auf Abstand gehen ließ. Sein Auftreten war von Arroganz geprägt. Er sah nicht wie ein großer Kämpfer aus, seinem Gesicht und seinen Händen nach zu urteilen, wenngleich eine seiner Hände eingebunden war. Der kostbare Pelzbesatz an seinem Gewand und seine teuren Schuhe deuteten darauf hin, daß er ein Mann war, der den Luxus genoß und andere für sich die Drecksarbeit machen ließ.

Martin händigte Scorby den Brief aus. »Ich würde Euch gerne nach Eurem kürzlich verstorbenen Schwiegervater fragen, da ich nun schon einmal hier bin.«

Scorby blickte auf das Briefsiegel und grinste, dann richtete er seine Aufmerksamkeit wieder auf Martin und Ambrose und musterte sie von oben bis unten. »Ich habe Euren Namen schon im Zusammenhang mit meinem Schwiegervater vernommen, Wirthir. Aber wer seid Ihr, Coats? Was hattet Ihr mit Gilbert Ridley zu tun?«

»Ich begleite meinen Freund. Ich hatte nichts zu tun mit Master Ridley.«

»Ich verstehe.« Scorby zuckte mit den Achseln. »Gilbert Rid-

ley. Ja. Wir können über ihn reden, wenn ich diesen Brief gelesen habe. Bitte, leistet meinen Männern Gesellschaft beim Wein, während ich mich mit dem Schreiben befasse. Ich würde Euch gerne mehr anbieten, aber meine Gemahlin hat es vorgezogen, sich in ein Nonnenkloster zu begeben, anstatt hier ihre Aufgaben als Hausherrin zu versehen.«

Martin wollte hier nicht mehr Zeit verbringen, als unbedingt nötig war. »Ich muß Euch nur für einen kurzen Augenblick beanspruchen. Können wir nicht gleich darüber sprechen? Ich möchte Euren Haushalt nicht über Gebühr strapazieren.«

»Nein, nein, es ist genug Wein da. Ihr müßt wissen, das ist ein Brief von meiner lieben Cousine. Ein Brief, auf den ich schon lange warte. Ich kann mich viel besser auf Eure Fragen einstellen, wenn ich meine Neugier befriedigt habe.«

Widerwillig ließen sich Martin und Ambrose von Scorbys Kumpanen Wein einschenken. Martin beschlich ein mulmiges Gefühl, und er begann, sich die Einzelheiten dieses Raumes einzuprägen. Ambrose versuchte, die Männer in ein Gespräch zu verwickeln, aber obwohl er seinen durchaus beträchtlichen Charme einsetzte, gelang es ihm nicht, ein Lächeln oder ein freundliches Wort aus ihnen hervorzulocken. Die Männer saßen da und warteten. Martin und Ambrose tauschten besorgte Blicke aus, Scorbys Gefolgsleute schauten abwechselnd zu der Tür, durch die ihr Herr verschwunden war, und zu Martin; die drei Hunde atmeten laut und winselten im Schlaf.

Schließlich standen Scorbys Männer auf. Gott sei Dank, dachte Martin, jetzt lassen sie uns allein. Aber zu seiner Bestürzung schreckten sie die Hunde auf, und die drei Ungeheuer sprangen Martin und Ambrose an, stießen sie von der Bank und bearbeiteten sie mit ihren Pfoten. Die Hunde stanken nach rohem Fleisch und Urin. Scorbys Männer fesselten Martin mit den Händen auf dem Rücken und banden auch noch seine Beine zusammen. Dann taten sie dasselbe mit Ambrose.

»Bitte, bitte, seid vorsichtig mit meinen Händen«, flehte Ambrose.

Die Kerle lachten und riefen die Hunde zurück.

»Ihr könnt sie wieder auf die Bank setzen«, rief Scorby von

der Tür her. Er klang erfreut. Als ob dies hier ein Spaß wäre. Tanner stand neben ihm.

Martin knurrte, als sie ihn grob auf die Bank stießen. »Was soll denn das? Wir kamen hierher in gutem Glauben, haben einen Brief des Erzbischofs abgeliefert, den Ihr erst viel später erhalten hättet, wenn wir ihn beim Dekan von Ripon abgegeben hätten, wie es uns aufgetragen worden war. Warum fallt Ihr über uns her? Warum fesselt Ihr uns? Seid Ihr verrückt?« Er zuckte zusammen, als sie Ambrose neben ihn auf die Bank drückten. Seinem Freund lief Blut aus dem Mund. »Ihr seid wilde Tiere.«

»Es ist nichts. Habe mir nur auf die Zunge gebissen«, flüsterte Ambrose.

Martin trat einem der Männer, die vor ihm standen, mit dem Fuß in die Leiste. Als der Mann aufheulte und sich krümmte, bemerkte Martin einen Siegelring an der schmutzigen rechten Hand des Mannes. »Gütiger Himmel«, murmelte Martin, als er erkannte, was der Ring bedeutete. »Der Erzbischof hat uns unseren Feinden ausgeliefert.«

»Nein, das hat er nicht getan«, zischte Ambrose. »Es war deine Idee, den Brief persönlich zu überbringen.«

»In der Tat.« Scorby hatte wieder seinen Platz eingenommen. »Und wie, glaubt Ihr, seid Ihr in dieses Mißgeschick geraten?« Er kicherte. An der Hand, die mit dem Pelzbesatz spielte, trug er einen Perlenring.

Wie hatte Martin das nur übersehen können? »Ihr und Eure Gefolgsleute, Ihr tragt die Ringe von Toten.«

»Sehr gut beobachtet, Wirthir. Ihr müßt wissen, meine Cousine ist einigermaßen ungehalten darüber, daß ich Euch noch nicht getötet habe.«

»Eure Cousine? Ihr meint den Brief?«

»Ja. Bedauerlich, daß Ihr das Siegel von Mistress Perrers nicht erkannt habt. Alice Perrers. Die Geliebte des Königs.«

»Perrers?« knurrte Martin. Schlimmer hätte es nicht kommen können. »Als ich sie kennenlernte, hatte sie noch kein Siegel.«

»Als Ihr ihr Geld nahmt und dann ihren Namen diesem Dreckskerl Chiriton verkauft habt, das wolltet Ihr doch wohl

sagen. Nun, meine liebe Cousine Alice hat sich wirklich weit hochgearbeitet in dieser kurzen Zeit. Diesen Herbst hat sie den Bastard von König Edward auf die Welt gebracht. Dadurch hat sich ihre Position enorm verbessert. Die schlaue Alice.«

Ein illegitimer Sprößling eines alternden Königs. Alice Perrers würde von nun an großen Einfluß am Hof besitzen. Zumindest so lange, wie sie alle Verdächtigungen von Verrat im Keim ersticken konnte. »Was hat sie Euch versprochen?« Martin hatte Geld beiseite geschafft. Vielleicht konnte er diesen Wahnsinnigen bestechen.

Scorby nickte Tanner zu, der sich hinter Ambrose stellte. Scorby lächelte. »Man wird mich an den Hof einladen, wenn ... Nun, sie ist verärgert über mich, aber sobald ich ihr den Beweis dafür geliefert habe, daß ich meine Aufgabe erfüllt habe, wird sie zufrieden sein.« Er stand auf. »Tanner, halt den Musikanten fest.«

Tanner packte Ambrose. Martin wollte aufspringen, aber die zwei anderen Männer ergriffen ihn.

»Lockert Wirthirs Fesseln und bringt ihn zum Feuer hinüber«, befahl Scorby. »Ihr wißt, was ich tun muß.« Er ging weg, während die beiden Männer Martin hochzogen und zu einem Tisch neben dem Kamin schleiften, dann seine Hände losbanden, ihn aber weiterhin festhielten.

Scorby trat mit einem Schwert in der Hand auf ihn zu, ein hämisches Flackern in den Augen. »Die liebe Alice ist ungehalten wegen der Hände, aber meine Kate wollte es so. Ihr zuliebe muß ich den Fluch ihres Vaters erfüllen.«

Als Martin und Ambrose erschreckt aufschrien, packten die Männer Martins rechte Hand und drückten sie auf den Tisch. Martin sah voller Entsetzen die Lust in Scorbys Gesicht, als dieser das Schwert mit beiden Händen in die Höhe hob.

Bitte, Herr im Himmel, vergib mir meine Sünden. Und sorge dafür, daß er gleich beim ersten Hieb richtig trifft. In einem Augenblick fürchterlicher Klarheit verfolgte Martin, wie das Schwert sich heruntersenkte. Es brauchte eine Ewigkeit, bis es ihn erreichte. Er schrie auf, als er sah, wie das Blut aus seinem Arm herausspritzte, lange bevor brennende Schmerzen ihn

durchzuckten. Dann begann Martin zu torkeln, schon beinahe ohne Bewußtsein.

Ambrose entwand sich Tanners Griff, aber die Hunde stürzten sich auf ihn. »Martin! Mein Gott! Martin!« schrie Ambrose.

Martin blickte zu Ambrose; er schien sich zu wundern, weshalb sein Freund auf dem Boden lag, niedergedrückt von den Klauen der Höllenhunde.

»Schade, daß die arme Kate dieses Ende nicht miterleben konnte«, sagte Scorby. »Euch hat sie am meisten gehaßt, Wirthir. Sie sagte, Ihr habt ihren Bruder umgebracht.«

»Verbindet seinen Arm, um Himmels willen!« flehte Ambrose. »Martin, kannst du mich hören?«

»Ich höre dich«, flüsterte Martin, der sich an den Tisch klammerte, Aber es kam ihm so vor, als spräche Ambrose aus weiter Ferne zu ihm, und dann begann der Raum sich zu drehen und nahm eine andere Form an. Die Schmerzen im rechten Arm waren unerträglich. »Ich glaube, ich kann mich nicht länger auf den Beinen halten«, krächzte er. Starke Arme fingen ihn auf.

»Bringt sie nach unten«, befahl Scorby. »Ich werde später nach ihnen sehen.«

Das Verlies mit seinen nassen Wänden und der übelriechenden Luft paßte zu einem Haus mit Wassergraben und Zugbrücke. Ambrose fragte sich, wovor diese Familie sich eigentlich schützen mußte. Aber seine Gedanken waren die ganze Zeit bei Martin, der bewußtlos auf dem verdreckten Fußboden lag. Sein verstümmeltes Handgelenk hatten sie mit einem Lumpen eingebunden, doch dieser war inzwischen schon völlig mit Blut vollgesaugt. Ambrose kniete sich neben Martin und legte seinen Kopf auf die Brust seines Freundes. Sein Herz schlug noch. Dem Herrn sei Dank. Wo Leben war, gab es noch Hoffnung.

»Bitte, nehmt mir die Fesseln ab, damit ich ihm helfen kann«, bat Ambrose den Mann mit dem Siegelring.

»Und was, glaubst du, kannst du hier noch ausrichten?«

»Ich kann zumindest versuchen, die Blutung aufzuhalten.«

Der Mann beleuchtete mit seiner Fackel den blutgetränkten Lumpen. »Nun gut, du kommst ja sowieso nicht heraus hier.« Er machte Ambrose die Hände frei.

»Könntet Ihr ein bißchen Wein bringen, um die Schmerzen zu lindern, wenn er aufwacht?«

»Er wird nicht mehr lange leben. Mein Herr hat besondere Pläne mit ihm.«

»Aber er könnte inzwischen vor Schmerzen sterben.«

Der Mann schnaubte. »Ich wäre schon zehnmal tot.« Er spuckte in die Ecke. »Vor Schmerzen sterben.«

»Master Scorby wird nicht mehr viel mit ihm anfangen können, wenn er vor Schmerzen stirbt.«

Der Mann wirkte verunsichert. »Ich kümmere mich darum.« Er schloß die schwere Kerkertür hinter sich.

Ambrose setzte sich auf, zog seine Jacke aus und riß die Borte ab, durch die einer der Ärmel mit der Lederweste verbunden war. Es war eine dünne, aber feste Lederborte. Er wühlte in dem moderigen Stroh umher, bis er einen kleinen, dicken Zweig fand. Vorsichtig schob er die Borte unter Martins verstümmelten Arm und zog sie hoch bis knapp unterhalb seines Ellbogens. Dann steckte er den Zweig dazwischen und schnürte die Borte so fest wie möglich zusammen. Martin wimmerte. Ambrose hob Martins Kopf an, legte ihn in seinen Schoß und wischte ihm den Schweiß von der Stirn.

Und dann begann er zu singen. Er sang alles, was ihm in den Sinn kam. Martin sollte, wann immer er wieder zu Bewußtsein kam, sofort wissen, daß Ambrose bei ihm war.

Ambroses Stimme war schon heiser geworden, als eine verschüchterte Magd mit einem Krug Wein und zwei Bechern hereinkam. »Ihr habt eine Stimme wie ein Engel«, sagte die Frau. »Wir haben Euch von oben gehört. Versteckt den Krug unter dem Stroh, damit Ihr später auch noch etwas zu trinken habt.«

Ambrose trank dankbar. Als er den Becher an Martins Lippen setzte, begannen dessen Augenlider zu flattern, und er brachte einen ersten kleinen Schluck hinunter. Ambrose half Martin, sich aufzusetzen, und dann trank er mehr.

»Gott sei Dank hast du dich noch nicht aufgegeben, Martin.«

»Das wird mir nichts nützen. Die Perrers. Ihre Onkel werden mich nicht am Leben lassen.«

Ambrose flößte Martin mehr von dem Wein ein. »Versuch jetzt wieder zu schlafen.«

»Dein Gesang. Ich danke dir dafür.«

Ambrose faltete seine Jacke zu einem Kissen für Martins Kopf. Er trank den restlichen Wein im Becher aus und versteckte den Krug und die Becher unter dem Stroh. Dann stand er auf und ging im Verlies hin und her, um sich warmzuhalten, während er sang. Als er spürte, wie die Starrheit aus seinen Beinen, Armen und seinem Rücken wich, setzte er sich wieder, bettete Martins Kopf in seinen Schoß und sang weiter.

Ambrose hatte seinen Gesang zweimal unterbrochen, um Martin Wein einzuflößen und sich Bewegung zu verschaffen, und das Licht, das durch das hohe, vergitterte Fenster hereingefallen war, war schon lange der Dunkelheit gewichen, als Scorby mit seinen beiden Gefolgsleuten in das Verlies trat.

»Hebt ihn hoch«, bellte Scorby seine Männer an. Sie zogen Martin in die Höhe und stellten ihn auf die Beine. »Mir ist eingefallen, daß Ihr hier unten leicht verbluten könntet. Aber da ich für Euch nicht diese Todesart vorgesehen habe, werde ich Eure Wunden kauterisieren lassen. Ich erwarte doch, daß Ihr mir dafür dankbar seid.«

Martin sackte zwischen den beiden Männern zu Boden. Seine Augenlider zuckten, als er versuchte, sie zu öffnen und offenzuhalten. Er war fürchterlich schwach.

»Kein Wort des Dankes, wie? Nun, vielleicht glaubt Ihr mir nicht, daß ich so großherzig sein kann.« Er klatschte in die Hände, und ein Diener trat mit einem Krug und einem Becher herein. »Branntwein, Wirthir. Aus den Kellern meines Schwiegervaters, Gott lasse ihn ruhen in Frieden.« Er goß einen Becher voll und reichte ihn Ambrose. »Helft ihm beim Trinken. Er wird es besser verkraften, wenn er einen kräftigen Schuß Branntwein im Bauch hat.«

Ambrose half Martin, den Becher zu leeren. »Sie werden die

Wunde ausbrennen, Martin. Das ist gut. Dadurch wird es besser heilen. Aber es wird sehr weh tun.«

Martin nickte. Er verstand offensichtlich, was man zu ihm sagte. Nachdem er ein paar weitere Schlucke Branntwein genommen hatte, flüsterte er: »Laß es gut sein, Ambrose, mein Freund.«

Ambrose trat zur Seite. Er wünschte, er könnte etwas tun, um Martins Schmerzen zu lindern.

Die Männer schleppten Martin aus dem Verlies.

»Ich will an seiner Seite bleiben.«

Scorby grinste. »Ein guter Auftritt, wirklich. Ihr habt mein Gefolge heute prächtig unterhalten. *Certes*, ich bin einverstanden.« Er packte Ambrose am Arm, und die beiden bewegten sich zur Tür. Der Diener folgte ihnen mit einer Fackel.

Sie schleiften Martin durch einen Gang in einen Raum mit einem Steinfußboden und einer Feuerstelle in der Mitte. Hier brannte ein Feuer, das viel Rauch erzeugte. Tanner saß davor und erhitzte einen eisernen Stab, der an einem Ende abgeflacht war. Martin bemühte sich, nicht zu stolpern. Sie setzten ihn auf eine Bank neben dem Feuer. Als sie an dem Lumpen zerrten, der Martins Armstumpf bedeckte, schrie er auf.

Ambrose versuchte, sich loszureißen und Martin zu Hilfe zu eilen, aber Scorby hielt ihn fest. »Um Gottes willen, befeuchtet doch das Tuch, bevor Ihr es herunterreißt!« rief Ambrose.

»Ihr habt gehört, was er gesagt hat. Befeuchtet das Tuch«, befahl Scorby.

Die Männer taten dies, und dann ließ es sich leichter abziehen.

Scorby wendete sich an Ambrose. »Wie habt Ihr die Blutung zum Stillstand gebracht?«

»Ich habe eine Borte um seinen Unterarm zusammengezogen.«

»Können wir die jetzt abnehmen?«

»Herrgott, das weiß ich nicht.« Ambrose fühlte sich überfordert. »Besser vielleicht erst, nachdem Ihr die Wunde ausgebrannt und verbunden habt.«

Scorby nickte. »Ihr habt es gehört, Männer. Bringen wir es hinter uns.«

Tanner hob den glimmenden Eisenstab vom Feuer und drückte ihn auf den Stumpf, den die beiden anderen Männer ihm entgegenhielten. Der Geruch war ätzend. In Martins Gesicht sah man, welche Schmerzen ihm diese Prozedur bereitete, aber er schrie nicht auf. Tanner drückte den Eisenstab mehrere Male auf die Wunde, dann warf er ihn in das Feuer zurück und griff nach einem Schmalztopf.

»Was ist das?« fragte Ambrose. Der Inhalt des Topfes wirkte ranzig und roch abscheulich.

»Schweineschmalz.«

»In meinen Satteltaschen ist ein Topf mit Salbe. Erlaubt Ihr mir, diese Salbe anstelle des Schweineschmalzes aufzutragen?«

Tanner blickte zu Scorby.

»Vergiß das Schweineschmalz. Sie sollen ihre eigenen Mittel verwenden. Das gefällt mir.« Scorby befahl dem Diener: »Steh auf und hole die Satteltasche dieses Herrn.« Dann wandte er sich an die beiden Männer, die Martin immer noch aufrecht hielten. »Er soll sich eine Weile hinsetzen. Und sein Freund hier soll ihm ein wenig Branntwein einflößen.«

Ambrose führte den Becher an Martins Lippen. Martin ergriff ihn mit der linken Hand und nahm einen großen Schluck. Dann schüttelte er sich, wischte sich den Mund ab und blickte zu Scorby. »Ich verstehe das nicht.«

»Ihr meint, warum ich plötzlich so entgegenkommend bin?«

Martin schüttelte langsam den Kopf. »Nein. Warum Matthew Ridley nicht zurückgekommen ist und Euch die Eier abgeschnitten hat.«

»Matthew . . .?« Scorby schien einen Augenblick lang verwirrt zu sein, dann schüttelte er anerkennend den Kopf. »Ihr habt nachgedacht. Es erstaunt mich, daß Ihr immer noch so klar denken könnt. Matthew Ridley.« Er lächelte. »Er ist ein Doppelagent, müßt Ihr wissen. Er arbeitet sowohl für John Goldbetter als auch für unseren König – nun, genauer gesagt, für Alice Perrers und ihre Onkel, die im Augenblick die loyalsten Untertanen des Königs sind. Matthew wird alles zu verhindern wissen, was dem König oder uns schaden könnte. Sein Vater stand leider auf der falschen Seite.«

Martin rieb sich mit zitternder Hand über die Stirn. »Und Ihr seid ein Cousin von Alice Perrers?«

»Ja, genau. Wir sind eine Familie mit einem starken Zusammengehörigkeitsgefühl.«

Ambrose runzelte die Stirn. »Wie habt Ihr einen Sohn dazu gebracht, sich gegen seinen Vater zu stellen?«

»Indem wir ihn davon überzeugt haben, daß sein Vater ein Dieb und Verräter ist. Das stimmte auch, aber so sind alle Wollhändler. Oder sie würden es sein, wenn sie die entsprechenden Verbindungen hätten. König Edward hat sie nie besonders gemocht.«

Ambrose wurde allmählich einiges klar. »Sie ist also die Familie, die du hintergangen hast, Martin?«

»Ja.«

»Aber diese Familie Perrers – sie hat doch entgegen der Anordnung des Königs mit den Flamen Handel getrieben?« sagte Ambrose.

Scorby grinste. »Und eben weil Ihr das wißt, werdet Ihr morgen sterben. Bei Tag. Wenn ich Euch leiden sehen kann. Ah!« Der Diener brachte die Satteltasche von Ambrose. »Gib sie dem Sänger. Er soll die Medizin heraussuchen und sie auftragen.«

Scorby stapfte im Raum hin und her, die Arme auf dem Rücken verschränkt, während Ambrose die Salbe sorgfältig auf ein Tuch auftrug und dieses dann auf Martins Wunde drückte. Er entfernte die Lederborte und benutzte sie dazu, das Tuch über dem Armstumpf festzubinden.

Scorby packte Ambrose erneut am Arm. »Jetzt kehren wir wieder zurück in Eure hübsche, kleine Kammer.«

Die Männer führten Martin zurück in die dunkle Kerkerzelle, warfen ihn auf das faulige Stroh und stießen dann auch Ambrose hinein.

Als die Schritte der Männer verklungen waren, kroch Ambrose zu Martin hinüber. »Kannst du mich hören?«

Martin stöhnte.

Ambrose hob ihn vorsichtig an, trug ihn zu der trockeneren Seite des Raumes neben der Tür und machte aus seiner Jacke

wieder ein Kissen für seinen Freund. Dann kroch er zurück und holte den Wein und die Becher unter dem Stroh hervor.

»Kannst du Wein trinken?«

Keine Antwort. Ambrose beugte sich hinunter und vergewisserte sich, daß Martin noch atmete. Dann goß er sich selbst einen Becher voll ein und trank. Er lehnte sich gegen die Wand und begann, die Totenmesse zu singen, so lange bis ihm seine Stimme den Dienst versagte. Dann rollte er sich neben Martin zusammen und schlief ein.

Owen war verblüfft, als sie in den Hof der Schenke von Alne ritten. »Warum hier?«

»Das ist die beste Schenke zwischen York und Ripon«, antwortete Thoresby. »Wirthir ist ein Reisender. Er kennt sie bestimmt.«

»Ja, Euer Gnaden«, sagte der Wirt und verbeugte sich, erfreut, den berühmten Erzbischof bei sich zu Gast zu haben. »Sie sind gestern abend hier gewesen.« Er warf einen besorgten Blick auf Owen. »Gibt es Schwierigkeiten?«

Thoresby antwortete nicht darauf, er war zu sehr mit seinen eigenen Sorgen beschäftigt. »Sie?« fragte er und blickte zu Owen. Dieser zuckte mit den Schultern.

»Der Ausländer hatte einen Stadtmusikanten aus York dabei, Euer Gnaden. Er trug die Livree der Stadt.«

»Ihr seid ein scharfer Beobachter und kennt offenbar die Livreen der großen Städte.«

»Euer Gnaden, es gehört zu meinem Geschäft, derartige Dinge zu wissen.«

Owen nickte. »Dann hat ihn also Ambrose Coats begleitet.«

»Sie sind heute morgen aufgebrochen, hatten es nicht besonders eilig. Aber inzwischen müßten sie schon in Ripon sein.«

»Kennt Ihr die Familie Scorby?« fragte Thoresby.

Der Wirt zuckte mit den Achseln. »Natürlich kennt man sie, wenn man hier lebt.«

»Ist es eine unangenehme Familie?«

Der Wirt zuckte erneut mit den Achseln. Daß Owen ihn mit

seinem einen Auge anstarrte, machte ihn nervös. »Sie sind eine Plage. Paul Scorby, der junge Herr, hat die ganze Zeit seine Männer um sich. Und solche Burschen, die sind immer auf einen Kampf aus. Meine Schenke leert sich, wenn sie hereinkommen. Schlecht fürs Geschäft.«

Thoresby warf seine Satteltaschen auf einen Tisch neben dem Kamin. »Habt Ihr einen Raum, in dem wir allein essen können? Und einen Platz zum Schlafen?«

»Natürlich, Euer Gnaden.«

Als sie in einer Privatkammer am Tisch saßen, fragte Owen: »Warum übernachten wir hier? Ihr wärt doch auch in einer Abtei oder einem Herrensitz willkommen.«

Thoresby lehnte sich in seinem Stuhl zurück, rieb sich mit der Hand über den Hals und schloß die Augen. »Dort würden die Leute neugierig sein, mich fragen, wo wir hin wollen und was es Neues vom Hof zu berichten gibt. Ich aber will meine Ruhe haben.«

Owen richtete sein Auge auf den Erzbischof und studierte ihn eingehend, als dieser es nicht merkte. Thoresbys Augen, die schon immer tief in den Höhlen lagen, waren nun noch stärker eingesunken; er wirkte wie ein Mann, der zuwenig Schlaf bekam. Doch sein Gesicht war vom Tagesritt gerötet und gut durchblutet. Also mußte es eine geistige, keine körperliche Krankheit sein, an welcher der Erzbischof seit seinem weihnachtlichen Besuch am Hof litt.

»Ihr seid sehr früh vom Hof nach York zurückgekehrt.«

Thoresby öffnete seine Augen und lehnte sich nach vorn. »Ich habe Euch engagiert, um andere zu befragen, nicht mich, Archer.« Er goß sich Bier ein.

»Es würde mir helfen, wenn ich mehr über Alice Perrers erfahren könnte.«

»Sie ist genau jener Dämon, den ich aus meinen Gedanken zu vertreiben suche.«

Owen zuckte mit den Achseln und lehnte sich mit seinem Bier zurück.

Als Ambrose erwachte, wußte er zunächst nicht, wo er sich befand, und wunderte sich, warum seine Katze so seltsam winselte. In dem schwachen Licht, das durch das hohe Fenster fiel, erblickte er Martin. Er hatte sich in der Nacht von Ambrose weggerollt und lag nun stöhnend in der Mitte des Raumes. Da wurde Ambrose schlagartig und schmerzhaft wieder bewußt, was sich ereignet hatte. Er weckte Martin und gab ihm etwas Wein zu trinken. Erstaunlicherweise war Martins Stirn kühl.

»Ich habe geträumt, meine Hand wäre zerquetscht worden«, sagte Martin mit heiserer und schwacher Stimme. »Ich konnte es richtig fühlen. Diese Schmerzen. Sie begannen zu hämmern, als die Hand anschwoll. Aber als ich danach gegriffen habe ... Er wird keinen von uns lebend davonkommen lassen, Ambrose. Ich habe dich mit ins Verderben gerissen. *Mon Dieu*, ich wollte dich nicht in diese Angelegenheit mit hineinziehen. Ich wollte dich immer aus allem heraushalten.«

»Ich weiß, Martin, ich weiß.« Ambrose strich seinem Freund das Haar zurück. Sie saßen ruhig nebeneinander, als polternde Stiefel die Steintreppe herunterkamen und ein Schlüssel im Schloß umgedreht wurde. Tanner trat mit einer Fackel herein, gefolgt von den beiden anderen Männern Scorbys, von denen einer einen einfachen Stuhl brachte, und dem Diener, der ein Tablett mit Brot, Käse und Wein trug. Am Ende der Gruppe erschien Paul Scorby. Er wirkte erfrischt und war elegant gekleidet.

»Guten Morgen, meine Gäste. Ich hoffe, Ihr habt gut geschlafen?« Er blieb stehen, als erwarte er eine Antwort.

»Ganz gut unter den gegebenen Umständen«, antwortete Ambrose.

Der Stuhl wurde neben der Tür aufgestellt. Scorby setzte sich darauf. »Dann ist es jetzt an der Zeit, ein Frühstück einzunehmen. Und während Ihr eßt und trinkt, werde ich Euch erklären, weshalb Ihr hier seid und was weiterhin mit Euch geschehen wird.«

Scorby bedeutete dem Diener, das Tablett auf den Boden zu stellen und dann den Raum zu verlassen.

Martin betrachtete das Essen und schaute dann wieder zu

Scorby. »Wenn wir gleich sterben sollen, warum verschwendet Ihr dann noch Essen an uns?«

Scorby legte den Kopf schief. »Oh, mein Lieber. Haben die Schmerzen Euch wahnsinnig gemacht? Oder liegt es an dem Branntwein, den Ihr gestern abend reichlich genossen habt? Oder an einem Krach zwischen Liebenden? Habt Ihr Euch gestritten? Ihr seht, ich bin ein aufmerksamer Beobachter. Ich habe diese liebevolle Zuwendung sehr wohl bemerkt. So ähnlich stelle ich mir die Zuwendung vor, die der König meiner Cousine Alice zuteil werden läßt. Das war Euer Fehler, Wirthir. Die Anziehungskraft meiner Cousine zu unterschätzen. Aber anscheinend habt Ihr ja überhaupt keine Vorstellung davon, was ein Mann an einer Frau anziehend findet, wie?«

»Ich bin keineswegs der einzige, den es erstaunte, daß Eure Cousine es verstanden hat, den König so stark von sich einzunehmen. Alice entspricht nicht dem, was sich die meisten Männer unter einer Schönheit vorstellen. Auch ihre Art ist alles andere als angenehm.«

Ambrose gefiel es nicht, in welche Richtung sich das Gespräch entwickelte. »Sei ruhig, Martin. Iß etwas. Reg dich nicht auf.«

Martin zuckte mit den Schultern. »Ihr habt gesagt, Eure Cousine ist im Augenblick verärgert über Euch, Scorby. Warum?«

»Ah. Weil ich mir so lange Zeit gelassen habe, Euch umzubringen. Da sie eine Frau ist, versteht sie nicht, daß der Tod eine Kunst ist. Genau wie Eure Musik, lieber Ambrose. Zuerst habe ich Crounce ermordet, den unschuldigsten von allen – was für Euch wie auch für meinen Schwiegervater der schmerzlichste Verlust war. Es war mir ein Vergnügen, mitzuverfolgen, wie Gilbert Ridley immer mehr dahinschwand unter der Last seines Schuldbewußtseins. Und dann, als er schon fast ganz am Ende war, habe ich ihm den Rest gegeben. Aber ich muß gestehen, ich habe auch deswegen gezögert, weil Kate Euch so sehr haßte, Martin. Sie wollte, daß Ihr als erster sterbt. Sie hat dieses Anliegen sehr leidenschaftlich vorgetragen.« Scorby schloß die Augen und lächelte, als er sich daran erinnerte. »Die liebe Kate«, murmelte er, die Augen immer noch geschlossen. »Es hat

mir wirklich leid getan, daß ich ihr die Kehle durchschneiden mußte.« Er öffnete die Augen. »In diesem Fall habe ich es selbst getan. Ich wollte nicht, daß meine Männer sich an ihr vergriffen. Sie hätte eine zu große Versuchung dargestellt für diese Schweine.«

»Dann ist jetzt also die gesamte Familie bis auf Mistress d'Aldbourg ausgelöscht?« sagte Martin. »Habt Ihr Alan im Kerker ermordet?«

Scorby nickte. »Das war der erste Schritt. Und Goldbetter zu bestechen, was recht einfach war. Aber meine Cousine Alice ist vor allem deswegen ungehalten, weil Ihr der wichtigste seid, der ausgeschaltet werden muß. Ihr wißt zuviel über einige Leute. Erinnert Ihr Euch, mein lieber Martin, noch an die Information, die Ihr meinen Onkeln bezüglich Enguerrand de Coucys versteckten Geldes verkauft habt?«

Ambrose war erstaunt. »Sogar der Gemahl von Prinzessin Isabel war darin verwickelt? Du hast wirklich viel bewegt, Martin.«

Scorby lachte. »Ja, er hat viel bewegt, mehr als gut für ihn war. Dieser Information verdankt Alice ihre Position am Hof. Wäret Ihr bei der Auswahl Eurer Kunden vorsichtiger gewesen, dann müßtet Ihr jetzt nicht dem Tod ins Auge blicken.«

»Nach all dem verstehe ich nicht, daß Ihr mich nicht als ersten umgebracht habt«, sagte Martin.

»Wie ich schon sagte, der Tod ist eine Kunst. Und außerdem waren die anderen leichter zu finden. Ich dachte mir, ihr Tod würde Euch aus der Reserve locken. Was auch gelungen ist.«

Ambrose fühlte, wie sich sein Magen verkrampfte, und er erkannte, daß das Schicksal ihnen einen Streich gespielt hatte. Sie waren durch reinen Zufall hierhergekommen. Scorby mußte wahnsinnig sein – aber weder ihm noch Martin half diese Erkenntnis weiter.

»Nun, labt Euch noch ein wenig am Bier, Gentlemen. Und dann werden wir Euch hinausbegleiten in die kalten Felder und Euer Blut mit dem Rauhreif vermischen. Das wird einen guten Dünger fürs Frühjahr abgeben.«

Kapitel 26

Rache

Owen wurde vor Thoresby wach – er hatte das bessere Bett dem Erzbischof überlassen, und die alte Wunde an seiner linken Schulter begann ihn auf der harten Pritsche wieder zu schmerzen. Er stand auf, streckte sich und ging nach draußen, um sich zu erleichtern. Als er wieder hereinkam, sah er, wie der Wirt gerade das Feuer im Kamin anfachte, und er überlegte, ob er diese Gelegenheit nutzen sollte, um ihm einige Fragen über Scorby zu stellen. Aber der Wirt war immer noch verwundert über Owens Erscheinung. »Ich weiß nicht, warum der Erzbischof mit jemandem wie Euch unterwegs ist. Ich traue dem Ganzen nicht.«

»Ich arbeite für ihn. Ich bin sein Agent.«

Der Wirt blinzelte ihn an. »Wie habt Ihr Euer Auge verloren?«

Owen seufzte und erzählte ihm die Geschichte, obwohl er es mittlerweile ziemlich leid war. Wie üblich, rief seine Geschichte Bewunderung hervor.

»Hauptmann der Bogenschützen beim alten Herzog Henry wart Ihr? Ja, dann. Verzeiht einem alten Mann seinen Argwohn, aber Ihr müßt wissen, ich bin hier mit meiner Familie und den Bediensteten die ganze Zeit über allein und habe niemanden, der uns beschützen könnte.«

»Dann hätten wir das also geklärt«, meinte Owen. »Jetzt sagt mir bitte eines: Wieviel Zeit vergeuden wir, wenn wir, bevor wir nach Ripon reiten, einen Umweg über das Anwesen der Familie Scorby machen?«

Der Wirt senkte seinen Kopf und überlegte, wobei er vor sich hinmurmelte und mit den Fingern auf die Tischplatte klopfte. Schließlich blickte er wieder auf. »Mit Euren Pferden, würde

ich sagen, einen Tag, wenn Ihr dann gleich nach Ripon weiterreitet.«

»Und welchen Empfang wird man uns dort voraussichtlich bereiten?«

»Welchen Empfang?« schnaubte der Wirt. »Bestimmt keinen freundlichen. Vielleicht kommt ein Pfeil aus dem Torhaus geflogen, und wahrscheinlich wird man die Zugbrücke vor Euren Augen hochziehen.«

»Dann gibt es dort also einen Wassergraben?«

»Jawohl. Und es hält sich das Gerücht, daß unten im Schlamm ein schlangenähnliches Geschöpf haust. Ihr tätet besser daran, dem Plan Seiner Gnaden zu folgen und auf direktem Weg nach Ripon zu reiten.«

»Wie gut waren die beiden Reisenden bewaffnet?«

»Sie hatten Schwerter und Messer. Einer auch eine Geißel. Mehr habe ich nicht gesehen.«

»Hatte keiner einen Bogen dabei?«

Der Wirt schüttelte den Kopf.

»Wie, glaubt Ihr, wird es ihnen an Scorbys Torhaus ergangen sein?«

»Ah.« Der Wirt nickte. »Ich sehe, wo das Problem liegt.«

Owen ballte enttäuscht die Fäuste, drehte sich um und blickte in den kalten Morgennebel hinaus. Die Bäume auf der anderen Seite des Hofes konnte er nur deshalb ausmachen, weil er wußte, daß sie dort standen.

Owen wandte sich wieder dem Wirt zu, der ihn aufmerksam beobachtete. »Wißt Ihr darüber Bescheid, wie das Anwesen angelegt ist? Könnt Ihr uns sagen, wie wir von der hinteren Seite auf das Grundstück gelangen könnten?«

Der Wirt runzelte die Stirn und zog an seinem Ohrläppchen. »Woher sollte ich das denn wissen?«

»Dort, wo ich aufgewachsen bin, war das Land eines Grundherrn immer das bevorzugte Gelände zur Ausbildung von Bogenschützen. Wir begannen mit kleinen Bogen und kleinem Wild und haben uns dann immer weiter gesteigert. Das Wildern schärft die Sinne, und man lernt dabei, was zu beachten ist, wenn man lebende Ziele verfolgt.«

Der Wirt kicherte. »Dann kommt Ihr also vom Land, wie? Nun, ich könnte Euch sagen, wie es früher war. Aber heute traut sich keiner mehr dorthin.«

»Ich wage zu vermuten, Seine Gnaden würde sich dafür gerne erkenntlich zeigen und den Betrag, den wir für unsere Übernachtung zu bezahlen haben, verdoppeln.«

Der Wirt riß die Augen auf. »Ihr wollt das Doppelte bezahlen?« Er nickte mit dem Kopf. »Kommt mit nach draußen. Ich zeichne es Euch auf.« Sie traten hinaus in den dichten Nebel. Der Wirt suchte sich einen Zweig, ging in die Knie und zeichnete eine grobe Skizze des Anwesens der Familie Scorby in den eisigen Schlamm.

Owen erkannte, daß es sich um ein weitläufiges Gelände handelte, dessen Begrenzungen man schwerlich alle gleichzeitig überwachen konnte. Die meisten Verteidigungsanlagen befanden sich an der Vorderseite, wo sie auch den meisten Eindruck machten.

»Ihr habt uns sehr geholfen.« Owen stand auf, wobei seine Knie knackten, weil er sich so lange in der feuchten Kälte aufgehalten hatte. »Würdet Ihr das Feuer schüren und uns in dem Raum, wo wir gestern abend gegessen haben, etwas zum Frühstück auftischen?«

Owens Gastgeber nickte stolz. »Das Feuer haben wir schon angefacht.«

»Ihr seid ein guter Mann.« Owen ging nach oben, um nachzusehen, ob Thoresby inzwischen aufgewacht war.

Der Erzbischof zog sich gerade seine Stiefel an. Owen bemerkte mit Interesse, daß in einer Schlaufe neben seinem rechten Fußknöchel ein Dolch mit einem juwelenbesetzten Griff steckte.

»Das ist wirklich ein Kunstwerk.«

Thoresby drehte sich überrascht um.

»Der Griff des Dolches in Eurem Stiefel, meine ich.«

Thoresby blickte nach unten, dann wieder zu Owen. »Ihr scheint das Werk Eurer Landsleute auf den ersten Blick zu erkennen. Der Dolch stammt aus Wales.«

»War er ein Beutestück oder ein Geschenk?«

Thoresby kicherte. »Ihr denkt immer gleich das Schlimmste von mir. Er war ein Geschenk, Archer.« Er zog den Stiefel an und stand auf. »Nun gut. Ihr denkt vermutlich daran, wir sollten, bevor wir nach Ripon reiten, zuerst nachsehen, ob Wirthir Scorby schon in die Arme gelaufen ist.«

»Habt Ihr gehört, wie ich mit dem Wirt darüber gesprochen habe?«

»Ich sah Euch beide draußen auf dem Boden kauern, als ich zum Abort ging.«

»Ja, ich glaube, wir sollten Scorby einen Besuch abstatten.«

»Konnte der Wirt Euch einen Hinweis geben, wie wir unbemerkt hineinkommen?«

»Ja. Es ist viel näher, als ich dachte. Wir werden bereits vor Mittag dort sein.«

Das Land der Familie Scorby bestand im Osten aus sanft ansteigenden Hügeln, ging nach Westen hin aber in felsiges Gelände mit schlechteren Böden über. Das Herrenhaus war am westlichen Ende des bebaubaren Landes errichtet worden. Owen steuerte auf eine Stelle südwestlich des Hauses zu, wo es, wie der Wirt ihm versichert hatte, einen Pfad geben sollte, der von Wilderern ausgetreten worden war. Dieser ermöglichte es, sich unbemerkt bis direkt hinter das Haus zu schleichen, weil ein Stallgebäude den Blick vom Haus auf den Weg verstellte.

Der alles einhüllende Nebel war inzwischen der winterlichen Sonne gewichen, die bleich am Horizont stand. Der Rauhreif auf den Bäumen war getaut, aber unter den Füßen knirschte es immer noch. Als sie den empfohlenen Pfad entlangritten, der sich in einem Tal zwischen zwei Felswänden hindurchwand, fanden sie sich bald inmitten kristallin schimmernder Bäume wieder, zwischen denen schwache Nebelschwaden hingen.

»Ein gottverlassener Ort«, meinte Thoresby, während sie das im Schatten liegende Tal durchquerten.

»Ich bin froh, daß der Wirt mir nicht auch noch irgendwelche Schauermärchen über diesen Ort erzählt hat. Er ist so schon unheimlich genug.«

»Ich bin in den Dales aufgewachsen«, sagte Thoresby. »Und ich fühle mich nicht besonders wohl in solchen Tälern, in denen fast das halbe Jahr über Winter herrscht.«

»Kein Wunder, daß Ihr sie nicht mögt.« Owen überprüfte, ob die Sehne seines Bogens noch trocken und warm in dem Beutel lag, den er sich um die Hüften geschnallt hatte, dann zog er seinen Umhang fester um sich. »Wir werden hinter dem äußeren Stall herauskommen. Von dort können wir möglicherweise schon feststellen, ob irgend etwas nicht stimmt – ob Scorby vielleicht schon wieder dabei ist, jemandem die Kehle durchzuschneiden.«

Thoresby bekreuzigte sich. »Dieser Paul Scorby scheint eine verdammte Seele zu sein.«

»Ihr müßtet das ja beurteilen können, als Mann der Kirche.«

Sie ritten schweigend weiter. Der feuchte Dampf, den die Sonne dem gefrorenen Boden und den Bäumen entzog, ohne ihn jedoch vertreiben zu können, machte sie frösteln. Zu beiden Seiten ragten die Felsen auf. Ihre Pferde waren unruhig und beanspruchten ihre ganze Aufmerksamkeit.

Als sie die Felsen passiert hatten, kamen sie zu einem von Bäumen gesäumten Bach, wo die Sonne sie wieder ein wenig wärmte. Sie ließen die Pferde trinken, zuerst jedoch nur sehr langsam, da das Wasser eiskalt war. Dann ritten sie vorsichtig weiter. Der Stall konnte nicht mehr weit sein. Sie stiegen ab, führten ihre Pferde an den Zügeln und achteten darauf, daß die Tiere nicht auf die felsige Uferböschung gerieten, wo ihre Hufe ein klapperndes Geräusch verursacht hätten.

Zwischen den Bäumen tauchte ein Dach auf, dann auch die Umrisse eines langen, niedrigen Gebäudes. Sie banden ihre Pferde fest. Owen spannte seinen Bogen und schlich weiter. Thoresby wartete bei den Pferden, bis Owen ausgekundschaftet hatte, ob Scorby zu Hause war und wo er und seine Männer sich aufhielten. Sie wollten vermeiden, daß ihnen jemand in den Rücken fiel und die Pferde abnahm.

Während Owen sich an den Stall heranpirschte, achtete er darauf, daß er sich stets gegen den Wind bewegte, damit den Pferden, die vielleicht im Stall untergebracht waren, nicht der

Geruch des Eindringlings zugetragen wurde und sie ihn verraten konnten. Ein Wiehern und ein Hufschlag gegen die Wand bestätigten ihm, daß diese Vorsichtsmaßnahme nicht überflüssig gewesen war. Er legte sich auf den Boden und studierte das Herrenhaus mit dem Wassergraben. Ein altes, ehrwürdiges Haus. Moos bedeckte die Mauern, die es umgaben. Dem Wassergraben entstieg ein brackiger Geruch.

Owen kroch näher heran. Während er weiter das Haus beobachtete, öffnete sich eine Tür in der Mauer, und sechs Männer traten heraus. Sie gingen auf eine wackelige Brücke zu, die über den Wassergraben führte, zu einer Stelle, die nicht weit von dem Stallgebäude entfernt war. Es handelte sich nicht um eine Zugbrücke, sondern um eine behelfsmäßige Konstruktion, die man wahrscheinlich beim ersten Anzeichen einer Gefahr im Handumdrehen niederbrennen würde. Einer der Männer stolperte und fand nur mühsam sein Gleichgewicht wieder. Owen zuckte zusammen. Dieser Mann war Martin Wirthir. Irgend etwas mit seinem Arm stimmte nicht. Ambrose Coats folgte Martin mit gefesselten Händen. Scorby kam als letzter.

Geduckt eilte Owen zu Thoresby zurück und berichtete ihm, was er gesehen hatte.

»Glaubt Ihr, sie bringen die beiden heraus, um sie hinzurichten?«

Owen nickte.

»Was habt Ihr für einen Plan?«

»Da wir es mit vier Gegnern zu tun haben, glaube ich, wäre es am besten, wenn Ihr sie überrascht, indem Ihr auf sie zugaloppiert, während ich mit meinem Bogen auf das Dach eines Außengebäudes steige. Wenn sie Euch sehen, schieße ich, bevor sie sich umdrehen können.«

»Ich kann durchaus auch mit diesem Schwert umgehen.«

»Gut. Ich verlasse mich darauf.«

Sie stiegen auf und ritten auf den Stall zu. Owen band sein Pferd erneut an, kletterte auf das Dach und kauerte sich hinter eine Schrägung. Thoresby lenkte sein Pferd um den Stall herum, eng an den Hals des Tieres gedrückt. Die Männer hatten die Brücke überquert und gingen durch Gestrüpp, das am

Rande des Wassergrabens wuchs, in Richtung des Stallhofs. Thoresby wartete auf seinem Pferd, bis er sie hören konnte, dann preschte er nach vorn und stieß dabei ein markerschütterndes Geheul aus. Er schoß an den sechs Männern vorbei und lenkte dadurch ihre Aufmerksamkeit vom Stall ab. Owen sprang auf und zielte.

Scorby befahl seinen Männern brüllend, dem Eindringling nachzusetzen. Owen schoß einem von ihnen in die Schulter, einem anderen in den Oberschenkel. Beide Männer stürzten zu Boden und heulten auf vor Schmerzen. Thoresby hörte sie und wendete sein Pferd.

Scorby schnellte herum, entdeckte Owen, riß sein Messer aus dem Gürtel und zielte damit auf Owen. Dieser schickte einen Pfeil durch sein erhobenes Handgelenk. Scorby ließ das Messer fallen, sank auf die Knie und umklammerte seinen Arm.

Der Mann mit dem Pfeil im Bein wand sich auf dem Boden. Der vierte Mann, der noch unverwundet war, sprang auf Thoresby zu, der sich auf seinem Pferd aufrichtete und mit seinem Schwert auf den Angreifer einhieb und ihm dabei die Schulter und den Hals aufriß. Der Mann sackte zu Boden und blieb reglos liegen. Der Mann mit dem verwundeten Arm begann auf die Brücke zuzulaufen. Owen schoß einen weiteren Pfeil auf ihn ab, der ihn diesmal ins Bein traf. Dann sprang er vom Dach herunter und durchschnitt die Fesseln von Ambrose.

Der Musikant griff sich eine Mistgabel und brüllte: »Scorby, du Schweinehund. Schau mich an!«

Scorby drehte sich um, knurrte wie ein Tier und rappelte sich hoch, während er immer noch seinen Arm umklammert hielt, in dem der Pfeil leicht zitterte.

Ambrose stieß einen Kampfschrei aus und schleuderte die Gabel mit einer Zielsicherheit auf Scorby, die Owen erstaunte. Scorby kreischte auf, als die Zinken sich in seinen Rumpf bohrten. Durch die Wucht des Aufpralls wurde er nach hinten umgeworfen.

»Ambrose!« schrie Martin.

Aber der Musikant war noch nicht fertig. Er rannte zu Scorby, packte dessen Messer und zog Scorbys Kopf an den

Haaren hoch. »Für Will, Gilbert, Jasper, John, Kate, Martin und für mich:

Aus diesem Grunde lasse ich dich zur Hölle fahren,
Deren Pforten schon lange für dich offenstehen!«

Dann schnitt er Scorby die Kehle durch.

Martin setzte sich hart auf den Boden. »Mein Gott!«

Ambrose ließ zuerst Scorby, dann das Messer fallen und stolperte langsam, wie ein Schlafwandler, auf den Wassergraben zu.

Owen eilte ihm nach. Er hatte schon oft Soldaten gesehen, die sich todesmutig ins Schlachtengetümmel gestürzt oder sich selbst verstümmelt hatten aus Entsetzen über das, was sie getan hatten.

Ambrose stand am Rand des Grabens und starrte auf seine blutbesudelten Hände hinunter.

»Das war ein Heldenstück«, sagte Owen ruhig.

»Ich habe das Jagen aufgegeben, um meine Hände zu schützen. Aber als Junge war ich ganz gut darin.«

»Seid Ihr in Ordnung?«

Ambrose blickte Owen stirnrunzelnd an. »Ich habe mich an diese Zeilen aus Wills Darstellung des Letzten Gerichts erinnert. Es war ein Geschenk – ich könnte sie jetzt nicht wiederholen. Es kam mir vor, als hätte Gott auf mich heruntergeblickt und mir zugelächelt. Mich gesegnet. Aber das kann nicht sein.«

»Ihr habt ausgesehen wie Jesus Christus, der dem Teufel zu Leibe rückt. Vielleicht wart Ihr für einen kurzen Augenblick göttlich inspiriert.«

Ambrose schloß seine Augen. »Das kann ich nicht akzeptieren. Ich bin verantwortlich für das, was ich getan habe.«

»Dann nehmt unseren Dank entgegen dafür, daß Ihr das getan habt, was wir alle schon lange tun wollten.« Owen legte einen Arm um Ambrose und spürte, daß der Mann zitterte. »Ihr steht noch unter Schock, mein Freund. Ihr habt getan, was Ihr tun mußtet. Es ist vorbei. Kommt. Holen wir die anderen und gehen ins Haus.«

Thoresby stand stirnrunzelnd vor Scorbys blutiger Leiche. »Ich wollte ihn lebend haben.«

Ambrose trat zum Erzbischof. »Ich werde jede Strafe akzeptieren, die Ihr für gerechtfertigt haltet. Aber ich bin ein wenig durcheinander. Ihr habt schließlich auch nicht gezögert, einen von Scorbys Männern zu töten.«

Thoresby zuckte mit den Schultern. »Der war nutzlos für uns. Aber Scorby hätte uns Informationen liefern können.«

Ambrose schüttelte den Kopf. »Er war eine Ausgeburt des Teufels, Euer Gnaden. Wie hättet Ihr irgendeinem seiner Worte Glauben schenken können?«

»Es hat Euch Spaß gemacht, ihn zu töten.«

Ambrose schaute hinunter zu seinen blutbefleckten Händen. »Ja. Ich sah den Blick in seinen Augen, als er das Schwert hob, um Martin die Hand abzuhacken.«

Thoresby blickte überrascht zu Martin. »Die Hand? Gütiger Himmel, das ist mir noch gar nicht aufgefallen.«

Auch Owen hatte nur bemerkt, daß Martin seinen Arm eng an den Leib gepreßt hielt, als wäre er verwundet. Jetzt ging Owen zu Martin und wickelte den Verband von seinem Arm. »Die Wunde ist kauterisiert worden. Es überrascht mich, daß sie sich dafür Zeit genommen haben.«

»Es war der Teufel, ich sage es Euch«, mischte sich Ambrose ein. »Er wollte verhindern, daß Martin ohnmächtig wurde. Er wollte, daß er seine Hinrichtung in allen Einzelheiten mitbekam.«

Owen umwickelte Martins Arm wieder mit dem Verband und blickte zum Haus. »Wie viele Männer hatte Scorby hier?«

»Außer diesen hier nur noch den Wächter am Tor und die Bediensteten im Haus«, antwortete Ambrose. »Wir müssen Martin ins Haus bringen. Er ist sehr schwach.«

»Könnt Ihr selbst gehen?« fragte Owen.

»Ja, mit ein wenig Hilfe.« Martin blinzelte, als könne er nicht mehr klar sehen.

Owen half ihm, das Gleichgewicht zu bewahren. »Wir werden die Leichen später holen. Gehen wir zuerst mal ins Haus und sehen uns dort um.«

Ambrose stützte Martin, während Thoresby und Owen ihre Pferde in den Stall führten.

»Helft mir«, jammerte der Mann mit dem verletzten Bein, als sie weggehen wollten. Owen kauerte sich vor ihm hin und zog den Pfeil aus der Wunde. Dann fesselte er dem Mann die Hände, zog ihn hoch und brachte ihn in den Stall. »Hier hast du es warm genug, bis wir wieder zurückkommen«. Auch den anderen Verletzten führte er in den Stall und entfernte die Pfeile aus dessen Wunden. »Ihr könnt euch ja gegenseitig Gesellschaft leisten«, meinte Owen, als er ihnen eine Flasche Branntwein zuwarf.

Die vier begaben sich auf den Weg. Ambrose half Martin beim Gehen. Owen hielt seinen Bogen schußbereit, Thoresby hatte sein Schwert gezogen. Niemand stellte sich ihnen in den Weg, aber sie sahen, daß sich in einem Durchgang in der Mauer einige Leute versammelt hatten. Als die kleine Gruppe näher kam, eilten alle davon, bis auf die Frau, die Martin und Ambrose den Wein in die Kerkerzelle gebracht hatte.

Sie trat nach vorne. »Der Torwächter hat sich davongemacht. Wahrscheinlich reitet er durch bis zum Meer.«

Thoresby nickte ihr zu. »Die anderen Bediensteten, könnten sie uns Schwierigkeiten bereiten?«

»Nein. Sie wollen Euch nichts Böses. Sie haben nur Angst und machen sich Sorgen darüber, was mit ihnen passieren wird.«

»Ich werde mit ihnen reden, wenn wir fertig sind.«

Sie schritten durch die Tür und traten in den Hof vor dem Haus. Owen und Thoresby blieben draußen, während Ambrose Martin ins Haus half, gefolgt von den Bediensteten.

Der Hof war leer, bis auf ein paar Hühner und ein Schwein, das auf der Suche nach etwas Freßbaren umherlief. Die Zugbrücke war heruntergelassen, das Torhaus verlassen. In der Ferne bellten ein paar Hunde.

Thoresby deutete auf den trostlosen Hof. »Es überrascht mich nicht, daß der Torwächter geflohen ist. Was hätte ihn hier halten können?«

Owen ging zu einem Stall hinüber, der an die Mauer angebaut war. In dem Stall stand ein Pferd. »Ich wette, hier waren

zuvor zwei Pferde untergebracht. Wenn der Torwächter davongeritten ist, werden wir ihn nicht mehr einholen.«

Thoresby zuckte mit den Achseln. »Die Männer, die wir in den Stall gesperrt haben, können uns genausoviel sagen wie er. Wir müssen uns mit ihnen begnügen.«

»Ambrose hat recht. Scorby hätte uns wahrscheinlich doch nur angelogen.«

»Ihr versteht nicht, Archer. Ich hätte ihn gebraucht, um ihn mit nach Windsor zu nehmen und die Perrers zu Fall zu bringen.«

Sie betraten das Haus.

Martin saß zusammengekauert in einem Sessel neben dem Feuer. Ambrose hatte neben ihm Platz genommen, einen Becher Wein in den zitternden Händen. Sie sprachen in flüsterndem Ton miteinander, schauten sich aber nicht an.

Owen legte Thoresby eine Hand auf den Arm und hinderte ihn so daran, auf die beiden zuzugehen. »Sie haben viel durchgemacht in den letzten Tagen. Laßt sie eine Weile allein.«

»In welcher Verfassung ist Wirthir?«

»Er ist geschwächt, aber er hat kein Fieber.«

»Dann wollen wir uns nützlich machen. Durchsuchen wir das Haus.«

»Wonach sollen wir suchen?«

»Nach dem Brief, den Alice Perrers Scorby geschickt hat.«

»Warum?«

»Weil ich dem König dann zumindest diesen Brief als Beweis für ihren Verrat vorlegen kann.«

Owen drehte seinen Kopf, so daß er mit seinem gesunden Auge Thoresby direkt anschauen konnte. »Warum liegt Euch das so sehr am Herzen?«

»Sie ist seiner nicht würdig. Ihre Anwesenheit am Hof stellt eine Beleidigung für Königin Phillippa dar. Es gibt keine gütigere Frau als sie.«

»Wenn der König entschlossen ist, Alice an seiner Seite zu haben, wird er Euch dafür nicht gerade dankbar sein.«

»Wißt Ihr was, Archer? Es kümmert mich überhaupt nicht, was der König davon hält.«

Da er merkte, daß Thoresby sich nicht von seinem Vorhaben abbringen lassen würde, rief Owen eine der Bediensteten zu sich, die sich in der Halle versammelt hatten. »Wo pflegte Master Scorby Briefe und wichtige Dokumente aufzubewahren?«

Die Frau führte ihn in eine Kammer hinter der Halle. Darin befanden sich ein Tisch, ein paar Stühle, mehrere Truhen und ein Kohlenbecken. »Soll ich für Euch Feuer machen?« Als Thoresby nickte, ging sie zur Tür. »Ich hole Kohlen.«

Owen hielt sie auf. »Wir haben zwei verletzte Männer im Stall auf der anderen Seite des Wassergrabens eingesperrt. Jemand soll sie ins Haus holen.«

»Aber wo bringen wir sie unter?«

»Gibt es hier ein Verlies?«

»Ja.«

Er hatte gewußt, daß sich in diesem Haus eine derartige Einrichtung befinden würde. »Steckt sie dort hinein.«

Die Magd nickte verängstigt und eilte davon.

Owen stocherte in der Asche des Kohlenbeckens. »Ich fürchte, er hat den Brief verbrannt, Euer Gnaden.« Er zog einige kleine, verkohlte Pergamentstückchen aus der Asche.

»Wir schauen uns trotzdem um.«

Nach einigen Stunden brachen sie ihre Suche ergebnislos ab.

»Ich könnte jetzt ein wenig Wein vertragen«, meinte Owen, während er das letzte Dokument zur Seite legte.

Thoresby warf ein paar zusammengerollte Papiere gegen die Wand. »War er denn wirklich so vorsichtig?« Er rieb sich über den Nasenrücken, lehnte sich wieder zurück und trommelte mit den Fingern auf die Tischplatte. »Vielleicht gibt es noch einen anderen Platz, wo er wichtige Dokumente aufgehoben hat?«

Owen stand auf. »Wir müssen Martin zurück nach St. Mary bringen. Bruder Wulfstan wird sich darum kümmern, daß sein Arm gut verheilt.«

»Wir könnten Wirthir auch hinauf in die Abtei von Fountains bringen. Dort gibt es eine gut ausgestattete Krankenstation. Dann könnten wir hier unsere Suche fortsetzen.«

»Euer Gnaden, wo sollen wir denn anfangen? Allerdings

könnten wir auf dem Weg nach York Anna Scorby fragen, wo ihr Mann belastende Dokumente möglicherweise versteckt hielt.«

Thoresby dachte darüber nach. »Sehr schlau. Genau das werden wir tun.« Er erhob sich. »Kommt. Lassen wir uns etwas zu essen bringen und legen uns dann schlafen. Bei Tagesanbruch machen wir uns auf den Weg.«

Draußen in der Halle saß Ambrose allein am Kamin.

»Wo ist Martin?« fragte Owen.

»Ich habe ihn nach oben in eine Kammer gebracht und ins Bett gelegt. Er konnte sich kaum mehr aufrecht halten. Und wenn wir morgen wieder von hier wegreiten, dann braucht er jetzt dringend ein wenig Schlaf.«

Eine Magd goß dem Erzbischof und Owen Wein ein. Thoresby trank. »Master Coats, vielleicht könntet Ihr uns genauer berichten, was hier geschehen ist? Ihr habt Euch entschlossen, den Brief persönlich abzuliefern, nicht wahr? Seid Ihr dadurch in diese mißliche Lage geraten?«

Ambrose nickte müde. »Wir wollten von Scorby etwas über seinen Schwiegervater erfahren, wollten ihn fragen, ob Master Ridley ihm gegenüber irgend etwas von Feinden erwähnt hätte. Wir hatten keine Ahnung, daß wir uns zu den Todfeinden von Ridley – und von Martin – begaben, bis sie schließlich hier drin ihre Hunde auf uns hetzten.« Plötzlich blickte er um sich. »Ich habe diese Köter heute noch gar nicht gesehen.«

Owen erinnerte sich an das Bellen, das er im Wald gehört hatte. »Wahrscheinlich sind sie bei der Jagd. Wenn wir die Zugbrücke hochziehen, kommen sie mit ihrer Beute nicht mehr herein.« Er rief die Magd zu sich und bat sie, einige Männer deswegen hinauszuschicken.

»Wir hätten auch gerne etwas zu essen«, sagte Thoresby zu ihr.

Die Frau machte einen Knicks. »Wir haben gesalzenes Fleisch, Käse, Winteräpfel und Brot, das gestern gebacken wurde, Euer Gnaden. Nicht gerade ein vornehmes Essen, aber der Master hat sich darum nicht mehr gekümmert, nachdem Mistress Scorby das Haus verlassen hatte.«

»Essen ist Essen. Im Augenblick sind wir mit allem zufrieden.«

Die Magd eilte davon.

Thoresby wandte sich an Ambrose. »Fahrt fort mit Eurer Geschichte, Coats.«

Ambrose schilderte die Qualen, denen man sie ausgesetzt hatte, erwähnte aber nicht, daß er im Verlies die ganze Zeit über gesungen hatte.

»Wie hat Scorby seine Männer behandelt?« fragte Thoresby. »Haltet Ihr es für wahrscheinlich, daß sie etwas wissen könnten?«

»Das bezweifle ich, aber ich möchte es nicht beschwören. Ich habe mich nicht mehr um sie gekümmert, nachdem Martin verletzt worden war.«

Thoresby schob den Schlüssel, den die Magd gebracht hatte, zu Owen hinüber. »Redet mit ihnen. Findet heraus, ob sie irgend etwas wissen, was uns weiterhilft.«

Die Männer setzten sich auf, so gut es ging, als Owen den Raum betrat. Ihre Wunden waren verbunden worden. »Ihr wißt, daß Master Scorby tot ist?«

Einer von ihnen nickte, der andere starrte Owen ausdruckslos an.

»Der Erzbischof wird entscheiden, was mit euch geschieht.«

»Wir haben nichts von seinem Vorhaben gewußt«, sagte der eine Mann. »Er war unser Herr. Wir mußten ihm gehorchen.«

»Wie heißt du?«

»Jack, werter Herr. Und der hier ist Tanner.«

»Wer hat eurem Herrn Befehle erteilt, John?«

Der Mann schnaubte. »Niemand hat ihm Befehle erteilt. Er hat gesagt, er steht über dem Gesetz. Er sollte bald zum Ritter geschlagen werden.«

»Wer wollte ihn zum Ritter schlagen?«

Jack zuckte mit den Achseln. »Der König, nehme ich an. Wer sonst kann jemanden zum Ritter schlagen?«

»Wer von euch hat den Opfern die Kehlen durchgeschnitten?«

Jack zuckte zusammen. »Wir haben nur unsere Befehle befolgt.«

»Wer war es?«

»Ich habe es bei einem von ihnen gemacht«, sagte Tanner, der sich nun auch zu Wort meldete, »beim ersten. Unser Freund Roby, also der, den der Erzbischof niedergestreckt hat, hat dem zweiten die Kehle durchgeschnitten.«

»Wer hat Kate Cooper umgebracht?«

Tanner grinste. »Das hat Master Scorby selbst getan. Wollte sie nicht mit uns teilen. Hat gesagt, er war in ihr, als ihr Herz zu schlagen aufgehört hat. Hat gemeint, so gut wäre es noch nie gewesen.« Er lachte.

Owen schlug ihm ins Gesicht. »Du bist Abschaum, Tanner. Ich will deine Stimme nicht mehr hören. Und dein Grinsen nicht mehr sehen.«

Owen wandte sich wieder an Jack. »Wir müssen Scorbys Papiere finden. Gibt es noch einen anderen Platz außer der Kammer hinter der Halle, an dem er solche Dinge aufgehoben hat?«

»Das weiß ich nicht, ehrlich. Über so was hat er mit uns nicht geredet.«

Owen glaubte ihm.

In der Morgendämmerung verließen sie das Anwesen. Thoresby hatte am Abend zuvor noch die Bediensteten zusammengerufen und ihnen aufgetragen, sich so lange um das Haus zu kümmern, bis Anna Scorby zurückkehren würde. Sie sollten den Gefangenen zu essen geben, bis sie von den Männern weggebracht werden würden, welche die Mistress mitbringen würde.

Gegen Mittag begann es leicht zu schneien. Ambrose ritt neben Martin her und achtete darauf, daß er wach blieb. Am Gesicht seines Freundes sah er, daß er unter großen Schmerzen litt und es ihn einiges an Kraft kostete, sich aufrecht zu halten.

Thoresby hatte eigentlich geplant, bis York durchzureiten, aber auf Ambroses Bitten hin willigte er ein, in der Schenke von Alne zu übernachten.

Nachdem er die ganze Nacht durch geschlafen hatte, ging es Martin am nächsten Tag schon wesentlich besser. Er verkraftete auch den Ritt besser, und als sie in York ankamen, fragte er, ob er nicht noch einen Tag warten könnte, bevor er sich in die Krankenstation des Klosters begab. »Ambrose und ich müssen über vieles reden.«

Owen hatte nichts dagegen einzuwenden.

Thoresby gefiel es zwar weniger, aber er gab schließlich nach. »Die beiden werden lange Zeit getrennt sein«, sagte Thoresby zu Owen, als sie sich am Tor des Münsterbezirks verabschiedeten. »Ich werde Wirthir nach Windsor mitnehmen. Er soll dem König etwas über Alice Perrers und ihre Familie erzählen. Wer würde sich dafür besser eignen als er?«

Owen wollte schon gehen, aber diese Bemerkung veranlaßte ihn, sich noch einmal Thoresby zuzuwenden. »Martin wird das gar nicht gefallen. Und welche Belohnung hätte er denn dafür zu erwarten?«

Thoresby zuckte mit den Schultern. »Er ist ein Schmuggler und ein Ausländer. Es ist mir gleich, ob es ihm gefällt oder nicht.«

»Ihr seid wahrhaftig skrupellos.« Owen zog sich die Kapuze seines Umhangs über den Kopf und stapfte angewidert davon.

Lucie lauschte Owens langem Bericht andächtig und stumm und sagte erst etwas, als Owen erwähnte, was der Erzbischof beim Abschied über Martin gesagt hatte. »Er hat nichts gelernt aus dem, was Jasper widerfahren ist! Wie kann er Martin jener Frau ausliefern, die seinen Tod geplant hat? Ist Thoresby überhaupt ein Mensch?«

»Ja, schon, aber ein sehr arroganter. Er haßt Alice Perrers, und nichts ist ihm wichtiger, als sie zu Fall zu bringen. Aber

was können wir tun? Vielleicht findet Martin eine Möglichkeit, unterwegs zu verschwinden.«

Sie blieben lange wach und sprachen verschiedene mögliche Fluchtwege durch. Schließlich gingen sie zu Bett, ohne zu einer Lösung gelangt zu sein.

Ambrose stellte ein Bett neben dem Kohlenbecken auf, während Martin etwas von dem Branntwein trank, den der Erzbischof ihm als Schlummertrunk mitgegeben hatte.

»Ich weiß nicht, ob wir die Nacht hier verbringen sollen, Ambrose.«

»Willst du lieber doch gleich ins Kloster?«

»Nein. Ich möchte aus der Stadt hinaus.«

»Dafür ist es zu spät. Die Tore sind schon geschlossen.«

»Verdammt. Nun gut, spiel irgend etwas Beruhigendes, und ich werde versuchen einzuschlafen. Wir müssen früh aufstehen. Vor allen anderen.«

»Worüber machst du dir denn Sorgen?«

»Sie haben viel Zeit damit verbracht, nach dem Brief zu suchen, den wir überbracht haben.«

»Worauf willst du hinaus?«

»Sie haben ihn nicht gefunden, stimmt's?«

Ambrose nickte. »Ich habe gehört, wie sie sich darüber unterhalten haben.«

»Wen also, glaubst du, könnte der Erzbischof nach Windsor mitnehmen und dort als seinen Zeugen gegen die Familie Perrers präsentieren?«

Ambrose, der inzwischen das Bett fertig gemacht hatte, setzte sich neben Ambrose. »Du meinst, er will dich den Löwen zum Fraß vorwerfen.«

Martin nickte. Seine Stirn und seine Oberlippe waren mit Schweißtropfen überzogen.

Ambrose befühlte Martins Stirn. »Du hast Fieber. Du mußt dich gut einwickeln und das Fieber ausschwitzen, wenn du dich auf eine Reise begeben sollst.«

Martin ließ sich zum Bett führen. Ambrose packte ihn in die

Decken. »Mach dir keine Sorgen, Martin. Du wirst nicht zum Märtyrer werden.«

Ambrose nahm seine Crotta zur Hand und spielte eine leise Melodie, bis Martin zu schnarchen begann. Dann schlich er auf Zehenspitzen durch die Kammer, holte sich einen Strick und ein gutes Jagdmesser. Er hatte noch etwas zu erledigen, bevor der Morgen graute.

Kapitel 27

Die Flinken und die Toten

Lucie kitzelte Owen mit einer Feder in der Nase, bis er nieste, sich aufsetzte und sich die Augen rieb.

»Guten Morgen.«

Er stürzte sich knurrend auf sie.

Lucie kicherte und rollte sich zur Seite. »Nicht jetzt.« Sie stellte sich in sicherer Entfernung vor das Bett. Außer einem dicken Schultertuch hatte sie nichts an. Was offenbar nicht genügte, denn sie begann bald zu zittern.

Auch Owen spürte, wie kalt es außerhalb des Bettes war. »Verdammt, komm doch wieder zurück ins Bett. Ich will jetzt noch nicht aufstehen.«

»Ich weiß. Das mußt du auch nicht, wenn du dich ruhig verhältst und dir anhörst, zu welchem Entschluß ich gekommen bin.«

»Was meinst du? Zu welchem Entschluß über was?«

»Über Martin. Versprichst du, still liegenzubleiben und mir zuzuhören?« Ihre Zähne begannen zu klappern.

Owen lachte. »Ziemlich kalt da draußen, was?«

»Mir frieren schon fast die Füße ab.«

»Dann komm doch wieder herein ins Bett.«

»Du mußt mir versprechen, ruhig zu bleiben und mir zuzuhören.«

»Also gut. Aber warum, glaubst du, sollte ich das nicht tun?«

»Du hast diesen Blick in den Augen.«

»Welchen Blick?«

»Bitte, versprich es mir. Ich kriege noch Frostbeulen, wenn du dich nicht beeilst.«

»Woher weißt du, daß du meinem Versprechen nicht glauben kannst?«

»Verdammt.« Lucie legte sich wieder ins Bett, zog aber nicht die Decke über sich, sondern wickelte sich fester in ihr Schultertuch.

»Komm schon unter die Decke, bevor dir die Zehen abfallen. Ich werde mich einen Augenblick lang zusammenreißen.«

Lucie schlüpfte unter die Decke. »Heilige Maria Muttergottes, ist das kalt heute! Ich kann meine Zehen kaum mehr spüren.«

Owen griff unter die Decke nach ihren eiskalten Füßen und nahm sie in seine warmen Hände. »Jetzt erzähl mir, was für einen Entschluß du gefaßt hast.«

»Du gehst zum Haus von Ambrose, aber statt ihn zum Kloster zu begleiten, warnst du ihn und Martin und hilfst ihnen dabei, die Stadt zu verlassen.«

»Ein guter Plan, wenn Martin reisefähig wäre.«

»Die Perrers werden ihn vernichten, Owen. Er darf nicht mit Thoresby nach Windsor reisen. Und wenn er einmal in St. Mary ist, wie soll er dann noch entkommen können?«

»Ich werde mit Bruder Wulfstan reden. Vielleicht kann er mir etwas raten.«

Lucie schüttelte den Kopf. »Martin darf nicht dort hingehen.«

»Ich will ja auch nicht, daß er nach Windsor gebracht wird, Lucie. Aber im Moment kann er die Stadt nicht verlassen. Er ist noch zu schwach dafür.«

»Dann werde ich ihn verstecken.«

»Wo denn?«

»Das weiß ich noch nicht, aber ich werde es tun.«

»Thoresby ist auch kein Dummkopf.«

»Ich hätte hingehen und sie warnen sollen, bevor du aufgewacht bist. Aber ich dachte, du würdest das ähnlich sehen. Ich dachte, du hättest ein Herz und ein Gewissen.«

»Das habe ich auch, verdammt noch mal. Ich kann mir nur nicht vorstellen, wie wir hier einen verwundeten Mann vor dem Erzbischof verstecken sollen.«

Lucie biß sich auf die Unterlippe und dachte nach. Dann setzte sie sich plötzlich auf und lächelte. »Wir können ihn zu meiner Tante Phillippa bringen.«

»Lucie, was würde sie denn von uns denken?«

»Sie wird einverstanden sein, wenn sie erfährt, was ihm bevorsteht.«

Owen überlegte. Freythorpe Hadden war ein großes Haus. Bestimmt gab es dort einen Platz, wo man Martin verstecken konnte.

»In Ordnung. Ich werde ihn hinbringen.«

Lucie warf ihre Arme um Owen und drückte ihn fest an sich, dann schob sie ihn wieder weg. »Aber jetzt beeil dich.«

Ihr Tuch war verrutscht, und Owen starrte auf ihre nackten Schultern und Brüste. Er zog Lucie an sich, damit sie seine Erregung fühlen konnte. »Willst du, daß ich jetzt gleich gehe?«

Lucie schob das Tuch ganz beiseite. »Nein, nicht gleich.«

Als Owen den St. Helen's Square überquerte, beschlichen ihn Zweifel, ob ihr Plan auch richtig war. Wie konnten sie sicher sein, daß Lucies Vater, Sir Robert, sich dazu bereit erklären würde, Martin zu verstecken? Freythorpe Hadden gehörte ihm, nicht Phillippa. Und falls er zustimmte, konnten sie darauf bauen, daß er Martin nicht verraten würde, wenn die Männer des Erzbischofs auftauchten? Genauer gesagt handelte es sich ja weniger um die Männer des Erzbischofs, sondern um diejenigen des Lordkanzlers. Und Sir Robert hatte lange Jahre in den Diensten des Königs gestanden. Würde er die Kraft aufbringen, diese alte Loyalität hintanzustellen?

Als er Ambroses Haus erreichte, hatte Owen sich entschlossen, zwar das Angebot von Freythorpe Hadden vorzutragen, Martin aber auch nicht darüber im unklaren zu lassen, daß dieser Plan auch schiefgehen konnte.

Er klopfte und wartete. Er klopfte abermals und wartete. Er legte sein Ohr an die Tür, hörte aber nichts. Es war allerdings auch eine ziemlich dicke Tür. Er drückte mit der Schulter dagegen, und die Tür ging auf. Im Haus war es dunkel, aber ein paar glühende Kohlen im Kohlenbecken deuteten darauf hin, daß vor kurzen noch jemand hier gewesen sein mußte. Und das Feuer gelöscht hatte.

Owen tastete sich voran, bekam eine Öllampe zu greifen, entzündete sie mit einem glimmenden Stück Kohle und stieg die Leiter hinauf. Oben stieß er auf eine geöffnete Truhe, die leer war. Er stieg die Leiter wieder hinab und zündete ein paar Kerzen an. Es sah so aus, als wären alle persönlichen Habseligkeiten aus dem Raum entfernt worden. Auf dem Boden lag ein blutiges Stück von einem Seil, und an der hinteren Tür fand er einen blutigen Fußabdruck. Er öffnete die Hintertür und trat hinaus in den neblig grauen Morgen. Niemand zu sehen. Ein paar Schritte von der Tür entfernt war der Boden blutbesudelt. Weiter hinten lagen einige blutige Lumpen.

Owen wußte nicht, was er davon halten sollte. Konnte Martins Wunde aus irgendeinem Grund plötzlich wieder so stark zu bluten begonnen haben? Oder war vergangene Nacht vielleicht jemand ins Haus eingebrochen und hatte Martin und Ambrose angegriffen? Aber wer hätte das tun können? Nur der Torwächter von Scorbys Anwesen war entkommen – falls nicht die Bediensteten Jack und Tanner freigelassen hatten. Owen konnte sich nicht vorstellen, daß die Bediensteten diesen Männern soviel Vertrauen entgegenbrachten, daß sie sie freiließen.

Oder hatten Martin und Ambrose die Blutspuren absichtlich gelegt, um Owen zu verwirren? War Lucie vielleicht doch in der Nacht schon hergekommen und hatte die beiden gewarnt? Nein. Sie hätte sich heute morgen nicht solche Mühe gemacht, ihn von ihrem Plan zu überzeugen, wenn sie ihn während der Nacht schon in die Tat umgesetzt hätte. Das paßte nicht zu ihr.

Nachdem die beiden mit all ihren persönlichen Sachen verschwunden waren, hatte Owen nicht mehr viel Hoffnung, sie in der Abtei anzutreffen. Dennoch begab er sich zum Kloster, nachdem er Ambroses Haustür verschlossen hatte.

Er wußte, daß er mit seiner Vermutung recht hatte, als er die freudige Überraschung auf Bruder Wulfstans Gesicht sah.

»Guten Morgen, Owen. Ich wollte Jasper gerade ins Refektorium mitnehmen. Wollt Ihr Euch uns anschließen?«

Owen betrachtete den Jungen, der aufrecht vor ihm stand und ihn scheu anlächelte. »Du bist schon wieder so gesund, daß du ins Refektorium gehen kannst?«

Jasper nickte. »Ich esse lieber dort. Während wir essen, liest jemand vor, und alle sind still. Ich habe noch nie einen so stillen Ort erlebt.«

Wulfstan legte väterlich eine Hand auf Jaspers Schulter. »Nun, seid Ihr gekommen, um Jasper zu besuchen, bevor Ihr die Apotheke öffnet, oder habt Ihr ein anderes Anliegen?«

»Der Erzbischof hat mich gebeten, heute morgen einen Mann hierher zu begleiten – Martin Wirthir. Aber Martin ist nicht mehr in seiner Unterkunft, und ich sehe, daß er auch hier noch nicht eingetroffen ist. Habt Ihr etwas von ihm gehört?«

Wulfstan schüttelte den Kopf. »Vielleicht kann Euch Abt Campian etwas sagen. Falls Ihr Lucie nicht gegen Euch aufbringt, wenn Ihr zu lange wegbleibt, dann kommt doch mit in unser Refektorium und leistet uns Gesellschaft bei unserem bescheidenen Mahl. Ihr könnt Abt Campian nach dem Frühstück befragen.«

Owen nahm die Einladung an. Während er aß, dachte er daran, was er heute morgen vorgehabt hatte: seinem Herrn den Gehorsam zu verweigern. Wer war er denn, daß er sich anmaßte, die Motive des Erzbischofs in Zweifel zu ziehen? Aber wenn er ihm blind gehorchte, wodurch unterschied er sich dann noch von Jack, Tanner und Roby, die ihrem Herrn Paul Scorby bedingungslos gefolgt waren?

Dann war also alles Bisherige verkehrt gewesen, all die Jahre in Lancasters Armee, in denen er seinem Herrn blind ergeben gewesen war und von seinen Männern dasselbe erwartet hatte. Jetzt, da er erfahren hatte, aus welch eitlen, selbstsüchtigen Gründen der König diesen Krieg führte, in dem Owen sein Auge verloren hatte, wußte er, er würde niemals mehr einem Herrn dienen können, ohne dessen Ziele hin und wieder in Frage zu stellen.

War er ein Narr gewesen? Würde er am Tag des Letzten Gerichts verdammt werden wegen der vielen Menschenleben, die er ausgelöscht hatte?

Die Mahlzeit kam zum Ende. Wulfstan tippte Owen auf die Schulter und wies mit einem Kopfnicken auf den Abt, der sich erhoben hatte und sich zum Gehen wandte. Owen ging zu ihm

hinüber. Abt Campian nickte und bedeutete Owen, ihm zu folgen.

Sie sprachen nichts, bis sie die Kammer des Abtes erreichten.

»Was führt Euch an diesem Wintermorgen so zeitig zu uns?«

»Ich hätte heute einen verwundeten Mann zu Bruder Wulfstan begleiten sollen – Martin Wirthir, einen Flamen. Aber als ich zu seiner Unterkunft kam, da war er schon verschwunden. Ich dachte mir, er wäre vielleicht schon vorausgegangen.«

»Weshalb?«

»In seiner Unterkunft war bereits alles weggeräumt.«

Campian runzelte die Stirn. »Eine beunruhigende Entwicklung. Gestern abend erhielt ich von Seiner Gnaden eine Nachricht, in der er mich über die Ankunft dieses Mannes in Kenntnis setzte. Aber es ist niemand hier eingetroffen.«

»Ich hatte auch wenig Hoffnung, ihn schon hier vorzufinden.«

»Dann glaubt Ihr also, er hat die Stadt verlassen?«

»Es geht nicht nur um Martin, sondern auch um dessen Freund, bei dem er untergebracht war. Alle ihre persönlichen Habseligkeiten sind verschwunden. Bestimmt sind sie nicht zusammen in ein anderes Haus umgezogen.«

»Aber wenn einer von ihnen verletzt ist, wie können sie dann reisen? Und warum haben sie das überhaupt getan?«

»Ich weiß es nicht.«

Der Abt faßte Owen scharf ins Auge. »Verzeiht mir, Owen, daß ich Euch widerspreche, aber Ihr wißt, warum die beiden geflohen sind.« Campian hielt seine makellosen Hände hoch. »Aber macht Euch keine Sorgen. Diese Angelegenheit betrifft nur den Erzbischof. Ich werde Euch nicht nötigen, die Gründe zu erklären.«

»Ich danke Euch, ehrwürdiger Vater.«

Lucie hatte die Apotheke schon geöffnet, als Owen zurückkehrte. »Du bist ziemlich lang ausgeblieben. Sind Ambrose und Martin mit dir mitgegangen?«

»Nein. Sie waren schon verschwunden. Und im Haus von

Ambrose habe ich etwas sehr Merkwürdiges entdeckt.« Owen erzählte ihr von den Blutspuren.

Lucie war genauso verblüfft wie Owen. »Ich wünschte, sie hätten uns in ihre Pläne eingeweiht. Jetzt müssen wir uns um sie Sorgen machen.«

»Ich bin zum Kloster gegangen, obwohl es ziemlich unwahrscheinlich war, daß sie bereits dort eingetroffen sein könnten. Jedenfalls nachdem sie alle ihre persönlichen Sachen mitgenommen hatten.«

»Hast du Jasper gesehen?«

»Ja, es geht ihm schon wieder ganz gut. Er hinkt noch ein wenig, kann aber schon zum Refektorium und in die Kapelle gehen.«

Lucie strich Owen die Haare aus dem Gesicht. »Dir ist kalt. Geh in die Küche und laß dir von Tildy etwas Warmes geben. Dann mußt du im Laden die Kunden bedienen, weil ich für Alice Baker ein paar Strohkissen zu nähen habe.«

Bruder Michaelo kam kurz nach Mittag. »Abt Campian hat Seine Gnaden davon in Kenntnis gesetzt, daß Martin Wirthir nicht in der Abtei erschienen ist.«

»Das wundert mich nicht. Das Haus war schon verlassen, als ich heute morgen hinkam, um ihn zum Kloster zu begleiten.«

»Dürfte Seine Gnaden erfahren, weshalb Ihr ihn darüber nicht informiert habt?«

»Ich wollte es heute abend tun, nachdem wir die Apotheke geschlossen haben.«

Die Nasenflügel bebten. »Das glaube ich.«

Owen kam um den Ladentisch herum und baute sich vor dem Sekretär des Erzbischofs auf. »Wollt Ihr meine Aufrichtigkeit in Zweifel ziehen, Michaelo?«

Michaelo wich zwei Schritte zurück. »Ich werde seiner Gnaden berichten, was Ihr mir gesagt habt. Geht in Frieden.« Er verließ still den Laden.

»Mistress Digby.« Tildy machte die Tür weit auf.

»Ja, hier ist Magda, mein Kind. Hol deinen Herrn an die Tür. Magda braucht jemanden, der ihr zur Hand geht.«

Owen kam heraus. Der Wind hatte aufgefrischt, und es lag Feuchtigkeit in der Luft. Ein Sturm war im Anzug. Owen blinzelte in die Dunkelheit. Vor dem Gartentor stand ein Handwagen. Magda winkte Owen zu sich her. In dem Wagen lag ein frisch geschlachtetes Schwein in einem Holzbottich.

»Schnell, bringt es ins Haus. Ist für Eure Familie.«

Owen trug den Bottich in die Küche.

Tildys Augen leuchteten auf. »Was für ein riesiges Tier!«

Lucie lud Magda ein, sich an den Kamin zu setzen. »Das ist ein äußerst großzügiges Geschenk, Mistress Digby.«

»Es ist nicht von Magda. Es ist von dem Musikanten und dem Piraten. Und das lag dabei.« Sie reichte Lucie ein Stück Pergament.

Lucie las es stirnrunzelnd durch und begann dann zu lachen. Sie reichte das Pergament an Owen weiter.

»Mistress Wilton, ich habe nun doch noch gehandelt. Möge dieses Schwein Euch und Hauptmann Archer viel Freude bereiten. Ambrose Coats.«

Owen blickte zu Lucie, die sich ihre Augen mit einem Schürzenzipfel abtupfte.

Auch Magdas Augen blitzten.

Es irritierte Owen, daß ihm, anders als den beiden Frauen, verborgen blieb, was daran so spaßig sein sollte. »Was heißt das: ›Ich habe nun doch noch gehandelt‹?«

Lucie griff herüber und drückte Owen die Hand. »Erinnerst du dich an das Schwein seines Nachbarn? Ich habe Ambrose gefragt, warum er seinen Nachbarn nicht beim Bailiff angezeigt hat, wenn ihn das Schwein so stört, und er hat gesagt, er möchte deswegen nicht gleich einen Streit mit dem Nachbarn anfangen. Ich glaube, das war auch notwendig wegen Martin und all der Geheimniskrämerei. Ambrose wollte dem Nachbarn keinen Vorwand liefern, gegen ihn vorzugehen.«

»Das ist das Schwein seines Nachbarn?«

Magda nickte. »Gestern abend ist es getötet worden.«

»Dann habt Ihr also Martin gesehen?« fragte Owen:

»Jawohl. Der Pirat leidet sehr. Aber Magda hat seinen Arm gereinigt, mit Heilkräutern behandelt und den Piraten und den Engel an einem schönen, sicheren Ort untergebracht. Sie werden kein Heimweh bekommen, sie haben alles mitgebracht, sogar die Katze.« Sie kicherte. »Wirklich sehr geschickt, nicht wahr? Die Krähe wird sie nicht finden.«

Owen lächelte. »Thoresby wird sehr enttäuscht sein.«

»Gut.« Magda stand auf. »Muß Euch jetzt verlassen. Magda hat einen langen Tag hinter sich.«

Auch Lucie erhob sich. »Danke für das Schwein und die Neuigkeiten.«

Magda nickte ihr zu. »Macht Euch eine schöne Zeit. Werdet viel Fleisch brauchen diesen Winter.«

»Ja, wahrscheinlich. Ich werde Euch bald besuchen.«

Magda nickte. »Magda wird sich um Euch kümmern. Dame Phillippa soll sich über nichts zu beklagen haben.« Sie humpelte aus der Küche.

Owen wendete sich an Lucie. »Was meinte sie damit?«

Lucie nahm seinen Arm. »Tildy, schließt du die Haustür ab?«

»Ja, Mistress.«

Lucie führte Owen die Treppe hinauf in die Schlafkammer und schloß die Tür hinter ihnen.

»In Ordnung«, sagte Owen, »was weiß Magda, was ich nicht weiß? Kriegst du vielleicht ein Kind? Und hast es ihr gesagt, aber mir nicht?«

»Ja, es stimmt, aber ich habe es ihr nicht gesagt. Sie erkennt das auch so. Also, was meinst du?«

»Ich mag solche Spielchen nicht.«

»Es ist kein Spiel, Owen.«

»Warum hast du es mir nicht gesagt?«

»Ich weiß es erst jetzt sicher. Glaub mir.«

»Tut es dir nicht leid?«

»Leid? Was bist du doch für ein Tor!« Lucie umarmte ihn.

Owen wollte schon seine Arme um sie legen, hielt dann aber verunsichert inne.

Lucie lachte. »Willst du mir bis in den Hochsommer alle deine Umarmungen vorenthalten?«

»Bis zum Hochsommer?«

Lucie zog Owens Arme um sich. »Um Himmels willen, Owen, bring mich nicht dazu, daß ich bereue, was aus unserer Liebe entstanden ist.«

»Wenn das Kind hier aufwächst, wird es später vielleicht ein Soldat werden wollen.«

»Besser als ein Erzbischof.«

Jetzt umarmte Owen sie, wenn auch nicht so stürmisch wie sonst.

Kapitel 28

Feinde bis aufs Blut

Der König begrüßte seinen Kanzler herzlich. »Dann seid Ihr also doch wieder zurückgekehrt, John. Heißt das, daß Ihr den Mörder gefunden und sicher in Eurem Kerker verwahrt habt? Oder habt Ihr ihn vielleicht gleich auf der Stelle hinrichten lassen?«

»Die wichtigsten Mittäter sind alle tot, mein König, aber jene Person, die die Morde ausgeheckt hat, ist noch am Leben.«

»Aber eingesperrt?«

»Im Gegenteil. Sie lebt in Pomp und Prunk.«

Edward hob eine Augenbraue. »Sie? Euer Schurke ist eine Frau?«

»Eine äußerst verschlagene Frau.«

»Und sie lebt in Pomp und Prunk? Was wollt Ihr damit sagen, John?«

»Sie lebt hier am Hof.«

»An meinem Hof?« Edward sprang auf, ging zum Kamin und hielt seine Hände über das wärmende Feuer. »Ich hoffe, Ihr wollt damit nicht Mistress Alice beschuldigen?«

Thoresby lief ein kalter Schauer den Rücken hinunter. Wie hatte der König das erraten? Er hatte noch mit niemandem am Hof darüber gesprochen. »Weshalb sagt Ihr das, Euer Gnaden? Warum sollte es Alice sein?«

Edward bedachte Thoresby mit einem ernsten Blick. »Sie hat mir erzählt, daß sie Euch gegenüber unklugerweise durchblicken ließ, daß sie im Besitz von Informationen über Euch ist, die Ihr gerne für Euch behalten hättet. Sie befürchtete, Ihr könntet versuchen, sie in Mißkredit zu bringen, bevor sie Euch von ihrer Diskretion überzeugen kann. Ihr habt ihr das Gefühl

vermittelt, daß Ihr ihr mißtraut und ihre Anwesenheit am Hof mißbilligt.«

Das stimmte alles – bis auf den Hinweis, Alice würde von Befürchtungen geplagt werden. Alice Perrers fürchtete nichts und niemanden. Was konnte Thoresby erwidern? »Ich dachte an Königin Phillippa, daran, wie krank sie ist, wieviel Liebe und Zuwendung sie benötigt. Es muß grausam für sie sein, Euch mit dieser Frau zu sehen.«

»Wollt Ihr über Euren König richten?«

»Verzeiht mir. Ich betrachtete es mehr von der geistigen Seite her.«

»Also wollt Ihr doch Alice beschuldigen?«

»Das habe ich nicht gesagt. Ich gebe zu, sie hat recht, wenn sie vermutet, daß ich ihr mißtraue und ihre Anwesenheit am Hof mißbillige. Ihr habt eine Gemahlin, Euer Gnaden. Eine liebenswerte, schöne, gütige . . .«

»Genug! Ihr müßt mir nicht die Tugenden meiner Königin schildern.« Die blauen Augen waren kalt geworden. »Aber ich frage mich, was sich in den zehn Jahren verändert hat, John. Als ich Marguerite liebte, habt Ihr mir keine Moralpredigten gehalten.«

Thoresby fühlte, wie ihn der Mut verließ. Er nahm einen Schluck Wein und überlegte dabei, was er weiter sagen sollte. Marguerite. Offensichtlich hatte diese Dirne Perrers Edward davon erzählt. Gütiger Himmel. »Vor zehn Jahren lagen die Umstände anders. Marguerite hielt sich zwar am Hof auf, war aber nicht anerkannt als Eure Mätresse. Es vollzog sich diskret, so daß niemand, insbesondere nicht die Königin, durch Eure Beziehung brüskiert wurde.«

In die Augen des Königs trat ein böses Glitzern. »Diskret. Ja. Wie ich mich erinnere, wart Ihr richtig vernarrt in sie. Ihr seid ihr überallhin nachgelaufen. Auch in meine Kammer. Oder war das alles nur gespielt? Dann war es aber so gut gespielt, daß Ihr am Schluß selber geglaubt habt.«

»Euer Gnaden?«

»Ich habe hier die Abschrift eines Briefes, in dem Ihr der schönen Marguerite Treue schwört, ihren Leib in den leuch-

tendsten Farben schildert und behauptet, das Kind, bei dessen Geburt sie schließlich starb, sei von Euch.« Mit seinem Dolch mit juwelenbesetztem Griff, den er stets in Reichweite hatte, stocherte Edward in einem Stoß von Papieren umher, die auf dem Tisch lagen, und holte eines davon heraus. Er hielt es Thoresby entgegen.

»Euer Gnaden.« Thoresby nahm das Dokument, schaute es aber nicht gleich an. Er erinnerte sich an den Brief. Warum hatte Marguerite ihn nicht verbrannt wie alles andere? Was konnte er tun? Er hielt den Brief ans Licht und überflog ihn. Um Gottes willen, es war viel schlimmer, als er es in Erinnerung hatte. Die Leberflecken zwischen Marguerites Hinterbacken und unterhalb ihrer linken Brustwarze, das seehundähnliche Bellen, das sie von sich gab, wenn sie ihn zum Höhepunkt trieb.

Wie fürchterlich verliebt mußte Thoresby damals gewesen sein, daß er so etwas geschrieben hatte? Überwältigt, völlig von Sinnen. Und Marguerite war nur kurze Zeit darauf gestorben.

Thoresby kniete sich mit gesenktem Kopf vor seinen König, legte seine rechte Hand auf die Brust und zerknüllte mit der linken den Brief.

»Es ist sinnlos, den Brief zu zerstören, John. Es ist nur eine Abschrift.«

»Verzeiht mir, mein Herr. Ich konnte damals der Versuchung nicht widerstehen.«

Edward berührte Thoresbys Kopf mit seinem Dolch und zog dann sein Kinn in die Höhe. Der König lächelte seinen Kanzler an. »Es sei Euch verziehen, John. Das habt Ihr Alice zu verdanken. Sie hat mich davon überzeugt, daß ich Marguerite nie wirklich geliebt habe. Sie war eine schöne Frau, ein Spielzeug. Es verlangte mich nach ihrem Körper. Aber ich habe sie nicht geliebt. Nicht so, wie ich Alice liebe. Oder meine Königin. Steht auf, John. Umarmen wir uns und lassen wir die Vergangenheit ruhen.«

Thoresby erhob sich und ließ es zu, daß der König ihn an sich zog. »Euer Gnaden sind äußerst großzügig.«

Edward strahlte Thoresby an. »Gut.« Er klopfte ihm auf den Rücken. »Nun, wollt Ihr immer noch etwas gegen Alice vorbringen?«

Thoresby holte tief Luft. »Ihr Cousin, Paul Scorby, hat seine Männer dazu gebracht, zwei Mitglieder der Wollhändlergilde von York zu ermorden. Er hätte noch einen weiteren Mann umgebracht, wenn ich nicht eingegriffen hätte. Scorby behauptete, er hätte seine Anweisungen von seiner Cousine Alice erhalten.«

»Wirklich? Und in welcher Form? Durch Briefe?«

»Ja.«

Der König streckte seine Hand aus. »Dann gebt sie mir.«

»Das kann ich nicht.«

»Aber Ihr besitzt sie?«

»Nein, Euer Gnaden. Aber seine Witwe sucht im Haus noch nach ihnen.«

Der König warf seinen Kopf zurück und lachte herzhaft. »Oh, John. Eure neuentdeckte Frömmigkeit hat Euren Verstand umnebelt. Ich hoffe, Ihr habt diesen Mann nicht laufenlassen, nachdem er Euch das erzählt hatte, denn ich kann Euch versichern, er hat das nur aus diesem einen Grund getan – freizukommen, um das Land verlassen zu können.«

»Er ist tot, Euer Gnaden.«

»Gut. Ihr werdet niemals irgendwelche Briefe finden, da bin ich sicher. Alice war ein Unschuldslamm, als sie an den Hof kam. Und seit sie hier ist, wird sie derartig fürsorglich behandelt, daß sie weder einen Grund noch eine Möglichkeit dazu hätte, sich in eine derartige Geschichte zu verstricken. Und damit wollen wir die Angelegenheit auf sich beruhen lassen.«

»Ihre Onkel haben sie aufgehetzt, Euer Gnaden. Scorby sollte all die Leute umbringen, die wußten, wie die Familie Perrers sich Euer Wohlwollen erkauft hat.«

Edward sprang auf und schleuderte seinen Dolch auf den Tisch, wo er zitternd im Holz steckenblieb. »Ihr behauptet, es gibt Leute, die sich mein Wohlwollen erkauft haben, John? Ist das Eure Einstellung gegenüber Eurem König?«

»Ich – er hat das behauptet, Euer Gnaden.« Thoresby verachtete sich selbst dafür, daß er hier eine solch jämmerliche Figur abgab.

»Verlaßt diesen Raum, bevor ich es mir anders überlege, John.« Die Stimme des Königs war ruhig. Bedrohlich.

Diesmal war es Alice Perrers, die Thoresby dabei entdeckte, wie er auf sie wartete. Er hob seinen juwelenbesetzten Kelch. »Ich glaube, Euer Weinkeller ist noch besser ausgestattet als meiner, Mistress Perrers. Oder darf ich Euch Alice nennen, nachdem wir nun solch intime Dinge voneinander wissen?«

Alice zögerte, dann schickte sie ihre Zofe weg. »Was verschafft mir die Ehre, daß Ihr mir Gesellschaft leisten wollt, John?«

»Ich wollte Euch danken.«

Die Katzenaugen schossen nervös durch den Raum. Ihr gewagtes, tief ausgeschnittenes Mieder konnte ihr ängstliches Atmen nicht verbergen.

»Keine Angst, ich habe niemanden mitgebracht. Nicht zu einem derart delikaten Vorhaben.«

»Was habt ihr vor?«

Thoresby stand auf und ging zu Alice. Frech legte er eine Hand auf ihre Brust.

»Ihr seid betrunken, John.«

Er schüttelte den Kopf und drückte eine ihrer Brüste.

Alice keuchte auf, versuchte aber nicht, sich ihm zu entziehen. »Ihr wolltet mir danken?«

»Ja, in der Tat. Ihr habt mich daran erinnert, daß ich auch nur ein Mann bin, Alice. Ein Mann mit Leidenschaften. Mit Verlangen. Ich liege nachts wach und schwelge in der Vorstellung, mich auf Euch zu stürzen. Ist das nicht ein gesundes Zeichen?«

»Ich bin nicht Marguerite.«

»Nein. Nein, ganz gewiß seid Ihr nicht Marguerite. Meine Liebe zu ihr war zart. Nicht so wie das ungestüme Verlangen, das ich für Euch empfinde.«

Er legte einen Arm um ihre Hüfte, die andere Hand immer noch auf ihrer Brust, und starrte in ihre Katzenaugen.

Sie zuckten nicht. Alice bewegte sich nicht. Thoresby konnte ihr Herz schlagen hören. Er spürte auch, wie sein Herz pochte. Dann senkte er den Kopf nach unten und schlug seine Zähne in ihren weißen Busen. Sie kreischte und versuchte, sich loszureißen. Er hielt sie fest, bis er den Geschmack ihres Blutes spürte. Dann erst ließ er sie los.

Sie torkelte gegen die Wand und schrie auf, als sie an sich hinunterblickte und die Bißmerkmale entdeckte. »Ihr seid ein Ungeheuer.«

»Nein, nur ein Mann, der Vergeltung sucht. Mein König liebt Brüste. Und jetzt werdet Ihr wohl eine Eurer Brüste eine Zeitlang verhüllen müssen. Oder es ihm erklären müssen. Was ihn sehr belustigen dürfte.«

Alice starrte ihn wütend an, eine Hand auf die Bißwunde gepreßt. Plötzlich aber brach sie in schallendes Gelächter aus. »Schade, daß wir so tief verfeindet sind, John. Es hätte mir Spaß bereitet, mit Euch auch noch ganz andere Dinge anzustellen.«

»Wir werden uns bestimmt wieder begegnen, Alice. Ihr habt noch nicht gewonnen. Eine Schlacht vielleicht, aber nicht den Krieg.« Thoresby nahm seinen Kelch und verließ die Kammer mit dem angenehmen Geschmack ihres Blutes im Mund.

Im März kehrte der Erzbischof nach York zurück. Gleich nach seiner Ankunft bestellte er Owen zu sich.

Als Owen die Gemächer des Erzbischofs betrat, fiel ihm auf, daß Thoresby bleich aussah.

»Ist der Besuch am Hof nicht zu Eurer Zufriedenheit verlaufen, Euer Gnaden?«

»O doch, es war gar nicht so unangenehm – obgleich ich den König nicht von meinen Behauptungen überzeugen konnte. Alice Perrers scheint ihn verhext zu haben.«

»Anna hat keine versteckten Papiere gefunden, deshalb

konnte ich Euch nichts nachsenden, was Eure Beschuldigungen hätte untermauern können.«

Thoresby nickte. »Ich habe Euren Brief erhalten.«

»Ihr seid ziemlich lange geblieben.«

»Ich verließ den Hof schon vergangenen Monat, habe aber noch eines meiner Dekanate besucht. Ich glaube, ich werde mich jetzt in die Abtei von Fountains zurückziehen, um über meine Zukunft nachzudenken.«

Owen deutete mit einem Kopfnicken auf die Kanzlerkette, die im Schein des Feuers blinkte. »Immerhin seid Ihr noch Kanzler.«

»Ja, im Augenblick noch. Aber vielleicht nicht mehr lang.«

»Was meint Ihr damit?«

»Das gehört auch zu den Dingen, über die ich nachdenken muß. Ob ich zurücktreten soll.«

»Dann wird sie den Sieg davontragen.«

Thoresby schloß die Augen und lehnte sich in seinem Sessel zurück. »Sie ist ein Geschöpf des Teufels, Archer. Ihr werdet einst an meine Worte denken. Wenn der König im Sterben liegt, wird sie soviel wie möglich zusammenraffen und ihn verlassen. Sie ist kalt und unnatürlich.« Er öffnete die Augen. »Aber noch hat sie nicht gewonnen.«

»Durch Verrat hat sie sich die Aufnahme an den Hof erkauft, durch Mord hat sie ihre Spuren verwischt, aber was ist es, was sie in der Gunst des Königs hält?«

Thoresby schüttelte den Kopf. »Für die illegalen Wollgeschäfte tragen ihre Onkel die Verantwortung, sie hatte damit nichts zu tun. Und sie waren es auch, die Informationen über Enguerrand de Coucy dazu verwandten, Alice am Hof einzuschleusen. Aber die Morde und die Gunst des Königs, das ist allein Alice Perrers Werk, so jung sie auch sein mag. Sie hat Augen wie eine Katze, Archer, und eine wache Intelligenz, der nichts entgeht, keine Nuance im Tonfall, keine Geste, und ihre Kleidung nutzt sie in schamloser Weise dazu, die jugendliche Blüte ihres Körpers zur Geltung zu bringen. Aber es ist ihr Geist – und die Kraft, die daraus erwächst –, die so erregend wirkt.« Thoresbys Wangen röteten sich seltsam, als er davon sprach.

»Sie hat Euch erregt, Euer Gnaden?« Owen versuchte, sich

den kalten, blutleeren Mann in einem Zustand wilder Leidenschaft vorzustellen. Es gelang ihm nicht.

Thoresby öffnete die Augen und lachte. »Andere Männer würden sich gekränkt fühlen dadurch, daß Ihr Euch schockiert zeigt, aber mich belustigt es.«

»Sind wir denn nun fertig mit den Morden an Ridley und Crounce?«

»Ja. Schade, daß wir dadurch auch unseren besten Stadtmusikanten verloren haben. Habt Ihr ihn gewarnt, Archer?«

»Nein. Obwohl Lucie und ich entschlossen waren, es zu tun. Aber sie waren beide schon weg.«

»Und Ihr habt seitdem nichts mehr von ihnen gehört?«

Owen zuckte mit den Schultern.

»Ihr wißt, wo sie stecken.«

»Nein.«

Thoresby starrte Owen lange an, dann schüttelte er den Kopf. »Ihr habt Euch verändert, Archer. Ihr wachst allmählich hinein in dieses Leben. Ihr habt gelernt, Mehrdeutigkeiten zu Eurem eigenen Vorteil zu nutzen.«

Owen zuckte mit den Achseln. »Das Geld, das Ridley Euch für Eure Marienkapelle gespendet hat. Habt Ihr mittlerweile festgestellt, ob es sich um mit Blut behaftetes Geld handelt oder nicht?«

Thoresby lächelte schwach. »Ich bin sicher, daß es blutiges Geld war, Archer. Aber ich bin auch nur ein gewöhnlicher Sterblicher. Soll ich mich mit einer unfertigen Grabstätte zufriedengeben?«

Owen kehrte in der York Tavern ein, um sich mit einem Humpen von Tom Merchets Bier ein wenig aufzuheitern. Tom setzte sich zu ihm.

»Dann hat also die Mätresse unseres Königs dieses ganze Blutbad zu verantworten.« Tom schüttelte den Kopf.

»Vergiß das ganz schnell wieder, Tom. Der König würde es als Verrat bezeichnen, wenn du es hinausposaunst.«

»Aber sie ist doch noch viel zu jung, um sich ein solches Komplott auszudenken!«

»Ihre Onkel haben ihr den Weg geebnet. Sie waren es, die Wolle geschmuggelt und Wirthir die Information über den französischen Schwiegersohn des Königs abgekauft haben. Entweder de Coucy oder Prinzessin Isabel haben sich danach ihr Schweigen erkauft, indem sie Mistress Alice im Haushalt der Königin untergebracht haben.«

Tom runzelte die Stirn und dachte nach. »Und Kate Cooper hat Scorby dazu getrieben, den Leuten die Hände abzuhacken?«

Owen nickte.

»Eine Frau mit einer schwarzen Seele«, murmelte Tom.

»Sie konnte ihnen nicht verzeihen, daß sie ihren Vater in den Ruin getrieben hatten und für den Tod ihres Bruders verantwortlich waren.«

»War sie es auch, die Ridley vergiftete?«

»Nein.«

»Bess dachte daran, Mistress d'Aldbourg zu erzählen, was ihre Kate unserem John angetan hat.«

Owen trank sein Bier aus. »Das halte ich nicht für gut.«

»Sie hat es dann auch nicht getan. Hat gesagt, es könnte sie umbringen, und sie möchte nicht, daß sie mit dieser schweren Last weiterleben muß.«

»Bess ist eine gute Frau. Und eine schlaue.« Owen stand auf. »Ich muß heim zu Lucie.«

»Ja. Sag Bess, sie soll auch heimkommen. Es kommt ein junger Bursche vorbei wegen der Stallarbeit. Zuerst wollte ich Jasper diese Arbeit anbieten, aber Bess meint, es ist wichtiger, daß er Lesen und Schreiben lernt.«

Owen nickte. »Er denkt daran, als Lehrling bei Lucie einzutreten.«

»Nun, so hat alles Böse am Ende doch noch etwas Gutes.«

»Ja, aber viel ist es nicht.«

Tom zuckte mit den Schultern. »Damit müssen wir eben zufrieden sein.«

ENDE

Nachwort der Autorin

Wenn es um Geschichte geht, denken viele Menschen nur an mächtige Persönlichkeiten, große Ereignisse und Statistiken. Doch Vergangenheit läßt sich auch lebendig darstellen – durch Historiker, die die Motive der Mächtigen beschreiben, oder durch Biographen, die das Innenleben der von ihnen Porträtierten schildern. Autoren von historischen Romanen oder Theaterstücken gehen noch einen Schritt weiter, indem sie die Mächtigen auf ein menschliches Maß reduzieren. Shakespeare verlieh Richard III. in dessen letzter Schlacht menschliche Züge, indem er sich die historisch verbürgte Tatsache zunutze machte, daß der Wendepunkt dieser Schlacht eintrat, als Richard sein Pferd verlor. Der Dramatiker bringt uns diesen tragischen Augenblick in Richards Leben nahe, indem er Richard den Ausruf in den Mund legt: ›Ein Pferd! Ein Pferd! Mein Königreich für ein Pferd!‹ Romanciers und Dramatiker zeichnen die kleinen Einzelheiten einer historischen Epoche nach, setzen die Mächtigen mit Hilfe fiktiver Dialoge in Bewegung und erschaffen die weniger Mächtigen, die kleinen Leute, von denen in den Geschichtsbüchern nicht die Rede ist: jene Owen Archers und Lucie Wiltons, die still und unauffällig ihrer Arbeit nachgehen, jene Leute wie Bess und Tom Merchet, die Reisenden eine Unterkunft bieten und das Bier brauen. Glaubwürdige Charaktere erwecken Geschichte zum Leben.

Ein Schlüsselelement jeder Charakterstudie ist das Motiv. Das Motiv verfolgt die Entwicklung einer Handlung vom Spannen des Bogens über das Zielen und Schießen hinweg bis zum Ergebnis, bei dem sich schließlich zeigt, ob das Ziel getroffen wurde oder nicht. Was Historiker und Romanciers gleichermaßen fasziniert, ist die Tatsache, daß ein und dasselbe Ereignis, aus dem Blickwinkel verschiedener Beteiligter betrachtet, auf eine Vielzahl unterschiedlicher Motive hindeutet, deren

Summe schließlich das große, historische Ereignis ergibt. Für einen Kriminalschriftsteller ist es zusätzlich faszinierend zu sehen, wie viele Menschen ein Motiv für ein Verbrechen haben und daß Unschuld manchmal nur auf einem Mangel an Gelegenheiten beruht.

Der Plot der *Kapelle des Erzbischofs* rankt sich um die Manipulation des Wollhandels durch Edward III. Das Motiv des Königs: Er wollte dadurch seine wiederholten Versuche finanzieren, die Krone Frankreichs für das englische Königshaus zu erobern. Der Wollhandel war für die Wirtschaft Flanderns von lebenswichtiger Bedeutung, und Flandern fiel in Edwards Krieg gegen Frankreich eine strategisch wichtige Rolle zu. Edwards Plan bestand darin, Angebot und Nachfrage in einem derart starken Ausmaß zu beeinflussen, daß die Flamen sich auf Edwards Seite schlagen müßten, um ihre Wirtschaft funktionsfähig zu halten. Zugleich aber versäumte es Edward, seine heimischen Kaufleute zu ermutigen. Er verlieh ihnen Privilegien, die er dann jedoch wieder zurückzog, und er versprach ihnen Gewinne, die sein Plan nicht abwarf. Er lernte auch nichts aus den Fehlschlägen des ersten Jahres, sondern hielt stur an seinem Vorhaben fest. Auf diese Weise zwang er die Kaufleute auf beiden Seiten des Kanals geradezu, ihren Handel auf illegale Weise fortzusetzen. Den Kaufleuten ging es darum, sich ihren Absatz und Gewinn zu sichern, bei einigen aber verstärkte die Möglichkeit unreglementierten Handels auch die Raffgier. Handelsgesellschaften wie Chiriton & Co. und Goldbetter & Co. spielten ein gewagtes Spiel, bei dem sie einmal gewannen, ein anderes Mal verloren.

Doch im 14. Jahrhundert waren die Menschen, sogar die geschäftstüchtigen Kaufleute, sich stets auch ihrer Sterblichkeit bewußt und versuchten, sich ein angenehmes Leben nach dem Tode zu sichern. Gilbert Ridley dachte ebenfalls an sein Seelenheil, als er Erzbischof Thoresby von York eine beträchtliche Geldspende für dessen Marienkapelle anbot. Marienkapellen wurden während des 14. Jahrhunderts, als die Verehrung der

Jungfrau Maria weite Verbreitung fand, häufig neben größeren Kirchen und Kathedralen errichtet. Maria galt als eine Mittlerin zwischen Gott und den Menschen. In einer Zeit, in der die Bevölkerung von Pestepidemien, Kriegen, Hungersnöten, Überschwemmungen und Dürren heimgesucht wurde, betrachtete man die Jungfrau Maria als die Gottesmutter, die bei Gottvater ein gutes Wort für seine irregeleiteten Menschenkinder einlegen und ihn bitten würde, sie zu verschonen. Eine Marienkapelle wurde im allgemeinen an der Ostseite einer Kirche, hinter dem Hochaltar, errichtet. Der Priester, der für die Marienkapelle zuständig war, hielt dort täglich zu Ehren der Heiligen Jungfrau eine Messe ab. John Thoresby, 1352–1373 Erzbischof von York, baute am Münster eine Marienkapelle, die sein eigenes Grab und das von sechs seiner Vorgänger beherbergen sollte. Er stellte auch eigens einen Priester dafür ein. Sein Motiv: Offensichtlich sah er in dieser Kapelle ein bleibendes Denkmal seiner Macht und Heiligkeit. Ich habe allerdings noch ein weiteres Motiv eingeführt: Zu dieser Zeit war Thoresby schon ein alternder Mann, dessen Illusionen über den König zunehmend schwanden und dessen Gedanken immer häufiger um den eigenen Tod kreisten. Ähnlich wie Ridley wollte auch er sich einen guten Platz im Himmel sichern, und indem er die Marienkapelle errichten ließ, brachte er seine Hoffnung zum Ausdruck, die Heilige Jungfrau möge sich dereinst für ihn verwenden.

Eine Ursache für Thoresbys Distanzierung vom König, so stelle ich es im Roman dar, war Alice Perrers. Thoresby hielt sie für eine emporgekommene Bürgerliche, eine Beleidigung für die kränkelnde Königin Phillippa. Alices Einfluß auf den alternden Edward III., insbesondere nach dem Tod Königin Phillippas, galt damals als großer Skandal. Und doch hinterließ diese mächtige, rätselhafte und widersprüchliche Frau kaum Spuren in den Geschichtsbüchern; die wenigen erhalten gebliebenen Aufzeichnungen über sie stammen von ihren Gegnern und Feinden und sind daher nicht unbedingt glaubwürdig. Es gibt keine Berichte über ihr Verhältnis zu John Thoresby. Für meine Darstellung von Alice habe ich das Buch *Lady of the Sun: the Life*

and Times of Alice Perrers von F. George Kay (New York 1966) herangezogen und die darin enthaltenen Fakten ein wenig aufbereitet und schmackhaft gewürzt. Die Motive von Alice Perrers waren sehr komplex: Liebe und Hingabe an den König, vermischt mit Ehrgeiz und dem Streben, ihre Zukunft abzusichern. Sie war die Mätresse eines Königs, der für mittelalterliche Verhältnisse bereits äußerst betagt war. Daher schien Eile geboten, wenn sie ihre Pläne verwirklichen wollte, denn der König konnte jeden Augenblick sterben, und dann wäre sie schutzlos ihren Feinden ausgeliefert gewesen. Als Bürgerliche verfügte sie nicht über die Familien- und Verwandtschaftsbeziehungen, die ihr Schutz geboten hätten. Es ist interessant, daß ihren hochgeborenen Feinden am meisten ihr Geschäftssinn zuwider gewesen zu sein scheint.

Die Wollhändlergilde war eine wichtige Handelsgesellschaft. Sie vertrat im wesentlichen die Wollindustrie – die Wollhändler, Textilhändler, Strumpfwarenhändler und Färber –, und die Mitglieder dieser Gilde, insbesondere die Wollhändler, waren die wohlhabendsten Bürger Yorks. Damals wurde der Begriff »Kaufmann« auf Großhändler, Einzelhändler und auch auf die Handwerker angewandt, die Rohstoffe einkauften, in ihren Werkstätten ihre Güter produzierten und diese direkt an ihre Kunden absetzten. Die Wollhändler von York beherrschten den Rat der Stadt. Von den 88 Bürgermeistern Yorks zwischen 1399 und 1509 waren 68 Wollhändler. Für Erzbischof Thoresby war deshalb wichtig, die Morde an zwei Mitgliedern dieser Gilde aufzuklären, die sich im Bezirk des Münsters ereignet hatten, der seiner Rechtsprechung unterstand. Und natürlich lag dem Erzbischof auch daran, den Namen Gilbert Ridleys reinzuwaschen, damit er die großzügige Spende des Kaufmanns reinen Gewissens für den Bau seiner Marienkapelle verwenden konnte.

Es überrascht nicht, daß diese einflußreiche Gilde für die Darstellung des Letzten Gerichts zuständig war, das den Abschluß der Yorker Mysterienspiele bildete, die jedes Jahr am Fronleichnamstag aufgeführt wurden. Die Wollhändlergilde hatte genug Geld, um einen Umzugswagen zu finanzieren, der

mit mehreren Ebenen und einer Plattform ausgestattet war, auf der Jesus Christus vom Himmel auf die Erde herabgesenkt werden konnte. *Die Kapelle des Erzbischofs* beginnt mit diesem Fronleichnamsumzug. Die Wagen der Gilden und Zünfte von York winden sich durch die engen Straßen der Stadt und machen an den einzelnen Aufführungsplätzen halt, an denen die Schauspieler insgesamt rund 50 Szenen (die Zahl wechselte im Lauf der Zeit) darstellen, welche die Geschichte der Menschheit von der Schöpfung bis zum Letzten Gericht zum Inhalt haben. Dies war ein aufwendiges Unterfangen; die Vorbereitungen dafür begannen schon Anfang März. Heute findet alle vier Jahre im Sommer in den Überresten der Abtei St. Mary in York eine gekürzte, vierstündige Aufführung dieses Mysterienspiels statt.

Umstritten ist, ob die Szenen wirklich an zwölf Aufführungsplätzen gespielt wurden. Angesichts der Länge der Darbietungen hätte dies bedeutet, daß sich die gesamte Aufführung von der Morgendämmerung bis weit nach Mitternacht hingezogen hätte.

An den Fronleichnamsumzügen nahmen auch die Stadtmusikanten teil. Dabei handelte es sich um Musiker, die ein jährliches Gehalt vom Schatzamt der Stadt bezogen sowie eine Livree und manchmal auch freie Unterkunft gestellt bekamen. Sie spielten zu bestimmten Gelegenheiten für den Bürgermeister und die Körperschaften der Stadt und waren bei festlichen Anlässen und königlichen Empfängen für die musikalische Umrahmung zuständig. In York standen sie auch in einer besonderen Beziehung zum Münster; sie spielten regelmäßig beim Pfingstfest und an den beiden Feiertagen von St. William. In der *Kapelle des Erzbischofs* ist Ambrose Coats deshalb ein städtischer Angestellter und aus diesem Grund auch sehr darauf bedacht, nicht unangenehm aufzufallen.

Ambrose spielt zwei mittelalterliche Streichinstrumente, das Rebec und die Crotta. Das Rebec, das aus dem arabischen Raum stammte, beeinflußte die Entwicklung der abendländischen Geige. Es hatte einen bauchigen Korpus, dessen Oberseite oft mit einer Haut bespannt war, über die ein bis drei Saiten zu

einem geraden oder abgewinkelten Wirbelkasten liefen. Man hielt es entweder in der Armbeuge oder vor der Brust. Sein Klang wurde als hoch und schrill beschrieben.

Die Crotta war die Vorläuferin der walisischen ›Crwth‹; sie entstand aus der Verbindung des damals frisch nach Europa eingeführten Streichbogens mit der altkeltischen Lyra. Sie hatte einen halbbirnenförmigen Korpus, über den sich vier bis sechs Saiten zogen; die meisten englischen Formen besaßen auch einen Hals. Sie wurde in der Regel an der Schulter gehalten, und zwar so, daß der Hals nach unten zeigte. Der Klang der Crotta war melodiös und harmonisch.

Als vertiefende Lektüre zu Edwards Kriegsfinanzierung empfehle ich *England in the Reign of Edward III.* von Scott L. Waugh (Cambridge 1991) und *Some Business Transactions of York Merchants* von E. B. Fryde (York 1966). Weitere Informationen zu den Musikinstrumenten finden sich in dem Werk *English Bowed Instruments from Anglo-Saxon to Tudor Times* von Mary Remnant (Oxford 1986).

Band 13 548

Candace M. Robb

Die Rose des Apothekers

Deutsche Erstveröffentlichung

England im Jahre 1363. In einer verschneiten Winternacht begibt sich der Apotheker Nicolas Wilton mit einer Arznei auf den Weg zu der Abtei St. Mary. Wenig später kommen zwei Pilger, die das Kloster aufgesucht haben, auf mysteriöse Weise ums Leben.
Da alte Geheimnisse und neue Allianzen auf dem Spiel stehen, wird Owen Archer, einst Hauptmann der Bogenschützen, von seinem Lordkanzler nach York geschickt, um Licht in das Dunkel zu bringen. Er verdingt sich als Helfer in der Apotheke – und verliebt sich ausgerechnet in die schöne Lucie Wilton, die Apothekerin. Bald begreift er, daß Lucie, die seine Liebe offenbar nicht erwidert, in dem düsteren Komplott um die Abtei eine wesentliche Rolle spielt. Archer weiß bald nicht mehr, wem er vertrauen kann – und welches dunkle Geheimnis die Apothekerin umweht, das sie beide in den Abgrund ziehen kann . . .

BASTEI LÜBBE

Sie erhalten diesen Band im Buchhandel, bei Ihrem Zeitschriftenhändler sowie im Bahnhofsbuchhandel.